U0576603

元詩選

初集 上

〔清〕顧嗣立 編

中華書局

圖書在版編目(CIP)數據

元詩選/(清)顧嗣立編;(清)席世臣補編;(清)錢熙彦補遺. —北京:中華書局,2021.3(2023.3 重印)
ISBN 978-7-101-12825-3

Ⅰ.元… Ⅱ.①顧…②席…③錢… Ⅲ.古典詩歌-詩集-中國-元代 Ⅳ.I222.747

中國版本圖書館 CIP 數據核字(2017)第 223274 號

責任編輯:朱兆虎
責任印製:管 斌

元詩選
(全九册)
〔清〕顧嗣立 编
〔清〕席世臣 補編 〔清〕錢熙彦 補遺
*
中華書局出版發行
(北京市豐臺區太平橋西里 38 號 100073)
http://www.zhbc.com.cn
E-mail:zhbc@zhbc.com.cn
北京建宏印刷有限公司印刷
*
850×1168 毫米 1/32 · 243⅜印張 · 18 插頁 · 5300 千字
2021 年 3 月第 1 版 2023 年 3 月第 3 次印刷
印數:601-1100 册 定價:1520.00 元

ISBN 978-7-101-12825-3

出版説明

《元詩選》爲清代顧嗣立所編有元一代的詩歌總集。元代立國時間雖短，文學創作仍然十分繁榮，尤其是詩歌作品，其質量與數量都可踵武前代。元詩的選編工作，早在元代當時就有人做了，如傅習、孫存吾的《皇元風雅》即選了一百多人的詩作。到了明代，偶桓《乾坤清氣集》、孫原理《元音》、宋緒《元詩體要》、李蓘《元藝圃集》等相繼問世。但以上各書，或收録範圍較窄，或每家收詩至多三、四十首，都很難反映元代詩歌的全貌。顧嗣立（一六六五——一七二二）*，字俠君，江蘇長洲人，博學工詩，曾被召入京分纂宋、金、元、明四代詩選及《皇輿全覽》等書；康熙五十一年（一七一二）會試，特賜進士，改翰林院庶吉士，後以散館改授知縣，移疾而歸。顧氏年輕時即留意元人詩集，着手選編《元詩選》。康熙三十二年（一六九三），顧氏二十八歲時已將初集一百家（並附一百十六家）編成，並在次年由顧氏的秀野草堂刊行。是書的二集（並附一百零七家）刊於康熙四十一年（一七〇二），三集（並附一百十七家）刊於康熙五十九年（一七二〇）。顧嗣立將每集又按天干分編爲十集，其中自甲至辛八集所收各家均有專集可據，方外、閨秀編入壬集；諸家選本僅存四、五首及山經、地志、稗官、野史所傳者則總編爲癸

*生年係據顧氏《寒廳詩話》自述推算。

集附後。因此初、二、三集均無癸集。顧氏在世時，癸集雖已編目，並在秀野草堂開刻，但不久顧氏謝世，因此未及最後成書。過了十餘年，才由顧氏門人席守樸編成並補刊剩餘部分，但並未印行。經戰亂，舊版散失，守樸之子席世臣又在顧嗣立的曾孫顧果庭處尋得已刻之版和未刻之稿，又經十載，終於在嘉慶三年（一七九八）刊印成書。這個印本後來又在戰亂中散失。現存的癸集是席世臣的曾孫席威根據殘存的舊印本與掃葉山房的藏版，在光緒十四年（一八八八）重新刊印成書的。

顧嗣立一生博覽羣書，著述繁富，這爲《元詩選》的編選創造了良好條件。《元詩選》的價值，正如《四庫全書總目提要》所說：「網羅浩博，一一採自本書，具見崖略，非他家選本餖飣綴合者可比。有元一代之詩，要以此本爲巨觀矣。……而嗣立所見，今不著録者亦往往而有，蓋相距五六十年，隱者或顯，而存者亦或偶佚。殘膏剩馥，轉賴是集以傳，正未可以不備爲嫌也。」顧氏刊印《元詩選》初集時，刊行於世的元人專集僅百家而已；顧氏通過各種途徑據以採擇的元集幾近四百家，初、二、三集即收録三百四十家，而顧氏去世半個世紀之後，《四庫全書總目》所著録並存目的元集僅有一百四十五家了。癸集所收多達兩千三百餘人，還没有統計在内。大量元人詩作賴以流傳至今，顧氏之功誠不可没。至於《元詩選》在編選上的得失，清人亦頗多評議。如王士禛稱其「甚有雅裁」（《帶經堂詩話》卷四），而翁方綱則評曰：「體裁潔净，勝於吴孟舉《宋詩鈔》遠矣，猶嫌未盡審別雅俗耳。」（《石洲詩話》卷五），翁氏認爲顧嗣立將元遺山編入《元詩選》是一大錯謬。

《元詩選》從初集到癸集陸續刊行於世，其間相隔近二百年，除秀野草堂本外，别無他本。因此是書在上世紀末已頗不易求獲配全。爲使這部元詩總集得以流傳，應科研與教學工作之需，我們對全書作了初步整理，一是將全書加以標點，二是據有關總集或别集改正了某些版刻錯訛，填補了部分墨釘。大多數墨釘，並非版刻遺漏，而是顧氏當時採用的專集本身就有殘闕，現又無他本可校，就只能存其原貌了。如二集所收郭豫亨《梅花字字香》十二首，其中絶大多數墨釘也正是元至大刊本殘闕之處，但其中第十一首末所附作者人名「周詞岑」明顯有誤，而至大刊本正作「周詞、岑參」二人。又第十二首所附作者人名中有的墨釘至大刊本雖已殘闕，但「毛澤民」三字仍依稀可辨。這些，我們都據以補正了。凡改正和補闕之字均用方括號〔　〕標出，原誤之字用圓括號（　）標出，排成小字。個别改動較多之處，我們出了校記。三是書後附編了全書的作者索引，以便讀者查找。考慮到排印和出版發行上的方便，也爲了有助于讀者了解顧氏編選、刊印《元詩選》的過程及原貌，我們這次仍將全書分爲初集（三册）、二集（二册）、三集（一册）與癸集（二册）陸續出版，全書作者索引則附在癸集第二册之後。我們工作中的錯誤肯定難免，歡迎讀者批評指正。

中華書局編輯部

一九八五年十二月

序

顧子選元詩凡百家，刻成，以序請予，乃爲之序曰：盈天地間皆以氣運也，而氣之神而善變者莫如風。今夫風，春而熙熙，夏而陶陶，秋冬飂飂而觱發，而未也，出于土囊，汎乎蘋末，俄焉而刁刁，而調調，山林畏隹，萬物變態，且將蓬蓬然起南海而掠乎北海，一西一東，下上旁皇，或浹日而變，或三日而變，或隔宿變，或一日之間而數變。彼其有嘘吸是者邪？意者莫知其然而然邪？夫造物且不知其所以然，而況萬彙之推移于其際者邪！夫聲詩之變，亦若是已。三百篇變而騷，騷變而五言。漢魏，宗風、騷者也，而不能不變爲漢魏，又變爲六朝。初、盛諸公，宗漢魏者也，而不能不變爲唐。中、晚，宗盛唐者也，而不能不變爲中爲晚。宋與元皆宗唐也，而不能不變爲宋，變爲元。蓋皆有不知其所以然者存。夫風者，風也，四始之首也。操十五國之音，正變各異，而統之曰風。或亦以其善變邪？由明迄今，詩變逾數，成、弘一變，嘉、隆再變，而皆學初、盛。萬曆以後，變而學晚唐，又變而學温、李，近乃變而學宋，而元無稱焉。先是予友石門吴孟舉有《宋詩鈔》行世，學者靡然趨之，距今將三十年矣，而顧子乃起而爲元詩之選。論者謂元詩不如宋，其實不然，宋詩多沈僿，近少陵；元詩多輕揚，近太白。以晚唐論，則宋人學韓、白爲多，元人學温、李爲多，要亦娣姒耳。間瀏覽是編，遺山、静修導其先，虞、楊、范、揭諸君鳴其盛，鐵崖、雲林持其亂，渢渢乎亦各一代之音，詎可闕哉！聞之，風變而不善者曰穨。《小雅》曰：「維風及頌。」解曰「風之焚輪」也。詩亦有之，朱子有言，今人詩益巧密細碎，無復古風。嗟乎！後生耳剽，昧厥根柢，帋靡波流，日下不止。《易》曰：「窮則變，變則通。」稱詩于今日，固當變之會也。其泝而變也則之唐，其沿而變也則之元。氣動而風隨，予又烏知其所以然。顧子第懸是編于國門，以俟其變之所之焉耳矣！顧子名嗣立，字俠君，年少而才儁，蓋有志于立言者。康熙癸酉嘉平月，商丘宋犖序。

元詩選凡例

飇流所始，同祖風騷。騷人以還，作者遞變。五言始于漢魏，而變極于唐。七言盛于唐，而變極于宋。迨于有元，其變已極。故由宋返乎唐而諸體備焉。百餘年間，名人志士項背相望，才思所積，發爲詞華，蔚然自成一代文章之體。上接唐宋之淵源，而後啓有明之文物，此元詩之選所以不可緩也。

選詩始于梁昭明，而唐宋之選者效之。唐人始專以詩行，而選家之例不一。元遺山先生《中州集》之選，寓史于詩，而犂然具一代之文獻。錢牧齋先生《列朝詩集》，蓋倣《中州》之例而變通之者也。獨有元之詩闕焉未備，故竊取前人之意，編成十集。非敢效顰遺山，亦以一代文獻所關，不可泯没云爾。

元詩選本，如蘇天爵《文類》，詩僅數卷；偶武孟《乾坤清氣》、曾應珪《元詩類選》、蔣易《皇元風雅》、揭軌《光岳英華》、宋公傳《元詩體要》、孫原理《元音》等，所收一人才三、四十篇。吾家仲瑛《草堂雅集》撰録爲多，而其人不過一時往還之客。潘訒叔《宋元詩》，選元人約四十家。曹能始《十二代詩》，選元人至七十餘家，其間去取多寡不一，而名家鉅工，每致遺漏。兹集所傳，並從全稿録入，不敢止以選本爲濫也。

自唐以前，詩無刻本。其所傳者，大抵皆才人妙筆，紙貴人間，故所存少而工者多。自宋以後，刻本謐行，易于流布，連篇累牘，工拙並陳，其勢必出于選而後可傳。是集之成，非敢云選也，姑以稍汰繁蕪,存其雅正,隨人所著,各自成家,春蘭秋菊,期于毋失其真而已。歐陽元功有言:中統、至元之文龎以蔚,元貞、大德之文暢而腴,至大、延祐之文麗而貞,泰定、天曆之文贍以雄。有元之詩,每變遞進,迨至正之末,而奇材益出焉。然其淵源流派,規矩師承,風會所存,班班可考。特倣《中州》之例,以十集分編。一代詞人,凡有全稿可據者,選成八集。其方外、閨秀自爲一集。至諸家選本止存四五首者,與夫山經地志、稗官野史所傳,總編一集附後。

是集也,前承金、宋,後際明興,故有先朝逸士而抗節西山,如謝臯羽、林霽山之于宋。亦有當代名卿而祼將周室,如危太樸、張志道之于明。向來選本編作元人,今俱不敢援入。其或遺民故老,浮沈晦迹,如熊勿軒之入元已久,戴叔能之乃心元室,並皆編入集中。讀者論其世而諒其情可也。

讀書論古,勘較爲難。元季之亂,典籍散佚,兵燹之餘,蠹侵鼠齧,豈無譌謬。或以一人而異名,或以一詩而兩見。國史所載,更多異同,稗乘所傳,亦資故實。期于參互考訂,有所據依而已。但見聞淺隘,恐不免疏漏之譏,敢就正于高明,庶幾有以教我。

太史采詩,所以觀風。學者誦詩,期于論世。詩之爲用,非苟焉而已。故于諸家集中,凡有義關風化、事涉紀載者,在所亟收,亦樂天諷諭、少陵詩史之遺意也。至于風雲月露之詞,香草美人之喻,體兼比興,用在勸懲,此選家之微尚,豈與氣數爲升降者乎?

古人一題數詩,皆有結搆,未可以意爲去取,若少陵前後《出塞》是也。其或章數雖多,隨筆次序,原以俟後人之採擇而愈精,若阮步兵《咏懷詩》是也。茲集所載遺山《論詩》、子昂《耕織》,鴻裁雅製,概從全録。其或工拙互見，難于並存，如「八景」、「十咏」之屬，卽于本題之下，注明録幾則，瑕瑜自不相掩耳。

詩家刻集，先後頗有異同，選本流傳，彼此各經訂正。是非兩可，不能歸一，卽詳注于本句本字之下。至于前輩品題、詩人軼事，可以爲史家之考証、藝苑之美談者，卽加採録以備參觀。他如秀句可摘，不載全篇，亦間爲附注，不敢以一語一字之工而略之也。

歌以永言，不能無韻。陳十五國之風，而其音不甚相遠者，此可以知有一定之韻也。迨一變爲永明之聲律，再變爲隋、唐之功令，三變爲宋人之通轉，而去古遠矣。元人用韻頗有淆譌，而入聲尤甚。或以北方土語混入古音，或以閩越方言謬稱通用。詩卽甚工，瑕纇不免，玆特去其太甚，以存審音之意云。

余向與迂客十兄讀書小圃，頗事吟咏，嘗以有元一代之詩未經論定爲憾。辛未春，余適養痾杜門，十兄方治裝北上，以元詩相屬曰：「古人云『不學博依，不能安詩』。以是爲游息之地，可乎？」乃不揣愚陋，謬爲論定。所與同事者，吾友旅農俞犀月，晨夕商榷；而迂齋金亦陶、畏壘徐大臨暨八兄漢魚，則時相過考證焉。

元詩姓名見于各選本者，四百餘人。其專集刊行于世，百家而已。然有史傳所載鴻文鉅集，而今已散佚不存。亦有隱士逸民、破瓢殘篋，而幸爲人所珍惜者。余家藏元集，合之亦陶手鈔及所借傳是樓藏本，得縱觀採擇，甚爲快事。以至屬在親朋好古博雅之士，凡有元詩，必皆借閲入選。所懼寡交荒學，遺漏者多。其或四方君子，笥珍枕祕未經寓目者，幸祈惠示，當與天下同好者共之。

康熙甲戌首春，長洲顧嗣立題于秀野草堂。

元詩選初集總目録

卷首

甲集

丙集

丁集

戊集

己集

庚集

辛集

壬集

元詩選卷首

文宗皇帝

自集慶路入正大統途中偶吟

穿了毿衫便著鞭，一鉤殘月柳梢邊。二三點露滴如雨，六七個星猶在天。犬吠竹籬人過語，雞鳴茅店客驚眠。須臾捧出扶桑日，七十二峯都在前。

望九華

昔年曾見《九華圖》，爲問江南有也無。今日五溪橋上見，畫師猶自欠工夫。

順帝

贈吴王

金陵使者過江來，漠漠風煙一道開。王氣有時還自息，皇恩無處不周回。莫言率土皆王化，且喜江南有俊才。歸去丁寧頻屬付，春風先到鳳皇臺。

元詩選初集甲集目録

元詩選初集甲集

遺山先生元好問

好問，字裕之，太原秀容人。七歲能詩，有神童之目。年十四，從陵川郝天挺學，六年而業成。下太行，渡大河，爲《箕山》、《琴臺》等詩。禮部趙秉文見之，以爲近代無此作也。于是名震京師，謂之「元才子」。金宣宗興定三年，登進士第，不就選，往來箕、潁者數年。除南陽令，調内鄉，歷尚書省掾、左司都事、員外郎。天興初，入翰林知制誥。金亡不仕。元世祖在藩邸聞其名，將以館閣處之，未用而卒，年六十有八，世稱遺山先生。先生天才清贍，邃婉高古，沈鬱太和，力出意外。巧縟而不見斧鑿，新麗而絶去浮靡。雜弄金碧，糅飾丹素，奇芬異彩，動蕩心魄。以五言爲雅正，而出奇于長句。雜言樂府不用古題，新意特出。歌謡慷慨，挾幽并之氣。晚年尤以著作自娱。謂金源氏實録，在順天張萬户家。國亡史興，己所當任。乃言于張，願爲撰述。人或沮之，先生曰：「不可使一代之迹泯而不傳。」乃構亭于家，名曰「野史」，采摭所聞，以寸紙細字，輒爲記録，至百餘萬言。世所傳者，詩文集外，有《中州集》、《壬辰雜編》及《杜詩學》、《東坡詩雅》、《錦機》、《詩文自警》等書。自中原板蕩，風雅道衰。汴京之亡，故老都盡。先生蔚爲一代宗工，以文章獨步者幾三十年。

由是學者知所指歸，作爲詩文，皆有法度。百年以還，名家輩出。別裁僞體，溯流窮源，論者以先生爲標準，不亦宜乎！

箕山

幽林轉陰崖，鳥道人迹絶。許君棲隱地，唯有太古一作荒。雪。人間黄屋貴，物外秖自潔。尚厭一瓢喧，重負寧所屑。降衷均義稟，汨利忘智決。得隴又望蜀，有齊安用薛。干戈幾蠻觸，宇宙日流血。魯連蹈東海，夷齊一作叔。采薇蕨。至今陽城山，衡華兩丘垤。古人不可作，百念肝肺熱。浩歌北風前，悠悠送孤月。

緱山置酒 同内翰馮丈叔獻、雷兄希顔賦詩，分韻得賓字。

靈宫肅清曉，細柏含古春。人言王子喬，鶴馭此上賓。白雲山蒼蒼，平田木欣欣。登高覽元化，浩蕩融心神。西望洛陽城，大路通平津。行人細如蟻，擾擾争紅塵。蓬萊風濤深，鬢毛日夜新。殷勤一杯酒，愧爾雲間人。

光武臺

東南地上游，荆楚兵四衝。遊子十月來，登高送長鴻。當年赤帝孫，提劍起蒿蓬。一顧湍水斷，再顧新都空。雷霆萬萬古，青天看飛龍。巋然此遺臺，落日荒煙重。誰見經綸初，指揮走羣雄。白水日夜東，石麟幾秋風。空餘廣武歎，無復雲臺功。

潁亭留别 同李冶仁卿、張肅子敬、王元亮子正分韻得畫字。

故人重分攜，臨流駐歸駕。乾坤展清眺。萬景若相借。北風三日雪，太素秉元化。九山鬱峥嶸，了不受陵跨。寒波淡淡起，白鳥悠悠下。懷歸人自急，物態本閒暇。壺觴負吟嘯，塵土足悲咤。回首亭中人，平林澹如畫。

灃亭

春物已清美，客懷自幽獨。危亭一徘徊，翛然若新沐。宿雲淡野川，元氣浮草木。微茫盡楚尾，平遠疑杜曲。生平遠遊賦，吟諷心自足。揭來著世網，抑抑就邊幅。人生要適情，無榮復何辱。乾坤入望眼，容我謝羈束。一笑白鷗前，春波動新緑。

出京 史院得告歸嵩山侍下。

從宦非所堪，長告欣得請。驅馬出國門，白日觸隆景。半生無根著，飄轉如斷梗。一昨隨牒來，六月阻歸省。城居苦湫隘，羣動日蛙黽。慚愧山中人，團茅遂幽屏。塵泥久一作免。相涴，一作浼。夢寐見清潁。矯首孤飛雲，西南路何永。

元魯縣琴臺

荒城草木合，破屋風雨侵。千年一琴臺，睠焉涕盈襟。遺愛食縣社，公寧不堪任。此臺卽甘棠，忍使無餘陰。旁舍高以華，大豪日捐金。蒼雲玄武碁，鬼物憑陰岑。尚德抑玄虚，墜典誰當尋？我興薦寒泉，百拜公來臨。公來不能知，落日下飢禽。懷哉空山裏，鶴飛猿與吟。當年于蔿歌，補衮一何深。承平示得意，獨能正哇淫。君相此一時，又復悟良箴。諛臣坐廢黜，盍亦起幽沈。蒲輪竟頹轂，香草空深林。寂寞授書室，孤甥舉遺衾。生平諒已然，薄俗矧來今。千山爲公臺，萬籟爲公琴。夔曠不並世，月露爲知音。人間蹄涔耳，已矣非公心。《元道州文編》以元魯山爲元魯縣，又臺今爲玄武祠，故及之。

古意二首

七歲入小學，十五學時文。二十學業成，隨計入咸秦。秦中多貴遊，幾與書生親。年年抱關吏，空笑西來頻。在昔學語初，父兄已卜鄰。跛鼈不量力，强欲緣青雲。四十有牧豕，五十有負薪。寂寥抱玉獻，賤薄倡優陳。青衫亦區區，何時畫麒麟。遇合僅一二，飢寒幾何人。誰留章甫冠，萬古徒悲辛。

桃李弄嬌嬈，梨花澹丰容。盈盈兩無語，皭皭争春風。春風何許來，草木誰青紅。天公亦老矣，何意夸兒童。昨朝花正開，今朝花已空。川流不肯駐，并與繁華東。楩楠千歲姿，骯髒空谷中。陽和不擇地，亦復難爲功。本無兒女心，安用尤天公。

贈答劉御史雲卿

學道有通蔽，今人乃其尤。温柔與敦厚，掃滅不復留。高蹇當父師，排擊劇寇讎。真是未可必，自私有足羞。古人相異同，寧復操戈矛。春風入萬物，枯枿將和柔。克己未有加，歸仁亦何由。先儒骨已腐，百罵不汝酬。胡爲文字間，刮垢搜瘢疣。吾道非申韓，哀哉涉其流。大儒不知道，此論信以不。我觀唐以還，斯文有伊周。開雲揭日月，不獨程張儔。聖途同一歸，論功果誰優？户牖徒自闢，一作開。膠漆本易投。九原如可作，吾欲起韓歐。

送欽叔内翰并寄劉達卿郎中白文舉編修二首

君性我所諳，我心君所知。凡我之所短，君亦時有之。謀事恨太鋭，臨斷恨太遲。持論恨太高，徇俗恨太卑。人道自近始，貧富理不齊。君自不得飽，欲療何人飢。乞醯乞諸鄰，聖哲有明譏。被髮救鄉人，智者所不爲。且如與人交，交有非所宜。白黑不復擇，豁豁傾心脾。汎愛豈不可，後悔終自貽。又如與人言，寧復無失辭。刺口論成敗，白眼談歌詩。世故豰黄聞，能不發其機。閩君作損齋，似覺豪華非。懲忿與窒慾，百年有良規。與子各努力，歲晚以爲期。

古人遥相望，每恨不同時。同時得古人，歡樂良在兹。君歸豈不佳，交遊滿京師。門前車馬來，笑言慰所思。細話洛陽事，高詠嵩山詩。宫壺發新篘，宫梅耿幽姿。故應劉與白，亦復念微之。

飲酒五首　襄城作。

西郊一畝宅，閉門秋草深。牀頭有新釀，意愜成孤斟。舉杯謝明月，蓬蓽肯相臨。願將萬古色，照我萬古心。

去古日已遠，百僞無一真。獨餘醉鄉地，中有羲皇淳。聖教難爲功，乃見酒力神。誰能釀滄海，盡醉區中民。

利端始萌芽，忽復成禍根。名虚買實禍，將相安足論。驅驢上邯鄲，逐兔出東門。離官寸亦樂，里社有拙言。「離官寸亦樂」，晉俚諺云然。

萬事有定分，聖智不能移。而於定分中，亦有不測機。人生桐葉露，見日忽已晞。唯當飲美酒，儻來非所期。

此飲又復醉，此醉更酣適。徘徊雲間月，相對澹以默。三更風露下，巾袖警微溼。浩歌天壤間，今夕知何夕？

後飲酒五首　陽翟作。

少日不能觴，少許便有餘。比得酒中趣，日與杯杓俱。一日不自澆，肝肺如欲枯。當其得意時，萬物寄一壺。作病知奈何，妾婦良區區。但愧生理廢，飢寒到妻孥。吾貧蓋有命，此酒不可無。

金丹换凡骨，誕幻若無實。如何杯杓間，乃有此樂國。天生至神物，與世作酣適。豈曰無妙理，滉漾莫容詰。康衢吾自樂，何者爲帝力。大笑白與劉，區區頌功德。客從崧少來，貽我招隱詩。爲言學仙好，人間竟何爲？一笑顧客言，神仙非所期。山中如有酒，吾與爾同歸。

酒中有勝地，名流所同歸。人若不解飲，俗病從何醫。此語誰所云？吾友田紫芝。紫芝雖吾友，痛飲真吾師。一飲三百杯，談笑成歌詩。九原不可作，想見當年時。

飲人不飲酒，正自可飲泉。飲酒不飲人，屠沽從擊鮮。酒如以人廢，美祿何負焉。我愛靖節翁，於酒得其天。龐通何物人？亦復爲陶然。兼忘物與我，更覺此翁賢。

少林

雲林入清深，禪房坐蕭爽。澄泉潔餘習，高鳥唤長往。我無玄豹姿，謾有紫霞想。回首山中雲，靈芝日應長。

劉曲龍潭 一無「劉曲」二字。

層冰積浩蕩，陵谷低呑吐。窈窕轉幽壑，突兀開淨宇。回頭山水縣，亦復墮塵土。孤雲鐵梁北，宇宙一仰俯。風景初不殊，川塗忽修阻。寒潭海眼淨，黕黑自太古。蟄龍何年卧？萬國待霖雨。誰能裂蒼崖，雷風看掀舉。山中人歲旱則轉大石入潭中以駭龍，瞬息致雨，故云。

麥歎

借地乞麥種，徼倖今年秋。乞種尚云可，無丁復無牛。田主好事人，百色副所求。昐昐三百斛，寬我飢寒憂。我夢溱南川，平雲綠油油。起來望河漢，旱火連東州。四月草不青，吾種良謾投。田間一太息，此歲何時周。向見田父言，此田本良疇。三歲廢不治，平聲。種則當倍收。如何落吾手，羊年變雞猴。身自是旱母，咄咄將誰尤。人滿天地間，天豈獨吾讎。正以賦分薄，所向因拙謀。不稼且不穡，取禾亦何繇。辦作高敬通，惡雨將漂流。吾貧有濫觴，賢達未始羞。單衣適至骭，一劍又蒯緱。焉知寄食餓，不取丞相侯。作詩以自廣，時用商聲謳。

龍門雜詩

石樓繞清伊，塵土天所限。人言無僧久，草滿不復剗。灘聲激悲壯，山意出高蹇。當年香山老，挂冠遂忘返。高情留詩軸，清話入禪版。誰言海山去？蕭散仍在眼。溪寒不可涉，倚杖西林晚。

豐山懷古

豐山一何高，古屋蒼煙重。開門望吴楚，鳥去天無窮。連山横巨鼇，白水亘長虹。川原鬱佳氣，自古南都雄。炎精昔季興，卧龍起隆中。落落出奇策，言言揭孤忠。時事有可論，生晚恨不逢。漢賊不兩立，大義皎日同。吴人操等耳，忍與分河潼。奪操而與權，何以示至公。一民漢遺黎，尺地漢故封。守民及守土，天地與相終。不能禦寇讎，顧以寇自功。既異鴻溝初，又非列國從。一券捐一作損。半産，二祖寧汝容。端本一已失，孤唱誰當從？至今有遺恨，廟柏號陰風。舊聞清泠淵，天籟如撞鐘。山徑野人語，誕幻欺孩童。開元有亂階，鹿飲温泉宫。黄猿何爲者，乃爾能嘯兇。乾坤之大音，久鬱理當通。清霜旦夕落，佇爾驚羣聾。孔明自謂漢室季興，清泠淵黄猿出，見廟碑述開元事。

乙酉六月十一日雨

一旱近兩月，河洛東連淮。驕陽佐大火，南風卷黄埃。草樹青欲乾，四望令人哀。時時怪事發，雨雹如李梅。我夢天河翻，崩騰走雲雷。今日復何日？駃雨東南來。元氣淋漓中，焦卷意已回。良苗與新穎，鬱鬱無邊涯。書生如老農，苦樂與之偕。閭閻聞吉語，一笑心顔開。酉年酒如漿，乾溢安能裁。一作栽。惟當作高廩，多具尊與罍。家人笑問我，君用安在哉！駃雨與快同音。見《魏志》。

觀淅江漲 淅水，今在鄖陽，見《水經注》，非浙江也。

一旱千里赤，一雨垣屋敗。淅故以江名，暴與衆壑會。初驚沙石卷，稍覺川谷隘。雷風入先驅，大塊供一噫。千帆鼓前浪，萬馬接後派。崩崖不暇顧，拔木無留礙。憑陵如藉勢，洄洑各有態。平分乍舒徐，怒觸忽碎壞。雲蒸楚樹杪，雪映商嶺背。髣髴千丈潮，怳與海門對。佽飛鬭蛟鼉，燃犀出鱗介。陽侯富陰族，萬首露光怪。翠蕤澹偃蹇，鉦鼓亂硠磕。永懷疏鑿力，重歎神禹大。乾坤海爲壑，未礙變横潰。納汙非無處，流惡聊自快。投詩與龍盟，滌蕩煩一再。時拜大赦五日矣。

鸜雀崖北龍潭

層崖闕頑陰，水木深以阻。湍聲半空落，洶洶如怒虎。風生木葉脱，魄動不敢語。何年渾沌竅，靈物此棲處。初從一綫溜，開鑿到神禹。雲雨鼓飛浪，噴薄齊萬弩。藏珠驪龍頷，百斛快一吐。油油入無底，細散不濡縷。歸藏海有穴，汎溢愁下土。南峰天一柱，萬古鎮幽府。江山有奇探，落景迫行旅。多慚茹芝人，終年看飛雨。

五松平

竹港晨露白，石門秋氣寒。湍流落澗壑，細路深茅菅。江平白石出，竟日沿清灣。四顧不見人，山鳥時閒關。蒼崖入地底，煙靄青漫漫。力盡不能過，却坐空長歎。青天白雲間，可望不可攀。虚名竟何得，行路乃爾難。

贈答楊焕然

詩亡又已久，雅道不復陳。人人握和璧，燕石誰當分？關中楊夫子，高誨世所聞。十年玄尚白，藜藿甘長貧。有來河水篇，四海付斯文。斯文有定在，桓生知子雲。古來知己難，萬里猶比鄰。千人國中和，要非心所親。東楚西南秦，望君勞我神。相逢不得語，别去徒殷勤。白雲不可贈，相思秋復春。

送詩人李正甫

陽和入枯株，靄靄含芳津。山頭太古石，不與萬物春。朝從木客遊，暮將山鬼鄰。紫芝僅盈掬，幽蘭不克紉。青雲入長吁，肝膽空輪囷。我嘗讀君詩，天趣觸眼新。秦遊得豪宕，晉産餘真淳。怒虎不受唾，駭鹿未易馴。安坐誰不如？半生走逡巡。蒼蒼不可問，藐藐誰當親？青山礙爲塵，白日無閒人。空歌東野曲，不救西州貧。

曉發石門渡湍水道中 《水經》，湍音專。

疏星澹秋明，陰霞絢朝映。積雨成坐愁，晨光動幽興。石門歸馭引，湍浦漁舠並。曠蕩萬景新，歸藏四山靜。平湖風漪緑，遠岸秋沙淨。洋洋游魚一作鯈。逝，汎汎輕鷗泳。隱顯乖夙心，感遇一作寓。見真性。倦遊時自悼，違己將安竟。憂端從中來，茫茫發孤詠。

放言

韓非死孤憤，虞卿著窮愁。長沙一湘纍，郊島兩詩囚。人生定能幾，肺肝日相讎。井蛙奚足論，褌蝨良足羞。正有一朝樂，不償百年憂。古來帝王師，或從赤松遊。大笑人間世，起滅真浮漚。曾是萬户封，不博一掉頭。有來且當避，未至吾何求。悠悠復悠悠，大川日東流。紅顔不暇惜，素髪忽已稠。我欲升嵩高，揮杯勸浮丘。因之兩黄鵠，浩蕩觀齊州。

黄公廟

羈客無恆居，六月走長路。清風黄公祠，地古欣所遇。劍飛素靈哭，龍躍雲雨赴。堂堂文成君，談笑取帝傅。功名要有命，陰相果何預。誰謂圯上人，異事驚竹素。河清不可俟，筋力疲世故。袖間一編書，塵埃歎遲暮。

學東坡移居八首　録六

誰謂我屋寬？寢處無復餘。誰謂我屋小？十口得安居。南榮坐諸郎，課誦所依於。西除著僮僕，休沐一作休。得自如。老我於其閒，兀兀窮朝晡。起立足欠伸，偃卧足展舒。窗明火焙煖，似欲忘囚拘。屋前有隙地，客舍不可無。花闌及菜圃，次第當耘鉏。東野載家具，家具少於車。我貧不全貧，尚有百本書。

故書堆滿牀，故物貯滿箱。渾渾商寶鬲，纍纍漢銅章。杖飾昭敬恭，嚴卯訶癉剛。雷文繞杖節，獸面出珮璜。私印刻王尊，玉斗蛟龍翔。逸少留半紙，魚網非硬黄。亦有曇首帖，不辨作雁行。雪景睿思物，宣政舊所藏。晉公古漁父，浩歌濯滄浪。因覩宫騎圖，卧駝識提囊。谿石含餘潤，奚墨凝幽香。南榮挂風響，雲裾珮鏗一作鏘。鏘。鏡背先秦書，八字環中央。讀之三歎息，此日何時光？

壬辰困重圍，金粟論升勺。明年出青城，瞑目就束縛。毫釐脱鬼手，攘臂留空槖。聊城千里外，狼狽何所託？諸公頗相念，餘粒分凫鶴。得損不相償，抔土填巨壑。一冬不製衣，繒纊如紙薄。一日僅兩食，强半雜藜藿。不羞蓬累行，粗識瓢飲樂。敵貧如敵寇，自信頗亦慤。兒啼飯籮空，堅陣爲屢却。滄溟浮一葉，渺不見止泊。五窮果何神？爲戲乃爾虐。

舊隱嵩山陽，筍蕨豐餽餉。新齋淅江曲，山水窮放浪。乾坤兩茅舍，氣壓華屋上。一從陵谷變，歸顧無復望。漁樵一作樵漁。憶往還，一作還往。風土夢間曠。恍如悟前身，姓改心不忘。去年住佛屋，盡室寄尋丈。今年僦民居，卧榻礙盆盎。静言尋禍本，正坐一出妄。青山不能隱，俯首入羈鞅。巢傾卵隨覆，身在顔亦强。空悲龍髯絶，永負〔魚〕（然）腹葬。置錐良有餘，終身志悲愴。一作「懲創」。

國史經喪亂，天幸有所歸。但恨後十年，時事無人知。興廢屬之天，事豈盡乖違。傳聞入讎敵，秖以與罵譏。老臣與存亡，高賢死兵飢。身死名亦滅，義士爲傷悲。哀哀淮西城，萬夫甘伏尸。田横巨擘耳，猶爲談者資。我作南冠録，一語不敢私。稗官雜家流，國風賤婦詩。成書有作者，起本良在兹。朝我何所營，暮我何所思。胸中有茹噎，欲得快吐之。溼薪煙滿眼，破硯冰生髭。造物留此筆，吾貧復何辭。

此州多寓士，論年悉肩隨。風波同一舟，奚必骨肉爲。倪家蓮花白，每釀必見貽。季昌妙琴事，足以相娱嬉。郭侯家多書，篇帙得徧窺。趙子篤於學，間以問所疑。王生舊鄰舍，窮達心不移。千里訪存殁，十口分寒飢。獨有仲通甫，天馬不可羈。直以論詩文，稍稍窺藩籬。永懷王與李，朔漠行當歸。書來聞吉語，報我脱縶維。慚非一狐腋，不直五羖皮。我作野史亭，日與諸君期。相從一笑樂，來事無庸知。

濟南廟中古檜同叔能賦

亭亭祠宫檜，鬱鬱上雲雨。扶持幾來年，造物心獨苦。青餘玉川潤，根入鐵岸古。雖含棟梁姿，斤斧安得取。沆洑地中久，駭浪思一鼓。天柱屹不移，水國奠平土。乾坤此神物，甲乙存世譜。瀨鄉留耳孫，闕里傳鼻祖。秦松徒自汙，蜀柏聊共數。會待十抱成，兹焉重摩拊。

别李周卿二首

行路澀於棘，單車望千山。歌君歸雲曲，清涕留餘潸。六年河朔州，動輒得謗訕。惟君篤高義，日來款柴關。古交松柏心，今交桃李顔。古人去不返，古道挽不還。相思一尊酒，幽恨寄山間。

城居日黿黽，局促復局促。去作山中客，放浪誰檢束。溪光淡於冰，山骨淨如玉。懷我同心人，團茅住深竹。垂綸鮮可食，種秫酒亦足。石壇三萬丈，醉眼天一粟。安得萬里風，相從兩黄鵠。周卿學有淵源，東州詩人未見其比。與予約西游，如詩中所説。

九日讀書山用陶詩露凄暄風息氣清天曠明爲韻賦十詩　録六

行帳適南下，居人蹋庭户。城中望青山，一水不易渡。今朝川塗静，偶得展衰步。蕩如脱囚拘，廣莫開四顧。半生無根著，筋力疲世故。大似丁令威，歸來歎墟墓。鄉閭喪亂久，觸目異平素。枌榆雖尚存，歲晏多霜露。

山腰抱佛刹，十里望家園。亦有野人居，層崖映柴門。昔我東巖君，曾此避塵喧。林泉留杖屨，歲月歸琴尊。翁今爲飛仙，過眼幾寒暄。蒼蒼池上柳，青衫見諸孫。疏燈照茅屋，新月入頹垣。二句先人詩。依依覽陳迹，惻愴不能言。

宇宙有此山，閱世過鳥疾。何人不此游，名姓寧復識。兹辰世所重，前代多盛集。柴桑有故事，二謝留俊筆。并數孟與桓，此外誰記憶。人生百年内，踏地皆陳迹。獨惟我輩人，興懷念今昔。山林與泉一作皋。壤，自古長太息。

往年在南都，閒閒主文衡。九日登吹臺，追隨盡名卿。酒酣公賦詩，揮灑筆不停。蛟龍起庭户，破壁春雷轟。堂堂髯御史，痛飲益精明。亦有李與王，玉樹含秋清。我時最後來，四座頗爲傾。今朝念存没，壯心徒自驚。

我在正大初，作吏淅江邊。山城官事少，日放淅江船。菊潭秋花滿，紫稻釀寒泉。甘腴入小苦，幽光出清妍。歸路踏明月，醉袖風翩翩。父老遮我留，謂我欲登仙。一別半山亭，回頭餘十年。江山不可越，目斷西南天。

吾山一何高，清涼屹相望。龍頭出白塔，佛屋壓青嶂。雲光見秋半，旭日發豪相。峩峩寶樓閣，金界儼龍象。鄉曲二十年，香火闕瞻向。金花香緜芊，夢想雲雨上。福田行欲近，重爲詩酒障。終當陟層巔，放眼天宇曠。

梨花海棠二首

梨花如静女，寂寞出春暮。春工惜天真，玉頰洗風露。素月淡相映，蕭然見風度。恨無塵外人，爲續雪香句。孤芳忌太潔，莫遣凡卉妒。

妍花紅粉妝，意態工媚嫵。窈窕春風前，霞衣欲輕舉。金盤渺華屋，國豔徒自許。依依如有意，脈脈不得語。詩人太冷落，愁絶殘春雨。

題張左丞家范寬秋山横幅

層崖閟長陰，細徑緣絶巘。梯雲闌干峻，廓廓清眺展。斜陽半天赤，飛鳥大江遠。清霜張秋氣，草樹生意蕆。風雪斫堅敵，旗旆紛仆偃。峥嶸峰巒出，莽蒼林薄晚。盤盤范家筆，老懷寄高蹇。經營入慘淡，得處乃蕭散。嵩丘動歸興，突兀青在眼。何時卧雲身，團茅遂疏懶。

宿張靖田家　地屬壽陽。

川塗盡坡陀，嶺路入荒梗。微茫望煙火，向背得廬井。殘民安樸陋，倦客喜幽屏。兒童聞叩扉，租吏有餘警。兩崖紛叢薄，砂石立頑獷。湍流落空嵌，百折一作道。不容騁。山深饒風露，夜氣淒以耿。園花淡相望，邊月空照影。深居苦不早，素髪忽垂領。誰謂林野人？兹焉惜清景。

寶嚴紀行

陰崖轉清深，秋老木堅瘦。城居望已遠，步覺脱氛垢。寶嚴夙所愛，丈室方再叩。曛黑纔入門，逕就石泉漱。遥遥金門寺，寶焰出巖竇。我豈無盡公，昔見今乃又。同來二三子，寢飯故相就。况有杜紫微，琴筑終雅奏。曈曈上初日，深樾炯穿漏。逶迤陟西巘，萬景若迎候。絶壁三面開，仰看勢引脰。兩山老突兀，屹立柱圓覆。諸峰出頭角，隨起隨偃仆。不可無煙霞，朝暮爲先後。横亘連巨鼇，飛墮集靈鷲。九華與奇巧，五老失渾厚。想當位置初，遂欲雄宇宙。太行有峆谷，勝絶無出右。大似塵外人，眉宇見高秀。哀湍下絶壑，電激龍怒鬬。崩奔翻雪窖，瑩滑瀉瓊甃。窮源得懸流，偉觀駭初遘。仙人寶樓閣，白雨散簷溜。天孫拂機絲，素錦絢清晝。永懷登高賦，意匠一作頗。困馳驟。窘於游暴秦，百説不一售。林間太古石，稍復抔飲舊。已約銘崖尊，細鑿留篆籀。兹山緣未了，僧夏容宿留。終當匄餘年，奇探盡雲岫。

雁門道中書所見

金城留旬浹，兀兀醉歌舞。出門覽民風，慘慘愁肺腑。去年夏秋旱，七月黍穟吐。一昔營幕來，天明但平土。調度急星火，逋負迫捶楚。網羅方高懸，樂國果何所。食禾有百螣，擇肉非一虎。呼天天不聞，感諷復何補。單衣者誰子？販糴就南府。傾身營一飽，豈樂遠服賈。盤盤雁門道，雲澗深以阻。半嶺逢驅車，人牛一何苦！

同白兄賦瓶中玉簪

畏景衆芳歇，仙葩此夷猶。冰姿出新沐，娟娟倚清秋。昨夢今見之，風鬟玉搔頭。誰言閨房秀，高情渺林丘。碧筵一作筳。古銅壺，一室香四周。懷人成獨詠，遠思徒悠悠。

野史亭雨夜感興

私録闕赴告，求野或有取。秋兔一寸毫，盡力不易舉。衰遲私自惜，憂畏當誰語。展轉天未明，幽窗響疏雨。

繼愚軒和党承旨雪詩二首

今古幾詩人，擾擾劇毛粟。吾愛陶與韋，泠然扣冰玉。大雅久不作，聞韶信忘肉。求音扣寂寞，一歎動鄰屋。水風清鶴夢，月露洗蟬腹。白頭兩遺編，吟唱心自足。誰爲起九原？寒泉薦芳菊。

愚軒具詩眼。論文貴天然。頗怪今時人，雕鐫窮歲年。君看陶集中，飲酒與歸田。此翁豈作詩，真寫胸中天。天然對雕飾，真贋殊相懸。乃知時世妝，粉緑徒争妍。一作憐。枯淡足自樂，勿爲虚名牽。

寄英禪師師時住龍門寶應寺

我本寶應僧，一念墮儒冠。多生經行地，樹老井未眢。一窮縛兩脚，寸步百里難。空餘中夜夢，浩蕩青林端。故人今何如？念子獨輕安。孤雲望不及，冥鴻杳難攀。前時得君詩，失喜忘朝餐。想君亦念我，登樓望青山。山中多詩人，杖屨時往還。但苦詩作祟，況味同酸寒。清涼詩最圓，相和尚住清涼。往往似方干。半年卧牀席，瘧我疥亦頑。《本草》松枝條：松脂塗疥，頑者三兩度。濟甫詩最苦，僧源，字濟甫，宋州人。寸晷不識閒。傾身營一飽，船上八節灘。安行詩最工，慕容安行，山陽人，臨潼簿。六馬鳴和鸞。鬱鬱飢寒憂，慘慘日在顔。老秦詩最和，秦略，字簡夫，陵川人。平易出深艱。脱身豺虎叢，白髮罹惸鰥。張侯詩最豪，前登封令張效，字景賢，雲中人。驚風卷狂瀾。竅繁天和洩，外腴中已乾。城中崔夫子，崔遵，字懷祖，燕人。老筆鬱盤盤。家無儋石儲，氣壓風騷壇。我詩有凡骨，欲換無金丹。呻吟二十年，似欲見一斑。大笑揶揄生，已復不相寛。愛君梅花篇，入手如彈丸。愛君山堂句，深静如幽蘭。詩僧第一代，無愧百年間。思君復思君，恨不生羽翰。何時溪上石，清坐兩蒲團。

夢歸

虚庭霜夜寒，落葉風自掃。恍如南窗月，坐失西山道。長安佳麗地，遊子自枯槁。人生家居樂，學稼苦不早。衡門眼中見，歸意滿秋草。夜長夢已盡，愁絶令人老。

秋蠶

室人筐中無寸縷，一箔秋蠶課諸女。朝來飼却上馬桑，隔簇仍聞竹間雨。阿容阿璋墨滿面，晝徹灰城前致語。上無蒼蠅下無鼠，作繭直須如甕許。東家追胥守機杼，有桑有税吾猶汝。官家却少一絇絲，未到打門先自舉。

南溪

南溪酒熟清而醇，北溪梅花發興新。前年去年花下醉，今年冷落花應嗔。梅花娟娟如静女，寂寞甘與荒山鄰。詩人愛花山亦好，幽林穹谷生陽春。風鬟峨峨一尺雲，芳香幽卧如相親。山堂夜半北風惡，一點相思愁殺人。

范寬秦川圖　張伯玉殁後，同麻徵君知幾賦。

亂山如馬争欲前，細路起伏蛇蜿蜒。秦川之圖范寬筆，來從米家書畫船。變化開闔天機全，濃淡覆露清而姸。雲興霞蔚幾千里，著我如在峨眉巔。西山盤盤天與連，九點盡得齊州煙。浮雲未清白日晚，矯首四顧心茫然。全秦天地一大物，雷雨澒洞龍頭軒。因山分勢合水力，眼底廓廓無齊燕。我知寬也不辦此，渠寧有筆如修椽。紫髯落落西溪君，長劍倚天冠切雲，望之見之不可親。元龍未除湖海氣，李白豈是蓬蒿人？愛君恨不識君早，乃今得子胸中秦。作詩一笑君應聞。予七年前過郾城，伯玉知予來，而都無賓主意，予亦偃蹇而去。爾後雖願交而髯殁矣，未嘗不以爲恨也！今日子思兄弟出此圖求予賦詩，酒惡無聊中，勉爲賦此。畫本米元章家物，有韓子蒼題名。元章以爲中立，而元暉以爲中正，以予觀之，此特張髯胸中物耳！知者當不以吾言爲過云。

寄苔溪南詩老辛愿敬之

五年不唤溪南渡，日夕心馳洛西路。山中今日見君詩，惆悵良辰又相誤。龍蛇大澤變風景，虎豹天門鬱煙霧。丈夫不合把鉏犂，青鬢無情忽衰素。平泉漫作窮愁志，笠澤休題自憐賦。陸龜蒙有《自憐賦》。長安正有五侯鯖，骯髒誰能作樓護？青燈老屋深蓬蒿，蝙蝠掠面莎雞號。劍歌夜半激悲壯，松風萬壑翻雲濤。區區墓上曹征西，我知慚愧王東皋。人生只有一杯酒，螟蛉蜾蠃安能豪。

西園 興定庚辰八月中作。

西園老樹摇清秋，畫船載酒芳華游。登山臨水祛煩憂，物色無端生暮愁。百年此地旂車發，易水迢迢雁行没。梁門回望繡成堆，時金主遷都于汴。滿面黄沙哭燕月。熒熒一炬殊可憐，蒙古破金燕都，焚宫室，火一月不滅。膏血再變爲灰煙。富貴已經春夢後，典刑猶在一作見。靖康前。當時三山初奏功，三山宫闕雲錦重。璧月瓊枝春色裏，畫闌桂樹雨聲中。秋山秋水今猶昔，漠漠荒煙送斜日。銅人攜出露盤來，人生一作豈。無情淚沾臆。麗川亭上看年芳，更爲清歌盡此觴。千古是非同一笑，不須作賦擬《阿房》。

雙峰競秀圖爲參政楊侍郎賦

紅煙霏霏雲拂石，山木蕭蕭山鬼泣。江岸人家失南北，兩峰突兀何許來？元氣淋漓洗秋碧。畫家晴景費經營，共愛移山入杳冥。安得北風吹雨去，倚天長劍看峥嶸。

二月十五日鶴

九龍岡上玄元祠，人言尊像神所遺。年年二月降靈鶴，來無定數有定期。城頭曉露生新警，萬首望穿雲際影。不知濁世誰下臨，只許霜毛見修整。石壇花落松風冷，戛然長鳴人語定。百年鷔老誇見聞，萬里黄冠赴靈應。只從游騎突重圍，城郭井與人民非。可憐陊殿荒煙一作墟。裏，無復當年丁令威。

閻商卿還山中

阿卿去月從我來，今日西山成獨往。野人不是城中物，澗飲巖棲夢餘想。翰林溼薪爆竹聲，待詔履穿沾雪行。蘭臺從事更閒冷，文書如山白髮生。孤燈静照寒窗宿，北風夜半歌黄鵠。田家閉門風雪深，梅花開時酒應熟。半世虚名不療貧，棲遲零落百酸辛。憑君莫向山中説，白石清泉笑殺人。

鄧州城樓

鄧州城下湍音專。水流，鄧州城隅多古丘。隆中布衣不復見，浮雲西北空悠悠。長鯨駕空海波立，老鶴叫月蒼煙愁。自古江山感遊子，今人誰解賦登樓？

宛丘歎

秦陽陂頭人迹絶，荻花茫茫白於一作如。雪。當年萬家河朔來，盡出牛頭入租帖。蒼髯長官錯料事，下考大笑陽城拙。至今三老背瘇青，死爲逋懸出膏血。君不見劉君宰葉海内稱，飢摩寒拊哀孤惸。碑前千人萬人泣，父老夢見如平生。冰霜紈袴渠有策，如我碌碌當何成！荒田滿眼人得耕，詔書已復三年征。早晚林間見雞犬，一犂春雨麥青青。髯李令南陽，配流民以牛頭租，迫而逃者萬餘家。劉雲卿御史宰葉，除逃户税三萬斛，百姓爲之立碑頌德。賢、不肖用心相遠如此！李之後十年，予爲此縣，大爲逋懸所困。辛卯七月，農司檄予按秦陽陂田，感而賦詩。李與劉皆家宛丘，故以《宛丘歎》命篇。

遊黄華山

黄華水簾天下絶，我初聞之雪溪翁。丹霞翠壁高歡宫，銀河下濯青芙蓉。昨朝一遊亦偶爾，更一作又。覺摹寫難爲功。是時氣節已三月，山木赤立無春容。湍聲洶洶轉絶壑，雪氣凜凜隨陰風。懸流千丈忽當眼，芥蔕一洗平生胸。雷公怒擊散飛雹，日脚倒射垂長虹。驪珠百斛供一瀉，海藏翻倒愁龍公。輕明圓轉不相礙，變見融結誰爲雄？歸來心魄爲動蕩，曉夢月落春山空。手中仙人九節杖，每恨勝景不得窮。攜壺重來巖下宿，道人已約山櫻紅。

密公寶章小集

天東長白大寶幢，天河發源導三江。有木蔽映山朝陽，云誰巢者雛鳳凰？雲間吐氣日五色，百鳥不敢言文章。名都盤盤魏大梁，黄金甲第羅康莊。王家書絶畫亦絶，欲與中祕論低昂。密公書院無絲簧，窗明几潔凝幽香。元光以後門鑰废，文士稍得連壺觴。客來喜色浮清揚，典衣置酒餘空箱。生平俊氣不易降，眼中俗物都茫茫。淵明素琴嵇阮酒，妙意所寄誰能量。在昔武元握乾綱，扶桑爲弓射八荒。十三獵取一作兩。大國如驅羊，民風朴魯資鷙彊；文治未及武尅剛。興陵之孫越王子，天以人瑞歸明昌。十三執經侍帝傍，十八健筆凌阿房。撑腸文字五千卷，靈臺架構森鋪張。高陽苗裔襲衆芳，胡不置之貢玉堂。袖中正有活國手，地下纔得修文郎。悲風蕭蕭吹白楊，丘山零落可憐傷。承平故態耿猶在，拂拭寶墨生輝光。恰似如菴連榻坐，一甌春露澹相忘。「明昌寶玩」、「羣玉中秘」，内府圖書印也。越邸有柳公權《紫絲靸》、歐率更《海上》、楊凝式《乞花》等帖。然獨推元章《華佗》爲古今絶筆。宋畫譜，山水以李成爲第一。國朝張太師浩然、王内翰子端，奉旨品第書畫。謂成筆意繁碎，有畫史氣象。次之荆、關、范、許之下，密公識賞超詣，亦以此論爲公。郭乾暉，崔棘公以爲當在太古無上。唐以來諸人，筆虚筆實，皆非其比，故予詩及之。樗軒，公自號也。又所居有如菴，詩集號《如菴小稿》。越王諸子，惟「樗軒貧甚，典衣沽酒」之句，蓋實録云。甲午三月二十有一日，爲輔之書于聊城至覺寺之寓居。

荆棘中杏花

牆東荒蹊抱村斜，荆棘狼藉盤根芽。何年丹杏此留種，小紅濈濈争春華。野人慣見謾不省，獨有詩客來咨嗟。天真不到鉛粉筆，富艷自是宫闈花。曲池芳徑非宿昔，蒼苔濁酒同天涯。京師惜花如惜玉，曉擔賣徹東西家。杏花看紅不看白，十日忙殺遊春車。誰家園亭有此樹？鄭重已著重幃遮。阿嬌新寵貯金屋，明妃遠嫁愁清笳。落花縈簾拂牀席，亦有飄泊沾泥沙。天公無心物自物，得意未用相陵誇。黄昏人歸花不語，惟有落月啼棲鴉。

送張君美往南中

南朝詞臣北朝客，棲遲零落無顔色。陽平城邊握君手，不似銅駝洛陽陌。去年春風吹雁廻，今年雁逐秋風來。春風秋風雁聲裏，行人日暮心悠哉。長江大浪金山下，吴兒舟船疾於馬。西湖十月賞風煙，想得新詩更瀟灑。

贈休糧張鍊師

金砂霧散風雨涘，一點黄金鑄秋橘。中林宴坐人不知，野鹿銜花蜂課蜜。富兒盤饌羅羶葷，擾擾飛蠅復聚蚊。見説西山好薇蕨，一枝青竹願隨君。

讀書山雪中

前年望歸歸不得，去年中途脚無力。殘生何意有今年，突兀家山墮眼前。東家西家百壺酒，主人捧觴客長壽。先生醉袖挽春迴，萬落千村滿花柳。山靈爲渠也放顛，世界幻入兜羅綿。似嫌衣錦太寒乞，别作玉屑妝山川。人言少微照鄉井，準備黄雲三萬頃。何人辦作陳瑩中，來與先生共炊餅。陳先生貶官後，苔京師人書云：「南州有何事？今年好雪，明年炊餅大耳」

過晉陽故城書事

惠遠祠前晉溪水，翠葉銀花清見底。水上西山如卧屏，鬱鬱蒼蒼三百里。中原北門形勢雄，想見城闕雲煙中。望川亭上閲今古，但有麥浪摇春風。君不見繫舟山頭龍角秃，白塔一摧城覆没。薛王出降民不降，屋瓦亂飛如箭鏃。汾流決入大夏門，府治移著唐明村。只從巨屏失光彩，河洛幾度風煙昏。東闕蒼龍西玉虎，金雀觚稜上雲雨。不論民居與官府，仙佛所廬餘百所。鬼役天財千萬古，争教一炬成焦土。至今父老哭向天，死恨河南往來苦。南人鬼巫好禨祥，萬夫畚鍤開連岡。官街十字改丁字，釘去聲。破并州渠亦亡。幾時却到承平了，重看官家築晉陽。

蟾池

老蟆食月飽復吐，天公一目頻年瞖。下界新增養蟾户，玉斧誰憐修月苦。郡國蟾池知幾所？碧玉清流水仙府。小蟾徐行腹如鼓，大蟾張頤怒於虎。渠家眉間有黄乳，膏粱大丁正須汝。何人敢與月復讎？疾過池頭不容語。向來屬私今屬官。從今見蟆當好看，爬沙即上青雲端。

高門關

高門關頭霜樹老，細路千山萬山繞。亂餘村落不見人，雪霰霏霏暗清曉。莘川百里如掌平，閒田滿眼人得耕。山中樹藝亦不惡，誰遣多田知姓名。許李申楊竟何得？只今惟有石灘聲。許致忠、楊湯臣、申伯勝、李仲常，名宦四家，隱廬氏，時以多田推之。亂後俱不知所在矣。

甲辰秋洛陽得黄葵子種之南菴明年夏六月作花佛經所謂閻浮檀金明淨柔軟令人愛樂者此花可以當之因爲賦長韻予方以病止酒故卒章及之

芳蕤浥露嬌黄溼，五疊湘裙輕襞積。晨妝午醉一日間，白白紅紅總狼藉。上陽宫女要頭冠，摹寫雖工破的難。看來明淨復柔軟，花中乃有閻浮檀。千里移根洛陽陌，主人不飲誰看客？乞與金杯自傾側，明年爲渠當舉白。

雲峽 并序

君璋啓事西涼，占對稱旨。其還也，行臺公以宣和寶石爲貺。奇秀温潤，信天壤間之尤物。君璋目之曰「雲峽」，邀詞客賦詩，予亦同作。

石盆清泠貯秋水，水面蒼煙飛不起。一堆寒碧几研間，寶氣崢嶸插箕尾。山中雪浪空影像，長安鸜鵒猶紈綺。枉著奇章甲乙中，槁項纔堪把耕來。不知天壤此尤物，鬼刻神劖通有幾。薰蒸似欲出泉脈，瑩滑定應凝石髓。剥裂雯華漬月秋，辛苦詩仙費摹擬。車箱箭筈連西東，仇池百穴總玲瓏。飛墮不嫌靈鷲小，奇探已覺太湖空。故都喬木今如此，夢想熙春百花裏。膏血綱船枯九州，亡國愁顔爲誰洗？主人天質粹以温，天然與山作知聞。退食從容北窗卧，今古起滅真浮雲。

雲巖 并序

觀州倅武伯英，崞縣人。少日舉進士，有詩名。其賦《翦燭刀》，有「啼殘瘦玉蘭心吐，蹴落春紅燕尾香」之句，甚爲時輩所稱。家故饒財，第宅園亭爲河東之冠。貯書有萬卷樓。嘉花珍果，悉自他州移植。爲人多伎巧，山水雜畫，斲琴和墨，皆極其工。嘗得宣和湖石一，竅竅穿漏，殆若神劖鬼鑿。炷香其下，則煙氣四起，散布槃水上，濃淡霏拂，有煙江疊嶂之韻。吾鄉衣冠家法書名畫及藏書之多，亦有伯英相上下者，伯英獨恃寶石以擅奇汾、晋間耳！興定末，伯英没於關中。楊户部叔玉購石得之。壬辰，圍城中以示予，且命作詩，危急存亡之際，不暇及也。乙巳冬十一月，來東平，過聖與張君之新軒，而此石在焉。聖與名之曰雲巖，予問石所從來，聖與言：夏津王帥得之汴梁泥塗中而以見貽。予因歎一物之微，經歷世變，遷徙南北，乃復爲好事者之所寶玩，似不偶然，乃爲詩道其故。聖與三世相家，以文章名海内，其才情風調，不減前世賀東山、晏叔原，故卒章以蕭閒明秀峰故事屬之。壺中九華玉孱顏，紫煙著水往復還。小窗虛明淡相對，不數漢宮銅博山。會稽禹穴深無底，寶石偷來定山鬼。一堆寒碧殊不凡，滿谷春雲更堪喜。阿欣秀發見眉宇，小杜才情淪骨髓。摩挲不作几上看，繚白紆青便千里。渾沌日鑿餘空嵌，漏天蒸溼饒風嵐。世外元無種香國，海南真有補陁巖。觀州愛玩頻湔祓，民部平生幾熏沐。藏舟夜壑未厭深，竟作新軒坐中物。一天星斗入金尊，翠射娉婷自有人。只欠宣和鄭先覺，爲君留寫五湖真。

天涯山

九州上游推大鹵，獨恨山形頗椎魯。天涯一峰今日看，快似昂頭出環堵。何年氣母此融結，鬼鑿神劖未奇古。八窗玲瓏透朝日，洞穴慘澹藏雷雨。名花錦石粲可喜，乞與雲煙相媚嫵。半空擲下金芙蕖，想得飛來自玄圃。傳聞絕頂更靈異，云是清都羣玉府。五雲飛步吾未能，風袂泠泠已輕舉。東州死愛華不注，向在陋邦何足數。敬亭不著謝宣城，斷岸何緣比天姥。酒船何時朝復暮，倒卷滹沱浣塵土。喚起山靈撾石鼓，漢女湘妃出歌舞。詩狂他日笑遺山，飯顆不妨嘲杜甫。山有石鼓神祠。

王右丞雪霽捕魚圖

江雲涀涀陰晴半，沙雪離離點江岸。畫中不信有天機，細向樹林枯處看。漁浦移家愧未能，扁舟蕭散亦何曾。白頭歲月黄塵底，笑殺高人王右丞。

世宗御書田不伐望月婆羅門引先得楚字韻

瑶光樓前按歌舞，桂樹秋香月三五。白頭誰解記開元，四海歡聲自簫鼓。兩都秋色皆喬木，三月阿房已焦土。天人亦有離别情，可是田郎心獨苦。承平舊物《霓裳》譜，寶氣暉暉映千古。銀橋望極竟不歸，滅没燕鴻下平楚。

贈别孫德謙

津橋垂楊雪花白，挽斷春衫苦留客。西河一雨春意濃，絶似銅駝洛陽陌。河亭轟醉卧春風，到手金杯不放空。鵲山一帶傷心碧，羡殺孫郎馬首東。

太原贈張彦遠

并州城邊十月末，清霜稜稜風入骨。因君夜話吴江春，酒光瀲灩金杯滑。閑閑騎鯨去滅没，當年愛君俊於鶻。平生我亦識翁人，惆悵流年如電抹。官家新築文昌臺，蒼生不憂墮巔崖。眼看東閣奇士滿，如君豈得藏蒿萊？晨雞未鳴子當發，明星煌煌大於月，野夫一笑冠纓絶。

鹿泉新居二十四韻

土門西邊井陘渡，野日荒荒下汀樹。榆關石嶺都幾程，客夢往往迷歸路。塵埃風雨半生過，儘著筋骸支世故。寧州假館又兩年，未保東來不西去。山城百家家有山，覿面呈山誰一顧。賣書買得呂氏園，不謂全山舉相付。北崖老作土灰色，擁腫形模一夸父。娟娟正有小峨眉，却立不容親杖屨。就中抱犢尤峭拔，望見韓山即攀附。韓王砦頭四望闊，全趙米如鑱數聚。眼中麾蓋天上來，泜水鼓旗紛偃仆。漢家威靈萬萬古，石子連岡猶虎距。夏秋衆壑會鹿泉，浩浩湍聲瀉餘怒。西南諸峰不知數，蕩海鯤鱷尻背露。霏煙空翠有無中，百態陰晴變朝暮。靈巖龍泉曾一到，獨欠封龍展衰步。學仙不愛徐童花，李相書龕心所慕。平生懷抱向山盡，老氣崔嵬如有助。巖居枯寂朝市喧，喧寂兩閒差有趣。得行固願留不惡，流坎且當隨所遇。何曾萬錢何用許，方丈有山容下筯。管城初無食肉相，黃帽非供折腰具。明年高築野史亭，天已安排看山處。多一作尚。慚不及謝宣城，標出敬亭天一柱。一本二句在「方丈有山容下筯」之下。

王學士熊岳圖

洗參池水甜於蜜，玉堂仙翁髮如漆。膝前文度更風流，盡卷風流入詩筆。長松手種欲摩天，海岳樓空落照邊。古來説有遼東鶴，仙語星星誰爲傳。五百年間異人出，却將錦繡裹山川。

去歲君遠遊送仲梁出山

去歲君遠遊，今年客他州。青天萬古一明月，只與行人生暮愁。問君遊何許，情多地僻一作遐。兮徧處處。金鞭斷折騏驥死，萬里長鴻思一舉。憶初識子梁王臺，清風入座無纖埃。華岳峰尖見秋隼，金眸玉爪不凡材。西園日晴花滿煙，五雲樓閣三山巔。玉樹瑤林照春色，青錢白璧買芳年。三年一夢南陽道，汴水迢迢入秋草。挐雲心事人不知，千首新詩怨枯槁。破屋仰見星，疏衾風露清。匣中有長劍，爲君鳴不平。泥塗久辱思一濯，去去舉足皆清泠。鄧州大帥材望雄，愛客不減奇章公。軍中宴酣笳鼓競，銀燭吐焰如長虹。幕中多士君又往，談笑已覺南夷空。東州春廻十月後，梅花分香入春酒。平生得意欽與京，青眼高歌望君久。淅江南下青沄沄，石門細路蒼煙屯。五松平頭白日静，千山萬山如亂雲。菊源不逐時事改，芝嶺自與商顔鄰。他日想思一回首，漁舟時問武陵人。欽謂欽叔，京即京父也。樂天書以微之爲微。

此日不足惜

此日不足惜，此酒不可無。頗怪昌黎公，亦復爲世儒。天生至神物，與人作華胥。一酌舌本强，二酌燥吻濡。三酌動高興，四酌色敷腴。連繇五六酌，枯腸潤如酥。眼花耳熱後，萬物寄一壺。十酌未渠央，百觚亦奚拘。人生一世間，忽若過隙駒。有酒不解飲，問君誰與娛。君不見東家騎騕李，膽滿六尺軀。萬言黄石策，八陣夔州圖。酒酣起舞不稱意，長吁青雲指夷吾。又不見西家紫髯郎，老氣雄萬夫。狂歌飲燕市，擊筑聲嗚嗚。倚天長劍插少室，頗欲四海皆東湖。鷹揚虎視今焉如，河山永隔黃公壚。銜杯直待秋井塌，青苔白骨憐君愚。少年覓計生白鬚，捫參歷井無危途。桀不滿睫良區區，就令一朝便得八州督，爭似高吟大醉窮朝晡。餘名安得潤枯骨，四十豈不知頭顱。此日不足惜，此酒不可無。太虛爲室月爲燭，醉倒不用春風扶。

虎害

北山虎有穴，南山虎爲羣。目光如電聲如雷，倚蕩起伏山之垠。百人一飽不留骨，敗衣墜絮徒紛紛。空谷絕樵聲，長路無行塵。呀呀垂涎口，眈眈闞城闉。天地豈不仁，社公豈不神。哀哀太山婦，叫斷秋空雲。可憐封使君，生不治民死食民。世上無復裴將軍，北平太守今何人？

寄趙宜之 趙時在盧氏。

大城滿貔虎，小城空雀鼠。可憐河朔州，人掘草根官煮弩。北人南來向何處？共説莘川今樂土。莘川三月春事忙，布穀勸耕鳩喚雨。舊聞抱犢山，摩雲出蒼稜。長林絕壑人迹所不到，可以避世如武陵。煮橡當果穀，煎术甘飴餳。此物足以度荒歲，況有麋鹿可射魚可罾。自我來嵩前，旱乾歲相仍。耕田食不足，又復違親朋。三年西去心，籠禽念飛騰。一瓶一鉢百無累，恨我不如雲水僧。崧山幾來層，不畏登不得，但畏不得登。洛陽一昔秋風起，羨殺雲間一作吴中。張季鷹。

紀子正杏園燕集 甲午歲。

紀翁種杏城西垠，千株萬株紅豔新。今年寒食好天色，曉氣鬱鬱含芳津。天公自愛此花好，朝薰暮染煩花神。融霞暈雪一傾倒，非煙非霧非卿雲。未開何所似，乳兒粉妝深絳脣。能啼能笑癡復騃，畫出百子元非真。半開何所似，里中處女東家鄰。陽和入骨春思動，欲語不語時輕顰。就中爛熳尤更好，五家合隊虢與秦。曲江江頭看車馬，十里羅綺爭紅塵。陽平一邑多詩豪，主人買酒邀衆賓。花時有成約，恨少楊子張吾軍。落花著衣紅繽紛，四坐慘澹傷精魂。花開花落十日耳，對花不飲花應嗔。愛花常苦得花晚，爭教行樂無閒身。芳苞一破不更合，且看錦樹烘殘春。

王黃華墨竹 爲郭輔之賦。

古來畫竹尊右丞，東坡斂衽不敢評。開元石本出摹寫，燕市駿骨留空名。亦有文湖州，畫意不畫形。一爲坡所賞，四海知有篔簹亭。深衣幅巾老明經，老死不敢言縱橫。豈知遼江一派最後出，運斤成風刃發硎。雪溪仙人詩骨清，畫筆尚餘詩典刑。月中看竹寫秋影，清鏡平明白髮生。娟娟略似萱草詠，落落不減叢臺行。千枝萬葉何許來，但見醉帖字欹傾。君不見忠恕大篆草書法，趙生怒虎噀墨成。至人技進不名技，遊戲亦復通真靈。百年文章公主盟，屏山見之跽且擎。聲光舊塞天壤破，議論今著兒曹輕。有物於此鳴不平，悲邪噓邪誰汝令？只恐破窗風雨夜，怒隨雷電上青冥。

泛舟大明湖 待杜子不至。

長白山前繡江水，展放荷花三十里。看山水底山更佳，一堆蒼煙收不起。山從陽丘西來青一彎，天公擲下半玉環。大明湖上一杯酒，昨日繡江眉睫間。晚涼一棹東城渡，水暗荷深若無路。江妃不惜水芝香，狼藉秋風與秋露。蘭襟鬱鬱散芳澤，羅襪盈盈見微步。晚晴一賦畫不成，枉著風標誇白鷺。我時驂鸞追散仙，但見金支翠蕤相後先。眼花耳熱不稱意，高唱吴歌叩兩舷。喚取樊川摇醉筆，風流聊與付他年。

九月七日夢中作詩續以末後二句

桃花紅深李花白，昨日成團今日拆。歌聲滿耳何處來？楊柳青旗洛陽陌。拊君背，握君手。朝鐘暮鼓無了期，世事於人竟何有！青青鏡中髮，忽忽成白首。六國印，何如負郭二頃田，千載名，不及即時一杯酒。

湧金亭示同遊諸君

太行元氣老不死，上與左界分山河。有如巨鼇昂頭西入海，突兀已過餘坡陀。我從汾晉來，山之面目腹背皆經過。濟源盤谷非不佳，煙景獨覺蘇門多。湧金亭下百泉水，海眼萬古留山阿。觱沸濼水源，渝淪晋溪波。雲雷涵鬼物，窟宅深蛟鼉。水妃簸弄明月璣，地藏發泄天不訶。平湖油油碧於酒，雲錦十里翻風荷。我來適與風雨會，世界三日漫兜羅。山行不得山，北望空長哦。今朝一掃衆峰出，千鬟萬髻高峨峨。空青斷石壁，微茫散煙蘿。山陽十月未搖落，翠蕤雲旓相盪摩。雲煙故爲出濃淡，魚鳥似欲留婆娑。石間仙人迹，石爛迹不磨。仙人去不返，六龍忽蹉跎。江山如此不一醉，拊掌笑殺孫公和。長安城頭烏尾訛，并州少年夜枕戈。舉杯爲問謝安石？蒼生今亦如卿何！元子樂矣君其歌。

南冠行 癸巳秋，爲曹得一作。

南冠纍纍渡河關，畢逋頭白乃得還。荒城雨多秋氣重，頹垣敗屋深茅菅。漫漫長夜浩歌起，清涕曉枕留餘潸。曹侯少年出紈綺，高門大屋垂楊裏。諸房三十侍中郎，獨守殘編北窗底。王孫上客生光輝，竹花不實鵷雛飢。絲桐切切解人語，海雲唤得青鸞飛。梁園三月花如霧，臨錦芳華朝復暮。阿京風調阿欽才，暈碧裁紅須小杜。長安張敞號眉嫵，吴中周郎知曲誤。香生春動一詩成，瑞露靈芝滿窗户。魚龍吹浪三山没，萬里西風入華髮。無人重典鷫鸘裘，展轉空牀卧秋月。寶鏡埋寒灰，鬱鬱萬古不可開。龍劍出地底，青天白日驅雲雷。層冰千里不可留，離魂楚些招歸來。生不願朝入省暮入臺，願與竹林嵇阮同舉杯。郎食猩猩脣，妾食鯉魚尾。不如孟光案頭一盂水，黄河之水天上流。何物可煑人間愁？撐霆裂月不稱意，更與倒翻鸚鵡洲。安得酒船三萬斛，與君轟醉太湖秋。

題劉紫微堯民野醉圖

蒼苔濁酒同歌呼，白鬚紅頰醉相扶。堯時皇質未全散，不論朝野皆歡虞。望雲雲非雲，就日日非日。

先秦迂儒强解事，極口譽堯初未識。堯民與酒同一天，此外更誰爲帝力。仙老曾經甲子年，戲將陳迹畫中傳。山川淳朴忽當眼，回望康衢一慨然。一本無此二句。不見只今汾水上，田翁鞭背出租錢。堯甲子年，仙人張果事。

下黄榆嶺

北崖玄武暮，黷黑如積鐵。東厓劫火餘，絢爛開錦纈。就中嶺頭一峰凸樸奇，削費寒雲幾千疊。摩圍可望不可到，青壁無梯猿叫絶。林煙日射彩翠新，跬步疑有黄金闕。畫工胸次墨汁滿，那得冰壺貯秋月。直須潮陽老筆回萬牛，露頂張顛揮醉帖。石門細路無澗泉，行人飢渴挽不前。辛苦黄榆三十里，豈知却有看山緣。

驅豬行　黄臺張氏莊作。

沿山蒔苗多費力，辦與豪豬作糧食。草菴架空尋丈高，擊版摇鈴鬧終夕。孤犬無猛噬，長箭不暗射。田夫睡中時叫號，不似驅豬似稱屈。放教田鼠大於兎，任使飛蝗半天黑。害田争合到渠邊，可是山中無橡朮。長牙短喙食不休，過處一抹無禾頭。天明隴畝見狼藉，婦子相看空淚流。旱乾水溢年年日，會計收成纔什一。資身百倍粟豆中，儋石都能幾錢直。兒童食糜須愛惜，此物羣豬口中得。縣吏即來銷税籍。

遊龍山

曩予魏大梁，得交此州雷與劉。自聞兩公誇南山，每恨南海北海風馬牛。老龍面目今日始一見，更信造物工雕鎪。是時山雨晴，平田綠油油。並山涼氣多，況得通深幽。山泉谷口出迎客，石罅戛擊琳琅球。蜿蜒入微行，漸覺藤蘿罥衣樹打頭。惡木拉颼棲，直幹比指稠。石門無風白日靜，自是林響寒颼颼。一峰忽當眼，仰看看不休。一峰一峰千百峰，雖欲一一顧揖知無由。金城偃蹇不得上，瑶簪回合如相留。苔花萬錦石，丹碧爛不收。天關守虎豹，武庫開戈矛。小山隨起隨偃仆，獨立千仞絶頂縹緲之飛樓。百花岡頭藉草坐，瀟灑正直金蓮秋。亭亭妙高臺，玉斧何年修？登高覽元化，快如鷹脱韝。山靈故爲作開闔，巧與詩境供冥搜。白雲何許來？纖絲弄輕柔。蓬萊作霧湧，飄飄與煙浮。玉衣仙人鞭素虯，翕忽變化令人愁。須臾視六合，浩蕩不可求。初疑陶輪比運甓，今悟夜壑真藏舟。劫石拂未窮，杞國浪自憂。斷鼇立極萬萬古，爭遣起滅如浮漚。快哉萬里風，一掃天四周。誰言太始再開闢，日馭本自無停輈。舉手謝山靈，就無清涼毫相非神羞。賤子貪名山，客刺已屢投。黄華挂鏡臺，天壇避秦溝。太山神明觀，二室汗漫遊。胸中隱然復有此大物，便可揮斥八極隘九州。玉峰有佳招，絶唱須一酬。爲君探囊擲下珊瑚鉤，白雲相望空悠悠。異時華表見老鶴，姓字莫忘元丹丘。

遊泰山

泰山天壤間，屹如鬱蕭臺。厥初造化手，辦此何雄哉！天門一何高，天險若可階。積蘇與累塊，分明見九垓。扶摇九萬里，未可誣齊諧。秦皇憺威靈，茂陵亦雄材。翠華行不歸，石壇滿蒼苔。古今一俯仰，感極令人哀。是時春夏交，紅緑無邊涯。奇探忘去聲。登頓，意愜自遲回。惜無賞心人，歡然盡餘杯。夜宿玉女祠，崩奔湧雲雷。山靈見光怪，似喜詩人來。雞鳴登日觀，四望無氛霾。六龍出扶桑，翻動青霞堆。平生華嵩遊，玆山未忘懷。十年望齊魯，登臨負吟鞋。孤雲拂層崖，青壁落落雲間開。眼前有句道不得，但覺胸次高崔嵬。徂徠山頭喚李白，吾欲從此觀蓬萊。

遊承天懸泉

詩人愛山愛徹骨，十月東來犯冰雪。懸流百里行不前，但覺飛湍醒毛髮。閒閒老仙仙去久，石壁姓名苔蘚滑。此翁可是六一翁，四十三年如電抹。并州之山水所洑，駭浪幾轟山石裂。只知晉陽城西天下稀，娘子關頭更奇劂。周南留滯何敢歎，投老天教探禹穴。君不見管涔汾源大車輪，平泉丈八玻璃盆。不知承天此水何所本，乃與沇瀆争雄尊。平地突出隨崩奔，洶如頹波射天門。太初元氣未凝結，更欲何處留胚暉？素虯騰擲翠蛟舞，袞袞後出皆鰋鯤。雷車怒擊冰雹散，石峽峻滑蒼煙屯。憑崖下視心魄動，自愧氣衰筆老勝概過眼無由吞。少東水簾亦瀟灑，珠琲一一明朝暾。陽龍暗滋瑶草活，礐石自與蓮湯温。神祠水之滸，儀衛盛官府。頗怪祠前碑，稽考失莽鹵。吾聞尹革臺駘宣汾洮障大澤，自是生有自來，歸有所假。而自經溝瀆便可尸祝之，祀典紛紛果何取？子胥鼓浪怒未洩，精衛銜薪心獨苦。楚臣有問天不酬，肯以誕幻虛荒驚聾瞽。宇宙有此水，萬古萬萬古。人言主者介山氏，且道未有介山之前復誰主？山深地古自是有神物，不假靈真誰敢侮。稗官小説出閭巷，社鼓村簫走翁媼。當時大曆十才子，争遣李諲鏡陋語。石林六月清無暑，人家青紅溼窗户。射鹿有場魚有浦，好築漕臺俯洲渚。甕面榔瓢挹膏乳，醉扶紅袖别吴歌，風雨不憂驚妒女。閑閑公守平定，以大安庚午來遊，迄今壬子，四十三年矣。土俗傳介子推被焚，其妹介山氏恥兄要君，積薪自焚，號曰妒女。祠碑大曆中制官李諲所譔，辭旨殊謬，至有「百日積薪，一日燒之」之語。鄉社至今以百五日積薪而焚之，謂之「祭妒女」云。

天門引

秦王宫中一作深居。不得近，從破衡成欲誰信。白頭遊客困咸陽，顑頷黄金百斤盡。海中仙人黄鶴一作鵠。擧，大笑人間争腐鼠。丈夫何意作蘇秦，六印才堪警兒女。古來多爲虚名老，不見阿房淨如掃。千年虎豹守天門，一日牛羊卧秋草。

蛟龍引

古劍咸陽墓中得，抉開青雲見白日。蛟龍地底氣如虹，土花千年不敢蝕。洪鑪烈焰初騰精，横海已覺無長鯨。世上元無倚天手，匣中誰解不平鳴。割城恨不逢相如，行酒恨不逢朱虚。尚方未入朱雲請，盟盤合與毛生俱。誰念田文坐中客？只將彈鋏歎無魚。

湘夫人詠

木蘭芙蓉滿芳洲，白雲飛來北渚游。千秋萬歲帝鄉遠，雲來雲去空悠悠。秋風秋月沅江渡，波上寒煙引輕素。九疑山高猿夜啼，竹枝無聲墮殘露。

孤劍詠

鬱鬱重鬱鬱，夜半長太息。吟成孤劍詠，門外山鬼泣。清霜稜稜風入骨，殘月耿耿燈映壁。君不見一飢縛壯士，僵卧時自惜黄鵠。一舉摩蒼天，時念樊籠束修翼。

渚蓮怨

阿溪何許來？素面浣風雨。寂寞煙中魂，依依欲誰語。

芳華怨

娃兒十八嬌可憐，亭亭㚒㚒春風前。天上仙人玉爲骨，人間畫工畫不出。小小油壁車，軋軋出東華。金縷盤雙帶，雲裾踏雁沙。一片朝雲不成雨，被風吹去落誰家？少年豈無恩澤侯，金鞍繡帽亦風流。不然典取鷫鸘裘，四壁相如堪白頭。金谷樓臺悄無主，燕子不來花著雨。只知環珮作離聲，誰向琵琶得私語。無情鸂鶒翡翠兒，有情蜂雄蛺蝶雌。勸君滿酌金屈巵，明日無花空折枝。

後芳華怨

江南破鏡飛上天，三五二八清光圓。豈知汴梁破來一千日，寂寞菱花仍半邊。白沙漫漫車轆轆，䴉雞絃中杜鵑哭。塞門顚頷人不知，枉爲珠娘怨金谷。樂府初唱娃兒行，彈棋局平心不平。只今雄蜂雌蝶兩不死，老眼天公如有情。白玉搔頭緑雲髮，玫瑰面脂透肉滑。春風著人無氣力，不必相思解銷骨。洛花絶品姚家黄，揚州銀紅一國香。千圍萬繞看不足，雨打風吹空斷腸。丹砂萬年藥，金印九一作八。州督，不及秦宫一生花裏活。長門曉夕壽相如，儘著千金買消渴。

結楊柳怨

長樂坡前一一作百。杯酒，鄭重行人結楊柳。可憐楊柳千萬枝，一作條。看看盡入行人手。輕煙細雨緑相和，惱亂春風態度多。路人愛是一作此。風流樹，無奈朝攀暮折何？朝攀暮折何時了，不道行人暗中老。素衣今日洛陽塵，白髮朝朝塞城草。柳色年年歲歲青，闗人何事管離情。春風誰向丁寧道？折斷一作盡。長一作柔。一作垂。條莫再生。

秋風怨

碧瓦高梧響疏雨，坐倚薰籠時獨語。守宫一著死生休，狗走雞飛莫爲女。雲間簫鼓夜厭厭，禁漏誰將海水添。一春門外羊車過，又見秋風拂翠簾。總把丹青怨延壽，不知猶有《竹枝鹽》。

歸舟怨

渡頭楊柳青復青，閨中少婦動離情。只從問得狂夫處，夜夜夢到洛陽城。南風吹櫓聲，北雁鳴嚶嚶。江流望不極，相思春草生。

征人怨

瀚海風煙掃易空，玉關歸路幾時東。塞垣可是秋寒早，一夜清霜入一作滿。鏡中。

塞上曲

平沙細草散羊牛，幾一作一。簇征人在戍樓。忽見隴頭新雁過，一時回首望南州。

西樓曲

游絲落絮春漫漫，西樓曉晴花作團。樓中少婦弄瑶瑟，一曲未終坐長歎。去年與郎西入關，春風浩蕩隨金鞍。今年匹馬妾東還，零落芙蓉秋水寒。并刀不翦東流水，湘竹年年淚一作露。痕紫。海枯石爛兩鴛鴦，只合雙飛便雙死。重城車馬紅塵起，乾鵲無端爲誰喜。鏡中獨語人不知，欲插花枝淚如洗。

後平湖曲

越女顔如花，吳兒潔於玉。天教並牆居，不著同被宿。美人一笑千黄金，連城不博百年心。樓上牆頭無一物，暮爨朝春一生足。秋風拂羅裳，秋水照紅妝。舉頭見郎至，低頭采蓮房。郎心只如菱刺短，妾意未覺藕絲長。與郎期何許？眼礙同舟女。春波澹澹無盡情，雙星盈盈不得語。十里平湖艇子遲，岸花汀草伴人歸。鴛鴦驚起東西去，惟有蜻蜓接翅飛。

長安少年行

黄衫少年如玉筆，生長侯門人不識。道逢豪客問姓名，袖把金鞭側身揖。卧駝行橐錦帕蒙，石榴壓槊銀作筩。八月蒼鷹一片雪，五花驕馬四蹄風。日暮新豐原上獵，三更歌舞灞橋東。

黄金行 贈王飛伯。

王郎少年詩境新，氣象慘澹含古春。筆頭仙語復鬼語，只有温李無他人。天公著詩貧子身，子曾不知乃自神。人間不買詩名用，一片青衫衡霍重。兒貧女富毋兩心，何論同袍不同夢。入門喚婦不下機，淚子垢面兒啼飢。君詩只有貧女謡，何曾夢見金縷衣。外家翁媪日有語，嫁女書生徒爾爲。昆陽城下三更酒，醉膽輪囷插星斗。一夕（一作昔。）詩腸老蛟吼，十尺長人墮車走。斫頭不屈三萬言，欲向何門復低首。何人壽我黄金千，使君破鏡飛上天。

隋故宫行

渭川楊柳先得春，二月鶯啼百囀新。長春宫中千樹錦，暖日晴雲思殺人。君王半醉唱吴歌，絳仙起舞嚬翠蛾。吴兒謾説曾行樂，三十六宫能幾多。千秋萬古金銀闕，海没三山一毫髮。繁華夢覺人不知，留得寒螿泣秋月。

解劍行

古劍黑於漆，鬱鬱動星文。摩挲二十年，今日持贈君。長鯨鼓浪三山没，知君不是泥中物。袖間一卷白猿書，未分持刀買黄犢。壯懷風雲鬱沈沈，慚愧漂母無千金。長安侏儒飽欲死，萬古不解天公心。北風浩浩吹行客，隴水無聲雪花白。荆卿墓頭秋草乾，擊筑行歌欲誰識。君不見秦相五羖皮，去時烹雞吹(炊)扊扅。又不見敝裘蘇季子，合從歸來印纍纍。丈夫墮地自有萬里氣，翕忽變化安能知。大冠如箕望吾子，富貴同生亦同死。

征西壯士謡

三十未有二十强，手内蛇矛丈八長。總爲官家金印大，不怕百死向沙場。捉却賀蘭山下賊，金鞍繡帽好還鄉。

望雲謡

涉江采芙蓉，芙蓉待秋風。登山采蘭苕，蘭苕霜早彫。美人亭亭在雲霄，鬱摇行歌不可招。湘絃沈沈寫幽怨，愁心歷亂如曳繭。金支翠蕤紛在眼，春草迢迢春波遠。

望歸吟

塞雲一抹平如截，塞草離離卧榆葉。長城窟深戰骨寒，萬古牛羊飲寃血。少年錦帶佩吴鉤，獨騎匹馬覓封侯。去時只道從軍樂，不道關山空白頭。北風吹沙雜飛雪，弓弦有聲凍欲折。寒衣昨夜洛陽來，腸斷空閨擣秋月。年年歲歲望還家，此日歸期轉未涯。誰與南州問消息，幾時重拜李輕車。

梁園春五首 車駕遷汴京後作。

軍從南去三回勝，雪自冬來二尺强。今歲長春多樂事，内家應舉萬年觴。長春，德陵誕節名。

暖入金溝細浪添，津橋楊柳緑纖纖。賣花聲動天街遠，幾處春風揭繡簾。

上苑春濃晝景閑，緑雲紅雪擁三山。宫牆不隔東風斷，偷送天香到世間。

樓觀沈沈細雨中，出牆花木亂青紅。朱門不解藏春色，燕宿鶯啼處處通。

雙鳳簫聲隔綵霞，宫鶯催賞玉谿花。誰憐麗澤門邊柳，瘦倚東風望翠華。龍德宫有玉谿館。麗澤，燕都西門名。

探花詞三首

禁裏蒼龍啓九關，殿前鸚鵡唤新班。沈沈緑樹鞭聲遠，嫋嫋薰風扇影閒。

浩蕩春風入繡鞍，可憐東野一生寒。皇州花好無人管，不用新郎走馬看。

六十人中數少年，風流誰占探花筵。阿欽正使才情盡，猶欠張郎白玉鞭。李欽用二十七，張夢祥少一歲，又未婚云。

獵城南

翩翩游俠兒，白馬如匹練。朝出城南獵，暮趁軍中宴。北平有真虎，愛惜腰間箭。

春風來

春風來時瑶草芳，緑池珠樹宿鴛鴦。春風去後瑶草歇，來鴻去雁遥相望。鴛鴦不得雙，燕鴻天一方。娟娟愁眉色，静與遥山長。錦衾復羅薦，夢語相思怨。月明烏夜啼，空閨淚如霰。

并州少年行

北風動地起，天際浮雲多。登高一長嘯，六龍忽蹉跎。我欲横江鬬蛟鼉，萬弩迸射陽侯波。或當大獵燕趙間，黄熊朱豹皆遮羅。男兒萬馬隨撝訶，朝發細柳暮朝那。掃雲黑山布陽和，歸來明堂見天子；黄金横帶冠峨峨。人生只作張騫傅介子，遠勝僵死空山阿。君不見并州少年夜枕戈，破屋耿耿天垂河，欲眠不眠淚滂沱。著鞭忽記劉越石，拔劍起舞雞鳴歌。東方未明兮奈夜何！

續小娘歌十首

吴兒沿路唱歌行，十十五五和歌聲。唱得小娘相見曲，不解離鄉去國情。

北來游騎日紛紛，斷岸長隄是陣雲。萬落千村藉不得，城池留著護官軍。
山無洞穴水無船，單騎驅人動數千。直使今年留得在，更教何處避明年。
青山高處望南州，漫漫江水遶城流。願得一身隨水去，直到海底不回頭。
風沙昨日又今朝，踏碎鴉頭路更遥。不似南橋騎馬日，生紅七尺繫郎腰。
雁雁相送過河來，人歌人哭雁聲哀。雁到秋來却南去，南人北渡幾時回。
竹溪梅隖静無塵，二月江南煙雨春。傷心此日河平路，千里荆榛不見人。
太平婚嫁不離鄉，楚楚兒郎小小娘。三百年來涵養出，却將沙漠换牛羊。
飢烏坐守草間人，青布猶存舊領巾。六月南風一萬里，若爲白骨便成塵。
黄河千里扼兵衝，虞虢分明在眼中。爲向淮西諸將道，不須誇説蔡州功。此爲宋助攻蔡州而發。

懷益之兄

世故伊川歎，鄉情越客音。天宜他日定，陸已向來沈。冉冉愁看老，源源事益侵。誰言易排遣，自分不勝任。鞭影驚疲馬，鐘聲急暮禽。蹋中無曠迹，喧外有幽尋。夢失名家筆，書存遺子金。山田和石瘦，茅屋過雲深。春雨蔬成圃，秋霜柿滿林。樹陰涼拂席，花氣澹盈襟。宿鷺窺晨汲，孤猿伴暝吟。溪僧時問字，野客或知琴。抱璞休奇售，臨觴得緩斟。阿一作同。兄團聚日，曾語一作話。百年心。

汴禪師自斵普照石一作瓦。爲研以詩見餉爲和二首

寺廢瓦不毁，研奇功亦多。已知良斵少，更奈苦心何！挺挺剛無敵，津津潤可呵。羽陽陵谷變，冰井字書訛。贈比黄金璞，辭慚紫石歌。遥知玉音在，洗耳俟研磨。長吉有《紫石研歌》。

點化鉛仍見，堅凝鐵易穿。何年埋朽壤，此日睹青天。古色秋煙重，哀音夜雨懸。有刀堪切玉，是鏡不名甎。佛laborers空劫，書林結後緣。禪河一勺水，更擬就師傳。

癸巳除夜

鼎定周元重，薪安漢已然。不隨南渡馬，虚泛北歸船。身並枯蜩化，心争脱兔先。塵埃嗟落泊，光景强留連。往事青燈裏，浮生白髮前。更殘鐘未動，猶屬出京年。

病中 病因食豬動氣而作。癸卯四月二十一日晨起書。

戰勝頗自恃，寧知從外腴。文章工作祟，時運迫摧枯。止酒嗟何及，燒豬本不圖。膏粱無急變，山澤有真臞。詩信藤條戲，方遭鐵彈誣。鹽去聲。紅忘後顧，黧黑見前驅。眩入投牀仆，晨淹伏枕呼。萬錢惟嘔泄，一臠爾乘除。静伏心仍悸，深調息亦粗。跼嫌囚宇宙，渴憶卷江湖。風柳留蟬蜕，霜松映鶴孤。養和懲往失，几名養和，事見天隨子詩。扶老念時須。杯杓歸神誓，垣牆任佛踰。回蹊且垂翅，望或在桑榆。

老樹

老樹高留葉，寒藤細作花。沙平時泊雁，野迥已攢鴉。旋食秋看盡，行吟日又斜。干戈正飄忽，不用苦思家。

陽翟道中

長路伶俜裏，羈懷蒼莽中。千山分晚一作落。照，萬籟入秋風。頻見參旗縮，虛傳朔幕空。故園歸未得，細問北來鴻。

太室同希顏賦

壯矣嵩維嶽，盤盤上窈冥。中天瞻巨鎮，元氣有遺形。雨入秦川黑，雲開楚岫青。鼇掀一柱在，萬古壓坤靈。

送登封張令西上

罷縣人稱屈，悠悠復此行。渭城秋雁到，秦嶺暮雲平。道路衣從典，風塵劍已鳴。山西多俠客，莫説是書生。

送曹吉甫兼及通甫

意氣羨君豪，憐君屈騎曹。安能事筆硯，且復混弓刀。風雪貂裘暗，關山馬骨高。南飛見鴻雁，應爲惜哀勞。

勝概 三鄉作

勝概煙塵外，新詩杖屨間。偶隨流水去，澹與暮雲還。吾道三緘口，時情一解顔。從今便高卧，已負半生閒。

少室南原

地僻人煙斷，山深鳥語譁。清溪鳴石齒，暖日長藤芽。緑映高低樹，紅迷遠近花。林間見雞犬，直擬是仙家。

落魄

落魄宜多病，艱危更百憂。雨聲孤館夜，草色故園秋。行役魚赬尾，歸期烏白頭。中州遂南北，殘息付悠悠。

長壽新居 同仲經賦。

地古村墟迥，川回縣郭斜。蒲池餘老節，菊水引去聲。新芽。卜築欣成趣，歸耕覺有涯。迎門顧兒女，今日是山家。

十二月六日二首

假鬼跳梁久，羣雄結構牢。天機不可料，世網若爲逃。白骨丁男盡，黄金甲第高。閶門隔九虎，休續楚臣騷。

海内兵猶滿，天涯歲又新。龍移失魚鼈，日食鬭麒麟。草棘荒山雪，煙花故國春。聊城今夜月，愁絶未歸人。

短日

短日碪聲急，重雲雁影深。風霜侵晚節，天地入歸心。零落溝中斷，酸嘶爨下音。五年朝與夕，清血幾沾襟。

送楊次公兼簡秦彦容李天成

海國山如染，雲堆草易荒。時危頻虎穴，路絶更羊腸。弔影雙蓬鬢，擕家一藥囊。殷勤秦與李，無惜借餘光。

倪莊中秋 己亥

强飯日逾瘦，裌衣秋已寒。兒童漫相憶，行路豈知難。露氣入茅屋，溪聲喧石灘。山中夜來月，到曉不曾看。

陽興砦

亂石通樵逕，重岡擁戍城。山川帶淳朴，雞犬見升平。雨爛沙仍軟，秋偏氣自清。年年避瞢馬，幾向此中行。由州入府，避騎兵奪馬者，多由此路。

聚仙臺夜飲

永夜留歡席，高懷遠市塵。月涼衣有露，風細酒生鱗。鄉社情親舊，仙臺姓字新。殷勤詩卷在，長記坐中人。

九月晦日王村道中

水涸沙仍澀，霜餘草更幽。煙光藏落景，山骨露清秋。坐食知何益，行吟只自愁。隨陽見鴻雁，三歎惜淹留。

十月四日往關南

行路見新月，獨行還獨謡。勞生塵衮衮，晚色鬢蕭蕭。野曠無遺穗，林疏有墮樵。回頭麥山嶺，更覺馬蹄遥。

和仲梁

林影兼秋薄，雲陰帶晚凉。石潭魚近藻，沙渚雁留一作含。霜。笑語無長路，登臨豈異鄉。一尊堪共醉，惜不是重陽。

感事

壯事本無取，老謀何所成？人皆傳已死，吾亦厭餘生。潦倒封侯骨，淹留混俗情。百年堪一笑，辛苦惜虚名。

同冀文明秀山行

暮景披横幅，山間二老同。雲如愁戍苦，雪亦笑詩窮。古木凍欲折，斷崖行復通。從今胡谷夢，時到水聲中。

庚子三月十日作

殘夢忘書帙，餘寒殢酒杯。青銅元懶照，白紵更寬裁。水際時獨往，花邊知幾回。殷勤雙語燕，應自謝家來。

八月并州雁 三鄉時作。

八月并州雁，清汾照旅羣。一聲驚晚笛，數點入秋雲。滅没樓中見，哀勞枕畔聞。南來還北去，無計得隨君。

甲寅十二月四日出鎮陽寄宰魯伯

滹水曉光動，灞橋詩境同。衝寒騎瘦馬，認影識哀翁。長路風聲裏，孤城雪意中。回頭歌笑處，淒絶意何窮。

乙卯十一月往鎮州

村静鳥聲樂，山低雁影遥。野陰時涚朗，冷雨只飄蕭。涉遠心先倦，衝寒酒易消。紅塵忘南北，渺渺見長橋。

同姚公茂徐溝道中聯句

路轉川塗闊，天低雨氣昏。縣山連漢壘，汾水入并門。姚。來往頻鞍馬，登臨負酒樽。聯詩强一笑，淒絶恐銷魂。元。

咏懷 崧山中作。

涼葉蕭蕭散雨聲，虚堂淅淅掩霜清。黄華自與西風約，白髮先從遠客生。吟似候蟲秋更苦，夢和寒鵲夜頻驚。何時石嶺關頭路？一望家山眼暫明。

帝城 史院夜直作。

帝城西下望孤雲，半廢晨昏愧此身。世俗但知從仕樂，書生只合在家貧。悠悠未了三千牘，碌碌翻隨十九人。預遣兒書報歸日，安排雞黍約比鄰。

僕射陂醉歸卽事

多生曾得江湖樂，每見陂塘覺眼明。詩酒共尋前日約，風陰新自夜來晴。春波澹澹沙鳥没，野色荒荒烟樹平。醉踏扁舟浩歌起，不須紅袖出重城。是日招樂府不至。

春日

里社春盤巧欲争，裁紅暈碧助春情。忽驚此日仍爲客，却想當年似隔生。貧裏齏鹽憐節物，亂來歌吹失歡聲。南州剩有還鄉伴，戎馬何時道路清。歐陽詹《春盤賦》，裁紅暈碧，巧助春情爲韻。

横波亭爲青口帥賦

孤亭突兀插飛流，氣壓元龍百尺樓。萬里風濤接瀛海，千年豪傑壯山丘。疏星澹月魚龍夜，老木清霜鴻雁秋。倚劍長歌一杯酒，浮雲西北是神州。

野菊座主間閒公命作

柴桑人去已千年，細菊班班也自圓。共愛鮮明照秋色，争教狼藉卧疎煙。荒畦斷隴新霜後，瘦蝶寒螿晚景前。只恐春叢笑遲暮，題詩端爲發幽妍。

昆陽二首

古木荒煙集暮鴉，高城落日隱悲笳。并州倦客初投迹，楚澤寒梅又過花。滿眼旌旗驚世路，閉門風雪羨山家。忘憂只有清尊在，暫爲紅塵拂鬢華。

去日黄花半未開，南來忽復見寒梅。淹留歲月無餘物，料理塵埃有此杯。老馬長途良憊矣，白鷗春水亦悠哉！商餘説有滄洲趣，早晚乾坤入釣臺。

葉縣雨中　時崧前旱尤甚。

春旱連延入麥秋，今朝一雨散千憂。龍公有力回枯槁，客子何心歎滯留。多稼卽看連楚澤，歸雲應亦到崧丘。兵塵浩蕩乾坤滿，未厭明河拂地流。

潁亭

潁上風煙天地回，潁亭孤賞亦悠哉。春風碧水雙鷗静，落日青山萬馬來。勝概銷沈幾今昔，中年登覽足悲哀。遠遊擬續騷人賦，所惜怱怱無酒杯。三、四二句，又見張希孟《會波樓》詩。蹈襲之病，昔人亦不免耶！

山中寒食

小雨班班浥曙煙，平林簇簇點晴川。清明寒食連三月，潁水崧山又一年。樂事漸隨花共減，歸心長與雁相先。平生最有登臨興，百感中來只慨然。

楚漢戰處 同欽叔賦。

虎擲龍挐不兩存，當年曾此賭乾坤。一時豪傑多一作皆。行陣，萬古山河自壁門。原野猶應厭膏血，風雲長遺動心魂。成名豎子知誰謂？擬喚狂生與細論。

後灣别業

薄雲晴日爛烘春，高柳清風便可人。一飽本無華屋念，百年今見老農身。童童翠蓋桑初合，灩灩蒼波麥已匀。便與溪塘作盟約，不應重遣濯纓塵。

寄欽用

顑頷京華苜蓿盤，南山歸興夜漫漫。長門有賦人誰買？坐榻無氊客亦寒。蟲臂偶然煩造物，麞頭何者亦求官。故人東望應相笑，世路羊腸乃爾難。

内鄉縣齋書事

吏散公庭夜已分，寸心牢落百憂熏。催科無政堪書考，出粟何人與佐軍。飢鼠遶牀如欲語，驚烏啼月不堪聞。扁舟未得滄浪去，慚愧春陵老使君。遗祖次山《春陵行》云：「思欲委符節，引竿自刺船。」故子美有「輿含滄浪清」之句。

被檄夜赴鄧州幕府

幕府文書鳥羽輕，敝裘羸馬月三更。未能免俗私自笑，豈不懷歸官有程。十里陂塘春鴨鬧，一川桑柘晚煙平。此生只合田間老，誰遣春官識姓名。

除夜

一燈明暗夜如何？夢寐衡門在澗阿。物外煙霞玉華遠，花時車馬洛陽多。折腰真有陶潛興，扣角空傳甯戚歌。三十七年今日過，可憐出處兩蹉跎。

劉光甫内鄉新居

鳫冠平日凜秋霜，老去聲名只閉藏。父老漸來同保社，兒童久已愛文章。蔬隨隙地皆成圃，竹放新梢欲過牆。爲向長安舊遊道，世間元有北窗涼。

西齋夜宴 時爲内鄉令。

飄零無物慰天涯，酒伴相逢飲倍加。誤謬君當略彭澤，回旋我亦笑長沙。金釵翠彈迎春髻，銀燭光摇半夜花。只欠東山游録事，不來堅坐看紛譁。叔能、信之、張、杜諸人皆在，而麟之獨不至。

出山

松門石逕静無關，布襪青鞋幾往還。少日漫思爲世用，中年直欲伴僧閑。塵埃長路仍回首，升斗微官亦强顔。休道西山不留客，數峰如畫暮雲間。

石門

兩崖懸一作横。絶倚山垠，草逕低迷劣可分。潭影乍從明處見，竹香偏向静中聞。石林萬古不知暑，茅屋四鄰惟有雲。曳杖行歌羡樵叟，此生何計得隨君。

岐陽三首

突騎連營鳥不飛，北風浩浩發陰機。三秦形勝無今古，千里傳聞果是非。偃蹇鯨鯢人海涸，分明蛇犬鐵山圍。窮途老阮無奇策，空望岐陽淚滿衣。

百二關河草木横，十年戎馬暗秦京。岐陽西望無來信，隴水東流聞哭聲。野蔓有情縈戰骨，殘陽何意照空城。從誰細向蒼蒼問，争遣蚩尤作五兵。

眈眈九虎護秦關，懦楚孱齊几上看。禹貢土田推陸海，漢家封檄自一作盡。天山。北風獵獵悲笳發，渭水蕭蕭戰骨寒。三十六峰長劍在，倚天仙掌惜空閑。

雨後丹鳳門登眺

絳闕遥天霽景開，金明高樹晚風回。長虹下飲海欲竭，老雁叫雲一作羣。秋更哀。劫火有時歸變滅，神嵩何計得飛來。窮途自覺無多淚，莫傍殘陽望吹臺。

懷秋林别業

茅屋蕭蕭淅水濱，豈知身屬洛陽塵。一家風雪何年盡，二頃田園入夢頻。高樹有巢鳩笑拙，空牆無穴鼠嫌貧。西南遥望腸堪斷，自古虚名只誤人。

壬辰十二月車駕東狩後卽事五首

翠被怱怱見執鞭，戴盆鬱鬱夢瞻天。只知河朔歸銅馬，又説臺城墮紙鳶。血肉正應皇極數，衣冠不及廣明年。何時真得攜家去，萬里秋風一釣船。

慘澹龍蛇日鬭爭，干戈真欲盡生靈。高原水出山河改，戰地風來草木腥。精衛有冤填瀚海，包胥無淚哭秦庭。并州豪傑知一作今。誰在？莫擬分軍下井陘。

鬱鬱圍城度兩年，愁腸飢火日相煎。焦頭無客知移突，曳足何人與共船。白骨又多兵死鬼，青山元有地行仙。西南三月音書絶，落日孤雲望眼穿。喬木他年懷故國，野煙何處望行人？

萬里荆襄入戰塵，汴州門外即荆榛。蛟龍豈是池中物，蟣蝨空悲地上臣。喬木他年懷故國，野煙何處望行人？秋風不用吹華髮，滄海横流要此身。

五雲宫闕露盤秋，銀漢無聲桂樹稠。複道漸看連上苑，戈船仍擬下揚州。曲中青塚傳新怨，夢裏華胥失舊遊。去去江南庾開府，鳳凰樓畔莫回頭。

癸巳四月二十九日出京

塞外初捐宴賜金，當時南牧已駸駸。只知灞上真兒戲，誰謂神州竟一作遂。陸沈。華表鶴來應有語，銅盤人去亦何心。興亡誰識天公意？留著青城閲古今。國初取宋，于青城受降。

喜李彦深過聊城

圍城十月鬼爲鄰，異縣相逢白髮新。恨我不如南去雁，羡君獨是北歸人。言詩匡鼎功名薄，去國虞翻骨相屯。老眼天公只如此，窮途無用説悲辛。

與張杜飲

故人寥落曉天星，異縣相逢覺眼明。世事且休論向日，酒尊聊喜似承平。山公倒載羣兒笑，焦遂高談四座驚。轟醉春風一千日，愁城從此不能兵。

秋夕

小簟涼多睡思清，一窗風雨送秋聲。頻年但覺貂裘敝，萬古何曾馬角生。寄食且依嚴尹幕，附書誰住鄧州城？洗一作澆。愁欲問東家酒，恨殺寒雞不肯鳴。

夢歸

顦顇南冠一楚囚，歸心江漢日東流。青山歷歷鄉國夢，黄葉蕭蕭風雨秋。貧裏有詩工作祟，亂來無淚可供愁。殘年兄弟相逢在，隨分虀鹽萬事休。

淮右

淮右城池幾處存，宋州新事不堪論。輔車謾欲通吴會，突騎誰當擣薊門。細水浮花歸别澗，斷雲含雨入孤村。空餘韓偓傷時淚，一作語。留與纍臣一斷魂。五六全用韓致光語，卽于結聯標出，自成一體。遺山詩用前人成語極多，陶杜句尤甚，又未可以此例概之也。

秋夜

九死餘生氣息存，蕭條門巷似荒村。春雷謾説驚坏户，皎日何曾入覆盆。濟水有情添别淚，吴雲無夢寄歸魂。百年世事兼身事，尊酒何人與細論！此爲汴京之難言之，郝伯常有《辨磨甘露碑》詩可考，云：「國賊反城自爲功，萬段不足仍推崇。勒文誦德召學士，滹南先生付一死。林希更不顧名節，兄爲起草弟親刻。省前便磨甘露碑，書丹卽用宰相血。百年涵養一盜地，父老來看閤流涕。數尊黄封幾斛米，賣却家聲都不計。盜據中國責金源，吠堯極口無靦顔。作詩爲告曹聽翁，且莫獨罪元遺山。」

乙未正月九日立春

十度新正九處家，今年癡坐轉堪嗟。一冬殘雪不肯盡，連日苦陰一作寒。殊未涯。重碧總誇燕市酒，小紅誰記上林花？殘魂零落今無幾，乞與春風惱鬢華。甲午除夜詩云：「甲子兩周今日盡，空將衰淚灑吴天。」是時金已亡故也。

三仙祠

三仙祠下往來頻，顧頷征衫滿路塵。簫鼓未休寒食酒，樵蘇時見舊都人。吹殘芳樹紅仍在，展放一作破。平田緑已勻。西北并州隔千里，幾時還我故鄉春。

送輔之仲庸還大梁

驊騮争道渺翩翩，誰遣風塵失壯年。四壁舊聞懸磬宅，一囊今有賣書錢。淋浪一作漓。别酒青燈夜，滅没孤帆落照邊。想得還家過春半，故都一作山。喬木滿蒼煙。

眼中

眼中時事益紛然，擁被寒窗夜不眠。骨肉他鄉各異縣，衣冠今日是何年？枯槐聚蟻無多地，秋水鳴蛙自一天。何處青山隔塵土？一菴吾欲送華顛。

寄欽止李兄

征車南北轉秋蓬，關塞相望兩禿翁。衮衮便當隨世路，悠悠難復倚天公。銅駝荆棘千年後，金馬衣冠一夢中。尊酒雲州古城下，幾時攜手哭春風。

鎮州與文舉百一飲

翁仲遺墟草棘秋，蒼龍雙闕記神州。只知終老歸唐土，忽漫相逢一作看。是楚囚。日月盡隨天北轉，古今誰見海西流？眼中二老風流在，一醉從教萬事休。

衛州感事二首

神龍失水困蜉蝣，一舸倉皇入宋州。紫氣已沈牛斗夜，白雲空望帝鄉秋。劫前寶地三千界，夢裏瓊枝十二樓。欲就長河問遺事？悠悠東注不還流。

白塔亭亭古佛祠，往年曾此走京師。不知江令還家日，何似湘纍去國時。離合興亡遽如此，淒遲零落竟安之！太行千里青如染，落日一作獨凭。闌干有所思。

望崧少二首

崧少飛來崐閬山，山家茅屋翠微間。雞豚鄉社相勞苦，花木禪房時往還。結習尚餘三宿戀，殘年多負半生閒。長河一葦人千里，望斷西城碧玉環。

飲鶴池邊萬木稠，養龍崖上五峰秋。藤垂絶壁雲添潤，澗落哀湍雪共流。田父占年驚玉旆，詩仙留迹歎岷丘。西風落日山陽道，空對紅塵憶舊遊。飲鶴池在緱山，養龍崖在五乳峰下。

懷州子城晚望少室

河外青山展卧屏，并州孤客倚高城。十年舊隱拋何處？一片傷心畫不成。谷口暮雲知鄭重，林梢殘照故分明。洛陽見説兵猶滿，半夜悲歌意未平。

羊腸坂

浩蕩雲山直北看，凌兢羸馬不勝鞍。老來行路先愁遠，貧裏辭家更覺難。衣上風沙歎顑頷，夢中燈火憶團圞。憑誰爲報東州信？今在羊腸百八盤。

太原

夢裏鄉關春復秋，眼明今得見并州。古來全晉非無策，亂後清汾空自流。南渡衣冠幾人在？西山薇蕨此生休。十年弄筆文昌府，争信中朝有楚囚。

野谷道中懷昭禪師

行行汾沁欲分疆，漸喜人聲挾兩鄉。野谷青山空自繞，金城白塔已相望。湯翻豆餅銀絲滑，油點茶心雪蕊香。說向阿師應被笑，人生生處果難忘。

外家南寺

在至孝社，予兒時讀書處也。

鬱鬱楸梧動晚煙，一庭風露覺秋偏。眼中高岸移深谷，愁裏殘陽更亂蟬。去國衣冠有今日，外家梨栗記當年。白頭來往人間徧，依舊僧窗借榻眠。

寄楊飛卿

客夢悠悠信轉蓬，蓼牀殷殷動晨鐘。西風白髮三千丈，故國青山一萬重。沙水有情留過雁，乾坤多事泣秋蟲。三間老屋知何處，慚愧雲間陸士龍。

再到新衛

蝗旱相仍歲已荒，伶俜十口值還鄉。空令姓字喧時輩，不救飢寒趨路傍。行帳馬嘶塵澒洞，空村人去雨淋浪。河平千里筋骸盡，更欲驅車上太行。

別冠氏諸人

戊辰秋八月初二日。

東舍茶渾酒味新，西城紅豔杏園春。衣冠會集今爲盛，里社追隨分更親。分手共傷千里別，低眉常愧六年貧。他時細數平原客，看到還鄉第幾人？

四哀詩

李欽叔

赤縣神州坐陸沈，金湯非粟禍侵尋。當官避事平生恥，視死如歸社稷心。文采是人知子重，交朋無我與君深。悲來不待山陽笛，一憶同衾淚滿襟。

冀京父

先公藻鑑識終童，曾拔崑山玉一峰。不見連城沽白璧，早聞烈火燎黄琮。重圍急變紛紛口，九地忠魂耿耿胸。欲弔南雲無覓處，士林能不泣相逢。

李長源

冀都事死東州禍，李翰林亡陝府兵。方爲騷人箋楚些，更禁書客墮秦坑。石苞本不容孫楚，黄祖安能貸禰衡！同甲四人三横賁，此身雖在亦堪驚。

王仲澤

太學聲華弱冠馳，青雲岐路九霄飛。上前論事龍顔喜，幕下籌邊犬吠稀。壯志相如頭碎柱，赤心嵇紹血沾衣。從來聖牘褒忠義，誰爲幽魂一發揮。

杏花　庚子歲南菴賦。

芳樹春融絳蠟凝，春風寂寞掩柴荆。畫眉盧女嬌無奈，齲齒孫娘笑不成。已怕宿妝添蝶粉，更堪暖蕊鬧蜂聲。一般疏影黄昏月，獨愛寒梅恐未平。

賦南中楊生玉泉墨　墨不用松煙而用燈煤。

萬竈玄珠一唾輕，客卿新以玉泉名。御團更覺香爲累，冷劑休誇漆點成。浣袖秦郎無藉在，畫眉張遇可憐生。宫中以張遇麝香小團爲畫眉墨。晴窗弄筆人今老，孤負松風入硯聲。

赤石谷

林罅陰崖霧杳冥，石根寒溜玉玎玲。雲來朔漠疑秋早，山近清涼覺地靈。静愛鳥聲存野調，鬧嫌人迹帶塵腥。南臺説有金銀氣，可是并汾處士星。繫舟山，僧徒謂之小五臺。九月中，時有景星如佛光云。

濦亭同麻知幾賦

零落棲遲復此遊，一尊聊得散羈愁。天圍平野莽無際，水繞孤城閒不流。元是深字，知幾請予改作閒字。柳意漸回淮浦暖，雁聲仍帶塞門秋。登高望遠令人起，欲買煙波無釣舟。

過應州

平野風埃接戍樓，邊城三月似窮秋。人家土屋纔容膝，驛路旃車不斷頭。隨俗未甘嘗馬湩，敵寒直欲御羊裘。十年紫禁煙花繞，此日雲山是應州。

感事

富貴何曾潤髑髏，直須淅米向矛頭。血讎此日逢三怨，風鑑生平備九流。瓢飲不甘顏巷樂，市鉗真有楚人憂。世間安得如川酒，力士鐺頭醉死休。

感興 夜宿讀書山作。

倚梯從昔望煙霄，七葉何人竟珥貂。道路常教車歷鹿，功名唯有鬢飄蕭。勤如韓子初無補，晚似馮公豈見招。五十三年等閒裏，一窗風葉雨瀟瀟。

出都二首

漢宮曾動伯鸞歌，事去英雄可奈何。但見觚稜上金爵，豈知荆棘卧銅駝。神仙不到秋風客，富貴空悲春夢婆。行過盧溝重回首，鳳城平日五雲多。

歷歷興亡敗局棋，登臨疑夢復疑非。斷霞落日天無盡，老樹遺臺秋更悲。滄海忽驚龍穴露，廣寒猶想鳳笙歸。從教盡剗瓊華了，留在西山儘淚垂。壽寧宮有瓊華島，絶頂廣寒殿。近爲黄冠輩所撤。

甲辰三月旦日以後雜詩二首

濈濈猩紅鬧曉晴，攢頭真似與春爭。舒開楊柳聊相映，瘦殺寒梅枉自清。粉豔低回工作態，絳脣寂寞獨含情。畫圖只愛殘妝好，未信徐郎解寫生。

密霧輕塵細灑勻，緑雲紅雪一番新。風光爛熳供歡席，酒味清醇似主人。落落湖山如有喜，欣欣魚鳥亦相親。新詩寫入奚奴錦，從此他鄉不算春。

紫牡丹

夢裏華胥失玉京，小闌春事自昇平。只緣造物偏留意，須信凡花浪得名。蜀錦浪淘添色重，御鑪風細覺香清。金刀一翦腸堪斷，緑鬢劉郎半白生。

洛陽

千年河嶽控喉襟，一日神州見陸沈。已爲操琴感衰涕，更須同輦夢秋衾。城頭大匠論蒸土，地底中郎待摸金。擬就天公問翻復，蒿萊丹碧果何心。

爲鄧人作詩

再見州人本不期，相留相挽忍相違。攜盤渭水空一作堪。流涕，種柳金陵已合圍。事去恍疑春夢過，眼明還似故鄉歸。題詩未要題名字，今是中原一布衣。

贈張主簿偉

江岸墳荒草棘秋，朱陽南下重君憂。弓刀近塞人煙少，林壑經霜虎迹稠。究竟畏途知有漸，激昂高義報無由。從今弟姪通家了，莫向瓜田認故侯。戒爲究竟伴，能過險惡道。

寄劉繼先

清霜茅屋耿無眠，坐憶分攜一慨然。楚客登臨動歸興，謝公哀樂感中年。淒涼古驛人煙外，迤邐荒山雪意邊。千樹春風水楊柳，待君同繫晉溪船。

寄答商孟卿

窈渺朱絃寂寞心，得詩何啻得黃金。冷猿掛夢山月暝，老雁叫羣江渚深。異縣五年仍隔闊，荒城連日想登臨。書來且只平安了，撥觸離愁恐不禁。

十一月五日暫往西張

城隈細路入沙汀，絮帽衝風日再經。歲歉村虚更荒惡，窮冬人影亦伶俜。林煙漠漠鴉邊暗，山骨稜稜雪外青。四十年來此寒苦，凍吟猶記隴關亭。

石嶺關書所見

軋軋旃車轉石槽，故關猶復戍弓刀。連營突騎紅塵暗，微服行人細路高。已化蟲沙休自歎，厭逢豺虎欲安逃。青雲玉立三千丈，元只東山意氣豪。

汴梁除夜 追録。

六街歌鼓待晨鐘，四壁寒齋只病翁。鬢雪得年應更白，燈花何喜也能紅。養生有論人空老，祖道無詩鬼亦窮。數上聲。日西園看車馬，一番桃李又春風。

龍興寺閣

全趙堂堂入望寬，九層飛觀儘高寒。空聞赤幟疑軍壘，真見金人泣露盤。桑海幾經塵劫壞，江山獨恨酒腸乾。詩家總道登臨好，試就遺臺老樹看。

聽姨女喬夫人鼓風入松

白雪朱絃一再行，春風纖指十三星。雲窗霧閣有今夕，寶靨羅裙無此聲。蕭灑寒松度虛籟，悠揚飛絮攪青冥。胎仙不比湘靈瑟，五字錢郎莫浸驚。

寒食 壬子清明後作。

上苑春風盛物華，天津雲錦赤城霞。輕舟矮馬追隨遠，翠幕青旗笑語譁。化國樓臺隔瀛海，吴兒洲渚記仙家。山齋此日腸堪斷，寂寞銅瓶對杏花。

送樊順之

弓刀十驛岳蓮州，渭水秦山得意秋。王粲從軍正年少，庾郎入幕更風流。寒鄉况味真雞肋，清鏡功名屬虎頭。寄謝溪風亭上月，老夫乘興欲西游。

過寂通菴别陳丈 并序。

陳丈未識某而愛其詩，曾對高御史士美言：「我他日見遺山，當快飲百醉。」後見之而公已病，乃相約易百醉爲百杯。每見以酒籌計之，至七八十杯，復有此别。故詩中及之。甲辰秋。

心遠由來地自偏，不離城市得林泉。從教上界多官府，且放閒身作地仙。三月有期何敢負，百杯未滿會須填。違離更覺從公晚，却望都門一慨然。

送李同年德之歸洛西

無奈流光冉冉何？逢君聊得慰蹉跎。飛黄老去空奇骨，社燕歸來只舊窠。舉世盡從愁裏過，一尊獨愛醉時歌。洛中定有人相問，休道今年白髮多。

存没 辛老敬之，劉兄景玄。

行間楊趙提衡早，老去辛劉入夢頻。案上酒杯聊自慰，袖中詩卷欲誰親。兩都秋色皆喬木，一代名家不數人。汲冢遺編要完補，可能虚負百年身。

人日有懷愚齋張兄緯文

書來聊得慰懷思，清鏡平明見白髭。明月高樓燕市酒，梅花人日草堂詩。風光流轉何多態，兒女青紅又一時。澗底孤松二千尺，殷勤留看歲寒枝。

張村杏花 丁巳三月初二日。

昨日櫻桃一作唇。絳蠟痕，今朝紅袖已迎門。只應芳樹知人意，留著殘妝伴酒尊。濃李尚須羞粉豔，寒梅空自怨黄昏。詩家元白無今古，從此張村即趙村。

送奉先從軍

潦倒書生百戰場，功名都屬繡衣郎。虎頭食肉無不可，鼠目求官空自忙。卷月清笳渭城曉，倚天長劍蜀山蒼。習池老去風流減，醉後揚鞭愧葛疆。

贈玉峰魏文邦彦

夢想南山掩靄間，眼明驚見玉峰寒。風波舊憶横身過，世事今歸袖手看。販婦庸兒識名姓，故鄉遺族見衣冠。臨流卜築平生事，會就遼東管幼安。

鬱鬱

鬱鬱羈懷不易開，更堪寥落動淒哀。華胥夢破青山在，梁甫吟成白髮催。秋意漸隨林影薄，曉寒都逐雁聲來。并州舊日風聲惡，悵望鄉書早晚回。

秋日載酒光武廟

美酒良辰邂逅同，赤眉城北漢王宫。百年星斗歸天上，萬古旌旗在眼中。草木暗隨秋氣老，河山長爲昔人雄。一杯遥醉風雲地，莫放銀盤上海東。

丙辰九月二十六日挈家遊龍泉

風色澄鮮稱野情，居僧聞客喜相迎。藤垂石磴雲添潤，泉漱山根玉有聲。庭樹老於臨濟寺，霜林渾是漢家營。明年此日知何處？莫惜題詩記姓名。

洛陽高少府瀍陽後菴四首

溪上弄明月，風露發新警。心空無一塵，萬竹掃清影。

一水隨人意，蔬畦復芋溝。風波河洛近，莫放出山流。

韮早春先緑，菘肥秋未黄。殷勤繞畦水，終日爲君忙。
地僻境逾静，林疎秋已分。清溪一片月，修竹四山雲。

山居雜詩六首

瘦竹藤斜挂，叢一作幽。花草亂生。林高風有態，苔滑水無聲。
石潤雲先動，橋平水漸過。野陰添晚重，山意向秋多。
樹合秋聲滿，村荒暮景閑。虹收仍白雨，雲動忽青山。
川迥楓林散，山深竹港幽。疏煙沈去鳥，落日送歸牛。
漲落沙痕出，堤摧岸口斜。斷橋堆聚沫，高樹閣浮槎。
鷺影兼秋静，蟬聲帶晚涼。陂長留積水，川闊盡斜陽。

梁父吟扇頭　孔明箕踞坐大石上望月，作《梁父吟》。

盤礴萬古心，塊石入危坐。青天一明月，孤唱誰與和？

辛亥寒食

寒食年年好，今年迥不同。秋千與花影，并在月明中。

德和墨竹扇頭

靜裏離離新粉，動時細細清香。明月清風自在，紅塵白日何妨。「嫩香新粉墨離離」，李長吉竹詩。

賡得一扇頭

機中秦女仙去，月底梅花晚開。只見一枝疏影，不知何處香來。

論詩三十首 丁丑歲三鄉作。

漢謡魏什久紛紜，正體無人與細論。誰是詩中疏鑿手，暫教涇渭各清渾。

曹劉坐嘯虎生風，四海無人角兩雄。可惜并州劉越石，不教横槊建安中。

鄴下風流在晉多，壯懷猶見缺壺歌。風雲若恨張華少，温李新聲奈爾何。鍾嶸評張華詩，恨其兒女情多，風雲氣少。

一語天然萬古新，豪華落盡見真淳。南窗白日羲皇上，未害淵明是晉人。柳子厚，唐之謝靈運。陶淵明，晉之白樂天。

縱横詩筆見高情，何物能澆磈磊平。老阮不狂誰會得？出門一笑大江横。

心畫心聲總失真，文章寧復見爲人。高情千古《閑居賦》，争信安仁拜路塵。

慷慨歌謡絶不傳，穹廬一曲本天然。中州萬古英雄氣，也到陰山敕勒川。

沈宋横馳翰墨場，風流初不廢齊梁。論功若準平吴例，合著黄金鑄子昂。

鬭靡誇多費覽觀，陸文猶恨冗於潘。心聲只要傳心了，布穀瀾翻可是難。陸蕪而潘静，語見《世説》。

排比鋪張特一途，藩籬如此亦區區。少陵自有連城璧，争奈微之識珷玞。事見元稹《子美墓志》。

眼處心生句自神，暗中摸索總非真。畫圖臨出秦川景，親到長安有幾人？

望帝春心託杜鵑，佳人錦瑟怨華年。詩家總愛西崑好，獨恨無人作鄭箋。

萬古文章有坦途，縱横誰似玉川盧。真書不入今人眼，而輩從教鬼畫符。

出處殊塗聽所安，山林何得賤衣冠。華歆一擲金隨重，大是渠儂被眼謾。

筆底銀河落九天，何曾顦顇飯山前。世間東抹西塗手，枉著書生待魯連。

切切秋蟲萬古情，燈前山鬼淚縱横。鑑湖春好無人賦，夾岸桃花錦浪生。

切響浮聲發巧深，研磨雖苦果何心？浪翁水樂無宫徵，自是雲山韶濩音。水樂次山事，又其《欸乃曲》云：「停橈静聽曲中意，好是雲山韶濩音。」

東野窮愁死不休，高天厚地一詩囚。江山萬古潮陽筆，合在元龍百尺樓。

萬古幽人在澗阿，百年孤憤竟如何？無人説與天隨子，春草輸贏校幾多。天隨子詩：「無多藥草在南榮，合有新苗次第生。稚子不知名品上，恐隨春草鬬輸贏。」

謝客風容映古今，發源誰似柳州深？朱絃一拂遺音在，却是當年寂寞心。

窘步相仍死不前，唱酬無復見前賢。縱横正有凌雲筆，俯仰隨人亦可憐。

奇外無奇更出奇，一波纔動萬波隨。只知詩到蘇黄盡，滄海横流却是誰？

曲學虛荒小説欺，俳諧怒駡豈宜時。今人合笑古人拙，除却雅言都不知。

有情芍藥含春淚，無力薔薇卧晚枝。拈出退之山石句，始知渠是女郎詩。
亂後玄都失故基，看花詩在只堪悲。劉郎也是人間客，枉向春風怨兔葵。
金入洪鑪不厭頻，精真那計受纖塵。蘇門果有忠臣在，肯放坡詩百態新。
百年纔覺古風迴，元祐諸人次第來。諱學金陵猶有説，竟將何罪廢歐梅？
古雅難將子美親，精純全失義山真。論詩寧下涪翁拜，未作江西社裏人。
池塘春草謝家春，萬古千秋五字新。傳語閉門陳正字，可憐無補費精神。
撼樹蚍蜉自覺狂，書生技癢愛論量。老來留得詩千首，却被何人較短長。

西園

百草千花雨氣新，今朝陌上有游塵。皇州春色濃於酒，醉殺西園歌舞人。

杏花雜詩八首

杏花牆外一枝横，半面宮妝出曉晴。看盡春風不回首，寶兒元自太憨生。
露華浥浥汎晴光，睡足東風倚緑窗。試遣紅妝映銀燭，湘桃争合伴仙郎。
嫋嫋纖條映酒船，緑嬌紅小不勝憐。長年自笑情緣在，猶要春風慰眼前。
暖日園林可散愁，每逢花處儘遲留。青旗知是誰家酒？一片春風出樹頭。
紛紛紅紫不勝稠，争得春光競出頭。却是梨花高一著，隨宜梳洗儘風流。

露浥清華粉自添，隔溪遥見玉簾苫。眼看桃李飄零盡，更揀繁枝插帽簷。

楚客離魂不易招，野春平碧水迢迢。垂楊也被多情惱，瘦損春風十萬條。

紅妝翠蓋惜風流，春動香生不自由。莫向芸齋厭閒冷，小詩供作錦纏頭。韓偓：「噏三清之瑞露，春動七情；咀五色之靈芝，香生九竅。」

出京

巫峽歸雲底處尋？高城渺渺暮煙沈。春風不剪垂楊斷，繫盡行人北望心。

惠崇蘆雁

寒沙折葦静相依，故國春風早晚歸。意外羈棲誰畫得？羽毛單薄稻粱微。

銅雀臺瓦硯

愛惜鉛華洗又看，畫闌桂樹雨聲寒。千年不作鴛鴦去，唤得書生笑老瞞。

步虚詞三首　後二首三鄉時作。

閬苑仙人白錦袍，海山宫闕醉蟠桃。三更月底鸞聲急，萬里風頭鶴背高。

萬神朝罷出通明。和氣歡聲滿玉京。見説人間有新異，緑章封事謝昇平。

琪樹明霞碧落宫，歌音嫋嫋度泠風。人間聽得《霓裳》慣，猶恐鈞天是夢中。

風雨停舟圖

老木高風作意狂，青山和雨入微茫。畫圖喚起扁舟夢，一夜江聲撼客牀。

楊柳

楊柳青青溝水流，鶯兒調舌弄嬌柔。桃花記得題詩客，斜倚春風笑不休。

梁縣道中

青山簇簇樹重重，人在春雲浩蕩中。也是杏花無意況，一枝臨水卧殘紅。

長壽山居元夕

微茫燈火共荒村，黄葉漫山雪擁門。三十九年何限事，只留孤影伴黄昏。

右司正之家渭川千畝圖

官街塵土霧中天，入眼荒寒一灑然。大似終南山下看，北風和雪卷蒼煙。

山居二首

斜陽高樹挂晴虹，肅肅微凉雨氣中。一道鷺鷥花不斷，密香吹滿馬頭風。

詩腸搜苦怯茶甌，信手拈書却枕頭。簷溜滴殘山院静，碧花紅穗媚凉秋。

寄女嚴

鶴崖魚窟路間關，匃月無由一往還。寒食歸寧見鄰女，舉家回首望西山。鶴崖魚窟，在内鄉往盧氏道中。

自鄧州幕府暫歸秋林

升斗微官不療飢，中林春雨蕨芽肥。歸來應被青山笑，可惜緇塵染素衣。

題省掾劉德潤家驂鸞圖并爲同舍郎劉長卿記異劉在方城先有碧簫之遇如芙蓉城事云

千劫情緣萬古期，樓中蕭史姓名非。洞天花落秋雲冷，腸斷青鸞獨自飛。

雜著三首

青蓋朝來帝座新，豈知衞瓘是忠臣。洛陽荆棘千年後，愁絶銅駝陌上人。

天上河源地上流，黄金浮世等閒休。埋愁不著重泉底，儘向人間種白頭。

半紙虚名百戰身，轉頭高塚卧麒麟。山間曾見漁樵説，辛苦凌煙閣上人。

俳體雪香亭雜詠十二首亭在故汴宫仁安殿西。

洛陽城闕變灰煙，暮虢朝虞只眼前。爲向杏梁雙燕道，營巢何處過明年？

落日青山一片愁，大河東注不還流。若爲長得熙春在，時上高層望宋州。

醇和旁近洞房環，碧瓦參差竹樹一作木。閒。批奏内人輪上直，去年名姓在窗間。醇和，殿名。

天上三郎玉不如，手中白羽趁花奴。御屏零落宣和筆，留得華清按樂圖。

詩仙詩鬼不謾欺，時事先教夢裏知。禁苑又經人物散，荒涼臺榭水流遲。十年前，商帥國器方城，夢中得後二句，爲言如此。

金縷歌詞金曲卮，百年人事鬢成絲。重來未必春風在，更爲梨花住少時。

楊柳隨風散緑絲，桃花臨水弄妍姿。無端種下青青竹，恰到湘君淚盡時。

琵琶心事曲中論，曾笑明妃負漢恩。明日天山山下路，不須回首望都門。

鑪薰浥浥帶輕陰，翠竹高梧水殿深。去去旃車雪三尺，畫羅休縷麝香金。泥金色如麝香，宫中所尚。

苦才多思是春風，偏近騷人悵望中。啼盡杜鵑枝上血，海棠明日更應紅。

暖日晴雲錦樹新，風吹雨打旋成塵。宫園深閉無人到，自在流鶯哭暮春。

暮雲樓閣古今情，地老天荒恨未平。白髮纍臣幾人在，就中愁殺庾蘭成。

記夢

天上材官老不材，從教兀兀走塵埃。夢中望拜通明殿，曾見金書兩字來。戊子七月二十四日，内鄉往盧氏，宿走馬平。夜夢拜天帝像。送觀法駕導引，畫幅最前負弩三人，中有金書小字題裕之者，夢中不自知其爲予也。

雜著二首

六朝瓊樹掌中春，回首胡妝一面新。生羨石家金谷裏，千年獨有墜樓人。
燕語鶯啼百囀新，長廊寂寂不逢人。東君去作誰家客？花柳無情各自春。

眉

石緑香煤淺淡間，多情長帶楚梅酸。小詩擬寫春愁樣，憶著分明下筆難。

出都

春閨斜月曉聞鶯，信馬都門半醉醒。官柳青青莫回首，短長亭是斷腸亭。

姨母隴西君諱日作

寶鏡煌煌照九州，埋藏曾及見諸劉。鄄城今日無雷煥，紫氣誰當辨斗牛。陽曲劉氏家大寶鏡，能照天地四方，以前知休咎。其家埋地中，人不得見也。明昌、泰和中，北方兵動，渠父子欲卜之。一日，先以旃幕障中庭，乃扃閉門户甚嚴，及掘鏡出，光耀爛然，一室盡明，如初日之照。鏡中見北來兵騎，穰穰無數，餘三方都無所覩。因大駭曰：「不可不可」，即埋之。姨母時伏牀下，得竊窺焉。兵火後，此家惟一兒子在，姨母能指鏡處，存否則不知也。故予詩及之。

自趙莊歸冠氏

杏園紅過雪披離，楊柳無風緑綫齊。寒食人家在原野，乳鴉牆外盡情啼。

濟南雜詩五首

兒時曾過濟南城，暗算存亡只自驚。四十二年彈指過，却疑行處是前生。

吴兒洲渚似神仙，罨畫溪光碧玉泉。別有洞天君不見，鵲山寒食泰和年。

石刻燒殘讌集辭，雄樓傑觀想當時。只應畫戟清香地，多欠韋郎五字詩。

白煙銷盡凍雲凝，山月飛來夜氣澄。且向波間看玉塔，不須橋畔覓金繩。

荷葉荷花爛熳秋，鷺鷥飛近釣魚舟。北城佳處經行徧，留著南山更一遊。

題劉才卿湖石扇頭

幽澗雲凝雨未乾，曲池疏竹共荒寒。扇頭唤起西園夢，好似熙春閣下看。

聞歌懷京師舊遊

樓前誰唱《綠腰》催？千里梁園首重囘。記得杜家亭子上，信之欽用共聽來。

出鎮州

汾水歸心日夜流，孤雲飛處是松楸。無端行近還鄉路，却傍西山入相州。

南關二首

風裏秋蓬不自由，一生幾度過隆州。無情團栢關前水，流盡朱顔到白頭。

路轉川回失繫舟，更教兩驛過徐溝。多情團栢關前水，却共清汾一處流。是日自徐溝宿南關。

馬坊冷大師清真道院

枯蒲折葦障清灣，十里風荷指顧間。安得西湖展江手，亂鋪雲錦浸青山。

遊天壇雜詩五首

芳樹陰陰鳥語譁，緑雲晴雪映紅霞。青山可是堪人恨，藏著中巖十里花。

漫山白白與紅紅，小樹低叢看不供。總道楂花香氣好，就中偏愛玉瓏鬆。花名有玉瓏鬆。

溪童相對采椿芽，指似陽坡説種瓜。想得一作是。近山營馬少，青林深處有人家。

湍聲洶洶落懸崖，見説蛟龍擘石開。安得天瓢一翻倒，躡雲平下看風雷。時旱甚故云。

仙壇倒影鳳麟洲，一道雲光插素秋。也是天公閒不得，海東移著海西頭。

初挈家還讀書山雜詩二首

天門筆勢到閒閒，相國文章玉筍班。從此晉陽方志上，繫舟山是讀書山。繫舟，先大父讀書之所。閒閒公改爲「元子讀書山」。又大參楊公叔玉譔先人墓銘。

眼中華屋記生存，舊事無人可共論。老樹婆娑三百尺，青衫還見讀書孫。

賦瓶中雜花七首 予絶愛未開杏花，故末篇自戲。

老眼驚看節物新，今年更與酒杯親。東山一道花如繡，從此他鄉不是春。

香中人道睡香濃，誰信丁香臭味同。一樹百枝千萬結，更應薰染費春工。

生紅點點弄嬌妍，半拆花房更可憐。傳語春風好將護，莫教容易作銀錢。

紅抹蘭膏緑染衣，緑嬌紅小兩相宜。華邊剩有清香在，木石癡兒自不知。

素豔來從月姊家，温風淑氣發清華。人間自有交枝玉，天上休開六出花。

昨日桃花錦片新，兔葵今日到殘春。低枝留得稀疏朶，比似全開更惱人。

古銅瓶子滿芳枝，裁翦春風入小詩。看看海棠如有語，杏花也到退房時。

杜生絶藝

杜生絶藝兩絃彈，穆護沙詞不等閒。莫怪曲終雙淚落，數聲全似古《陽關》。

德華小女五歲能誦予詩數首以此詩爲贈

牙牙嬌語總堪誇，學念新詩似小茶。好箇通家女兄弟，海棠紅點紫蘭芽。唐人以茶爲小女美稱。

春歸

野杏溪桃三兩枝，春歸也作送春詩。東君自愛長安好，能住山城得幾時。

發南樓度雁門關二首

雞聲未動發南樓，澗水隨人向北流。欲望讀書山遠近，雁門關上懶回頭。

稜磳石磴倚高梯，穹谷無人緑樹齊。總爲古來征戍苦，宿雲常傍塞垣低。

自題中州集後五首

鄴下曹劉氣儘豪，江東諸謝韻尤高。若從華實評詩品，未便吴儂得錦袍。

陶謝風流到百家，半山老眼淨無花。北人不拾江西唾，未要曾郎借齒牙。

萬古騷人嘔肺肝，乾坤清氣得來難。詩家亦有長沙帖，莫作宣和閣本看。

文章得失寸心知，千古朱絃屬子期。愛一作恨。殺溪南辛老子，相從何止十年遲。

平世何曾有稗官，亂來史筆亦燒殘。百年遺稿天留在，抱向空山掩淚看。

講武城

作計千年復萬年，似嫌蒸土不能堅。衹今講武人何在？衰柳殘陽有亂蟬。

藥山道中

西風砧杵日相催，著破征衣整未回。白雁已銜霜信過，青林閑送雨聲來。

黄華峪五首

岱崧王屋舊經過，自倚胸中勝概多。獨欠太行高絶處，青天白日看山河。

絶壁孤雲子細看，雲間龍穴想高寒。碧瀾寸寸横秋色，空對山靈説到難。唐人到難篇，有「碧瀾之下寸寸秋色」之句，見《文粹》。

玉立千峰畫不如，天公自有范寬圖。閻山要著黄花老，千尺珠簾得似無。前輩閻山詩，有「向使早逢周處士，子端應不號黄華」之句。處士指周先生德卿。

團團石甕琢青瑶，仰面看雲覺動摇。誰著天瓢灑飛雨，半空翻轉玉龍腰。

落峽飛流散不收，湍聲洶洶動高秋。也應嫌被紅塵涴，才近山門便洑流。

鄉郡雜詩二首

予家自五代以後，自汝州遷平定。宋末，又自平定遷於忻，故文字中以平定爲鄉郡。

一溝流水幾橋横，岸上人家種柳成。來歲春風一千樹，緑煙和雨暗重城。

新堂縹緲接飛樓，雲錦周遭霜樹秋。若道使君無妙思，冠山移得近城頭。

前高山雜詩

天池一雨洗氛埃，全晉堂堂四望開。不上朝元峰北頂，真成不到此山來。

楚山清曉圖

雨潤煙濃十二峰，雲間合有楚王宫。遥知别後西州夢，一抹春愁淺淡中。

三鄉雜詩二首

夢寐滄洲爛熳遊，西風安得釣魚舟。薄雲樓閣猶烘暑，細雨林塘已帶秋。

尖新秋意晚晴中，六尺筇枝滿袖風。草合斷橋通暗緑，竹摇殘照漏疏紅。

榆社硤口邨早發

瘦馬長途懶著鞭，客懷牢落五更天。幾時不屬雞聲管，睡徹東窗日影偏。

同兒輩賦未開海棠二首

翠葉輕籠豆顆勻，臙脂濃抹蠟痕新。殷勤留著花梢露，滴下生紅可惜春。

枝間新緑一重重，小蕾深藏數點紅。愛惜芳心莫輕吐，且教桃李鬧春風。

楊祕監馬圖

天閑誰省識真龍，金粟堆前草色空。忽見畫圖疑是夢，東華馳道麝香騘。

岳山道中

野禾成穗石田黄，山木無風雨氣凉。流水平岡儘堪畫，數家村落更斜陽。

雪岸鳴鵠

離離殘雪點荒叢，更著幽禽慘淡中。笑殺畫簾雙燕子，秋千紅索海棠風。

客意

雪屋燈青客枕孤，眼中了了見歸途。山間兒女應相望，十月初旬得到無？

論詩三首

坎井鳴蛙自一天，江山放眼更超然。情知春草池塘句，不到柴煙糞火邊。

詩腸搜苦白頭生，故紙塵昏枉乞靈。不信驪珠不難得，試看金翅擘滄溟。

暈碧裁紅點綴匀，一回拈出一回新。鴛鴦繡了從教看，莫把金針度與人。

風柳鳴蟬

輕明雙翼曉風前，一曲哀筝續斷絃。移向别枝誰畫得，只留殘響客愁邊。

僧寺阻雨

山氣森岑入葛衣，砧聲偏與客心期。僧窗連夜蕭蕭雨，又較歸程幾日遲。

王子文琴齋

天上秋風月底霜，求凰一曲鬢絲長。相如四壁消何物？直要文君典鷫鸘。

舊與趙景温

浮雲流水易西東，囘首梁園似夢中。一別十年今又別，酒尊能得幾囘同。

雪谷早行圖　卷中多國朝名勝題詠。

畫到天機古亦難，遺山詩境更高寒。貞元朝士今誰在？莫厭明窗百過看。

夜宿山中

月華人影共徘徊，未算歸程夢已囘。澗水悲鳴易愁絶，長松休送雨聲來。

臺山雜詠五首　甲寅六月

西北天低五頂高，茫茫松海露靈鼇。太行直上猶千里，井底殘山枉叫號。

山上離宫魏故基，黄金佛閣到今疑。異時人讀清涼傳，應記諸孫賦《黍離》。

一國春風帝子家，緑雲晴雪問紅霞。香𦵫穩藉僧溪草，蜀錦驚看佛鉢花。

𣲖沇龍穴貯雲煙，百草千花雨露偏。佛土休將人境比，誰家隨步得金蓮。

靈蛇不與世相關，時復蜿蜒水石間。何處天瓢待霖雨？一龕香火梵仙山。

乙卯二月二十一日歸自汴梁二十五日夜久旱而雨偶記内鄉一詩追録於此今三十年矣

桑條沾潤麥溝青，軋軋耕車鬧曉晴。老眼不隨花柳轉，一犂春事最關情。

石勒問道圖

輕比韓彭作李陽，高僧久已笑君狂。中原果有劉文叔，肯説鈴聲替戾岡。

貞燕

杏梁雙宿復雙飛，海國争教隻影歸。想得秋風逼涼冷，謝家兒女亦依依。

留贈丹陽王錬師

敝盡貂裘白髮新，京華旅食記前身。仙翁相見休相笑，同是邯鄲枕上人。

元夕

花影燈光一萬重，青衫驄馬踏東風。彰陽舊事無人記，二十三年似夢中！

酴醾

枕幃餘韻最清真，夢裏猶來著莫人。擬借濃陰作羅幕，玉纓多處卧殘春。

和德新丈

二年老眼暗兵塵，今日逢君喜事新。結伴還鄉有成約，不應先作北歸人。

倦繡圖

香玉春來困不勝，啼鶯唤夢幾時曆。可憐憔悴田家女，促織聲中對曉燈。

雪谷曉行圖

漫漫長路幾時休？風雪無情萝亦愁。羡殺田家老翁媪，瓦盆濁酒火鑪頭。

與西僧倫伯達

行雲孤鶴萬緣輕，遥見鄉關眼便明。不似遺山元老子，塵埃風雨過平生。

鶴鳴老人李俊民

俊民，字用章。别號鶴鳴老人。唐韓王元嘉之後。家于澤州。少通程氏之學，金承安中，以經義舉進士第一，應奉翰林文字。未幾，棄官教授。南遷後，隱于嵩山。元世祖在藩邸，劉秉忠盛稱之，以安車召見，延訪無虛日，遽乞還山。卒，賜謚莊靜先生。集作莊靖。世祖嘗曰：「朕求賢三十年，惟得竇漢卿及李俊民二人。」澤守段正卿刻其遺集十卷，長平李仲紳、王特升序之。謂自筮仕後，冥搜隱索四十餘年，雖片言隻字，亦必有據。劉瀛云：「先生詩格律清新似東坡，句法奇傑似山谷。集句圓轉，脈絡貫穿，半山老人之體也。雄篇鉅章，奔騰放逸，昌黎公之亞也。」蓋爲當時所推重如此。先生嘗自書登科記後曰：余閱承安庚申登科記三十三人，革命後，獨與高平趙楠、庭幹二人在。一日，邂逅于鄉邑，哽咽道舊。壬寅五月，庭幹復挈家之燕京，感慨忍淚，書五十六字寄之：「試將小録問同年，風采依稀墮目前。三十一人今鬼録，與君雖在各華顛。君還攜幼去燕然，我向荒山學種田。千里暮鴻行斷處，碧雲容易作愁天。」是時，蔡州失守已十年矣。故云。

毛晉卿肖山堂

悠然林下客，世事頗能料。閒中意自適，身外名肯釣。卜居山之陽，初爲識者笑。勢將陵岱華，氣欲吞嵩少。方尋愿谷歸，稍近孫臺嘯。微茫數煙岫，巉絶對雲嶠。爲我增雙明，未必在遠眺。始雖如面友，久得乃心照。恐隨有力去，或被移文誚。已見成膏肓，百計莫可療。一時煙霞語，慎勿駭廊廟。咄哉肖山堂，所以警不肖。

毋應之餉黍

憶昔周室衰，周人詠《黍離》。君今餉我黍，爲賦《黍離》詩。厥初藝黍時，飯牛使牛肥。八月黍未穫，胡兒驅牛歸。胡兒不滿欲，我民還買犢。今秋犢未大，又被胡兒逐。胡兒皆飽肉，我民食不足。食不足，尚可鬻子輸官粟。

游碧落 并序

壬寅重午日，陪郡侯段正卿暨王用亨、劉漢臣、濟之、君祥、仲寬、姚子昂、張唐臣、禄卿、平陽趙君玉、王潤之同行。

浮雲翳炎景，長夏愜幽事。相陪林下友，共造金碧地。清流漱寒玉，老樹聳蒼翠。何人開山祖，妙處發天祕。悠悠歲月深，剥落磨崖字。遨頭興不淺，有酒留客醉。幽鳥背人飛，不慣聞鼓吹。抵暮出山門，溪風送歸騎。

郭顯道美人圖

君不見昭陽殿裏蓬萊人，終惹漁陽胡馬塵。又不見吳宮夜夜《烏棲曲》，竟使姑蘇走麋鹿。移人大抵物之尤，喪亂未免天公愁。雖然丹青不解語，冷眼指作鄉温柔。試問人間何處有？畫師恐是傾國手。却憐當日毛延壽，故寫巫山女粗醜。杜詩：「誰道巫山女粗醜，何得此有昭君村。」

宣差射虎 十二月初九日。

北原風勁霜草枯，草間出没藏於菟。眈眈來此被誰驅，不防邂逅馮婦車。將軍膽氣勇有餘，手中笑撚金僕姑。等閒如射兔與狐，兩眼錯莫精光無。深山大澤失所居，或撩汝頭編汝鬚。可憐肉食無遠圖，伎倆不及黔之驢。

羣鼠爲耗而猫不捕

欺人鼠輩争出頭，夜行如市晝不休。渴時欲竭滿河飲，飢後共覓太倉偷。有時憑社竊所貴，亦爲忌器不忍投。某氏終貽子神禍，祐甫恨不猫職修。受畜於人要除害，祭有八蜡禮頗優。近憐銜蟬在我側，何故肉食無遠謀。眈眈雄相猛於虎，不肯捕捉分人憂。縱令同乳不同氣，一旦反目恩爲讎。君不見唐家拔宅雞犬上昇去，彼鼠獨墮天不收。唐公昉師李八百，得其神丹，遂舉家昇天，雞犬皆去。唯鼠空中自墮，腸出，一月三易其腸。今山下有拖腸鼠，束廣微所謂唐鼠。

掃晴婦　并序。

世俗爲掃晴婦者，蓋假燮理之手，導陰陽之和，使民間免乾溢之患也。感其事而賦之。

卷袖搴裳手持帚，挂向陰空便摇手。前推後卻不辭勞，欲動不動誰掣肘。偶人相對木與土，神女但誇朝復暮。龍公不作本分事，中間多少閒雲雨。見説周人憂旱母，寧知東海無寃婦。慇懃更倩封家姨，一時斷送龍回首。

姚子昂畫馬

雄姿卓立開天骨，騰踏萬里如神速。可憐不遇九方臯，空使時人指爲鹿。自從大奴守天育，無由更騁追風足。中原一戰收乾坤，白髮將軍髀生肉。

苴履

待詔門前東郭趾，藍關路上仙人迹。雪花紛披蓋地白，東家不借借不得。雖然近市屨亦無，以故爲新卽有餘。同行留我木上座，補過仰渠金十奴。一生能著屐幾兩，用心猶在阮孚上。不須更覓下邳侯，山林此計成長往。時守下邳。

籌堂尋梅

蕭疏籬落誰家圃？尋芳信逐游蜂去。眼前荆棘少人行，馬蹄直到香來處。怕愁貪睡獨開遲，瘦損春寒鶴膝枝。可是東君苦留客，斜風細雨不堪詩。

綵樓 并序。

高平縣綵樓，聞之舊矣，今始親見。議者猶謂高下侈麗不及向者三分之一。因感而賦之。

層層華構高且崇，萬綵糾結填青紅。何人下手奪天巧？都入意匠經營中。書契以來未省見，異事驚倒百歲翁。郢斤般斧莫敢近，卻立屏息慚無功。寒窗戛戛鳴機婦，積年杼柚一日空。山川謂可錦繡裹，塵土盡皆羅綺封。前者攀轅後者挽，奔車徑欲趨靈宮。三年送迎禮雖舊，人事不與天時同。方當炎厲行夏令，權勢大抵歸祝融。神之於人無厚薄，蓋以至誠能感通。豚蹄豆酒道傍祝，所獲神賜亦已豐。閭閻疾苦還知否？我爲大夫歌《大東》。亨炎帝閏年。

上九里谷與濟之君祥仲寬李德方朱壽之姚子昂

太行巍巍形勢尊，造物設險雄中原。巨靈一朝擘石裂，連峰忽斷開山門。侵雲直上幾千尺，挂壁一徑愁攀援。十步回頭五步坐，慄慄汗出如漿翻。清風掖至最高頂，下視寰海塵埃昏。天壇咫尺若有待，顧我不往慚食言。世間好處豈不愛，脚力雖盡心長存。爲君試寫遠遊興，夜半月出清吟魂。與祁定之約游天壇，不果。

游濟源　并序。

庚子春季，與劉濟之、君祥、仲寬、仲美、姚子昂、秦懿夫、馬子温、李德方、深之、伯英、朱壽之下太行，抵覃懷，望方口，臨沇水。二十三日丁亥，郡侯段玉卿因西山鎮遏司，自析城來赴期，值雨，留宿奉仙觀。翌日己丑天霽，具牲酒幣帛謁清源王廟。禮畢，會友人郭伯玉、李慶之、王天益、史德秀、王輔卿、紇石烈、仲傑、完顏壽之、方外士祁定之、郭道正、元明道、部將段玉等，大飲於裴公亭。用麾下鼓吹以樂賓，薄暮極歡而罷。故賦之，紀一時之勝游也。

元戎小隊閒登臨，悠悠旌旆穿山林。太行南下路險澀，不憚著脚窮幽尋。清源祭秩世所重，喬木掩映靈宫深。是時方口雨初過，天風破曉開微陰。入門爲問廟見禮，白髪黄冠通古今。且言享誠非享物，那在與俗占浮沈。鞠躬執簡默有禱，脯酒縱薄神所歆。幾年願違莫能遂，至此始得償初心。點檢圖經歎禹迹，山青水緑無知音。竹根醉倒客星散，夜聽波底蛟龍吟。

河橋成　并序。

橋成有日，必有佳句。寫河上逍遥之興，贈子榮及督役楊成之。

預積他山木，重新兩岸隄。龍依天上卧，虹傍水心低。不假鞭秦石，何勞立蜀犀。落成應有日，誰向柱先題。

乙未冬至

已應黄宫律，初生復卦陽。道隨天在北，愁與日俱長。節物驚時换，年光有底忙。浮雲多變態，試與問何祥？

元夜有感

春城行欲遍，百感到愁邊。市冷猶燈火，人稀尚管絃。梅從今夜落，柑憶舊時傳。歸去西窗月，無情照不眠。

游青蓮

行處春風惡，山中勝概藏。漸佳如蔗尾，薄險似羊腸。翠揖雙峰角，清臨一水堂。夜長僧睡少，爲我話興亡。

過雲中

把酒不成醉，出門行路難。客愁千里破，歸夢五更殘。三仕有何喜？一生常鮮歡。恨無南去雁，爲我報平安。

宿海會寺二首 同孫講師、明上人、趙叔寶、劉巨濟夜酌。

佛堂光未放，桑下喚難囘。是處皆堪歇，何山不可開。泉因龍吐出，經自兔銜來。徑向黃沙過，尋僧問劫灰。

青山雲水窟，杖錫幾時來。竹待香嚴擊，松經道者栽。西江無水吸，震旦忽花開。三笑圖中友，同傾破戒盃。

九里谷

九曲羊腸路，千層劍戟山。行鈎藤蔓刺，坐印石花斑。樹發三春暮，雲歸萬壑閒。相陪林下屐，雖倦不知還。

獨坐

地偏無俗客，日在掩柴扉。暑退閒蒲扇，涼生換葛衣。風高雲散影，露下月揚輝。獨據胡牀坐，心清卽道機。

乙亥過河

一身長道路，四海尚風塵。昔作依劉客，今爲去魯人。渡河年在亥，乞酒歲非申。別後山中友，相逢話又新。

過星軺

古道開天險，危峰拔地形。連營南北戍，過客短長亭。野燒驚山鬼，胡雲掩將星。何人弄羌管，哀怨不堪聽。

用趙之美留别韻四首

把酒離筵且莫辭，坐中瓜葛暫相依。花從識後常含笑，鳥自還時想倦飛。往事微茫春夢斷，故人牢落曉星稀。天涯白髮禁愁得，好在西山不早歸。

長短亭中送别時，問君東去復何依。今宵明月三人共，來日紅塵一騎飛。傾蓋莫嫌相見晚，斷絃惟恨賞音稀。天涯盡道還家好，笑我雖歸似不歸。

爲君不惜送行詩，但恨蒹葭失所依。流水盡朝東海去，孤雲只向太行飛。仕途冰炭收心早，客路參商見面稀。一曲《陽關》歌未徹，聲聲頭上聽催歸。

遥指東山去恨遲，争如蓮幕早來依。須知宋鷁猶能退，有底齊禽尚不飛。洛下書生憐我少，燕南壯士似君稀。主人好客厭厭醉，正要髡留肯放歸。

赴山陽

寄君祥、濟之、仲寬、子昂。

立馬西風不忍行，往回只是片時程。一年又作半年客，百里有如千里情。落日寒林山下路，淡煙疏竹水邊城。願君把酒休惆悵，四海由來皆弟兄。

白文舉王百一索句送行

世事紛紛亂似麻，不堪愁裏度年華。傷心城郭來家鶴，過眼光陰赴壑蛇。彈鋏歌中成老境，班荆話後各天涯。何時造物歸真宰，却覩人間第一花。

承二公寵和復用元韻二首

脱却朝衫著紵麻，殘年猶復夢京華。世情共指鹿爲馬，天意反教龍作蛇。白髮不公人易老，青山有素恨無涯。那禁送别東郊外，滿目離離濺淚花。

有客衡從説藝麻，要教身後見西華。若爲養得能言鴨，未解除他引睡蛇。歸去稍知閒氣味，荒唐猶種老生涯。眼前浮世憑誰問？獨倚東風看落花。

和東庵孔安道韻

擬結閒中一草堂，此心安處即吾鄉。須知見在身爲患，見説長生藥有方。老去看書徒引睡，愁來得句不成章。從前習氣都除盡，待與高人論坐忘。

和子榮

暫使彭宣到後堂，安昌只以醉爲鄉。浮雲世事日千變，流水生涯天一方。老子興雖如庾亮，故人恩不減蘇章。能消幾兩尋山屐，回首狐丘本未忘。

籌堂壽日二首

此生但覺醉鄉寬，王績。誰謂蠔猶北海蟠。王猛。處處相迎皆倒屣，王粲。人人共喜欲彈冠。王陽。州應向日懸刀夢，王濬。山試今朝拄笏看。王子猷。仙馭未來緱氏鶴，月明吹徹玉笙寒。王喬。

烏衣歷歷是名家，人物于今比晉多。俗論不侵揮麈話，王衍。壯懷多付缺壺歌。王大將軍。雖無金埒堪調馬，王濟。賴有黄庭可换鵝。王羲之。見説長江欲飛渡，王濬。那須冰合望滹沱。王霸。

用子榮河橋送别韻

河橋把酒不成歡，正是離人去住間。公道幾時饒白髮，世情今日見青山。娟娟明月無家對，慘慘孤雲待我還。慚愧殷勤花裹鳥，一聲聲送出陽關。

承徐子賢賈仲常張伯英寵和復用韻

天涯杯酒强追歡，白髮光陰轉首間。獨夜夢魂千里月，暮年心事數重山。回腸都爲愁將斷，行脚猶疑債未還。儻得一廛休老地，柴門今後定牢關。

宿村舍四首

别後曾無一日歡，風光都在落花間。眼青羞對門前柳，頭白相驚雪裹山。華表鶴來猶是客，烏衣燕去不知還。森森庭院荒荊棘，虎豹窺人夜撼關。

握手親情有底歡，疏籬茅舍兩三間。尚憐作者千年調，那肯分人一半山。安得意如張翰適，憑誰放取浩然還？得君斗酒須防客，不怕重門更著關。坡云：「重門著關不爲君，政恐惡客來仇餉。」

懷抱何曾得少歡，春愁飛上兩眉間。一瓢謾酌獨清水，幾屐能窮無盡山。見說酒兵長日備，江諮議，酒猶兵也。可千日不用，不可一日不備。酒可千日不飲，不可一飲不醉。未知詩債幾時還。須防別後將軍槊，不待尋盟輒斬關。

三兩殘杯不盡歡，强陪年少貴游間。客中未必常爲客，山上那堪復有山。鶴髮都從愁裏變，貂裘直待醉時還。一朝却入龐公市，驚倒城門老抱關。坡云：「城門抱關卒，怪我此重游。」

憫董用之

怪底年來懶下帷，似嫌榜尾姓名題。一枝自謂烏難借，百里誰知鳳肯棲。頗訝生前徒强項，未應老後不然臍。試將點檢平時友，大半佳城在馬蹄。

亂後寄兄

萬井中原半犬羊，縱橫大劍與長槍。晝烽夜火豈虛日，左觸右蠻皆戰場。丁鶴未歸遼已冢，杜鵑猶在蜀堪王。此生不識連昌樂，目送孤鴻空斷腸。

送趙慶之赴邠州

且莫忽忽數去程，一壺别酒爲君傾。三年簿領妨行樂，十里溪山管送迎。湓浦蘆花風裏恨，渭城柳色雨中情。三峰無復同州看，休著新詩笑不平。

和子揩來韻

新年桃李似無情，回首繁華一夢驚。點險青氈非故物，等閒傾蓋昧平生。雨中燕子還留客，風裏楊花欲送行。試聽東流橋下水，向人時作斷腸聲。

和河上修橋二首

日日相陪杖屨游，往來林下亦風流。雲間隱隱堆螺髻，雨後鱗鱗漲鴨頭。休恨臨津臨津河。經始晚，且看利涉河橋名。落成秋。尋常公事閒中了，詩債如何尚不酬。

落魄天涯頗倦游，片帆歸去得安流。幾年無事誇犀首，一旦封侯看虎頭。飛將正當南渡日，拾遺還是北征秋。龍鍾不稱淩煙像，只有山林志可酬。

壬寅九日同史正之劉濟之君祥仲寬姚子昂東城小酌寄錦堂王君玉

興來落筆任橫斜，坐上朋樽續續加。貌似葉紅皆被酒，頭如雪白也簪花。金風漸急秋將暮，玉樹相依客盡嘉。酩酊入城扶不去，臨街下馬是誰家？

和子榮悼恒山韻

功名人比漢淮陰，猛虎俄因犬輩擒。星落旄頭兵似火，雲屯細柳士如林。豈期虞虢乖脣齒，謾倚良平作腹心。灑盡英雄憂國淚，變風那得不傷今。恒山謂恒山公武仙。其次首云：「唐家外望歸藩鎮，漢室中興仰羽林。」文剛忠公一首云：「斷頭那肯降朱泚，血指誰思滅賀蘭。」皆爲汴京之亂言之也。

送別曹漢卿

馬上功名奈老何？出門無地不風波。憑誰試著回天力，有客空揮却日戈。青眼乍驚行處少，赤心常笑話中多。愁人近亦無腸斷，又聽離筵送別歌。

暮春和端甫韻　并序。

暮春索詩，且以不能陪郊外之游爲恨。

雨夕風朝樂事妨，老來猶自爲花忙。春光一歲只三月，尊酒百年能幾場。辛苦衙蜂輸蜜課，等閒巢燕得泥香。如何復共遨頭醉，待把銀瓶指點嘗。

調祁定之

風埃滿面髮蓬垂，欲學喬松久遠期。浮世幾場漂杵血，流年一局爛柯棋。不須玉女引巢父，那在神官邀退之。果待吹噓送天上，人間事了未爲遲。

和述懷二首

饕餮三千氣壓齊，寒林那羨一枝棲。坐中有客鵬將賦，門外何人鳳欲題。酤酒未嘗防惡犬，著鞭寧復待荒雞。夕陽休凭闌干望，今日長安不在西。

擬將齊物物難齊，惟有山林跡可棲。身望鳳池慚不到，名登雁塔愧先題。未能忘舊歸家鶴，長是思鳴失旦雞。天爲東周道垂喪，肯生夫子在關西。

荅子榮

行藏事拙且乘流，游徧人間老即休。多汗愈膚三伏暑，漸衰潘鬢一時秋。風高勢欲欺茅屋，雨急聲疑在竹樓。今世宦情何處好？但憂無蟹有監州。

即事

鐵馬長驅汗血流，眼前戈甲幾時休？誰能宰似陳平社，那免悲如宋玉秋。漠漠微涼風裏殿，蕭蕭殘夜水邊樓。千村萬落荒荆棘，何止山東二百州。

寬張文玘

怪來久不造龍門，依舊相逢一笑温。任把錦囊嘲李賀，休將布鼓詫王尊。事隨勢過心猶駭，言與時違舌可吞。誰爲書生肯推轂？綈袍且念故人恩。

讀五代史

破却千金築一臺，折衝閫外望人才。中原山嶽河分斷，塞上牛羊草引來。西海正驚天狗墮，北人忽擁帝羓回。猶憐仙掌英靈在，能把潼關閉不開。

索和長平諸詩友送行韻信筆奉呈君玉閏之資客中一笑

漢廈非無論道氈，自慚老去鬢皤然。閒愁似海藏皮裏，往事如風過耳邊。幾度班荆誰與話？一朝傾蓋□相憐。柴門近日多來客，火速移牀待孝先。

昨晚蒙降臨無以爲待早赴院謝聞已長往何行之速也因去人寄達少尉客中未伸之志耳

書生掉舌豈其時？手底青編亦倦披。鐵鎖尚沈江漠漠，銅駝又没草離離。陰山路上明妃曲，天寶年中杜甫詩。古往今來幾興廢，白頭恨見太平遲。

送郡侯段正卿北行二首

征途萬里朔風寒，過盡陰山復有山。歲既在於辰巳後，星多客向斗牛間。漫漫積雪無冬夏，劫劫飛鴻自往還。若到龍庭試回首，太行一片白雲閒。

獵獵霜風墮指寒，一鞭行色抵天山。馬嘶衰草孤煙外，雁没長空落照間。入塞盡穿氈帳過，去鄉須待錦衣還。功名大抵黃粱夢，薄有田園便好閒。

杜門

近來人事頗相乖，獨坐何曾得好懷。犬吠爲連酤酒市，雞鳴長傍讀書齋。門終待學張家塞，闥恐難當噲等排。惡客就中多氣岸，時時下馬繫堂階。

中秋

露下天街一氣涼，月明不復被雲妨。正當金帝行秋令，疑是銀河洗夜光。鮫室影寒珠有淚，蟾宮風散桂飄香。席間醉客忙歸去，獨共三人盡此觴。

代樂仲和張温甫處督米

未必書生氣盡寒，食常不足爲居閒。清於孺子滄浪水，瘦似詩人飯顆山。欲向田文彈鋏去，恐因丘嫂頡羹還。聞君自有江湖量，肯爲枯魚少破慳。

和王季文襄陽變後二首

逐鹿中原未識真，指蹤元自有謀臣。虞全不念脣亡國，楚恐難當舌在人。拔劍挽回牛斗氣，舉鞭蹙起漢江塵。相逢空灑英雄淚，誰是荆州一角麟！

天命須分僞與真，衙蜂戰蟻盡君臣。蛟龍不是池中物，燕雀休嗤鸇上人。衣不能勝嵇紹血，扇無可奈庚公塵。自從絶筆春秋後，誰復傷時爲泣麟？

一字題示商君祥 并序。録二十首。

余年三十有九，遭甲戌之變。乙亥秋七月南邁，時姪謙甫主河南福昌簿，迎至西山，僑居廳事之東齋。小學師商君祥投詩索和，頃刻間往回數十紙。謙甫曰：「一鼓作氣未可敵，姑堅壘以待。」姪壻郭鴻漸曰：「可以單師挫其鋭」，乃出百字題請賦以酬之。遂信筆而書，殊無意義，付其徒孫男樂山示之，三日不報。謙甫笑曰：「五言長城不復敢攻也。」君祥於是攜酒來乞盟，大會所友，極歡而罷。

雲

旱魃將爲虐，從龍便出山。人間三尺雨，命駕早知還。

雨

晚有來蘇意，憂深望歲人。一犂雖美滿，猶恨不當春。

塵

不憂懸榻室，可奈汙人風。踏破青鞋底，猶疑是軟紅。

春

來莫愁春遲，去莫怨春忙。春不隨人老，誰教汝斷腸？

梅

未報江南信，先開雪裏村。要看花上月，立馬待黄昏。

松

鬱鬱愁無地，青青獨有心。疑從大夫後，傾蓋到如今。

竹

瀟灑能醫俗，檀欒看上番。我寧負此腹，忍使籜龍冤。

蜂

弄晴沾落絮，帶雨護園花。有課常輸蜜，無春不到衙。

僧

貌與松俱瘦，心將絮共沾。一庵空寂地，香火讀《楞嚴》。

漁

一聲歌欸乃，萬頃國煙波。鼇蟹中間醉，蓑衣拜浪婆。

樵

雲外山將遍，人間日易斜。不知棋換世，柯爛未還家。

硯

端溪温潤石，價重百車渠。一滴玄潭水，蠅頭萬卷書。

香

小炷博山鼎，半殘心字灰。游蜂何處客，應爲百花來。

隱

孔負二宜去，嵇知七不堪。青山休老地，佳處是終南。

壽

灰如戀闕心，雪似窮經首。問年今幾何？看飲屠酥酒。

行

水笑杯猶渡，山驚錫尚飛。垂垂瓶鉢老，何處未來歸。

住

俗尚家靈運，誰堪社遠公。空山雲不出，愁殺渡溪風。

飲

竹葉杯中醁，金釵坐上春。淺斟低唱境，猶道是粗人。

嘯

成璠風生坐，孫登月滿臺。東皋今寂寞，元亮早歸來。

愁

解使回腸斷，能催兩鬢秋。天涯未歸客，容易上眉頭。

十六日夜戲書

貪作減祚切。梅花夢，都忘柳絮襌。可憐人與月，不似夜來圓。

老杜醉歸圖二首

尋常行處酒債，每日江頭醉歸。薄暮斜風細雨，長安一片花飛。

百錢街頭酒價，蹇驢醉裏風光。莫傍鄭公門去，恐猶恨在登牀。

卜居

東鄰西舍兩三家，簌簌牆頭落棗花。慚愧畫梁雙燕子，笑人今日又天涯。

和籌堂途中即事

晚風吹雨過山堂，燈火秋涼好對牀。却被荒雞笑人懶，一聲催起著鞭忙。

過雲臺

夜半風吹霽色開，曉乘殘月過雲臺。連山斷處瞰平野，一綫黄流掌上來。

濟源龍潭

塵世悠悠不識真，一潭春碧養潛鱗。可憐無故驚雷起，誤却山前失筋人。

雨後

春空靄靄暮雲低，飛過山前雨一犂。明日却尋歸去路，馬蹄猶踏落花泥。

阻風

東風作惡幾時休，況值春光欲盡頭。誰謂閒人無箇事，一年長是爲花愁。

明皇擊梧圖

不使梨園弟子知，太平音在鳳凰枝。一朝野鹿銜花去，長恨秋風落葉時。

陽關圖

一杯送別古陽關，關外千重萬疊山。試問青青渭城柳，不知眼見幾人還。

千里江山圖

筆下江山取意成，一峰未盡一峰生。憑誰試向行人問，水郭煙村第幾程。

雪後送寶泉之碧落

酒面輕風不作寒，天花散落滿人間。殷勤行脚休辭遠，出得城門是雪山。

和王成之梅韻

朝來一雪霽晴沙，行到前村始見花。驛使便將春色去，暗香今夜落誰家？

下太行

山中日日伴雲閒，不見閒雲只見山。君去試從山下望，青山却在白雲間。

東山道中

採遍山城草木芽，百年老樹盡枯查。眼前多少閒田地，雨後春耕有幾家。

太平泉

試從澗底覓根源，剔蘚剜苔得舊泉。人事盡隨流水去，幾時復見太平年。

十七日送行

忽忽又别故園春，花落猶隨馬後塵。相對離筵莫惆悵，送行人是欲行人。

寄别

馬蹄踏破亂山青，送客風回酒半醒。歸客莫將雲外指，大都一十五長亭。

孟浩然圖

却因明主放還山，破帽騎驢骨相寒。詩句眼前吟不盡，北風吹雪滿長安。

夜夢月下與數仙子酌酒仍各賦詩

天風一掃暮雲開，收拾羣仙共酒杯。但指今宵是新月，不知曾照古人來。

和平太行路韻

鑿開險阻若天成，暫使時間眼界平。却羨長安西去路，青山不管送人行。

和君瑞月下聞砧

夜涼枕上夢頻驚，有底秋天不肯明。老眼近來閒淚少，那禁月下擣衣聲。

香梅二首

鄧妓之小字匠手，有詩，邊仲寧索和，因用其韻。

被誰説破夢中梅？應有羅浮倒挂來。祇爲怕愁貪睡後，返魂纔向北枝開。

一枝瀟灑隴頭香，分付新愁竹葉觴。紙帳不須尋短夢，天涯倦客已無腸。

魏徵

立朝讜議盡良規，誰使君王死後疑。一旦鑾輿渡遼水，即時扶起墓前碑。

王庭秀悠然軒

小軒開後快雙明，峭拔南山立翠屏。好是晚來新雨過，白雲堆裏露尖青。

留別

主人把酒再三留，送客風高勢未休。更聽愁眉歌一曲，尊前腸斷小温柔。

寒食戲書

驀見花間弄藥回，同心髻綰緑雲堆。多情更有牆東月，送得秋千影過來。

周昉内人圖　録四。

倦繡

心情猶在未收時，却顧花間影漸移。不道春來添幾綫，日長只與睡相宜。

擣衣

一夕秋風雁過聲，鐵衣辛苦向邊城。將軍不用和戎計，雙杵休辭月下鳴。

按樂

倚風無力見温柔，初下喧天羯鼓樓。猶向花陰理新曲，君王不惜錦纏頭。

覽鏡

不教朱粉汙天真，長對菱花顧影頻。但把蛾眉掃來淡，尚嫌不似虢夫人。

襄陽詠史

漢高廟　在襄陽縣西南鍾山。

垓下未聞歌散楚，澤中已見哭亡秦。乾坤到底歸真主，愁殺鴻門碎斗人。

光武廟

在襄陽東四十五里。光武，南陽棗陽人。今棗陽縣是也。春陵在棗陽東，望氣者蘇伯阿至南陽，遥見春陵曰：「氣佳哉！鬱鬱葱葱。」光武始起兵還春陵，望舍南火光燭天。今棗陽在襄陽東界六十里。

海内英雄待一呼，雲龍際會入東都。羯奴不識真人事，徼幸中原欲並驅。

宋玉宅

在宜城縣。

離騷經裏見文章，水緑山青是楚鄉。往事一場巫峽夢，秋風摇落在東牆。

關將軍廟

在襄陽南九里鳳林關。

鼎足相吞勢未分，誰能傾蓋得將軍。曹吴不是中原手，天下英雄有使君。

劉表祠

祠前有墓，在府城東門内。

天運端能卧可收，江山形勢數荆州。當時若聽韓嵩策，那得曹瞞享士牛。曹操與袁紹相持於官渡，韓嵩説表起乘其弊，表不從。操征表，表之子琮竟以荆州降。

鳳林

孟浩然故居，在襄陽縣南十里。

天寶詩人去却回，果曾北闕上書來。若爲耆舊無新語，明主何嘗棄不才。張參議有：「朝宗强欲相牽率，豈識先生玩世心。」

杜甫故里

杜易簡，預之遠裔，有從弟曰審言，生子閑，閑生甫，世居襄陽，甫徙家鞏縣。

不知故隱幾時離，天寶年間處處詩。過客不須尋世譜，萬山山下看沉碑。杜詩：「吾家碑不昧，王氏井依然。」

注：杜預沉碑峴山之下。

集古

寒食席次

鞦韆打困解羅裙，把酒相看日又曛。處士不知巫峽夢，春來猶見伴行雲。韓偓、韋莊、蓮花奴、韋氏子。

惜花

繡轂香韉夜不歸，看花只恐看來遲。今朝幾許風吹落？多在青苔少在枝。崔塗、韓偓、楊巨源、崔櫓。

春怨

已恨東風不展眉，落花惆悵滿塵衣。與君試向江邊覓，贏得淒涼索漠歸。段成式、趙渭南、東坡、吴融。

贈别二首

洞庭風軟荻花秋，客散江亭雨未休。南去北來人自老，此中離恨兩難收。鄭德璘、岑參、杜牧、魏野。

誰家紅袖倚江樓，白袷行人又遠游。今夜不知何處泊？青山萬里一孤舟。杜牧、陸龜蒙、權德輿、劉長卿。

送客之荆南

千山紅樹萬山雲，山鳥江楓得雨新。我自飄零是羈旅，不堪仍送故鄉人。韋莊、雍陶、東坡、顧非熊。

聞角

鐵馬狐裘出漢營，瘴雲深處守孤城。無端遇著傷心事，嗚軋江樓角一聲。常建、劉禹錫、吴融、杜牧。

春夜

春風二月落花時，憶得前年君寄詩。共道人家惆悵事，向燈彎盡一雙眉。武元衡、崔道、牛僧孺、韓偓。

送客之南宫

蕭蕭風竹夜窗寒，書劍催人不暫閒。對酒已成千里客，斷腸聲裏唱《陽關》。武元衡、杜巖、盧綸、李商隱。

夜集

金鳳羅衣溼麝薰，裝成掩泣欲行雲。傍人未必知心事，一曲狂歌酒百分。韋莊、戎昱、劉阜、高駢。

戲書

春風何處有佳期？花滿西園月滿池。料得也應憐宋玉，東鄰牆短不曾窺。武元衡、高駢、李商隱、段成式。

柳

還到春時别恨生，渭城朝雨裛輕塵。自家飛絮猶無定，不解迎人只送人。張泌、王維、羅隱、皇甫冉。

醉眠

糝逕楊花鋪白氈，日西鋪在古苔邊。滿山明月東風夜，留與遊人一醉眠。杜子美、王建、韓偓、鄭谷。

劉贊善因

因字夢吉，保定容城人。將生之夕，其父夢神人以馬載一兒至其家，曰：「善養之。」故名之曰駰，字夢驥，後乃改今名字焉。天資絶人，日記千百言，六歲能詩。長而深究于周、程、朱、吕之學，杜門深居，不爲苟合，公卿使者過之，避不與相見，人或以爲傲，弗恤也。愛諸葛孔明「静以修身」之語，表所居曰「静修」。嘗遊郎山雷溪間，號雷溪真隱。又號樵菴。至元十九年，徵拜右贊善大夫，以母疾請歸。二十八年，召爲集賢學士，固辭不起。越二年卒，年四十有五。延祐中，追贈翰林學士，容城郡公，謚文靖。當世廟初，姚文獻公樞、許文正公衡、楊文獻公果、商文定公挺輩布列臺省，號稱盛治。既而諸公相繼告老，中朝賢士大夫多屬意于静修，丞相不忽木尤力薦之，卒未竟其用。許文正公之應召也，道過静修，静修謂之曰：「公一聘而起，毋乃太速乎？」文正曰：「不如此，則道不行。」及静修不就集賢之命，人或問之，乃曰：「不如此，則道不尊。」世祖聞之，歎曰：「古有不召之臣，其斯人之徒歟！」所著有《四書精要》三十卷，詩五卷，名《丁亥集》，手所選定，嘗自諷詠，取他文焚之。今所傳文集十餘卷，又續集、遺詩、拾遺共若干卷，皆刊行于世。其論詩曰：「魏、晉而降，詩學日盛，曹、劉、陶、謝其至者也。隋、唐而降，詩學日變，變而得正，李、杜、韓其至者也。周、宋而降，詩學日弱，弱而後强，歐、蘇、黄其至者也。」静修詩才超卓，多豪邁不羈之氣。流派師承，於斯言見之矣。

韓魏公祠

定州古北門，作鎮多英奇。如何郡學傍，獨有韓一作魏。公碑。乾坤極厚大，運物物不知。堂堂宋三朝，斡旋公似之。惟公玄默間，泰山已四維。天宇公之祠，元氣非公誰？郡人一何愚，而於公欲私。大者且勿論，緒餘猶世師。千年閱古堂，誰歌鄭國詩？公閱古堂，富公有詩。徘徊老柏前，目送秋鶴飛。悠悠五色雲，悵望今何歸。

仙臺

碣石來海際，西南奄全燕。中有學仙臺。燕平欲昇天。燕平骨已朽，遺臺猶相傳。雖復生青松，歲久摧爲煙。極目望海波，不見三山巔。三山巨鼇簪，山人蟣蝨然。使無不足論，信有亦可憐。大塊如洪鑪，金石能久堅。天地會有盡，何物爲神仙。空山無笙鶴，落日下飢鳶。今古非一臺，浩歎秋風前。

黄金臺

燕山不改色，易水無新聲。誰知數尺臺，中有萬古情。區區後世人，猶愛黄金名。黄金亦何物？能爲賢重輕。德輝照九仞，鳳鳥才一鳴。伊誰腐鼠棄，坐見飢鳶争。周道日東漸，二老皆西行。養民以致賢，王業自此成。黄金與山平，不救兵縱横。落日下荒臺，山水有餘清。

馮瀛王吟詩臺

林壑少佳色，風雷有清秋。爲問北山靈，吟臺何久留。時危亦常事，人生足良謀。不有撥亂功，當乘浮海舟。飄飄扶摇子，脱屣雲臺遊。每聞一朝革，尚作數日愁。朝廷乃自樂，山林爲誰憂？視彼昂昂駒，奈此汎汎鷗。四維既不張，三綱遂横流。坐令蚩蚩民，謂兹聖與儔。蚩蚩尚可恕，儒臣豈無尤。不有歐馬筆，孰能回萬牛。太行千里來，蕭灑横中州。今朝此登臨，孤懷漲巖幽。何當剷疊嶂，一洗佗山羞。

張燕公讀書堂

陰壁下寒泉，陽崖隱深洞。想像張幽州，當年此絃誦。遐情納方寸，灝露驚宵夢。既有真積功，豈無致時用。不然起絶學，猶當垂後統。濟濟唐開元，儒臣相伯仲。文雖數燕許，名不並姚宋。遂令百世下，煙霞抱餘痛。尋幽縱步貪，懷古清歌送。緬思白鹿翁，眼中見連棟。兹山有道氣，會遇或天縱。聊以永今朝，白雲不可種。

龍潭

盤磴脱交陰，平壇得高岑。高岑不可攀，哀湍激幽音。窮源豈不得，爽氣來駸駸。靈潤發山骨，沮洳下崖陰。爲問石上苔，妙理誰曾尋。乾坤有乾溢，此水無古今。下有靈物棲，倒影毛髮森。東州旱連歲，呼龍動雲林。顧此百丈潭，豈無三日霖。爲霖此雖能，鞭策由天心。日暮碧雲合，空山深復深。

經古城

我行常山尾，高城下吾前。按轡覽形勢，依依見全燕。易水開前襟，飛狐連右肩。遥想豪傑場，撫己增慨然。薪人過我傍，一笑如相憐。指城前問余，考古今幾年。沈思未及答，行歌入蒼煙。

孤雲

孤雲生幾時，冉冉何所適？豈無崑華高，路遠嗟獨力。徘徊天中央，明月爲顔色。下有幽棲士，歲宴倚青壁。朝飲澗下泉，暮拂松間石。相對澹忘情，倒影寒潭碧。

晨起書事　丁丑五月二十八日。

蒼星彗明河，三月麗朱方。兩月忽散落，一月留中央。下有五星連，西近東少張。仰面東北隅，流星墜綵芒。誰令月有瘿，飄摇及吾窗。須臾日東生，有星環四旁。一星當日中，佇視摇晶光。自北忽西旋，老陽已榆桑。西北雲一絲，翠暈揚清芳。嫩雲生碧薜，得句聲琅琅。俄見雲有魚，其大丈許長。火繩紛繞之，昂然欲飛揚。呼友與共觀，此境已茫茫。靈樞夢爲病，周官夢爲祥。寤言札諸閫，庸俟知者詳。

遊天城

迢遠澗隨曲，崖深山漸少。居然翠一城，四壁立如掃。天設限仙凡，雲生失昏曉。平生萬事懶，登臨即輕矯。山靈知信息，風煙久傾倒。顧瞻困能仰，汎應習稱好。端居得蕭寂，遠眺礙孤峭。乃知方寸間，別有萬物表。未須凌絕頂，胸次青已了。

遊源泉

叢祠鬱蒼翠，萬古藏清幽。泠然石上足，不逐蒼波流。長風索我御，欲舉仍遲留。白雲何山來？相對亦悠悠。

玉溪精廬

居然山四頹，危檻俯晴春。川氣生不極，翠潤流衣巾。林陰起薄暮，酒色生微醺。歌聲忽落谷，驚歸欲飛雲。

隱仙谷

山川含太古，風氣如未開。中有幽棲人，日暮斸蒼苔。吾胸素羲皇，人世不可諧。此地復何地，恍若登春臺。山扃掩對峙，石逕迷縈回。桑麻連水竹，屋宇依山崖。燕南避世謡，千古知我懷。橫渠百世師，一區竟相乖。知音得元老，龍門有遺齋。伊川先生《上文潞公求龍門菴地書》，略曰：「勝善上方舊址，荒廢爲無用之地，欲得葺幽居其上，爲避暑著書之所。唐王龜創書堂于西谷，松齋之名，傳之至今。某雖不才，亦能爲龍門添勝迹于後代。爲門下之美事。賤子孤旅人，念此良悠哉！於世豈有望，居山亦無媒。舉杯對山靈，欲去仍徘徊。他年要勝跡，此駕當招來。

遊雲水菴

乘春奮幽潛。覼化登丘山。哀淙聞遠壑，息駕思雲關。緄石密松桂，結屋珍茅菅。生煙紛漠漠，激流散潺潺。山石浮壽色，澗木榮歡顔。覽物有真意，撫節驚循環。悠然千載情，儼若盤石閒。眷焉欲晤語，古人何當還。

泛舟西溪

萬山倒滄浪，一葉凌嵯峩。嵯峩爲飛舞，翠影如婆娑。輕陰散雨足，淨緑生圓波。人間碧海幻，老眼青銅磨。風雲幾千古，辦此雨一蓑。溪南有幽人，鼓櫂前山阿。煙深渺無處，月色浮松蘿。

喜雨　以「雨我公田」分韻得〔雨〕(我)字。

壬申秋大水，一雨乃孤注。九年錙寸積，曾未辦朝露。陂塘此何日？還我滄洲趣。夜來雲初作，期待一如故。既聞漸成陣，尚謂行且住。甫寸驚已狂，及犂歎無數！平明報三尺，感激淚將雨。玄功亦雄哉，囘旋易指顧。呼酒欲鯨吞，哦詩有神助。區區喜與憂，豈爲一飽慮。

種松

萬牛來丘山，大厦高崔嵬。當年誰苦辛？遺此千歲材。手持百松子，與之俱傾頹。殷勤囑造物，爲護荒山隈。今來見毫末，喜溢蒼煙堆。十年望根立。百年排風雷。自此千萬年，再見明堂開。東家十年計，戢戢千頭栽。豈不早有望，求此良悠哉。

玉簪

堂陰秋氣集，幽花獨清新。臨風玉一簪，含情待何人。含情不自展，未展情更真。徘徊明月光，泛泛如相親。因之欲有託，風鬢渺冰輪。

歡飲

同類天地中，相親理所宜。前後億萬年，而我生此時。前予既不及，後孰能待之。同時四海内，徧識將無期。所識既無幾，賞心又當誰？政有賞心人，會遇亦復希。當其會遇時，豈無事相違。今朝好風色，不飲君何辭。

和陶

和飲酒 録四。

疑冰得火力，鬱鬱陽春姿。寧滅不肯寒，陽火如松枝。詩家有醇醪，釀此松中奇。一飲盡千山，枯株彼何爲？所以東坡翁，偃蹇不可羈。

士窮失常業，治生誰有道？身閒心自勞，齒壯髮先老。客從東方來，温言慰枯槁。生事仰去聲。小園，分我瓜菜好。指授種藝方，如獲連城寶。他年買溪田，共住青林表。

吾宗幾中表，訪我時一〔至〕(致)。自吾居此菴，才得同兩醉。逆數百年間，相會能幾次。每會不盡歡，親情安足貴。所歡在親情，杯水亦多味。

器飲代窪尊，巢居化安宅。凡今佚樂恩，孰非聖神迹。況彼耕戰徒，勤力有千百。乞我一身閒，坐看山雲白。内省吾何功，停觴時自惜。

和詠貧士 録二。

陶翁本强族，田園猶可依。我惟一畝宅，貯此明月輝。翁復隱於酒，世外冥鴻飛。我性如延年，與衆不同歸。孤危正自念，誰復慮寒飢。努力歲云暮，勿取賢者悲。「獨正者危，至方則礙。爾實愀然，中言而發。違衆速尤，迕風先蹶。」此淵明規顔延年語也。見延年誄公文。

王風與〔運〕(連)頹。一輊不再軒。消中正有長，冬温見瓜園。人才氣所鍾，亦如焰後煙。寥寥洙泗心，千載誰共研？龍門有遺歌，三歎誦微言。意長日月短，持此託後賢。

桃源行

六王掃地阿房起，桃源與秦分一水。小國寡民君所憐，賦役多慚負天子。天家正朔不得知，手種桃枝辨四時。遺風百世尚不泯，俗無君長人熙熙。漁舟載入人間世，却悔桃花露蹤迹。曾聞父老説秦强，不信而今解亡國。畫圖曾識武陵溪，飛鴻滅没天之西。但恨於今又千載，不聞再有漁人迷。

明妃曲

初聞丹青寫明眸，明妃私喜六宮羞。再聞北使選絶色，六宮無慮明妃愁。妾身只有愁可必，萬里今從漢宮出。悔不别君未識時，免使君心憐玉質。君心有憂在遠方，但恨妾身是女郎。飛鴻不解琵琶語，祗帶離愁歸故鄉。故鄉休嗟妾薄命，此身雖死君恩重。來時無數後宮花，明日飄零成底用。宮花無用妾如何？傳去哀絃幽思多。君王要聽新聲譜，爲譜高皇猛士歌。

塞翁行

塞翁少小壟上鋤，塞翁老來能捕魚。宋家昔日塞翁行，屯田校尉功不如。西山瀛海接千里，長城又見開長渠。要將一水限南北，笑殺當年劉六符。天教陂澤養雁鶩，留與金人賦《子虚》。我來鄉國覽風土，髣髴撾鼓笛嗚嗚。胸中雲夢忽已失，酒酣懷古皆平蕪。昔年阻水羣盜居，塞翁子孫殺欲無。至今遺老向人泣，前宋監邊無遠圖。

武當野老歌

南陽武當天下稀，峰巒巧避山自迷。青天飛鳥不可度，但見萬壑空煙霏。山不知人從太古，白雲飛來天作主。旌旗明滅漢陽津，幾閱東西互夷〔虜〕。老人住此今百年，自言三世絶人煙。往事不聞宣政後，初心欲返羲皇前。脯鹿爲糧豹爲席，竹樹蒼蒼歲寒國。天分地拆保無憂，怪見北風山鬼泣。一聲白雁已成擒，回望丹梯淚滿襟。傳語桃源休避世，武陵不似武當深。

感秋　思古人之不可見也。

湘絃悠悠阻清音，駕車欲往洛水深。白榆一葉驚河漢，萬里碧霄中夜心。玉鸞翩翩紛翠羽，髣髴機絲隔煙霧。瓊枝難得芳華年，惟恐流光兩遲暮。河傍有星名牽牛，此星既出令人愁。明朝再見明河影，已隔人間萬古秋。

飲後

日光射雨明珠璣，怒氣鬱作垂天蜺。天漿海波吸已竭，倒景徑入黄金巵。金巵一傾天宇閒，天公愁吐胸中奇。海風掀舉催月出，吹落酒面浮明輝。瓊芝瑞露千萬斛，肝腸瀟瀟清欲飢。金宫銀闕此何處？夜半夢落崑崙西。眼中之人素所期，赤霜爲袍丹霞衣。明星煌煌何太速，碧霄悵望白雲低。

西山

西山龍蟠幾千里，力盡西風吹不起。夜來赤脚踏蒼鱗，一著神鞭上箕尾。天風泠泠清入肌，醉抱明月人間歸。嫦娥灑淚不敢語，銀河鼓浪濡人衣。寄謝君平莫饒舌，袖中此物無人知。

幼安濯足圖

漢家無復雲臺功，平生不識大耳公。眼中天意鏡中語，此身只有扁舟東。關東諸公亦英雄，百年能辨山陽封。歸來老柏號秋風，世事悠悠七十翁。乾坤故物兩足在，霜海浮雲空復空。無刀可斷華太尉，有死不爲丕太中。丹青白帽凜冰雪，高山目送冥飛鴻。爲問蘇家好兄弟，萬古北海誰真龍。長公愛文舉，次公愛幼安，蓋氣質各以類云。

采菊圖

天門折翼不再舉，袖手四海橫流前。長星飲汝一杯酒，留我萬古羲皇天。廟堂衮衮宋元勳，争信東籬有晉臣。南山果識悠然處，不惜寒香持贈君。

歸去來圖

淵明豪氣昔未除，翱翔八表淩天衢。歸來荒徑手自鋤，草中恐生劉寄奴。中年欲與夷皓俱，晚節樂地歸唐虞。平生磊磊一物無，停雲懷人早所圖，有酒今與龐通沽。眼中之人不可呼，哀歌撫卷聲鳴鳴！

雪翠軒

西山萬古青未了，黛緑鬟雲已傾倒。豈知太虛忽生白。恍如長夜今復曉。紫陽仙翁見本根，白波開天餘浩渺。胸中盤曲此高寒，曾夢肝腸倚天表。蒼崖飛來天出巧，爲護煙嵐翠如掃。萬縷寒煙吹不舉，靜秀依依見娟好。此時先生一開軒，平生壁立今玉峭。脚底游塵軟更紅，黑頭擾擾誰爲雄？臨風回首三太息，安得置此冰壺中。西山秀色千萬重，一顧可洗浮雲空。遥望飛泉駕遠壑，中有一路開雙松。人間風日不到處，來訪軒中雪翠翁。

飲山亭雨後

山如翠浪經雨漲，開軒宛一作似。坐扁舟上。西風爲我吹拍天，要駕雲帆恣吾往。太行一千年一青，才過先生醉眼醒。却笑劉伶糟麴底，豈知身亦屬螟蛉。

巫山圖

朔風卷地聲如雷，西南想見巫山摧。江南圖籍二百年，一炬盡作江陵灰。不知此圖何所得？眼中十二猶崔嵬。猿聲髣髴餘山哀，行雲欲行行復回。神宫縹緲望不極，乘風御氣無九垓。區區雲夢跡滲爾，豈知更有陽雲臺。

陳氏莊

陳氏園林千户封。晴樓水閣圍春風。翠華當年此駐蹕，太平天子長楊宫。浮雲南去繁華歇，回首梁園亦灰滅。淵明亂後獨歸來，欲傳龍山想愁絶。今我獨行尋故基，前日家僮白髮垂。相看不用吞聲哭，試賦宗周黍離離。陳氏，先父之外家也。金章宗每遊獵，必宿其家。淵明謂先父。龍山，指孟嘉事。

采石圖

何年鑿江倚青壁，乞與中原作南北。天公老眼如看畫，萬里才堪論咫尺。蛾眉亭中愁欲滴，曾見江南幾亡國。百年回首又戈船，可憐辛苦磯頭石。江頭老父説當年，夜卷長風曉無跡。古人袞袞去不返，江水悠悠來無極。只今莫道昔人非，未必山川似舊時。龍蟠虎踞有時歇，月白風清無盡期。古人看畫論兵機，我今看畫詩自奇。平生曾有金陵夢，似記扁舟月下歸。

金太子允恭唐人馬

道人神駿心所憐，天人龍種畫亦然。房星流光忽當眼，徑欲攬轡秋風前。漢家金粟幾蒼煙，江都筆勢猶翩翩。東丹獵騎自豪貴，風氣惜有遼東偏。天人秀發長白山，畫圖省識開元年。金源馬坊全盛日，四十萬匹如秦川。天教劫火留此幅，玉花浮動青連錢。英靈無汗石馬復，悲鳴真似泣金仙。只今回首望甘泉，汾水繁華雁影邊。奇探竟隨轍迹盡，兀坐宛在驊騮先。人間若有穆天子，我詩當作祈招篇。

宋理宗書宮扇 并序。

杭州宫扇二，好事者得之燕市。一畫雪夜泛舟，一畫二色菊。理宗題其背，有「興盡爲期」及「晚節寒香」之句。諸公賦詩，予亦同作。

天津月明啼杜鵑，梁園春色凝寒煙。傷心莫説靖康前，吴山又到繁華年。繁華幾時春已换，千秋萬古合歡扇。銅雀香銷見墨痕，秋去秋來幾恩怨。一聲白雁更西風，冠蓋散爲煙霧空。百錢襪錦天留在，禍胎要鑒驪山宮。當時夢裏金銀闕，百子樓前無六月。瓊枝秀發後庭春，珠簾晴卷天門雪。櫂歌一曲白雲秋，不覺金人淚暗流。乾坤幾度青城月，扇影無情也解愁。五雲回首燕山北，燕山雪花大如席。雪花漫漫冰峩峩，大風起兮奈爾何！

續十二辰詩

飢鳶嚇鼠驚不起，牛背高眠有如此。江山虎踞千里來，才辦荆州兔穴爾。魚龍入海浩無涯，幻境等是杯中蛇。馬耳秋風去無跡，羊腸蜀道早還家。何必高門沐猴舞，豚穽雞棲皆樂土。柴門狗吠報鄰翁，約買神猪謝春雨。

觀雷溪

飛狐天下脊，老氣盤互回。三江瀉天怒，合爲一水東南來。此勢不殺令人愁，石門喜見西山開。未補青天裂，誰鑿混沌胎？奇聲猛狀萬萬古，山根幾許猶崔嵬。兩山倒傾瀾，百丈逢顛崖。先聲動毛髮，餘爽開襟懷。初疑萬壑轉奔石，意像髣髴坤軸摧。又疑鼓角鳴地中，百步未到仍徘徊。荒祠下石磴，駭目何雄哉！春風不到太古雪，今日乃得胸中雷。穿石誰能窮窟宅？流沫勢欲浮蓬萊。平生芥蔕今寒灰，兩耳到骨無纖埃。酈元筆頭天下水，石門之奇猶見推。乃知茲遊亦奇絶，快弄素電噴瓊瑰。東崖一片石，坐撫一作拂。千年苔。爲招郎山君，共卷長鯨杯。江妃爲撾靈鼓催，赤鯶躍出銀山堆。先生醉來泉灑面，狂歌一和湍聲哀。

遊郎山

昨日山東州，馬耳索御淩風嘶。今日軍市中，不覺已落山之西。山之面背一無異，不待風煙變化神已迷。危關度雪嶺，亂石通荒蹊。林間小草不識風日自太古，我行終日仰羨木杪幽禽啼。但見雨色來，雲物颯以淒。忽然長嘯得石頂，痛快如御駿馬蹄。萬里來長風，五色開晴霓。長劍倚天立，皎潔瑩鷤鴂。平地拔起不傾側，物外想有神物提。詩家舊品嵩少同，畫圖省見巫山低。誰令九華名，獨與八桂齊？千態萬狀天不知，敢以兩目窮端倪。騫騰誰避若飛隼，側瞰何屈如怒猊。千年落窮邊，煙草寒萋萋。若非酈亭書生此鄉國，物色誰省曾分題。酈道元注《水經》，説郎山形勢最真。今涿郡有酈亭，其先世所居也。乾坤至寶會有待，豈有江山如此不著幽人棲。頗聞山中人，雲間時聞犬與雞。只疑名山別有靈境在，不許塵世窮攀躋。不是先生南遊有成約，徑欲共把白雲犂。九疑窺衡湘，禹穴探會稽。玉井爛賞金芙蕖，日觀倒捲青玻璃。風煙回首莫瀟灑，南遊準擬相招攜。

挂書牛角圖

長安江都搏手空，台司光禄誰雌雄？大事既去乃爾耳，渠頭不斫將安容？喑嗚千年楚重瞳，將軍視之猶楚公。挂書牛角亦偶爾，史臣比擬良未同。青青澤中蒲，秀色自淩空。可憐徐包徒，學術皆凡庸。君不見羣兒驅羊竟何功，晉陽桃李亦秋風。緱山圖畫有如此，何如長作多牛翁。

清江曲

清江芙蕖玉可憐，岸花汀草自年年。來鴻去雁不相識，曉露無聲香暗泣。江樓縹緲如花人，望之見之不可親。無限晴雲錦樹新，愁眉只向遥山顰。遥山一千里，長在愁眉底。鏡裏繁華過眼空。遥山鑄向青銅中。遥山遥復遥，芙蕖霜早彫。明日愁眉爲誰掃？月白江清天未曉。

除夕

百歲三分一，初心謾慨然。空囊難避節。青鏡不留年。静閲無窮世，閒觀已定天。履端思後日，四鼓未成眠。

晚上易臺

遺臺連廢壘，落日展遥岑。海嶽天東北，燕遼世古今。每當多感慨，直欲罷登臨。莫更留塵迹，千年不易禁。

登武陽

朝遊樊子館，晚上武陽城。潮接滄溟近，山從碣石生。斷虹雲淡白，返照雨疏明。且莫悲吟發，樵歌已愴情。

鄉郡南樓懷古

南北世更迭，江山人重輕。澶淵出師詔，顯德受降城。遺恨幾時盡，寸心千載生。區區蓼花詠，癡計欲何成。

滿城道中

學館三年夢，西山此日行。人生兩屐足，世累一蓑輕。別澗水流合，斷林煙補平。誰能分半壑，相與結巖耕。

書堂旅夜二首

少小抱孤苦，飄零重此行。迂疏從我好，憂戚賴天成。夙志存無幾，羈懷觸又生。寸心同弱草，歲晚怯霜清。

淹留已半載，去住意何深。月色一千里，愁人方寸心。秋聲助搖落，生理歎浮沈。松桂清霜滿，哀歌動故林。

奇村道中

此日西塘路，乘閑作勝遊。深深柳成巷，脈脈稻分溝。白石長含雨，黃花不受秋。移居新有意，試就野人謀。

城南

山人懶到骨，一出動經秋。欲赴城南約，如營海外遊。岸容收潦盡，村色帶煙留。禾黍歲將晚，農家猶未休。

秋望

病骨秋偏早，單衣露爾寒。微雲生水際，暝色起林端。地迥月遲下，樓高山易殘。輕風吹欲舉，醉袖拂層巒。

雜詩二首

何事招提好，山深馬可驅。松巢低映帽，竹溜細通廚。霜栗千封户，雲屏四畫圖。冠巾如我用，白鹿起規模。

水遶千山合，雲藏數畝荒。初尋香有陣，漸入翠成行。豚穽依危石，牛蹊帶小塘。團茅奄如畫，可惜是逃亡。

早發濡上

寒出防優逸，詩情非浩然。煙濃山失色，雲重雪連天。坏户仙遊上，冰髯老境前。别家忘再宿，桑海問何年？

恒山樓

萬嶺尊恒嶽，遺臺枕後潭。仰高慚對坐，哭險負奇探。影落滄溟北，雲開斗柄南。山靈憐野客，今夕費煙嵐。

登鎮州陽和門

百尺市門起，重過爲暫停。毫分秋物色，米聚趙襟形。北望雲開嶽，東行氣犯星。憑闌天宇在，人事聽浮萍。

辛巳中秋旅亭獨坐

分光陰太盛，無力掩蒼溟。大塊供微黑，高天失舊青。興從愁外發，秋向露邊零。點數山河影，依稀見草亭。

道士孫伯英容城故居 并序。

伯英，名邦傑，世爲縣之貴族。遺山元公爲作墓銘，稱其遊太學，所與交皆天下名士，氣甚高，見金世已亂，天下事無可爲，思得肆志方外，以耗壯心而老歲月，遂爲黃冠師以終，葬亳之太清宮側，時年五十一。因見先君子録其家世文行之美，以示鄉人。今過其居，感而賦詩。

政教才氣敵希夷，冠帔翻然亦未宜。誰辨胡寅論鴻客，見《讀史管見》。只除坡老識安期。見《安期生》詩。可憐喬木空秋色，惟有青山似舊時。欲傳先賢問遺事，故園猿鶴不勝悲。靜修父述，字繼先。好讀書，明於藻鑑。靜修常過方古故居，謂其人近史家所謂獨行。先人嘗舉以律鄉里之貪鄙者，乃作詩云：「還家遊子悲千種，念舊思親淚最青。」亦與此詩用意相似。

登雄州城樓

古戍寒雲接渺茫，故鄉遊子動悲涼。江山自古有佳客，煙雨爲誰留太行。野色分將愁外綠，物華呈出夜來霜。海門何處秋聲急？極目滄波空夕陽。

夢先隴

望望東阡見松桂，孤雲爲我且踟躕。十年一夢等閒過，四海此身何慮無。千丈春暉空寸草，萬山明月只啼烏。舊家三逕今誰主？羨殺河汾有弊廬。

外家西園李花

無邊晴雪映柴扉，夢裏繁華又一非。人與山丘屬零落，天教草樹記芳菲。每因寒節來相訪，重爲餘香不忍歸。里社他年有成約，結菴終擬號春暉。

入山

草露蛛絲晴日明，亂蟲秋意有先聲。屈盤未轉坡陀盡，蒼翠忽從懷抱生。一徑峰回失南北，兩山雲近異陰晴。天公若會登臨意，可信傷心畫得成。

山中月夕

滿懷幽思自蕭蕭，況對空山夜正遥。四壁晴秋霜著色，一天明水月生潮。歌傳巖谷聲豪宕，酒泛星河影動摇。醉裏似聞猿鶴語，百年人境有今朝。

五月二十三日登城樓

獨倚危闌數鬢毛，一簾輕燕晚涼高。雲移山影亂初定，雨帶風聲來漸豪。物外此天才一幕，人間何事不秋毫。遠遊未盡平生興，幾欲狂歌續楚騷。

曉出西塘

塘水隨人緩步行，哀湍激石故輕清。太行穠秀霜洗淨，全趙規模天鑿成。偶爲登臨發悲詠，忽從毛髮散秋聲。殷勤莫盡樽中酒，留到青山佳處傾。

南樓

登臨秋思動鄉關，展盡晴波落照間。歎老自非緣白髮，愛閒元不爲青山。幾經分合世良苦，不管興亡天自閒。初擬憑闌浩歌發，壯懷空與白鷗還。

新晴

小雨新晴草色蘇，家園生理未全疏。埋盆欲學魚千里，試地先栽芋一區。時與老農談稼穡，不因閒客罷琴書。乾坤妙處無人會，卧看牆陰雀哺雛。

野亭會飲

行樂人生當及辰，今朝光景爲誰新？林陰薄薄微露日，花氣溶溶暖著人。春色十分看欲盡，鳥聲千種聽難真。東風就手吹殘酒，無限青山動翠鱗。

淺酌

淺酌微吟意自真，新詩改罷酒微醺。流鶯暗逐春光老，獨鶴潛驚夜景分。共見白駒如晚景，豈知蒼狗是浮雲。無邊風月誰無分？只恐靈臺未屬君。

過鎮州

太行迎馬鬱蒼蒼，兩岸灘聲帶夕陽。霜與秋容增古淡，樹因煙景逩微茫。閲人歲月真無謂，得意江山差自强。曾記城南舊時路，十年回首儘堪傷。

井陘淮陰侯廟

飢僮羸馬倦重遊，萬將分兵坐此籌。滅項豈知秦尚在，奪齊便覺漢無憂。英彭一體誰遺類，絳灌諸孫自列侯。愛殺鹿泉泉下水，亂山百折只東流。

易臺

望中孤鳥入消沉，雲帶離愁結暮陰。萬國山河有燕趙，百年風氣尚遼金。物華暗與秋容老，杯酒不隨人意深。無限霜松動巖壑，天教搖落助清吟。

高亭

高亭雲錦遶清流，便是吾家太一舟。山影酒搖千疊翠，雨聲窗納一天秋。襟懷灑落景長勝，雲影空明天共遊。笑向白鷗問塵世，幾人曾信有滄洲。

世上

世上悠悠儘自争，眼中隱隱放教平。飛蠅觸鼻人争怒，落葉臨頭我謾驚。既有陽秋暗消長，何須青白太分明。蒺藜原上清霜重，辛苦十年跣足行。

老大

老大情懷隨處樂，幽閒氣味逐時添。平生長物不入室，一日百錢輒下簾。題品雲山寧有諱，收羅風月不妨廉。客來恐說閑興廢，茶罷呼棋信手拈。

山石

山石那容玉獨堅，人生磨滅殆天憐。畫蛇最戒足無用，書馬常憂尾不全。誰見虎鬚真可捋，自慚雞肋豈勝拳。誤人莫向婁師德，不領春生未唾前。

夏日即事

迂疏争笑近清狂，多病筋骸可預防。久乏園蔬因種藥，不留窗紙爲抄方。閒從鳥雀分晴晝，静與蛩螿共晚凉。莫道幽人好標置，北窗自古有羲皇。

平昔

平昔襟期鏡屢看，而今涉世願高年。自憐不唾青城地，共笑仍憂杞國天。履影無傷猶不忍，吹齏雖誤亦當然。人間萬事思空遍，依舊西窗理斷編。

人情

人情雲雨九疑山，世路風濤八節灘。共説長安如日近，豈知蜀道比天難。浮航莫笑腰舟渡，坎井終當繫木觀。會取登高有良法，此身何地不平寬。温公曰：登高有法，徐行則不困，脚踏實地則不危。

夜雨

夢覺呼童問幾更，未曆先作不平鳴。山深六月有秋意，夜静滿城惟雨聲。四海虚名此身愧，百年浮世寸心驚。誰教簷溜如愁思，欲斷還連直到明。

上塚

鄉鄰見戲説兒童，日日相邀社酒同。故國無家仍是客，病軀未老錯呼翁。里胥驗帖徵遊户，縣長聞名謁下風。欲向溪南訪喬木，不禁煙雨正空濛。

夏日飲山亭

借住郊園舊有緣，緑陰清晝静中便。空鈎意釣魚亦樂，高枕卧遊山自前。露引松香來酒盞，雨催花氣潤吟牋。人來每問農桑事，考證牀頭種樹篇。

春日

游絲困無力，欲起重悠颺。芳草落花滿，相思春晝長。

白樂天琵琶行圖

冀馬嘶寒風，逐臣念鄉國。江浦聞哀絃，長吟望南北。

村居雜詩四首

鄰翁走相報，隔窗呼我起。數日不見山，今朝翠如洗。
黄昏雨氣濃，喜色滿南畝。誰知一夜風，吹放門前柳。
獨立偶懷古，臨風還自傷。一聲樵唱起，回首暮山蒼。
削樹題詩句，畫沙知酒籌。他年成故事，蕭散更風流。

題山水扇

山近雨難晴，樓高秋易寒。憑誰暮雲表，添我倚闌干。

抱陽南軒

下瞰縣崖老木稠，輕風毛髮散涼秋。蒼苔白石夢初覺，霽月疏雲山欲流。

銅雀瓦硯

諸侯負漢已堪憐，直筆何爲亦魏編。却愛曹瞞臺上瓦，至今猶屬建安年。

仙人圖

千古誰傳海上山？坐令人主厭塵寰。蓬萊果有神仙在，應悔虚名落世間。

春景

病餘身世淡無情，但覺春來暖漸生。送客出門花已謝，問知昨日是清明。

今月

今月柴關幾客來，擬從屐齒數莓苔。求文道士花前至，載酒門生雨後囘。

觀梅有感

東風吹落戰塵沙，夢想西湖處士家。只恐江南春意減，此心元不爲梅花。

山家

馬蹄踏水亂明霞，醉袖迎風受落花。怪見溪童出門望，鵲聲先我到山家。

溪上

坐久蒼苔如見浸，攜筇隨水就輕陰。松風自厭灘聲小，雲影旋移山色深。

西郊

偶因訪客出西城，一色寒蕪滿意平。行過溪橋嘗脚力，招來野老問山名。

早秋

昨朝一葉見秋生，今日千巖萬壑清。欲借西風蘇病骨，暫來石上聽松聲。

春盡

草閣垂簾晝掩扉，客來知我出門稀。鳥鳴淡與人相對，花落方知春已歸。

寒食道中

簪花楚楚歸寧女，荷鍤紛紛上塚人。萬古人心生意在，又隨桃李一番新。

廢園

路傍雙石立崔嵬，曾見遊人幾往來。想得當年全盛日，好山橫處盡樓臺。

庚辰元日

曾記西湖酒一卮，乾坤和氣入新詞。六年未盡冰霜怨，又到春風滿面時。乙亥所作詞，有「春風花柳，消盡冰霜殘怨。」之句。

下山

翠霞騰暈紫成堆，收盡雲煙酒一杯。想見浮嵐在眉宇，人人知道看山回。

即事

曬罷空庭藥果收，閉門無睡却梳頭。過門幾點黄昏雨，分與蟲聲半霎秋。

宋理宗南樓風月横披二首

試聽陰山《勅勒歌》，朔風悲壯動山河。南樓煙月無多景，緩步微吟奈爾何。

物理興衰不可常，每從氣韻見文章。誰知萬古中天月，只辦南樓一夜涼。理宗自題絶句其上，有「幷作南樓一夜涼」之句。「才到天中萬國明」，宋太祖月詩也。

探春

道邊殘雪護頽牆，牆外柔絲露淺黄。春色雖微已堪惜，輕寒休近柳梢傍。

金太子允恭墨竹

手澤明昌祕閣收，當年緹襲爲誰留？露盤流盡金人淚，應恨翔鸞不解愁。

秋夕感懷 以下續集。

新涼入郊墟，金風蕩秋夕。輕河皎素練。寒霜澹白璧。星斗闌干横，孤堂更岑寂。遊子起中庭，感慨心襟激。對酒露肝膽，豁然清塵臆。玩世風生口，開懷月滿席。長嘯一聲秋，雄談羣動息。壯志海山平，任氣天地塞。醉舞捫斗牛，浩歌振金石。哦吟驚鬼神，俯仰洪荒窄。恥爲時輩羣，追思古人迹。人生少年時，分陰真可惜。寒窗一經老。區區竟何益。學劍覓封侯，行行匹夫敵。男子志斯民，安用書劍癖。皎然方寸間，自有平安策。一日風會雲，四方賢路闢。致身青雲間，高飛擧六翮。整頓乾坤了，千古功名立。

偶得

自覺筋骸老漸頑，曾經坚脊度危關。清霜烈日留身後，秀氣春風拂一作滿。坐間。自有頽波如底柱，莫教秋色避南山。雲鵬税駕今無地，羨殺江鷗盡日閒。

次韻叩泮宫

誤我儒冠一不成，劍華摇落動江城。心飛北闕知天遠，夢入南荒覺地傾。磊落中原千古鹿，淋漓滄海一杯鯨。太平自有諸公在，誰向南陽問孔明。

四皓二首 以下遺詩。

智脱暴秦網，義動英主顔。鬚眉不得見，猶思見南山。每當西去鴻，目極天際還。馬遷歌采薇，託名夷齊閒。孰謂《紫芝曲》，能形此心閒。鄙哉山林槁，搏也或可班。安得六黄鵠，五老相追攀。一笑三千古，浩蕩觀人寰。

留侯在漢庭，四老在南山。不知高祖意，但欲太子安。一讀《鴻鵠歌》，令人心膽寒。高飛横四海，牝雞生羽翰。孺子誠可教，從容濟時艱。平生無遺策，此舉良可歎。出處今誤我，惜哉不早還。何必赤松子，商洛非人間。

翟節婦詩 并序。

昔金源氏之南遷也，河朔土崩，天理蕩然，人紀爲之大擾。誰復維持之者？而易之西山，乃有婦人曰翟氏，年廿餘，其夫從軍，死於所事。翟出入兵刃，往復數百里，晝伏夜行，以其尸歸，負土而葬之。既葬，自以早寡無子，遭時如此，思以義自完，乃自決於墓側。鄉里救而復蘇，終始一節，今八十餘年矣。夫人心之極，有世變之所不能奪者，於此亦可以見之。予聞之，爲作是詩，俾其外孫田磐刻之石。或百世之下，有望燕山而歌予詩者，使翟之風節，凜然如在，亦庶幾乎吳人河女之章焉。

兵塵浩無際，烈女難自全。婦人無九首，志欲不二天。燕山翟氏女，既嫁夫防邊。一朝聞死事，健婦增慨然。生有如此夫，早寡非所憐。求尸白刃中，負土家山前。事去哀益深，義盡身可捐。無兒欲何爲？所依惟黄泉。鄉鄰救引決，烈日丹衷懸。誰辨節孝翁，重賦睢陽賢。我昨過其鄉，山水猶清妍。聞風髮如竹，飄蕭動疎煙。千年吟詩臺，峩峩太寧巔。爲招馮太師，和我節婦篇。太寧山有馮道吟詩臺，距翟居甫數十里。

吴山夜雪圖

江南無寒歲，一雪今幾時。吴山豈無春，畫此寒巖姿。壯哉萬里流，不廢東南馳。胸中謾長風，俯仰今古非。誰能唱小海？爲和大江詞。

白馬篇

白馬誰家子？翩翩秋隼飛。袖中老蛟鳴，走擊秦會之。事去欲名留，自言臣〔姓〕（信）施。二十從軍行，三十始來歸。矯首望八荒，功業無可爲。將身弭大患，報效或在兹。豈不知非分，常恐負所期。非干復讎怨，不爲酬恩思。偉哉八尺軀，膽志世所希。惜此博浪氣，不遇黄石師。代天出威福，國柄誰當持？匹夫赫斯怒，時事亦堪悲。

幽禽

幽禽初出谷，其聲何熙熙。但知春可鳴，渾忘蟄凍時。天生復天殺，恩怨敢自私。寥寥古人心，世遠今誰知。

月下獨酌

佳月静可飲，一天明水寒。餘光泛不極，徘徊尊俎間。但覺涼露下，不知清夜闌。醉眠吾有興，君當下西山。

書堂谷晏坐

上負青天壁，下引碧澗滋。中有晏坐石，日夕忘吾歸。永懷幽棲人，千載誰與期？人間九瀛海，莽蒼天相圍。黃塵重如霧，舉手不欲揮。白雲如可招，願作雙鶴飛。

九日登洪崖 有道士居此，今二十年不睡矣。

卑居不見秋，登高自誰始？清狂未免俗，謹厚亦復爾。山光故相迎，百步翠可倚。屈指數勝遊，茲山居食指。高絶讓龍門，平敞亦專美。羣山渺波鱗，天開見洪水。列岳真情塵，遐瞰小千里。却恐行路人，視予旋磨蟻。解衣林表坐，爛摘蒲萄紫。甘漿來逡巡，毛骨脱泥滓。勝境得真賞，泉石迴如洗。況有幽棲人，嗒然空隱几。相對已忘言，一笑雲林喜。回首暮煙深，高歌望吾子。

遊龍宮

翠澗如生煙，石瀨欲無雪。縱目失平地，仰面猶清樾。時節未當春，生意方謀泄。隨時久閉藏，與物今超越。茲遊豈人力，勝境殆天設。拊石看棲龍，髣髴仇池穴。聞說如桃源，自古有深絶。摳衣徑欲往，不見當年轍。獨立取長風，哀歌山石裂。

九日攜諸生登西山

九日秋服成，童冠從我遊。萬古清沂春，重結西山秋。白雲歸青岑，狂瀾落滄洲。永嘯長風來，爽籟生巖幽。清商失摇落，生氣浮林丘。門生顧我言，樂矣行歸休。風袂尚飄然，此意浩難收。

送徐生還鄂 并序。

江夏徐生，東湖故家。庚申北渡，客燕趙十七年而宋亡。其子姪書來迎之而還，蓋前人所謂「黄鶴歸來，疑城郭之猶是；浮雲一去，惜人代之俱非」者也。諸公賦詩以道其行，命容城劉某叙而倡云。

燕山送客歸南州，興來每恨無扁舟。君歸爲我謝江漢，思君不見令人愁。千里風煙想蕭灑，一代英雄成古丘。當年才氣鸚鵡洲，撫掌笑殺黄鶴樓。黄鶴歸來哀江頭，江山依舊人悠悠。浮雲萬古恣變滅，眼中擾擾何時休？紫陽仙人歌遠遊，飛蛟起滅三千秋，爲君揮手崐崙頭。紫陽謂晦翁。飛蛟起滅，見《遠遊集》注。

宋徽宗賜周準人馬圖

筆底金鞍有蕭爽。誰云不博降王長。汴梁門外若雲屯。畫本相看應自賞。十載青衣夢故都。經營慘淡欲何如。只除金粟呼風鳥。曾見昭陵鐵馬趨。

宋高宗題李唐秋江圖

秋江吞天雲拍水，濤借西風挾不起。斷雲分雨入江村，回首龍沙幾千里。澹菴老筆摇江聲，髣髴阿唐慘淡情。千秋萬古青山恨，不見歸舟一葉横。

金太子允恭墨竹

黑龍江頭氣鬱葱，武元射龍江水中。江聲怒號久不瀉，破墨揮灑餘神功。天人與竹皆真龍，墨竹以來凡馬空。人間只有墨君堂，何曾夢到瓊華宫。瑶光樓前月如練，倒影自有河山雄。金源大定始全盛，時以漢文當世宗。興陵爲父明昌子，樂事孰與東宫同。文采不隨焦土盡，風節直與幽蘭崇。百年圖籍有蕭相，一代英雄誰蔡公？策書紛紛少顔色，空山夜哭遺山翁。我亦飄零感白髮，哀歌對此吟雙蓬。秋聲蕭蕭來晚風，極目海角天無窮。黑龍江見《金史》。幽蘭軒，義宗死所。汴亡，張蔡公以《金實録》歸。遺山嘗就公謄録。

此軸亦公得於汴之中祕者，公之子仲仁持以求予詩，故終篇及之。

白雁行

北風初起易水寒。北風再起吹江干。北風三起白雁來，寒氣直薄朱崖山。乾坤噫氣三百年。一風掃地無留錢。萬里江湖想瀟灑，佇看春水雁來還。

渡白溝

東北天高連海嶼。太行蟠蟠如怒虎。一聲霜雁界河秋。感慨孤懷幾千古。只知南北限長江，誰割鴻溝來此處。三關南下望風雲，萬里長風見高舉。萊公灑落近雄才，顯德千年亦英主。謀臣使臣一作史君。强解事。枉著渠頭汙吾鼓。十年鐵硯自庸奴，五載兒皇安足數。當時一失榆關路，便覺燕雲非我土。更從晚唐望沙陀，自此横流穿一縷。誰知江北杜鵑來？正見江東青鳥去。漁陽撾鼓鳴地中，鵾鵠飛滿梁園樹。黄雲白草西樓暮，木葉山頭幾風雨。只應漠漠黄龍府，比似燕岡更愁苦。天教遺壘説向人，凍雨頑雲結淒楚。古稱幽燕多義烈，嗚咽泉聲瀉餘怒。仰天大笑東風來，雲放殘陽指歸渡。

登鎮州隆興寺閣

大行鱗甲摇晴空，層樓一夕蟠白虹。天光物色驚改觀，少微今在青雲中。初疑平地立梯磴，清風西北天門通。又疑三山浮海至，載我欲去扶桑東。雯華寶樹忽當眼，拍肩愛此金仙翁。金仙一夢一千載，騰擲變化天無功。萬象繞口恣噴吐，坐令四海皆盲聾。千池萬沼盡明月，長天一碧無遺蹤。我生玄感非象識，此眼此臂將安庸。海岳神光埋禹鼎，人間詭態何由窮。金天月窟爾鄉國，玉毫萬丈須彌峰。一杯徑欲呼與語，爲我返駕隨西風。堂堂全趙思一豁，江山落落吾心胸。中原左界此重鎮，形勢彷彿餘兵衝。歌舞遺臺土花碧，旗幟西山霜葉紅。乾坤割裂萬萬古，烏鳶螻蟻爲誰雄？滹水悠悠自東注，落日渺渺明孤鴻。

乙亥十月往平定早發土門宿故關書所見

風煙全趙如平掌，失脚山城夢猶想。土門一縷漢時天，萬古行人爲誰仰？指似勁敵談笑中，爲狀羸僕忍寒强。當年鼓角如可聞，急著清吟和林響。遠山宛欲來相迎，近山留人屹相嚮。或從井底忽登天，倚伏已能先想像。平生愛山真惡識，今日果爲山所網。昨朝爽翠擁修眉，最恨高樓負清賞。壯懷鬱鬱悶欲絶，安得凌風恣吾往。天教石頂放一頭，駛若驊騮脱羈鞅。山靈努力出奇供，只恐先生駕虚枉。萬壑霜松動悲嘯，極目雲煙埋〔莽蒼〕。北門形勢護中原，辦與姦雄增技癢。太行横絶半九州，留在平原幾塵坱。何人爲我起六丁，嵯峩盡墮天宇朗。千年再挽神禹功，恍若鴻流開四象。

仲誠家藏張蔡公石女萠製香奩絶巧持以求予詩

静華墨君天下奇，陵川仙人爲賦之。遺山野史誇慧女，萬古春風蝴蝶詞。豈知此巧復絶代，夜月静拂天孫絲。夢雲絲雨有形外，郢斤庖刃無心時。蔡公凜凜褒鄂姿，諸郎畫戟清香詩。香奩秀發亦餘事，詩人飢眼省見稀。敲門青燈爛紅碧，布衾驚走惡睡兒。破屋猶疑翠鯨怒，短褐誰憐紫鳳移。東家健婦把鋤犁，西家處女負薪歸。哀哀正念誅求苦，對此無言空淚垂。

山行見馬耳峰

近山豪士少羈檢，酒澆不下胸崔嵬。遠山静女亦閒雅，尚恨少有傷春懷。亂山米聚争拱揖，武卒侍婢皆凡材。天知老眼不受塵，路轉忽睹雙峰開。雙峰何年聳雙耳？叱之不動煩風雷。今朝向我效神駿，翠色欲逐神鞭來。浮世浮名酒一杯，我欲駕此觀蓬萊。只愁日暮三山上，黄塵回首令人哀。

雪翠軒觀大寧

吾家雪翠天下白，銀河無聲月無色。天闕不閉寒崢嶸，箕尾晶英凍將拆。帝遣六丁下取將，敕賜名軒換金碧。初如紫霧蟠青雲，飛下人間作堅壁。漸如扶桑六龍出，萬縷丹霞吹海立。何人辦此女媧氏？補天重鍊蒼蒼石。陽能兼陰今可知，祝融若幷玄冥國。正教蕪穢洗欲空，誰爲千年棟梁惜？殺機如火出至微，焰焰寧知有今夕。軒中高卧劉更生，願借餘光照方册。方册有道出黄虞，今古煌煌天與極。火耕明日千萬斛，酒瓮已聞春雨滴。不妨一飲盡羣山，醉暈春生半天赤。

明河秋夕圖

明河澹澹縱復横，行雲悠悠度疏星。鳳媒不來烏夜驚，瓊枝玉佩遲所託，畫中隱隱聞機聲。秋來秋去今猶古，此恨不隨天宇青。崐崙西頭風浪平，辦我一舟蓮葉輕。浩歌中流擊明月，九原唤起嚴君平，人間此水何時清？

食筍

夢回齒頰風蕭騷，幽姿不許霜松高。南來蒼玉不盈束，已覺飲興翻雲濤。詩家胸次自宜此，尚嫌煙火須烹炰。想像南風吹萬竹，籜龍正恐稱冤號。石盆養魚心自苦，仰羨鷗鴿雲間巢。眼中歲旱土不膏，長鑱後慮山無毛。退食歸來北窗夢，山巔朱鳳聲嗷嗷。

飲仲誠梛瓢

君家瓠落無所容，江湖誰辨平生胸。海南佳氣久鬱塞，灩澦似喜今相逢。前年對酒面發紅，今年對酒氣如虹。江山萬古騷人國，跬步便與華胥通。河間古儒病我枸，聞我一飲喜氣濃。平生得意南湖張，此意頗與河間同。太古窪尊老無底，一朝傾倒何由供。醉鄉千年有此客，鳥歌蝶舞春濛濛。醉翁之意不在酒，宛如琴意非絲桐。太和風境無酩酊，洛陽樓閣高玲瓏。泠然仙馭一杯水，眼中渺渺無極翁。西家伯倫瞽且聾，東家醉死王無功。酒中醒境渠未識，冰壺秋月崑崙峰。舉杯喚月來胸中，人間白日浮雲空。一本有「我醉欲眠聊且去，擾擾黑頭何等蟲」二句。五嶺山高雲幾重，朱崖滅没南飛鴻。玄鶴翩翩渺何許？操瓢徑訪眉山公。河間，謂趙〔君玉〕（王），南湖謂仲實。「泠然仙馭一杯水」，見潘延之《和茂叔憶濂溪》詩。洛陽樓閣，堯夫空中樓閣事。

示孫諧

龍山古壯哉，鬱鬱盤煙嵐。一讀元子詩，泠然玉泉甘。江山勝景要佳客，而我不到懷應一作應懷。慚。雷家髯翁虎眈眈，劉氏遺愛存一作性理窮。河南。百年喬木動秋色，籃輿誰與供奇探。崑山出美玉，楚國多楩楠。孫郎復貴種，良璞須深函。勾萌慎培養，雲霄看巖巖。野夫老矣一何拙？平生只有歸休堪。傳經訪道可無愧，爲我早辦龍山菴。

書堂旅夜

丈室不自掃，寸心徒爾豪。世途仍險阻，風物故蕭騷。皓月霜洗淨，明河天放高。空庭一片石，獨坐首頻搔。

雜詩二首

聞昔飛狐口，奇兵入擣虚。人才九州外，天道百年餘。草木皆成騎，衣冠盡化魚。遺民心膽破，諱説戰爭初。

關嶺通山後，風謡采路傍。地寒人好壽，草淺畜宜羊。用水如奴婢，從川貯米糧。西風如有約，乘興即吾鄉。

野興

莽莽榛蕪路，蚩蚩魚肉民。乾坤幾逐鹿，今古一傷麟。眼底人間世，胸中物外春。江山滿花柳，無負百年身。

山中憶故人

故人南郡去，消息久無聞。瑶草正堪種，白雲誰共分？屋梁驚落月，鵬翼賦垂雲。歲暮一尊酒，高歌如見君。

送友生

無人慰幽獨，之子罷登臨。野鶴籠中態，翔鴻天外音。吾儒關世運，晚節見初心。有問山間事，白雲今更深。

郭判官按察廣右

謝病三公掾，分司五嶺南。柱山天下秀，憲府百僚參。夜泊防風浪，晨征避瘴嵐。遥知慈母念，先汝過湘潭。

送仲常遊北岳

大茂玄都閟，他山拱萬靈。風霆凜神化，河海盡襟形。昴畢空留影，幽并未了青。追〔封〕（風）王制變，嚮祀世塵腥。禮樂心雖切，煙霞骨有銘。長懷七十户，爲我謝仙扃。

與客會飲野亭

遥岑一碧淡相依，野態行雲共意遲。多病留侯寧復偉，長身諸葛但如癡。相思千里尊酒盡，永嘯一聲小鳥悲。風袖翩翩似何處？青林西北雨來時。

過徐橋

老岸石闌曙色分，只疑身是入山雲。十年往事不回顧，百里清泉如可聞。人世誰教有長路，坤靈終亦化塵氛。興亡更遣陂塘在，幾欲悲歌酒未醺。

白溝

寶符藏山自可攻，兒孫誰是出羣雄？幽燕不照中天月，豐沛空歌海内風。趙普元無四方志，澶淵堪笑百年功。白溝移向江淮去，止罪宣和恐未公。

登武遂城

神州英氣鬱高寒，臂斷争教不再連。千古傷心有開運，幾人臨死問幽燕。平生卧榻今如此，百萬私錢亦可憐。咫尺白溝已南北，區區銅馬爲誰堅？

望易京

亂山西下鬱岧嶤，還我燕南避世謡。天作高秋何索莫，雲生故壘自飄蕭。誰教神器歸羣盗，只見今人泣本朝。莫怪風雷有餘怒，田疇英烈未全消。

七月九日往雄州

秋聲浩蕩動晴雲，感慨悲歌氣尚存。灑落規模餘顯德，承平文物記金源。生存華屋今焦土，忠孝遺風自一門。白髮相逢幾人在？蒼煙喬木易黄昏。

宿華陽臺

石徑盤盤擁亂霞，雲間雞犬是誰家？空山月出人境失，高樹露涼秋氣加。蜀道青天休種杞，武陵流水漫尋花。太行東北三千里，盡借晴嵐染鬢華。

飲聞雞臺

出門人事厭紛紛，春色三分已二分。十步離山九回顧，一杯到手百無聞。蒼茫天地有如此，磊落古今何獨君。欲向荒臺問遺跡，水明沙浦只行雲。

玉乳峰

亂山如擁欲爭先，惟許孤峰入馬鞭。舊見劍光曾犯斗，誰教箭筈亦通天。只應絶頂千年石，中有齊州九點煙。安得凌風乘此去，東遊滄海看桑田。

唐張忠孝山亭故基

斷碑藩鎮記當時，杯酒談兵少牧之。山色何曾問今昔，人才初不限華夷。水波風起心猶壯，木杪秋生鬢已知。莫更候雲臺上望，武陽禾黍亦離離。

會飲北山

相逢相飲莫相違，往事紛紛何足悲。別後幾經滄海淺，歸來豈止昔人非。此山變滅終如我，後會登臨知與誰？今古區區等如此，不須辛苦歎斜暉。

秋郊

行過青林徑欲還，誰家茅屋在林間？雲初湧出半含雨，風漸吹開微露山。世味嘗來知懶貴，物華老盡覺秋閑。天開勝境爲詩敵，未許幽人穩閉關。

對菊

迂疏不辦一身謀。鬢髮空添四海憂。畫本流民今復見，詩家逃屋爲誰留？黄茅安得千間厦，白布空歌萬里裘。政有南風曲中意，可能獨醉菊花秋？

城樓待雨

雨入江樓勢欲吞，雷轟何止語難聞。未憂彼岸將爲壑，只恐吾山盡化雲。風伯爲誰能却敵，物華依舊歎如焚。百年人事今如此，猛拍闌干怨夕曛。

積雨

萬象何爲入杳冥，懸知物外自高明。前年憂旱有今歲，半月閉門如一生。捧日謾勞中夜夢，補天誰識寸心誠。陰雲政使高千丈，坐愛魚頭恐未平。

海南鳥

越鳥羣飛朔漠濱，氣機千古見真純。紇〔干〕(于)風景今如此，故國園林亦暮春。精衛有情銜太華，杜鵑無血到天津。聲聲解墮金銅淚，未信吴兒是木人。

白海青 一名玉爪駿。

扶餘玉爪舊曾聞，青鳥猶霑海氣昏。掌上風標有如此，眼中神駿更憐君。平蕪未灑頭鵝血，春水誰開獵騎門？過雁昏鴉莫回首，霜拳高興在空雲。

反垂柳短吟

偃蹇高松雪謾飛，最憐憔悴緑楊枝。青絲曾識鶯聲軟，黄葉俄驚馬足遲。有分只偷春色早，無心要結歲寒知。不應再得東風力，更與行人管别離。

寄彦通

青芻白飯思悠然，燈火山亭暮雨前。不意相思渾百里，直教一别動經年。久甘分席樵夫下，敢望過門長者先。自是煙霞愛招客，可無佳句助清妍。

付阿山誦

十畝荒田不自耕，半空樓觀幾時成？人因遇困方言命，我爲求奇反喪名。此去要知燈是火，向來空指雁爲羹。新詩銘在山童口，百過高歌告乃兄。

送人官淛西

江海十年幾戰酣，劫灰飛盡到耕蠶。亂翻文物想猶在，彫弊徵科恐未堪。眼底興亡卽今古，胸中形勝欠東南。因君漸有扁舟興，佇待清風洗瘴嵐。

薔薇

色染女真黃，露凝天水碧。花開日月長，朝暮閱兩國。

絶句

溪童出門望，鷗鷺滿空下。江水淡無情，盡是忘機者。

溪橋步月圖

山中有幽人，獨步溪橋月。莫問興如何？披圖亦清絶。

春露亭書

老樹含春容，寒泉動幽響。念彼山中人，風露恣清賞。

書事三首

當年一線魏瓠穿，直到横流破國年。草滿金陵誰種下，天津橋畔聽啼鵑。

臥榻而今又屬誰，江南回首見旌旗。路人遥指降王道，好似周家七歲兒。

唱徹芙蓉花正開，新聲又聽采茶哀。秋風葉落踏歌起，已覺江南席卷來。

讀史謾題

眼底權奸漢室空，伯喈文舉亦才雄。王畿廟號關何事？亦在區區論建中。

静修又有《讀史評》一首云：「紀録紛紛已失真，語言輕重在詞臣。若將字字論心術，恐有無邊受屈人。」此真善于論古者。

孫尚書家山水卷

扁舟老樹傍蒼崖，好似今秋雪嶺囬。試問黄塵山下渡，幾人曾爲看山來？

郭氏家山圖

鹿門煙影接隆中，翁媪通家社酒紅。只有山童最神駿，舊曾牀下拜龎公。

睡起

晚醉城南不記囘，虚簷高枕藉莓苔。酒醒涼意瀟瀟在，應是前山送雨來。

即事

雲白天青浩不收，雨晴山色欲無秋。淡煙衰草關何事，落日紅波空自愁。

山寺早起

松窗一夜遠潮生，斷送幽人睡失明。夢覺不知春已去，半簾紅雨落無聲。

萬壽宮館舍

來時殘雪點征衣，落盡庭花尚未歸。夢裏不知身尚病，春衫歸路馬如飛。

寄楊晉州二首

曾是吾鄉舊幕官，秋風碧水記紅蓮。而今却憶當時事，回首驚看二十年。

南州選舉數三楊，中統衣冠半在亡。明日朝廷訪耆舊，不應白首尚爲郎。

郭翁詩　并序。以下拾遺。

翁名恩，本相人。少爲輪扁業。亂後流寓保定，年今近九十矣。早與其兄相失，後聞其居河南，老無所依，翁乃三往迎之。及至，奉事惟謹，與同寢處。翁家貧，素無僕御，其兄卧病，翁親爲浣滌厠牏。其兄臨終，嘗以遺骸歸祔爲託，而翁亦極力以成其志。郡中諸老人，與翁年相若遊相好者，數數爲予道翁行事如此。予感歎不已，爲作是詩。

佳木交清陰，欣然動人意。況聞翁之風，能不有生氣。此翁少有兄，干戈鄉縣異。哀鳴念羈孤，相思勞夢寐。自誓畢此生，復爾歡聚遂。千里三往還，竟扶籃輿至。夜雨一方牀，春風滿天地。家無十歲僮，百役一身寄。效兒浣厠牏，代婦理中饋。生忘惸獨憂，死免道路棄。關河隔故丘，走送徇歸志。大義今已全，初心始無愧。翁本不識書，所知惟藝事。作詩美翁賢，亦以警士類。

重遊北溪分韻得暉字

蒼黄淡野色，草樹含清暉。林居隱葱蒨，晴嵐散霏微。歸雲有真意，鳴禽發天機。勝處必深會，輕觴豈虚揮。山泉來何從，北望空依依。

呈保定諸公

燕垂趙際間，人物㷟珪璋。諸侯舊賓客，一郡宗賢良。士窮叫知己，人渴思義漿。諸公且勿嗔，賤子伸餘狂。駟幼有大志，早遊翰墨場。八齡書草字，觀者如堵牆。九齡與太玄，十二能文章。遨遊墳索圃，期登顔孔堂。遠攀鮑謝駕，徑入曹劉鄉。詩探蘇李髓，賦薰班馬香。衙官賓屈宋，伯仲齒盧王。斯文元李徒，我當拜其旁。呼我劉昌谷，許我參翱翔。眼高四海士，兒子空奔忙。俗物付脱略，壯節持堅剛。前年脱穎士，峨峨勢方颺。欲求伸汩没，今反墮渺茫。少小嬰憂患，痛切摧肝腸。零丁歎孤苦，片影弔倉皇。溺身朱墨窟，人事如冰霜。高才日陵替，壯志時悲傷。駑駘欺赤驥，鴟梟笑鳳凰。妾婦妒逸才，浪觜讒舌長。紛然生謗議，鋒豈不可當。不忍六尺軀，縮項俄深藏。諸公富高義，刮垢摩我光。去留從所適，爽氣生西〔廊〕（郎）。

同仲實南湖賞蓮醉中走筆

溢江泔寒風露涼，安得置我濂溪堂。香塵縹緲芙蓉裳，百年得此南湖張。舉杯人勝境亦勝，有蓮以來無此香。蓮香隨酒來詩腸，得句驚起幽禽翔。幽禽隨人作殢態，意欲和我風雩狂。人間一味清到骨，兩足暫付吾滄浪。螟蛉蜾蠃卿且去，醉眼太華雲間蒼。

記夢

天風吹雲送星槎，蒼鱗道前牽紫霞。鳳凰呈舞月妃和，飄飄來自金母家。金母臨行有奇贈，玉簫瑤管聲清佳。囑我醒時無泄露，恐世知子生諠譁。明朝夢覺莫驚怪，異香冉冉浮窗紗。

早發高黑口號

蒼月瘦，黑風酸，枯梢老竅號空山。東方未動天發黑，迷途客子回征鞍。冰髯壓脣帽簷側，耳輪霜醉鼻尖寒。中原年少燕南道，功名未了黄塵老。黄塵老，馬上神州依舊好。

虞帝廟

四顧莽何際，威靈儼若臨。山川尚醇樸，天地自高深。鳳鳥千年歎，簫韶三月音。玄功久無復，徒抱致君心。

登保府市閣

十載雞泉隱，今朝市閣晴。民謡混諸國，里號帶軍營。瀛海依依見，堯山隱隱横。懷今與思古，獨立若爲情。

寒夜

肝膽了無寐，襟懷誰與同。更長頭可白，燭暗火逾紅。硯滴冰生瘮，星流氣吐虹。林鴉先我起，鳴噪竟何功。

送成從事

易水河梁夢，回頭已十春。相逢驚我老，送别向君頻。求贈攀前例，將詩認故人。故山松菊在，歸去未全貧。

哭張之傑

義許同生死，奪君何遽然。無人共清夜，有淚葬黄泉。苦疾求予禱，遺孤託我憐。傷心墓頭字，旌孝看他年。予題其墓道爲張孝子墓。

獨立

恆岳精英大，直衝昴畢星。初疑元氣白，橫界太虛青。欲與河漢共，不隨霜露零。相看一杯酒，連夜立中庭。

渡白溝

薊門霜落水天愁，匹馬衝寒渡白溝。燕趙山河分上鎮，遼金風物異中州。黃雲古戍孤城晚，落日西風一雁秋。四海知名半彫落，天涯孤劍獨誰投？

遂城道中

鐵城秋色接西垣，遠客還鄉易斷魂。霸業可憐燕太子，戰樓誰弔漢公孫。冷煙衰草千家塚，流水斜陽一點村。慰眼西風猶有物，太行依舊壓中原。

避暑玉溪山

風露撩人儘力清，也應知我到禪扃。秋聲滿谷有生氣，山意帶煙成遠形。皎月欲升天失色，白雲初出樹留青。他年若訪經行處，合有先生避暑亭。

留題山房

靈風縹緲竹花飛，怪石參差樹影齊。壺裏有天藏日月，杯中無海飲虹蜺。松生太古鶴應識，路入白雲山盡低。萬里黃塵一回首，微茫煙水意悽迷。

春遊

巧穩林亭無四鄰，背山向水得天真。風光正及二三月，童子同來六七人。十日得閒須小醉，一年最好是深春。鳥聲似向花枝說，曾見無懷有此民。

夜坐有懷寄故人

幾葉疏桐萬斛秋，四山清露一窗幽。高情千古謝安石，壯志平生馬少游。有錯真成六州鐵，欲還空說大刀頭。悠悠且付天公在，未必蒼生待爾憂。

賦孫仲誠席上四杯 仲誠命題，彥通舉韻。

隴鳥回頭意若何？一作「注瓦傾銀竟若何」。刳腸欲我鑑紅螺。一作「紅珠元稱卷金螺」。微茫山意詩痕在，瀲灩江聲飲興多。聖處已分糟與蟹，醉來唯見酒成波。千年醒殺江魚一作魚蝦。腹，應恨生身在汨羅。一作「且莫乘流問汨羅」。

右螺

碧筩和露卷晴霞，一作「江鄉雲錦爛晴霞」。錦浪隨鯨一作「海浪鯨魚」。落晚沙。風趁歌聲來弄葉，一作「煙影橫橋淡留月」。酒知人意要浮花。一作「露香芳酒淺浮花」。胸中壁立一作「風流玉井」。三峰玉，一作夢。醉裏神遊一作「浩蕩蓮舟」。太一家。明日清一作秋。霜看一作減。紅翠，人生容易一作休遣。鬢成華。

右荷

希夷尊俎永相望，混沌鑿開見此觴。金一作霜。橘有天容逸老，青田一作金橙。無地避餘香。雲中招隱一作「人間王母」。留仙掌，一作種。物外尋真得一作秦人有。醉鄉。試向峨眉問啼鳥，一作「試看累累花下塚」。人間一作「莫教」。紅雨幾一作怨。斜陽。《後蜀紀》：劉先祚進桃核杯，云得之華山陳搏。邵康節《謝人惠希夷尊》詩有「仙掌峰巒峭不收，希夷去後遂無儔。能斟時事高擡手，尊酌人情略撥頭」之句。

右桃

瀟湘千樹暮林一作雲。平，風露詩腸快一傾。蜜戀金絲仍可意，香分緑蟻最關情。一作「香尋翠袖亦多情」。洞庭一作「江陵」。春色元無恙，南國幽姿謾濁清。一作「楚澤幽蘭恐未清」。惟辦一作「唯有」。酒船千一作三。萬斛，棹歌和月卷江聲。一作「南飛齋和凱歌聲」。

右橙

卽席以韻課諸生東齋諸物　録五。

遠山筆架痕字。

何物能支筆萬鈞，案頭依約遠山痕。燈横煙影隱猶見，秋入霜毫勢欲吞。掌上三峰看太華，人間一髮是中原。中書未免從高閣，不向林泉怨少恩。

梅杖　枝字。

鐵石心腸冰玉姿，掌中潛得歲寒枝。天教一握藏春密，風覓餘香就手吹。雪月冷懷隨步履，溪山高興入支頤。玉堂若要扶持用，説與東君也不知。

醉梨　寒字。

白雪春香洗未殘，玄霜誰遣凍成團。涞封圓顆盤增滑，蜜和濃漿齒避寒。緑蟻從今忘病渴，金花無地著餘酸。快人風味依然在，莫作尋常軟熟看。

玉簪　香字。

花中冰雪避秋陽，月底陰陰鎖暗香。玉瘦每憂和露滴，心清惟恨有絲長。且留宛轉圍沈水，莫遣聯翩入粉囊。只許幽人太相似，蒼苔疏雨北窗涼。

秋蓮　空字。

瘦影亭亭不自容，淡香杳杳欲誰通。不堪翠減紅銷際，更在江清月冷中。擬欲青房全晚節，豈知白已秋風。盛衰老眼依然在，莫放扁舟酒易空。

盆池

青蛙昨夜聖來鳴，斗水那容掉尾鯨。白髮驚魚應百我，扁舟捉月記三生。荷風拂面秋先覺，苔露生波晚更清。我欲江東鑑湖老，天河早爲洗南兵。

黑馬酒

仙酪誰誇有太玄，漢家挏馬亦空傳。香來乳面人如醉，力盡皮囊味始全。千尺銀駝開曉宴，一杯瓘露灑秋天。山中喚起陶弘景，轟飲高歌敕勒川。

次韻答河閒趙君玉見寄

出門紛擾互相尋，常使幽人懶病深。前月借書來水北，去年采藥到城陰。黄精已倩徐生斸，蒼朮新教石老尋。只有煙霞肯賒借，無人曾送買山金。

憶郝伯常

一檄期分兩國憂，長纓不到越王頭。玉虹醉吸金陵月，玄鶴孤遊赤壁秋。漢北蘇卿重回首，天南王粲幾登樓。飛書寄與平南將，早放樓船下益州。

早起

飢鼠號多似訴愁，破囊空慣已無羞。閒來點檢幽居事，鶗鴂聲中又一秋。

宿洪崖觀

雲山不受壯心降，無限西風撼客窗。應是夜深知月出，却收風雨入清江。

雪嶺遇雨

天爲西遊餉我晴，野花啼鳥效平生。今朝雪嶺初逢雨，應是郎山帶帽迎。土人諺云：郎山帶帽，十日無道。

故園寒食

一抔新土寄餘哀，故老相邀信步來。行到水西村盡處，桃花無數未全開。

聞角

人間無物比悠揚，誰道一聲隨夜長。餘哀到曉無尋處，吹作南湖十里霜。

霜落

霜落清江一夜秋，覺來明月滿江樓。酒醒人散夜將半，花上鳥啼空自愁。

戲題李渤聯德高蹈圖四首

㢙㢒炊罷補麻衣，習取禁寒抗老飢。幸自伯鸞無識者，對人不必案齊眉。

求人諛鬼果何爲？翻憶謀親入仕時。寄謝韓公莫相挽，山妻元不解啼飢。一見遺詩，作「江湖魏闕有心期，莫怪先生起太遲。寄謝移書韓博士，山妻元不解啼飢。」

倫理天生有自然，莫言家累損清閒。何人會我圖中意，説似陽城與魯山。

諸生課罷弄煙霞，紡績乘閒爲煮茶。白鹿高風有誰繼？草堂貧女晦菴家。

雨中聞雲溪不在

燈火幽窗擬對談，十年不到二龍潭。白雲吹作山前雨，應報高僧不在菴。

新居

雪擁閑門儘未除，小齋人道似禪居。年來日曆無多事，只有求方與借書。

雜著集陶句二首

人生豈不勞，終古謂之然。孰是都不營，早起暮歸眠。過足非所欽，躬耕非所歎！但使願無違，甘以辭華軒。正爾不可得，在己何怨天。自古有黔婁，被服常不完。榮叟老帶索，飢寒況當年。何以稱我情，賴古多此賢。

善惡苟不應，鬼神昧茫然。是非苟相形，行止千萬端。世路廓悠悠，聊且憑化遷。居常待其盡，任真無所先。詩書塞座外，弱子戲我前。親戚共一處，餘糧宿中田。促席延故老，斗酒散襟顔。聊以永今朝，百世誰當傳？

集杜句贈王運同彦材

霄漢瞻佳士，公侯出異人。家聲同令聞，文雅見天倫。玄朔巡天步，危樓望北辰。燕王買駿骨，黄閣畫麒麟。妙譽期元宰，蒼生倚大臣。蛟龍得雲雨，鵰鶚離風塵。治國明公在，雄圖歷數屯。世儒多汩没，賢俊贊經綸。開闢乾坤正，調和鼎鼐新。弼諧方一展，風俗盡還淳。經濟宜公等，泥塗任此身。尊榮瞻地絶，感激異天真。交態遭輕薄，浮生有屈伸。嗟予意轗軻，撫迹獨酸辛！留滯才難盡，蒼茫興有神。形容真潦倒，世業豈沈淪。倚著如秦贅，逢迎念席珍。壯心久零落，敗績自逡巡。載感賈生慟，難甘原憲貧。邵平元入漢，王粲不歸秦。回首軀流〔俗〕（落），生涯脱要津。稻粱求未足，台衮更誰親？碧海真難涉，蒼鷹愁易馴。君能微感激，何處不依仁。

紫陽居士方回

回字萬里，別號虚谷，徽州歙縣人。宋景定壬戌，别省登第，提領池陽茶鹽，累遷知嚴州。元兵至迎降，即以爲建德路總管。尋罷，徜徉杭、歙間以老。虚谷傲睨自高，不修邊幅。賈似道敗，嘗上十可斬之疏。晚而歸元，終以不用，乃益肆意于詩。吟詠最多，亦不甚持擇也。其自序《桐江續集》云：「予自桐江休官閒居，萬事廢忘，獨于讀書作詩，未之或輟。」是時年已六十餘矣。仇仁近嘗贈詩云：「老尚留樊素，貧休比范丹。」頗爲時論所笑。嘗選唐、宋以來近體詩評論之，名曰《瀛奎律髓》，于情景虚實之間，三致意焉。而尤以山谷、后山、簡齋爲標凖。海虞馮定遠曰：「方君所娓娓者，止在西江一派。觀其議論，全是執己見以繩縛古人，以古人無礙之才，圓變之學，曲合于拘方板腐之輩。吾恐其説愈詳而愈多所戾耳。」此言可謂深中虚谷之病矣。

出馬家塢

野迥夏無暑，塢深朝更涼。路隨流水轉，山背古城荒。縣宇歆紅閣，僧菴缺粉牆。暗驚兵亂後。猶有數蓮塘。

次韻汪翔甫和西城吕全州見過

想見花開路，籃舁草草裝。叩門馴犬喜，入室蠹魚香。躡石苔粘屐，眠松露滴牀。焉知人世事，積甲又宜陽。

八月初二日

蟬聲漸漸怯西風，閑撚青枝玩菊叢。老去一身都是病，寤來萬夢總成空。喜分果餌小兒女，浪費薪蔬頑僕僮。嚴瀨家人報船至，更營樽酒惱衰翁。

次韻張耕道喜雨見懷兼呈趙賓暘

疲氓多菜色，去守乏棠陰。屬慮千峯旱，俄聞六月霖。麵灘船欲溢，茗務井還深。香潤回瓜圃，聲酣起蔗林。炎官初恣肆，道暍稍侵尋。畏日方焦野，油雲忽冒岑。此涼甦萬病，厥價倍千金。解郡雖逾歲，留家尚至今。田登欣米賤，屋老懼書淋。遥念兒衣醭，兼虞婦竈沈。淒清傳古調，憂悶豁煩襟。拭汗紕練帨，搔頭斷玉簪。却思穿石罅，共坐聽泉音。韭脆鮮鱗縷，梅芳煮醞斟。一江同照影，兩地隔論心。疑雪佳公子，輸君日對吟。睦有近城灘，民以船載磨治麵。城中茶場大井汲者衆，故有麵灘船、茗務井之句。趙賓暘和予《雨夜》詩：「兒童疑有雪，頻起穴窗看。」故有「疑雪佳公子」之句。

重陽吟五首 并序。

興有不同，而皆極天下之感，君子以之冥心焉。陶淵明曰「閒居愛重九之名」，此閒寂之極感也。蘇長翁曰「菊花開時卽重陽」，此曠達之極感也。潘邠老曰「滿城風雨近重陽」，此衰謝之極感也。吕居仁曰「亂山深處過重陽」，此羈旅之極感也。予不肖，何足以跂前人，嘗有詩曰「干戈叢裏見重陽」，此亦亂離之極感也。世人徒賞邠老之句，竊意其未必得斯句之意，姑隨聲附和耳。予癸未之歲，適遇閑居重九，私念平生，五感俱集，遂吟爲五解而弔影以歌之。重九前五日，方回序。

射蛇戲馬老劉郎，不爲乾坤滅戰場。三徑寒華空悵望，閒居無酒對重陽。

心炎何處不南荒，瘴海煙深有玉堂。隨地著身無得喪，菊花開日卽重陽。

此身生死國興亡，摇落年年本是常。無奈潘郎解悽怨，滿城風雨近重陽。

衣冠南渡紫微郎，流落天涯事可傷。不是詩人終不會，亂山深處過重陽。

戰塵漠漠草荒荒，兵過村空菊自黄。死盡親知身偶在，干戈叢裏見重陽。

秋晚雜書十首

昔聞有烈士，哀歌缺唾壺。衰暮心不已，狗名殆忘軀。我老詎復爾，一壑不願餘。外物百無嗜，惟喜讀我書。空樽已絶瀝，寒庖僅微蔬。兒啼得非餒，塵編聊自娱。弊廬匪無山，猶兹寄城隅。車馬不至處，顧言遷林居。

賦詩學淵明，詩故未易及。飲酒慕淵明，酒復罕所得。荒涼數畝園，卜築未成宅。此或類陶家，秋菊亦可摘。古稱士希賢，將無肖厥德。如我于柴桑，往往似其迹。儲粟既以瓶，子尤不勝責。有時醉欲吟，全集索遺客。

堂堂陳去非，中興以詩鳴。吕曾兩從橐，殘月配長庚。尤蕭范陸楊，復振乾淳聲。爾後頓寂寥，草蟲何薨薨。永嘉有四靈，詞工格乃平。上饒有二泉，旨淡骨獨清。學子孰取舍，吾非私重輕。極玄雖有集，豈得如淵明。尤、蕭、范、陸、楊，尤〔遂〕（邃）初、蕭千岩、范石湖、陸放翁、楊誠齋也。千岩名〔德〕（海）藻，字東夫。誠齋盛稱其詩，謂尤、蕭、范、陸。四靈，趙師秀紫芝、翁卷靈舒、徐照道暉、徐璣文淵也。卷字靈舒，故亦以照爲靈暉，璣爲靈淵，師秀爲靈秀云。

吾家一何奇，奇峯照南窗。是爲紫陽山，萬木青樅樅。上有出岫雲，下有見底江。江清雲無心，伴此眉宇龐。詩思忽飛來，時有白鳥雙。落日澹秋色，寒溝度枯杠。歸歟書屋夜，昏燈剔幽釭。懷人良未遠，邈翁生是邦。

竊嘗評少陵，使生太宗時。豈獨魏鄭公，論諫垂至兹。天寶得一官，主昏事已危。脱命走在所，窮老拜拾遺。卒坐鯁直去，漂落西南垂。處處苦戰鬬，言言悲亂離。其間至痛者，莫若八哀詩。我無此筆力，懷抱頗似之。

人言太白豪，其詩麗以富。樂府信皆爾。一掃梁隋腐。餘編細讀之，要自有樸處。最于贈荅篇，肺腑露情愫。何至昌谷生，一一雕麗句。亦焉用玉溪，纂組失天趣。沈宋非不工，子昂獨高步。畫肉不畫骨，乃以帝閑故。

六經天日月，諸子如四時。史自班以上，語奇文亦奇。踵武蔚宗輩，語有文無之。小宋刊新唐，不悟宵寐規。以藝傳李杜，待之無乃卑。他人有遺集，一覽不再窺。惟此與韓柳，咀嚼無厭期。儕彼楓落生，吾欲鑴此疵。

道自漢魏降，裂爲文與詩。工詩或拙文，文高詩或卑。香匳假山序，不妨自一奇。鮒橘多骨核，乃至肆詆訾。恭惟陳無己，此事獨兼之。五七掩杜集，千百臻秦碑。四海紫陽翁，歸美豈其私。所以此虛叟，取爲晚節師。

世稱陶謝詩，陶豈謝可比。池草故未凋，階藥已頗綺。如唐號元白，白豈元可擬。中有不同處，要與分朴詭。鄭圃趙昌父，潁川韓仲止。二泉豈不高，顧必四靈美。鹹潮生蠹門，蝦蜞以爲旨。未若玉山雪，空鐺煮荒薺。

三月三十日，唐有窮詩人。惜春不肯舍，共坐夜達晨。此得守歲意，事愚意已神。寸陰以分計，一分直千囷。竊慮假寐頃，倏忽失我春。今此九月晦，虛叟尤酸辛。搖落始云悲，回首忽復陳。詎忍棄菊舊，遽喜迎梅新。

虛谷云：「宋剗五代舊習，詩有白體、崑體、晚唐體。白體如李文正、徐常侍昆仲、王元之、王漢謀。崑體則有楊、劉《西崑集》傳世，二宋、張乖崖、錢僖公、丁崖州皆是。晚唐體則九僧最逼真，寇萊公、魯三交、林和靖、魏仲先父子、潘逍遥、趙清獻之徒，凡數十家。深涵茂育，氣極勢盛。歐陽公出焉，一變爲李太白、韓昌黎之詩。蘇子美二難相爲頡頏，梅聖俞則唐體之出類者也。晚唐于是退舍。蘇長公踵歐陽公而起，王半山備衆體，精絶句。五言或三謝。獨黄雙井專尚少陵，秦、晁莫窺其藩。張文潛自然有唐風，别成一宗，惟呂居仁克肖。陳後山棄所學學雙井，黄致廣大，陳極精微，天下詩人北面矣。立爲江西派之説者，銓取或不盡然，陳簡齋、曾文清爲渡江之巨擘。乾淳以來，尤、范、楊、陸、蕭，其尤也。高古清勁，盡掃餘子。又有一朱文公，嘉定而降，稍厭江西。永嘉四靈，復爲九僧晚唐體，日淺日下。然尚有餘杭二趙，上饒二泉，典刑未泯。今學詩者，不于三千年間上泝下沿，窮探邃索，而徒追逐近世六七十年間之所偏，非區區所敢知也。」虛谷之論宋詩詳矣，然其大旨，則躋西江而祧晚唐。馮定遠曰：「西崑之流弊，使人厭讀麗詞，西江以麤勁反之，流弊至不成文章矣。四靈以清苦唐詩，一洗黄、陳之惡氣味、獰面目，然間架太狹，學問太淺，更不如黄、陳有力也。」馮已蒼曰：「方公《律髓》一書，于大段未十分明白，只曉得江西一派，惡知見且不知杜，又何知杜之所從來，又何論庾、鮑，而上至漢魏乎！獨于今世不論章法，不知起結，如竟陵、空同諸派，彼善于此耳！」

次韻劉元煇初寒夜坐 并序。

元煇示新詩，其初寒夜坐有云：「四壁兒糊如暖障，一燈妻占補寒衣。」清灑有味，因獨和此一篇爲謝。

山肩寒聳月隨歸，榾柮爐紅閉板扉。跨竈郎來温課册，齊眉人爲摺深衣。花傳喜信燈如語，草就佳篇字欲飛。舊日聲名劉夜坐，能傳家鉢似君稀。

偶亦夜坐用前韻

林禽畏冷莫争歸，水上荒城早闔扉。敲月會棋迎皁衲，斧冰供茗唤青衣。齕萁老馬廐中響，瞰燭癡蛾窗外飛。忽報樓頭禁鐘動，平生樂事歎今稀。

長安

客從函谷過南州，略説長安舊日愁。仙隱有峯存紫閣，僧居無寺問紅樓。蘭亭古瘞藏狐貉，椒壁遺基牧馬牛。萬古不隨人事改，獨餘清渭向東流。

路傍草

野火燎荒原，霜雪日皜皜。牛羊無可噍，衆緑就枯槁。天地心不泯，根芽蟄深杳。春風一披拂，顔色還媚好。如何被兵地，黎庶不自保。高門先破碎，大屋例傾倒。間或遇茅舍，呻吟遺稚老。常恐馬蹄響，無罪被擒討。逃奔深谷中，又懼虎狼咬。一朝稍甦息，追胥復紛擾。微言告者誰，勸我宿須早。人生值艱難，不如路傍草。

題苦竹港寓壁

三十年前此路行，來車去馬唱歌聲。旗亭沽酒家家好，驛舍開花處處明。白羽宵馳四川道，青樓春接九江城。如今何事無人住，移向深山説避兵。

石頭田

晝欲求一淘，有竈無竈煙。夜欲求一榻，有屋無屋椽。歷歷數百里，無人居道邊。問言何至此，我亦爲恍然。江西走荆蜀，行行三十年。鈴卒遞羽檄，販夫駢擔肩。覲國上秀士，奉使驟達官。車馬或相遇，往往皆衣冠。後隴竹未斷，前坡花已妍。入肆飲美酒，既醉不問錢。是時鬢如漆，浩歌無憂端。豈謂再至此，滿頤霜雪攢。尋覓舊題壁，脱落迷榛菅。乾淳老前輩，間有數字完。昔時所見人，往往沈重泉。

翕張孰移斡，隆替更變遷。雲曖淡竹嶺，雨昏石頭田。我僕既已惰，我馬復不前。慷慨一以思，古有行路難。難更莫如今，懷古空永歎。

寄彬州孫通守振武聞泝湘將至八桂

南斗之南八桂林，攜琴欲覓舊知音。想君湘水花邊路，識我衡陽雁外心。偪側甲兵詢動静，艱難書問畏浮沈。相煩爲報真消息，莫待春江柳色深。

湓城客思

客懷歷落事多違，歎息流光似箭飛。雪後蔞蒿初薦酒，花前蛺蝶欲穿衣。孰知江水磨今古，難向春風問是非。悵望廬山但愁絶，萬重雲鎖幾禪扉。

登高臨大江

客思忽不樂，登高臨大江。風湍睇遥席，雲岫思幽窗。淮蔞昔未茁，廬瀑今已淙。我本休官人，曷爲棲是邦。中腸有所思，所思渺天末。戎徼融古雪，波浪日以闊。西從巴硤下，南與洞庭合。身無黄鵠翅，九疑不可越。宿負子錢急，歲收南畝稀。兒女望我還，豈不歌式微。髣髴漢陽樹，突兀吴王磯。佳音或登然，未忍輕言歸。鄰墻善蓍翁，盍往決咎吉。鬼神素所昧，忠信詎云忒。聚糧别里門，業已掉臂出。小侯麥風涼，馬蹄患不疾。

晚春客愁二絶

春老魚苗動，江肥雪水來。大孤山下路，何日泛舟回。
十載干戈後，辛勤蒔牡丹。豈知身是客，借與别人看。

過湖口望廬山

江行初見雪中梅，梅雨霏微棹始回。莫道無人肯相送，廬山猶自過湖來。

虚谷志歸十首 録四。

聞我解征鞍，相看喜復歎。主貧奴僕傲，兵起道途艱。藥許〔求〕鍾乳，花先問牡丹。親朋聊共醉，老幼幸俱安。
浪走千山外，乾忙四月餘。隔籬分濁蟻，共座擘枯魚。婢瘦慵施粉，兒頑失寄書。少陵亦曾爾，來往浣花居。
共道歸何晚，猶能喜欲狂。幼兒初拜揖，癡女僅梳妝。有筆修花譜，無錢闢草堂。新添竹踰百，風徑細尋香。
衰晚真當戒，疎慵竟未能。病專從酒得，謗輒爲詩興。每悔居城市，常思絶友朋。誰來敲竹户，又見醉吟僧。

次韻志歸十首 録四。

老不任時棟，窮猶宅士鄉。端能甘澹泊，未覺厭荒涼。古井深泉冷，閑庭異草香。田翁來問字，略爲説偏傍。

癡與狂皆有，貧兼病亦應。屢嘗三斗醋，不夢一條冰。買藥憑船賈，分茶謝塚僧。短衣射猛虎，老矣竟無能。

解語鶯能巧，交飛蝶許狂。苔紋深翠毯，榴靨競紅妝。粗已成幽圃，猶當築小堂。未妨無暑藥，熟水紫蘇香。

譙國資深入，彭門納晚成。至今爲癖習，自幼有常程。朽老寧孤瘦，飛揚勿剽輕。懸知千載士，肯競一時名。

雨涼曉思

一榻涼如水，空山夜雨聲。病身筋骨在，往事夢魂驚。老壽知何益，憂危半此生。吾窮終不怨，稍已竊詩名。

秀亭秋懷四首

秋風西北來，一夕幾萬里。湛湛長江楓，落葉逝流水。自非貞勁草，顔色槁欲死。時當蟄蛟龍，么麽況螻蟻。塞墐非不可，旨蓄焉所恃。空褚乏裳衣，敝絮誰與理。陽春何日還？悲哉遠游子。

一室局户牖，古籍勤討刪。鬱鬱忽不樂，扶杖登東山。莽蒼何所極，秋色天地間。我欲出塵世，黄鵠無由攀。憂端從空來，嵂矹未易宣。意闊步武窄，四顧盡險艱。不如復我所，陶此靈府閑。

家富敵萬乘，吾嘗見其人。生死握國柄，不復如人臣。自謂磐石安，掃滅隨埃塵。豈不恃狙詐，〔政〕用禍爾身。爾身一腐鼠，原野何足陳。歌姬事別主，畫堂生荆榛。我歎匪爲此，遺禍殃齊民。

老懷幸無事，何用知秋風。團團烏桕樹，一葉垂殷紅。爲此有所感，長吟敲虚空。城市了在目，心隔雲萬重。燕席鼓吹急，游騎呵殿雄。亦各適爾適，擾擾塵堁中。焉知天地外，有此頽然翁。

憶我二首各三十韻

憶我幼時事，南歸自番禺。三邊已澒洞，内郡猶無虞。故居山城間，四面闤闠區。東西萬貨集，朝暮百賈趍。諸父領賓客，衣冠一何都。觴豆日談笑，往往皆〔文〕儒。比屋有高樓，其上娉婷姝。俠少喜酒錢，歌呼問笙竽。無何鬱攸作，一夕化爲墟。朝廷易楮幣，百姓駢嘆吁。物價漸踴貴，飢剽多流俘。我家衆長上，生近乾淳初。曰此風俗降，歲歲有不如。老者遷化去，少者分馳驅。生理益艱窘，口腹各自圖。書囊裹筆硯，扁舟落江湖。苟且禄仕崗，荏苒歲月徂。乍得返鄉里，驚怛心若刳。前輩盡黄壤，小兒皆白鬚。屢火不一火，坊巷非舊閭。上冢亭亭仆，訪寺詩壁汙。向之紅粉面，蟻穴髑髏枯。乃知宇宙内，萬有皆空虛。我生逼六十，偶幸全頭顱。身〔閲〕大兵革，一思一欷歔。懷舊夢恍惚，弔往腸鬱紆。六十年間事，歷歷尚可模。我所見之人，百萬泉下俱。神仙謂不死，終久歸于無。寄語肉食子，無以智誚愚。憶我弱甫冠，束書如錢塘。中興百廿載，行都滋浩穰。雖已劣乾淳，尚可云小康。巴蜀駭破碎，淮襄傳擾攘。腹心輦轂地，按堵如故常。于時數萬士，雲集升上庠。草茅起窮谷，拭目觀國光。出門不識路，天街何其長。俠士劇燕趙，佳人□姬姜。五鼓夜燈燭，萬樓春絲簧。吴米白如雪，奚啻千斯倉。縹緲湖山間，畫船嬌紅妝。六橋楊柳岸，荷花雲水鄉。四時無不宜，莫若僧夏涼。小儒苦乏貲，冷眼看豪強。託迹朝士館，竊睨鵷鷺行。臺評或非是，廟論有不臧。相與讀邸報，憤悶填中腸。僥倖江漢静，姦兇殛炎荒。禮闈采芻言，始得伸名場。豈謂邊功相，曾不監彼狂。驕淫無比倫，虐毒尤披猖。未聞古天子，買田自置莊。羣小附鬼蜮，國脈内已戕。蝨目頗有膽，四被言者章。最後得拜疏，逋誅逃維揚。萬古木綿菴，不愧趙韓王。草茂復古殿，雨淋集賢堂。青史孰可□，□此心神傷。焉得陸士衡，復與作辨亡。

二月十五晚吴江二親攜酒

今日山城好事新，客來誇説齒生津。喜晴郊外多游女，歸暮溪邊盡醉人。鮮筍紫泥開玉版，嘉魚碧柳貫金鱗。一壺就請衰翁飲，亦與花朝報答春。

春晚雜興四首

豈有邪溪父老錢，無朝無暮在樽前。櫻桃豌豆分兒女，草草春風又一年。

溪魚山筍佐新芻，大勝長安上酒樓。春老猶寒宿酲困，酴醾花下擁綿裘。

城市塵埃不見詩，西村東塢可尋誰？夏前十日嘗新麥，〔政〕是江南最好時。

芳草茸茸没屨深，清和天氣潤園林。霏微小雨初晴處，暗數青梅立樹陰。

殘春感事二首

登高高處望，萬嶂一溪横。不滿千家市，今休十載兵。訓狐號永夜，猛虎迫荒城。此亦關人事，憂端未易平。

春雨溪橋斷，才晴又淺流。端能操古節，何至墮窮愁。馮衍嘗爲郡，田豐不顧侯。吾兒猶未解，餘子復奚尤。

七月十日有感

十年前此日，視篆上嚴州。借服初金佩，裦冠尚黑頭。乾坤誰失馭，江海已横流。保土雖無恙，忘家弗自謀。寒門驚瓦裂，癡子困萍浮。追憶危阽急，都忘屈辱羞。衆推真膽大，孰察暗眉愁。盜賊誅鋤定，租傭減閣優。民功差稍稍，已事太悠悠。綿薄稀儲峙，貪婪恣取求。冥懷隨命運，失意起寃讐。屢跋三關馬，更乘四瀆舟。謂江、淮、河、濟，皆至今黄河入淮。長城青塚月，大漠黑山秋。甫息臺卿擔，空餘季子裘。解官終欠早，破産復奚尤。酹柏悲先壠，畦蔬偃故丘。信書無一得，負債有千憂。倒篋衣俱典，連牀藥未瘳。不如窮百姓，何謂古諸侯。公論誰詩可？蓮花博士儔。

秋到

秋到山居僻，貧無異味嘗。擘黄新栗嫩，炊白早秈香。漸減家人病，徐添夜氣涼。憑誰理荒穢，籬落菊苗長。

估客樂

爲吏受賕嬰木索，漢相忽遭東市斮。不如估客取邪贏，居貨罔人人不覺。布素寒儒守鄉學，夜夜孤燈同寂寞。不如估客醉名倡，百萬呼盧投六博。估客樂哉真復樂，大舶飛山走城郭。珊瑚未數緑珠樓，家僮多似臨邛卓。十牛之車三百車，雪象紅牙水犀角。養犬餵肉睡氍毹，馬廐驢槽亦丹雘。生不羨鳳皇池，死不愛麒麟閣，估客樂哉真復樂！邇來六月錢塘潮，一估傳呼千估愕。大風來自度朔山，吹倒岷峨舞衡岳。一江一日殞千艘，四海五湖可隃度。諸寶下輪龍王宫，鰕蟹龜黿恣吞嚼。人言估客樂，估客有時也不樂。百年計較千年心，不禁一日風濤惡。近六月浙江風潮，失舟六百艘。

王干三嶺

澄練平皋水屈盤，青蒼松櫟擁峯巒。霜晴村落全如畫，一見都忘上嶺難。

村女

青荷葉傘茜裙紅，隨母歸寧省外翁。莫笑梳妝未京様，兵餘猶見太平風。

湧金門城望三首

蕭條垂柳映枯荷，金碧樓空水鳥過。略剩繁華猶好在，細看冷淡奈愁何。遥知堤上游人少，漸覺城中空地多。回首太平三百載，錢王納土免干戈。

天回地轉事雲輪，湖葑山榛色漸陳。墜珥遺鈿如隔世，欹樓傾榭最愁人。一錢物變千錢直，十户民驚九户貧。猶有沙河塘上路，賣花聲作舊時春。

風入松詞萬口傳，翻成餘恨寄湖煙。難尋舊夢花陰地，剩放新愁雪意天。戰罷閑堤眠老馬，宴稀荒港泊空船。此心擬欲爲僧去，政恐袈裟未慣穿。

趙賓暘唐師善見和湧金城望次韻三首

玉斧難修舊月輪，凄涼沙鳥犯鈎陳。總因燕頷多庸將，却誤蛾眉事别人。一紀于今兵粗定，四民莫若士尤貧。酒壚高李能同醉，老眼昏花暫覺春。

主人攜妓我題詩，三十年如一瞬馳。尚想泊船行馬處，不殊衝雪探梅時。相君已抱犧牛悔，京兆空餘鵩鳥悲。誰會此懷同向秀，夜鄰横玉起孤吹。丙辰、丁巳間，魏公明已爲丞郎，所謂同探梅雪詩也。尋忤丁去國。後尹京忤賈，謫死嚴陵。

臚唱曾叨殿上傳，末班遥望御爐煙。貂蟬公不施霖雨，蟣蝨臣能補漏天。羞見稗官成野史，懶攜草具問湖船。舊□燈火元宵近，無復遨頭夜市穿。

次韻仇仁近至日

浪説春回地底陽，駝裘正怯北風涼。未來事甚雲難測，已老身無日再長。紫邏招魂千里雪，彤庭待漏五更霜。閒人幸脱拘攣外，客枕何庸早起忙。

大雪出三橋寓樓

凍雀愁鳶噤不譁，漫天浩瀚逐風斜。映樓横過三千丈，接屋平鋪十萬家。静夜有窗皆貯月，寒空無樹不開花。詩成欲撚冰鬚斷，聊舉深杯答歲華。

朱橋早行

田間夜打稻，茅茨耿明燈。客行過籬外，吠犬似可憎。放馬齧露草，小憩寒塘塍。坐念今民間，貪吏無與繩。幸此歲稍稔，庶足供科徵。不然豈不窘，況乃軍旅興。往者孰柄國，未謂杞遽崩。偏心感咎證，水旱常頻仍。兹獨有年屢，天仁良可憑。緩轡忽得句，數星陂水澄。

秋大熱上七里灘 俗名漏港灘。

吾生所未見，自古恐亦無。秋半不肯涼，赫日炎洪爐。沸湍七里灘，觸熱乘畏途。坐船汗如漿，況彼牽挽夫。一檣合衆力，至數十輩俱。踏竿氣欲絶，沙立僵且枯。西瓜足解渴，割裂青瑶膚。焉得大冰盤，𩅘丐及此徒。僥倖據勢位，極意求所娱。顧回君子心，略念小人軀。

八月十五日二十日兩至南山飲瀟灑亭

悠悠桐江水，寓廬十二年。重來六日內，兩日登南山。南山有何好？高閣西北偏。隔江三千家，一抹煙靄間。閣檻一巨松，挺出衆木前。野性所酷愛，老藤相糾纏。亦如我與僧，相對談幽禪。稍遂物外性，屢寫酣中篇。故侯復齊民，鬢髮成華顛。念當舍此去，焉得長周旋。

初三日水長二丈早行

夜聞舟人呼，江水溢二丈。岸薪隨波流，救者何擾攘。亥子十月交，地氣不當上。十日柱礎汗，蝿蚊鬨帷幌。此時肯爲雪，豈不兆豐穰。積熱化滂沱，傾空瀉盆盎。前夕適醉卧，不省船背響。濤聲撼醒枕，于兹發孤想。炎方節候乖，病叟體肩癢。遑遑欲何之？曷日中園仰。星斗猶粲然，曉征發雙槳。起視所泊處，餘燈煜莽蒼。

飲歸

瀲灔紅深百盞澆，醉歸不覺路迢迢。臨分情味慇懃甚，暗遣人扶過畫橋。

閏二月十六日清明

日日樓頭柳色濃，年年爲客負春風。鶯花時節兵還動，詩酒生涯老更窮。逆料未來猶有幾，懸知所過卽成空。故鄉寒食澆松處，亦想兒曹念乃翁。

苦雨行 並序。

丁亥五月初三日夏至，雨已月餘，初四五六粗晴，初七夜復大雨，至十三日，晝夜不止。初六米價十二劵。初十至十七劵，十二至二十劵，市絶糴。民初争食麪，尋亦無之。

泥污后土踰月餘，四月雨至五月初。七日七夜復不止，錢王舊城市無米。城中之民不飢死，亦恐城外盜賊起。東鄰高樓吹玉笙，前呵大馬方横行。委巷比門絶朝飯，酒壚日征七百萬。十貫爲萬錢。

種稗歎

農田插秧秧緑時，稻中有稗農未知。稻苗欲秀稗先出，拔稗飼牛唯恐遲。今年浙西田没水，却向浙東糴稗子。一斗稗子價幾何？已直去年三斗米。天災使然贗勝真，焉得世間無稗人！

木綿怨 並序。

故亡國權臣，乙亥南竄，猶攜所謂王生、沈生者自隨，他不止是。此二生者，天下絶色也。漳州城南木綿菴既殂，二生入烏衣樞使家。丙子，謝北行。其年十月，天台破，清河萬户得之，挾以俱北。庚辰正月，張卒，久乃南還。謂慣事貴人，巧伎藝，拙女功，仍願粥爲人妾。或競闕垂涎，惟健者是歸。故寫之古樂府，以爲世戒焉。

湖山一笑乾坤破，欺孤弱寡成遷播。不念六宫將北行，太師雙擁嬋娟卧。甬東香豔到漳南，争看並蔕芙蓉過。天兵及頸幸全屍，想見駢肩淚珠墮。木綿花下痛猶新，已向誰家踏舞茵。長頭未及死肉冷，折齒遽專妝面春。赤城戰場夜避火，萬里又隨燕塞塵。肉食酪漿更苟活，不慚金谷墜樓人。萬户郎君謚卒死，却自金臺還故里。嗟爾薄命兩佳人，三爲人妾亦可已。巧畫蛾眉拙針線，空自纖纖長十指。後堂執樂换小名，更事少年貴公子。憶昔軍中入相時，潛搜密邏漁妖姬。民間妻女凜不保，何啻如花三五枝。曲江近前少陵恐，今日總孕他人兒。賤獲淫婢何所知，但爲權臣深惜之。

過長安市

算橘租菱小市譁，堰頭橋尾約千家。人家已盡無人處，時見芙蓉一岸花。

過崇德縣

枯柳無風影不摇，敗牆頹屋意蕭蕭。忽然唤醒承平夢，猶有紅闌夾畫橋。

聽航船歌十首　録四。

北來南去雁還飛，四十年間萬事非。惟有航船歌不改，夜深老淚欲霑衣。

南到杭州北楚州，三江八堰水通流。牽板船篙爲飯椀，不能辛苦把鋤頭。舊航船不過揚子江，今直至淮河。三江者，錢塘江、吴淞江、揚子江。八堰者，杭州蕭公閘、北關堰、常州奔牛堰、吕城堰、潤州海鮮河堰、揚州瓜州閘，而召伯堰小不與，其一楚州北神鎮堰。

雇載錢輕載不輕，阿郎拽牽阿奴撐。五千斤蠟三千漆，寧馨時年欲夜行。載音在。

南姚村打北姚村，鬼哭誰憐枉死魂。爭似梢工留口喫，秀州城外鴨餛飩。秀之南門至海鹽縣，古塘八十里，人人帶刀鐮劫。十二年間，私殺官誅，骸骨如丘。

留題槃隱高士王子由書齋

萬宇横陳碧瓦齊，濃嵐淡靄總詩題。隔江煙樹窗中細，過海風檣檻外低。琴僅可絃星半缺，壁應欲畫雪新泥。《南華》卧讀兩三卷，猶喜晴簷日未西。

雪中憶昔四首 並序。

丙辰雪天游湖，歌晁無咎《摸魚兒》，今三十二年。乃後亦往來不一，所以興懷。

憶昔浮蛆醉玉醅，天寒一日飲千杯。危樓擁妓臨晴雪，聯馬呼僧認野梅。豈料暮年紉敗絮，尚容永夜畫殘灰。間關幸脱干戈死，落魄佯狂自可哀。

憶昔繁華侶俊游，寧知後死挂閒愁。無人復唱魚兒曲，何處重尋燕子樓。張敞空思前漢尹，邵平誰識故秦侯。定應冥漠猶遺恨，蔗節瓜犀啓夜丘。魏京尹藻，亦爲盜所發。

憶昔華年氣似雲，雪湖終日醉醺醺。室家未有兒和女，賓主相忘我與君。豈信亂離生白髮，猶思歌笑調紅裙。扁舟一問桃源路，治亂當時自此分。予三十一歲丁巳始生女，時程相當國。戊午相下［世］，予從魏尹如武陵，世事頓異。

憶昔湖天雪最奇，畫船朝出暮歸遲。忍寒賞竹憐高節，踏溼尋梅致好枝。熟醉何嘗知病酒，狂吟所至動成詩。褦襶凍雀今相似，心欲高飛翅已垂。

喜晴行

漂零蹤迹客囊空，迅駛光陰歲律窮。野次忽驚三夜雪，林端初住五更風。斗杓南指天猶黑，海氣東昇日已紅。稍借晴光動楊柳，歸心肯復後春鴻。

曉發富陽縣

長山礲石片帆斜，小雨初晴日眩沙。回首遥看富陽縣，青煙低罩一叢花。

江行大雨水漲

客路由來但喜晴，山深何況更舟行。孤篷酒醒三更雨，滴碎愁腸是此聲。

舟行青溪道中入歙三首

睦州青溪，本歙州歙縣之東鄉，吾遠祖東漢賢良方公儲墓在焉。泝流而上，湍石奇怪，沈約所謂新安江水至清是也。睦改爲嚴州，歙州改爲徽州，青溪縣改爲淳安縣，而歙縣獨存漢時舊名。

夜寒如覺有猿吟，積翠重蒼萬壑深。下水輕舟弦脱箭，盤山細路線穿針。

刺桐花發草如藍，欲卸綿袍翦紵衫。一夜春霜忽如雪，江南天氣不宜蠶。

蕨拳欲動茗抽芽，節近清明路近家。五日緩行三百里，夾溪隨處有桃花。

次韻仇仁近有懷見寄

身歷干戈百戰塵，休官仍似布衣貧。每看事有難行處，未見心無不愧人。秋稔粥饘猶可繼，夜涼燈火已堪親。閉門讀《易》吾謀決，莫用蓍龜問鬼神。

五月二十一夜雨未止六晝夜水漲寇阻無人入城

晝夜雨滂沱，平疇變海河。地如隨水去，天豈厭人多。討叛猶輸粟，攻堅未掩戈。積陰凝殺氣，玄造意如何。

有感二首

十年歸把釣魚竿，萬變惟憑冷眼看。白髮相尋點鬼簿，紫金焉得返魂丹。漸驚老舊遺民盡，欲問承平往事難。秋日未須畏殘暑，浙江潮退即天寒。閱故舊多死者。

今沿古泝醉眉攢，堪轉輿旋老眼寒。晝静倚楹常獨立，夜深撫几忽長歎。關張運去金刀絶，王謝聲沉玉樹殘。欲淬筆鋒刳鬼膽，生寃死恨海漫漫。

孔府判野耘嘗宦雲南今以餘瘴多病意欲休官因讀唐書南詔傳爲此詩問其風俗　琊邪州人。

漢代哀牢種，瀘南大渡河。其都居善闡，有水號牂牁。丞相祠諸葛，將軍畏伏波。石扶碑故在，銅作柱難磨。古但羈縻耳，今如震懾何！一成平六詔，萬旅削三戕。跣足追機弩，氈頭敢荷戈。鬼王牽駿駬，岷國效文螺。梵供花優鉢，經傳葉貝多。異香燃篤耨，碩果啖波羅。碧鈿懸珠珥，銀鉤摘象馱。深秋如夏熱，窮臘亦春和。霧毒飛鳶墮，風腥巨蟒過。已還生定遠，猶類病維摩。宦思輕髦梗，閒心顧澗阿。此鄉非瘴土，何幸小婆娑。

送徐如心如婺源三十韻

之子成春服，歡言駕出游。殘紅三月路，疊翠萬山州。夏后乘輴澤，軒皇煉藥丘。曠平初渺莽，屈曲漸深幽。比縣干戈偃，諸村盜賊收。室廬還舊貫，邸店競新修。蠶月門多繇，秧田草盡耰。畫龍沽肆古，檻虎驛程修。天目蟠根遠，王干設險遒。徑紆橫巨石，澗潔見游儵。岳勢攀衡霍，星文摘斗牛。桑麻敦本業，筍蕨〔勝〕珍羞。谷冷長杉密，岡温旦茗抽。宣平何處在？太白此中求。仙墅丹池火，僧廬野竹秋。農談通稗史，騷詠入樵謳。楚雨三江外，吴雲五嶺頭。夕陽彭蠡浦，潮水淛河流。西望番君國，東思越相州。孰云民俗儉，政爾士風優。輿隸知周孔，章縫盛魯鄒。聖賢一道續，天地四書留。闕里瞻庠序，師臣拜冕旒。永懷枌梓故，能奠藻芹不。靈順王封廟，華光佛氏樓。端能無鬼責，焉所匪神庥。矧是儒家彦，初非賈客儔。詩材工捃摭，意匠極雕鎪。佳句垂千古，浮榮等一漚。吾家紫陽下，肯作寄書郵。

春寒

燈節蕭條雷後雪，花天料峭雨餘霜。經旬不出無情緒，恰見鵝兒似酒黄。

櫻桃花

淺淺花開料峭風，苦無妖色畫難工。十分不肯精神露，留與他時著子紅。

桐花

悵惜年光怨子規，王孫見事一何遲。等閒春過三分二，憑仗桐花報與知。

治圃雜書四首

天地一閒人，園林數畝春。認苗諳藥性，養果護花身。社友同疏飯，鄰兒笑野巾。空庭維老馬，不出動經旬。

汲水洗青石，寘之盛酒樽。身閒宜獨坐，手冷喜時捫。曉露黏花片，春苔蝕浪痕。從吾已安穩，不復動雲根。

花有如罌粟，能同橘不遷。茄藤宜硬地，豆莢惡肥田。元䋐齊民術，夷吾土物篇。園丁初未識，口訣自相傳。罌粟移卽不活，茄須于硬地穴以種，羊角諸豆必瘦地乃結。園丁見告如此，他尚多。

芍藥抽紅銳，荼蘼綰緑長。幾家翻落紙，比屋燕分梁。穀雨深春近，茶煙永日香。詩成懶磨墨，拄杖畫苔牆。

惜硯中花

花擔移來錦繡叢，小窗瓶水浸春風。朝來不忍輕磨墨，落硯香黏數點紅。

次韻夾谷子括吴山晚眺

詩眼書胸碧宙寬，暮天摇落縱遐觀。霜明楓葉紅于染，春點梅梢玉不寒。北望遥迎書雁至，南烹屢饜鱠魚殘。一規明月懸江海，幾許人家夜枕安。

追用徐廉使參政子方中屠侍御致遠張御史鵬飛元日倡酬韻

七十翁非浪走時，夜窗自恨賦歸遲。睡稀枕上無春夢，吟苦樓前有月知。茅索願追田畯喜，瓜薪遥念室人悲。却須天上綸言手，小爲農甿緩繭絲。

虚谷與牟獻之同庚，其寄壽獻之詩序云：「前浙東憲使大卿陵陽牟公獻之先生，寶慶三年丁亥正月十一日生，其賢子孫以丙申正旦奉觴爲親庭慶七十。紫陽方回亦以丁亥年前五月十一日生爲雌。甲子，偶寓武林，不能趨霅上附賀客之尾。唐白樂天、劉夢得同生大曆七年壬子，至武宗會昌元年辛酉，皆年七十。是歲樂天有詩云：『大曆年中騎竹馬，何人得見會昌春。』今輒用此事爲詩奉寄。」其頷聯云：「詩名我愧劉賓客，心事君真白樂天。」周草窗《癸辛雜識》謂虚谷怒仇仁近之褒年貶己，嘖有煩言。未知其果否也。

前參政浙西廉訪徐子方得代送別三十韻　琰容齋。

往時參大政，諸老扈先朝。合執調元柄，猶乘問俗軺。登良爰改紀，肅政各遷喬。明甚奎文揭，堅能泰岳摇。吴山懸夜月，浙水噴秋潮。薦拔皆奇士，寅恭盡選僚。重名三翮鼎，古韻九成韶。混合氛祲定，因循習尚驕。不扶儒學起，焉革庶風澆。周鑑言堪考，殷因世未遥。西湖舊精舍，南渡昔圜橋。祠植三賢仆，書重萬卷雕。武林增炳焕，文廟鬱岧嶢。不朽垂聲價，無窮沸詠謡。學肩游子夏，謨過益皋陶。鵬運三千日，龍飛九五朝。遐方馳幣聘，曲藝齒旌招。共擬膺三錫，何煩奉六條。有心思緑野，無意上青霄。壯節甘恬退，高風久寂寥。一閒如我願，百病應時消。僉謂衣當衮，公宜館有翹。終須坐廊廟，未許老漁樵。世道存元氣，天時正斗杓。圍腰堪玉帶，畫像早金貂。慶會逢樛木，恩榮侈蓼蕭。自憐耽杜酒，誰肯顧顔瓢。每辱高軒過，無嫌闤市囂。七旬慚暮景，三載傍清標。再見知何日？臨風淚欲飄！

送楊復之歸吾里　復州學録。

四十青春七十翁，客樓時得一樽同。子將仕矣雲霄上，我合歸歟澗谷中。涼夜歲星守南斗，豐年江國喜西風。許追父老鷄豚社，爲説猶能醉頰紅。

送劉都事五十韻　晦叔密齋。

近人于仕宦，如以韓盧獵。泰山有不見，得獸誇足捷。學問夫何如？有書鑰諸篋。府史以爲師，僅能署吏牒。雕鞍驟肥馬，畫閣貯美妾。萬一至公相，豈堪任調燮。老友劉密翁，早隸周孔業。大輅鸞和鳴，大樂律呂協。南省據都曹，不以貴自挾。朋來多下交，賓至必謙接。解官寓城東，座寒乏氈氎。高卧懶問遺，雨落秋蓂莢。積薪後居上，彼勇哂吾怯。爲言恥孟晉，如病夏畦脅。有時酤我飲，荒墅縱步屧。果核飣俎豆，羹糝供匕筴。居然道懷乎，宜爾情話接。公才豈不知，大川宜作楫。顧于名利波，未肯卜利涉。人生惑外物，種種意欲愜。高睨官爵梯，等級恨不躐。愚竊窺此翁，嗜欲弃已歛。寧爲三省魯，不慕一諾俠。經史入胸中，丘陵堆重疊。文詞落筆下，布帛極熨帖。莊重異新鋭，詳緩蔑虚讋。誰歟心怏怏？或者言喋喋。氣帥直其内，義理爲管攝。歸歟掃松楸，試負都門笈。中書多缺員，聞早下堂帖。不然肅政臺，冠豸羣小懾。分司江之南，亦足煦疲苶。去當柳嘶蛩，還及杏飛蝶。鯫生嶺海夢，尚憶鳶跕跕。短隨李廣衣，長彈馮驩鋏。萬死脱一生，粗免翳桑輒。今年七十老，鬢禿無可鑷。與人素寡合，況又畏訟諜。往往交游間，平地生巇業。萬里風枝殊，一旦合鶼鰈。揮麈許諳聽，曳履容追躡。公將北闕覲，我終南畝饁。甚欲餞遠郊，扶杖尾躞蹀。愧無一杯酒，《陽關》唱紅頰。他人侈别筵，椎牛宰剛鬣。而此何栩然，窮極棋無刼。顧視童子佩，帨礪若觽韘。持千富人肆，詎肯出質貼。

吟兹送行篇，終夜不交睫。浩浩號西風，索索雨木葉。

豐樂樓

來輿去馬禁城空，豐樂樓消一炬紅。説與吴儂莫惆悵，龍墀猶化梵王宫。

竹閣

千山斫入亞夫營，佳墅名園怕近城。賴是白公資佛力，小留蒼翠作秋聲。

清湖春早

樓上春陰覆曉雲，一河天净碧沄沄。雨宜不驟風宜細，閒倚闌干看水紋。

三天竺道中

三天竺路漸平登，高似雷峯塔幾層。山到無人行處好，松陰萬樹立孤僧。

次韻高子明昇投贈

中原從昔信多艱，尚有文才與古班。詩律規隨元好問，樂章雋永蔡蕭閑。要知精會神全處，須到聲銷色泯間。此話無人膠鳳嘴，一蓑煙雨紫陽山。

偶題五言絶句二首

不寐常欹枕，無言獨倚樓。江淹猶匪恨，庾信始爲愁。

落木包生意，來鴻定去期。如何蕭瑟氣，有許楚臣悲。

春半久雨走筆二首

月餘不浴不梳頭，垢服埃巾獨倚樓。萬古事銷閒裏醉，一年春向雨中休。天時纔暖又還冷，人世少歡多是愁。治亂無窮如糾纆，華山高卧最爲優。

萬事心空口亦箝，如何感事氣猶炎。落花滿硯慵磨墨，乳燕歸梁急捲簾。詩句妄希敲月賈，郡符深愧釣灘嚴。千愁萬恨都消處，笑指鄰樓一酒帘。回二十學詩，今七十六矣。七言決不爲許渾體，妄希黃、陳、老杜，力不逮，則退爲白樂天及張文潛體。樂天詩，山谷喜之，□□□者在集。文潛詩自然不雕刻，山谷不敢□也。五言回慕後山，苦心久矣。亦多退爲平易，中有閬仙之敲，而人不識也。

清明大雪三日

半月雕梁燕子歸，怯寒著盡舊綿衣。何人醉眼西湖路，錯認楊花作雪飛。

聽孫鍊師琴

名畫元不出畫工，善書決不屬書史。子春伯牙非伶官，古能琴者必君子。枕流漱石今孫郎，電眸冰齒霜聲張。洒掃書室焚古香，信手爲我調宫商。琮琮琤琤泉落澗，喈喈喈喈鴻度漢。從容整暇未肯忙，小俟吟猱覩抑按。急如快劍斫蛇分兩截，琉璃瓶碎玉簪折。似有鸞膠再補完，細視冰弦元不絶。又如電走雹飛驅霹靂，老樹百丈龍爪入。得非獺髓滅瘢痕，依舊烏桐浄如拭。睥睨黠鼠伏狸奴，殺機一動與之俱。鷹揚頗類師尚父，牧野秉鉞行天誅。臨河而聞殺鳴犢，曳輪不往反乎覆。許由不受堯天下，一瓢雖無吾亦足。聖門此意傳不傳，耿耿精靈月在天。孫郎何處得授受，長江秋霽印嬋娟。五音本無根舌齒，六律發揮憑手指。音律之外求七情，萬變悉從心上起。孫郎胸次夫何如，貯儲古今萬卷餘。孰謂七弦軫上之神聖，不本二尺案邊之功夫。少年學琴欲學渠，勿但彈琴當讀書。

與孟能静飲聯句二首

三月一日春如酒，紅是桃花緑楊柳。人生不醉欲如何？不如意常十八九。孟。暫兹袖公補天手，誰能箝我談天口。挹斗酌海兩相逢，天風吹入無何有。

三月三日一觴酒，同上危樓望晴柳。豈可不飲負此春，向來風雨十朝九。方。何必水邊看麗人，何必水晶行素鱗。曲阜橋邊同一醉，杭州城裏兩閒身。孟。

陵陽先生牟巘

巘字獻之，其先蜀人，徙居湖州。宋端明學士子才之子，擢進士第。官至大理少卿。子應龍，咸淳進士，元初起教授陵陽州，以上元簿致仕。當宋亡時，獻之已退不任事矣。一門父子，自爲師友，討論經學，以義理相切磨。應龍遂以文章大家見推于東南。是時宋之遺民故老，伊憂抑鬱，每託之詩篇以自明其志。若謝臯羽、林德陽之流，邈乎其不可攀矣。其他仇仁近、戴帥初輩，猶不免出爲儒師，以升斗自給。獻之以先朝耆宿，皭然不緇。元貞、大德之間，年在耄耋，巋然備一時文獻，爲後生之所矜式。所著《陵陽集》若干卷，次子帥府都事應復所編，國史編修程端學爲之序。謂其出處有元亮大節，正不當徒以詩律求之也。

東坡九日尊俎蕭然有懷宜興高安諸子姪和淵明貧士七首余今歲重九有酒無肴而長兒在宜興諸兒蘇杭溧陽因輒繼和　録三。

驚飈舉落葉，意氣何軒軒。秋高百卉盡，寂寞但空園。何異富與貴，變滅隨雲煙。緬懷陶彭澤，平生極幾研。朗詠貧士詩，相對如晤言。今人之所恥，古人以爲賢。

翁媪老白髮，蕭然老江干。大兒荆溪游，折腰豈爲官。諸兒走異縣，亦各營一餐。别多會面少，端復坐飢寒。諸幼且眼前，笑語開我顔。勿問賢與愚，懷抱俱相關。好惡豈不察，鑿垣植蒿蓬。而此庭前菊，鋤灌少人工。此物抱至潔，有似楚兩龔。留香待嚴凜，意與烈士同。糞土笑伯始，金錢鄙鄧通。千載一元亮，舍此將安從。

題淵明圖 并序。

淵明九日無酒，坐宅邊菊叢中，意殊寂寞。江州刺史王茂弘諸孫，已荷朝寄，猶知有賦《歸去來》者。能于此時遣白衣擔酒遠餉，邂逅一醉，大是奇事。集中九日詩僅兩首，無酒則曰：「塵爵恥虚罍，寒花徒自榮。」有酒則曰：「何以稱此情？濁酒且自陶。」而王弘所餉，已酉九日，十有餘年，略不見于詩，何邪？此翁志節耿亮，與秋俱高，往往逃于酒而寓于菊。二詩之作，一感一喜，微見于意，固不暇于歲歲皆詩。「此中有真意，欲辨已忘言。」正當求之言句之外可也。此幅筆雖簡，意有餘。輒和己酉九日韻述其事。醉中看畫，未免發千古一笑。

平生抱耿介，四海寡朋交。淒其九日至，頗感顔鬢凋。無酒醒對菊，風味乃更高。誰識此時情？白雲行遠霄。地主有佳餉，得得良已勞。而我適邂逅，赴飲如沃焦。永言大化内，朽質非所陶。惟有飲美酒，一醉可千朝。

和趙子俊秋日閒居二首

窘步殊蹣跚，户限久不踰。若或縶維之，愧彼空谷駒。俯焉念平生，我亦酷信書。所得不償失，每與憂患俱。飲水飯脱粟，此意豈願餘。貧實爲我累，舍貧將焉如？堪嗟嗜利者，死甘謚爲愚。九日忽已過，霜薄陽光晞。未漉頭上巾，先典篋中衣。時物尚有菊，採掇頓爾稀。對酒胡不飲，坐看白日飛。五勝更囚旺，萬事誰是非？且復進一觴，酒盡情依依。晚蝶抱孤蘂，無乃昧先幾！

和無逸子敬獨姥山

維址呀洞户，雲氣一縷煙。老龍蓄精〔神〕（祐），萬石護其顛。從此叩林屋，倒翻水中天。金庭漫隔凡，窮探未擬旋。轟豗四面動，兀坐孤寂然。頗疑北山脈，跨湖潛屬聯。歸來夢所歷，跳波撼晝眠。種橘化爲枳，我髮日已宣。何時崦邊路，去伴毛公仙。獨姥舊聞名，俚俗訛已傳。一朝得妙語，塗抹乃更妍。天姥似失色，葉姥休語年。而我復自笑，槁乾非葉鮮。聊以調二士，鼓棹還延緣。

贈俞山月

童奴從長耳，萬里聲蕭騷。歸從半山路，問字良亦勞。卧聞餓虎嘯，唤醒平生豪。前山忽湧月，始覺所見高。欣然有遠孫，載酒江湖敖。胸中湛水鏡，邂逅得所遭。古月還相照，了不隔秋毫。但憐露草溼，時復暮蟲號。

長江圖

漢川影落鸚鵡洲，金山鐘到多景樓。老龍幾載卧寒碧，中澗不斷萬古流。晚來雪浪大如屋，澎湃舞我一葉舟。舟移岸轉知何處？離離煙草令人愁。説與渠儂莫倚柁，轉帆别浦盍少休。此圖此景俱可惜，展玩不足空白頭。家在江水發源處，何時還我舊菟裘。

善之人霅蘭皋置酒小詩紀坐中事

病翁禁酒仍禁脚，不省人間有行樂。主人最善客善之，邀我來同鷄黍約。清樽快吸船落埭，頗悔從前謝杯杓。故人久别如此酒，一時傾倒慰離索。更擘新筍供春淘，狐泉槐葉未須學。髮勸入鼎資過熟，老饕恣吞不勞嚼。人生難得是合併，開口一笑良不惡。呼車載我雨中歸，阿香推車散飛雹。分明戒我輕破戒，故把春衫都溼却。我亦投牀作雷吼，無數殘紅枕邊落。

贈厲白雲上人

雙徑聞鐘罷，而今但熟眠。事須紅日上，身在白雲邊。古貌應違俗，高吟不礙禪。爐頭煨芋火，相對各欣然。

仲實韶父過訪有詩奉和

重臏嫌卑溼，那堪暑雨稠。抛書事藥裹，欹枕聽溪流。何用攄孤憤，惟宜號四休。誰能訪生死？天際有來舟。

和雨中

但聽四簷滴，真成萬事休。空村就誰飯？高樹繫吾舟。那忍田翁笑，還憐木偶流。老人渾忘事，略記酉年秋。

和劉朔齋海棠

人物當今第一流，以花爲屋玉爲舟。曉妝未許褰幃看，夜醉何妨秉燭游。錦里宣華思舊夢，黄州定慧起新愁。何如歸伴徐公飲，穩結一巢花上頭。

七兒應復同客飲櫻桃園摘新歸以遺親用其詩韻識所感

尚記當年薦寢園，百官分賜荷恩寬。帶青絲籠空餘夢，搔白頭人苦不歡。詩老誇稱作崖蜜，野翁驚看瀉銀盤。南山見説紅千樹，鳥雀兒童任入闌。

春雪

一冬只辦作嚴寒，翦水飛花事竟難。閉户不知春意動，撲窗忽覺雨聲乾。頗聞萬畝正雲集，何處一蓑如畫看。但喜畦蔬得蘇醒，從今小摘有餘歡。

和徐容齋正旦

想見新年試筆時，風流應不減丘遲。歸來燕子元相識，落盡桃花若未知。何事蘭亭修禊樂，便懷墨客感秋悲。湖山勝踐無由共，禪榻茶煙老鬢絲。

歲在丙辰元日立春是時先人守當塗郡齋賓客雲集皆用元祐八年東坡和王仲至秦少游詩故事所謂省事天公厭雨回先人笑曰天公省事今乃多事邪今三十九年矣追念慷慨小詩聊記當時笑談之語

一昨姑溪歲丙辰，老仙元日去班春。當家句子頻催客，省事天公却笑人。紫鳳天涯今已老，泥牛歲首又還新。笑談誰記當時語？獨立東風倍愴神。

和趙君實宣慰

平生知舊一作我。一李及，别后長一作牢。關白板扉。偶有客來孤鶴起，也無人覺小舟歸。儘渠一作從教。俗子頻相惱，只恐仙禽未肯飛。莫笑爨琴幷煮鶴，一作「莫怪近來書問絶」。醉眠林下兩忘機。

溪邊釣船

暮出前溪去，隨宜下釣鉤。風波苦不惡，鱸鱖滿船頭。

題東季博山園二十韻 錄四。

雲卧不禁冷，誤把嵒扃觸。翻動若木枝，紅光被空曲。東壑。

倚闌發長嘯，援筆記舊游。想見同來者，俱非第二流。第一溪。

窮鱗無處避，網罟如雲密。悠然釣臺畔，袖手看落日。釣臺。

此處若爲關，自來還自去。中有無心人，不妨相伴住。雲關。

相如撫琴

不負百年心，琴中託意深。如何渾忘却，猶費白頭吟。

餞高仁卿農丞奉使還北

别來五度見重陽，草草賓朋共此觴。聽得酒邊新句子，可人風味故難忘。

舜舉馬

常得奚官翦拂齊，也思驤首一長嘶。好隨便面章臺去，柳色如煙路不泥。

四安道中所見六首

蒼涼初日破林霏，幾度言歸今得歸。兀兀籃輿續殘夢，門前兒女挽人衣。

生怕秋蟲稻把稀，腰鐮争出傍晴暉。尻高首下泥中鶴，啄得黄雲盡始歸。

木瓜園入折山數里，供進後，方敢賣。

木瓜已過折山來，黄帕封林未敢開。想見白沙紅照裏，繡紋磊落見奇瑰。

土人取瓜，埋其半于沙中，以紙鏤花貼上，以溪水洒之，日曬乃紅。

聽得荒鷄第一鳴，吹燈發火飯初成。衣囊減盡渾無裌，又是蕭蕭帶雨行。

人向長安渡口歸，長安不見但雲霏。只應白鷺曾相識，船到前頭更不飛。

姑溪小隊帶薰風，笳鼓歡迎鶴髮翁。三十九年成一夢，幾多陳迹淚痕中。

倦書圖

誰道春酣雨不禁，蒙籠眼色透雲屏。著人花氣深于霧，却是三郎睡未醒。

送婁伯高游吴

桃花水暖清明前，長堤柳色青如煙。男兒年少重意氣，春風買醉吴江船。西湖三月春更好，笙歌錦繡神仙島。紫燕樓深翠黛間，碧羅天淨楊花老。興亡往事置勿論，千金不惜酹歌尊。酒酣莫作後庭曲，游人思斷江南魂。去去知君訪陳跡，吴水吴山青歷歷。花殘鈿碎館娃空，春草年年爲誰碧？君行正樂我爲愁，白髮送君思舊游。平生漫浪無似我，努力功名須黑頭。

戴教授表元

表元，字帥初，一字曾伯，慶元奉化人。宋咸淳中，登進士乙科，教授建康府。遷臨安教授，行户部掌故國子主簿，皆以兵亂不就。元成宗大德八年，表元年六十餘矣，執政者薦之，除信州教授，再調婺州，以疾辭。其後翰林集賢以修撰博士交薦，不起，卒年六十七。所著有《剡源集》行世。宋季文章氣萎薾而辭骫骳，帥初慨然以振起斯文爲己任。時四明王應麟、天台舒岳祥並以文名海内，帥初從而受業焉。故其學博而肆，其文清深雅潔，化陳腐爲神奇，蓄而始發。間事摹畫，而隅角不露，尤自祕重，不妄許與。至元大德間，東南之士，以文章大家名重一時者，帥初而已。宋景濂曰：「濂嘗學文于黄文獻公，公于宋季詞章之士，樂道之而弗已者，惟剡源戴先生爲然。」性好山水，每策杖遊眺，遠不十里，近才數百步，不求甚勞，意倦輒止。忘懷委分，或自稱質野翁、充安老人云。帥初之序《松雪集》曰：「古之相知，必若韓、孟、歐、梅，同聲一迹，綢繆傾吐，而後爲遇。而後世乃欲望此于道途邂逅之間，則又過矣。」帥初之于子昂，其相引爲知心者如此。然子昂以仕顯，從容諷議。而帥初類多傷時閔亂、悲憂感憤之辭。讀者亦可以諒其心矣。

次韻答朱侯招遊海山

江南春草黄，江北秋雁飛。窮居念還往，故物悉已非。我有青雲交，山林可同歸。十年學撫琴，對客輒累欷。豈不願和悦，調苦心易悲。青天無古今，白日相因依。向來炎炎人，所得一何微。成者化埃塵，不成翻禍機。玉美受雕鐫，馬良遭絆鞿。所以曠達士，但貴知我希。請休接輿歌，且急梁鴻噫。名微少士責，身閒免官譏。寧無一日力，相尋盡嶇崎。霜魚碧玉鱠，水菊黄金暉。君歌我按筑，我舞君攬衣。此日爲君歡，醉遊敞船扉。

題陳高士所藏冬青枝上白頭翁畫

飛高得珍叢，青子飢可食。不知何憂愁，二鳥頭亦白。道人天機深，清齋意相許。賴汝不能鳴，一鳴嫌殺汝。

浴鸞沙溪水一首爲上饒陳烈婦作烈婦信州上饒人嫁同郡葉氏年二十五生子四齡而寡丙子兵寇起能以智全其家歲飢發粟賑貧類大丈夫慷慨知大節非徒守閫門貞行而已有司上其事賜旌表蠲復如法

浴鸞沙溪水，采桑玉山巔。絲成白稜稜，膠作烈婦絃。烈婦何所言，絃中意纏縣。一説鸞影孤，二訴雛巢穿。巢穿尚可葺，影孤恨終天。有食不自肥，衆禽仰喉咽。真宰憫其疲，勞役盡弛蠲。及今雛長成，雛舉亦翩躚。朝陽照巖林，枯槁生光妍。黄蘗誰謂苦？鐵石誰謂堅？請君屏俗耳，聽我沙溪篇。

書歎七首

王生困縲紲，泳道。劉子急徵追。正仲。舒叟挈家走，幾遭鞭與笞。東野。我無三人辱，閉門但窮飢。飽死世更多，徒憂何以爲。敢作小夫歎，聊爲才士悲。

舒子高品藻，王生怪衣冠。處世那得耳，譊譊真自殘。劉子最多愛，逢人傾肺肝。勸我學其道，縮身可泥蟠。胡爲亦不免，念此坐長歎。

英英天上星，碌碌澗中石。升沈雖不同，精爽或相激。我有知名友，四海邯鄲璧。子昂。遭逢不相閼，頗爲談者惜。談者自不知，斯人寧易得。

袁弟豁達人，陳兄静默士。平生少附麗，頗與同憂喜。邇來怪事發，談笑不可擬。一爲脱淵魚，一爲墜柯蟻。吁嗟其奈何，天運固如此。

數友越州居，無書已三年。台州已無數，逢人每相賢。日夜憶遠友，遠者隔蠻煙。風氣不擇州，俗情輕目前。管鮑死何處？寄酒灑其阡。

結友何用多，管鮑無三人。讀書何用博，得少全其身。君有狗名子，擾擾趨風塵。朝逐富兒餐，暮聯豪士茵。歸來反如客，魚鳥亦相嗔。

蘇州米空熟，越州人不來。緩急托遠婚，不如傍蒿萊。蒿萊在籬落，爲我障浮埃。生女屬他人，生男尚嬰孩。從何得饘粥，作此聊自咍。

君莫誇少年一首贈余光遠

君莫誇少年，與我儇者疏。我亦常少年，少年君不如。談諧今已忘，猶有少年餘。東南山水國，早得飛長裾。春園虎丘樹，夏檻玉泉魚。吴妍與楚豔，過眼日千車。當此春風一作秋氣。凄，遊子易欷歔。我時未更事，意氣益發舒。出門有佳侣，遇勝不得虚。惟憂日晷短，當去亦躊躇。官曹人所厭，高士不肯居。平生縱觀處，最在客南徐。姻黨四面集，綵衣擁安輿。停舭待淮蟹，醇甘逮僮胥。道路無此願，此願勝鄉閭。自從秣陵歸，鬱鬱不再攄。三間風雨屋，僻在荒林墟。非君好事者，誰能至吾廬？今來建溪上，逢君屢相於。行藏且勿問，人世有乘除。舊狂吾已悔，新鋭君當祛。男兒不用世，資身在犂鉏。臨風贈君别，勸君惜居諸。勸君重桑梓，勸君重名譽。歲晚未相忘，頻寄山中書。

老樹

老樹老且枯，數柯枝綴之。蟲來食其葉，藤來纏其皮。幸然根本堅，未至甚離披。風霜既無損，雨露猶見私。如何烏鳥輩？同巢自傾危。鬬擊翼似斧，啄傷嘴如錐。樹色歲時減，樹力日夜衰。回首試一顧，但可相扶持。

伯收東岡麥

伯收東岡麥，仲移西塍秧。四季各有役，餬口走皇皇。豈不惜冠履，兼營業緗緗。憐爾衣食微，及兹筋力強。古來經術士，什九起耕桑。窮通自天命，謹勿事胥商。

鄰峰

霜嚴火炬青，月淡兩峰白。堂堂夜行誰，鄰峰販醝客。販醝事且止，歸農收又薄。技擊習鞭撾，鮮肥慣烹炙。外雖刑憲拘，内實飢困迫。鹿窮有狂奔，虎斃猶怒擲。如何隴上豪，坐作溝中瘠。世無卓魯化，名在跖蹻籍。感歎重徊徨，羈危轉驚赫。

次韻焦治中雲洞紀遊十四韻

是身虚空中，如雲本無有。遊行又其寄，縱樂安得久。嵌巖大磈質，鑱削奇鬼手。棟宇起何年？名稱出誰口？憶昔扳藤蔓，凌空訝雞狗。疏疏石生竅，剡剡室懸斗。乘峻開棧梯，緣明挂窗牖。豈無題壁堂，多逢斫畬叟。賢侯韋平家，雅韻王謝友。驪珠百四十，模寫已八九。坐我南樓牀，澆我北海酒。人生主客意，如此豈云偶。風花命浮沈，木雁天可否？悠然付一噓，山靈儻回首。

宿福海寺

斲巖蒼龍角，汲流紫雲根。道人不絶俗，自然無耳喧。屋脊挂修嶺，一日過千轅。此中但高卧，松風有清言。聽之亦無有，風定松在門。炊成我欲去，獨鶴鳴朝暾。

春風

春風吹愁端，散漫不可收。不如古溪水，秪望鄉江流。新花紅爍爍，舊花滿山白。昔日金張門，狼藉餘廢宅。回首語春風，莫向新花叢。我見朱顔人，多金亦成翁。多金不足惜，丹砂亦無益。更種明年花，春風自相識。

八月十六張園翫月得一字

明河盪殘雲，青海收晚日。婆娑林端月，爲我良久出。洗杯問勞苦，天女笑肸肸。月行虛空中，萬古無損失。且可娱今宵，勿復思昨日。歌情天水遥，坐影人樹密。嗔醒有徵酒，徵詩或呼筆。仲容歎入林，懷祖嬌在膝。初猶整褐衣，久乃忘冠櫛。趨鏘翻奕盤，笑傲驚帳室。寧來共喧呶，不許私暇逸。蚩蚩復擾擾，醉態不可一。情知此月下，此樂世無匹。月光本天性，清瑩本其質。動定極渟涵，聲沈轉蕭瑟。忽忙記醉語，悟遲已難述。

秋蟲歎

夏蟲聲漸微，秋蟲聲漸繁。微物何所知，時至不得間。嗟我鏡中髮，亦復就彫殘。淒然雜憂患，霜風掃茅菅。反不如彼蟲，自得草莽間。所以達生士，逃名在空山。客居雖云樂，不如早知還。

赤泥嶺行

種桑三年寒得衣，養犢作牛堪挽犂。生男秖解戀鄉土，五日溪船催父歸。行前倉庚後杜宇，去家漸近獻書覓舉真下策，年少奔馳頭已白。君不見燕山萬里客更難，赤泥嶺上春風寒。人生衣飯取裁足，阿奴碌碌猶類福。恨身不作田舍兒，騎竹搏沙遶牆户。聞剢語。

夜寒行

昨日天寒不成醉，今日天寒不成寐。醉遲得酒可强歡，寐少愁多頻發喟。柴竿葦炬鬧荒城，役夫遥作鸖鶝鳴。擁衾高枕未云苦，熟聽但覺令人驚。烏孫黄鵠飛不返，遼城白骨填未滿。朔風蕭蕭吹戍旗，居人何如去人遠。丈夫無成霜滿鬢，沙場萬里星河疏。南牆詩翁窮據鑪，北窗少年猶讀書。

自信上歸遊石門訪故人毛儀卿振卿兄弟作長句贈之丙午冬。

山開未開白雲梯，人行不行青麥溪。五年清夢隔蟻穴，千里飛塵深馬蹄。重來交遊亦笑樂，但覺几杖煩提攜。門閒霜葉無數積，風定水禽時一啼。藥草春暄夜更長，木蘭花下聽天雞。

昨日行

種樹莫種垂楊枝，結交莫結輕薄兒。楊枝不耐秋風吹，薄交易結還易離。君不見昨日書來兩相憶，今日相逢不相識。不如楊柳猶可久，一度春風一回首。

招子昂飲歌

與君相逢難草草，與君相逢苦不早。人生何處少泥塗？此日飄零武林道。武林城中馬如雲，閉屋狂歌人不聞。狂歌自笑君亦笑，依然狂絶不如君。君歌豈是真狂者，青衫少日春瀟灑。至今俊筆五花紋，最惜青眸十行下。虚名何用等灰塵，不如世上蓬蒿人。黄金偏趨不貧室，白髮難老無愁身。風雨無情亦如此。淒淒但聒窮人耳。不見朱樓高到天，鳳簫龍管連朝起。連朝笙管可奈何，我歌且止須君歌。青天白雪望不極，坐見緑水生層波。我生何爲被狂惱，江頭魚肥新酒好。從今作樂拚醉倒，與君相逢難草草。

剡民飢

剡民飢，山前山後尋蕨萁。斸萁得粉不滿掬，皮膚皴裂十指秃。皮皴指秃不敢辭，阿翁三日不供糜。不如拋家去作挽船士，却得家人請官米。

採藤行

君不見四明山下寒無糧，九月種麥五月嘗。一春辛苦無別業，日日採藤行遠岡。山深無虎行不畏，老少分山若相避。忽然遇藤隨意斫，手觸藤花落如蝟。藤多力困一顰伸，對面聞聲不見人。日昃將來各休息，妻兒懶拂竈中塵。須臾叩門來海賈，大藤换糧論斛數。小藤輸市亦值錢，糴得官粳甜勝乳。明朝滿意作晨炊，飽飯入山須晚歸。南村種麥空早熟，逐日扃門忍飢哭。

少年行贈袁養直

我昔如君初冠時，見君垂角兒童嬉。君今長大一如我，但少頭上斑斑絲。誦書如流日千紙，更出清言洗紈綺。明珠在側真自失，挾册茫洋吾老矣！人言四十當著書，春風半負黄公壚。童奴哂笑妻子駡，一字不給飢寒軀。儒學無成農已惰，履窮始悔知無奈。人生少年還易過，請君努力無如我。

義蜂行

山翁愛蜂如愛花，山蜂營蜜如營家。蜂營蜜成蜂自食，翁亦藉蜜裨生涯。每當山蜂採花出，翁爲守關司儆遮。朝朝暮暮與蜂狎，頗識蜂羣分等差。一蜂最大正中處，千百以次分來衙。叢屯雜聚本無算，勢若有制不敢譁。東園春晴草木媚，漫天蔽野飛横斜。須臾駢翼致雋永，戢戢不翅輸牛車。似聞蜜成有所獻，儕類不得先摩牙。重防覆衞自嚴密，雖有毒螫何由加。一朝大蜂出不戒，春容靚飾修且姱。蜻蜓忽來伺其怠，搏擊少墜遭蝦蟇。羣蜂倉皇迷所適，謁走欲絶聲呀呀。求之不得久乃定，復結一聚猶如麻。我來訪翁親目睹，搏髀不覺長咨嗟。翁言蜂種幸蕃盛，衆以義聚尤堪嘉。烏衣槐安傳自古，蠻觸分據兩角蝸。雖云仿佛存國族，徒以紀異其詞夸。博勞舅婦恨翼短，鼈靈異姓争荒遐。豈如兹蜂互推擧，一體同氣無疵瑕。我憐翁言私誚責，扶傷早愧隋侯蛇。況伊二毒俱下類，瑣細不足勞鞭撾。前尤往悔俱勿論，事會倚伏來尚賒。新房才成蜂未壯，舊房委棄隨泥沙。

雪後泛湖歌 爲阮使君作。

君不見明州城中日月湖，縈藍繚白如畫圖。良時樂遊古亦有，何人破雪浮官廚。金猊暖壓紅氍毹，紫貂翠拂青珊瑚。麈尾高懸前唾壺，使君霜髯雙臉朱。同時僚客總豪秀，瑶池閬苑羅仙儒。名談鋒湊初不惡，安得玉人歌纍珠。似聞州民喜公出，終日繞岸狂歡呼。淫絃濁管何足道，入耳得此成真娱。城尖數峰淡模糊，山郭何路通樵蘇。年年臘前得三白，樂歲仍然多餓夫。定知新年稍安樂，風流使君江左無。

行婦怨次李編校韻 丙子台州作。

赤城巖邑今窮邊，路傍死者相枕眠。惟餘婦女收不殺，馬上娉婷多少年。蓬頭垢面誰氏子？放聲獨哭哀聞天。傳聞門閥甚輝赫，全家避匿山南巔。蒼黄失身遭惡辱，鳥畜羊縻驅入燕。平居鄰牆不識面，豈料萬里從征鞭。酸風吹蒿白日短，天地闊遠誰當憐。君不見居延塞下明妃曲，惆悵令人三過讀。又不見蔡琰十八胡笳詞，慚貌千年有餘戮。偷生何必婦人身，男兒無成同碌碌。

飛花行贈馬衢州時馬在建嵒别業

山上風花山下飛，花飛欲盡山翁歸。歸來亦自忘行跡，但覺滿地紅依依。餘花更惜隨春去，溪上遊人山下路。戀家漁父斷來蹤，難老劉郎記前度。花開花落春風前，我昔與翁同少年。秖今鶴去但華表，何處鳥啼悲杜鵑。遊人自遊春自暮，從翁問花花不語。且當向花日日醉，醉倒花前學花舞。

題李伯時畫五馬圖

嗚呼良馬不世出，令人但尋李侯筆。五龍忽墮白雲鄉，海角孤臣看自失。太平天子開明堂，前驅麒麟後鸞凰。當時此馬來萬里，想見顧盼生風霜。龍眠老仙亦如此，揮毫談笑羣公裏。官閒禄飽少塵埃，霧閣雲窗天上起。風流轉眼餘山河，人間荆棘何其多。臨風卷圖三太息，此馬今存知奈何。

看花曲

種花郎君愛花好，看花兒女笑花老。牆東花開鬧喧喧，馬蹄蹴碎牆西草。遊人賤草只看花，明日重來還可嗟。但見萋迷青覆地，千紅萬紫成泥沙。君不聞明妃當年辭漢宮，黄雲塞下白楊風。一朝邊亭静烽火，詔書自議麒麟功。又不見馬嵬山前玉環血，歲歲春風吹不滅。詞人正賞浯溪碑，千秋妖恨無人説。紅顔誤人何足憐，花開花謝春風前。猶勝淒涼後庭樹，離歌未斷江南暮。

江行雜書

荒城日暮秋江長，穲稏野熟秋風香。青天茫茫不知處，扁舟卧入菰蒲鄉。波深浪静魚鴨樂，遥林墮影同飛揚。平生見畫無此本，便欲默寫懸高堂。須臾雷雨漲深墨，漁户悉閉收牛羊。篙人軟語似憐我，拗篷蓋頭編蒿牀。此時殘暑尚什七，瀟灑幸爲清蚊䖟。無人静覺物性出，蚯蚓草蟲歌晚涼。銅山乳竇青最遠，羞縮不似來時妝。但餘田鳥如匹練，雙雙飛點暗煙黄。山川一日幾變態，人事百年安可常。停舟起問魚酒户，此地幾年成戰場？虹梁羽化新起廢，白骨無數埋前岡。惆悵令人百憂起，飲客正酣歌發狂。坐中悲樂誰竟是？歸來玉兔摇滄浪。

南山下行

南山高，北山高，行人山下聞叫號。旁山死者何姓氏？纍纍骸骨横林皋。烏喧犬噪沙草白，酸風十里吹腥臊。中有一人稱甲族，蔽膝尚著長襦袍。不知嬰觸爲何罪？但惜貴賤同所遭。妻來抱尸諸子哭，魂氣滅没埋蓬蒿。人言投身由寶貨，山村豈得皆權豪。一言不酬兵在頸，性命轉眼輕鴻毛。龍争虎鬬尚未決，六合一穽何所逃。振衣坐石望太白，寒林夜籟聲滔滔。

贈趙子實

北風吹沙溪倒飛，白日未落山中歸。千邀萬覓不相就，誰信有人穿翠微？幅巾大帶長襦袍，韋篋錦囊鮮綵毫。名門發身合燕頷，一經傳家真鳳毛。坐車侯嬴吾不讓，白社寒林氣清放。驂麟翳鶴誰不能？要識神光牛背上。蓬萊山，丹霞谷，天仙留書三萬軸。聞君暫去還復來，許君細和滄浪曲。

范文正公黄素小楷昌黎伯夷頌蓋宋皇祐三年十一月在青社所書以遺京西轉運使蘇公舜元者也後二百四十年大興李侯戡得此本於燕及南來守吴乃文正公鄉里即訪公子孫以畀之范氏喜而索詩爲贈

有耳不聽《下里巴人》，有手不寫《劇秦美新》。天生靈物寄我體，可惜委棄同埃塵。清風百世希文老，一字流傳今是寶。誰知堂堂伯夷頌，曾借春暉發枯槁。韓子也復英雄姿，冰寒斗峻餘文辭。吹嘘自起北海隱，膾炙聊慰西山飢。天荒地老精靈在，處處江湖紅散綵。青雕孔氏忽自歸，今寓龔侯如有待。世情愛古兼愛奇，書奴滿眼非吾師。請君焚香盥手拜此帖，歸洗人間兒女癡。

苕溪

六月苕溪路，人言似若邪。漁罾挂樱樹，酒舫出荷花。碧水千塍共，青山一道斜。人間無限事，不厭是桑麻。

道桐川欲訪梅右司不知其處

桐川瀟灑處，面面碧芙蓉。峻塔當關獨，清溪抱郭重。市多吴客語，祠有漢時封。欲覓梅仙去，知藏第幾峰。

和鄧善之秋興二首

鬖鬖日夜老，神仙那可求。揚雄識字苦，玄晏著書愁。碧酒紅蓮夜，朱絃白雁秋。論心得少暇，同上最高樓。

鶴化城猶在，龍移井未枯。百年吾道半，六合此身孤。西嶺栽花屋，東風賣酒壚。佯狂見耆舊，處處土音殊。

十二月二十三日華亭小泊華亭近方通潮

一一歌遊處，今年又寂寥。雞聲生隝樹，蜃氣雜江潮。斑白尋遺老，丹青託麗譙。衰懷緣子女，不憚往來遥。

次韻答應德茂雪後遠寄

山中不來久，何處度殘年？人悶如中酒，村荒似禁煙。將茶冰箸煮，移枕雪篷眠。更肯狂歌否？春風雙玉船。

史昭甫招陳宗魯之長興

之子滄浪去，三吴西更西。白鹽蓴菜膾，紅酒稻花雞。地少驚雲滿，天空見日低。錦一作歸。囊看爛慢，佳客醉留題。

證道寺

彎環青徑斜，自是野僧家。滿澗瀉巖液，插天排石牙。鑪寒餘柏子，架静落藤花。記得逃兵日，門多貴客車。

鄞城火後見光遠

火後丘墟市，兵前風雨春。那知攜手地，俱是皺眉人。海柳吟猶弱，山鶯聽未真。明朝各分路，何處避風塵？

客言劉楞翁事

薄俗名難盛，人窮迹易危。從來天下士，不計里中兒。隱玉看虹氣，堅松任蠹枝。相知不相識，况又不相知。

夜坐

愁鬢丁年白，寒燈丙夜青。不眠驚戍鼓，久客厭郵鈴。洶洶城噴海，疏疏屋漏星。十年窮父子，相守慰飄零。

久客且歸留别郭于昭憲掾

久客令人厭，初春乍許寒。飛蓬寬一作妨。覽鏡，脱粟愧加餐。坐有誇羊酪，門誰住馬鞍？重來會相見，老性忍悲歡。

頓寒懷單祥卿教諭時新開酒禁

霜花一夜白，風葉滿村黄。欲出歲華老，相思江水長。留枝遮鵲户，存蜜補蜂糧。想見山行處，開窗新酒香。

蘇伯卿席中領張仲賓所寄二詩兼聞陳無逸已從湘南官滿歸養喜而有答仍次來韻

我愛張公子，清言氣不低。湖溝隨市轉，亭樹與城齊。杯酒方花下，扁舟又水西。秪愁騎馬滑，難惜錦障泥。

丁丑歲初歸鄞城

城郭三年别，風霜兩鬢新。窮多違意事，拙作背時人。雁蹟沙場信，龍腥瀚海塵。獨歌心未已，筆硯且相親。

社日城南山作

社日年年雨，江花處處春。漸成垂白老，不見蹋青人。榆柳邊聲雜，龍蛇歲事新。端來近城郭，猶自厭風塵。

趙君理約同途不至

待子不來久，煙山看樹青。爲吟天外句，更立水邊亭。雨暖催科斗，雲深長茯苓。鄰居亦有約，休待鬢星星。

同諸子行上畈山

白石秋更潔，清溪寒自鳴。牛羊争道路，鳥雀聚柴荆。野果高低熟，山田早晚耕。吾歸任衰懶，兒輩託平生。

己亥歲歸過泉口紫芝山傷謹講師

行路夢猶在，入門人已非。山青古佛頂，雲墨祖師衣。賭弈曾同拙，看真似欠肥。百年誰免此，只合早忘機。

排律十七韻和阮侯得子

芳城春樹晚，清海月弦初。瑞世三神島，光纒五馬車。眼中新鸑鷟，膝下小璠璵。錦褓看争羡，犀顱畫不如。試啼賓錯愕，獻夢媪勤渠。庭舞張公鶴，門填孔氏魚。一時官府慶，數世甲科儲。聞説衣冠里，高增棨戟閭。民隨阮公姓，鄰禁宛溪漁。東去龜浮印，南遊雉繞輿。陰移棠芾芾。騎擁竹舒舒。政有兒童戀，謡聽父老餘。攢眉詢賦額，正色署刑書。暗室天如鏡，心田老自畬。看騎金騕褭，待弄玉蟾蜍。我欲歌三買，誰能説兩徐？先隨湯餅祝，聊當賀錢醵。

杭城風雨中簡子昂

五月錢塘風雨秋，懷人頻倚面山樓。雲收樹色遥成海，水學江聲暗入溝。一斗盡輸無事飲，千金不買辟寒裘。自憐寂寞無玄學，車馬門前過似流。

越城待旦

策策虚樓竹隔明，悲來輾轉向誰傾？天寒胡雁出萬里，月落越雞啼四更。爲底朱顔成老色，看人青史上新名。清溪白石村村有，五尺烏犍託此生。

林村寒食

出門楊柳碧依依，木筆花開客未歸。市遠無餳供熟食，村深有紵試生衣。寒沙犬逐遊鞍吠，落日鴉銜祭肉飛。聞説舊時春賽罷，家家鼓笛醉成圍。

遊陽明一洞天呈王理得諸君

禹穴蒼茫不可探，人傳靈笈鎖煙嵐。初晴鶴點青邊嶂，欲雨龍移黑處潭。北斗齋壇天寂寂，東風仙洞草毶毶。堪憐尹叟非關吏，猶向江南逐老聃。

陪阮使君遊玉几

花滿車茵酒滿船，亂雲堆裏訪枯禪。林深何處無芳草？人靜有時聞杜鵑。神屋晝飛青礠礴，靈潭陰罩赤蜿蜒。居然悟得松風夢，回首廬山二十年。

邑中滯雨示陳貴白

猶及相逢鬢未華，故鄉春盡不須嗟。園林處處生新草，風雨年年送落花。高樹晝寒歸有鳥，小溪湍急走如蛇。方知傲世不在隱，高枕北窗聞打衙。

十月朔旦寄貴白兄弟

黄牛村前秋葉飛，青螺峰外海雲歸。故人相思雪滿鬢，客子獨行風舉衣。烏鵲定占誰屋喜？鱸魚知比去年肥。當時歌酒江湖上，百里音書今亦稀。

夢覺

夢覺依然一草寮，浮蹤已慣任飄摇。虚簷晴氣生朝露，遠樹寒聲過夜潮。白骨又驚山下滿，朱顏剛向客中消。時平不愛通侯印，且願深林作老樵。

次韻和蔚師鑑師春懷

愁是雲陰喜是晴，春遊何處不關情？黄雞亭館琴三弄，青果杯盤酒數行。滿砌雨添新筍密，隔牆風送落花輕。鑑湖湖上樵山老，破帽枯藤過一生。

金陵贈友

虎變龍遷此一時，春風得似舊城池。宫閒軍賣偷來果，寺廢僧尋斷去碑。水水魚肥供白鮓，家家蠶熟衣紅絲。太平尚屬窮詩客，酒賤如泥醉不知。

己卯歲初葺剡居

休言聲跡轉沈淪，百折江湖亂後身。窮未賣書留教子，飢寧食粥省求人。坐來幽避樵蘇長，往處蹤迷木石鄰。翻笑古來逃世者，標名先製隱衣巾。

秋盡

秋盡空山無處尋，西風吹入鬢華深。十年世事同紈扇，一夜交情到楮衾。骨警如醫知冷熱，詩多當曆記晴陰。無聊最苦梧桐樹，攪動江湖萬里心。

同陳養晦兵後過邑

搜山馬退餘春草，避世人歸起夏蠶。破屋煙沙飛颭颭，遺民鬓鬢雪毿毿。青山幾處楊梅隖，白酒誰家欅柳潭？休學丁仙返遼左，聊同庾老賦江南。

正仲今年鄞城之約不就因次韻慰悅之

莫怪詩翁不出山，詩多那得是山間。清溪欲暖鶯啼樹，白日無人犬卧閒。不惜野花簪素髮，時憑春酒轉朱顔。當年阮籍何曾達，直到途窮始哭還。

杖錫寺

仙草漫漫路不分，鐘魚那許外間聞。涼天九月已飛雪，晴日四山猶帶雲。火後客誇新屋樣，兵前僧惜舊碑文。藤湖只去招提頂，見説㴲田可種耘。

四明山中逢晴

一岡一澗一縈隈，新歲新晴始此回。莎坂南風寅蛤出，茅簷西日乙禽來。人迷白路羊羣石，水卷青天雪裏雷。猶是深山有寒食，梨花無數繞巖開。

辛巳歲六月三日書事

急報傳來又不真，門前翁稚笑聲頻。情懷經苦思平世，顔貌緣愁似老人。兵後尚多難料事，山中誰是自由身？沙瓶酒釃鮭蔬有，領取燈花一樹春。

辛丑歲十一月二十六日東歸舟中示三子

節物悠悠不負公，江行三日雪花風。雲侵賀監山亭白，日在徐仙海島紅。自笑得雛如病鶴，也思結伴附歸鴻。何時辦得村田活，糲飯魚羹百指同。

舒子俊見過

來往通家不厭頻，青山心性白雲身。陰林石溜風傳語，霜月溪梁水寫真。歲儉魚鮭難猝致，天寒烏鳥自相親。燎鑪新暖糟牀響，隨分相留作好春。

以家事付諸兒惟不得姑蘇陸氏女子消息

秖憐地僻少過從，更許年衰養惰慵。行健有時尋近局，起遲嘗日到高舂。鹿皮冠野頻頻戴，鵝頂蔬粗款款供。兒女團欒俱在眼，獨憐無信過吴松。

兵後復還白巖山所舍作

脱命歸來意恍然，餘生堪喜復堪憐。財逢亂世真如土，人到窮途始信天。問訊比鄰晡爨後，呻吟兒女夜燈前。明朝又作安西計，飯後誰家沁雪田？

江村遇九日

去年九月江城角，尚得臨風把一杯。今歲并無黄菊看，誰家更遣白衣來？身猶是雁飛難泊，時不如潮去解回。還有南山會人意，晚舟相對碧崔嵬。

送旨上人西湖 一作送砥平石過天竺。 并寄鄧善之

聞説西湖也自憐，君遊更傍早春天。六橋水暖初楊柳，三竺山深末杜鵑。舊壁草生尋舊刻，新巖茶熟試新泉。城中好友須相覓，西蜀遺儒解草玄。

剡源詩律雅秀，力變宋季餘習。五言如：「春晚鶯羞語，城寒花慢飛。」「鳥巡漁退艇，大認獵歸門。」「定起松鳴屋，吟圓月上身。」「髮從殘歲白，山入故鄉青。」「避世書爲屋，謀生藥當田。」「猨飛紅果嶂，人度白雲層。」七言如：「新蹤凍合鶯雛谷，舊夢花迷燕子樓。」「老樹背風深拓地，野雲依海細分天。」「水味野栽蒿白瘦，山毛人摘芋紅多。」「絺袍涼擁松皮几，桂酒春浮藥玉船。」「萬事漸消閒客夢，一生虚白少年頭。」「鄉山雲淡龍移久，湖市春寒鶴下遲。」「甃塹水溫初荇葉，粉牆風細欲梨花。」「心如晚路思家馬，身似春篚欲繭蠶。」其風致多可摘也。

蘇李圖

塞北中郎雪滿頭，隴西壯士淚沾裘。人生百歲能多少，直至如今説未休。

湖州二首

山從天目成羣出，水傍太湖分港流。行遍江南清麗地，人生只合住湖州。

一飽懸天不待求，幾人乾白少年頭。君看滾滾東流水，到海成淵始懶流。

西興馬上

去時風雨客忽忽，歸路霜晴水樹紅。一抹淡山天上下，馬蹄新出浪花中。

蝴蝶

春山處處客思家，淡日村煙酒斾斜。胡蝶不知人事別，繞牆閒弄紫藤花。

夢中作

晴霞冠嶺朝紅潔，新漲連空晚緑酣。惆悵春風倦遊夢，木蘭亭上望淮南。

題東玉帥府所藏瀟湘圖

少年魂夢底曾聞，多在江湖煙水間。今日精藍方丈地，倚窗眠看洞庭山。

題江干初雪圖

斷樹寒雲古岸隈，漁翁初撥小船開。看渠風雪忙如許，還有魚兒上釣來。

銅山寺口初見梅花書寄何則顏

吴歌楚舞送年華，憶著終還不似家。今日春風吹夢醒，銅山寺口見梅花。

題趙大年蘆雁

寒更索索警霜叢，兄弟當年意自同。猶是江湖太平處，未妨沈著卧秋風。

感舊歌者

牡丹紅豆一作紫。豔春天，檀板朱絲錦色牋。頭白江南一尊酒，無人知是李龜年。《西湖志餘》稱：戴帥初湖上贈歌者一絶，有故國之思焉。即此詩也。

桃花寺石臺

臺前藤蘚碧交加，臺下清流直又斜。待得丹成知幾日，春風隨分野桃花。

過姑蘇

水天彌望接青蕪，雲氣漫漫近又無。一色好風三百里，挂帆安坐過姑蘇。

過鄮山祠塾作

滄江城闕三叉口，白日絃歌數畝宫。猶有祠官舊楊柳，向人離立管春風。

讀書有感

魯女悲嗟起夜深，當年枉却淚沾襟。如今已免鄉人笑，老大知無欲嫁心。

天台山人黄庚

庚字星甫，天台人。所著有《月屋漫稿》。其自序曰：「僕齠齔時習舉子業，何暇爲詩。自科目不行，始得脱屣場屋，放浪湖海，凡平生豪放之氣，盡發而爲詩。若醯雞之出甕天，坎蛙之出蹄涔而遊江湖也。」今觀其句法，如《幽居》云：「斜陽明晚浦，落葉瘦秋山。」《别山陰諸友》云：「柳色獨青眼，梅花同素心。」《夏夜小酌》云：「分茶醒酒客，添燭了殘棋。」《觀漁》云：「鳴榔舟葉聚，撒網浪花圓。」《病中》云：「氣味如僧淡，形容似鶴癯。」《蘭亭會飲》云：「鐘帶夕陽來遠寺，碑和春雨卧平蕪。」《寄毛素軒》云：「清夜夢分千里月，同鄉人各一方天。」《燈花》云：「自喜結根依小草，不愁飛片落蒼苔。」《偶題》云：「細柳雨中垂緑重，殘花風裏亂紅輕。」《清明》云：「浸花窗下分紅影，插柳簷前借緑陰。」《雜詠》云：「躭書自笑已成癖，煮字元來不療飢。風月滿懷詩可寫，雪霜侵鬢鏡先知。」類皆風致清遠，用意推敲。星甫嘗於越中詩社試《枕易》詩，推第一，名盛于詞場。當是時，江南初定，遺民故老，無所寄興，往往發之于吟詠間。時際宴安，禁網疏闊，騷壇樹幟，奔走争先，蔚爲一代文章之盛。其所由來者遠矣！

漁隱爲周仲明賦

一笠戴春雨，扁舟寄此情。世閒塵網密，江上釣絲輕。不羡魚蝦利，惟尋鷗鷺盟。狂奴臺下水，猶作漢時清。

秋晚山行

鏗然短策聲，無事覺身輕。落葉山行輭，流泉澗飲清。蟹痕沙露溼，雁影夕陽明。歸路逢林叟，班荆歃隱盟。

夜坐卽事

對影坐清夜，蕭然鬢已華。詩慳難就稿，燈暗不成花。易醉愁邊酒，頻歸夢裏家。何時鋤舊圃，學種邵平瓜。

翠峰菴卽事

竟日尋幽處，杖藜不憚遥。客行黄葉路，僧立碧溪橋。巖瀑飛寒雪，松風吼夜潮。是山皆可隱，何用楚辭招。

王修竹館舍卽事

池館翠涼處，寬閒稱客居。未仙猶閬苑，不夢亦華胥。竹淨堪居鶴，荷香欲醉魚。心清無箇事，長日一編書。

贈葛秋巖時寓能仁蘭若

蘭若分清隱，秋窗飽看山。風霜雙鬢老，天地一身閒。拄杖穿雲去，吟囊貯月還。詩成誰與語？時訪竹林間。

夜坐卽事呈修竹 一有「監簿」二字。

一室冷于冰，秋高夜氣清。月窗攙燭影，風葉亂琴聲。寡慾知身健，安貧覺累輕。吟邊閒倚竹，誰識此時情。

晚春卽事

園林芳事歇，風雨暗荒城。轉眼青春過，臨頭白髮生。啼鵑亡國恨，歸鶴故鄉情。三逕多荒草，東還計未成。

春日西園晚步

爲愛園林好，笻枝伴獨行。花香能醉蝶，柳色欲迷鶯。但得青春在，何妨白髮生。斜陽紅盡處，一抹暮山横。

書所寓

不厭茅廬小，棲棲寄此身。菊殘如倦客，梅瘦似詩人。有地堪藏拙，無醫一作方。可療貧。并州故鄉夢，長憶鑑湖春。

送别胡汲古

自憐身是客，又送客登舟。雖有重來約，難禁一别愁。風煙迷柳驛，草樹暗春洲。後夜懷人處，山空月滿樓。

對竹

門對南鄰竹，青青玉萬竿。雖然無地種，且得隔籬看。露葉晴猶溼，風枝夏亦寒。但教休翦伐，日一作何。用報平安。

秋色　山陰詩社中選。

憑高望不極，望斷動愁情。落日淒涼處，西風點染成。丹楓明野驛，白水浸江城。馬上人回首，戎戎黯客程。

西州即事

一雨洗空碧，江城獨倚樓。山吞殘日没，水挾斷雲流。燈影深村夜，鐘聲古寺秋。西州舊遊地，十載此淹留。

春日即事

扶杖行幽逕，園林欲暮天。錦棠紅濯雨，絲柳緑繅煙。春事忽三月，風光又一年。客懷正愁絶，一作「客邊愁正絶」。那復聽啼鵑。

春日

春色濃於酒，何顏醉玉觴。柳疏鶯占影，花雜蝶分香。往事隨流水，閒愁付夕陽。吟邊自歌舞，猶學少年狂。

書山陰驛

迢遞三山道，重來感舊遊。潮聲寒帶雨，山色淡生秋。寄驛通鄉信，題詩記旅愁。江湖十年客，兩度到西州。

宿甘露寺

山險疑無路，縈回一逕通。鐘聲寒瀑外，塔影夕陽中。窗出茶煙白，鑪分蒻火紅。禪房遇耆舊，清話數宵同。

王可交昇仙臺　臺在青龍鎮南。

仙翁不可見，惟有一空亭。地冷春留雪，林深晝見星。松篁圍秀色，蘭蕙吐幽馨。立盡斜陽影，閒看鶴刷翎。

孤雁

長空獨嘹唳，隱約背斜暉。塞北離羣遠，江南失侶歸。度雲憐隻影，照水認雙飛。却羡投林鳥，相呼入翠微。

和茅亦山韻

愛靜吟成癖，耽書近欲癡。事多因錯省，節不爲貧移。長物新添畫，生涯舊有詩。窮通係天命，知命復何疑。

對客

窗下篝燈坐，相看白髮新。共談爲客事，同是異鄉人。詩寫梅花月，茶煎穀雨春。明朝愁遠別，離思欲沾巾。

林霽山架閣同宿山中

秋風山館客，移席近汀前。共話忽深夜，相看非少年。斗垂天末樹，鱗出雨餘天。亦有茅簷下，飯牛人未眠。

别徐敬菊

契闊又兩載，光陰一擲梭。祇因離别久，不覺語言多。安得長留此，其如欲去何。詩盟終未冷，早晚更相過。

鶴林仙壇寺

古壇歸鶴杳，野鹿自成羣。嵐氣浮清曉，鐘聲出白雲。樹穿僧屋老，水到寺門分。人世無窮事，山中了不聞。

旦景

雞鳴起濯髮，披衣出户牖。自汲古澗泉，落月猶在手。三漱吞朝霞，餘光散花柳。玆意難語人，延竚忽良久。

至後

道人坐茅宇，獨抱無絃琴。對此景物異，夕雲散還陰。雨氣一簾潤，雲意千山深。新陽暢微暄，疏花點孤林。芳時坐消歇，孰同歲寒心。孤梅發清夜，庭樹驚棲禽。

故相賈秋壑舊府

當年搆華屋，權勢傾衛霍。堂宇窮斧斤，天章焕丹雘。花石擬平泉，水陸致兹壑。惟聞丞相嗔，肯後天下樂。朱門鎖荆榛，花木已蕭索。蒼生顛墮崖，國亡身孰託。空悲上蔡犬，不返華表鶴。丈夫保勳名，風采照麟閣。胡爲一聲鉦，聚鐵鑄此錯。回頭暮煙昏，不能掩餘怍。

潘淑妃

二八入宫掖，一笑輕三千。雲階渺何許，步步生金蓮。繡鞋不勝春，風若凌波仙。榮華一回首，荆棘生我前。君恩花上露，妾心井中泉。井泉誓不波，下照青青天。

紀夢是歲大旱

老年屏人事，北窗寄高眼。夢魂御風去，金闕開九天。虎豹獰不嗔，知予有仙緣。玉座擁五雲，香鑪飛紫煙。青衣兩童子，舉手導我前。下士蟣蝨臣，愚衷欲敷宣。兵戈幸休息，饑饉方連縣。洪惟大生德，實司水旱權。願言回哀眷，與世解倒懸。上帝允臣請，乃曰賜豐年。再拜謝闕下，回飈墮林泉。夜雷聲殷殷，甘澤朝滿田。沈思喜且驚，異夢非偶然。士懷當世憂，□□□□□。貞觀有房杜，斗米三文錢。

遊謝仙巖飛霞觀巖下李參政墓

鬼工鑿山骨，何年驅六丁。飛霞遶石洞，縹緲開珠庭。永懷謝仙伯，坐斷山水城。我來事幽雅，登臨委客情。松風驅溽暑，自覺毛骨清。猿鶴亦仙意，人生空營營。石麟卧荒草，問是誰家塋？野老對我言，其人昔公卿。金玉埋黄壤，送日冠蓋傾。興衰異百年，所重非修名。乃知鍾鼎貴，不如芝薇馨。所以世外人，返老還孩嬰。倚杖空歎息，洞口雲冥冥。

約王琴所不來舟中偶成

清飈卷炎埃，碧水出秋素。迢迢見山亭，回首隔煙霧。酒帘颺漁村，笳鼓響軍戍。倚篷問舟人，云是三江路。籬落雞欲棲，野水牛已渡。釣翁吹荻煙，稚子收漁具。抱琴人不來，殘陽在高樹。

種松

去年種松樹，未有蒿與蓬。今年松漸長，埋没蓬蒿中。老髯何蒼蒼，歲華不改容。回視蒿與蓬，零落悲秋風。

讀文相吟嘯稿

垂垂大厦顛，一木支無力。精衛悲滄海，銅駝化荆棘。英風傲几碪，濱死猶鐵脊。血灑沙場秋，寒日亦爲碧。惟留吟嘯編，千載光奕奕。

古意

庭前有高樹，風撓無停枝。寒烏噤不鳴，夜半環樹飛。託身未得所，三帀情依依。高飛犯霜露，低飛觸茅茨。乾坤豈不容，振羽將安之。徘徊戀明月，顧影徒傷悲。

暮春

芳事闌珊三月時，春愁唯有落花知。柳緜飄白東風老，一樹斜陽叫子規。

海棠

臉暈輕紅酒力微，真妃半醉夜深時。杜鵑叫落花梢月，獨倚東風睡不知。

春陰芍藥

點滴簷聲溼遝雲，翻階紅藥帶啼痕。可憐花片都零落，雨露雖多不是恩。

聞角

誰送寒聲入夢中，遥知人在戍樓東。明朝梅嶺花飛雪，未必都因昨夜風。

晚春

老來無復事狂遊，倚杖看花動客愁。病骨怯寒春不管，柳棉風裏木棉裘。

一春

新绿園林雨過時，黄鸝無語恨春歸。楊花怕逐東風去，搭住闌干不肯飛。

江上

江上支笻眼界寬，夕陽影裏水雲寒。憑誰説與閒鷗鷺，借我漁磯把釣竿。

江景

寒生雁背天將雪，冷入魚鰓水欲冰。釣艇歸來江路暝，舟人分火點漁燈。

暮春二首

東風庭院夕陽天，恨绿愁紅又一年。春自要歸花自落，莫將芳事怨啼鵑。

一鳥不啼春寂寂，百花都落雨濛濛。十分花鳥東風恨，半在詩中半酒中。

題漂母飯信圖

國士無雙未肯臣，漢皇眼力欠精神。築壇直待追亡後，不及溪邊一婦人。

傷春

園林芳事已闌珊，梅未生仁筍未竿。隄上柳棉風脱盡，绿陰應在雨中寒。

雨過

雨過山頭雲氣溼，潮生渡口岸痕深。一聲短笛斜陽外，知有漁舟泊柳陰。

書館卽事

煙拖野色入書窗，一畈平田隔草塘。暮雨初收新水滿，藕花香雜稻花香。

春寒

春寒料峭透窗紗，睡起晴蜂恰報衙。怪得曉來風力勁，滿階香雪落梨花。

池荷

紅藕花多映碧闌，秋風纔起易彫殘。池塘一段榮枯事，都被沙鷗冷眼看。

西湖行春

畫船無復沸笙歌，湖水年年自碧波。回首蘇公隄上柳，緑陰不似舊時多。

煬帝行宫

彩鳳樓前汴水流，君王不復錦帆遊。長隄舊日青青柳，曾帶春風拂御舟。

采蓮女

越女蘭舟泛緑漪，采蓮花露溼紅衣。萬荷影裏歌聲過，驚起鴛鴦貼水飛。

林高士隱居

家住西湖深更深，古松陰裏禮茅君。白猿攀樹藤花落，點破巖前一地雲。

半軒疏雨

簷前數點弄晴光，浥露庭花枕簟香。池草夢回詩思杳，吟窗分得一邊涼。

見雁有懷

滿眼西風憶故廬，親朋音問久相疏。年年江上無情雁，只帶秋來不帶書。

中秋對月

十分蟾影照人間，一片山河古影寒。惆悵年年今夜月，人生能得幾回看。

九日感懷

新橙初試蟹螯肥，一曲清歌酒一巵。料得故園秋正好，黄花應怪客歸遲。

春夢

銅匜艾納翠氤氲，六六屏山酒半醺。夢入中州看秦畫，春風吹亂玉梨雲。

題明皇按樂圖

五鳳樓前沸管絃，春宵花暖月娟娟。纖腰舞到《霓裳曲》，驚起猪龍地上眠。

暮景

浮雲開合晚風輕，白鳥飛邊落照明。一曲彩虹横界斷，南山雷雨北山晴。

宫詞

聞説君王御宴回，宫人留鑰内門開。琵琶撥盡黄昏月，不見花間鳳輦來。

臨平泊舟

客舟繫纜柳陰傍，湖影侵篷夜氣涼。萬頃波光摇月碎，一天風露藕花香。

錢府舊園

十二峰前富貴家，亂離不復舊繁華。亭臺寂寂無人到，流水東風自落花。

春雨詞

簷聲滴碎玉闌干，開盡梨花亦懶看。燕子不歸人寂寞，深深宫殿鎖春寒。

山中

萬壑松聲撼翠微，夜寒風露溼人衣。山翁踏月巡幽逕，竹裏籠開鶴未歸。

金陵懷古

六宫禾黍千年恨，一片江山萬古情。明月不關興廢事，夜深還照石頭城。

山中秋夜

石牀彈月鶴聽琴，玉宇凝秋絶點塵。萬里無雲銀漢淡，一天風露溼星辰。

春閨

屏山夢斷整雲鬟，金鴨吹香火未殘。背倚闌干聽燕語，一簾風雨卷春寒。

秋吟二首

曉逕支筇步屧遲，西風吹露溼秋衣。舉頭凝望青山外，萬里江天一雁飛。

罨彴當門石逕斜，槿籬深護野人家。炊煙起處江村晚，一片斜陽萬點鴉。

江村

極目江天一望賒，寒煙漠漠日西斜。十分秋色無人管，半屬蘆花半蓼花。

述懷

故鄉迢遞幾時還？目斷長江杳渺間。一雁飛邊天萬里，白雲多處是青山。

閨情效香奩體三首

金鴨煙銷一字香，滿懷春恨强梳妝。看花又怕東風惡，偷隔紗窗看海棠。

黛眉愁裏斂雙蛾，别久無書争奈何。欲待怨他還又憶，怨時較少憶時多。

懶向妝臺對鏡鸞，羅衣怯薄正春寒。黄金絡索珊瑚墜，獨立春風看牡丹。

江村即事

江村暝色漸凄迷，數點殘鴉雜雁飛。雁宿蘆花鴉宿樹，各分一半夕陽歸。

舟次九山

水雲盡處列奇峰，螺髻參差杳靄中。江岸維舟看不了，煙嵐分碧入疏篷。

雜詠

地多種竹堪容鶴，池不栽蓮恐礙魚。小逕荒苔人不到，閉門閒學換鵝書。

枕易 越中詩社試題都魁。

古鼎煙銷倦點朱，翛然高臥夜寒初。四簷寂寂半牀一作窗。夢，兩鬢蕭蕭一卷書。日月冥心知代謝，陰陽回首驗盈虛。起來萬象皆吾有，收拾乾坤在草廬。

考官李侍郎應祈批：詩題莫難於《枕易》，自非作家大手筆，詎能模寫。蓋以其不涉風雲雨露，江山花鳥，此其所以爲難也。子閱三十餘卷，鮮有全篇純粹，正如披沙揀金，使人悶悶。忽見此作，若紛紛盆盎中得古罍洗，把玩不忍釋手。此詩起句「倦」字，便含睡意。頷聯氣象優游，殊不費力，曲盡枕易之妙。頸聯「冥心」、「回首」四字，極其精到。結句如萬馬橫奔，勢不可遏，且有力量。全篇體製合法度，音調諧宮商，三復降歎。此必騷壇老手，望見旗鼓，已知其爲大將也。冠冕衆作，誰曰不然？

棋聲

何處仙翁愛手談，時聞剝啄竹林間。一枰子玉敲雲碎，幾度午窗驚夢殘。緩著應知心路遠，急圍不放耳根閑。爛柯人去收殘局，寂寂空亭石几寒。

秋夜

博山香冷夜將闌，紅影搖窗燭未殘。庭樹露濃花氣溼，井梧風老葉聲乾。世情冷暖知心少，朋舊東西會面難。一段客愁吟不就，無言背月倚闌干。

秋夜和月山韻

寒夜殘燈照客愁，衾單添盡鷫鸘裘。半窗明月三更夢，一枕西風兩鬢秋。吟骨稜稜寬帶眼，歸心切切望刀頭。何時束篋家山去，獨駕柴車訪伯休。

修竹宴客東園

二月韶光潑眼濃，擕尊宴客小亭東。酒當半醉半醒處，春在輕寒輕暖中。拂檻柳添吟鬢緑，壓闌花妒舞衣紅。晚來聽唱《梁州》曲，聲繞吴姬扇底風。

小酌

小酌園林酒半醺，落紅影裏惜餘春。插花歸去蜂隨帽，傍柳行來鶯避人。白髮尚爲千里客，黄金難鑄百年身。何時歸賦滄浪水？浣我征衣萬斛塵。

夜坐次林梅山韻

人倚幽窗夜未闌，竹鑪灰一作火。冷篆煙殘。一天露氣星辰溼，萬壑風聲草木寒。老去客懷多感慨，年來世事轉艱難。何時歸隱孤山下？明月梅花約共看。

有感

自歎文章不遇時，平生壯志與心違。十年湖海無家住，千里鄉關有夢歸。殘夜月寒燈暈淡，高秋天闊雁聲微。傷今思古愁無奈，老淚斑斑溼客衣。

雪

片片隨風整復斜，飄來老鬢覺添華。江山不夜月千里，天地無私玉萬家。迷岸未春飛柳絮，前村破曉壓梅花。羔羊金帳應瀛俗，自掬冰泉煮石茶。

舟次樗蒲廟

短櫂衝寒過浦東，扁舟一葉載詩翁。斷煙流水殘雲一作鴉。外，古木荒祠夕照中。吟罷小樓何處笛？酒醒孤枕半江風。潮生潮落朝還暮，堪歎人一作浮。生自一作似。轉蓬。

月夜登樓

玉宇澄清暮靄收，吟邊怕倚仲宣樓。寒蟾千里夜如晝，新雁一聲天欲秋。湖海誰青豪傑眼，風霜易白少年頭。更殘忽聽荒城角，吹老梅花總是愁。

月夜次修竹韻

徙倚吟闌傍野塘，古譙蓮漏滴更長。月階夜静蛩聲切，竹院秋深鶴夢涼。坐挹水風侵袂冷，眠分花露滿身香。浩歌欲遡明河去。醉唤天孫織錦裳。

偶書

頻年蹤跡墮江湖，三逕苔荒憶舊廬。身老方知生計拙，家貧漸覺故人疏。松薪拾去朝炊黍，漁火分來夜讀書。怨鶴驚猿應待我，台山何日賦歸歟？

暮春

寂寞園林三月時，客中幾度見春歸。柳眉緑皺鶯無語，花臉紅銷蝶懶一作倦。飛。節物暗催雙鬢老，功名長與寸心違。百年身世成何事？回首西山又落暉。

秋夜

十分秋色滿軒窗，景物凄清一作秋深。夜氣涼。篩月簾櫳金鎖碎，擣霜砧杵玉丁當。井梧葉脱無多影，巖桂花稠不斷香。坐到更深吟興動，硯池滴露寫詩狂。

題吴實齋北山别業

北山佳景一作致。勝南山，乘興登臨眼界寬。樵斧伐雲春谷暗。漁榔敲月夜溪寒。一區池占林泉勝，四面天開圖畫看。竹屋數間塵不到，主人日日凭一作倚。闌干。

書館

池館深深鎖翠涼，課餘多暇日偏長。屋連湖水琴書潤，窗近花陰筆硯香。吾道尚存貧亦樂，客身長健老何妨。十年心事閒搔首，厭聽蟬聲送夕陽。

依綠亭

數椽瀟灑瞰清漪，蕩漾煙霏欲溼衣。闌角寒光摇翡翠，簷牙倒影浸琉璃。荷邊鼓瑟遊魚聽，柳外敲棋睡鷺飛。洗盡紅塵青眼客，臨流何惜賦新詩。

秋思

天容凝碧换秋容，殘暑泠然一洗空。梧葉多應愁夜雨，葛衣漸覺怯西風。十分淡冷砧聲外，一片淒涼雁影中。興動蓴鱸欲歸去，張翰心事恰相同。

涼夜卽事

涼入虛堂睡思濃，夜深蓺盡燭花紅。光摇珠箔梧桐月，香透紗廚茉莉風。欹枕覺來人不寐，撚髭吟罷句難工。小蠻問我詩成未？詩在池塘草夢中。

舟行送王琴所之澉州

晨星寥落曙光浮，柳岸風輕送客舟。萬點遠山重疊恨，一江流水淺深愁。淡煙茅店家家曉，白露楓林處處秋。獨倚篷窗還自笑，此身漂泊愧沙鷗。

寄峽山胡府判

鑑湖狂客又西湖，筆硯生涯計已迂。五斗自慚腰可折，四方安得口能(餬)(糊)。家山迢遞鄉心遠，燈火淒涼客影孤。莫誤風前看落雁，尺書還肯寄來無？

次毛一齋韻

詩夢驚殘何處棋，書窗又是夕陽時。柳陰分緑籠琴几，一作岳。花片飛紅點硯池。覽鏡自憐添白髮，傳杯不復倩蛾眉。東風故國年年恨，惟有啼春杜宇知。

寄月山少監

一片襟懷海樣寬，眉頭肯爲別離攢。臂鷹慣識從軍樂，汗馬寧辭行路難。角帶邊聲關月冷，雁傳鄉信塞雲寒。歸來未許東山卧，見説蒼生望謝安。

遊西湖次毛玉田韻

觸目錢塘昨夢非，行春載酒憶當時。花閒不礙香輪入，柳外空鞭駿馬飛。落日荒山和靖墓，斷雲流水子胥祠。忘情鷗鷺閒於我，應笑江湖客未歸。

故園有懷呈任子宏提舉

十年不作還家夢，荒草深深鎖竹扉。無主落花隨水去，有情啼鳥勸人歸。儒冠寥落風流減，客路淒涼故舊稀。何日攜琴賦歸去，踏雲自採故山薇。

龍江館舍

幽棲俗事不相關，家在青松翠竹間。遶屋四圍都是水，隔林一片不多山。詩篇陶寫清秋景，書册消磨白日閒。門外沙鷗如舊識，忘機飛去又飛還。

俞景仁教諭相過

江雲舒卷弄陰晴，新緑園林似染成。花怯曉風寒蝶夢，柳愁春雨溼鶯聲。棲遲茅屋無塵事，深閉柴門遠俗情。佳客相過慰岑寂，酒邊閒把近詩評。

修竹宴客廣寒遊亭分韻得香字

銀橋疑駕海天長，金粟離離照玉觴。影浸山河瓊殿冷，舞分風露羽衣香。亦知廣莫元無野，却笑温柔别有鄉。閒折一枝驚昨夢，素娥憐我授玄霜。

江上客懷

鏡裏從渠白髮添，吟邊抵掌復掀髯。十年爲客甘清苦，一枕忘情付黑甜。短褐怯風棉未絮，破窗漏月紙重粘。梅花應念人孤寂，寒夜吹香入竹簾。

偶成簡任肅齋教諭

百歲光陰一轉蓬，晚年不與少年同。事因錯處人方省，詩到窮時句始工。獻賦未逢楊得意，憐才難遇杜司空。有時追憶承平事，猶道繁華是夢中。

和杜柳溪韻

白髮垂垂一老夫，年來漸覺世情疏。石牀夢冷和雲卧，茅屋燈殘共月居。客至何妨賒魯酒，家貧不肯典唐書。羨君種柳清溪上，借我苔磯學釣魚。

漁舍觀梅寄修竹韻

寒雲漠漠護牆陰，瀟灑梅枝出竹林。影落花磯和雪釣，香浮老甕帶春斟。幾憑水驛傳芳信，秖許沙鷗識素心。回首孤山千樹遠，扁舟乘興夢中尋。

贈通玄觀唐道士竹鄉

通玄道士苦修行，坐見桑田幾變更。雲屋苔封燒藥竈，風林花落煮茶鐺。休糧臘有青松啖，却老應無白髮生。月滿竹鄉騎鶴去，飲邀子晉學吹笙。

夜宴

醉月飛觴興未闌，蓬壺影裏漏聲殘。碧浮金鼎香脂煖，紅閃銀臺燭淚乾。豔曲喜聽催拍近，狂歌自覺入腔難。賞心樂事輪年少，一點閒愁了不干。

題東山翫月圖

斜陽紅盡暮雲碧，一片天光涵水色。海濤擁出爛銀盤，千里嬋娟共今夕。主人領客登東山，踏碎寒光看秋液。星河倒影浸空明，露華溥玉夜氣清。馮夷激水水欲立，海若辟易天吴驚。孤舟卷帆泊煙嶼，古木撼壑生秋聲。憑高人在金鼇背，閒看潮生煙渚外。老龍翻海雲氣寒，長鯨卷雪浪花碎。茫茫萬頃滄浪中，屹立孤峰鎖蒼翠。山巔掃石羅尊罍，賓主傳杯不放杯。騷客撚髯賦詩去，山童踏月攜琴來。劇談浩飲不知醉，仰天長笑歡顔開。倒著接䍦欲起舞，乾坤清氣入肺腑。天邊風月空四時，眼底江山自千古。謝安躡屐遊東山，袁宏登舟宴牛渚。庾亮南樓今在不？坡仙赤壁知何許？滿眼往事轉頭空，千年人物俱塵土。人生光景若湍流，霜痕易點雙鬢秋。胸中勿著塵俗事，眉間休鎖名利愁。我輩適意在行樂，古人所以秉燭遊。月山追憶舊遊處，盡寫風煙入縑素。我來見畫如見景，想像高唐猶可賦。諸君後會應可期，雲萍合散今何之？安得扁舟溯川去，日與杖屨相追隨。登山把酒醉明月，共看此畫歌此詩。

醉時歌

茫茫古堪輿，何日分九州？九州封域如許大，僅能著我胸中愁。澆愁須是如澠酒，麴波釀盡銀河流。貯以倒海千頃黄金罍，酌以傾江萬斛玻瓈舟。天爲青羅幕，月爲白玉鉤。月邊天孫織雲錦，製成五色蒙茸裘。披裘把酒踏月窟，長揖北斗相勸酬。一飲一千石，一醉三千秋。高卧五城十二樓，剛風冽冽吹酒醒，起來披髮騎赤虬。大呼洪崖拉浮丘，飛上崑崙山頂頭。下視塵寰一培塿，揮斥八極逍遥遊。

知非子方夔

夔，一名一夔，字時佐，淳安人。生于宋季，嘗從何潛齋遊，究心義理之學。攻舉子業，不利于有司。退隱富山之麓，扁其堂曰「緑猗」，授徒講學其間，自號知非子，學者稱富山先生。所著有《富山懶稿》。曾孫宗大編次，五世孫文傑刻之。明正統間，同邑周瑄爲之序，謂其文詞聲容雅淡，不爲體裁音節之所拘。商素菴曰：「富山詩紆餘渾厚，弗事雕刻，亦足以覩先生冲雅之操矣。」今其集中所載《閔忠》詩云：「自鄭有謀歸華氏，舍湘無地託王琳。」謂文文山也。《誅姦》云：「爾身不卹無埋地，此恥奚容更戴天。」謂賈似道也。其忠義之感，凜然言外。他如：「春盤脆響供雷筍，夜焙芳鮮摘露芽。」「蠶老任眠催作繭，燕來新乳賀成家。」「畫角吹殘低戍火，暮鴉銜斷遠村煙。」「滴愁細雨驚秋暮，照睡青燈伴夜闌。」「月鵲自驚翻舞影，露蛩相弔洗啼痕。」亦多雅秀之句也。

古意四首

龍文雙寶劍，誰鑄吴山英？秋水光的皪，俯視千金輕。猶餘報仇血，白帝金天精。百用不缺折，潛鋒埋故城。芒角不可掩，氣衝牛斗星。卓哉兩達士，一旦出幽冥。顯晦各有數，飛沈兩無情。孤雄顧其雌，玉匣時悲鳴。吴楚隔千里，滄波會神靈。一體互分合，變化不暫停。悠悠劍津水，早暮風雲生。

陽聲鼓羣動，更變無停機。至人奪造化，假合出範圍。渭川起老龍，一龍不得隨。化爲百尺竹，玉立青差差。仙人去市門，三年願相依。金丹遲不就，失路將安歸。臨分投之杖，平地去如飛。還家尚肉眼，棄擲不復持。回首失蹤跡，飛騰息天池。惟餘萬叢玉，年年長新枝。猶疑風雨夜，回龍嘯空陂。秦皇滅諸儒，若人媚幽獨。偶來得名山，依山結茅屋。希聲陶淳風，無意斬絶俗。兒孫日以遠，幾見碧桃熟。漁郎從何來？延緣寒溪緑。玆遊窺天祕，平生未經目。頗見有此容，父老邀我宿。清談略晉魏，世路嗟翻覆。淹留信可樂，離念苦羈束。翻然理回櫂，瑟瑟風吹足。往來記行迹，溪路三四曲。機心不自閟，何事驚麋鹿。回首不逢人，白雲渺空谷。遼海有黄鶴，翛然出塵姿。結巢青松頂，百丈無柯枝。磬石護其卵，清露哺其兒。一朝羽翼成，丹霄恣遨嬉。夕倦宿月窟，朝飢飲瑶池。升高忽反顧，昔是今已非。歸來三歎息，塵俗無由知。焉能與衆鳥，啐啄隨雄雌。欲語不可了，復作摩天飛。仰望邈不及，千載留餘悲。

錢王守冢墩在臨安道左

山下燈龕挂紙錢，水楊墩上草芊緜。高人不要金丸用，買得三吴八十年。

雜興

世奕奔趨若決河，誰將獨立障頽波？指衣太守存唐苦，循髮將軍負漢多。薜芷不芳甘自變，白圭有玷尚堪磨。是非勿與時人説，爲就重華述《九歌》。

盧明之開鑪

懶作西風汗漫遊，歸謀諸婦此淹留。采花墩近初成酒，種秫田多早帶秋。燕頷已空西塞夢，犢褌莫遣遠山愁。滄江留得偏醒客，袖手時凭百尺樓。

無愁潭

酌彼無愁酒，歌我無愁詩。揭來無愁潭上弄明月，漱滌萬慮清肝脾。平生蓄積總開豁，便欲遺世超希夷。持杯試問此潭水，昔來何處今何之？覆船山高寒岌嶪，玉泉飛下東天池。分流一瀉數百里，直抵絶壑瀦清漪。鏡平百丈洞無底，其下深黑蟠蛟螭。幽蘭薜芷亂州渚，倒影寒浸枯松枝。千回萬折流到海，波濤噴薄孤城危。潮生水滿潮退涸，蓬萊清淺條改移。此愁與水兩無盡，昔人已去今人悲。君不見莫愁鄉下春水長，畫船鼉鼓相追隨。淡煙芳草望不斷，石城荒廢留空陂。不如此潭只在山水窟，縱有奇勝無人知。何曾紅粉照清泚，但有欸乃漁翁詞。一聲歌斷暮山碧，秋風兩鬢寒颸颸。

木犀花

曾住仙山九折巖，夜涼蘿茘挂衣衫。月窺尊裏如相伴，人立花邊自不凡。叢緑聯環瑲玉佩，殘黄瑣骨現金函。枝空蟾窟今誰記？猶道東陵繫舊銜。

耜巖連和六首予與汪子新亦各再和

夜隨涼氣坐秋巖，醉墨淋漓亂點衫。花裏固知仙種別，詩中肯道使君凡。乘風徑欲眠香窟，修月曾經發寶函。收拾萬金歸買橐，不須麟閣大書銜。

舟泊松江

蓴江幾度爵張翰，屈指今纔二十年。昔日米囊羞破釜，暮年詩卷壓歸船。飛飛燕子依風席，漠漠楊花點客氈。草遠煙濃迷處所，鄉心飛去白雲邊。

清明

漢世諸陵已古丘，悲風摵摵老梧楸。金人往日淚曾墮，石馬何時汗忽流。江北江南千里隔，身前身後百年愁。九原定有英靈在，消得寒儒浪白頭。

雜興四首

老去蹉跎萬事休，襟期甚不入時流。倦飛已作歸林鳥，懶起猶如落草牛。一點眉黄無宦況，五分頭白總詩愁。玉人期我滄洲上，未擬他年賦《遠遊》。

已更門户自持鉏，謝絶交遊與世疏。處變卿還用卿法，養高吾自愛吾廬。屏張前世無聲畫，架插今生未見書。水北山人偏解意，求分半席問樵漁。

冷落門牆絶似冰，夜窗風雨耿孤燈。采盆任我翻成雉，涴墨從渠點作蠅。休説文章秖小技，由來富貴總無能。依稀楊李無人憶，但憶瀼西杜少陵。

先生高寄此林泉，懶拙方知此樂全。足屐兩忘便不借，人琴俱隱付無絃。雲歸書帙留殘潤，日上香盤裊細煙。勘破世紛無一事，又拈枯筆續前編。

邑郭旅中

出獵將軍夜打圍，劍頭炊火割鮮肥。山林儘有逃生處，自是驚麏觸禍機。

春日言懷

睡覺東窗味正濃，鶯聲破曉入簾櫳。社前處處石泉水，春半時時花信風。交友如雲翻手散，浮生是夢轉頭空。癡兒不識愁滋味，笑詫花枝滿把紅。

立冬前後大雷電震者數日

雲如車轍低壓城，紅光閃電枉矢行。老龍偷出牛蹄泓，霹靂數聲驚窅冥。雨下如注翻四溟，黑風吹落魚鮪腥。蚯蚓奮角蛇怒鱗，穴居林處無潛形。小臣飛牋奏天庭，速收阿香加誅刑。夜闌景霽百怪停，炯炯北極環衆星。

巖峰寄洪復翁

巖峰孤尖來何雄，此地金紫山爲宗。西行百里無去處，突起峭壁高衡嵩。一支側走截水口，鱗甲閃閃卧玉龍。龍來苦渴噀澗水，光芒錯出千丈虹。試緣石磴步巉絶，圭笏琬琰來會同。山形如圭笏。天風回聲過絶頂，波濤洶洶生寒松。銀灣玉澗斷冰雪，飛雪六月聲崢琮。孤撑碧落望北極，世間無此奇絶峰。其下仙人昔蜕骨，玉棺往往留遺蹤。山下有復翁祖塋。昂頭欲語忽飛去，時有歸鶴來遼東。住持山人子洪子，枝葉遠出厓仙翁。妙年歷落出塵想，幽幽桂樹生芳叢。溪山佳勝屬彈壓，綺語異境争天工。心期不與俗子偶，移文招我來山中。劇談抵掌振林谷，妙趣脗合比鍾鏞。丈夫舒卷自常事，要令丘壑藏心胸。他年蓄久極必泄，膚寸油雲雨太空。

桐關大石

蓋天蒼蒼非虚空，高懸萬象驚愚蒙。仙人朝罷玉帝側，戲抛黄土留遺蹤。何年墮此作砥柱？千古屹立洪濤中。巨魚出没深不測，縛縫草長蒲花茸。淙淙細浪夜舂擊，水石鞺鞳鏗金鐘。我來載酒坐其上，扁舟南下編青篷。飲酣恍恍欲飛去，如踞猛虎騎遊龍。夜深酒醒山月落，一曲短笛横秋風。

春晚雜興二首

未妨行樂少年場，倚徙東風醉一觴。芳樹染成啼血豔，落花流出漲痕香。陰陰春色和天老，脈脈愁情共水長。坐閲流年能幾見，菱花應笑鬢邊霜。

花神〔衣補〕去青宫，紫陣紅圍一夜空。華髮龍鍾寒食酒，青蕪狼藉落花風。雨聲點滴春愁裏，世態侵尋客路中。我欲憑高寄蕭散，暫舒老眼數歸鴻。

田家雜興二首

樵路通村暗蒺藜，數椽茅葩護疏籬。陰陰清樾風生樹，拍拍蒼鵝水滿陂。記日旋鉏燒地栗，上時新繭落車絲。晚晴慚愧逢端午，醉卧黄昏自不知。

兩兩蒼髯笑杖藜，蒨裙兒女隔笆籬。斜陽鴉噪燒錢社，細雨牛眠放牧陂。酒熟十千沽玉瀣，麫香三十卷銀絲。客來偶及興亡事，説與衰翁也自知。

四時詞四首

陽和不解徧深宫，黯黯春愁竚立中。歲給買花藏篋笥，夕香拜月散簾櫳。鏤金巧勝匀如翦，縐縠中單薄似空。一曲紫簫吹徹後，薔薇幾度老春風。

披香簾卷幾斜暉，別殿承恩似覺稀。風藕影摇陰欲轉，露蟬聲徹暑猶微。肉痕淺印丹砂血，手跡新裁白紵衣。例賜扇紈長棄却，雙雙羞看綵鸞飛。

七夕閑登乞巧樓，屬車隱隱認宸遊。幾行宫樹女牆月，一闋庭花御苑秋。戲展紅牋圖蛺蝶，强拈綵綫候牽牛。轆轤聲斷屏山冷，一夜寒蛩替説愁。

手撚梅花暗斷魂，十年柘館未承恩。曾催奏曲臨妝閣，暫出行香到寢園。月照金鋪關永夜，雪浮銀礫耿黄昏。并州翦就釵梁燕，又逐年華作上元。

初夏雜興二首

肥梅貼暈麥摇芒，四月山居取次涼。古砌月鋪銅沓冒，寒松風撼鐵琅璫。兒孫猶有將軍臭，厮役空知太尉香。有客縱談當世事，薜蘿深處更移牀。

天氣如秋意轉闌，高樓簟枕帶餘寒。楝花零落魚初發，梅子青黄雨不乾。客怕遠行催早宿，農逢小熟勸加餐。近來悍吏經過少，更喜深山好長官。

九里路

去年九里路，烏攫人腸挂枯樹。今年九里溪，沙頭白骨高復低。人生變滅如泥土，久後猶傳姜萬户。翠眉紅頰誰家兒？夜赴軍前效首虜。將軍多愛恩意疏，分將吴口充苞苴。殷勤道與送行使，前日朝官多有書。唐人攻藩鎮，中朝官多以書托主將，求没官妻妾。

七夕織女歌

牛郎咫尺隔天河，鵲橋散後離恨多。今夕不知復何夕？遥看新月横金波。拋梭擲紝愁零亂，彩鳳飄飄度霄漢。重來指點昔遊處，香奩寶篋蟲絲滿。一年一度承君顔，相别相逢比夢間。舊愁未了新愁起，已見紅日銜青山。當初謾道仙家别，日遠月長不相接。不似人間夫與妻，百歲光陰長會合。

秋夜

露白初濡木，星虚漸集房。蛾飛争墮水，魚退急投梁。擣練隄防冷，收禾準備荒。只愁棗紅地，萬馬逐殘光。

早行

早起理歸裝，殘燈耿曙光。開門半山月，立馬一庭霜。鍾響知雲寺，波聲認石梁。修途留不住，去去出山莊。

寄何稼隱

欲出孤雲意已闌，東風吹夢落東安。燈前鄉國千山隔，窗外乾坤一面寬。放馬脱韁嘶曉岸，連檣牽索上晴灘。闌干倚遍空相憶，花落芳洲春半殘。

沃祥卿和前韻見寄再和答之

西轉東移客興闌，風枝驚鵲不曾安。孤吟愧我詩筒澀，百罰憐君酒令寬。西閣梅林迷雨浦，畫橋松韻接寒灘。相思一夜知何處？夢醒樓頭鐘欲殘。

過棠山徐墳欲招通甫不果晚憩景德觀以歸寄通甫

送春過棠峰，假步自登眺。行田走詰屈，攀磴上岓嵺。岡巒聳四圍，匡壁儼雙峭。野芳躑躅紅，林宿離黄叫。感彼松下人，脆甚風中燎。精靈散埃氛，骨肉閉窾竅。晝眠嗥狐狌，夜照飛熠燿。朗悟豁餘悲，清響發長嘯。思君客沃洲，對面隔蓬嶠。扣門乏因緣，更僕煩請召。流落俱異鄉，節奏本同調。風高鵠退飛，月落牛反噍。夷猶憩仙宫，酬答領道要。幽尋屋種梅，雜坐逕披藋。棋枰收半局，丹竈晝殘燒。心期迥獨詣，世誘浩難掉。詩興逼行雲，樹色留晚照。拾翠記前遊，舉白倒餘釂。桐尾隱寶匣，龍文掩魚鞘。何日聯華鑣，葭菼亂漁釣。

溪上

古木陰陰溪上村，隔溪呼喚隔溪膺。柳堤漁艇水雙港，山崦人家雲半層。早麥熟隨芹菜餉，晚茶香和樹芽蒸。自慚未得亢桑樂，癡坐寒窗似凍蠅。

田家

晌午鴉鴉響踏車，那邊叢薄有人家。老農歇熱藤陰下，一樹冬青落細花。

田家四事

耕

古人以農仕，仕卽爲公卿。未仕有常業，安得不躬耕。我耕常及時，破塊當初晴。墳壚土性異，勤怠人力并。泥塗淤手足，霧露沾裳纓。婦子挈午餉，勞苦寬我情。罷耕亟放牧，吾牛亦飢鳴。投耒重回首，深山空月明。

種

我生古揚州，田下異粱雍。山田種荒菜，水田種浮葑。地力肥瘦兼，農器有無共。及時撒新穀，搏黍遞幽哢。生意日夜長，移秧趁芒種。未嫌豚酒祝，自樂雞黍供。落日竹枝歌，猶是豳原頌。

耘

良苗已入土，田間水沄沄。昨夜苗根發，翳葉如煙雲。草生害我苗，匝月一再耘。是時人苦熱，出門天未昕。鬱蒸體流膏，爬捽手生皸。手荼擁根節，腰草驅蠅蚊。青青衿佩子，從事哀我勤。我勤自樂此，爾非沮溺羣。

穫

涼風入衣襟，斜日照墟落。我稼將登場，築杵聲橐橐。宵征備寇盜，日行呀鼠雀。腰鐮赴田間，是處竟秋穫。刈疾笑翁健，負重慚兒弱。山炊雜戎菽，野草配場藿。人生累衣食，計較一餉樂。已矣復何言，吾生老耕鑿。

木犀二首

下土花中第一流，移根自笑此生浮。獨依上界清虛府，滿貯青冥沆瀣秋。稜葉風翻低散亂，蒼皮蟲蝕老雕鎪。醉來逕向高寒處，自駕青鸞擁玉虬。

蒼蒼珠樹俯寒流，析木津頭戲拍浮。褐鳳搏風朝紫極，硯蟾滴露瀉清秋。返魂香倩羅裳貯，礙月枝憑玉斧鎪。夜景未闌清入骨，瀟瀟鱗甲卧癡虬。

感興　録八。

斑斑林中雉，雌雄伺朝暉。鼓翅飛不遠，山田麥苗肥。飲啄百步間，未暮相隨歸。當春哺羣雛，長大各自飛。宇宙豈不大，嗟爾爲生微。窮途守一轍，畢命芝與薇。

婉婉馬上女，兩頰瑩寒玉。弓彎敲鐙蹋，側立紛相逐。借問誰家兒？近出常山族。兒家昔鼎貴，煌煌什朱轂。父親守常山，忽值〔邊馬〕蹙。起義功不成，巢傾卵亦覆。妾身轉流落，歲久無錢贖。欲去無緣由，安得南飛鵠。

朱樓遠迢遞，繚以十里牆。浮雲隱華桷，夾路翳杉篁。山河未曾改，世事不可量。往者〔邊〕馬來，〔主〕(玉)人意蒼黃。半死半脱走，兒女不及將。朝爲綺羅叢，暮作瓦礫場。近傳有〔其〕妾，託身于襄陽。一男作酒保，相望居河梁。骨肉各分別，中源渺茫茫。浮榮何足羨，俯仰悲荒涼。

朝登北邙坂，暮抵樂遊原。燐火發復吐，髑髏夜呼寃。不見昔時主，但見陵與園。銀鳧已羽化，石馬猶草根。向來爭天子，一口吞乾坤。誰知百年後，不免遭樊温。寶玉頻發掘，朽骨無精魂。景昭去何處？芳草悲頹垣。縣官供衣食，當時多子孫。

月府有奇木，根榦飽清露。生香異凡間，銜風落天路。高枝舞青鸞，低枝弄霜兔。姮娥方妙年，衣采純純素。娉婷不肯嫁，含情待誰訴？昨與汗漫期，徑向銀河渡。授我不死藥，倚徙怨遲暮。卽席欲服食，終夕愁相誤。悠悠下高寒，回首空煙霧。

天陽居盛夏，生長無時休。熒惑欲何詣，渴奔極炎洲。老龍恐枯死，深潛閟陰幽。攢峰擁凝碧，玉鑑開寒眸。神靈護甿俗，盤盂置鰕鰍。雷公持玉斧，天女挾行輈。行雨豈不苦，鞭懶化癡牛。煌煌飛電光，上下窮其搜。嗟龍獨何避，自愧乏世求。變化付雛衆，畢命歸寒湫。

冀北渥洼種，墮地已汗血。深目老奚奴，日夜供翦刷。一朝混南朔，馳道三丈闊。道邊館候騎，歷歷抵燕越。吳兒富金錢，補買計家活。牽來中程度，火印死不滅。置之皁櫪中，時彼芻與秣。往來給官行，飛去如電抹。奔走皮骨空，不見淹歲月。區區鹽車中，莫笑駑馬劣。

萬山斗入處，百獸家其間。天寒橡栗富，朝食暮未還。不知鵲與盧，與之有何冤。霜晨飽以飯，獵夫亦加餐。昨日料蹄跡，銀灣水猶渾。解紲任所之，〔理〕氣升岡巒。忽然得遺臭，逐逐窮千山。歸途巖谷震，倒挂九節斑。渾舍喜欲舞，明朝急輸官。犬乎爾誠能，終然死霜菅。

夜坐苦蚊

萬物有常理，動息隨昏昕。區區蟲豸中，惡毒無如蚊。云是鬼母化，佛語非傳聞。喙尺利芒刺，腰圍隱花紋。飢尋飛翅輕，飽飲酡顏醺。搏噬以自肥，乘時鼓妖氛。潛伏草莽間，窺伺日向曛。須臾却四出，攢集窮崖垠。横空聚復散，如布鵝鸛軍。騰身飛猱捷，發喊迅雷殷。瞥然闖門户，來者何繽紛。不但入翠幕，偏工惱紅裙。端坐缺隄障，各各磨牙齦。血肉生咀嚼，斑駁瘃與皸。如塗辟宮血，丹砂服兼斤。紈扇不住手，摇動酸骨筋。或時中指麾，殷輪血朱纁。雖能殺一二，未足空其羣。有來效方略，薙草收蕕薰。延燒煽煙焰，殺氣凝陰雲。羅空罥鶚隼，搜野醢麏麇。醜類盡驅逐，暫息苗與獯。自從生盤古，元氣日磔分。有生潰亂出，甘苦更臭芬。而我墮世味，未能去羶葷。天陽爍六合，曼膚似遭焚。之蟲并搜攬，入夜無一傾。誰知有制伏，火攻策奇勳。當如運甓法，百匝不憚勤。事會靡終極，來者徵吾文。

食西瓜

恨無纖手削駝峰，醉嚼寒瓜一百筩。縷縷花衫粘唾碧，痕痕丹血掐膚紅。香浮笑語牙生水，涼入衣襟骨有風。從此安心師老圃，青門何處問窮通。

送吴友直過吴門省親

海闊天南不盡頭，雁來豈爲稻粱謀。飄零骨肉憐杯酒，老病形骸戀破裘。時有足疾。日暮片雲勞望眼，天寒孤櫂發行舟。十年冷落江鄉夢，願借西風過橘洲。

續感興 録八。

猛虎等百獸，天賦與長雄。曼胡利秋戟，隅目磨青銅。從知世路暗，羣行各西東。吼地一長嘯，颯颯來悲風。飢來待人肉，不數豹與熊。肥領而黑喙。不知是何蟲？坐卧不自防，穴爾皮毛中。爾虎雖云猛，一旦皮骨空。慎勿欺微細，卽且制神龍。

惡木生高岡，枝疏上指天。雨露非有私，蟠踞幾何年？蕘子寢其下，山鳥棲其巔。匠石過不睨，生理得自全。皮爲野火燒，根爲螻蟻穿。空中不足恃，一朝踣而顛。上有千歲藤，相依久纏緜。樹猶不足保，爾藤何足憐。

二女灑竹淚，盡是心中血。精誠著於物，千載猶不滅。當時從南巡，豈少稷與契。奈何比孤纍，匍匐陽城謁。皇英獨何人？風泉共幽咽。可憐女子心，慷慨男兒烈。湘水流不斷，誰道恩情絶？何時見歸來，續君遠離别。

老火久斂戍，蓐收令西方。塵沙隨白日，慘澹無晶光。故葉改顔色，過雁新著行。孤坐墜秋月，寒燈颭空房。悵然盛時節，開緘理衣裳。芙蓉久當采，浩蕩不可量。芬芳易消歇，歲暮安得長。毋爲守空死，萬代同山岡。

黄鵠浴海水，一舉陵紫埃。長風九萬里，正值天門開。不知食何食？雲路方徘徊。嗟我鴻雁侶，避寒聲悲哀。失身墮泥滓，腹背日摧頹。城東極惡少，挾彈巧相猜。稻粱未足溉，雲雨何時來？不希俯修翮，有分終蒿萊。

揚州舊服卉，木棉白茸茸。縷縷自餘年，紡績燈火中。織成一束素，上有浴海鴻。歲寒若可恃，淒淒凜霜風。昨夜縣帖下，頭綱出城東。殷勤赴官急，瘢瘡免殷紅。我寒那可忍，負此卒歲功。不知落誰手？輸入秦娥宫。

匣空龍得偶，厨封晝通神。可憐種瓜客，猶自標故秦。當時祖龍死，逐鹿灞水春。早飛將軍檄，晚分丞相茵。抵死心不閒，不顧芻狗陳。陶朱去越後，未肯休此身。猶聞載窈窕，千金散賤貧。何如白雲叟，自與青山鄰。十年一易世，眉目輒少嚬。悠悠華山裏，甘作騎驢人。

驚禽營顆粒，飛飛集丘隅。遊子困行役，十年落江湖。煌煌秦與洛，運轉天下樞。啓明曜東漢，萬足争奔趨。豈無爪距力，逐利如孫吴。得失昧前料，青雲閒泥塗。天命有厚薄，定分不可踰。歸來北山下，俯仰收桑榆。

過深浦羅給事隱舊居

給事三父子，著籍古池陽。販夫偶奇貴，未暮來錢塘。維時漢運衰，紫宸厭天狼。長鯨沸河洛，幅裂萬里疆。惟子曉大義，白筆摇風霜。願提十萬旅，巢穴傾朱梁。青雲不假翼，無路凌高翔。其事竟無成，青史垂芬芳。中原轉莽莽，一垤争侯王。登高抉浮雲，極目慘八荒。遐想同心人，過君橋梓鄉。徘徊扣牧子，遺跡悲荒涼。區區夏蟲知，知我於詩長。豈知用心處，流落不忘唐。我欲傳高士，置君後柴桑。含情苦摇蕩，佇立滄洲傍。

遊渌渚

朝遊伍胥渡，暮投杜主祠。緑蕪高犢背，紅雨瘦花枝。夾道鳴腰鼓，輕舟颭綵旗。蹇驢寒服客，未許看腰肢。

曉行

百年長擾擾，無地寄浮蹤。客醉傷春酒，人行送曙鐘。煙霏啼謝豹，星斗壓盧龍。笑共孤雲去，歸投江上峰。

苦熱

六月紅雲不肯移，清心自合勝炎曦。雲根斷蘂移松骨，石罅分泉插木皮。未用冰蠶來海嶠，坐看凍蟻走蛾眉。人間寒暑相催迫，待寄東溪萬縷絲。

雜興

衰草含煙木葉黄，空城摇落客思鄉。雁高孤月臨空塞，魚退殘星過曲梁。醉眼昏花迷野馬，帖書戲草掣風檣。閒來更試絲綸手，新釣江鱸一尺長。

晚眺

依稀風景小羌材，不欠東屯稻菽園。阿魏擣香風送響，雕胡擘玉水開痕。招邀紫翠山當座，標撥紅黄菊上盆。世上去來俱是客，隨風吹送夢歸魂。

秋晚雜興六首

烏桕數家村，漁樵自作鄰。舊墳前日發，富室近來貧。古道狐成怪，深山鬼作人。茫茫塵世事，無處問蒼旻。

天涯誰道遠？嶺海接并幽。馬帶交河種，人穿真臘裘。梅花南國夢，苜蓿故宫秋。安得方仙道，飄飄訪十洲。

地占繁雄郡，人奔財賦疆。北僧泥佛相，南客賈胡裝。打穀拳毛馬，彈箏跕躧娼。西風愁世路，無路立蒼茫。

青溪溪上路，書劍此棲遲。涼月穿衣褐，寒波照鬢絲。古桐傳賀若，横玉犯龜兹。不爲傷秋老，孤吟自可悲。

蟲壁話秋闌，西齋日已寒。階鳴辭故葉，水擊跕飛翰。路接千峰樹，潮通百丈灘。葛仙無處覓，我欲看燒丹。

蕭索已秋色，空濛欲暮天。平蕪荒樹外，疎柳斷橋邊。山暝殘雲合，波停碎月圓。凍前森萬境，忽忽暗彫年。

和府尹虚谷先生和徐子英韻并寄徐子英

袖手闌干獨倚樓，暫舒倦眼對滄洲。雲山勸我閑方住，聲利縈人懶即休。後世豈無青史筆，浮生那欠赤泉侯。巖幽得似銅駝陌，粟飯藜羹却易求。

夜坐

風葉夜蕭騷，寒燈照寂寥。冷泉和月汲，殘葉帶霜燒。半白吟髭茁，餘紅醉臉潮。舊來樵牧地，小隱不須招。

勿軒先生熊鉌

鉌字位辛，初名禾，字去非，勿軒其號也，又號退齋。世居建陽之鼇峰。志求濂洛之學，訪朱子之門人輔氏而從遊焉。宋度宗咸淳十年，登進士第，授寧武州司户參軍。宋亡，遂隱不仕。創雲谷書院，四方來學者，翕然歸之。元仁宗皇慶元年卒，年六十。所著有《四書標題》、《易經講義》、《詩選正宗》、《小學句解》等書傳于世。裔孫澍家藏遺稿，僅存十一。族孫孟秉類次成帙，釐爲八卷。明成化初，六世孫斌刻之。先生之論詩曰：「靈均之騷，靖節、子美之詩，痛憤憂切，皆自其肺肝流出，故可傳也。不然，雖嘔心冥思，極其雕鎪，泯泯何益。」先生言此，蓋已得詩之本原矣。

泊舟野望

樹色連雲色，春歸物更妍。落紅飄近岸，新緑漲平川。野鶴窺漁笱，沙鷗避客船。斜陽江上立，搔首意茫然。

聞崇安縣學立碑

出山未逾月，輒復入山去。平生武夷志，兹遊適真遇。誅茅儻可遂，豈但山水趣。扶摇欣夙心，躊躇動長慮。恭惟文公學，倡道匪虚語。向微剖析功，斯人遂聾瞽。齋居一原歎？此歎無人寤。晚年制作心，門人未輕許。真實浸泬寥，枝葉謾誇詡。漂淪未百年，竊據立門户。吾黨固有懲，斯道自今古。扶偏須忠臣，邪説可無距。同志此來遊，與言激余素。禮樂愧河汾，與唐竟誰予？大隱堂前水，滔滔自東注。同薄萬古心，無言對天柱。

上致用院李同知論海舶

易經致民用，肇自羲農先。耒耜既生聚，市易還懋遷。公私不交病，本末無倒懸。古人致主術，稱物靡有偏。厥初禹作貢，不但中邦田。四海自錫貢，不憚來遠邊。碣石來冀右，海岱青徐連。東南竝淮揚，亦自江海沿。夫豈寶遠物，有道歸陶甄。成周制國用，半在周官編。虞衡與商賈，胡不末利捐。艱難開國心，什一猶欲蠲。衰益固有道，公功格皇天。後儒不知學，説理多虚玄。生財昧大道，民命日益朘。管商一作俑，蠹弊貽千年。漁鹽尚抑末，奈何誘開阡。懷清一以築，煢獨堪哀憐。封君擅半賦，公私重熬煎。寒機凍女手，汗粒赬農肩。織衣不上體，舂粟不下咽。傷哉力田家，欲説涕淚漣。何如棄之去，逐末利百千。矧此賈舶人，入海如登仙。遠窮象齒徼，深入驪珠淵。大貝與南琛，一作金。錯落萬斛船。取之人不傷，用之我何愆。奈何昧輕重，屑屑窮算鞭。錙銖較鷺股，漏網魚吞船。安得體國臣，爲天掘璣璇。上資國脈壽，下拯民瘼瘨。朝夕禹貢志，菲食甘胝胼。九載不入門，千古孰與賢。更想公旦心，待旦尤乾乾。世俗吝與驕，曾不絲毫牽。所以泰和治，常在虞周前。此道久已亡，利欲充培埏。豈曰治不及，曾是心無傳。明公中州傑，自是天分全。問學甚充厚，願力還精堅。博物功不勞，無欲心湛然。維此一樞軸，實秉大化旋。如天有北斗，物物歸璣璿。帝念南海民，風化舊所宜。皇皇風霜節，炳炳奎璧躔。纖微亦何浼，闔散有大權。利用六府修，制用九府圜。古人不可作，得意皆蹄筌。誰哉識治本？理此大化絃。三代事寂寞，念之中心悁。書生武夷客，偶此來海堧。使者採風謠，詩歌寓惓惓。

遊武夷山

我來武夷山，遠意超千古。嘗疑混沌開，疏鑿未經禹。峽山猶古梁，洪濤莽回互。行舟留大壑，嘗集餘斷樹。垠崖波濤痕，隱隱皆可覩。陶然上古民，要服固深阻。秦威何桓桓，薄海猶廣土。六合皆湧沸，一枝豈寧處。嘗言十三君，隱隱避秦侶。一日厭塵寰，泠然遂高舉。上山娛賓雲，下山滿豺虎。神仙何渺茫？虹橋想虛語。桃源亦其類，好事自誇詡。風氣日已開，蛇斷出真主。遂令閩山陬，盡入職方宇。漢志名始彰，祠堂用魚脯。流傳世代久，琳宫粲衣羽。至今此名山，號爲神仙府。恭惟我遯翁，辭闢厥功溥。于焉卜精廬，溪山九曲五。圖書盡在是，斯地儼鄒魯。我以負笈生，來茲有年數。自慚仁智心，未覩高深趣。斯遊亦何意？會心覬真遇。侃侃平生友，惠然肯來顧。攜手敦夙好，抗志企遐慕。招我山中遊，兹遊適予素。巍巍大隱屏，屹屹天一柱。前瞻晚對亭，考槃固其所。何當同心人，相與薙榛莽。長松期歲寒，修竹倚日暮。我自愛此山，躊躇不忍去。

題東坡詩集後

東坡真天人，再拜當斂衽。千古岷峨英，浩氣發耿耿。用世固磊落，作詩更雄騁。熙寧化宜更，當國惜已甚。胡爲叫怒呶，使我毛髮懍。九天忠臣心，欲發不暇忍。雪堂何從容，人事得盡屏。江山拓胸次，風月動佳興。我觀此時詩，下語已清永。晚喫惠州飯，晨夕對蔬筍。和陶數十篇，習氣脱略盡。岷江幾百阻，到海渺萬頃。公詩蓋三變，每變輒近正。少年縱橫習，豈意造此境。偶於玄寂中，佳處得深省。學道便爲真，此語吾敢信。文固氣所充，要在以理勝。洋洋大雅音，千載歎寥泯。言詩抑小技，所入宜重慎。我詩難示人，持此聊自警。

春雨

春來一月雨，米斗錢三千。江空盡絶市，竈冷廚無煙。我從莆城來，四望良淒然。濱海皆食淡，邏卒相尋梃。纍纍起夫役，蔗局供熬煎。玉食寧幾何？千百俱並緣。祇今二月節，何暇及種田。使臣詢民瘼，當務固有先。近倉有陳粟，庶解朝夕懸。州縣價一平，鄉閭自然寬。欲言事何限？何當息民肩。

平江舟中不寐

遠水蕭蕭荻葦風，月明雲外叫孤鴻。丹楓擁被疏篷底，夢斷山深野寺鐘。

江邊客舍

輕寒無賴入征裘，野水閒雲總是愁。極目遠山横靄外，數聲鳴櫓過蘋洲。

客舍雨

青煙著雨傍樓橫，展轉虛窗夢不成。客裏清愁無可奈，卧聽簷溜瀉秋聲。

越州道中

野田秋溜正潺潺，新翠喬林繞舍環。淡日凝煙横别浦，斜風吹雨過前山。柴扉初放牛羊出，漁艇方攜蟹蛤還。自笑平生愛遊覽，天教長在水雲間。

客裏書事

西風涼信入虛簷，絺綌微單已戒嚴。鄉夢不隨秋夜永，客愁偏向雨聲添。清高鳴雁低雲海，漂泊流螢傍竹簾。搔首寒燈樓舍悄，行藏自曉不須占。

擣衣曲

北望悠悠音信少，空房念遠心常早。流螢熠熠夜稍清，塞雁嗈嗈寒已到。細絲清水練方新，在椸半溼日中明。隔籬翁媪寐不熟，月落尚聞砧杵聲。將軍錦帳環歌舞，百戰尚遲歸寸土。老農肩米肉成瘡，思婦裁衣淚如雨。

武夷訪友

五月涼巾陟翠微，竹枝香露溼人衣。雲行老樹青猿過，雪落長溪白鷺飛。仙逕好花愁急雨，高亭芳草怨斜暉。我來只欲平林去，細扣先生玉版扉。

陳處士深

深字子微，平江人。宋亡，棄舉子業，閉門著書。天曆間，或以能書薦之，潛匿不出。所居曰「寧極齋」，别號清全，有詩一卷，及《讀易編》、《讀詩編》、《讀春秋編》等書。鄭元祐志其子叔方墓，稱與子微爲僚壻，而子微長三十餘年。高談遺經，亹亹不倦，爲一時耆宿云。

姑蘇臺晚眺分韻得高字

殘陽古城曲，岌岌荒臺高。不知何年創？尚爾結構牢。青山擁危堞，白水環空壕。美哉此山谿，慘澹悲雄豪。當時一戰霸，意氣何矜驕？蛾眉坐傾國，忠魄隨怒潮。空餘故宫苑，寒雀飛野蒿。佳辰晤良友，清眺舒煩勞。夕風振叢薄，鴻雁中天號。永懷五湖客，一舸凌雲濤。浩歌滄浪詞，願言從遊遨。

送釋存遊苕川兼懷子昂學士

吴興山水邦，杳靄雲氣萃。岡巒抱縈回，溪流瀉清駛。超遥煙中客，縹緲雲際寺。振錫赴幽尋，攬袂接遐契。是時秋正中，曠朗天宇霽。明月射神珠，光彩難自閟。漁歌和遺音，茶經詑幽事。欲從煙䑸遊，苦爲塵鞅繫。緬懷金坡英，歸來雲壑媚。采采白蘋花，因風爲遥寄。

曹叔時見過索餞篇

泄雲蒙朝日，微雨霑庭除。幽人掩關卧，門外無來車。曹子别經歲，枉道過我廬。謂余抱文藝，胡爲守鄉閭。余曰匪高尚，褊性涉世疏。上奉白髪親，餘暇讀我書。豈如叔時甫，妙年美名譽。詞華爛絺繡，問學滋新畬。奉子一卮酒，聊爲譚斯須。威鳳翔高閣，逸驥騰雲衢。及時樹遠業，臨事毋踟躕。

内人臂白鸚鵡圖

華清宫中歌既醉，南海奇禽遠争致。玉環最愛雪衣娘，當時曾得龍顔媚。璚房雕檻春日長，繡棚嬌兒在傍戲。君王憐汝解語言，懷恩不説宫中祕。臨風鷙鳥何軒軒，歎惜純良遭猛厲！苕翁寫出當時事，側立紅衫内人臂。江花滿地不忍看，空拂畫圖憐俊慧。

書駿馬圖

王良伯樂骨已朽，曹霸丹青亦希有。開圖欻見神駿姿，對酒高歌雄劍吼。秖今騏驥困鹽車，落日長鳴漫昂首。嗤嗤俗眼迷天機，相士嫌貧馬嫌瘦。

南遊

驅車登遠道，白日忽西流。宇宙驚新夢，山河感舊遊。雲迷江令宅，月澹庾公樓。已已知何奈？長歌去國愁。

寄友

海内皆兄弟，情深莫若君。那知經亂後，翻作久離羣。皎皎雲中月，悠悠巖上雲。相思不可見，清夢遶江濆。

登陽山妙淨院

野寺雖牢落，山僧亦自如。幽棲鄰虎穴，靈跡近龍居。地勝軒楹古，天寒草木疏。憑高望城郭，把酒一欷歔。

江上

放跡清江上，悲歌惜歲窮。孰能回白日，我欲問蒼穹。天地遺民老，山河霸業空。清愁無著處，卷入酒杯中。

答霜晴詩二首

旭日照蕭晨，凄清不受塵。冷光明似雪，冬暖勝如春。紅葉輝相照，黄花色愈新。南窗差可愛，曝背豁天真。

朝暾上高樹，霧卷海天遥。勁氣乘寒凝，嚴威見日銷。鐘清出遠寺，馬滑恐危橋。稍逼南枝暖，疏花破寂寥。

次韻陸承之寒夜有懷

壯志寥寥在，流年冉冉催。寒燈和夢照，暗雨挾愁來。白雪詞難和，青山首重回。夜闌渾不寐，慨想陸機才。

送耕存大參使日本

陸賈初馳詔，終軍已請纓。上方專委任，南國誦威名。挂席鵬風順，敲舷蜯月明。陽侯應拱護，不遣海濤驚。

悼亡

短日一何急，殘宵不肯明。霜寒那有夢，月落重傷情。璧凍琴絲斷，風驚燭淚盈。微言憶王衍，達理悟莊生。

曉望吴城有感

嗚嗚寒角動城頭，吹起千年故國愁。才見專諸操匕首，旋聞西子載扁舟。霜寒古寺鐘聲早，月落南園樹影秋。一笑浮華易盈歇，白雲長在水長流。

送劉梅溪遊句曲

華髮蕭蕭兩鬢秋，醉眠花竹舊風流。天心橋畔行將老，劉居吴天心橋。地肺山中隱去休。半嶺白雲容可玩，一菴明月尚空留。劉有故菴山中。西風趣赴方臺約，巖下遥看二老遊。句曲有四平山，亦名方臺。劉故人吕江蟾，號四平翁。

次韻子封承之遊桃花塢

閶門行樂送韶華，閒訪城陰野老家。黄蝶得晴飛菜葉，翠禽隔浦啄桃花。衡門倒屣臨官路，古渡横舟閣淺沙。亦有詩人時一到，醉吟行盡夕陽斜。

雪後遊石湖

衆峰戴雪玉崔嵬，風定湖光鏡面開。山色可堪西子笑，溪聲曾送粤兵來。天寒野水摇孤艇，日落浮圖對古臺。回首風塵翳城闕，愁來誰伴倒清罍。

湯梅山爲道士歸吴還山賦一詩以餞

三年猶向孤山住，應爲梅花滯水濱。滄海鶴歸空有語，荒城草長又逢春。芝田火暖丹砂熟，松嶠花香白釀新。安得與君俱隱去，煙蘿深處著閒身。

舟行邂逅周西園出示回文詩就次韻

遊遨適興隨幽境，笑語相逢忽並船。流急濺袍飛帶雨，岸回迷草暗浮煙。樓高近水涵飛鳥，樹密藏雲咽恨鵑。愁破已空尊酒緑，醉吟同眺晚晴天。

題秋塘圖

水落秋菰老，夕寒煙樹微。絶憐雙白鷺，飛去似知幾。

題畫扇騎驢踏雪

雪没驢腰白，行行詩興催。不因太清絶，那肯犯寒來。

題扇上畫

古木排山立，幽窗傍水開。直疑林處士，獨櫂小舟回。

小園即事

淡黄楊柳著煙輕，細草茸茸襯屐行。行到水邊心會處，夕陽一樹杏花明。

南湖史君製暗香湯奇甚賦絶句求之

霧閣雲窗深閉春，微聞玉杵擣清聲。玄霜秖許雲英見，地上詩人渴夢生。時侍姬新至，故戲及之。

和南湖史君煙景墨梅圖時聞有惠州新除。

依約羅浮翠嶺前，美人玉立破蒼煙。畫圖未許分明見，一夜春風入夢先。

題唐圉人調馬圖

飛龍天廄隘雲稠，一匹驕馳掣電流。櫪下髯奴真厮養，眼中元不識驊騮。

賦桂山其人善琴書大字。

小山桂樹碧雲西，三疊琴心月未低。曲罷便乘蒼鳳去，廣寒瓊榜要新題。

濟南趙君成南使羈留三紀得還其猶子録其遺事求詩爲賦一絶

三十六回秋月明，年年望斷雁南征。蘇郎皓首還鄉去，愧殺當時李少卿。

慎獨叟陳植

植字叔方，深之子也。克繼父業，有孝行，屢辟召不起，善畫工詩，自號慎獨癡叟。卒于至正二十二年。有遺稿若干首，明祝希哲手抄，并附鄭元祐所撰墓志于後。

送趙生

玄雷峰如畫，別來勞夢思。江鄉爲客久，歲晚到家遲。夜暖梅花發，冬深草亦衰。紅塵染衣袂，莫使白雲知。

緑水曲

緑水西閶道，送君江上行。盆城應不住，五老笑相迎。

龍興寺 次唐綦母潛韻。

先朝黃葉寺，老屋白雲扉。燈續長明火，僧猶壞色衣。馱經馬迹遠，念佛鳥聲微。唯有閒閒叟，坐看紅日飛。

次友仁泊舟虎丘獨步

西丘雨過落花村，決決溪塘水漲渾。樓閣日斜唯影立，轆轤泉滴尚聲喧。無言蒼石空橫道，傲世青山不出門。獨往忽驚春已去，題詩猶記刻舟痕。

題畫

風裏征帆驢上人，前程路遠又斜曛。不知有客紅塵表，閒看青山起白雲。

袁山長易

易字通甫，平江長洲人。丰姿秀朗，不求仕進。部使者將薦之于朝，謝不可。行中書省署徽州路石洞書院山長，罷歸。所居吳淞具區之間，築堂曰「靜春」，聚書萬卷，手自校定。堂之外，蒲、荷、松、菊、梅、竹之屬，繚繞其間。左江右湖，禽魚翔泳。或風止雨收，挾小舟以筆牀、茶竈，古玩器自隨，扣舷高歌，望而知爲世外人也。所著《靜春堂詩集》四卷。郡人龔璛子敬、郭麟孫祥卿、湯彌昌師言爲之序。一時名士如楊仲弘、鮮于伯幾、黄晉卿輩，皆有所論次。趙魏公作《卧雪圖》貽通甫，稱通甫、子敬、祥卿爲吳中三君子云。兵火後，刻集散失，而諸公手書尚存。明正統中，吳文恪公訥題其卷尾曰：「元世祖初克江南，畸人逸士，浮沉里閈間，多以詩酒玩世。元貞、大德以後，稍出居儒黌，以淑後進。若靜春與子敬、師言是也。」通甫子泰、孫永福，皆以能詩名。嘉靖間，南尚書洪愈，通甫九世孫也。

遊蘇子美滄浪故園

吳穹積長陰，寒日光炯碎。虛徐少城隅，物色入遐睇。蘇侯故臺沼，蕪没今誰記？依依故址存，慘慘回飈厲。谷傳魑魅嘯，地失神靈衛。伊人百夫特，文采傾當世。立朝罹罔羅，抱影投荒裔。阜淹天馬逸，羇困秋鷹鷙。空餘意氣雄，摩盪山岳鋭。生存且飄泊，身後何嗟異。下泉雖冥冥，精爽不可閟。孤城千載歸，秋風九皋唳。

登開元寺閣觀浮海石佛

招提控城闉，飛閣峙千尺。白日轉棼楣，朱霞覆檐隙。升高覽萬象，目眩潛動魄。天驚泱漭懸，地覺虚無闢。閣中兩金象，奇姿斲山石。當年浮巨海，波氾來中國。未聞積水厚，能負萬鈞力。簪俗昧玄津，至人示靈蹟。區區拯世心，於道詎無益。危坐睨隋唐，浩劫一朝夕。檻前飛鳥逝，户外流水疾。九衢冠蓋場，浮埃浩如積。車馬何時閒？丹梯展良覿。

胡西軒道院竹石

靈石起微雲，高篁嘯飛雨。解襟散幽寂，清心見琳宇。道人方燕坐，碧鮮照巾屦。客來但對面，莊視不得語。如觀温伯雪，目擊破千慮。清風何方來，泠然入窗户。羣籟起虚谷，衆妙會靈府。飄飄紫鳳鳴，蕭瑟驪虬舞。伊予墮塵網，憧憧困馳鶩。神棲方外久，夢繞雲卧屦。永願繼壺公，終當效巢父。

送潘鶴臞歸侍母

冉冉虞淵月，回光照我衣。蕭蕭大隄馬，送客長鳴晰。窮冬霜雪繁，陟岡行旅稀。子何意浩蕩，歸心如奮飛。王粲故鄉志，江淹南浦悲。丈夫各有適，聚散焉可期。子有白頭親，天寒守重闈。蠨蛸懸牖户，知子行當歸。舉觴慈顔和，升軒福履綏。士生食萬鍾，高堂色養違。何如衡門下，菽水歡逶迤。羨子敦懿義，家聲良不虧。閒居富詞藻，札翰時相貽。

贈禽衍陸生

徵士士龍之子孫，天馬爲胸氣深厚。逸才致遠誰能羈？少年氣已干牛斗。爾來狼狽一緼袍，豪蕩肯居狐貉後。文豹深藏霧雨濛，潛蛟終作風雷吼。相羊廛市昔傾蓋，執雉定交歡握手。燕坐談天試相語，擊蛇掉尾還應首。衆人乃欲擴其踰，無異醯雞喧甕缶。獬冠蟬弁戲推許，鼠目麞頭慚老醜。嗟予退處搮如蚓，分與窮猿擅林藪。蟲飛蝠伏各有時，萬物行藏信非偶。文章藻繪亦安用，畫虎不成徒類狗。寧爲牧豬隱蒲博，雖非待兔聊株守。豻袖無堪厠朝列，鹿門正可安農畝。君不見千秋麟閣誚獮猴，烏用丹青傳不朽。

過長安堰

霜落天清木葉零，我非王事亦宵征。三更燈火魚龍動，千里星河雁鶩鳴。大舶低昂銜尾進，扁舟來往一身輕。抱關恐有高人隱，野客低頭愧送迎。

送湯師言番江書院山長

風土迢迢吴芮邑，送君還憶舊羈棲。芝山擁郭蒼龍卧，番水粘雲白雁低。遠道故應勞夢想，一官那得限東西。野花芳草江南路，千里秋風入馬蹄。

杭州道中書懷四首

涉世恒多故，謀身轉益迂。馬周聊逆旅，阮籍豈窮途。鷺宿依船尾，楓彫落酒壺。遠行憀慄意，對此不能無。

白霧籠舟楫，青山失畫圖。往來迷咫尺，收斂忽斯須。野曠連飛鶻，江清映浴鳬。還將明媚色，且復慰征途。

堤柳欹招纜，汀花笑入舟。高歌鳬鵠起，闊視水雲流。牢落江淹恨，飄零庾信愁。都將付尊酒，短髮得禁秋。

憂患看飄瓦，浮沈任轉蓬。題詩霜葉赤，對酒燭花紅。嵇阮情何曠，陶韋意未窮。前賢負高興，不必萬人同。

重午客中二首

往恨湘纍遠，他鄉楚俗同。流傳存弔祭，汨没見英雄。竹葉於人緑，榴花此日紅。未須嗟旅泊，吾道豈終窮。

湖上冥冥雨，和愁細似塵。翠嵐沾玉塵，清潤逼綸巾。他日看濃抹，玆晨傚淺顰。遂諳山水意，有爲苦留人。

令節殊方客，虛樓暮雨時。何心吟鑄鏡，予髮欲成絲。昌歜誰浮玉，芳醪且滿巵。今朝羈旅思，更用獨醒爲。

寄吴中諸友六首

錢德鈞

風雨蕭齋裏，雞鳴夜向晨。簡編心力盡，燈火鬢毛新。餘地知游刃，何人解斲輪。煩君毋割席，漂轉暫埃塵。

蕭子中

並馬春風陌，高歌夜雨牀。遨遊前夢失，漂泊此身忙。緑酒西湖色，冰肌六月涼。難招鸎似戟，來對玉成行。

湯師言

卓行拘常調，微官更數移。君懷同棄屣，吾道歎如絲。濩落才高世，飛騰命與時。晚成梁棟器，剩破十年遲。

唐希賢

枉策招尋密，高談謔浪俱。他鄉懷楚奏，何日攬桓鬚。白月垂文綀，青天落酒壺。看君話心事，餘子盡崎嶇。

趙明仲

共話巴山雨，曾題華步秋。儒官雖寂寞，公子是風流。即擬同吴詠，焉知效楚囚。江南新作賦，寄爾恐添愁。

馮景説

之子華簪裔，簞瓢衹晏如。爲郎應駐輦，延客愧無車。早託襟期合，能容禮法疏。一燈何日共？料理讀殘書。右十三詩，命意閒遠，下語清麗，可謂不流于俗矣。然少加精密，杜少陵、黄山谷不難到也。困學民漁陽鮮于樞題其後而還之。大德辛丑冬至前一日。

首夏村居雜興二首

穿逕幽篁破嫩苔，遶池漲緑潑新醅。黧黄梢蝶驚還起，翠碧窺魚去復來。

緑樹荆扉晚更幽，鱸魚菰菜近堪求。故人有興能尋我，但覓吴淞欲盡頭。

八月一日雨後賦兼寄城中諸友

今我不樂思出遊，宿酒昏昏仍懶惰。安得涼颸破煩鬱，竹頭搶地桐陰妥。紈扇那能脱腕揮，紗巾不覺酣眠墮。誰喚飛雲起天末？政用此時持贈我。渴龍掉尾下飲江，列缺爲右豐隆左。蜿蜒初若彌六合，變滅忽復成么麽。長空收曀浄千頃，落日著山縣米笴。白衣蒼狗覓虚無，孤鶩斷霞明細瑣。人生萬事風雨散，苦欲控摶無一可。嗟予學道良已晚，閲世忘憂今亦頗。西疇䆉稏碧參差，南埭芙蓉紅婀娜。聊尋清景日追逐，况復川原秋淡沱。故人城郭尚留連，何時共鼓吴淞柁？

正月十六日與德鈞子敬翼之洎兒子震遊東季博山園賦詩

我愛山園好，芳堂隱薜蘿。野雲棲不去，風葉掃還多。暫憩忘城郭，長謡詠澗阿。不嫌頻啓鑰，重過意如何？

湖上卽事多懷月心之辭

浙東山色渡江青，眼底新詩向此成。天盡雲低看鶻落，日斜風細待潮生。

送罷東風身是客，午窗半對紫玫瑰。家山枕上分明見，何處濃香唤夢回？

題扇

飛燕驚鴻擬未真，飄飄直欲似行雲。入舟山色羞眉黛，隔岸榴花避舞裙。

白海青 并序。

尚方有賜江浙省臣白海青者，杭州人士美以歌詩。徵余同賦。

渺渺東溟刷羽翰，乍隨天馬萬人觀。孤飛雪點青雲破，一擊秋生玉宇寬。賜予豈將追雁鶩，驅除直欲辨梟鸞。江南明月難同色，夢想瑶階白露溥。

春日雪中

蕭齋聽寒雨，出户霰已集。飛霙點砌銷，緑苔稍沾溼。紛紛漸填委，勢若包原隰。冥觀陰陽妙，欲張故先歙。定知陳荄下，已有春風入。

與師言客錢唐凡三月餘師言歸後作詩奉寄

燈花猶記别時紅，爲報君歸我亦東。豈意黄塵迷瘦馬，尚淹青眼送飛鴻。羣山積雪清相射，千樹寒梅望欲空。何遜揚州才思減，試煩妙語唤春風。

春雨漫興三首

日日春陰衹欲眠，强尋南陌復東阡。猶殘碧樹花多少，莫惜金尊酒十千。象管烏絲題往事，玉簫錦瑟負華年。愁來衹對西山坐，卷起踈簾翠接天。

江上平蕪望欲迷，江邊密雨細如絲。冥冥白晝飛花急，漠漠青林度鳥遲。春事又當三月暮，人生那得百年期。誰能苦惜纏頭錦？唤取嬌嬈舞《柘枝》。

積雨厭厭愁斷腸，暫晴猶得見春陽。頻來幽鳥當窗語，半落閒花度水香。彩筆彫零詩漫興，金杯摇蕩酒生光。悠悠心緒渾抛却，付與遊絲共短長。

和師言窮居即事韻二首

城郭煙花裏屋廬，蕭然誰識范萊蕪。借居種竹憐君達，築室移山笑我愚。坐久眼看烏几綻，醉來頭向墨池濡。壯心縱復都銷盡，未害狂歌擊唾壺。來詩有「壯心觸事漸消磨」之句。

雨聲連夕亂鳴簷，野色今朝稍入簾。綠樹成圍黄鳥度，青天欲盡白波粘。熊經懶戲愁危坐，鵲語無憑喜漫占。若話浮名身外事，畫蛇無足不須添。

題畫黄葵

憶昔戎葵花下飲，金杯春灩綠鬟欹。秖今花似金杯側，獨對西風詠折枝。

因公事留驛中遂登姑蘇臺晚望

古驛西風起，中含水國秋。官閑公館静，鳥下吏人休。移簟微涼入，登臺晚興留。亂蟬當檻急，衆木抱城稠。天迥搏蒼鶻，山横走翠虬。虚無疑地盡，突兀并雲浮。絶景嗟才窘，微吟怯語遒。煙霏生變態，鷗鷺傲冥搜。初月清如溼，殘霞散不收。似乘牛渚舫，若在武昌樓。娃館今荒草，吴宫秖廢丘。按圖非舊跡，訪古莫深愁。蘋浦漁歌斷，楓根鬼唱幽。掠簷聞鶴警，照席數螢流。止舍慚昭子，投亭愧褚裒。疏頑能稍稍，漂轉付悠悠。兹宇閲人久，伊誰似我儔？途窮翻一笑，鬢短耐千憂。世故從飄瓦，浮生等置郵。三更星斗落，萬事入搔頭。

秋夜懷友二首

平生故舊誰知我？潦倒襟期子略同。縱酒祇判千日醉，讀書少忍十年窮。歲華晚晚欺霜鬢，物色淒涼入井桐。未用相看歎摇落，古來江漢有秋風。

屋角闌干北斗垂，誰家長笛夜深吹？月流河漢天機急，秋到山川木葉知。老去潘生聊漫賦，向來宋玉不勝悲。四時代謝渾閑事，有底窮愁入兩眉？

戲調月心

扣門載酒可容來，懷抱相看得好開。祇恐彭宣驚女樂，後堂絲竹一時回。

陳仲淵別室

琴中流水瀾翻落，畫裏秋山雜沓開。更欲移牀傍修竹，卧看飢鶴啄莓苔。

郊居寓目隨事輒題四首

雨洗萬象出，暄和風日新。鷗聲春命侣，山色暮迎人。

絶江捕寒魚，赤鯶巨莫逃。鰷鱨翻有神，騰出如銀刀。

把酒清江上，扁舟送夕暉。行雲杯裏度，白鳥鏡中飛。

決決堰根水，跳珠終日鳴。班荆坐忘返，中有激湍聲。

袁教授泰

泰字仲長，通甫次子。以文學世其家，爲郡學教授，别號寓齋。義烏王子克爲之記。

次壽道韻二首

桃花夾岸護溪莊，白髮漁翁久坐忘。過客此時停短棹，道人終日閉虚堂。雨沾弱柳垂垂緑，風動新篁隱隱香。茗鼎忽聆烹蟹眼，車聲真用繞羊腸。

煙際輕篷帶雨推，水邊疏牖趁風開。朋儕政可班荆坐，船舫時能載酒來。委地花枝徒蘸冶，近人鷗鳥不驚猜。翳然林木幽棲意，慚愧愁腸日九回。

再次壽道韻二首

浩浩波聲激壯懷，油油水色緑于苔。乘流好御長風去，得意還期夜月來。醫國恨無三折臂，虧功難累九層臺。年登未免啼飢苦，火燎車薪水一杯。

青青杞菊遍江莊，隱者盤餐意不忘。蓑笠尚留垂釣石，茅茨重覆讀書堂。坐深村落成幽賞，行入禪扃有妙香。回首城門車馬跡，不堪塵事熱中腸。

玉井峯樵尹廷高

廷高，字仲明，别號六峯，遂昌人。其父竹坡，當宋季以能詩稱。仲明遭亂轉徙，宋亡二十年，始歸故鄉。嘗掌教于永嘉，秩滿至京，謝病歸。所著有《玉井樵唱正續稿》。自題其卷首云：「先君登癸丑奉常第，宦游湖海，作詩凡千餘首。丙子，家燬于寇，遺編散落，無一存者。僅憶《秋日寄僧》一聯曰：『白蘋影蘸無痕水，黄菊香催未了詩。』先業無傳，雅道幾廢，不肖孤之罪也。」觀此，則仲明詩學，有自來矣。

江鄉夜興

極浦霜清雁打圍，漁燈明滅水煙微。天寒想是鱸魚少，犬吠空江船夜歸。

宫怨

绿衣無分惹天香，滴碎春愁玉漏長。日上海棠眠未醒，夢隨蝴蝶出宫牆。

客中秋社

社日傷心在客中，淒然涕淚落秋風。故鄉田土荒蕪盡，枉向他州説歲豐。

翁村思歸

一年歸計久蹉跎，落盡梨花春不多。昨夜翠微深處宿，月明無奈子規何。

庚子營又青舊業二首

二十年前此戰場，隔溪野燐尚凄涼。兒童生長他山久，却把家鄉作客鄉。

燕子重尋舊主人，呢喃語别幾經春。足問紅縷猶無恙，巷口斜陽記不真。

秋夜旅懷

夢繞家山舊菊叢，芭蕉葉葉又秋風。閒愁一夜深如海，只在空階雨滴中。

北關買舟

北關門外柳青青，閒寄江南第一程。别酒未闌山鳥唱，短篷撑夢過臨平。

館娃宫

金繡鴛鴦緑錦裀，水精簾底淨無塵。君王醉枕香紅軟，人隔重江正卧薪。

揚州后土祠瓊花

無雙亭下萬人看，欲覓殘英一片難。夜静月明猿鶴唳，誤翻玉雪墮闌干。

燕山寒

地穴玲瓏石炭紅，土牀蘆簟覺春融。一窗明月江南夢，恍在重簾暖閣中。

泊舟淮陽

孤舟夜泊倚皇城，天際歸心促曉程。二十四橋霜月冷，卧聽鐘鼓送人行。

北歸渡揚子

狠石年深已緑苔，金焦千古畫圖開。浪花半角殘陽裏，曾見乾坤百戰來。

臘月海棠

尤物真能奪化工，臘前偷泄數枝紅。霜花不上臙脂面，強飾春妍嫁北風。

楓塘别業

白雲缺處露簷牙，鷄犬相聞僅數家。幽鳥不啼林寂寂，滿山黄霧落松花。

客中思歸

孤燈寒照影，清夜自沈吟。砧杵他鄉淚，松楸故國心。路長歸夢短，酒淺客愁深。了却江湖債，攜書隱竹林。

奕山值寇讀杜詩有感

杜曲衣冠盡，羣兒轉陸梁。疏林巢燕雀，空谷鬬豺狼。衣溼彭衙雨，砧敲楚岸霜。年荒難自給，拾橡當餱糧。

八詠樓　婺州。

披褐便歸休，登臨底用愁。樓空偏愛月，山瘦不勝秋。二水城根合，孤雲天際浮。倚闌千古意，鴻影去悠悠。

壬午秋自翁村回奕山

竟別桑乾水，歸并却似家。春風故巢燕，夜雨廢池蛙。石徑曾栽菊，磚爐舊煮茶。自憐萍梗迹，何日定生涯？

別友

風雨江橋別，淒然欲斷魂。亂離難作客，患難易爲恩。回首人千里，論心酒一尊。寄梅有良便，好認白雲村。

耕雲卽事

閉門貧亦樂，世態任炎涼。夢穩疑宵短，心閑覺晝長。與鷗分釣石，留鶴伴丹房。休笑生涯薄，疏籬橘柚黄。

山居

青山深處隱，時事不須聞。門閉千峯雨，樓吞萬壑雲。種花籬密護，接竹水遥分。羞作千人態，甘心鹿與羣。

翁村翠流閣

四圍山翠合，縹緲見危樓。地狹星辰少，雲深水石幽。溪聲晴亦雨，松影夏如秋。寄語游方者，桃源豈外求。

古杭秋日

成毁乾坤老，炎涼歲月忙。冥鴻既〔寥〕（廖）廓，煙鷺亦滄浪。江寺秋雲白，宫牆夕照黄。憑闌無限意，一笑越山蒼。

長蘆舟中夜坐

故國五千里，孤帆四十程。客懷偏浩蕩，鄉夢不分明。萬折河流曲，三更斗柄横。不眠方宴坐，野寺又鐘聲。

山中冬日寄緑坡

畏寒終日閉柴門，世事炎涼總不聞。老鶴踏翻松頂雪，亂猿啼裂隴頭雲。強呼竹葉閒澆悶，吟對梅花正憶君。何日相過茅屋下，夜燒黄葉坐論文。

桐江舟中

又摇柔櫓下嚴灘，一片離情強自寛。鴉噪暮雲天寂寂，雁歸極浦水漫漫。敲篷雪霰和愁碎，拍枕江聲入夢寒。今夜客帆何處宿？亂山青外是長安。

臨汀書懷

閒盡黄花秋又深，不堪清夜聽寒砧。燈前遠信和愁寫，枕上新詩帶夢吟。霜月一汀隨瘦影，關山千里動歸心。青鞋布襪雲間寺，何日鷗盟得再尋。

錢塘懷古二首

黄旗紫蓋竟悠悠，石鏡塵昏王氣休。江上怒濤空拍岸，海門孤障自横秋。琵琶曉月青娥淚，禾黍西風墨客愁。寄語湖山半閒老，當時肉食爲渠羞。

鐵鎖沈江事已非，枉將陽九咎天時。皇王運會無停息，南北山河幾合離。吴越英雄春夢斷，張韓勳業暮雲悲。凄涼一掬興亡淚，隱隱遥聲哭子規。

會稽古陵

彩雲散去老松衰，刼换灰餘世已非。地冷玉魚猶未朽，海深金雁亦能飛。五陵王氣有時盡，萬里中原無日歸。牧豎亡羊千古恨，九疑山下一沾衣。

庚辰故里再燬于寇流落信安僧舍風雨凄凉

羇愁野寺雨凄然，又是西風落葉天。疏雨半簷澆客恨，白雲一榻對僧眠。孤吟天地知何益，隻影江湖祇自憐。喚醒十年鄉國夢，空山古木亂鳴蟬。

思鄉二首

游子春深思故鄉，愁聞杜宇哭斜陽。世情巇嶮多溪壑，客鬢蕭疏易雪霜。百里荒凉少雞犬，十年奔走避豺狼。何時安坐無行役，一篆銅爐清晝長。

轉目桑田又海波，一襟豪氣半消磨。故園春老蒼苔長，客路秋深黄葉多。獨有吟懷未摇落，却愁歸計易蹉跎。種桃何處尋生理，烏帽青鞋隱薜蘿。

過故里感懷

松菊荒凉二十年，衣冠散盡只空村。燒明斷壍山雲暝，鬼哭寒蕪巷月昏。水涸蛟龍移窟宅，草深狐兔長兒孫。誰消一夜崑崙雨，洗淨千峯見緑痕。

寄汀州伍明夫貢元

鬢髮遥知各已蒼，側身南望正淒涼。山河遥隔三千里，雲樹相思二十霜。目斷塞鴻傷契闊，夢隨遼鶴弔興亡。世間何處無明月，偏向吾廬照屋梁。

憫忠閣

鴨緑江頭往事空，燕丹墓側幾秋風。乾坤戰骨何曾朽，蒼海餘哀未有窮。黑誌可能忘小國，赤心聊復慰孤忠。悠悠遺恨人千古，回首金甌夕照中。

寄劉千里

一道藜光照座寒，東風吹入五雲班。何時又渡桑乾水，他日無忘飯顆山。揮翰風流三島客，種花消息數年間。開尊莫負湖山約，握手朱樓緑樹灣。

三巖瀑布

天然石室踞雲根，上有飛泉勢若奔。千尺素簾寒不卷，一潭碧玉碎無痕。風飄餘溼沾香案，月漏疏光射洞門。我欲捫蘿登絶頂，桃花流水細窮源。

平遠亭　松陽竹溪。

野水漫漫接白雲，凭闌轉覺興撩人。一川芳草青無際，數點遥峯淡不真。煙樹夕陽開畫軸，風帆沙鳥伴吟身。箇中儘有閒田地，何必桃源更問津。

雙溪道中值風雨

竹輿咿軋嶺嶇崎，三宿纔方出翠微。遠水帶煙争晚色，西風挾雨作寒威。緑莎路繞黄泥坂，烏柏林藏白板扉。屈指重陽歸又近，樽前兒女笑牽衣。

江心寺

潮落潮生卒未休，依然雙嶼鎮中流。斗杓横截江城北，殿脚長隨雪浪浮。龍起太虚雲護塔，僧歸薄暮月隨舟。翠華夢斷鈞天遠，翰墨空軒竹樹秋。

登浮江寺松風閣

巋然傑閣倚松崗，縱使無風也自涼。四面闌干金碧界，萬家城郭水雲鄉。清江疊嶂迷空闊，白鳥蒼煙墮渺茫。風景不殊君記否？吴山頂上看錢塘。

山居晚興

高住青峯不計層，閉門危坐絶交朋。竹聲欲斷微聞雨，村色初昏遠見燈。宿鳥並枝閒寂寂，歸雲度壑慢騰騰。鄰翁笑我生涯拙，紙帳梅花絶類僧。

銀嶺書懷 并序。

大德乙巳端陽，將男祖憲、祖惠遠游。出門風雨大作，四日始度銀嶺，泥滑不可言。偶誦「銀嶺遥遥馬戍高」之句，蓋古野人語也。足而成章。祖憲，仲明長子也。亦能詩，仲明嘗得句云「水影倒栖松頂鶴」，竟不能偶。祖憲以「谷聲遥苔嶺頭猿」爲對。因足成篇云。

泥滑滑，泥滑滑，竹鷄雨聲相間發。銀嶺遥遥馬戍高，行行白盡征夫髮。征夫髮白白如絲，樹本欲寧風撓之。壯士心腸類鐵石，别離肯作兒女悲。終南嵩華在何許？我欲登高一懷古。會逐羣仙駕紫鸞，咳唾九天落香露。

車中作古樂府

車歷轆，車歷轆，驢牛逐逐雙轉轂。可憐喘汗更鞭朴，行到深更鞭轉速。老夫平生苦暈眩，兩手扶頭身蹙縮。停車少憩日又出，束栝營炊道傍屋。牛疲馬跛筋力絶，世上利名心未足。前車未去後車續，車歷轆，車歷轆，老夫柳下眠正熟。鈴丁當，鈴丁當，大車小車擺作行。問渠捆載有何物？云是官滿非經商。蟠螭金函五色毯，鈿螺椅子象牙牀。美人嬌嬌如海棠，面簾半染塵土黄。迎門軟脚鬧親舊，提擎酪甕刲肥羊。人生富貴歸故鄉，鈴丁當，鈴丁當，老夫北行書滿箱。

永嘉書所見

此邦幸小稔，竊祿似有緣。出門見流民，令我心惻然。十十復五五，乞食相後先。有男方呱呱，中道甘棄捐。誰無父母心？其勢難兩全。況遭疫癘苦，十病無一痊。死者相枕藉，活者難久延。彼哉萬錢箸，所厭皆肥鮮。餓骨半王孫，汝食能下咽。嗟嗟吾赤子，斯食寄之天。似聞齊魯郊，斗粟價十千。

巢燕行

巢中雌燕斃，衆雛待哺。雄疲于奔役，忽棄去。越宿，別偶一雌以歸，對語梁間，愛飼加至。未幾，乘雄之出也，盡擠其雛，乃自育卵。予見其事，因紀之。

烏衣失偶成孤飛，巢中黄口争告飢。茫茫天地憐隻影，擇配忽復來其雌。居梁對語相慰勞，衆雛須有更生期。誰知微物有機穽，呴呴相哺成相欺。擠排轉眼施毒螫，愛惜乃各私其私。一朝育卵重所出，父兮獨不哀伯奇。親疏恩義有厚薄，肝膽楚越將奚爲！履霜之操亦尚矣，之二蟲者曾何知。

雨中度揚子江見海怪出没

吳頭楚尾天一隅，長江浩渺雲模糊。中流風急浪花湧，船頭黄帽驚相呼。蜿蜒海怪互出没，踴躍與我爲先驅。神閒意定若無見，自信膽氣由來粗。江神唯識詩客意，故爾獻狀聊相娱。岸旁青帘酒可沽，拔劍割炙傾玉壺。與君痛飲留斯須，此意此意不可孤。山川慘淡百戰餘，古今變態難盡摹，且書雨裏金焦圖。

盧溝曉月

闌干滉漾晨霜薄，馬度石橋人未覺。滔滔流水去無聲，月輪正挂天西角。千村萬落荒雞鳴，大車小車相間行。停鞭立盡楊柳影，孤鴻滅没青山横。

薊門飛雨

清風夾道槐陰舞，誰信青天來白雨？馬上郎君走似飛，樹下行人猶蟻聚。須臾雲散青天開，依然九陌飛黄埃。乃知造化等兒戲，一日變態能千回。

悲故鄉集杜詩句二首

戰哭多新鬼，江山雲霧昏。餘生如過鳥，故里但空村。蜂蠆終懷毒，狐狸不足論。銷魂避鋒鏑，作客信乾坤。

遭亂髮盡白，憑軒涕泗流。望鄉應未已，疾惡信如讎。歲月亦已久，干戈不肯休。何時滅豺虎？高枕對南樓。

蕭國寶

國寶，字君玉，别號輝山，山陰人。以鄉舉官吴江，遂家焉。有《輝山存稿》若干首。其嗣子英所編，東魯孔濤爲之序。稱其握瑜懷璞，韞而不沽，發而爲詩，皆有補於世道。近世浙右，以詩名者稱張、鄧、仇、白。余皆獲從之游，獨以不及一識君玉爲恨。時至順辛未歲也。明崇禎間，十五世孫雲程重訂。僅存二十餘首。

閒居

開扉對東皋，逸興覺偏豪。積雨苔痕合，殘陽樹影高。獨醒無酒債，多病爲詩勞。學得安貧法，悠然讀楚騷。

秋思

閒看浮雲白，臨風清且涼。煙林含紫翠，霜菊閒青黄。遠浦沈孤鶩，荒郊宿野航。心空隨地静，木石自相忘。

餞張大使游淮

竟夕相歡無俗賓，悲歌彈劍壯青鱗。一篷夜雨家山夢，千里春風淮海身。纜解河橋楊柳密，酒沽村店杏花新。此行早獻安南策，露布争傳奪虎巾。

春日

東風竟日掩柴關，讀罷離騷新火煙。一簪落紅春掃地，半篙新緑水連天。夢魂枕上驚蝴蝶，鄉思燈前怯杜鵑。祇爲儒冠空白髮，幾將心事賦歸鞭。

晚興

翻盡殘書已落暉，樵歌引我出柴扉。江横露氣吞漁艇，風挾秋聲動羽衣。沙草荒涼黄犢卧，渚花蕭瑟白鷗飛。斷雲數片無拘束，滿目青山入翠微。

九日風雨

無端風雨路漫漫，合作重陽一日寒。酒帶儒酸休怪吏，花含客淚欲辭官。蛩聲强聒江城晚，雁影横沈塔水寬。閒就竹牀成一夢，小兒偷爲整頹冠。

次韻寄梵天方丈古巖

方將飛錫思忽忽，竟夕蒲團月影重。剖破菊籬花雨散，心歸蓮社色身空。棲禪石煖雲生衲，載酒船香雪滿篷。簡盡殘經無字悟，覺來幡動不關風。

山居詠

殘紅零落鳥無言，結竹爲籬夢不喧。雨漬短垣茸草色，水涵空石露蒲根。風摇碎影春將盡，煙裹深林月欲昏。冷硯久荒時一洗，墨香狼藉引魚吞。

夜過吴江

西風颯颯一帆輕，路入松陵夜正清。市户殘燈臨水影，漁村短笛隔雲聲。丹楓葉落霜初肅，白葦花開月倍明。我有元龍豪氣在，四橋波浪不須驚。

冬夜

虚室寒侵骨，疏梅月影牀。三更孤雁淚，悲怨不成行。

贈寂堂和尚

冷雲和衲定，悟到覺身輕。地静人偏勝，山空水亦靈。

題畫

半山蒼靄銷招提，托宿僧寮路欲迷。惟有曉鐘遮不斷，數聲吹落小橋西。

元詩選乙集目録

元詩選乙集

耶律中書令楚材

楚材，字晉卿，遼東丹王突欲八世孫，金尚書右丞履之子也。生三歲而孤，比長，博極羣書。旁通天文、地理、術數及釋老、醫卜之説。下筆爲文，如宿構者。貞祐初，辟左右司員外郎。元太祖定燕都，聞其名召見，處之左右，呼爲吾圖撒合里而不名。吾圖撒合里者，猶言長髯人也。太宗朝，拜中書令，先後歷事三十餘年，薨于位。至順元年，贈經國議制寅亮佐運功臣太師上柱國，追封廣寧王，謚文正。所著《湛然居士集》十四卷，萬松野老行秀爲之序曰：「湛然居士年二十有七，受顯訣于萬松，盡棄宿學，冒寒暑無晝夜者三年，以至扈從西征六萬餘里，歷艱險，困行役，而志不少沮。跨崑崙，瞰瀚海，而志不加大。客問其故，曰：『汪洋法海，涵養之力也。』又嘗慨然曰：『惟屏山、閑閑可照吾心耳！』片言隻字，皆出于萬化之原，而膚淺未臻其奥者，方索諸聲偶鍛鍊之餘。正如撿指蒙學對句之牧豎，望涯于少陵詩史者矣。」平水王鄰曰：「中書湛然有天然之才，如寶鑑無塵，寒冰絶翳。」按元裕之《中州集》載右相文獻公詩。又稱趙閑閑爲吾道主盟，李屏山爲中州豪傑。知晉卿學問淵源有自來矣。旁通詣極，而要以儒者爲歸。故當經營創制之初，馳驅絶域，宜若無暇于文。而雄篇秀句，散落人間，爲一代詞臣倡始，非偶然也。

和黄華老人題獻陵吴氏成趣園詩

雪溪詞翰輝星斗，紙盡塵蒙詩一首。湛然揮墨試續貂，囁嚅使人難出口。丁年彭澤解官去，遨遊三徑真三友。悠然把菊見南山，暢飲東籬醉重九。獻陵吴氏治荒園，成趣爲名良可取。養高不肯事王侯，閒卧林泉了衰朽。今年扈從過秦川，可憐尚有蕭條柳。歸計甘輸吴子先，麗詞已後黄華手。知音誰聽斷絃琴，臨風痛想紗巾酒。嗟乎世路聲利人，不知曾憶淵明否？

和平陽王仲祥韻

一聖揚天兵，萬國皆來臣。治道尚玄默，政簡民風純。明明我嗣君，寬詔出絲綸。洪恩浹四海，聖訓宜書紳。逆取乃順守，皇威輔深仁。貪饕致天罰，長吏求良循。河表背盟約，羽檄飛邊塵。聖駕親徂征，將安億兆人。湛然陪扈從，書劍猶隨身。翠華次平水，草木咸生春。冰雪相照映，珠玉如横陳。詩筆居獨步，唐都一逸民。聖政罔二三，裁物惟平均。綜名必核實，求儒務求真。經術勿疏廢，筆硯當可親。佇待寰宇清，圜丘祀天神。選舉再開闢，仲祥當超倫。一旦騰達時，獻策宜詵詵。

和李世榮韻

聖主題華旦，熊羆百萬强。兵行從紀律，敵潰自奔忙。百谷朝滄海，羣陰畏太陽。黎民歡仰德，萬國喜觀光。堯舜規模遠，蕭曹籌策長。巍然周禮樂，盛矣漢文章。神武威兼德，徽猷柔濟剛。自甘頭戴白，誤受詔批黃。我道將興啟，吾儕有激昂。厚顏懸相印，否德忝朝綱。佐主難及聖，爲臣每願良。翠華來北闕，黄鉞討南疆。明德傳雙葉，寬仁洽萬方。九服無不軌，四海願來王。兵革雖開創，詩書何可忘。洪恩浮曉露，嚴令肅秋霜。符應千齡運，功垂萬世昌。緜緜延國祚，燁燁受天祥。多士咸登用，羣生無敗戕。此行將告老，松菊未全荒。

和移剌繼先韻

澤民我愧無術略，且著詩鴻慰離索。詩書滿載升金山，絃歌不輟踰松漠。世上元無真是非，安知今是而非昨。連城美玉涅不緇，百鍊真金光愈爍。已悟真如匪去來，自然胸次絶憂樂。斷夢還同世事空，浮雲恰似人情薄。尚記吾山舊隱居，松風蕭瑟松花落。枕流漱石輕軒車，吟煙嘯月甘藜藿。春山寂寂春溪深，蕭條庭户堪羅雀。而今不得安疏懶，自笑絛籠困鵾鶚。勉力龍庭上萬言，男兒志不忘溝壑。

和薛伯通韻

滴滴秋光溢遠山，穹廬寥落酒瓶乾。一作「一天空闊雁聲乾」。詩章平淡思居易，禪理縱横憶道安。不忿西風霜葉脱，難禁秋雨菊花殘。閭山舊隱天涯遠，夢裡思歸夢亦難。

和南質張學士敏之見贈

桃源劉，鳳樓蕭，鐫冰斲玉哦通宵。珠璣錯落照蘭室，龍蛇偃蹇蟠霜綃。和我新詩使予起，却得瓊瑰酬木李。邊城十載絶知音，琴斷七絃鶴亦死。而今得識君姿容，胸中鬱結涣然空。詩壇君可據上位，筆力我甘居下風。筆陣文場寬且綽，馳騁看君能矍鑠。學海波瀾千頃陂，厭飫經書爛該博。幾時把手瀟湘邊，生涯自有壺中天。嗚榔一笑舟浮蓮，滄波萬里凝蒼煙。

和冀先生韻　并序

東垣士大夫以《興王聖德》詩見寄，用酬雅意。

運出三爻兊，以太一推之而得。龍飛九五乾。要荒歸化育，豪哲入陶甄。有幸恩涵海，無私德應天。偏師收百越，一鼓下三川。天子能身正，元戎不自賢。重光道同軌，累聖德相聯。策決九重内，功歸萬乘權。羣雄哀稽顙，多士喜摩肩。輔弼規左右，丞疑贊後前。開夷逾漢武，平叛跨周宣。冠蓋通窮域，車書過古埏。覽機雲母障，受諫翠華軿。欵塞諸蠻洞，來朝百濟船。降王趨陛闕，強虜列氓編。淨掃妖氛孽，潛消烽火煙。詞臣遊館閣，幽隱起林泉。堯舜文明盛，商姬禮樂全。九成合古奏，二雅詠新篇。世卜千百世，年斯億萬年。宗親成蔕固，國祚等瓜綿。聖政興人頌，天威萬古傳。勉旃封禪事，不用策安邊。

題西菴所藏佛牙

殷勤敬禮辟支牙，緣在西菴居士家。午夜飛光驚曉月，六時騰焰燦朝霞。一番頂帶因初結，七轉生天果不差。庸士執方猶未信，防風安得骨專車。

和移剌繼先韻

舊山盟約已愆期，一夢十年盡覺非。瀚海路難人去少，天山雪重雁飛稀。漸驚白髮寧辭老，未濟蒼生曷敢歸。去國遲遲情幾許，倚樓空望白雲飛。

陰山

八月陰山雪滿沙，清光凝目眩生花。插天絕壁噴晴月，擎海層巒吸翠霞。松檜叢中疏畎畝，藤蘿深處有人家。橫空千里雄西域，江左名山不足誇。

過陰山和人韻

陰山千里橫東西，秋聲浩浩鳴秋溪。猿猱鴻鵠不能過，天兵百萬馳霜蹄。萬頃松風落松子，鬱鬱蒼蒼映流水。天丁何事誇神威，天台羅浮移到此。雲霞掩翳山重重，峰巒突兀何雄雄。古來天險阻西域，人煙不與中原通。細路縈紆斜復直，山角摩天不盈尺。溪風蕭蕭溪水寒，花落空山人影寂。四十八橋橫雁行，勝游奇觀真非常。臨高俯視千萬仞，令人凜凜生恐惶。百里鏡湖山頂上，旦暮雲煙浮氣象。

山南山北多幽絶，幾派飛泉練千丈。大河西注波無窮，千溪萬壑皆會同。君成綺語壯奇誕，造物縮手神無功。山高四更纔吐月，八月山峰半埋雪。遥思山外屯邊兵，西風冷徹征衣鐵。

再用前韻

河源之邊鳥鼠西，陰山千里號千溪。倚雲天險不易過，驌驦蹋蹬追風蹄。簽記長安五陵子，馬似游龍車如水。天王赫怒山無神，一夜雄師飛過此。盤雲細路松成行，出天入井實異常。王尊疾驅九折坂，此來一顧應哀惶。崢嶸突出峰峭直，山頂連天纔咫尺。楓林霜葉聲蕭騷，一雁横空秋色寂。西望月窟九譯重，嗟呼自古無英雄。出關未盈十萬里，荒陬不得車書通。天兵飲馬西河上，欲使西戎獻馴象。旌旗蔽空塵漲天，壯士如虹氣千丈。秦皇漢武稱兵窮，拍手一笑兒戲同。塹山陵海匪難事，剪斯羣醜何無功。騷人羞對陰山月，壯歲星星髮如雪。穹廬展轉清不眠，霜匣閑殺錕鋙鐵。

用前韻送王君玉西征

湛然送客河中西，西域城名也。乘輿何妨過虎溪。清茶佳果餞行路，遠勝濁酒烹駝蹄。結交須結真君子，君子之交淡如水。一從西域識君侯，傾蓋交歡忘彼此。當年君卧東山重，守雌默默元知雄。五車書史豈勞力，六韜三略無不通。詩詠珠璣無價直，青囊更有琴三尺。奉命西來典重兵，不得茅齋樂真寂。魚麗大陣兵成行，行師布置非尋常。先生應詔入西域，一軍駭異皆驚惶。武皇習戰昆明上，欲討昆明致犀象。吾皇兵過海西邊，氣壓炎劉千萬丈。先生一展才略窮，百蠻冠帶文軌同。威德洋洋震天下，大功不宰方爲功。隱居自有東山月，風拂松花落香雪。退身參到未生前，方信秤鎚元是鐵。

過濟源和香山居士韻

覃懷勝遊地，濟瀆垂名久。忽見樂天吟，笑我輸先手。麗詞金玉振，老筆風雷走。乘興試續貂，啓我談天口。平湖湧泉注，清淙瑩無垢。憑檻瞰漣漪，風髯塵抖擻。龍孫十萬竿，蓊翳濃陰厚。沁水濟源東，天壇王屋右。秀色已可餐，何須杜康酒。步步總堪詩，佳篇如素有。賡酬淡相對，獨有龍岡叟。亭上幾徘徊，斜陽西入酉。晚年歸意切，對此空沈首。何日遂初心？營居碧林後。一作「翠林」。

和裴子法見寄

人生都幾何？半被功名役。一旦燕山破，西行過千驛。顛沛不違仁，先難而後獲。鵷雛捐腐鼠，烏鳶其勿嚇。邕從出天山，從容游大石。琴書澹相對，尚未忘丘索。前歲入關中，戈甲充商虢。明詔典蘭省，自愧承深責。秦隴成劫灰，京索空陳迹。長河尚濁流，南山自濃碧。把酒酹青天，興亡弔今昔。長安非衣君，壯年學問積。天上玉麒麟，英才可珍惜。詩魂素月高，飲量滄海窄。清談咳珠玉，便腹笥經籍。服君百韻詩，謝子萬言策。易道已變屯，世爻當應革。淮陰正虛襟，左車宜籌畫。須要蓮峰手，乾坤再開闢。昂藏綠野翁，真我龍門客。

用李德恒韻寄景賢

牢落十年扈御營，瑶琴忘盡水仙聲。酷思詩酒閒中樂，見説干戈夢裏驚。林下因緣千古重，人間富貴一錢輕。此身未退心先退，獨有龍岡識我情。

思友人

落日蕭蕭萬馬聲，東南回首暮雲横。金朋蘭友音書絶，玉軫朱絃塵土生。十里春風别野店，五年秋色到邊城。雲山不礙歸飛夢，夜夜隨風到玉京。

寄平陽淨名院潤老

昔年平水便相尋，握手臨風話素心。刻燭賦成無字句，按徽彈徹没絃琴。風來遠渡晚潮急，雨過寒塘秋水深。此樂莫教兒輩覺，又成公案滿叢林。

外道李浩和景賢霏字韻予再和呈景賢

塵緣劃斷已忘機，布鼓徒敲和者稀。中隱强陪人事過，禪心不與世情違。昔年勳業真堪笑，舊日家山懶欲歸。我愛北天真境界，乾坤一色雪花霏。

過天山周敬之席上和人韻

憩馬居延酒半醺，寂寥寒館變春温。未能鵬翼騰溟海，不得鴻音過雁門。千里雲煙青塚暗，一天風雪黑山昏。天涯幸遇知音士，子細論文共一樽。

王屋道中

勝克河中號令齊，神兵入自太行西。昏昏煙鎖天壇暗，漠漠雲埋王屋低。風軟却教冰泛水，一作「冰解水」。寒輕還使雪成泥。行吟想像覃懷景，多少梅花坼玉溪。

用萬松老人韻寄鄭景賢四首

破船無滲漏，流水不能沈。霧鎖青山秀，花藏古徑深。白雲陪野興，晴月洗煩襟。絶後重甦息，飛花枯木林。

隱隱三星出，依依片月沈。鶴飛遼海闊，猿嘯楚山深。柳色雲沾袖，蘆花雪滿襟。普天秋意露，一葉墜梧林。

箇事不容針，迷徒自陸沈。西天三步遠，東海一杯深。涼月盛玄鉢，輕雲剪素襟。曹溪無一滴，波浪沸禪林。

漁家何足好，乘興一鉤沈。路僻蒼苔滑，舟横古渡深。小晴掀蒻笠，微雨整蓑襟。夢斷知何處？寒潮没晚林。

和移剌子春見寄

邂逅沙城識子初，天山風雪醉吟餘。文章光焰君堪羨，節操儀刑我不如。麴蘖鄉中前進士，集有詩云：「老去惟耽麴蘖春。」故有是句。風波堆裏老中書。他年歸去無相棄，同到閭山舊隱居。

寄景賢二首

龍岡漆水兩交歡，縱意琴書做老閒。未得一言安海内，已輸三箭定天山。肯容詩思妨心慧，豈使聲塵礙耳還。信手拈來無不是，清風明月有何慳。

人間聚散妄悲歡，何似林泉遯世閒。十載殘軀遊瀚海，積年歸夢遶閭山。先人舊隱居也。空嵓猿鶴招予往，滿駕琴書伴我還。多謝龍岡憐老隱，新詩酬酢路無慳。

和景賢

天下奇才鄭使君，清名不使世人聞。五車書笥獨窮理，三峽詞源迥出羣。未得開懷重話舊，常思抵足共論文。自從一識龍岡老，餘子紛紛不足云。

過東勝用先君文獻公韻

依然千里舊山河，事改時移隨變磨。巢許家風烏可少，蕭曹勳業未爲多。可傷陵變須耕海，不待棋終已爛柯。翻手榮枯成底事，不如歸去入無何。

過夏國新安縣 時丁亥九月望也。

昔年今日渡松關，西域陰山有松關。車馬崎嶇行路難。瀚海潮噴千浪白，一作千里雪。天山風吼萬林丹。氣當霜降十分爽，月比中秋一倍寒。回首三秋如一夢，夢中不覺到新安。

過青塚用先君文獻公韻

漢室空成一土丘，至今仍未雪前羞。一作「可惜冰姿瘞古丘，佳人猶自夢中羞。」不禁出塞涉沙磧，最恨臨軒辭冕旒。幽怨半和青塚月，閒雲常鎖黑河秋。滔滔天塹東流水，不盡明妃萬古愁。

過雲川和劉正叔韻

西域風塵汗漫游，十年辜負舊漁舟。曾觀八陣雲奔速，親見三川席卷收。煙鎖居延蘇子恨，雲埋青塚漢家羞。深思籬下西風醉，誰羨班超萬里侯。

過雲中和張伯堅韻

一掃氐羌破吐渾，羣雄悉入北朝吞。自憐西域十年客，誰識東丹八葉孫。射虎將軍皆建節，飛龍天子未更元。我慚才略非良器，封禪書成不敢言。

過白登和李正之韻

十年淪落困邊城，今日龍鍾返帝京。運拙不須求富貴，時危何處取功名！騰驤誰識孫陽驥，俊逸深思支遁鷹。客裡逢君贈佳句，知音相見眼偏明。

過武川贈僕散令人

班姬流落到而今，聞道翻身入道林。歌扇舞裙忘舊業，藥鑪經卷半新吟。閒眠白晝三杯醉，靜對青松一曲琴。更看他年棲隱處，蓬山樓閣五雲深。

過燕京和陳秀玉韻三首

回首親朋半土丘，嗟予十稔浪西遊。半生兵革慵開眼，一紙功名暗點頭。下士笑予謀計拙，至人知我謂心憂。再行不憚風沙惡，鶴跡雲蹤任去留。

狐死曾聞尚首丘，悲予去國十年遊。崑崙碧聳日落處，渤海西傾天盡頭。君子云亡真我恨，斯文將喪是吾憂。尚期晚節回天意，隱忍龍庭且強留。

餘生不得樂林丘，猶憶丁年選勝遊。幾帙殘編聊映眼，一張衲被且蒙頭。貔貅已報西門役，柱石猶懷東顧憂。自料荒疏成棄物，菟裘歸計乞封留。

還燕京題披雲樓和諸士大夫韻

閒上披雲第一重，離離禾黍漢家宮。窗開青瑣招晴色，簾捲銀鉤揖曉風。好夢安排詩句裏，閒愁分付酒杯中。静思二十年間事，聚散悲歡一夢同。

謝飛卿飯再用韻紀西遊事

河中西域尋思干城，西遼目爲河中府。花木蔽春山，爛賞東風縱寶鞍。留得晚瓜過臘半，藏來秋果到春殘。親嘗芭欖寧論價，自釀蒲萄不納官。常歎不才還有幸，滯留遐域得佳餐。

再用韻贈摶霄 以摶霄戒肉罷鷹犬，故以是詩美之。

凜凜風神白玉山，罷遊鷹犬退金鞍。瑶琴高掛么絃絶，犧易頻翻斷簡殘。息念如僧還有髮，忘形見客似無官。伽陀誦罷鑪薰冷，一鉢疏羹當曉餐。

再用韻

雲山叠叠復雲山，瘦馬蘆鞭矮面鞍。瀚海去程千驛遠，揚州歸夢五更殘。塵緣淡處應忘世，逸興濃時好解官。二頃良田何必覓，春山笋蕨亦供餐。

和摶霄韻代水陸疏文七首

資生無畏濟人深，便見能仁六度心。塵世捐財矜苦厄，寒林灑飯拔幽沈。既臨巨海鉤神物，試叩洪鐘伺好音。今日湛然攀舊例，珠纓休惜掛〔祇〕（秪）林。

新朝威德感人深，渴望雲霓四海心。東夏再降烽火滅，西門一戰塞煙沈。顒觀頒朔施仁政，佇待更元布德音。好放湛然雲水去，廟堂英俊政如林。

五派分流道愈深，塵中誰識本來心。穿心土椀元無漏，没底膠船却不沈。山色水光呈妙相，鳥啼猿嘯露圓音。雲霞活計無求飽，何事狂童狂童影元寫本注作獨夫作肉林。

前生未了妄緣深，薄宦相縈負夙心。只見淵明能印棄，誰知居士解舟沉。窮通榮辱皆真夢，毁譽稱譏盡假音。中隱冷官閑況味，歸心無日不山林。

新詩敥玉起予深，獨有摶霄我許心。真迹居塵聊俯仰，高名與世任浮沈。同成雅會清茶話，共賞枯桐白雪音。他日歸休約何處？燕山參謁萬松林。

賢帥文章蘊藉深，雲川傾蓋便同心。掀髯談道㓨燈灺，抵足論文塞月沈。有眼句中君得意，無絃琴上我知音。乘舟誤捉波中月，莫學當年李翰林。

漁磯舊隱荻花深，塵世寧忘昔日心。兩岸清風單舸穩，滿江明月一鈎沈。飢來煮稻無兼味，醉後鳴榔笑五音。閒卧煙蓑春夢斷，不知潮起没青林。

寄賈摶霄乞馬乳

天馬西來釀玉漿，革囊傾處酒微香。長沙莫吝西江水，文舉休空北海觴。淺白痛思瓊液冷，微甘酷愛蔗漿涼。茂陵要灑塵心渴，願得朝朝賜我嘗。

和李振之

半紙功名未可呈，無心何處不安生。十年滄海塵空起，百歲黄粱夢乍驚。舊逕既荒松菊在，丹誠不變鬢髯更。年來漸有昇平望，每恨棲雞半夜鳴。

連國華餞予出天山因用韻

十年不得舞衣班，一憶江南膽欲寒。黄犬候來秋自老，白雲望斷信何難。軍中得句常横槊，客裏傷心每據鞍。游子未歸情幾許，天山風雪正漫漫。

蠟梅

越嶺仙姿迥異常，洞庭春染六銖裳。枝横碧玉天然瘦，蕾破黄金分外香。反笑素英渾淡抹，却嫌紅豔太濃粧。臨風浥此薔薇露，醉墨淋漓寄渺茫。

和武川嚴亞之見寄二首

今年又得亞之詩，每歎風雲會遇遲。拙運且淹童子役，雄材宜作帝王師。羡君筆下揮千字，知子胸中藴六奇。静對西風和新句，淒然南望動深思。

寥落龍沙寄此生，情鍾我輩豈無情。參商管鮑賢朋友，南北機雲好弟兄。蓮葉飄香思晚浦，梅花飛雪夢春城。故園日夜歸心切，未濟斯民不敢行。

己丑過雞鳴山

三年四度過雞鳴，我僕徘徊馬倦登。寂寞柴門空有舍，蕭條山寺静無僧。殘花濺淚千程别，啼鳥傷心百感生。今古興亡都莫問，穹廬高卧醉騰騰。

寄天山周敬之

當年傾蓋識君初，爛飲天山駐使車。秋去安仁空有賦，雁來公瑾又無書。林巒紅葉如人老，籬落黄華亦我疏。爲向天涯道岑寂，強吟新句附雙魚。

贈蒲察元帥五首

閑騎白馬思無窮，來訪西城緑鬢翁。元老規模妙天下，錦城風景壓河中。花開杷欖芙蕖淡，酒泛蒲萄琥珀濃。痛飲且圖容易醉，欲憑春夢到盧龍。

使君排飯宴南溪，不枉從君鳥鼠西。春薤旋澆濃鹿尾，臘糟微浸軟駝蹄。絲絲魚膾明如玉，屑屑雞生爛似泥。白面書生知此味，從今更不嗜黄虀。

筵前且盡主人心，明燭厭厭飲夜深。素袖佳人學漢舞，碧髯官妓撥胡琴。輕分茶浪飛香雪，旋擘橙杯破軟金。五夜歡心猶未已，從教斜月下疏林。

主人開宴醉華胥，一派絲篁沸九衢。黯紫蒲萄垂馬乳，輕黄杷欖燦牛酥。金波泛蟻斟歡伯，雪浪浮花點酪奴。忙裏偷閒誰若此？西行萬里亦良圖。閒乘羸馬過蒲華，又到西陽太守家。瑪瑙瓶中簪亂錦，琉璃鍾裏泛流霞。品嘗春色批金橘，受用秋香割木瓜。此日幽歡非易得，何妨終老住流沙。

庚辰西域清明

清明時節過邊城，遠客臨風幾許情。野鳥間關難解語，山花爛熳不知名。蒲萄酒熟愁腸亂，瑪瑙杯寒醉眼明。遥想故園今好在，梨花深院鷓鴣聲。

壬午西域河中遊春四首

幽人呼我出東城，信馬尋芳莫問程。春色未如華藏富，湖光不似道心明。土牀設饌談玄旨，石鼎烹茶唱道情。世路崎嶇太尖險，隨高逐下坦然平。

二月河中草木青，芳非次第有期程。花藏徑畔春泉碧，雲散林梢晚照明。含笑山桃還似識，相親水鳥自忘情。遐方且喜豐年兆，萬頃青青麥浪平。

異域春郊草又青，故園東望遠千程。臨池嫩柳千絲碧，倚檻妖桃幾點明。丹杏笑風真有意，白雲送雨太無情。歸來不識河中道，春水潺潺滿路平。

寓跡塵埃且樂生，垂天六翮斂鵬程。無緣未得風雲會，有幸能瞻日月明。出處隨時全道用，窮通逐勢歎人情！憑誰爲發豐城劍？一掃妖氛四海平。

遊河中西園和王君玉韻

清明出郭赴幽期，千里江山麗日遲。花葉不飛風定後，香塵微斂雨餘時。彫鐫冰玉詩尤健，揮掃龍蛇字愈奇。好字好詩獨我得，不來賡和擬胡爲。

河中遊西園二首

河中春晚我邀賓，詩滿雲牋酒滿巡。對景怕看紅日暮，臨池羞照白頭新。柳添翠色侵淩草，花落餘香著莫人。且著新詩與芳酒，西園佳處送殘春。

幾年萍梗困邊城，閑步西園試一巡。圓沼印空明鏡瑩，芳莎藉地翠茵新。幽禽有意如留客，野卉多情解笑人。屈指知音今有幾，與誰同享甕頭春。

河中春遊有感

西胡尋斯干有西戎梭里檀故宮在焉。構室未全終，又見頹垣遶故墉。綠苑連延花萬樹，碧堤回曲水千重。不圖舌鼓談非馬，甘分躬耕學卧龍。糲食粗衣聊自足，登高舒嘯樂吾慵。

過閭居河

河冰春盡水無聲，靠岸鉤魚羨擊冰。乍遠南州如夢蝶，暫遊北海若飛鵬。隋堤柳絮風何處？越嶺梅花信莫憑。試暫停鞭望西北，迎風羸馬不堪乘。

過沁園有感

昔年曾賞沁園春，今日重來迹已陳。水外無心修竹古，雪中含恨瘦梅新。垣頹月榭經兵火，草没詩碑覆劫塵。羞對覃懷昔時月，多情依舊照行人。

西域從王君玉乞茶因其韻七首

積年不啜建溪茶，心竅黄塵塞五車。碧玉甌中思雪浪，黄金碾畔憶雷芽。盧仝七椀詩難得，諗老三甌夢亦賒。敢乞君侯分數餅，暫教清興遶煙霞。

厚意江洪絶品茶，先生分出蒲輪車。雪花灩灩浮金蘂，玉屑紛紛碎白芽。破夢一杯非易得，搜腸三椀不能賒。瓊甌啜罷酬平昔，飽看西山插翠霞。

高人惠我嶺南茶，爛賞飛花雪没車。是日作茶會值雪。玉屑三甌烹嫩蘂，青旗一葉碾新芽。頓令衰叟詩魂爽，便覺紅塵客夢賒。兩腋清風生坐榻，幽歡遠勝泛流霞。

酒仙飄逸不知茶，可笑流涎見麴車。玉杵和雲舂素月，金刀帶雨剪黄芽。試將綺語求茶飲，特勝春衫把酒賒。啜罷神清淡無寐，塵囂身世便雲霞。

長笑劉伶不識茶，胡爲買鍤謾隨車。蕭蕭暮雨雲千頃，隱隱春雷玉一芽。建郡深甌吳地遠，金山佳水楚江賒。紅鑪石鼎烹團月，一椀和香吸碧霞。

枯腸搜盡數杯茶，千卷胸中到幾車。湯響松風三昧手，雪香雷震一槍芽。滿囊垂賜情何厚，萬里攜來路更賒。清興無涯騰八表，騎鯨踏破赤城霞。啜罷江南一椀茶，枯腸歷歷走雷車。黄金小碾飛瓊屑，碧玉深甌點雪芽。筆陣陳兵詩思勇，睡魔卷甲夢魂賒。精神爽逸無餘事，卧看殘陽補斷霞。

和沖霄韻

星星華髪鏡中驚，好賦歸歟接淅行。重位寧貪高一品，故園無憚遠千程。晴天花絡春山色，落日松和秋水聲。無恙閭峰三百寺，遨遊吟嘯老餘生。

西域河中十詠　録八

寂寞河中府，連甍及萬家。蒲萄親釀酒，杷欖看開花。飽啖雞舌肉，分餐馬首瓜。土産瓜，大如馬首。人生唯口腹，何礙過流沙。

寂寞河中府，生民屢有災。避兵開邃穴，防水築高臺。六月常無雨，三冬却有雷。偶思禪伯語，不覺笑顔開。

寂寞河中府，頽垣遶故城。園林無盡處，花木不知名。南岸獨垂釣，西疇自省耕。爲人但知足，何處不安生？

寂寞河中府，西流緑水傾。衝風磨舊麥，西人作磨，風動機軸以磨麥。懸碓杵新粳。西人皆懸杵以舂。春月花渾謝，冬天草再生。優游聊卒歲，更不望歸程。

寂寞河中府，清歡且自尋。麻牋聊寫字，葦筆亦供吟。傘柄學鑽笛，宮門自斲琴。臨風時適意，不負昔年心。得故宮門堅木三尺許，斲爲琴，有清聲。

寂寞河中府，西來亦偶然。每春忘舊閏，隨月出新年。強策渾心竹，難穿無眼錢。異同無定據，俯仰且隨緣。西人不計閏，以十二月爲歲。有渾心竹，其金銅穿錢無孔郭。

寂寞河中府，聲名昔日聞。城隍連畎畝，市井半丘墳。食飯秤斤賣，金銀用麥分。生民怨來後，簞食謁吾君。

寂寞河中府，遺民自足糧。黄橙調蜜煎，白餅糝糖霜。漱旱河爲雨，無衣壠種羊。一從西到此，更不憶吾鄉。

西域有感

落日城頭鴉亂啼，秋風原上馬頻嘶。雁行南去瀟湘北，萍跡東來烏鼠西。百尺棟梁誰著價，三春桃李自成蹊。功名到底成何事，爛飲玻璃醉似泥。

早行

馬駝殘夢過寒塘，低轉銀河夜已央。雁跡印開沙岸月，馬蹄踏破板橋霜。湯寒卯酒兩三盞，引睡新詩四五章。古道遲遲四十里，千山清曉日蒼涼。

寄清谿居士秀玉

鷦鷯猶欠一枝棲，不得燕山半土犂。時復有琴歌碧玉，年來無夢繞清谿。數行文字聊遮眼，半紙功名苦噬臍。回首故人今健否？餘生甘老碧雲西。

戲秀玉 并序

辱書聞秀玉油房蕭索，馬溺衞死，田畝水災，不勝感歎。清谿達士，豈芥蔕胸中邪？因作詩以戲之。

清谿掀倒打油房，五衞凋零三逕荒。未信塞翁嗟失馬，須知禦寇覓亡羊。東湖菡萏從君賞，西域蒲萄輪我嘗。各在天涯會何日，臨風休忘老髯郎。清谿嘗戲呼予爲髯郎。

寄張子聞

憶昔擕琴論《太玄》，渠通《太玄經》。湛然初識子聞賢。回頭葱嶺仍千里，分手松軒已五年。常會萬松老人之室。東望盧龍傾玉表，西來青鳥闕金牋。幾時重會燕山道，一曲臨風奏《水仙》。予彈《水仙》，公常學之。

和正卿待制韻

布袖龍鍾兩眼塵，丹誠如舊白頭新。暮雲西畔猶懷漢，曉日東邊纔是秦。酒賤不妨連夜醉，花繁長發四時春。花繁酒賤無佳思，誰念天涯萬里人？

雪軒老人邦傑久不惠書作詩怨之

當時傾蓋便忘年，别後春風五度遷。萬里西行愁似海，千山東望遠如天。不聞舊信傳梅嶺，試道新詩怨雪軒。更上危樓一回首，朝雲深處是燕然。

思親二首

老母琴書老自娱，吾山側近結蓬廬。鬢邊尚結辟兵髮，昔予從征，太夫人以髮少許賜予云：俗傳父母之髮，戴之可辟兵。今尚存焉。篋内猶存教子書。幼穉已能學士梗，老兄猶未憶鱸魚。誰知萬里思歸夢，夜夜隨風到故居。

昔年不肯卧茅廬，贏得飄蕭兩鬢疏。醉裏莫知身似蝶，夢中不覺我爲魚。故園屈指八千里，老母行年六十餘。何日掛冠辭富貴，少林佳處卜新居。

辛巳閏月西域山城值雨

冷雲攜雨到山城，未敢衝泥傍險行。夜聽窗聲初變雪，曉窺簷溜已垂冰。淚凝孤枕三停溼，花結殘燈一半明。又向茅亭留一宿，行雲行雨本無情。

十七日驛中作窮春盤 是日早行，始憶昨日立春。

昨朝春日偶然忘，試作春盤我一嘗。木案初開銀線亂，砂瓶煮熟藕絲長。匀和豌豆揉葱白，西人煮餅，必投以豌豆。細剪蔞蒿點韭黄。也與何曾同是飽，區區何必待膏粱。

戲作

雀顔太守領西陽，招引詩人入醉鄉。屈眴輕衫裁鴨緑，葡萄新酒泛鵝黄。歌姝窈窕髯遮口，舞妓輕盈眼放光。野客乍來同見慣，春風不足斷人腸。一種白葡萄酒，色如金波。

過太原南陽鎮題紫微觀壁

廷臣侍從蔑前驅，道侶忻奔迓使車。縣吏喜聞新號令，村民争認舊中書。纍纍山果盈磁鉢，薄薄濁醪半瓦壺。隱逸競詢新事跡，幾時還洛卜新都。

過金山和人韻二首

金山前畔水西流，一片晴山萬里秋。蘿月團團上東嶂，翠屏高掛水晶毬。

金山萬壑鬬聲清，山色空濛弄晚晴。我愛長天漢家月，照人依舊一輪明。

謝王巨川惠蠟梅因用其韻

雪裏冰枝破冷金，前村籬落暗香侵。令人多謝王公子，分惠幽芳寄好音。

和王巨川

今年扈從入西秦，山色猶如昔日新。詩思遠隨秦嶺鴈，征衣全染灞橋塵。含元殿壞荆榛古，花萼樓空草木春。千古興亡同一夢，夢中多少未歸人。

和景賢

今日邊城又見君，試彈流水爇梅魂。聲和塞色金徽潤，香散穹廬玉鼎温。

過覃懷

信斷江南望驛塵，十年辜負嶺頭春。而今重到覃懷地，却與梅花作主人。

請照老住華塔

華塔當年隱蟄龍，轟雷掣電滿雲中。而今却請還山去，折脚鐺邊煮曉風。

過濟源登裴公亭用閒閒老人韻四絶

山接晴霄水浸空，山光灩灩水溶溶。風回一鏡揉藍淺，雨過千峰潑黛濃。

掀髯坐語閒臨水，仰面徐行飽看山。竹裏忽聞春雪落，天教著我畫圖間。

侍中菴底春山色，裴老亭邊秋水聲。修竹茂林真隱地，但期天下早休兵。

劫外玄機好細參，他年卜築繞澄潭。琴書活計無多子，衹與龍岡共一菴。

和薛伯通韻

黃華紅葉滿秋山，月浸銀河夜未闌。寂寞梧桐深院落，有人何處倚闌干？

西域嘗新瓜

西征軍旅未還家，六月攻城汗滴沙。自愧不才還有幸，午風涼處剖新瓜。

和張敏之詩七十韻 并序

敏之學士遠寄新詩七十韻，捧讀之餘，續貂以尾，聊資一笑。

壯年多轗軻，晚節歎行藏！故國頹綱褫，新朝明德香。雄材能預算，大略固難量。迭出神兵速，無敵我武揚。本圖服叛逆，何止剪譸張。西討窮于闐，東征過樂浪。彗侵天壘壁，光動太白鋩。整整車徒盛，轔轔旗鼓望。天皇深責重，賢帥廟謨臧。江左將禽楚，河陽已滅商。英雄皆入彀，强禦敢跳梁。採訪軒車鬧，司農官吏忙。輕徭常力足，薄賦不財傷。勳業超秦漢，規模邁帝王。流言無管蔡，奇計有平良。增葺新文物，耕耘古戰場。蛟龍方奮迅，鵰鶚得翺翔。偶遇風雲會，争依日月光。永醻千古耻，一怒四夷攘。虎帳十年夢，龍庭幾度霜。迎降初請命，出郭遠相將。久敵真宜死，寬恩何一作未。敢當。赦書民有幸，歌詠壽無疆。扶杖聽黃詔，稱觴進白狼。散財竭庫藏，拔將出戎行。殷絶仁猶在，周傾道不亡。來招燕郡內，入覲大食傍。戎服貂裘紫，星軺駿馬蒼。中春辭北望，初夏過西涼。瀚海洶而湧，陰山彷且徨。閒雲迷去路，疏雨潤行裝。出處空興歎，風光自斷腸。典刑陳故事，利病上封章。天下援深溺，中州冀小康。風俗承喪亂，籌策要優長。痼疾如神附，遊魂笑鬼倀。仁術能骨肉，靈藥起膏肓。避禍宜緘口，當言肯括囊。遭讒心欲剖，涉苦膽先嘗。北漠絶窮域，西隅抵大洋。詩書猶不廢，忠信未能忘。氈補連腮帳，繩穿朽脚牀。郊行長野興，人静若禪房。回鶻交游熟，崑崙事跡詳。風煙多黯黯，雲水兩茫茫。災變垂乾象，妖氛翳太陽。髯龍三島去，玉葉一枝芳。明主初登極，愚臣敢進狂。九疇從帝錫，五事合天常。大樂陳金石，朝服具冕裳。降升分上下，進退有低昂。拓境時方急，郊天且未遑。應兵無血刃，降虜自壺漿。按堵無更肆，因敵不餽糧。宸心尊德義，聖政濟柔剛。恩澤涵諸夏，威稜震八荒。勢連西域重，天助北方强。舉我陪三省，求賢守四方。錦衣捐毳褐，肉食棄糟糠。隱逸求新仕，流亡集故鄉。百官欣戴舜，萬國願歸唐。耕釣咸生遂，工商樂未央。會將封泰岳，行看建明堂。每歎才雕篆，長慚學面牆。君恩予久負，賢路我深妨。覆餗恒憂懼，持盈是恐惶。故山松徑碧，舊隱菊花黃。太守方遺舄，初平正牧羊。厚顔居此位，若已納於隍。吟嘯須歸去，香山老侍郎。

繼孟雲卿韻

歸歟奚待鬢雙皤，無恙閭山聳岌峩。萬壑松風思仰嶠，千岩煙雨憶平坡。仰山平坡，皆燕然名刹也。開基氣概鯨吞海，遁世生涯鼠飲河。好買扁舟從此逝，醉眠江國一漁蓑。

扈從冬狩　并序

癸巳扈從冬狩，獨予誦書于穹廬中，因自譏云。

天皇冬狩如行兵，白旄一麾長圍成。長圍不知幾千里，蟄龍震慄山神驚。長圍布置如圓陣，方騎雲屯貫魚進。千羣野馬雜山羊，赤熊白鹿奔青麞。壯士彎弓殞奇獸，更驅虎豹逐貪狼。御閑有馴豹，縱之以搏野獸。獨有中書倦遊客，放下氈簾誦《周易》。

和邦瑞韻送行

幸有和林酒一尊，尚醞出於和林城，故有是句。地鑪煨火爲君温。昔年相見興三歎，此日臨行贈一言。士行莫忘直報怨，人情須信害生恩。而今躍入驚人浪，珍重風濤過禹門。

謝西方器之贈阮杖　并序

了然居士素蓄東坡鐵杖洎地字號阮，真絶世之寶也。天兵既克汴梁，先生擕二君來燕，欲藏之，恐不能終寶。欲贈湛然，南北相去不知其幾千里，慮中道浮沈。是以獻諸秀玉殿學田公奉御，欲轉致於予也。甲午之秋，陳、田入覲，果饋之於我，因亂道數語，用酬厚意。

睢陽三絶從來傳，坡仙鐵杖爲之先。宋朝四美豈易得，地君神器稱乎賢。了然居士隱洛瀍，讀書好古有積年。擒龍捉日獲二寶，寶之鑿棟屋壁穿。龍庭萬里疊山川，欲來饋我嗟無緣。將奪固與此理玄，殷勤攜贈陳與田。陳田今歲來朝天，惠然出賜穹廬前。烏虬入手蒼壁懸，恍然遺世如登仙。長蛟倚壁光娟娟，鱗介欲生如蜿蜒。澄澄秋月瑩朝鏡，須臾洗盡余腥羶。足方法地頂法乾，四十五節松柏堅。七尺烏金三十兩，微篁瑟瑟鳴哀蟬。雲項纖纖空腹圓，十三玉柱鴻翩翩。耽耽雲坐踞猛虎，巖巖山口雙雙絃。鐵君伴我遊林泉，足疾頓減衝雲煙。臨風三弄碎瓊玉，清商秋水聲涓涓。安仁得此如臨淵，子聃求杖不惜錢。湛然坐受匪勞力，不勝其服心胡然。西方諷我求終焉，故令二友相招延。抱桐扶杖闖山巔，舉觴笑詠秋風邊。了然居士作《鐵君傳》云：長七尺，重三十兩，頂圓足方，中有微篁，凡四十五節，世傳嵇生遺。又云：昔顯宗東宮時，常讀東坡鐵杖詩。因召侍臣鄭子聃問杖之存亡，子聃以在睢陽爲對，因以數千緡購于張文定公之孫。其孫藏于屋棟，子聃竟不得一見云。地字號阮，亡宋之故物。天地玄黃，此四阮爲絕寶也。泰和間，祕于禁中，待詔孫安仁之姊，以琴阮得入侍，上以此阮賜之，安仁屢求之，其姊以阮見寄。舊制，宮掖中侍人不許與親戚通耗。安仁冒法得之，其好事有如此者。故予引用其語。

和非熊韻

藹藹英聲鎮北州，非熊人物本風流。時逢佳客開青眼，久領元戎尚黑頭。已發豐城神劍出，休嗟暗室夜光投。驅兵經略關中了，題遍長安舊酒樓。

繼武善夫韻

老子年來酷愛閒，不堪白髮映蒼顔。十年興廢悲歌裏，半世干戈寤寐間。北闕欲辭新鳳閣，東州元有舊閭山。熊經鳥引聊終老，岩下疏松正好攀。

扈從羽獵

湛然扈從狼山東，御閑天馬如游龍。驚狐突出過飛鳥，霜蹄霹靂飛塵中。馬上將軍弓挽月，修尾蒙茸卧殘雪。玉翎猶帶血模糊，騄駬嘶鳴汗微血。長圍四合匝數重，東西馳射奔追風。鳴鞘一震翠華去，滿川枕藉皆豺熊。自笑中書老居士，擁鼻微吟弓矢廢。向人忍恥乞其餘，瘦兔瘸獐紫駝背。吾儒六藝聞吾書，男兒可廢射御乎？明年准備秋山底，試一如臯學射雉。

和馮揚善韻

天道不可窮，此理自古然。大暴壽盜跖，至仁夭顏淵。偉材鮮遭遇，君臣難兩全。庸愚厭粱肉，廣文寒無氈。未逢知音人，伯牙故絶絃。我愛馮公子，孔教窮高堅。憂道不憂貧，一室如磬懸。却笑庠序生，供薦徒備員。詩書貯便腹，一斗吟百篇。遠蹈顔孟迹，近比蘇黄肩。寧受胯下辱，不爲天下先。昇平已有期，上道化日躔。九州成一統，刑賞歸朝權。汴梁三戰定，樂浪一檄傳。先生謁承明，萬里來秦川。徒步沙磧中，往復幾一年。揲蓍説易傳，應詔命席前。十年符億兆，十世盈十千。男兒志在道，何論胝與胼。一旦得榮遇，閭巷車馬填。窮通固由命，何必與孜煎。用之自可進，舍之便可還。自笑髯中書，有過仍不悛。三代不同禮，勉欲相襲沿。賢人正退隱，强起居官聯。冰炭豈共器，安可渾愚賢。可惜和氏姿，庸工浪雕鐫。不能作大器，取次成棄捐。潛龍喻君子，或躍或在田。未遂馬周志，好墾揚雄廛。伏臘粗酒脯，旦夕充羹饘。窮途不足泣，弔影無自憐。人生一瞬息，日月如璣璇。學道如牧羊，後者爲之鞭。離羣謝富貴，遁世安林泉。勿學躁進人，扼腕長呼天。

冬夜彈琴頗有所得亂道拙語三十韻以遺猶子蘭 并序

余幼年刻意於琴，初受指於弭大用。其閒雅平澹，自成一家。余愛棲巖如蜀聲之峻急，快人耳目，每恨不得對指傳聲。間闗二十年，予奏之，索於汴梁，得焉。中道而卒。其子蘭之琴事，深得棲巖之遺意。甲午之冬，余扈從羽獵，以足疾得告。凡六十日，對彈操弄五十餘曲，棲巖妙旨，於是盡得之。因作是詩以紀其事云。

湛然有琴癖，不好凡絲竹。兒時已存心，壯年學愈篤。倉忙兵火際，遺譜不及録。回首二十秋，絲桐高閣束。棲巖有後人，萬里來相逐。能繼箕裘業，待予爲季叔。今冬六十日，對彈五十曲。五旬記新聲，十朝温已熟。高山壯意氣，秋水清心目。《陽春》摅瓊玖，《白雪》碎瑶玉。洛浦太含悲，楚妃歎如哭。離騷泣鬼神，止息振林木。秋思盡雅興，三樂歌清福。自餘不暇數，渴心今已沃。昔我師弭君，平澹聲不促。如奏清廟樂，威儀自穆穆。今觀棲巖意，節奏變神速。雖繁而不亂，欲斷還能續。吟猱從簡易，輕重分起伏。一聞棲巖聲，不覺傾心服。彼此成一家，春蘭與秋菊。我今會爲一，滄海涵百谷。稍疾意不急，似遲聲不跼。二子終身學，今日皆歸僕。我本嗜疏懶，富貴如桎梏。幸遇萬松師，一悟消三毒。早晚掛冠去，閭山結茅屋。蔬筍粗充庖，糲飯炊脱粟。有我春雷子，豈憚食無肉。旦夕飽純音，便是平生足。

戲景賢 并序

景賢彈《雉朝飛》，予作詩戲之。蒙寵和，有「若有餘陰乞一枝」之句，予再用前韻以拒之。

遏住行雲不敢飛，一聲還噎一聲悲。鸞兒深愜龍岡意，唱得香山《楊柳枝》。

懷古一百韻寄張敏之

興亡千古事，勝負一枰棋。感恨空興歎，悲吟乃賦詩。三皇崇道德，五帝重仁慈。禮廢三王謝，權興五伯漓。焚書嫌孔孟，峻法用高斯。政出人思亂，身亡國亦隨。阿房修象魏，徐福覓靈芝。偶語真虛禁，長城信謾爲。只知秦失鹿，不覺楚亡騅。約法三章日，恩垂四百基。漢興學校啟，文作典章施。黷武疲中夏，窮兵擾四夷。嗣君恩稍失，劉氏德難衰。新室雖興難，真人已御期。魏吳將奮起，靈獻自荒嬉。賊子權移漢，姦臣塢築郿。三朝如峙鼎，四海若棼絲。纔奉山陽主，已生司馬師。仲謀服孟德，葛亮倍曹丕。唯晉成獨統，平吳混八維。有初終鮮克，居治亂誰思？蟬鬢充蘭掖，羊車遶竹岐。孫謀無遠慮，神器委癡兒。國事歸椒室，民飢詢肉糜。爲人昧菽麥，聞蟆問官私。衛瓘嘗幾諫，何曾已預知。五胡雲擾攘，六代電奔馳。川谷流腥血，郊原厭積屍。天光分耀日，地里裂瓜時。曆數當歸李，驅除暫假隋。西陲開鄯善，東鄙討高麗。鸞駕如江國，龍舟泛汴漪。錦帆遮水面，粉浪污河湄。府藏金帛積，生靈氣力疲。盜賊天下起，章奏禁中欺。海内空龍戰，河東有鳳姿。元戎展鷹犬，頡利助熊羆。奉表遵朝命，尊王建義旗。經營於盜手，禪讓託君辭。豪哲歸吾彀，要荒入我羈。太宗真令主，貞觀有皇規。正美開元治，俄成天寶悲。曲江還故里，林甫領台司。裂土封三國，纏頭愛八姨。《霓裳》猶未罷，鼙鼓恨來遲。逆寇陵丹闕，君王捨翠眉。兩京賊黨滅，方鎮重權移。朱李元堪歎，石劉亦可嗤。九州重搆亂，五代薦荒飢。遼宋分南北，翁孫講禮儀。昔宋事遼爲兄，仍請隨代以序昭穆。至季年，遼爲翁，宋爲孫。宣和風侈靡，教主德庸卑。背約絶鄰好，興師借寇資。懸知喪脣齒，何事撤籓籬。失地人皆怨，蒙塵悔可追。遼家遵漢制，孔教祖宣尼。焕若文章備，康哉政事熙。朝廷嚴衮冕，郊廟奏壎篪。校獵温馳射，行營習正奇。南州走玉帛，諸國畏鞭笞。天祚驕人上，朝鮮叛海涯。未終三百祀，不免一朝危。鴨緑金朝起，鴨緑江，武元起義之地。桑乾玉璽遺。金兵逼京師，天祚西狩，遺傳國璽於雲中之桑乾河，竟不獲。後遼興大石，西域統龜兹。萬里威聲震，百年名教垂。大石林牙，遼之宗臣，挈衆而亡。不滿二十年，克西域數十國，幅員數萬里。傳數主，凡百餘年，頗尚文教，西域至今思之。廟號德宗。武元平宋地，殷禮雜宗姬。金謂箕子之裔，雜用周禮。治國崇文事，拔賢尚賦詞。邦昌君洛汭，劉豫立青淄。大定民興詠，明昌物適宜。日中須景昃，月滿必光虧。肘腋獨夫難，丘墟七廟隳。北朝天輔祐，南國俗瘡痍。天子潛巡狩，宗臣嚴守陴。山西盡荆枳，河朔半豺貍。食盡謀安出，兵羸力不支。長圍重數匝，久困再周期。太液生秋草，姑蘇游野麋。忠臣全節死，餘衆入降麾。文獻生三子，東丹第八枝。虚名如畫餅，遺業學爲箕。自笑蓬垂鬢，誰憐雪滿髭？撫膺長感慨，搔首幾嗟咨。車蓋知何處，衣冠問阿誰？自天明下詔，知我素通蓍。發軔裝琴劍，登車執策綏。穹廬或白黑，驛騎半黄駓。肥臠白如瓠，瓊槳甘似飴。天山違北府，天山之北，唐北庭都護府在焉。瀚海過西伊。伊州之西北有瀚海。伊州又謂之西州。天馬窮渤澥，神兵過月氐。感恩承聖勅，寄住到尋思。尋思虔，西域城名。西人云：尋思，肥也，虔，城也。通謂之肥城。春色多紅樹，秋波總緑陂。西域風俗，家必有園，園必成趣，多有方池圓沼。不須賒酒飲，隨分有驢騎。畎畝棲禾粟，園林足果梨。春粳光燦玉，煮飯滑流匙。聖祖方輕舉，明君應樂推。龍庭陳大禮，原廟獻明粢。萬國朝金陛，千官列玉墀。求賢爲輔弼，舉我忝丞疑。才德真爲慊，顛危不解持。願從麋鹿性，豈戀鳳凰池。投老誰爲伴？黄山有敏之。余作《懷古》詩百韻，非徒作已，使世之人知成敗之可鑑，出世之人識興廢之不常也。因作偈以見意云：「歷代興亡數張紙，千年勝負一盤棋。因而識破人間夢，始信空門一著奇。」

和景賢贈鹿尾

日暮長楊獵騎歸，西風弓硬馬初肥。今年鹿尾休嫌少，且喜君王不合圍。

鹿尾

鑾輿秋獮獵南岡，鹿尾分甘賜尚方。濃色殷殷紅玉髓，微香馥馥紫瓊漿。韭花酷辣同葱薤，芥屑差辛類桂薑。何似氈根醮濃液，邀將詩客大家嘗。一作「流匙滑飯大家嘗」。

劉太保秉忠

秉忠，初名侃，字仲晦，其先瑞州人也。曾祖官邢州，徙家焉。秉忠少補邢臺節度府令史，慨然投筆去，隱武安山谷間。久之，從浮屠法，更名子聰。世祖在潛邸，海雲禪師邀與俱入見，大悦之。留贊大計，人稱聰書記云。世祖正位，一時規模制作，皆所草定。至元元年，拜光禄大夫太保，參領中書省事，更名秉忠。詔以翰林侍講學士竇默女妻之，賜第奉先坊。十一年秋八月，端坐而逝。贈太傅趙國公，謚文貞。成宗時，改謚文正，贈太師。仁宗時，追封常山王。仲晦自幼好學，至老不衰。既貴，齋居蔬食澹然不異平昔。書得魯公筆法，行草獨師二王。天文、卜筮、算數，皆有成書。自號藏春散人，有集十卷，學士閻復序之，謂當雲靁草昧之世，贊成文明。至于裁雲鏤月之章，白雪陽春之曲，在公乃爲餘事。史稱其詩蕭散閒澹，類其爲人。蓋以佐命元臣，寄情吟詠，其風致殊可想也。

謍雲芝茶

鐵色皴皮帶老霜，含英咀美入詩腸。舌根未得天真味，鼻觀先通聖妙香。海上精華難品第，江南草木屬尋常。待將膚湊浸微汗，毛骨生風六月凉。

江邊晚望

沙白江青落照紅，滄波老樹動秋風。天光與水渾相似，山面如人了不同。千古周郎餘事業，一時曹孟謾英雄。東南幾許繁華地，長在元戎指畫中。

嶺北道中

雨霽輕煙鎖翠嵐，五更殘月照征驂。王戈定指何方去，天意仍教我輩參。霸氣堂堂在西北，長庚朗朗照東南。江山如舊年年換，誰把功名入笑談？

九日滿坦山

凌雲氣節鬢驚秋，書劍荒寒事遠游。萬里嵐光乘馬背，一川紅葉上鼇頭。西風不管參軍帽，絶塞空凋季子裘。誰把茱萸念行役？憑高拭目望神州。

江上寄別

軍中無酒慰飄零，辜負沙頭雙玉瓶。鞍馬幾年南北路，關河千古短長亭。好風到枕客愁破，殘月入簾歸夢醒。夢斷故山人不見，曉來江上數峰青。

江邊梅樹

江邊繚繞惜芳叢，絶筆天真在眼中。素豔乍開珠蓓蕾，暗香微度玉玲瓏。一枝倒影斜斜月，滿樹浮光細細風。明日行經山下路，幾回特地駐青驄。

過玲瓏山

世外徒聞説洞天，桃源迷路再無緣。摩青磈磊誰能鑿？繡白玲瓏自可穿。别有一壺藏日月，正看萬竅吐雲煙。勞生得遇崆峒客，煉訣還丹問隱仙。

黄河

萬仞崑崙頂上頭，頽然委□下林丘。九隨地勢曲千里，一返天源經百州。積石西邊才北轉，太行南下已東流。□匀一綫穿滄海，直接銀河浸斗牛。

春日效宫體

雨洗芳塵絶點埃，桃花零落海棠開。沈香亭小園紅樹，太液池清映緑苔。夜月也曾懸漢殿，朝雲何只在陽臺。六宫簾捲東風軟，一派仙音翠輦來。

寄友人

悠悠離闊感中年，我輩情鍾豈不然。好景與時渾易過，可人和月只難圓。五更殘夢雞聲裏，千里歸心雁影前。漠北雲南空浪走，今春又負杏花天。

勸友人酒

西風落葉共蕭颼，百感中來不自由。豪客空攜鐵如意，舞嬛徒費錦纏頭。曳過雨脚雲歸岫，湧出山頭月滿樓。一曲清歌一杯酒，爲君洗盡古今愁。

客興

關河牢落別離中，到處題詩記轉蓬。啼鳥不知春是客，落花還逐水流東。雲開千里遠山碧，樓映半溪殘照紅。雌蝶雄蜂不同類，雙雙相趁舞回風。

宋義甫彈秋風

穹廬悄悄夜漫漫，午醉醒來坐席寒。富貴有媒皆豹變，功名無分獨璃蟠。子陵實愧三公爵，靖節非輕一縣官。高捲氈簾對明月，秋風一曲入琴彈。

宿中山乾明寺

客散關門厭事譁，鑪香滿屋卧煙霞。人辭故里凡三載，僧到伽藍自一家。夢破小窗浮月色，漏殘寒角奏梅花。天明又上滹陽道，駕水歸程漸有涯。

過居庸關

車箱來往若流泉，絶壁巉嵒倚翠煙。限破中州四十里，鑿開大路幾千年。函關不謂平如地，蜀道無知險似天。萬里揮鞭猶咫尺，誰能掌上保幽燕？

秋日途中

半紙功名滿地愁，都教白了少年頭。早應未拜曹參相，終不當封李廣侯。曲水亂山紅樹晚，西風殘照白雲秋。歸鴉一片投林去，自笑勞生未解休。

晚遊

山水清佳自在遊，利名莫莫復休休。瘦筇此日真忘世，長笛何人效倚樓？鴉落點成千樹墨，雁飛横絶一天秋。歸來小院松梢上，新月低斜玉一鉤。

樓上

睡起重持金曲巵，要憑芳酒緩離思。醉魂屢作還山夢，吟興多因寄友詩。千里波光風定後，一樓山色雨晴時。碧雲望斷佳人遠，投樹棲鴉已滿枝。

睡起

連歲驅馳萬里程，碧臺歌舞笑争名。山中猿鶴丹心在，塞上風煙白髮生。對客倦談當世事，向人難悉未歸情。雪花亂打西窗急，總似芭蕉夜雨聲。

寄張平章仲一

春光滿眼酒盈尊，難得同襯易見分。秋氣著人涼似水，晚山和我淡如雲。清歌月影簷頭轉，殘夢鍾聲枕上聞。玄鳥欲歸黃鳥斷，詩哦伐木正思君。

過天井關

雲冷風高天井關，太行嶺上看河灣。九州占絶中原地，一塹攔回左界山。王霸分争圖未捲，英雄鏖戰血猶殷。華陽春草年年緑，汗馬南來不放閑。

樹鎖蒼煙白鳥鳴，春風花滿鳳凰城。無才難料人間事，有酒何求紙上名。分别是非誰得正？摩挲今古自宜平。閑愁枉壓眉頭重，且放襟懷伴麴生。

青樓歌舞碧城春，王謝風流日鬭新。洛下殘花猶殢客，瓊間餘酒也狂人。無田易佩蘇秦印，有扇難遮庾亮塵。白晝錦衣多睥睨，一鄽何處不安貧。

三冬蟄物聽雷驚，二月餘寒尚旅亭。春色未歸桃李樹，劍光空射斗牛星。待船客子思同濟，酤酒人家竟獨醒。一曲滄浪洗煙雨，汨羅江上楚山青。

東君號令忽傳新，一點陽和處處匀。白玉花殘梅過臘，黄金條嫩柳回春。雁離湘浦獨淹客，鶯囀皇州已可人。睡殺海棠吹不醒，風前桃李看精神。

過界牆

地老天荒雪亦蒼，車聲軋軋轉羊腸。短衣蓬鬢沙陀路，一歲三番過界牆。

有懷遂長老四首

雨過幽庭長緑苔，東風時爲掃塵埃。無人曾見春來處，門外桃花只自開。

山疊崔嵬水渺茫，故人萬里未相忘。飄零更惜天邊雁，獨駕秋風不入行。

孤城寒角噎南樓，黄葉關山過雁秋。憶起滹沱相别處，一窗風雨夢西州。

堂上笙歌醉耳紅，牡丹香散一簾風。謝家鸚鵡金籠裏，笑殺池邊緑簑翁。

讀遺山詩四首

劍氣從教犯斗牛，百川横放海難收。九天直上無凝滯，更看銀河一派流。

北里笙歌勸酒杯，南鄰門巷冷如灰。秋風萬里方摇落，叫殺孤鴻春不回。

青雲高興入冥搜，一字非工未肯休。直到雪消冰泮後，百川春水自東流。

雲霞閃爍動霓旌，轟磕征鼙震地聲。千里折衝歸指畫，將壇孫子獨論兵。

三月

背陰花木錦成叢，幽谷鶯啼上苑中。李白桃紅楊柳緑，天涯無處不春風。

留燕

銜泥舊燕壘新巢，來往如辭曲折勞。蝸舍雖微足容爾，畫梁争得幾多高。

暮春

百花眼底亂飄零，緑滿池塘草又生。絶色海棠春也妒，況他風雨本無情。

春曉

海棠微露溼胭脂，楊柳輕風弄碧絲。一片春光都是恨，佳人睡起倚樓時。

新開牡丹

四月新來三月還，一春光景鏡中看。東風也逐情濃處，吹落桃花放牡丹。

雨過登樓

錦里春光曉望中，雨餘花潤草蒙茸。青山尚在浮煙裏，樓上分明見幾峰。

宫中曲

簾捲東風户半開，閒庭煙鎖緑紋苔。海棠花上黄昏月，曾照金鸞幾度來。

駝車行

駝頂丁當響巨鈴，萬車軋軋一齊鳴。當年不離沙陀地，輾斷金原鼓笛聲。

小溪

小溪流水碧如油，終日忘機羨白鷗。兩岸桃花春色裏，可能容箇釣魚舟。

晴望

樓頭凝眺倚晴暉，山勢長看水附堤。燕子雙雙銜不遍，鳳凰城裏落花泥。

溪上

蘆花遠映釣舟行，漁笛時聞三兩聲。一陣西風吹雨散，夕陽還在水邊明。

清明後一日過懷來

居庸春色限燕臺，山杏凝寒花未開。驛馬蕭蕭雲日晚，一川風雨過懷來。

閒書

千里家山入寸眸，碧天無際月横鉤。書成得得秋風夜，一綫微鴻獨倚樓。

春深

新染薔薇一摸黄，梨花亂舞白霓裳。憑誰收拾春風去，催發酴醿滿架香。

城西遊

昨朝信馬鳳城西，鞭約垂楊過小堤。春色滿園花勝錦，黄鸝只揀好枝啼。

征西回

春回三月過西州，芳草青青不斷頭。多少凍溪凝住水，盡隨歸客向東流。

遠别離

霜落江寒鳴雁稀，倚樓人定怨歸遲。笛聲唤起山頭月，飛上青天照别離。

客館

客館蕭條動客情，飛螢箇箇傍窗明。樓頭鼓角風吹斷，漏下銀壺第一聲。

春始來

三月南州草木長，落花飛絮滿池塘。東君也惜天涯客，盡放春光過界牆。

焚勝梅香

春風吹滅小槃釭，夢斷鑪香結翠幢。簷外杏花横素月，恰如梅影在西窗。

亭帳

草色如波照碧空，新開一朵玉芙蓉。雄風吹斷襄王夢，高捲巫山十二峰。

東勝道中

天荒地老物消磨，贏得詩人感慨多。兩鬢黄塵秋色裏，又投東勝過黄河。

劉尚書秉恕

秉恕字長卿，秉忠之弟，嘗受易于威州劉肅。世祖召同侍潛邸，至元中，累官禮部尚書，歷湖州平陽兩路總管，有惠政。卒于官。秉忠無子，以秉恕子爲後。

白雲樓

旌旗嫋嫋入隨州，江漲祥煙散復收。黄耳不來家信遠，西風腸斷白雲樓。

郝信使經

經字伯常，澤之陵川人。祖天挺，遺山元好問嘗受學焉。經少遭兵亂，徙家順天。賈元帥輔、張蔡公柔，先後辟爲子師。有書萬卷，恣其搜覽。遺山嘗謂之曰：「子狀類乃祖，才氣非常，勉之。」遂與論作詩作文之法。世祖以太弟開藩，徵經入見。荆鄂用兵，經上書言宋未可取，不如修德布澤，相時而動。憲宗設江、淮、荆、湖南北等處宣撫司，命經爲副。憲宗晏駕。會宋賈似道請和，世祖自鄂州引兵還，即位。以經爲翰林侍讀學士，佩金虎符，充國信使，齎書入宋通好。似道方以鄂圍之解爲己功，恐經之至而泄其情也，拘之真州。至元十一年，伯顔南伐，乃禮而歸之。至燕京病卒，年五十三。累贈昭文館大學士司徒冀國公，謚文忠。伯常之出使也，以爲南北生靈，庶幾有息肩之日。既而被留于宋者十六年，鐍錮急迫，益肆力于文章。著《春秋外傳》、《易外傳》、《太極演原》、《續後漢書》及《陵川文集》若干卷。延祐五年，詔江西行省刊行。史稱其文豐蔚豪宕，詩多奇崛，今觀其集信然。而真州諸作，尤極悽惋。北還之歲，汴中民射雁金明池，得繫帛書云：「霜落風高恣所如，歸期回首是春初。上林天子援弓繳，窮海孤臣有帛書。中統十五年九月一日放雁，獲者勿殺，國信大使郝經書于真州忠勇軍營新館。」是時南北隔絶，不知中統之爲至元也。元人高其節，以比蘇子卿焉。

原古上元學士

麟死九鼎淪，萬世無孔孟。文字糠粃餘，扶藉不絶聖。伊昔大觀季，天王始失政。中聲入哇淫，吾道孰不競。金源東北來，一洗河海淨。斯文甚濫觴，幾墜土梗横。吴楚割半天，瘡痍僅續命。伊洛遽騫騰，朱張立朝廷。弘肆六藝學，俾與日月並。中原有奇才，詞賦方鬬飣。天門黄金榜，赫耀動萬姓。君臣此爲得，父師此爲令。或者語詩文，環視驚盼瞠。孰意元化精，不遂入昏暝。浚發自蔡党，高步出遼敻。墨浸天壤深，筆掃風雷勁。絲綸帝載熙，訓誥王言瑩。諸公繼踵作，互執造化柄。黄山與黄華，雙鳳高蹭蹬。清風玉樹鳴，千古一輝映。有若閑閑公，光彩璧月恆。雲煙恣揮灑，乾坤快歌詠。亹亹金聲鏗，矯矯銀鈎硬。楊馮李雷麻，嶷奪胥倡應。五行連麗天，四海望而敬。偉哉遺山老，青雲動高興。文林剗荆棘，翰府開蹊徑。秋空玉琴張，搏拊分雅鄭。三閭一曲歌，忽喚劉伶醒。哀哀汴蔡亡，六合爲懸磬。此老獨巍然，聲價駭羣聽。振袂凌孤霞，珠璧飛欬謦。人宗一代文，天賦百年盛。紛紛夸毗子，〔攈〕（捆）摭爲訾評。自謂人勝天，詎知天已定。行行野史成，共爲天下慶。作噩建子月，投我以照乘。蔀屋驚見斗，寒焰忽蟠亘。經也生已晚，弗及拜先正。窮閻一束書，十載成墮甑。學問苟有歸，貧窶安足病。今乃得溟渤，問津有龜鏡。挈我登龍門，綆我出虎穽。摇摇風中旌，兹始見依凭。緬思先世澤，于今果無竟。嗚呼世道喪，欲語寒淚迸。何時倒銀漢，與世開[illegible][illegible]。昂頭冠三山，俯瞰旭日晟。陸海闢文源，生民共涵泳。

雁媒

雲衢眇飛鴻，往來解隨陽。序當夜有所，次進朝有行。瀚海天山西，卵育歲爲常。八月秋風高，雝雝共南翔。水國足汀洲，江湖多稻粱。晻靄帶殘蘆，老岸青草長。哀鳴洞庭月，亂點瀟湘霜。太和開冰天，北去頏穹蒼。信禽法天運，斷不爲炎涼。偶爲篝燈誤，縛足離江鄉。飲啄養爲媒，朋儔總相忘。嗷嗷解愁人，乃反無愁腸。弋人見冥鴻，矰繳潛施張。置媒使號呼，投網來搶攘。奄忽一舉盡，羽毛皆摧戕。厭然束縛去，又向雲間望。嗟嗟罔民徒，詭計不可防。被獲反爲用，竭力如鬼倀。有信復無智，終自爲身殃。誤己更誤人，不悟真可傷！

去三汊見太行

二年大河間，胸次洶餘浪。身與天根浮，泱漭隨下上。靈槎杳虛舟，顛倒泥底樣。恍疑渾沌初，溟涬天水象。揚鞭得西歸，瞠目爲一放。舉首見太行，逸翠砦萬丈。爽朗肝膽張，豁達氣宇曠。真宰聳奇骨，頓覺天地壯。兹山自佳色，何乃氣彫喪。吾家在椒虈，老霧橫莽蒼。松楸日樵采，山靈亦悽愴。何時鶴髮翁，攜我躋疊嶂。雖無錦繡裹，粗著文彩狀。山河表裏全，自古更霸王。于今何索然，死石徒映向。在人不在山，先民語無妄。行行重行行，落日兩相忘。

遊靈巖寺 并序。

乙卯秋九月十九日登泰山，二十二日下太平頂，遂遊靈巖寺。

岱宗西北馳，倒卷碧玉環。嶽靈祕雄麗，勢欲藏三山。初從谷口入，兩崦爭孱顔。漸疑下地底，細路深屈盤。仰視覺天窄，石井攢峰巒。陸海沙劫開，突兀仁王壇。桐鯨吼西風，棟宇横高寒。石龍噴清泉，灑落几案間。修竹掃山色，瑩緑穿雲根。丹鳳飢不來，寂寞青琅玕。上方在天上，下視無塵寰。空霏鎖霜樹，翠錦蒙朱殷。西日回清輝，輕金滿煙鬟。何時脱世網，挂席高盤桓。静境求初心，滯慮驅萬端。向晚蒼煙合，更欲窮躋攀。路斷不得前，矯首重一看。

贈青社諸公

北風吹海氛，雄鯨偃修鰭。皇皇擇木鳥，落日將安之。清霜摧豐林，枯沙没卑枝。況復天地閉，豈汝飛騰時。嗷嗷復嗷嗷，途窮愈多岐。寸心增鬱陶，拊髀潸生悲。蒼茫欲問津，謾使行人嗤。賴有魯連子，亦在東海湄。舉手謝浮世，共欲尋安期。扶摇三山巔，笑傲雲濤低。半夜開扶桑，弄日騰清輝。伊昔孔尼父，亦欲居九夷。世網儻可逃，去去夫何疑。

青州山行

薄遊東諸侯，致敬多擁篲。訖無安巢木，歲晏復反轡。飲馬南洋橋，摩玩米芾記。蛟龍郁蟠拏，劍戟磔芒刺。酌別表海亭，瀲灩吸空翠。霜風吹鴻鵠，草野簇車騎。日斜過雲門，凌跨方半醉。垠塄亂葉滑，蹭蹬幾欲墜。懸巖半過面，絶澗黑無地。入險難遽止，眩運不敢視。層崖宿山家，坐久猶膽悸。居民畏馬嘶，遊子喜犬吠。汲遠終夜喧，月斜人未睡。柴關見星稀，枕石餘蘚膩。酒散身逾困，飢透食有味。忽聞炒椒巔，虎去失羸牸。陰森木石怪，慘冽霜露氣。黎明轉重崦，呀互急幽閟。繚繞天一綫，陷日孤光細。嵌隙深且蒼，白晝悲魍魅。過午纔得水，飲漱解鞍憩。却是城西河，山間更清駛。彎環折鱷腸，詰曲亂之字。跋步重踐涉，深淺頻揭厲。林開見石田，數頃牛角鋭。淳俗久深居，見人但驚避。農婦帛纏頭，應門聳高髻。破屋有村翁，無言但流涕。舉鞭爲撫摩，俾説山中事。都因七十堌，鹵莽各稱帝。實户三百萬，食盡猶未棄。白骨與山齊，查牙誰與瘞。幸得脱齒頰，瘡殘餘一臂。年來立海州，遺噍更疲弊。邊郡增仇敵，深山無子弟。聞此不忍聞，愴怳復噓嚱。海岱稱東秦，山河號十二。峽口吞穆陵，渤澥捲無棣。初從霸國後，往往逞兇猘。虢公死巖邑，恃制殆非計。祇爲殘民區，每起姦雄志。窟宅多龍蛇，桃源難避世。數日出修阻，川途漸平易。雲梢見萊蕪，孤城隱霾曀。回視青萬疊，乾坤屹軒輊。穿出過徂徠，背轉逾汶泗。泰山正面看，益見崇高勢。目中好全齊，蒯生莫兒戲。爲告慕容超，勿謂燕得歲。

隨州

山南楚甸坼，漢東隨爲大。盡日涉艱阻，極力出險隘。川途落木杪，忽覩天宇快。長林偃秋色，百雉露茫昧。疑向遠水曲，隱映修竹外。捷去不得前，橫亙斷崖礙。煙深梅欲春，石亂水相帶。飛鳥不知人，投樹聲甚怪。探騎隔岸言，轉出西城背。火壕削紫土，斬絶黑欲墜。當時不受攻，例與安陸潰。居人盡室去，涵養儘一敗。荒空二十年，緐夥日蕪穢。白堊餘屋壁，狐狸窟庭內。穿窗棗枝曲，倚柱巖桂壞。誰種當道棘，亂長侵階菜。奧室没蒿萊，何處覓粉黛。溼氣雜土腥，當晝半瞑晦。相國來秉鉞，下令急翦拜。佇馬開天荒，欲復太平代。勿謂少師侈，今有季良在。

雲夢

羣山避鄢郢，霜淨楚天遠。秋色浮雁背，風水蘆花滿。陂澤通江湖，田岸藏町疃。横滙淵藪大，散漫稻畦淺。積煙晚翠重，老浪虚白卷。乾坤入涵混，魚龍深宛轉。殘嶺土崖斷，餘浸黑壤軟。平岡繚中洲，闊甸負長坂。勁竹密如簀，緑粉封紫筍。忽向青楓末，半出黄檞峴。北人有圖畫，却向此間展。選鋒一萬騎，掣電鐵滿眼。更不顧鹵獲，直向腹心翦。昨去今飲江，掃道草盡偃。何處仍三户，踐蹂殆不免。荒莊自池臺，寒蔓相挂罥。鵝鸛不知家，悠悠忘還返。注目浩無際，馳想首重俛。何時結茅屋？老吟寄殘喘。濯纓謝漁父，瞑卧汀沙晚。

渡江書所見 并序。

己未秋，奉命宣撫江淮，自鄧南入新野，蹈宋北鄙，渡泌河及湖陽，入于春陵。陂塘聯絡，畎澮縈屬，村墟蓊翳，荒空不可行。佳木修竹，奇花異卉，櫛比林莽間，怵然有感於中。而取野蓮、荒竹、秋桐、野菊四者，姑以寓感焉。

野蓮

陂塘渺煙蕪，秋波淡浮空。蒹葭雜芙蕖，依稀見愁紅。輕銷露華涼，亭亭倚西風。金粉亦自香，霞腴爲誰容？無言恨最深，失偶情更濃。摇摇似相招，爲喜詩人逢。翻思彼桃李，反在羅綺中。復憶巖下蘭，緑葉翳荒叢。西子出苧蘿，原思老蒿蓬。萬物在生處，莫謾仇天公。

荒竹

荒竹遶廢宅，高下隨女蘿。新梢入林莽，迸葉楊條柯。玉骨清且癯，埋没還奄阿。病緑煙慘悽，枯黄雨滂沱。劍斷戟復折，壯士空悲歌。伊昔主家安，森森氣相摩。籦龍起雲雷，平地煙霄過。幽香澹庭除，静陰延綺羅。一自兵塵生，人去斤斧多。寂莫秋不實，飢鳳將奈何？

秋桐

高秋江漢波，卉木入摇落。荒林擁孤桐，蔓草重繞縛。淒迷氣日喪，憔悴若隕籜。黄彫晚風吹，青裂飢烏啄。無時亦無儔，幢幢老陰薄。儀鳳安所棲，宫樹空寂莫。謂汝無自傷，植根亦孅弱。豈能持風寒，况乃失所託。何時此焉居，揚鋤翦荒惡。擕幼扳庭柯，遂我生聚樂。

野菊

乾坤入消數，萬物呈晚節。秋晏菊始華，荒叢翳林樾。野迥幽姿清，罔斷寒豔接。絲蟲罥青苞，啼螿抱枯葉。瀼露積玉華，層層擁金屑。我欲摘以杯，飲之濯中熱。霜栽郁高標，胡與荒穢列。嗟爾夷惠儔，玉質難變滅。不謂無人看，便使幽香歇。安得老瓦盆？坐對澆古月。

冬至後在儀真館賦詩以贈三伴使

突兀天壤間，洞視及八軌。區宇入割裂，疆埸更彼此。鬩怒尋干戈，禍亂無期已。孰能著手援，下石往往是。予方閉關居，不忍安坐視。復有弓旌招，飈然爲時起。仁義一萬言，麻鞋見天子。天道本好生，天顔亦爲喜。乃曰哀吾民，去殺兵當弭。今日踐阼初，急務惟爾耳。三人奉書行，一信盈尺紙。詔下癃老泣，春風動田里。入境及淮壖，肺臆卽開披。剗薙撤藩垣，羅列倒瑚簋。萬變惟悃赤，一念無幸詭。白虹晝貫日，清江秋見底。行人不能行，在所輒頓止。一自入儀真，改館七牢美。坐使庖丁勞，徒增魯連恥。空庭重咨嗟，闇室還徙倚。蹉跎兩朝事，慘澹一江水。堂上接玉帛，何如四郊壘。萬衆七奔命，何如一行李。新陽復生意，歲律已窮紀。節候中易感，挺特入骫骳。折梅愧皇華，對酒生顙泚。蒼生苟能活，志士豈惜死。願借君懸河，發我弦上矢。天下本一氣，南北只一理。處置一何難，鴻毛扇糠粃。中原帝高光，遽可遼金比。君家祖宗法，親仁載良史。可令富鄭公，樹立太平址。一若泰山安，一若九卵累。事幾或一失，千載貽訢訾。中間樂禍徒，沮遏逞姦宄。以爲富貴鎡，瞰鼎磨血齒。高天無風飈，側佇羽翮俟。激怒起兵端，馮鋒肆蛇豕。皇皇仁聖資，比復當謹始。發言謾盈庭，執咎誰敢爾。是非在目前，胡爲眩紅紫。政如道傍室，牽制終誤己。區區謾多議，紙上何足恃。出門懼垂堂，何嘗見邊鄙。睽孤還自睽，見鬼急張弛。一斷卽遇雨，羣疑皆披靡。天運屬安治，何當合離仳。不能鷹脫韝，還成肉在几。盤飧寧忍食，欲斷南八指。

橄欖 南人謂之格覽。

南果足韻勝，北人罕爲奇。銀盤獻青子，愛玩驚見之。蓮房飽出踊，棗滑生下枝。翠粉苔埒新，清烈凝松脂。齒牙嘖艱澀，苦硬不可持。氣韻久始來，靈根淪天池。灑然凌清颸，甘露濡仙芝。有如宿瘤妻，苦節真可期。亦如相韓休，朕瘠天下肥。危辭遽逆耳，終自爲良規。先難阻欲速，後得卒莫違。默默心語口，此樂夫誰知？始覺衆果俗，橘奴復梨兒。海嶺瘴天黑，異味翻茶飴。雨露存天真，颶霧不可滋。島嶼出乳泉，造化亦若茲。元氣舌本甜，酸苦歸涕洟。本來甘受和，衆味相假移。居然復其源，僞安焉能欺。何當謝世網，兀坐忘奔追。深山石室空，煮石療調飢。破鼎煎春芽，嚼此吟湘纍。翛然沃肺肝，看山坐支頤。物表有真味，載歌采薇詩。

秋思四首

星麾重霜露，落月窺弊裘。久客心易傷，況乃逢暮秋。誰知楚江邊？卽是窮海頭。赤子解虎鬬，先拚十二牛。太阿授楚柄，濤塗竟拘囚。昊天有肅殺，未肯休戈矛。書生本迂闊，國計無身謀。俯仰但不愧，萬事從悠悠。

江聲萬馬來，勢欲衝夜枕。志士足多感，坐起安得寢。靜聽風雨急，透骨寒凜凜。湖湘湊遠浸，巴蜀動餘淰。誰令限南北，汹怒欲相諗。落落弭兵心，于今成貝錦。薦玉期捧盤，墮甑如拾瀋。尊中有瓊花，明朝且轟飲。

木葉墮積水，西風白雁來。祇應破月氏，曾過黄金臺。昔年弔荆卿，臺邊把酒杯。落日督亢陂，莽蒼秋雲開。浩歌易水寒，晚山青崔嵬。誰知坐江館？兩見飛鴻回。空庭日徙倚，慘淡生莓苔。援溺先墮井，計拙良可哀。

昔遊東諸侯，秋晚登泰山。佇立太平頂，超然出塵寰。日觀望吴越，浩渺秋雲間。長風漾江海，天末生微瀾。今年坐舍館，江聲滿重關。却如在幽陵，修阻不得看。好花静有色，相對婉且閒。無由寫哀怨，日遠歌幽蘭。

儀真館後園海棠兩花于秋因爲小酌賦詩

二年海棠秋，幽妍對寥索。霜後輒載花，枯株吐纖弱。化工爲詩人，故令造物錯。木落出奇芬，風度亦不惡。尖黄簇短葉，膩翠光欲鑠。蹙縮包紅栗，殷濃入深萼。稀疏生意怯，静麗尤綽約。飛絲罥青蟲，蠨蛸共聯絡。深閨養春嬌，霜華滿珠箔。賴得西風輕，微薰小陰作。盈盈出宫妝，新寒翠綃薄。空庭自顔色，含恨誰附著。息亡楚無言，意婉心不樂。琵琶怨昭陽，所遇非所託。獨有未歸人，相看慰孤酌。却似海南時，坡仙政漂泊。有酒仍有花，世事且高閣。後時亦何遲，適寓今猶昨。香霧霑新橙，傾酒兩螯嚼。銀燭更高燒，秋花易零落。

甲子歲後園秋色四首

雞冠

夷則播新律，卉木協秋候。綰結流火餘，的皪金天宿。峩峩列庭除，擿擿儼雄秀。炎帝朝火官，絳幘軒宇宙。植立竟不拜，離披擁青袖。奕葉初類莧，吐心漸如豆。脈絡引絲起，一片珊瑚瘦。雲芝茁紅腴，紫菌卷翠脰。碎顆甕丹砂，肉綻殷血透。怒割赤龍耳，勁磔還亂糅。麻葉薄且聳，山字缺乃覆。查牙欲成角，擁腫下連咮。生全餘小穗，展盡帶殘皺。昂藏偃膺高，突兀出羣驟。還將早霞映，欲向朝日雊。月露終夜棲，風雨幾回鬭。再礪復自止，交退誰與救？區區閒草花，象物與接搆。弭兵日觀戰，亦是自貽咎。垂簾且相忘，高枕卧清晝。

牽牛

野花照天星，星中花亦盛。長夏蔓草深，疎籬掩斜徑。幽庭日無事，森寂澹相映。繚繞絲亂垂，點綴葉相並。金風一披拂，零露光彩競。參差碧玉簪，綰插滑欲迸。霜絲吐冰同，容色好娟淨。堂陰青錦張，牆背紫苔瑩。時方鵲橋成，佳節當秋孟。織女能翦裁，天河洗尤稱。女以秋爲期，郎將花作證。風雨開雲屏，鸞凰鏘月鏡。處處乞巧筵，家家喜相慶。五年江館客，萬事成墮甑。不能致龍節，空自悲虎穽。永日處炎蒸，中暑廿卧病。對花淚盈目，坐起不覺暝。雲漢見雙星，回頭看斗柄。遥憐小兒女，昏嫁俱未竟。中流虞風波，相見何日更。

葡萄

深院荒草長，短蔓裂塼縫。葡萄本西果，南國誰與種？插蘆爲扶持，灌溉甚珍重。瘦骨紫節舒，龍頭青線控。蟠蟠上疏籬，蒨蒨將遠縱。遭遇雖後時，取實望秋仲。摘露添俎豆，庶閒館人供。誰知六月旱？卉木焦死衆。斷秧餘幾花，强勉著土擁。竟作纏結枯，日遠空悼痛。肺渴口重乾，望梅心欲烘。忽憶河隴秋，滿地無歇空。支離半空架，串草十里洞。掏乳積成岸，湏瀼接梁棟。一派瑪瑙漿，傾注百千甕。往歲見沙陀，回鶻正來貢。詔賜琥珀心，雪盛瓶盡凍。查牙飲流澌，氣壓黑馬湩。一旦離魏闕，五載猶在宋。見此復何時？鳥道目逆送。

野蓼

窞池蓮蒲短，久旱餘淺淤。牆隈積餘埃，玉鳳秋不翥。野蓼根莖堅，幸得侵沮洳。節葉瘦且赤，蘼蕪交翠箸。細蕊亦鮮潔，粉米糅丹素。獨窣裊輕穗，離披滴清露。水花澹晚色，幽窅足真趣。忽憶過夢澤，千里渺煙樹。蘆花與蓼花，露錦蕩雪絮。深入芙蕖藪，遠映蒹葭渡。舉鞭問飛鴻，駐馬嚼佳句。乃今四壁中，浩渺隔煙霧。日斜對幽叢，聊以慰遲暮。大似辛苦蟲，無復風標鷺。來因援沈溺，底事極幽錮。屢上刳腸書，無地瀝血訴。嗟嗟好花草，焉用生此處。衹因爲詩人，故故獨不去。嘗膽如啖蔗，食蓼猶饍御。仰首但有天，志節久愈著。

幽思六首

江山鬱幽思，靜止有天光。宛然褰薄帷，明月照我牀。蟋蟀鳴孤根，鴻鴈頎飛霜。惄惄動羈衷，耿耿發清狂。有萬來無端，百折縈回腸。晤言且伏枕，一寐成兩忘。

鸑鳳翥丹霜，尺鷃搶枯株。知止各翱翔，卑高一何殊。精衛苦填海，寃憤一何愚。鳲鳩不爲巢，亦自有所居。偉哉衡門士，高卧一束書。曲肱有餘樂，不用長者車。

濯纓厭世塵，入海求夜光。貝闕涵珠宮，異色森綺芒。采采滿懷袖，駕龍登扶桑。赤烏驚上天，火曜舒乾陽。回視乃瓦礫，自愧空奔忙。書生莫謾愚，敝帚安足藏。

有物莫不由，萬古長安道。區區往來者，總向塵中老。年年雨灑清，日日風驅掃。行人竟無迹，涸轍生秋草。我欲謝帝閽，離居事幽討。束載無良辰，幾回問蒼昊。

藏舟泰山巔，偶值懷襄流。忽從歸墟東，直向西海頭。洗日復濯月，光抱空中樓。扶疏散青紅，異氣纏九州。忽焉閣寒沙，佇立令人愁。明朝早潮來，欲住不得留。

景晏念慮歇，支頤坐看山。起來復何爲？結佩紉幽蘭。萬事從悠悠，不愧俯仰間。舉杯謝塵世，月落梅花殘。深江總風波，天淡孤鳥閒。氣數當閉塞，我亦方閉關。此題本六十首，特就其警拔者録之。又和陶詩二卷，以其於本意不合，不載。伯常用韻，於入聲任意出入，如北風一首云：「憤叱一氣轉，大呼天地窄。掃來長城隍，卷起黑山磧。雲飛月縮鹽，日落天失色。長歌薬落柯，笑擲千金璧。」甚有奇氣，惜全首多失韻也。

白溝行

西風易水長城道，老㭴查牙馬頻倒。岸淺橋横路欲平，重向荒寒問遺老。易水南邊是白溝，北人爲界海東頭。石郎作帝從珂敗，便割燕雲十六州。世宗恰得關南死，點檢陳橋作天子。漢兒不復見中原，當日禍基元在此。溝上殘城有遺堞，歲歲遼人來把截。酒酣踏背上馬行，彎弧更射溝南月。孫男北渡不敢看，道君一向何曾還。誰知二百年冤孽，移在江淮蜀漢間。歲久河乾骨仍滿，流禍無窮都不管。晉家日月豈能長，當時曆數從頭短。日暮途窮更著鞭，百年遺恨入荒煙。九原重怨桑維翰，五季那知魯仲連。只向河東作留守，奉詔移官亦何疚。稱臣呼父古所無，萬古諸華有遺臭。

賢臺行 古黄金臺也，土人稱爲賢臺。

高臺突兀燕山碧，黄金泥多土猶溼。曉日曈曨赤羽旗，燕王北面覩前席。費盡黄金臺始成，一朝拜隗人盡驚。誰知平地幾層土，中有全齊七十城。禮賢復讎燕始霸，遂與諸侯雄並駕。七百年來不用兵，一戰轟然駭天下。二城未了昭王殂，火牛突出騎劫誅。臺上黄金少顔色，惠王空讀樂毅書。古來燕趙多奇士，用舍中間定興廢。還聞趙括代廉頗，敗國亡家等兒戲。燕子城南知幾年，臺平樹老漫荒煙。莫言騏驥能千里，祇重黄金不重賢。

天賜夫人詞

八月十五雙星會，佳婦佳兒好昏對。玉波泠浸芙蓉城，花月摇光照金翠。黑風當筵滅紅燭，一朵仙桃降天外。梁家有子是新郎，芊氏忽從鍾建背。負來燈下驚鬼物，雲鬢欹斜倒冠佩。四肢紅玉軟無力，夢斷春閨半酣醉。須臾舉目視傍人，衣服不同言語異。自説成都五千里，恍惚不知來此際。玉容寂寞小山顰，俯首無言兩行淚。甘心與作梁家婦，詔起高門榜天賜。幾年夫壻作相公，滿眼兒孫盡朝貴。須知伉儷有緣分，富者莫求貧莫棄。望夫山頭更賦《白頭吟》，要作夫妻豈天意。君看符氏與薄姬，關繫數朝天子事。

湖水來

枯風怒遏長川回，兩湖五月生黄埃。水晶宫碎洲渚出，昆明老火飛狂灰。魚龍錯落半生死，乾坤枯槁無雲雷。海鯨怒抉海眼破，濤頭一箭湖水來。新聲汩汩入黑壤，寒虹矯矯收蒼霾。鷗鳥静盡波不起，澄清無瑕玉鏡開。浮光四動青雲第，倒影半浸黄金臺。何當乘興呼太白，櫂歌長入琉璃堆。滿船明月露花冷，翠綃銀管飛瓊杯。

聽角行　贈漢上趙丈仁甫。

疏星澹不芒，破月冷無色。千年塞下曲，忽向窗中得。當空勁作六龍嘶，四海一聲天地寂。長呼渺渺振長風，引起浮雲却無力。此聲誰謂非惡聲，借問何人有長策。漢家有客北海北，節毛落盡頭毛白。聽此空令雙淚垂，中原雁斷無消息。南枝越鳥莫驚飛，牢落天涯永相失。江上舊梅花，今夜落誰家？樓頭有恨知何事，牽住青空幾縷霞。

懷素青帘鬬將二帖歌

青布高垂誇美酒，醉僧扶書賒幾斗。朝朝挂向長安市，行人看書不飲酒。唐家既滅酒家亡，青帘草聖千載後。瀚海西邊唐將鬬，將軍揮戈虜連彀。當時本自說戰功，却使醉僧誇好手。筆勢更比青帘雄，常山長蛇救尾首。賈侯愛玩看不休，不肯插向萬卷樓。壁間一雙岳湛璧，灑落神俊懸清秋。見我酒酣使題評，快飲數鍾澆枯喉。爲說草書秦漢間，變出楷隸蓋有由。但存妙處遺土苴，縱筆自如成鎖鉤。大巧既窮出大拙，作者每向無心求。所以顛張醉素嗜酒能出奇，放浪縱恣隘九州。夭矯騰蛟龍，峻利森戈矛。婀娜春樹花，肅颾秋江鷗。兔起復鶻落，雲行溪水流。神聚精不散，抉怪還撑幽。都非有意舉自然，所以超凡入聖直與造化侔。陶然以酒寓天趣，一著直在最上頭。莫言只作醉僧圖，君未得醉方隱憂。一身纏縛萬古愁，焉能浩浩復悠悠。侯乃大笑言，君更飲數甌。壁間又添珠一斛，三帖使我子孫收。

趙邈齪伏虎圖行

南山射虎曾得名，壁上忽見令我驚。何物敢爾來户庭？屢叱不動仍生獰。畫師前身是山靈，胸中有虎無丹青。老槲數筆平掃成，殺氣慘淡猛氣橫。頭顱半妥蹲孤城，怒尾倒插蟠霜旌。鐵鬚張磔疑有聲，赤吻瀝血猶帶腥。抱石欲卧伏欲騰，爪入石角瞪不瞑。寒電夾鏡騫兩睛，四座凜凜陰風生。威稜神采出典刑，邈齯乃是金天精。伊昔詩家杜少陵，酷愛賦馬并賦鷹。爲憐神俊故屢稱，我今賦虎亦有徵。要得猛士建太平，坐令四海皆澄清。吁嗟擲筆還撫膺，世間道路多棘荆，倀鬼磨牙不可行。

緯亢行

歲臨鶉火斗插子，穉陽欲復老陰死。朱靈南極元龜首，望舒北至明堂裏。乾坤翻覆變已窮，氣數朝元將有啓。旄頭日没正當中，五緯將且躔蒼龍。羣陰已伏衆星没，玄天變白生清風。兩角在南大角北，龍頭半妥朝上宫。誰知總向亢中聚，同舍參差不同度。歲鎮熒惑共光明，金水煌煌俱不怒。東西絡繹似連珠，色正芒寒共昭布。往年長星掃金源，前年孛入紫微垣。欃槍妖客不時出，天狗枉矢還驚傳。今朝太平有此象，不久再見成康年。昔時曾聞入房駟，兆啓金商六百祀。同來東井漢元年，四百年中稱帝制。後來丁卯焕文章，二百餘年方季世。曾逢丙午當百六，今日重逢又重六。五星忽來會辰前，不知誰禍誰爲福？綱紀梁棟兩攝提，招摇玄弋動光輝，馬祖直欲飲亢池。星翁曆史休相欺，正是君臣會合時。丙午冬十有一月，越十有五日辛未，五星會于亢。太陽躔斗十九度，太陰經心五度，木星躔亢二度，八十三分十秒在辰前逆行。六日行一度，土星躔亢宿一度，三分在辰前順疾。十日半行一度，金星躔亢一度，六十四分四十六秒在辰前順疾。一日行一度，火星在亢東五度，六十二分半在辰前順疾。二日行一度，水星躔亢三度，三十二分三十秒在辰前順疾。一日行一度，以其五緯皆躔于亢，故謂之肄亢云。

唐十臣像歌

魏徵、李白、郭子儀、渾瑊、顔真卿、韓愈、白居易、牛僧孺、崔愼由、司空圖。

鄭公山立面粟黄，袖中隱隱露諫章。致君堯舜肩禹湯，太宗一鏡今不亡。謫仙翩然來帝鄉，淋漓龍巾倚御牀。斗酒百篇錦繡腸，光焰至今萬丈長。汾陽沈雄異姓王，中興功業冠有唐。人臣始終壽且昌，深山大澤龍蛇藏。咸寧氣貌慘不揚，殺氣凜凜横天狼。回天再造忠且强，功名端不讓汾陽。太師魯公日角方，挺特不撓百鍊鋼。端笏正朝貌堂堂，盧杞藍面不敢望。昌黎高冠何昂昂，泰山北斗元氣傍。天衢搖曳雲錦裳，斥去老佛擅文章。樂天翛然世相忘，江水蕩漾江花香。不作房杜庸何傷，歌詩直與日月光。奇章重厚國棟梁，亂來粗能立紀綱。太平無象稱小康，不計黨禍深膏肓。崔相憂國眉兩厖，區别流品何太忙。天子閉目猶自防，曹節侯覽不可量。司空表聖宜賢良，清癯不欲游巖廊。詩外有味誰肯嘗？寡鶴飛去高翺翔。

宣和内人圖

牡丹横壓搔頭玉，眼尾秋江翦寒緑。金翠冠梳抹且肩，正是宣和舊妝束。腰肢一搦不勝衣，當時宜瘦不宜肥。三千想見無顔色，偏有親題御製詩。蔡攸恢復燕山府，曾索君王不曾許。蕭條萬里去中原，偶見花枝淚如雨。却將换米向三韓，遂令流落在人間。道君一顧曾傾國，今人休作等閑看。

入燕行

南風緑盡燕南草。一桁青山翠如掃。驪珠晝擘滄海門，王氣夜塞居庸道。魚龍萬里入都會，澒洞合沓何擾擾。黄金臺邊布衣客，拊髀激歎肝膽裂。塵埃滿面人不識，骯髒偃蹇虹蜺結。九原喚起燕太子，一尊快與澆明月。英雄豈以成敗論？千古志士推奇節。荆卿雖云事不就，氣壓咸陽與俱滅。何如石晉割燕雲，呼人作父爲人臣。偷生一時快一己，遂使王氣南北分。天王幾度作降虜，禍亂袞袞開其源。誰能倒挽析津水？與洗當時晉人恥。崑崙直上尋田疇，漠漠丹霄跨箕尾。

跋魯公送劉太冲序帖

魯公筆法皆正筆，出奇獨有劉太冲。初從真草入行草，削去畦町尤清雄。懸針數筆皆側鋒，往往矯矯如飛龍。輪囷權奇恣揮灑，瑰偉乃見烈士風。觀此好向書家道，未有能真不能草。

楷木杖笏行 并序。

金源以來進士登第，例授楷笏，無則以槐代之。今曲阜祖庭有孔道輔釋褐時擊蛇笏，殷血猶在，横絡一綫旁迸數砂粒，色若棗漆，以水濯洗，則其色鮮紅如新濺著者，今此笏乃其尺度故制也。孔氏族人又以長材爲杖，以贈好事者。乙卯秋九月，經拜謁墳林，家長翁以笏杖各十相貽，故爲賦此。

兩楹夢斷壞梁木，天出斯文生宰木。翳雲擁霧二十里，虎踞龍蟠泰山足。道德仁義爲根株，禮樂枝葉光扶疏。芘蔭百代吾道尊，户有絃誦家詩書。中間楊墨常蠹食，重欲翦伐逢老釋。崔嵬枯幹尚生意，千古堂堂孟韓力。年來旦旦加斧斤，幹爲居楔枝爲薪。知音抱去甚泣玉，觀者掩面如悲麟。大横庚庚紫蛇腹，手板霑恩照緋緑。老儒扶藉見聖人，豈並枯藤與桃竹。斯文將墜吾道亡，不絶一綫甚濫觴。豈爲區區徇枯木，亦如告朔存餼羊。孔氏家庭手植檜，楷樹相望閲千世。亂來秦火幾番燒，土黑灰寒共憔悴。靈光殿基秋草深，牧童相唤穿墳林。青蛙亂聒顔氏井，飢烏落日啼白禽。佩玉長裾新進士，回視詩書等閒事。赭袍白馬飛將軍，闊劍長槍不識字。中原慘慘無神靈，白骨蔽野無蒼生。只知下石誰手援，老夫有淚洪河傾。皇極厄會數流血，誰與澄清倒溟渤？摩挲東家扣脛杖，拂拭囊中擊蛇笏。會當立聖斸祆昏，鞭擊魚龍起春窟。

乙卯秋月十九日登泰山太平頂

窮秋老雨四十日，坤軸欲爛陰霾纏。我來方作泰山游，玉虹一夜收雲煙。山靈奕奕生喜色，突兀撑裂青羅天。輕裾飄飄過黄峴，乘輿直到三峰前。霜餘灌木出秋色，萬疊紅錦幪椒巔。泓澄寒溜浸太古，翠壁細瀉珠璣圓。當時秦漢極侈麗，未必如此皆天然。天門中斷兩屹立，箭筈一磴蛇蜿蜒。凌層絶頂肆崇峻，佇立矯首望八埏。長天沈沈入西極，九州却在東海邊。衝風慘淡萬里來，海窟勁刮鯤鯨涎。須臾白雲生嶽麓，脚底泱莽無山川。秦壇周覼覺浮動，滿地覆冒兜羅綿。忽疑山移入海中，白浪四洶虚濤掀。山陰瑰詭光怪出，赤氣翠暈相鉤連。下從谷底上碧落，寶塔萬級高蟠旋。遂登日觀叱日馭，六龍倒著珊瑚鞭。玉鱗剥落金甲拆，九芒迸綺生血鮮。三山摇蕩海水沸，蓬壺縹緲來飛仙。爲言此色與此界，君自固有非塵緣。恍然記悟復無語，把手一笑三千年。

華不注行

崑崙山巔半峰碧，海風吹落猶帶溼。意氣不欲隨羣山，獨倚青空迥然立。平地拔起鷲孱顏，劍氣勁插青雲間。濟南名泉七十二，會爲一水來浸山。我來方作鯨川遊，玉臺公子邀同舟。君山浮嵐洞庭晚，小孤滴翠清江秋。酒酣興極煙霏昏，魚龍慘淡回山根。少陵不來謫仙死，舉杯更欲招其魂。魂兮不來天亦老，元氣崔嵬山自好。超超絶頂凌長風，注目東溟望蓬島。

居庸行

驚風吹沙暮天黄，死焰燎日横天狼。巉巉鐵穴六十里，塞口一噴來冰霜。導騎局脊銜尾前，氈車轣轆半側箱。彈筝峽道水復凍，居庸關頭是羊腸。横拉恆代西太行，倒卷渤海東扶桑。幽都却在南口南，截斷北陸萬古疆。當時金源帝中華，建瓴形勢臨八方。誰知末年亂紀綱，不使崇慶如明昌。陰山火起飛蟄龍，背負斗極開洪荒。直將尺箠定天下，匹馬到處皆吾疆。百年一債老虎走，室怒市色還猖狂。遽令逆血灑玉殿，六宫飲泣無天王。清夷門折黑風吼，賊臣一夜掣鎖降。北王淀裏骨成山，宫軍城上不敢望。更獻監牧四十萬，舉國南渡尤倉皇。中原無人不足取，高歌曳落歸帝鄉。但留一旅時往來，不過數歲終滅亡。潼關不守國無民，便作龜兹能久長。汴梁無用築子城，試看昌州三道牆。

懷來醉歌

胡姬蟠頭臉如玉，一撒青金腰線緑。當門舉酒喚客嘗，俊入雙眸聳秋鶻。白雲亂卷賓鐵文，臘香一噴紅染脣。據鞍側鞚半淋鬖，春風滿面不肯嗔。繫馬門前折殘柳，玉液和林送官酒。二十五絃裝百寶，一派冰泉落纖手。須臾高歌半酡顔，貂裘潑盡不覺寒。誰道雪花大如席？舉鞭已過雞鳴山。

化城行

東郊野馬如馬驚，依稀隱約還成城。參差雉堞雲間横，鼇頭岌嶪擎長鯨。壯哉三都與兩京，殿閣樓觀頑空明。丹臒峭麗欹且傾，煙氣荏苒摇旆旌。其中似有百萬兵，是邪非邪寂無聲。秦邪漢邪杳難名，長風忽來一掃清。赤日如血高天青，霜淨沙乾雁鶩鳴。路傍但見棘與荆，祇有慘淡萬古情。人間城郭幾廢興，一抔聚散皆化城。君不見始皇萬里防胡城，人土並築頑如冰。屈丐按劍將土蒸，堅能礪刀草不生。神愁鬼哭枯血腥，殺人盈城著死争。只今安在與地平，平地深谷爲丘陵。江南善守鐵瓮城，城外有田不敢耕。西北廣莫無一城，控弦百萬長横行。身爲心城屋身城，一朝破壞俱化升。佇立感化參玄冥，乾坤翻覆一化城。

趙州石橋

輪困太古緑玉月，半插水面不挂天。一矼一段數十丈，大業至今七百年。深銜密帀無罅隙，嵌磨妥帖堅且圓。仰視壓面勢飛動，勁欲拔起疑墜顛。鬼功神力古未有，地維欲絶還鉤連。蛟龍辟易洚水伏，細紋參錯如新鐫。晴虹不散結元氣，海捧縹緲纏飛煙。衝風倒景鯉背摇，金瀾滉瀁青環偏。乾坤壯觀全趙雄，幾回笑殺秦人鞭。往來細讀張相碑，直與北嶽相軒軒。先君有詩不忍看，摩挲華表空泫然。

閒閒畫像　王安仁藏。

烏巾鶴髮鳶雙肩，丹砂噀面深兩顴。存神垂老孰與傳，正大八九天輿前。金源一代一坡仙，金鑾玉堂三十年。泰山北斗斯文權，道有師法學有淵。中華命脈屹不偏，楚妃正色絶纖妍。石光玉潔無腥羶，高文大册職所專。潤色帝業星霓纏，體制妥帖開坤乾。官樣奥雅春容篇，筆力壯浪傾源泉。草聖肆意揮雲煙，晚年遊戲西域禪。月江卷盡藤蘿涎，清風修修易一編。每欲杖屨尋伊川，熒惑犯昴光竟天。不與亡國天惜賢，始終無慊獨巍然。國初學士汴與燕，世章蔡党方騰騫。宣政佻靡快濯湔，補完大朴無雕鐫。卿雲腴霞鳳鸞翩，貝闕寶府珠璧聯。崇極欲圮龍步遷，此老始終元氣全。大儒巖廊筆如椽，六鼇一掣三山連。紀亂墮地誰續絃？破觚頓脰皆沈緜。東塗西抹競取憐，夸紅姹紫十百千。安得起公重著鞭，萬古一日當天懸。德陵嘗賜公所服丹，潮紅滿面。公先壬辰之變以禮部尚書翰林學士丞旨卒於第，人以爲天幸！

曉登昆陽故城

弓刀蹀躞西風鳴，慘淡夜入昆陽城。疏星牢落楚氛黑，立馬起坐東方明。凌晨歷覽增壯觀，世祖凜凜猶如生。以寡敵衆古亦有，以怯爲勇夫誰能？始知謹厚是真勇，彼僞不足當吾誠。眼中百萬已破碎著手一戰成中興。天定豈容人復勝，新莽猶然事符命。漢家王氣滿咸陽，空向漸臺看斗柄。憑高落落生壯懷，萬里一片青山來。子陵不屈亦堪惜，乃使耿鄧升雲臺。東都制度遂狹陋，王室陵夷寖傾覆。漫將風節與維持，終入曹瞞莫能救。巖巖高節固可奇，濟時行道胡不爲。釣魚臺上秋風老，我欲與子論襟期。蕭蕭草木南陽道，龍虎春陵氣仍好。須當策杖向軍門，整頓乾坤濟時了。

巴陵女子行 并序。

己未秋九月，王師渡江，大帥拔都及萬户解成等自鄂渚以一軍覘上流，遂圍岳。岳潰，入於洞庭，俘其遺民以歸。節婦巴陵女子韓希孟誓不辱于兵，書詩衣帛以見意，赴江流以死。其詩悲婉激切，辭意壯烈，有古義士未到者。今并其詩録于左方。嗚呼！宋有天下，文治三百年，其德澤龐厚，膏於肌膚，藏於骨髓。民知以義爲守，不爲偷生一時計。其培植也厚，故其持藉也堅。乃知以義爲國者，人必以義歸之，故希孟一女子，而義烈如是。彼振纓束髮，曳裾峩冠，名曰丈夫，而誦書學道以天下自任，一旦臨死生之際，操履云爲，必大有以異於希孟矣！余既高希孟之節，且悲其志，作《巴陵女子行》，以申其志云。

北來諸軍飛渡江，突騎一夜滿岳陽。樓頭火起入閭巷，曹逃偶走如牛羊。巴陵女子尚書婦，生平不識門前路。亂兵驅出勢倉皇，夫壻翁姑在何處？吞聲掩淚行且啼，啼痕沾溼越羅衣。此身忍使人再辱，裂帛暗寫臨終詩。上言社稷安危事，下説投江誓天志。一回宛轉一悲辛，心折魂飛不成字。詩成淚盡赴江流，蛾眉蕭颯天爲愁。芙蓉零亂入秋水，玉骨直葬青海頭。古來烈婦纔一二，誰似巴陵更文理。名與長江萬里流，丞相魏公還不死。

巴陵女子韓希孟，魏公五世孫，嫁與賈尚書男瓊爲婦。岳州破，被虜之明日，以衣帛書詩，願好事君子相傳，知吾宋家有守節者，其詩云：宋未有天下，堅正臣禮秉。開國百戰功，每陳唯雄整。及其侍幼主，臣心常炯炯。帝曰卿北伐，山戎今有警。死狗莫擊尾，此行當繫頸。即日陛辭行，盡敵心欲逞。陳橋兵忽變，不得守箕潁。禪讓法堯舜，民亦普安靜。有國三百年，仁義道馳騁。未改祖宗法，天何賜太眚。細思天地理，中有幸不幸。天果喪中原，大似裂冠衽。君誠不獨活，臣實無魏邴。失人與得人，垂誡常耿耿。江南無謝安，漠北有王猛。所以戎馬來，飛渡巴陵境。大江限南北，今此一舴艋。本期固封守，誰知如畫餅。烈火燎崑岡，不辨金與礦。妾本良家子，性僻守孤梗。嫁與尚書兒，含香署蘭省。直以才德合，不棄宿瘤癭。初結合歡帶，誓比日月昞。鴛鴦會雙飛，比目願長並。豈期金石節，化作桑榆景。旄頭勢正然，蚩尤氣先屏。不意風馬牛，復此逸鄢郢。一方遭劫虜，六族死俄頃。退鷁落迅風，孤鸞弔空影。簪墜折白玉，瓶沈斷青綆。死路定冥冥，憂心常炳炳。妾心堅不移，改邑不改井。我本瑚璉器，安肯作溺皿。志節匪轉石，氣噎如吞鯁。不作爝火燃，願爲死灰冷。舍生念麴蛾，乞憐羞虎穽。借此清江水，葬我全首領。皇天如有知，定許血面請。願魂化精衛，塡海使成嶺。

武昌詞三首　并序。

王師圍鄂，遊騎於金牛鎮得一婦人。欲侵之，厲聲曰：「我夫壻翁姑皆死，目前未即死，又可受辱邪！

速與我死。」遂置之。自稱梅溪主人張素英，作歌詩數篇以見志。尋以疾卒。於湖中得一路分妻，一日以無夫還賜有功軍人。卽以掌批其頰，對今上大呼曰：「妾夫將千五百人扼敵沅州，妾命婦也，豈可辱於是，乞速賜死。」上矜其志，賜之衣糧，使有司存恤之，以俟其夫。亦尋以疾卒。又有漢陽教授之妻爲一兵所掠，義不受辱，投于沙湖。三人者，僕親見之，皆可附希孟之義。各爲賦詞以寓意云。

巴陵女子韓希孟，梅溪主人張素英。解作歌詩還死節，不論傾國與傾城。

烏鬼山頭鬧鼓鼙，武昌恭人攜孺兒。黄鬚回鶻便批頰，義感萬乘真英奇。

漢陽宣教是妾夫，妾身未死緣事姑。騎士朝來强擁去，抱石半夜投沙湖。

使宋過濟南宴北渚亭

往年薄遊宴渚亭，高秋霜落波光清。今年持節又來宴，菱葉荷花香半城。城南倒插泰山脚，城北沈涵海氣橫。周圍盡浸樓臺影，魚鳥慣聞簫鼓聲。錦堂流出珍珠泠，花底漂摇碎光炯。名泉多在府第中，繡簾深掩臙脂井。推波委濤到北渚，匯蓄涵渟數十頃。虹去聲橋桁柳平分破，巨壑雲莊入煙暝。濟南名士多老成，行臺突兀皆名卿。尊中正有李北海，坐上寧無杜少陵。堰頭臘瓮滿船求，歌舞要送行人行。江南風景已不殊，渚亭卽是西湖亭。

三汊北城月樹玩月醉歌

大河奔放千里一片黄，鼇頭傑觀突起河中央。露華漲冷濯桂窟，氛露洗盡豁四旁。濤山隱映生金輪，水天不辨渾金光。杳然坐我月宫上，星斗錯遻雲錦裳。玉虹高挂飲酒海，黄流倒卷都淋浪。兩行美人列嫦娥，翠綃深夜冰肌涼。悄然清唱多怨曲，攪亂羈思爲停觴。輕飈忽來四座覺浮動，吹落桂子颯颯生秋香。急令撾鼓歌慷慨，驪龍掀舞白鳳翔。玉牀插天抱孤月，醉卧萬里銀河長。

望京府賞紅梅

汴梁宫中絳綃梅，移向汴河堤上栽。青條團搭杏花顆，瑣細向陽才半開。張公小隊呼我飲，風色偃髯寒氣凜。玉銜徑踏黄河冰，貂帽颯簷掀紫錦。金鞍細馬歌舞人，雪壓小橋不動塵。入門下馬簇花宴，紅蓮舊府花正新。玉川金波碧香酒，折花遍插分素手。春透寒梢未全綻，風流正要臙脂瘦。賞梅不用歌落梅，緩歌却著銀笙催。愛香細擷生霞蕊，浮動雲腴嚼一杯。本是前村冷澹花，不稱王侯將相家。明朝會散更向明月底，藉雪凍吟疏影裏。

青城行

壞山壓城殺氣黑，一夜京城忽流血。弓刀合沓滿掖庭，妃主喧呼總狼藉。驅出宫門不敢哭，血淚滿面無人色。戴樓門外是青城，匍匐赴死誰敢停？百年涵育儘塗地，死霧不散昏青冥。英府親賢端可憐，白首隨例亦就刑。最苦愛王家兩族，二十餘年不曾出。朝朝點數到堂前，每向官司求米肉。男哥女妹自夫婦，覥面相看寃更酷。一旦開門見天日，推入行間便誅戮。當時築城爲郊祀，却與皇家作東市。天興初年靖康末，國破家亡酷相似。君取他人既如此，今朝亦是尋常事。君不見二百萬家族盡赤，八十里城皆瓦礫。白骨更比青城多，遺民獨向王孫泣。禍本骨肉相殘賊，大臣蔽君尤壅塞。至今行人不歎承天門，行人但嗟濠利宅！城荒國滅猶有十仞牆，牆頭密帀生鐵棘。

陵川集詩，敍金亡事最詳。又有《金源十節士歌》序云：金源氏播遷以來，至于國亡，得節義之士王剛忠公等十人，皆死事死國，有古烈士之風。可以興起末俗，振作貪懦。其名字官階始終行業，自有良史。其大節之嶽嶽磊磊，在人耳目，雖耕夫販婦，牛童馬走，共能稱道者。作歌以歌之，庶幾揄揚激烈，由其音節，見其風采云。天興諸臣，國亡無史。不能具官。故皆秖以當世所稱者，如郭蝦蟆、仲德行院等書之。俟國史之出，當爲釐正云。十節士謂王子明、移剌都、郭蝦蟆、合答平章、陳和尚、馬烏古、孫道原、仲德行院、絳山奉御李豐亭、李伯淵也。

靈泉行二首 并序。

乙卯秋八月，及行臺嚴公獵于東山，遂會于鳳山之靈泉。故賦二詩。

赤雲夾日騰清暉，太陰殺氣纏海霓。元戎小隊數百騎，金鑣玉勒紅牙旗。長鞭一點陣偃月，稍騎兩合前山圍。查牙折角獲挺鹿，模糊生血禽孤羆。霜蹄剝落落澗石，飢燕亂掠秋草飛。應弦霹靂疊破碎，掇拾挂馬皆纍纍。一川錯莫半山赭，空穴破冢妖狐悲。將軍推仁亦中怛，弛弓服矢收神威。力士下馬各數獲，從官解劍稱酒巵。山河慘淡生壯觀，乾坤突兀增雄奇。溶溶喜色動歸路，滿城樓觀重煙霏。

蕭蕭弓劍秋山行，老玉破碎前相迎。石蛇繞徑入煙樹，一天忽在青山層。三嵒鼎峙勢欲墜，元氣突兀彊拄撐。相君坐定從官列，游子乘輿窮其登。穿雲石磴上方遠，忽入洞窟行幽冥。黑風吹衣出大隧，泉源湛徹光泚清。倏然濺弄胸次豁，一匊流盡千年酲。憑高悠悠肆遐矚，天宇曠闊秋毫明。泰山西來忽中斷，翳翳桑土西南平。須臾撾鼓震虚谷，尊酒坐嘯還同傾。醉歌扣碎一明月，欲入碧海騎長鯨。

八月十五夜五河口觀月

去年燕南醉明月，黄金臺上秋風發。兩行燕玉笑姮娥，直著風神比顏色。前年山南醉明月，露氣風聲纏玉節。甲士撾鼓邊聲雄，漢水波翻峴山裂。今年又作江南行，五河口澆雄䱉。舉杯對月月浮動，酒浪摇碧金鱗生。彷徨四顧天宇豁，九州四海一月明。誰令此地限南北？鬨起禍亂拏甲兵。人生大抵隨所遇，南北東西無定住。今宵對月傾金尊，便可長吟嚼佳句。醉時抱月凌孤風，桂苑煙霄快高步。浩歌亂扣白玉盤，天上人驚亦何懼。不須槌碎黄鶴樓，何必翻倒鸚鵡洲。大江江頭呼李白，我欲與汝蓬山遊。赤城城頭摇曳紫綺裘，白雲雲邊倒卷蒼玉甌。雙成佐酒飛瓊唱，不解人間更有愁。

書磨崖碑後　并序。

書至於顏魯公，魯公之書又至於《中興頌》，故爲書家規矩準繩之大匠。河朔嘗見三數本，皆完好，而森森如劍戟，有不可犯之色。今得此本，頗爲殘缺，既裝褙，則反得古中韻勝。乃知崖角刓獘，本真全露，有李白所謂「秋水出芙蕖，天然去雕飾」者，尤可賞激也。乃爲賦詩云。

汝南昔曾謁公祠，霜日皜列森英姿。乃今江館坐牢落，奪目忽覩中興碑。神明煥若還舊觀，義烈凜凜生見之。滯氣激起天宇豁，快意發冢揮金鎚。生平每爲二賢惜，以技掩節公羲之。不阿桓温止殷浩，遺世脱屣終遊嬉。平原突兀杲卿死，李唐中葉公能持。政令二賢書不工，隻字片楮猶當奇。矧於超出二王筆，冠冕百代書家師。坡仙論書至公止，此本於公又奇至。正筆篆玉藏李斯，出筆存鋒兼漢隸。古硬陵轢瘞鶴銘，韻勝韜抉蘭亭記。離堆雄峻僅能亞，畫贊沈深還櫛比。書法至此爲絶塵，頓覺諸家異端異。恢宏正大極遒緊，馳騖剛方窮壯麗。萬古千秋討賊心，二十四城忠義氣。惜哉歲久頗殘缺，苔蝕潮舂寖磨滅。去國幾年似者希，滄海遺珠亦奇絶。酒酣對酌虎賁郎，況乃摩挲是明月。斷畫嶄嶄岂斷金，倔彊常山筆端舌。中間剥泐尚含胡，慘淡中丞面餘鐵。載看激裂壯士肝，意苦時危將泣血。置書勿論撫膺歎，更有何人似公節。忠貞端不負巡遠，文字尤令重元結。只今誰識段文昌？世上焉知李希烈！終南太華皆可磨，後人竟莫墮嵯峨。惟餘浯溪青天一片石，照耀邃古馳江河。誰能與世見此不朽業？蕩攘邪穢蠲祅痾。再立元氣攎澆訛，踵武至德肩元和，九原起公吾其歌。

江梅行

江城畫角吹吴霜，破月著水天昏黄。波澄煙妥林影澹，雙梅帶雪横溪塘。此時承平風物盛，家家種玉栽琳瑯。朝來伴使宴江館，銀瓶亂插吹銀管。霏微香霧入紅袖，零亂春雲遶金碗。都將和氣變荒寒，錦瑟愁生燕玉煖。爲言儀真梅最多，苔花古樹深煙蘿。一年十月至二月，紅紅白白盈江沱。自從天馬飲江水，草根斸盡梅無柯。楊子人家楚三户，今年幸有燒殘樹。忽聞星使議和來，盡貯筠籠待供具。從今江梅好顔色，爛醉長吟嚼佳句。

江聲行

雁啼月落揚子城，東風送潮江有聲。乾坤洶洶欲浮動，窗户凜凜陰寒生。昆陽百萬力一蹴，齊呼合譟接短兵。鐵騎突起觸不周，金山無根小孤傾。起來看雨天星稀，疑有萬壑霜松鳴。又如暴雷鬱未發，喑嗚水底號鯤鯨。祗應靈均與子胥，沈恨鬱怒猶難平。更有萬古戰死骨，銜寃飲泣秋濤驚。虚庭徙倚夜向晨，重門擊柝無人行。三年江邊不見江，聽此感激尤傷情。須臾上江帆欲舉，舟子喧豗鬧撾鼓。江聲漸小聽雞聲，慘淡芙蓉落疏雨。

後聽角行　并序。

丁未冬十有一月，漢上趙先生仁甫宿于余家之蜩殼菴。霜清月冷，角聲寥亮，乃作聽角行以贈其行，近在儀真，每聞角聲，因思向來卒章四句：「江上舊梅花，今夜落誰家？樓頭有恨知何事，牽住青空幾縷霞。」便有江城羈留之兆。故作《後聽角行》以自釋云。

燕南壯士江城客，孤館無眠心已折。那堪夜夜聞角聲，怨曲悲涼更幽咽。一噴牽殘楊柳風，五更吹落梅花月。霜天裂却浮雲散，雁行斷盡疏星接。餘音眇眇渡江去，依稀似向愁人説。勸君且莫多歎嗟，家人恨殺生離別。可憐辛苦爲誰來？彫盡朱顔頭半白。萬緒千端都上心，一寸肝腸能幾截。當時聽角送南人，南人吹角不送人。不如睡著東風惡，拍枕江聲總不聞。

長星行 甲子歲七月一日始見，九月十六日没。

銀槊萬條日没西，玉虹千丈月合丑。雄雞一聲半天赤，太陽欲出星在柳。東南勢妥裁冰刀，東北迸開驅雪帚。行侵熒惑掩太白，直從北斗向南斗。上相黯慘忽無色，上將參差都不守。明堂帝坐總茫昧，房駟王良欲奔走。漸過輿鬼漫兩河，渾掃三垣當井口。突煙滾滾欲浮動。異事驚人古未有。初從暵旱忽風雨，拔木轟山聲亂吼。爾後妖芒忽亘天，七月初吉又踰九。縱横凌犯卧復竪，自暮至朝長更久。五年江館戴片天，變故紛紜翻覆手。摧心褫魄又見此，閉目不敢窺户牖。天傾地裂由積釁，敗國亡家皆自取。吾聞有道必得壽，長星勸汝一杯酒。

狠牆歎

危牆闊峻倒插棘，四簷抵帀無罅隙。東日曬透西日炙，周與鐵瓮熾火逼。置予此中不許出，虐哉狠牆甚狠石。嗚呼何時見天日！

寃鐍歎

重門重鎖禁不開，伴使送入不復來。鐵簣生澀深金苔，沴氣纏結埋陰霾。竇中進食當門回，咬脣閉目猶疑猜。嗚呼寃鐍孰爲哀！

憶寶刀歌

生平知己壓腕刀，借交報仇燕南豪。一從濠梁成隔絶，梟獍觸忤狐狸嗥。夜夜斗牛多異氣，玉虹縈天光燭地。幾回夢裏飛入手，痛惜當年都廢棄。近來館下遇家賊，空拳無奈徒忿激。撼牀一夜寶刀鳴，黑風卷地吹霹靂。只今使節猶未回，衹應玉琫生青苔。何時磊落却在手，爲我討賊除氛埃。

陽春怨二首

江頭怕見楊柳春，楊花飛來愁殺人。紅顔落盡花片新，黄昏無人淚霑巾。舊花被疊凝春塵，夢中忽見渾未真。隔花半面春山顰，恨郎不歸多怨嗔。不知兩處同苦辛，同是天涯愁恨人。幾年心事向誰説？花落鶯啼晝掩門。

芳草萋萋春又青，階前院後喚愁生。隔牆飛花帶鶯聲，都因無情却有情。强飲不醉愁難醒，欲睡不著夢難成。一簾斜日堆緑英，春風瀶浝江無聲。楊花茫茫揚子城，總是天涯流落情。夜來説殺梁間燕，一世春愁在此行。

秋興五首

風振長天秋氣豪，幽人興與雪山高。霜纏短褐歌商頌，月滿空庭讀楚騷。萬事已應隨弊俗，一身寧忍墮塵牢。會須散髮滄溟上，鞭擊魚龍舞碧濤。

世事雖窮道不窮，金聲猶振魯王宫。看書極探天人理，下筆全侔造化功。未灑後塵心有贅，忽驚前哲坐生風。六經依舊垂天地，千載秦灰散劫空。

沙冷雲平塞外天，霜風掣箭射幽燕。羣狐蹀血濡腥尾，一鶻摶空弄老拳。白玉樓成賀安在，黄金臺廢隗猶賢。翩翩精衛休填海，驅石秦人已斷鞭。

永夜漫漫苦飯牛，北溟誰下釣鼇鉤。拘雲琢句鬼神泣，倚劍長歌天地愁。日暖桃源秦世外，月明蘭國楚江頭。但能握節終吾事，絶食猶輕漢五侯。

萬里長風掃陣雲，浩歌一曲倒清尊。昔人猶有未埋骨，邃世難招不返魂。陰沴豈能昏日月，濁河難使貫乾坤。皇天不許中州静，夜夜長庚出薊門。

雪意

暘谷初冰冽曉霾，瑶花一夕滿瑶臺。雲飛海嶽寒難吐，風振堪輿凍不開。秀魄暗成冰井月，冷魂潛入楚江梅。梁園此日多豪俊，濯濯無因展異才。

呈王內翰

霜落雲枯秋盡時，翰林遺得桂林枝。春風久已歸桃李，劫火從渠照虎貔。白髮操戈浮世在，赤心傾蓋幾人知。壺中有酒無天地，醉後休歌貝錦詩。

送董巨源

錯落霜華季子裘，茫茫何處是西周。乾坤破碎無元氣，歲月蹉跎漫客愁。舉世橫身歸虎口，幾人懷策射龍頭。相逢不得從容地，空著長歌慰遠遊。

老馬

百戰歸來力不任，消磨神駿老駸駸。垂頭自惜千金骨，伏櫪仍存萬里心。歲月淹延官路杳，風塵荏苒塞垣深。短歌聲斷銀壺缺，常記當年烈士吟。

題楊之美尚書寄王運使守太原書後

憶昔風塵暗兩京，北門此日賴真卿。乾坤翻覆見忠節，臣子危亡置死生。一柱數年支大廈，孤軍千里重長城。尺書便是中丞傳，讀者猶能感義聲。

南堂卽事

長夏禪房絶點埃，欝蒸襟袖迥然開。半軒流水移天去，滿榻雄風送雨來。不記閒愁千萬種，有時清唱兩三杯。輕鷗也自知人意，浮入鷩波却便回。

大宛二馬 天廐所育。詔錫張蔡公。

二馬飄飄萬里來，玉花驌颯上金臺。風生兩耳雲霄近，電掣雙瞳日月開。渥水虎文連殺氣，大宛龍種絶氛埃。將軍正欲成勳業，看汝驍騰展驥才。

落花

彩雲紅雨暗長門，翡翠枝餘萼綠痕。桃李東風蝴蝶夢，關山明月杜鵑魂。玉闌煙冷空千樹，金谷香銷謾一尊。狼藉滿庭君莫掃，且留春色到黃昏。

次韻答王國範

薄寒孤影澹黃昏，步出空齋自掩門。霜落池萍清見底，風彫庭樹静歸根。天高雁去人千里，江闊烏驚月一痕。兩國音塵俱斷絶，幾年懷抱與誰論？

贈馬德璘

從君躍馬入長途，尊酒風雲日便疏。白璧暗投皆若此，赤心知己更誰歟？不能北闕紆奇策，甘向南山守敝廬。抱膝長吟意蕭索，半生孤負五車書。

靜香亭二首

南風吹緑滿庭槐，門巷翛然絶點埃。紅玉生煙塵世隔，錦幃遮日洞天開。鶯知好客飛無語，蝶爲新花去復來。好著生前無限酒，浩歌長醉亂霞堆。

小山曲檻映回廊，別有一天深處藏。人物風流還似晉，衣冠儒雅尚如唐。四圍紅錦春風軟，滿地緑陰清晝長。坐久杳然忘世味，碧雲高興欲飛揚。燕自兩河之戰，遂非唐有。薦罹遼金，幾四百年。然而不漸宣政佻靡之化，豪勁任俠，渾厚敦雅，猶有唐之遺風焉。故是詩有「衣冠儒雅尚如唐」之句。

曉渡滏河

旌旗斷續出林巒，部曲喧豗過石灘。殘月没時愁地險，宿雲收處覺天寬。自知不武還爲將，漫使閒身也屬官。落盡黄榆秋色老，楚山清曉石樓寒。

營獨山谷

秋風獵獵建牙旗，月澹昏黄馬不嘶。區脱定時林影黑，邏兵行處草聲低。豺狼遠跡終宵遁，烏鵲驚飛到曉啼。中夜幾回還自惜，缺壺歌罷意淒迷。

孟少保後園瑞香

羽葆層層擁細花，甲梅斜映隔山茶。兩三叢裏氤氳氣，數百年來富貴家。雕玉香濃團瑞雪，翠翹春暖插輕霞。主人一去無消息，庭户蕭疏落晚鴉。又詠山茶云：「秦樹怨離拋翡翠，漢宫愁絶冷臙脂。內家最愛常留得，生色屏風有數枝。」亦甚佳。

題汶陽王太師彦章廟

不許乾坤屬李唐，孤軍直與決存亡。大梁僅得延三日，匹馬猶能敵五王。誰意人間有馮道，幸因身後遇歐陽。千年豹死留皮在，破冢風雲繞鐵槍。

宿州夜雨

飛電穿窗滿室光，却從陡黑見昏黄。雷霆半夜翻龍窟，風雨終宵撼客牀。塞上詩懷尤索莫，天涯壯氣獨昂藏。星躔何日平康了，兩國長令似一王。

震南樓

危樓雄壓楚氛收，緩帶輕裘日燕遊。赤羽萬夫開虎幕，黄流一曲枕鼇頭。天高樹老關河暮，水落雲枯澤國秋。北地誰教限南北，蒼茫極目使人愁。

沙洲夜泊

一來駐泊便淹旬，洲渚人家雁鶩村。滿地月明疑白晝，半帆煙影易黄昏。天連平楚無邊闊，河入長淮徹底渾。夷甫諸人憑寄語，莫教石勒上東門。

月丹

小艇移來江漲橋，盤盤矮矮格仍嬌。丹霞皺月琱紅玉，香霧凝春翦絳綃。一種是花偏富貴，三冬無物比妖嬈。廣寒記憶曾攀折，滿殿光摇照紫霄。王承宣致月丹一本，云：山茶大者曰月丹，又大者曰照殿紅。故爲賦此。

伴使秦文舉欲入維揚故賦詩以見意

東風吹落瓊花雨，南浦潛生荔子煙。夜久有懷聞獨鶴，春歸無語怨啼鵑。天沈海底涵金鎖，日隱鼇頭頓玉鞭。千尺絲綸萬年井，文園消渴竟誰憐。

芍藥 王承宣送揚州芍藥數本。

夜來風雨洗殘春，芍藥還開春又新。入座忽驚持酒客，舉杯先酌送花人。煙輕雪膩丰容質，露重霞香婀娜身。鐵石肝腸總銷鑠，都將軟語説風神。

生朝祭先有感

金橘堆盤荔子丹，瓊花滿奠蓺沈山。風生香案空遥拜，月掩重門尚未還。目斷松楸心耿耿，氣填胸臆淚潸潸。三冬又盡三年數，兩國無成兩鬢斑。

鏡蘤亭

薄薄輕雲似霧塵，陰陰江氣冷侵人。一庭芳草留連客，兩樹夭桃斷送春。檻外流鶯仍語巧，梁間旅燕又巢新。東城飲伴西湖柳，寒食中間入夢頻。

甲子秋懷

江館無家久似家，西風院落老天涯。黄纏薯蕷猶多葉，緑擁芙蓉尚未花。紗幕墜塵歸晚燕，窗池生草窟秋蛙。枯腸欲斷誰濡沫，擊柝聲中夜煮茶。

己巳三月二十六日

夢遊故國人仍獨，春到空梁燕自雙。雲淡星疏祇見斗，浪平風定不聞江。五更鼓角纏孤枕，千里關河入破窗。落盡好花春又老，依然塵土暗金釭。

升賢村

兩嶺青林夾，孤山黑石圍。雲攜疏雨過，風約斷虹飛。爲告奸雄叟，難逃筆削譏。荒村好終老，白首竟忘歸。

開平新宫五十韻

日月旋天蓋，星辰合斗樞。光騰掌内鐵，氣繞澤中蒲。金帛羞重賜，弓刀奮一呼。真人翔灞上，天馬出余吾。尺箠初開闢，羣雄競走趨。無勞爲更舉，乘勝即長驅。蹴踏千年雪，驍騰萬里駒。長城衝忽斷，弱水飲先枯。肅殺威靈盛，驅除運會俱。華夷廛澒洞，天地血模糊。地盡諸蕃外，兵窮兩海隅。九州皆瓦礫，萬國一榛蕪。誰與重休息？徒爲妄駭吁。治平須化日，殺伐豈良圖。聖子曾嘗璧，神孫會握符。鐵山深蘊玉，瀚海特生珠。曆數終當在，謳歌信不誣。欲成仁義俗，先定帝王都。畿甸臨中國，河山擁奧區。燕雲雄地勢，遼碣壯天衢。峻嶺蟠沙磧，重門限扼狐。侵淫冠帶近，參錯土風殊。翠擁和龍柳，黃飛盛樂榆。岐山鳴鸑鷟，冀野牧騊駼。風入松杉勁，霜涵水草腴。穹廬罷遷徙，區脱省勤劬。階土遵堯典，卑宫協禹謨。既能避風雨，何用飾金朱。棟宇雄新造，城隍屹力扶。建瓴增壯觀，定鼎見規模。五讓登皇極，羣生賜大酺。還聞却走馬，即見弛威弧。簡策詢前代，弓旌聘老儒。恢弘回一氣，儌幸絶多途。雷雨施龐澤，乾坤洗舊汙。直爲提赤子，遂使出洪鑪。遠檄收疲薾，窮邊罷轉輸。江壖遺鄂岳，石窟棄巴渝。刀槊存殘骨，膏粱换毒痛。却令逢有道，免使叫無辜。契闊還同室，鰥惸得字孤。八荒皆壽域，六合極歡娱。白叟休垂泣，蒼生獲再蘇。只知期用夏，更擬論平吴。旭日冰天透，仁君雪國無。終能到周漢，亦足致唐虞。遇主得知己，逢時合舍軀。弭兵通信誓，奉招敢踟躕。頓覺心田豁，還將肝紙刳。行行重回首，瑞氣滿閶闔。

春夜

春雨江湖夜，東風花柳寒。舉頭不見日，何處是長安？歲月纏星節，乾坤遶血盤。控拳紛愈甚，排難古來難。

儀真館中暑一百韻

五載淹江館，三年錯雨暘。熱中蒸滯氣，涸轍斷枯腸。黑井鹽煎火，紅鑪鐵鍊鋼。絣幪加誕罔，坎窞觸機張。直壯無身慊，窮堅著命當。鼻煙從燎炬，溝汗儘翻漿。噎塞難通七，摧頹懶揭裳。沾濡粘敝屣，毒螫上空牀。甑擁輪囷肉，瓶熬觱沸湯。喚喝氣尤偃，叫吼怒如狂。曉瘴煤生柱，晴霾土抹牆。片雲遮日薄，疏雨灑晴忙。熒惑凝青血，長庚迸赤芒。槁天高破碎，乾月死昏黃。翕熇渾無露，萎焦似有霜。燕呀棲不壘，鳶跕墮難翔。雷殷轟蚊塔，沙生闇蚤槍。飛螢空自爝，戰蟻竟深藏。盤礴摧腰脊，低垂塌目眶。本來觀化日，誰使遇徂陽。風土聞南國，江山異朔方。豈期惟酷烈，無處別炎涼。故國包全晉，吾家壓太行。高寒雄地勢，瀟灑靜雲莊。六月衣冠冷，千年草木香。長松撼潮海，絶壁隱虛堂。却到燕山北，行歌易水傍。雁霜彫夏木，鳩雨潤春桑。聘幣輝光重，徵車道路長。沙陀瞻帝里，雪谷拜天王。的皪星銜凍，巖凝日隱光。羣雄奮冰窟，六合入氈囊。半世無蒸溼，于今重禍殃。襟裾堆蚤蝨，肘腋沸蜩螗。豈免泥塗辱，還令羽翮戕。甘言雖未已，毒手益難量。夾柵仍規覘，重圍更限防。塹門深虎圈，擊柝鬧魚梆。箝逼鑪錘密，枝梧觜吻荒。釜鬵烹則易，刀俎食非强。氣數俱臻極，天人盡反常。旱災縣歲月，禍本入膏肓。重怒非長策，佳兵甚不祥。揶揄肆巖阻，鄙外極戎羌。信誓猶然在，明徵固未妨。但令心匪石，儘自口如簧。喟歎愁仍積，吁嗟氣不揚。行人竟何罪，國體豈無傷。反己私尤責，知微實愧惶。逢時當際會，援溺止懷襄。自縛懸難解，輸人律否臧。惡心煨肺腑，畏景急炮煻。欲掘陰山鼠，翻思雪窖羊。履危從蹇剥，挺節不低昂。伊昔當崇慶，金源復靖康。白虹纏帝座，紫電激天狼。傅説騎箕尾，王良策駟房。一龍轟霹靂，萬馬快騰驤。歷塊無完國，蜚鋒舉斷吭。纔聞過燕趙，又已出河湟。此際通和好，惟時正擾攘。渾如沃薪火，大似堰流糠。狼藉三峰敗，顛連五國亡。濟師攻汴蔡，徼節到餘杭。海上盟空闊，城南事渺茫。劍關開要害，淮海失城隍。寓縣餘骸骨，乾坤一痏瘡。百年血肉運，萬里戰争場。邊將徼功賞，兵人藉糗糧。居然忘厄會，但請復侵疆。虎怒寧須激，鯨吞更請嘗。肌膏坐銷鑠，節鉞漫熒煌。破屋渾生蘚，方畦孰插秧。蘼蕪没洲渚，潢潦漫陂塘。莽蒼人何在？陰森鬼正倀。雁兵秋滚滚，魚竄夜遑遑。豈忍仍擠石，無爲更藥瘍。欃槍鬧三紀，緜臬紊千箱。已亂仁明出，中興祚胤昌。勝殘須必世，奕葉始呈芳。秦府鳳鱗質，周家金玉相。河山收殺氣，雲漢焕文章。潛邸人皆仰，春宫德益彰。厭兵符太母，歸馬勸先皇。禮樂尊周孔，聲名慕漢唐。恢弘張治具，突兀振乾綱。駿發渝平急，鋪敦大命將。奉書祇局蹐，馳驛敢彷徨。加額人皆賀，摩肩衆所望。只今全父子，無復痛孤孀。延入拘營壘，周羅帀廡廊。只將人桎梏，不用鐵鋃鐺。龍節埋泥穽，狐涎汩土甌。焚身無取齒，避竈豈争煬。炎赫惟加熾，風飈不許涼。祇愁化灰燼，何處薦珪璋？天問終無語，冥搜未易詳。艱屯果誰敢？壞亂實難匡。有賦誇鸚鵡，無媒獻驌驦。何當快風雨，吹去卧滄浪。

二月二十三日猶在儀真館二首

向晚日華紫，殷然轟夜雷。龍蛇開蟄窟，桃李動春臺。淚逐催花雨，心同潑火灰。何由復龍動，百感坐中來。

二月還如夏，炎蒸鬱震驚。迅霆侵骨冷，飛電透心明。海氣霑衾溼，江聲拍枕平。從今休禁火，一雨萬家生。是月初二日火，二十日丑刻火，午刻復火，一月凡三火。獨遺舍館及漕臺州治在。故有是句。

月夜感懷

去國朞星歲，無家阻萬金。江山沈苦思，花月動哀吟。變故空長策，蹉跎惜此心。遥憐燈火罷，兒女夜愁深。

雨中感懷

舍館年年老，江邊日日陰。雨聲便熟睡，花氣動幽吟。樹密鶯愁溼，庭荒雀畏深。晚風吹鼓角，慚愧弭兵心。

曉起

傍枕衾稠薄，還家夢亦難。月華終夜白，江氣先秋寒。心苦天爲碎，辭窮海欲乾。起來看北斗，何日見長安？

江雲

江雲似江水，渺渺復粼粼。晻靄無窮態，紆餘不盡春。遮回斷行雁，望殺未歸人。何日星軺路，馮高更憶親。

新館感春二首

東風吹敝褐，水氣撲虚簷。月窟星河澹，江城鼓角嚴。年深愁不醒，春至恨猶添。爲問秦通守，何顔説錦簾。

佇立無人語，巡簷思慘然。夜江寒浸月，春樹暝生煙。計拙仍持節，途窮擬問天。難爲繞指鐵，萬折志彌堅。

新館夜聞杜鵑

啼落深江月，催殘故國春。不堪多恨鳥，偏聒未歸人。血盡腸應斷，哀餘聲更頻。關心尤入耳，一枕夜愁新。

癸酉閏六月十三日夜病中聞笛

深夜涼風發，迢遥送笛聲。只愁江月破，不放野雲行。怨曲人多感，離腸恨易生。病中催坐起，傾側若爲情。

滿城道中

十二西郎縹緲中，顔行壁立插晴空。欲攜天地諸山去，不逐秦鞭過海東。

抱陽寺

孱顔蒼玉抱幽村，突兀雙龍窟宅尊。回首萬山東盡處，冷煙平遠半乾坤。

九日郭外二首

溪上蒼煙一道開，誰家日夕採菱回？片帆不舉波間過，無限好山波底來。

萋萋宿草暗荒丘，落日徘徊上上頭。一曲悲歌天地窄，怪人獨鳥入長楸。

蠶

作繭纔成便棄捐，可憐辛苦爲誰寒？不如蛛腹長絲滿，連結朱簷與畫闌。

龍德故宫懷古八首

國是當時總是非，强將商鞅作臯夔。莫言天變渾無畏，不見雷轟黨籍碑。

蔡京姦計假荆公，紹述雖同事豈同。不向嶺南消禍本，更從海上立奇功。

人間未省有金國，地底唯知幸鐵樓。忽見城頭鶡鴿舞，賣花聲斷不勝愁。

復國誅讎事豈難，背城借一據河山。汴梁更不回頭望，直送汪黄到浙間。

少康一旅便南奔，畀付英雄國可存。宗澤云亡李綱罷，衣冠不復到中原。

却許邦昌爲紀信，渾將秦檜作程嬰。甘心江左成東晉，長使英雄氣不平。

金人不敢駐幽燕，劉豫猶令帝八年。若守汴梁和且戰，關河一半尚能全。
建炎新焰起江東，冤血青城尚幾重。閩越兩王還有後，天教太祖繼高宗。

帥正堂

秋渚芙蓉澹澹香，新亭爽氣釀新涼。晚風吹斷溪南雨，一片金煙挂夕陽。

長蘆舟中遇風二首

海風栗栗刮鯨涎，吹裂西南一半天。瞑色忽開隨酒散，浪花和月上船舷。
杯盤楚楚下中流，風順帆輕暮靄收。忽憶黄河轟斂日，翠綃涼月轉船頭。

贈漁者

一尺新魴緑柳穿，漁人饋我不論錢。斫開細雪銀膏瑩，旋折黄蘆爇晚煙。

寓目

錯莫坤靈慘不春，搶攘戈戟鬧風塵。可憐萬里中原土，一段荆榛愁殺人。

宿黄陂縣南

茅屋攲斜竹逕荒，稻畦殘水入方塘。營屯未定斜陽下，雁點秋煙不著行。

燭花

江城深夜作輕寒，金粟堆盤蠟炬殘。應是燈花憐久客，故隨人意報平安。

正月三日見月

小雪初晴卵色天，虚庭摇曳動江煙。忽聞歸雁驚回首，新月梅梢又一年。

八月十六日曉起見月

冷雲收盡月當西，過却秋宵已失期。何事天公太相妒，只教人看不圓時。

橄欖

半青來子味難誇，宜著山僧點蠟茶。若是党家金帳底，只將金橘送流霞。

丁卯新館寒食無花二首

四圍擊柝鎖重扉，春去春來總不知。腸斷東城中酒後，春衫走馬拂花枝。

陽和渾不到空齋，深院無人長緑苔。爲報監門暫開鎖，少分春色入門來。

館内幽懷

狂花野蔓滿疏籬，恨殺絲瓜結子稀。獨立無言解蛛網，放他蝴蝶一雙飛。

夢遊木香洞府

月窗青錦麝塵寒，夢遶煙條露蕊看。但覺身輕似蝴蝶，種香風物異槐安。

莫春

重圍雨久塌蒼苔，火鋪喧呼著棘栽。唯有東風難禁約，隔牆吹過落花來。

同闞彦舉南湖晚步

荷花臨水殿，綺月轉簾腰。晚吹動銀管，暮凉生翠綃。

促織

亂聒霜前夜，忙催機上秋。無衣汝何益，重作旅人愁。

太平頂讀秦碑

岱宗太平頂，磨崖與天齊。左列則天頌，右刻張説辭。文采與書法，不離近代規。漢封宛在周觀東，秦壇敻出絶頂西。壇前圓平值中峰，突兀上有始皇碑。年深雨漬百裂餘，析作兩峰蹲半規。面陽數字仍可辨，隙縫重銜苔蘚皮。中間隱約見制可，完好可辨惟臣斯。拳如釵股直如筋，屈鐵碾玉秀且奇。千年瘦勁益飛動，回視諸家肥更癡。當時風雨有餘怒，豈容夸石獨在兹，祇應神明愛九物，不肯轟擊常護持。昔年韓文公，曾賦岣嶁詩。字青石赤皆傳聞，漫爲咨嗟涕連洏。何如親登泰山日觀峰，光怪特見絳氣纏金虹。摩挲細讀秦相碑，天門高詠來清風。乃知山靈不相負，夜宿天邊不忍去，醉倚雲窗重回顧。

和陶咏荆軻

燕國八百里，最爲遠秦嬴。可作殷周基，何乃事荆卿。癡兒强復讎，匕首揕咸京。徑刎於期首，更圖督亢行。倉皇事不就，狼藉斷冠纓。寒風死别歌，睥睨一世英。不若專設諸，飲恨復吞聲。縱使殺一秦，寧無一秦生。吕政方忘燕，忽作繞柱驚。并吞勢不已，舉兵復有名。掃平黄金臺，故鼎入秦庭。昔我渡易水，晚登燕子城。投文弔田疇。思賢重屏營。舉事本道義，不係敗與成。爲國恃刺客，夫豈豪英情。

儀真館中雜題五首

心事悠悠逐去鴻，夢魂渺渺入西風。無邊木葉無窮恨，一夜秋容滿鏡中。

鞍馬怱怱改館來，芙蓉開罷海棠開。梁間笑殺新來燕，去了重來尚未回。

花落深庭日正長，蜂何撩亂蝶何忙。匡牀不下凝塵滿，消盡年光一炷香。

持節江頭久食魚，館人供雁意踟蹰。呼兒細看雲間足，恐有中原問訊書。

只見星簾挂月鉤，銀河依舊隔牽牛。遥憐玉雪佳兒女，淚滿西風乞巧樓。

許文正公衡

衡字仲平，河内人。與姚樞、竇默同隱蘇門。得程朱氏書，日相講習，慨然以斯道爲己任。世祖在秦中，聞其名，徵授京兆提學，辭。卽位後，召爲太子太保，不拜，改國子祭酒。未幾，謝病歸。至元初，命議事中書省，條奏數萬言。七年，拜中書左丞。尋以集賢大學士兼國子祭酒，人安其教。十六年，復起，領太史院事，成授時曆，請還，特命其子師可爲懷孟路總管以便養，年七十三，卒。語其子曰：「我平生爲虚名所累，竟不能辭官，死後愼勿請謚立碑也。」大德二年，贈司徒，謚文正。至大二年，加贈太傅，開府儀同三司，魏國公。皇慶二年，詔從祀孔子廟庭。學者稱魯齋先生。所著有《魯齋集》。先生開國大儒，不藉以文章名世。然其古詩亦自成一家。近體時有秀句。如《登東城》云：「亂雲隨日下，荒草過堤平。」《秋寒》云：「雲影水邊去，雁行天際來。」《用吴行甫韻》云：「五畝桑麻舍前後，兩行花竹路西東。」《謝梁安撫》云：「太行西對千峰玉，淇水東窺萬斛珠。」《秋霖初霽》云：「兩旬秋雨餘三丈，一日人心抵十年。忽睹濃雲捲空際，便添喜色上眉顛。」諷詠之餘，恍然如在吟風弄月間也。

遊黄華

我生愛林泉，俗事常鞅掌。十年苦煩劇，一念愈傾仰。峰巒看畫圖，雲煙入想像。久成心上癖，欲忍不可强。荷有敬齋公，恆以善相長。攜我遊黄華，一洗塵慮爽。行行歎奇絶，舉目皆勝賞。鏡臺聳百嶮，瀑布落千丈。石苔積重痕，溪風動幽響。使我躁競息，使我心志廣。恍如夢中身，翱翔千古上。回首聲利場，誰能脱塵網。我老得仁心，動作皆可像。還家擬鄰居，求田冀接壤。便許樸鈍質，於此静中養。

訓子

干戈恣爛熳，無人救時屯。中原竟失鹿，滄海變飛塵。我自揣何能，能存亂後身。遺芳藉遠祖，陰理出先人。俯仰意油然，此樂難擬倫。家無儋石儲，心有天地春。况對汝二子，豈復知吾貧。大兒願如古人淳，小兒願如古人真。平生乃親多苦辛，願汝苦辛過乃親。身居畎畝思致君，身在朝廷思濟民。但期磊落忠信存，莫圖苟且功名新。斯言殆可書諸紳。

有感

嬌兒未成人，病苦不肯退。憂傷動中懷，慘慘心欲碎。老妻情更惡，中夜泣相對。何如早還歸，山陽墳隴在。平生所願心，展轉不得遂。十年誤同遊，回首只多愧。病連肝肺深，因覺妻子累。悠悠故鄉情，滴滴眼中淚。狐死知首丘，人生戀鄉土。我心久焦勞，宿疾安能愈。所貴還故鄉，微骸近先祖。他事足歎嗟，西風動寰宇。歸與不可遏，歸程待何時？悠悠故鄉心，一夕千里馳。西風動霄漢，慘慘令人悲。況我多病身，天涯久棲遲。交遊義難忘，豈忍輕別離。重念丘隴遠，嬌兒正愚癡。因循死異邑，後世將何遺。所願經營日，及此未全衰。樹桑牆以下，開畦水之湄。既得舒困難，且可爲鎡基。幼無孝悌稱，老無恩澤施。唯有近先塋，一死乃其宜。諸君苦留連，雅意金蘭期。我自無遐福，形骸變焦瘁。生平尚求友，得友還差池。中懷起愁歎，欲別難爲辭。試將問吾廬，何日當西之？緩急有擬議，行止更無疑。作詩敍懇款，爲報吾親知。

送竇清淑

初來識君面，此行見君心。匡時有長策，慮遠憂且深。俗情取近效，雅意入幽沈。人生貴所依，所依貴知音。知音得長布，身將比黃金。我本貧賤士，多思委相尋。未得辦一飯，胡爲遽分襟。征鴻出遠塞，西風動疏林。去去渺萬里，何年酒同斟？含情望無極，白雲障孤岑。

讀東門行

貴德德乃顯，尚力力爲優。二者各有時，天運非人謀。舉世皆好義，貧賤固可羞。天下方事强，聲譽將何求。人生會此意，出處皆無憂。但恐利欲驅，由非所當由。足躡虎狼尾，手撩虺蛇頭。一觸禍患機，相尋遽難休。新聞李侯子，快意復父讎。雄名與英概，一日傾九州。美事固可羨，猶當究源流。掘地得深澤，積土爲高丘。造端起不平，是果誰之尤？君子慎謀始，責躬重以周。弱德較强力，明知勢難侔。馳馬走峻坂，中間豈容收。顛越既莫救，豈得乘桴浮。君不見羣雀滿樹急喧啾，隋侯有珠不肯投。

一鴉死時一珠碎，得輕失重非良籌。友之直諒仁可輔，藥之瞑眩疾易瘳。不知當日誰與乃父爲交游？

别西山二首

大山如蹲龍，小山如踞虎。煙嵐鬱蒼翠，遠近互吞吐。我來蘇門居，遨游成樂土。策杖望朝雲，捲簾看暮雨。佳意豁塵腥，勝概入談麈。使我鬱陶消，使我勞瘵愈。生平鄙吝心，一洗出千古。回首聲名人，何殊坐囹圄。遠役非素懷，况有跋涉苦。吟鞭裊春風，遲遲如去魯。芳菲二三月，追遊盛梅塢。歸來願無違，一觴相對舉。

我愛林慮山，不處要路津。兹焉幾千古，絶彼朝市塵。我來成素交，澹澹日益親。形骸兩相忘，誰主復誰賓。充然樂我飢，怡然棲我神。朝光連暮色，佳意含餘春。心境一融會，世味殊未真。奕奕草木光，熙熙禽鳥馴。衆物欣有託，吾廬行亦新。詩書詠而歸，况有耆德鄰。

病中雜言五首

花遞香風入短檽，草抽新緑倚柴荆。正憂多病作身累，還喜幽居見物情。花爲可觀遭夭折，草因無用得欣榮。世間巧拙俱相半，不許區區智力争。

莫怪新貧壓舊貧，貧來尤覺此心真。自憐孤力膺邪議，常欲幽居遠市塵。千里煙霞山障曉，一竿風月野橋春。憑誰寄問鄉閭老，我去何人願卜鄰？

但願吾兒會讀書，不妨貧苦一錢無。頭顱有肉元難厚，項頸生筋自合粗。暗裏乘除皆造化，分中操守是良圖。年來識盡榮枯理，却笑蘇張見趣迂。

直須眼孔大如輪，照得前途遠更真。光景百年都是我，華夷千載亦皆人。癡陰冷墮雲間雪，和氣幽生地底春。此意若教賢會得，也甘顏巷樂吾貧。

春來秋去客中情，轉首光陰十歲經。學苦鍊成心下赤，愁多消却鬢邊青。眼前世事翻棋局，夢裏家山憶畫屏。何日歸同林下友，笑談書史有寧馨。

繼人葵花韻

戎葵花色耀深濃，偏稱脩叢映短叢。絳臉有情爭向日，錦苞無語細含風。舒開九夏天真秀，壓倒千年畫史工。但恨主人貧且窶，不教相對舞衣紅。

中秋不見月繼竇先生韻

擺去塵機得暫閒，秋蟾思比去年看。誰知黯黯陰雲合，故作淒淒夜色寒。好友不來傾綠蟻，詩人徒想凭闌干。世間萬事難前定，付與無心却較安。

遊孫氏別墅

聞道孫家別業新，招呼諸子共尋春。紅韜瘦蕚花初動，黃染輕梢柳未勻。興況便爲生意好，風光殊比畫圖真。何當對此常無事，慰我年來老病身。

病中有感

十載天涯客寄身，今年憔悴不堪聞。病來與死傳消息，老去無家遺子孫。故里歡游頻入夢，春城凝眺獨消魂。如何藉我知音力，五畝歸耕沁北村。

遊黄華宫

聞道黄華山水好，我來一覽氣增豪。鏡臺對聳千峰起，瀑水驚噴萬仞高。曉色雲煙生洞府，霽天霏靄散林皋。憑誰早遂終焉計，日月登臨不憚勞。

學題武郎中桃溪歸隱圖二首

桃溪風景寫横披，渾似秦人避亂時。萬樹春紅羅錦綺，一灣晴碧捲琉璃。飲中更聽琴聲雅，静裏初無俗事羈。他日君侯歸此隱，肯容閒客日追隨。

門外鞦韆擺翠煙，籬邊雞犬亦閒閒。更教爛熳花千樹，對著縈紆水一灣。好景已憑摩詰畫，他年重約長卿還。尋思此世人心别，又愛功名又愛山。

春雪

玉塵如糝滿東風。人道天教兆歲豐。麥已埋深郊外緑，花都封却樹頭紅。半年枯槁從今潤，千里芳菲是處空。爲問王孫與農叟，憂歡應見兩難同。

晚步西溪

泣友西溪往步聯，西溪佳景麗秋天。日回林影蒼煙外，風轉灘聲白鳥前。迅走雙輪機磨巧，連安獨木小橋偏。老年活計尋幽隱，須擬岡頭置一廛。

偶成

屈指年華四十三，歸來憔悴百無堪。遠懷未得生前遂，俗事多因困後諳。百畝桑麻負城邑，一軒花竹對煙嵐。紛紛世態終休論，老作山家亦分甘。

北門觀漲

雨水添新漲，陂湖没舊痕。人迷堤口路，船上樹頭村。歲事知前誤，秋耕未可論。誰憐徭役外，天亦吝深恩。

病卧

一病連三載，孤身萃百憂。干戈良未已，妻子若爲謀。生可陪諸弟，歸當老故丘。難忘終始義，忍死更遲留。

不寐

秋宵初感慨，展轉不成眠。老況青燈外，羈愁白髮邊。蹉跎嗟往事，安穩憶歸年。却起開門望，霜清月滿天。

別友人

良朋不易得，此去復誰羣？別酒無勞勸，濃愁已自醺。間關花外鳥，冷淡日邊雲。莫唱《陽關》徹，離聲忍更聞。

喜秋晴

苦雨傷秋稼，朝雲忽放晴。碧空雲盡捲，滄海日初升。久客天涯興，耕夫隴上情。雞豚并社酒，處處是歡聲。

喜晴

霽色開晴望，春風破客顏。緑紆東去水，青起北來山。魏府方期往，共城已夢還。芳菲梅塢盛，要醉竹花間。

趙氏南莊

曉起北窗涼，清談戢羽觴。入簾花氣重，落地燕泥香。夢裏青山小，吟邊白日長。秋風載書籍，相對築茆堂。

夜雨

苦雨變秋霖，瀟瀟入夜深。亂敲驚葉脫，清響雜蛩吟。往事十年夢，故鄉千里心。西風助淒切，不管客難任。

和吴行甫雨雹韻

山風突起凌碧虚，怪狀奇態成須臾。驚風急雨迸飛雹，飄驟散落千萬珠。半空光冷掣電火，平地聲走轟雷車。神龍奮怒乃若此，不識造化將何如？默知嘉禾半漂没，坐看積潦横穿窬。小民咨嗟復愁歎，謾執俗議尤當途。當途於今藐房杜，機略自知天下無。有才足使人羡慕，有勢足使人奔趨。暇考陰陽論調燮，暇紓黴斂矜號呼。今年金繒滿千馱，明年好上登封書。

青山偃蹇與世疏，只將秀色供吾徒。知君如我有山癖，深探遠討吾不如。金燈峰上詩千首，挂鏡臺前一杯酒。人間萬事盡浮雲，故人曾爲相思否？雲邊鸞鳳玉鞭鳴，跛鼈蹣跚疊繭生。天末碧雲凝暮思，夕陽無語下西城。

宿卓水二首

寒釭挑盡火重生，竹有清聲月自明。一夜客窗眠不穩，却聽山犬吠柴荆。

山水年來滿意看，只無幽竹伴幽閒。從君願乞龍孫去，栽向西城空隙間。

大暑登東城

三丈危城日暮登，暑威殊不霽憑陵。何時太華高峰上，細嚼松陰六月冰。

風雨圖

南山已見霧昏昏，便合潛身不出門。直到半途風雨横，倉惶何處覓前村。

别友人

承懷不得遂，偃卧惜分陰。沁北田園計，山東故舊心。

王學士惲

惲字仲謀，衛州汲縣人。史丞相天澤鎮衛，一見接以賓禮。中統初，姚左丞樞宣撫東平，辟爲詳議官。時省部初建，令諸路各上儒吏之能理財者，授中書省詳定官。尋轉翰林修撰，兼國史編修。至元五年，建御史臺，首拜監察御史。論列百五十餘章，權貴側目。出爲平陽路判官。歷河南北、燕南、山東諸道提刑按察副使。進福建閩海按察使。二十九年，召至京師，上書極陳時政，擢翰林院學士。大德五年，再上章求退，得請歸。八年卒。贈學士承旨，追封太原郡公，謚文定。仲謀少受知元遺山，與東魯王博文、渤海王旭齊名。入仕以才幹稱，敭歷中外，尤好著述。裕宗在東宫，進《承華事略》凡二十篇。覽之稱善，賜酒慰諭，令諸皇孫傳觀其書。成宗即位，獻《守成事鑑》一十五篇。元貞初，奉命纂修《世祖實録》。集聖訓六卷上之。其雜著詩文曰《秋澗集》，合爲一百卷。秋澗詩，才氣横溢，欲馳騁唐宋大家間，然所存過多，頗少持擇，必痛加芟削，則精彩愈見。北方之學，變於元初。自遺山以風雅開宗，蘇門以理學探本。一時才俊之士，肆意文章，如初陽始升，春卉方茁，宜其風尚之日趨於盛也。

拜奠宣聖林墓

庭訓墮渺茫，師授悖嚴誡。羌予不惑年，行己得夷隘。今歲客東魯，似爲神所介。駕言逐秋風，得展闕里拜。遥遥魯甸餘，汶水走湍瀨。憑軾望雲林，鬱鬱佳氣靉。齊莊趨兩楹，奠獻成孤酹。巋然三聖封，仰止高泰岱。恨生千年後，今夕備掃洒。披雲覩天日，太極開一畫。彼蒼詎能言，諄諄聖爲代。三綱與九法，範圍無內外。君臣以之定，乾坤以之泰。東周不可爲，述作萬世賴。藐聆徇鐸音，元化雷雨解。敬想燕居容，金聲鏘玉佩。當時七十子，授受儼如待。鳳兮鳴幾時，諸子沸秋籟。一朱亂紅紫，百穀茷稊稗。愚者甘下達，誕者樂語怪。韞藏寶康瓠，斡棄清廟鼐。明倫得不泯，而有六經在。天高孰可階，一氣包厚載。兹遊固難言，默契心有會。胸中九雲夢，吞納失蔕芥。循循善誘辭，師也書諸帶。緬懷伯禽業，郁郁文獻最。三桓張公室，霸功熾而忲。一奢去無復，荒陵餘石獬。煌煌天乙孫，膚敏半冠蓋。德博慶自修，道大世能邁。金石貫元精，泗波來遠派。汪濊一聖海，不隨梁木壞。歸侍金絲堂，儞齊聞謦欬。悦如到帝所，鈞天廣樂備。洗我兩耳聰，肉味忘一嘬。詠歸寫遺音，風雅變鄘邶。一簞老東家，吾知其樂大。遲遲不忍去，寒日下蒼檜。

陪總管陳公肇祀商少師比干廟

元化形萬彙，浩浩無時無。云何忠貞氣，大畀先生軀。念昔有殷季，天步移獨夫。淫酗蕩祀典，下民爲毒痛。所崇盡奸回，啓遯箕子奴。師保乃去爾，餘敢編其鬚。炎炎鹿臺火，已兆明珠儒。先生豈不知，蔓草不可圖。顧親叔父尊，以位仍三孤。強諫誠我任，剖心不爲愈。自靖曁殺身，要之宗社扶。所以宣父筆，三仁同一途。繄公存亡間，所係重有殊。堂堂柱天手，能擎火德烏。當時戡黎兵，所侵良及膚。周雖彼蒼眷，加翼十亂謨。天其諫少行，終鄙西人居。稱師止觀政，安取商郊車。一朝歎云亡，宗國隨之墟！丹誠皎白日，餘烈光八區。準爾來代臣，大節知所趨。嗚呼介士歎，萬萬狂童且。今來二千載，殷周兩榛蕪。巍然一丘土，高與西山俱。清霜九月節，肇祀陪干旟。肅拜列階下，精爽動佩裾。世道有淪喪，一忠千萬諛。商歌振林樾，日下悲風徂。

鹿喻

我本麋鹿性，出處安自然。金鑣非所慕，志在長林煙。得遠機穽地，食苹飲清泉。呦鳴錫同類，甘以辭華軒。野兕出其側，暗蹂山前田。農家伺所害，乃知獸之愆。彼兕以計去，嘉禾歲芊芊。野人居山中，數畝事墾斸。慮爲町疃場，指鹿乃兕屬。雖無搦刃心，見之惡且逐。鹿心素無機，淡與標枝閒。遁跡入幽谷，擇音遠人寰。尚爲山中人，置疑齒頰間。

過劉元海陵寢

漢統天久絶，漢恩一何深。隔遠魏晉代，猶足收民心。咄嗟呼韓子，崛起蒲離陰。自云漢婿甥，赫怒開實沈。左顧龍在野，右叱虎嘯林。吹嘘炎燼餘，五部來謳吟。阿聰奮餘烈，兩京隨掃平。竊據一紀強，文物有足矜。我來拜陵寢，〔悚〕然振冠纓。風雲渺何許？廢堞餘金城。賢哉劉淑妃，成此直諫名。在聰未爲疵，假義淵可稱。孰云仁義師，可敵不可征。桓桓祁山舉，一出三輔驚。天其假公年，載洗六合清。此志竟莫遂，此邦還有成。所以廣武歎，痛惜無豪英。山煙知客意，斜日生荒陵。

遊萬固寺

中條鬱蒼蒼，首尾固雄大。連山一卧虎，矯首盡兩戒。東南萬峪門，犖确入幽阨。空青上絶壁，藏葉兩崖對。南山開畫屏，高下蔚萬檜。扶藜到山門，黄衣六七輩。寺殘薄水賞，一水良可愛。尋源入雲蘿，不惜阮屐敗。掬飲清臆塵，坐睨巨石怪。山空響佩環，林迥騰怒獮。行聽溪聲回，周覽詢勝概。當年爽心亭，萬竹争映帶。碧鮮照清泚，襟袂濯沆瀣。人境兩渺茫，佳句儘誇邁。舊有石刻坡詩云：「水自竹根流出，風從松頂飄來。座上儘爲佳士，更無一點塵埃。」開軒邀客飯，放目欣一快。盤餐固疏糲，泉冽幾肉嘬。〔少〕焉林風振，萬壑一氣噫。前林疑虎嘯，作勇助吾憊。筆落還自驚，一掃衆峯靉。寺僧請書殿雲閣名，故云。山僧喜醉顛，海會得珠貝。興來本無心，遊藏詑佛界。夕陽送歸鞍，依約虎谿外。風煙作破墨，塔廟失所在。鍾美厭摹寫，閟伏化機藹。盤空乏硬語，技癢若無賴。馬首詩遽成，一笑豁吾隘。

〔沁〕（汾）水道中

蒼巔互出縮，峪勢曲走蛇。回眺驚後擁，迎看復横遮。雲林蕩高秋，半嶺翻晴霞。十里九渡水，清流帶寒沙。山溪本幽寂，激之聲乃譁。解鞍憩美蔭，覺我心静嘉。風枝滿秋實，野菊被水涯。幽馨散蘭馥，紅鮮綴丹砂。二物固瑣碎，託與騷人誇。我欣記所見，信筆書田家。

過鹿臺山 在澤州沁水縣南二十里。時被安西王命，伐石於此。

遠尋文石崗，來歷南山纏。鹿臺臺爲山，幽徑蟠古篆。後峪行未盡，前嶺已當面。秋聲蕩林樾，風露淒以泫。陰壑氣蓊鬱，疑有虎豹變。山田苦無多，溝塍耕已徧。柴棲結半空，羅絡碧巖轉。自憐終歲勤，獸患防一旦。我本山中人，束帶對郵掾。頓然還舊觀，瀟洒償夙願。行經雙蟾嶺，石怪驚變現。闖首槲樹間，氣自太古鍊。月中誰推墜，囚鎖屬山縣。乃知北平守，認虎飲一作拍。羽箭。物肖本偶然，長歌下層巘。

御驃出廄圖

何人拂絹素，寫此房駟精。一馬老伏櫪，志在千里行。一馬騁騠駋，角壯猶龍騰。一馬方輾塵，海岸翻鯤鯨。畫師慘淡意，落筆矜多能。我觀寓所感，國制貴有經。唐人重馬政，分屯列郊坰。當時百萬匹，肅肅羅天兵。東封與西蕩，歲用不可勝。嗣王獵其餘，尚足開中興。乃知三軍本，匪馬將奚憑。聖經說備預，萬古爲世程。倉卒事亦辦，未免衆目驚。我思立仗間，振鬣伸長鳴。吾言固芻蕘，聖經其可輕。

苦熱歎四十六韻 效昌黎體。

祝融駕火虬，頓轡周八裔，戰酣西北乾，回薄餘暮熾。朱光沸虞淵，大地蒸一氣。蒼茫夜色淫，黝鬱玄象醉。今年六月中，荼毒逾往歲。金晶才始伏，熛怒勢此鋭。炎官張火傘，屏翳揚赤幟。四合歊陳來。一鼓赫離治。天潢影半涸，星烏芒欲彗。吟風樹葉噤，塌翮林鳥墜。併兼坎兑權，不使天地閉。王城十萬家，薰灼迫一勢。乾坤墮熾甕，逸德駭天吏。掩關人事絶，藏伏敢口議。褰裳起中夜，通夕不容寐。捫背赭汗流，窺井湯泉沸。松間有困鶴，無夢到清唳。牆根有腐草，螢化光晢晢。穿簾入我室，照眼驚火齊。陰蟾遁老魄，火鼠騁黠智。夜深過我前，跳躑翻飲器。屋古又足蝎，伺螫尤謹避。簟紋燎炎輝，側脅能少憩。舉動體愞熱，歔欷氣短細。抱水眠或可，揮翣何所濟。二年客京師，身幸置散地。雖無束帶勞，唯老覺加倍。彷徨不知曙，種髮沐而被。四序本平分，偏盛誰所致。火攻出下策，不已熸萬類。嗟此一世人，暍死將何厲。此生匪金石，流鑠吁可畏。内熱復自焚，衰槁將立至。燥惟以静勝，事須以義制。冰山詎可依，煬竈非所媚。遐想崑陵巔，庭觀何偉麗。巍然五千仞，日月光隱蔽。回環十二樓，空明淡無際。水晶作柱礎，羣玉絢軒陛。天風掠枕席，月露溼環帔。瑶臺擁灝靈，萬舞發清吹。真仙事朝元，鸞鳳互翳。閬風接玄圃，追陪憶遊戲。何年墮塵緣，坐想無由詣。安得萬里風，振此垂天翅。脱落區中囚，高舉尋吾契。

野河渡

蒼茫劉橋渡，南北凡幾過。清霜十月交，澄湛東流波。飲馬立水邊，照我兩鬢皤。行役非所苦，傷懷動悲歌。三年恆山趙，彈劾兼揣摩。砮砮眼中民，力弊差與科。不能一勺潤，慰彼煩與痾。顧此衣帶水，溉載功實多。人而反不若，低首愧野河。素餐吾可逃，奈此蒼生何。

輓漕篇 一作拖舟謠。

湯湯汶水波，西鶩復東注。勢雖汗漫來，止可流束楚。發源本清淺，才夏即沮洳。安能浮重載，通漕越齊魯。有時汎商舶，潦漲藉秋雨。船官行有程，至此日艱阻。鉅野到齊東，著淺凡幾處。必資州縣力，澁滯方可度。漫村趕丁夫，所在沸官府。先須刮流沙，推挽代篙艣。硬拖泥水行，奚異奡盪努。涉寒痺股腓，負重傷背膂。咫尺遠千里，跬步百舉武。茲焉幸得過，斷流行復阻。又須集牛車，陸遞入前浦。中間吏因緣，爲弊不可數。蠻梢貪如狼，總壓暴於虎。所經輒繹騷，不若被掠虜。盻盻入海口，未免風浪鼓。舟中一斛粟，百姓幾辛苦。今復起堰垻，壅積百方禦。木石動萬計，科配困氓伍。不思根源微，隄障深幾許。轉漕本便民，廣儲實國補。事功貴順成，勉強終齟齬。海道事已然，又復有此舉。惜將生民力，委棄若泥土。山東實重地，一靜乃可撫。嘗聞建隆間，有相曰趙普。凡百投利人，罷遣皆不取。以茲報國恩。後世比申甫。黃閣十餘年，清風一萬古。

過深州故城有懷韓昌黎解牛元翼圍事

維唐有藩鎮，連衡皆盜區。污孽互相濟，殆似背脇疽。心腹訌蟊賊，膏血化蟲蛆。厲階安史亂，王澤不遐敷。河朔有故事，誓作效逆徒。堂堂裴中令，夷蔡恢皇圖。聊乘破竹勢，一制三鎮污。腐敗就與決，大赫天王誅。彼相中妒梗，百裴竟無如。事機一墮地，涵潰終喪軀。所以賊湊輩，血人於牙鬚。既戕弘正忠，復抗新使符。靖安門晝鎖，長圍困貔貙。昌黎解一言，王略始得舒。信乎立大事，臨機見真儒。東征過故城，往事秋風徂。得人國無弱，懷古重欷歔。文公豈多得，元翼何代無。

出香奇石

張生貯奇石，攜來有遐觀。一峯華不注，墮我几案間。穿穴作怪供，突兀橫蒼顏。炷香煙滿竇，野燒生春山。我久汩俗冗，對之心暫閒。瞑坐清輿遠，夢與孤雲還。

汲冢懷古 并序。

丁亥歲三月十八日，觀稼西疇。遂至伍城，抵安釐王陵下，歸作是詩者，蓋自江左平後，竹書多傳於世。予憂好奇攻異者讀之，恐有致遠汩泥之弊，故不得不辯云。晉太康中，汲郡盜發魏安釐王冢，得竹簡逸周書七十篇。

邐迤伍城郡，背水猶陳圖。魏陵廢已久，磅礴如覆盂。草樹慘不春，穿穴狐狸墟。我來登其顛，懷古心躊躇。憶當戰國際，安釐亦狂且。澤靡被皋比，坐爲秦人驅。敗亡自此始，保邦何乃疏。不知身後藏，安用書十車。上窺姒與商，下逮蒼周書。零亂竹簡光，詭説何紛拏。征南辨已詳，多出行怪徒。稽古不適正，死爲毛穎誣。其中亟當辨，阿衡被夷誅。孔子修六經，亦已防姦污。大書一德後，薨葬開亳都。在易最奇法，安取理所無。茲焉萬世程，洋洋真聖謨。何煩事幽賾，致遠泥所趨。長歌望陵去，樂過風乎雩。

雙廟懷古

鐵輿動地來，獵火燼九縣。睢陽東南衝，江淮國所援。蔽遮不使前，恢復可立見。二公明此機，死守誓不變。雖危所保大，如蝮螫解腕。最難結衆心，存歿匪石轉。彼蒼畀全節，誰爲落賊便。已矣君不忘，握爪掌爲穿。竟能濟中興，淮海了清奠。至今忠烈氣，皎皎白日貫。賀蘭覩成敗，不飲浮屠箭。殺亡計多寡，此論誠可辨。我來拜遺像，凜對如生面。乞靈激懦衷，剸决剛同鍊。朔風吹樹聲，尚想登陴戰。暮倚暈月城，悲歌淚如霰。

江船二詠

篷

尺簣編黄蘆，節□數須隻。長短隨所宜，張弛易爲摘。長者二十九節，廣二丈餘。一傍繫脚索，若網綱總緝。北人布爲帆，南俗篷以荻。舟師貪重載，高挂借風力。順流與遡波，巨鷁添羽翮。望從遠浦來，一片雲影黑。亂衝渚煙開，重帶江雨溼。百里不終朝，用舍從順適。夕陽見晚泊，堆疊紛襞積。水雖物善利，其助乃爾益。

櫓

江船一鉅魚，櫓柁乃尾鬣。當其淵水深，棹弱不救乏。故令施航後，前與棹力合。濟川具有五，此物乃其甲。一聲天際來，欸乃中流發。或浮大河東，並岸行若狎。終朝卧舷間，蘭槳但空插。緬懷剡木皇，智創萬古法。

食鱸魚

鱸魚昔人貴，我行次吴江。秋風時已過，滿意蓴鱸香。初非爲口腹，物異可闕嘗。口哆頰重出，鱗纖雪争光。背華點玳斑，或圓或斜方。一脊無亂骨，食免刺鯁防。肉膩勝海蓟，味佳掩河魴。燈前不放箸，愈啖味愈長。張翰爲爾逝，我今赴官忙。出處要義在，不須論行藏。倚裝足朝睡，且快所欲償。夢驚聽吴歌，海日方蒼涼。

東征詩

東藩擅良隅，地曠物滿盈。漫川計畜獸，蕩海驅羣鯨。盛極理必衰，彼狡何所懲。養虺得返噬，其能逭天刑。遠接强弩末，近詠乳臭嬰。一朝投袂起，氈裘擁矛矜。天意蓋有在，聚而勦其萌。莽蜂有螫毒，大駕須徂征。寅年夏五月，海甸觀其兵。憑軾望兩際，其勢非不勍。横空雲作陣，裹抱如長城。囂紛任使前，萬矢飛欃槍。我師静而俟，銜枚聽鼙聲。夜半機石發，萬火隨雷轟。少須短兵接，天地爲震驚。前徒卽倒戈，潰敗如山崩。臣牢最愾敵，奮擊不留行。卯烏嗢都間，天日爲晝冥。僵尸四十里，流血原野腥。長驅抵牙帳，巢穴已自傾。彼狡不自縛，鼠竄逃餘生。太傅方窮追，適與叛卒迎。選鋒不信宿，逆頸縻長纓。死棄木鑾河，其妻同一泓。彼狡何所惜，重念先王貞。擇彼順祝者，其歸順吾氓。

萬落脅罔治，無畏來爾寧。王師固無敵，況復多算并。君王自神武，豈惟廟社靈。三年晒東山，殪戎營柳清。都人望翠華，洗兵雨何零。長歌入漢關，喜氣鬱兩京。小臣太史屬，頌德職所承。雖非平淮雅，動盪耳目精。赫赫桓撥烈，仰之如日星。泚筆爲紀述，發越吾皇英。召穆美常武，且莫誇雷霆。

此詩爲李璮而作。璮爲李全養子，全叛宋降元敗死。璮襲爲益都行省，仍得專制山東。世祖即位，加璮江淮大都督，凡蒙古漢軍之在邊者，皆聽節制。中統三年，璮復叛元歸宋，據濟南，世祖命史天澤將兵攻之。城且破，手刃妻妾，自投大明湖水中，不得死。執而殺之。仲謀嘗作《中統神武頌》一篇，與此詩同意。

覓風字歙硯詩贈侍其府尹

硯本發墨具，不爾安用他。碧紫暈鸜眼，黝黑深宮鴉。彼端類高人，風姿固云佳。遠韻不少吝，清談浩無涯。但於當機時，未免思棼拏。若或砥礪用，茫然手空叉。硬則墨爲祖，軟則磨泥沙。惟歙士之傑，體性何交加。羅紋與刷絲，一寸皆可嘉。回視端溪公，有名實則差。新安山水窟，澤大生龍蛇。舉世被其利，何有蛭與鼃。山高溪水清，其芒例如碬。嘗聞右軍硯，風字琢手奓。是名爲水箕，朶頤駭呤呀。松煤燼無餘，惟恐中書丫。池寬水瀰漫，挹彼如尊洼。陂陀浸半海，揮洒生雲霞。平生未嘗有，夢寐江之涯。君今去爲邦，過此空成嗟。包公尹端州，歸不一硯拏。龕肝類安邑，一笑春生華。書生乞索態，殆是心貪邪。禰衡溺所愛，竟鏒漁陽撾。今冬與來春，會有泛斗槎。雄旻或雌縵，分送張華家。

遊嫣川水谷太玄道宮

迎謁次嫣野，將爲旦夕間。尚餘百里遠，却得三日間。追陪玉堂翁，清遊指仙山。窮秋草木盡，諸峯慘無顏。兩崖蓄餘暖，巖樹如春妍。洞口疑有光，望中已欣然。始至覺夷曠，稍深更幽寬。山英喜客來，夜雨濯翠鬟。層巒與疊巘，供我拄笏看。雲封石上鉢，初大道酈五祖者，逃難北山。衆追及，棄衣鉢石上而匿，其物重，衆莫能舉，異焉。遂請主其教，今道院蓋酈所創也。玉漱山腰泉。灌溉滋樹藝，一脈窮灣環。西臺頗峻絕，兩折躋其巔。詩翁見精健，登頓不作難。磐礴凜莫留，松風吹袂寒。降阿集晴疏，高談渺孤攀。山荒苦無稱，似待新詩傳。諸君垂橐來，稛載風煙還。因公得勝賞，此詩其可緩。但恐雲霞舉，暮景去猶慳。我非桓野王，今識東山安。

飛豹行 并序。

中統二年冬十有一月，大駕北狩，時在魚兒泊。詔平章塔察公以虎符發兵於燕，既集。取道居庸，合圍於湯山之東。逐飛豹取獸，獲焉。時予以事東走幕府，駐馬顧盼，亦有一瞬之快。因作此歌以見從獸無厭之樂也。予時爲左司都事。

二年幽陵閲丘甲，詔遣謀臣連夜發。春蒐秋獮是尋常，況復軍容從獵法。一聲畫鼓肅霜威，千騎平崗捲晴雪。長圍漸合湯山東，兩翼閃閃牙旗紅。飛鷹走犬漢人事，以豹取獸何其雄。馬蹄蹴麋歘左興，赤縧撤鏃驚龍騰。錦雲一縱飛塵起，三軍耳後秋風生。豹雖逸才不自惜，兩血風毛摧大敵。風煙慘淡晚歸來，思君更上單于臺。血埋萬甲戰方銳，爪牙正藉方剛才。古人以鹿喻天下，得失中間繫真假。元戎茲獵似開先，我作車攻補周雅。大笑南朝曹景宗，誇獵空驚弦霹靂。何曾夢見北方強，竟墮閉車甘偃息。揚鞭回首漢家營，一點槍纓野煙碧。

大雹行　至元四年五月十五日也。

雷師掠地西山麓，北會豐隆出蒼峪。崩雲掩落赤日烏，列缺光騰燭龍目。黑風駕海天外立，萬騎先聲振林谷。雲濤怒卷惡雨來，中雜冰丸幾千斛。殺聲咆哮屋碎瓦，百萬神兵自天下。奮然橫擊合陣來，昆陽之戰何雄哉！又如馬陵之道萬弩發，矢下雨如無魏甲。斧形鷄卵見自昔，異狀奇模此其匹。野人庭户變綃館，霧湧煙霾與龍敵。又疑鮫人泉客泣相別，淚洒珠璣恣狼藉。葉穿鳥死庭樹慘，禾麥擊平驚赭赤。神威收斂俄寂然，瀟瀟合浦還珠玭。整冠變色立前廡，但見土窩萬杵一一皆深圓。五行有占非小變，調元失所誰之愆？又聞夏冬愆伏之所致，亦以坎冶持化元。孔子修《春秋》，二百四十二載間。特書雨雹凡兩次，大率貶黜臣下侵君權。況今朱明壯陽月，胡爲縱此皐愿之所顓？歷闕上訴九虎怒，蟣蝨小臣非所言。獨憐田家被災者，寒耕熱耘手足成胝胼。差科大命寄一麥，盻盻見熟療飢涎。一新到口不得食，哀哉何以卒歲年！

捕魚歌

塢西溪水深及篙，漁户曉集拖輕舠。縱橫張罾截兩涘，挺叉遠混鷺鋃舠。柳陰潛涔深且密，大魚小魚爭遁逃。須臾合網環深碧，薄摻提網從掇拾。小魚骨罣半死生，口頰噞喁無足惜。就中一魚匪常材，黄金作鱗尾砂赤。泳游本在孟津居，波蕩江湖事行役。中途遇厄夢不神，騰躍舟中有時立。漁郎回艇催歸急，幾處金盤待鮮食。夕陽澹澹洲渚空，回風瀟颯溪神泣。網罟設兮水不深，役物而君戒貪得。古人數罟不入池，以時漁捕須盈尺。今人古道棄如泥，竭澤焚丘意方畢。野人有樂在濠梁，澤畔行吟三歎息。

宿仙山朝元觀題示

太行北走開四門，川原落落風煙屯。仙山西峙如虎踞，石嶺東抱猶龍奔。道林中蟠百餘畝，顧揖殿寢何雄尊。仙翁得仙事惝慌，碧霞洞主玄元孫。百年朝元去不返，寶籙秘泄風雷燉。陰靈訶護石壇古，老雨留漬蒼苔痕。緬懷矯矯東瀛老，變化能大天溟鯤。謝公本是濟時具，誰使卧老東山墩。豐碑不愧蔡邕筆，再拜遺像儼以温。我來夏交樹陰翳，萬橘翠瑣芬蘭蓀。平生素有林壑癖，苦厭圜圓埃霾昏。每來福地愛瀟爽，跬步乃與仙凡分。山川景氣得人勝，喜對羽客開清樽。夜深静卧月東出，林影布地翩瑶琨。天風吹空萬籟息，明星當上手可捫。恍然人境兩奇絶，月露一洗清心魂。世間塵土幾千丈，有夢不到瑶臺根。人生幾何胡不樂，例自跼束駒服轅。惜哉清景不可駐，一聲啼鴂開林煙。明朝人事隨日出，坐看蟻穴蜂衙喧。

僧傳古坐龍圖嚴東平所藏至元二年秋九月張簽省耀卿處觀七年閏十一月甲戌公退馬上偶得時秋苦旱冬天無雪

深山大澤物所蟄，千丈縣淙挂青壁。潭陰水黑不見底，老雨初開元氣溼。蒼龍何處行雨歸，闖首踞坐紅雲堆。山僧駭絶噤不語，萬壑陰霧生緇衣。咄哉傳古隱龍性，隔户寫影窺天機。一從元化墮此筆，飲海不復觀晴霓。世間畫本萬尺蜿，尾鬣一掩無晶輝。比年一旱幾焚如，牲幣空事山川雩。羣龍癡睡洞府黑，六合任使黄霾污。何當鐵匣出雷火，衝屋而去騰天衢。六丁奔命僕射御，倒卷溟渤天瓢㪷。滂沱一洗乾坤淨，却歛神功寂若無。

趙邈齪虎圖行 田給事和卿所藏。

巔崖老樹纏冰雪，石觜枒杈横積鐵。北平山深林樾黑，下雖有徑人跡滅。眈眈老虎底許來，抱石踞坐何雄哉！目光夾鏡尾束胯，百獸却走潛風埃。趙侯欲盡神妙功，都著威稜阿堵中。想當礱礴嘆墨時，衆史縮手甘凡庸。至今元氣老不死，神物所在纏陰風。前年驅馬下靖邊，崕東突起草底眠。腰間恨無鐵絲箭，寢皮食肉空長歎。今朝過喜一嚼快，熟視鬚頂爲摩編。貨馴跖服暴戾息，弭耳道義思拳拳。主人愛玩中有謂，遇事炳變通經權。我聞漢家大獵㕓冰天，豸冠思賦長楊篇。四方猛士今雲合，早晚龍旂到渭畋。

清江引爲僧永真賦

秋江水清深幾竿，漁郎放舟煙渚間。中流舉網紫鱗出，不祇博酒供盤飧。借問漁翁樂何主，泛宅浮家無定所。賣魚生怕近城門，肯到紅塵污人處。蘆花兩岸晚潮平，憶著蓴鱸思徑去。朝廷物色那可得，澤畔行吟何自苦。滄浪水清濯我纓，林婆酒熟容賒取。人間萬事一醉休，睡煞江南煙與雨。覺來滿眼是青山，獨速綠蓑還自舞。漁父樂，真可與，細瀉焦桐入新譜。謂琴操有〔清江引〕也。 揭來山城官事紛，簿書麁吏對斜曛。開圖空會漁家趣，我恨不若江頭人。

醉歌行 燕平湖作，時爲平陽府判。

蒼陂水張玻璃滑，堤柳含煙翠蒲茁。當年亭館已陳跡，老樹遺臺猶秀拔。我來置酒池上頭，使君不負驄馬遊。縣曹供張散平碧，呼集妓樂羅珍羞。君侯一笑開懷抱，十日東風醉芳草。自嗟客子何所有？春色三分二分老。人生歡樂不易得，況值清明時節好。終年塵土簿書裏，未礙金尊重傾倒。湖光照眼明羅綺，碧瀲瑶翻歌扇底。氣酣急遣張水嬉，取樂不論冠佩委。溪風吹面縠紋生，兩葉蘭舟鐃鼓起。紅衣飛墜彩繩高，没入蒼煙驚鼉鯉。郡人亦喜歲華新，四面縱觀空巷里。佳人弄水祓不祥，公子聯鑣特觀美。錦筵香細酒不空，既醉窮歡忘誇靡。溪神捧出柘枝娘，翠袖娉婷矜便體。繡靴畫鼓隨節翻，羅襪塵生步秋水。一春盛集固云樂，此會賓僚尤燕喜。山陰修禊晉諸賢，暢敍幽情差可擬。客言行春似蜀守，醉到浣花而已矣。樹梢晴日向斜暉，使君皁蓋先醉歸。就中二公最愛敬，移次臨流盡餘興。一杯未了風翻浦，山公倒載尋歸路。自憐白髮非春事，多爲湘妃厭歌舞。呼兒覓紙紀歲時，不以斯文爲所覩。至元乙亥三月春，元巳纔過日在寅。浩歌月底還自笑，醉裏詩成似有神。上二公謂同知張明卿、治中忽英甫。

玉壁城懷古至元甲戌冬十月廿五日由稷山入萬泉道出故城臨風弔古慨然有作

我行河東幾欲徧，大抵盤回山阜轉。南崖高與北山齊，玉壁城根分一綫。荒煙廢壘點抔土，砲具梯衝經百戰。短碑盛説鄖君靈，萬騎陰風想平甸。一曲悲歌敕勒川，當時神武已淒然。韋公守禦儘良策，更著百斗飛上天。乃知誣殺咸陽日，即是邕皇入鄴年。鄖君，韋孝寬封號。有宋元祐間廟碑，邕即宇文武帝名。建德六年，平齊入鄴。

羽林萬騎歌 并序。

至元丙子歲立春後三日，醉八奉御宅。明日，酒惡，隱几坐，殆不能爲懷。遂取《通鑑》閲唐明皇帝清宫事蹟，作古樂府一章，號曰《羽林萬騎歌》。書示表弟韓從益。且浮太白數四，覺酒氣拂拂從指間出去矣。其辭曰：

韋娘鷄晨遵纂武，牝雛啄李求太女。履霜得冰忽深戒，禍始房陵帝私語。神龍殿前虹貫日，王氣龍池濯煙縷。羽林萬騎驍且雄，守捉内外生陰風。虯髯英姿真太宗。暗中結納許清禁，繼以幽求玄禮仙凫忠。一掃妖氛空，相王已是玄真主。開元隆平此張本，煙火萬里春熙然。

鞲裁文豹虎衣炳，扼腕久弗諸韋容。玄武門前聽二鼓，散亂天星隕如雨。潞州别駕眼横電，平明東城瑞靄朝日鮮，五王甲第臨天淵。三郎歸來龍在沼，晴波翠灩終南誰圖勇斷蛾眉劍，翻作環兒並轡鞭。畫家有玉環並轡圖。

日蝕詩

至元十四載，維龍集丁丑。孟冬丙辰朔，詰旦陰風吼。朝家有移告，日蝕百司守。伐鼓幣用社，庶畜閧奔走。都城十萬家，竟日喧釜缶。壯於田單兵，聲勢助銜揞。盎水觀日景，占刻入午辰。蝕午正三刻。陽精從西虧，若有物噬吞。初看偃珥玦，再覩已半輪。終風轉蓬勃，天影慘以昏。斯須食之既，陽光蔀無垠。始似昏暈鏡，久乃挂鐵鉦。團團溢陰影，環輪玉爲繩。晴天朗晝藏厚夜，九衢草草人面青。衆宿不多出，争光見三星。謂填星、角、大角三宿也。只愁六鼇渾沌死，蒼生百萬淪幽冥。盼盼向申正，輪圓復其明。炷香再拜立前廡，心魄動盪久尚驚。鄰翁行年八十一，如此災變見未曾。我問長老説，日月中有烏兔精。顧兔固微物，性狡陰邪萌。人間三窟厭不處，緣雲入月爲家庭。太陽養火烏，赫赫森神兵。詞内祝融家，渴飲咸池泠。三足利鈎戟，炬火燃兩睛。婪婪鐵作喙，啄雲下開變陰晴。曜靈壯汝觜與距，外侮有犯烏維憑。六龍頓轡或少軔，知有神物擁護終是陰爲懲。不然日圍千里不一蓄，棲爾其内將何營？及兹陰精盛，所歷乖常經。陽烏雖神力寡弱，勢重不敵從侵凌。避集扶桑枝，噤縮潛威靈。

想當既厄時，如何炎官赤熛不率其徒來助勢與聲。彤幢絳天鼓雷霆，振烏挾日騰兩翮。火吻噴薄摧陰凝。逐兔入月脇，隱伏跧其形。樸朔知所懼，彌離黯光晶。含章合玄度，安曜周八紘。天公此兩目，萬古更不盲。嗟予既匪羲和官，區區空抱傾陽誠。天高不可階，此事難具陳。作詩擬月蝕，欲見此志終或伸。盧仝撫掌韓愈笑，吾等狂德君其鄰。

簽院趙公許惠歐蘇集作詩以問之

平生性癖耽墳籍，細字牛毛早年筆。只今五十眼昏花，清晝看時滿行黑。投身散地百無事，不著書遮如有失。趙公嗜書似鄴侯，不爲章句非雕搜。綰持樞紐日多暇，借箸自有胸中籌。更尋往事較所處，有夢不到琳琅璆。嗟予何者登瀛洲，殘膏未免窺前修。奫然淵海鮫鰐蠢，洞視千古蘇韓歐。文如不作作取法，舍是三子將誰求。窮閻雖具何足玩，破碎熏黑支吟頭。牙籤插架三萬軸，誰省浙本鋪銀鈎？或蘇或歐兩俱可，勿使石璧成空投。仁存義舉侯門事，却恐乘機似巧偷。仁存義舉，用《史記》「侯之門，仁義存」。晉石璧見《管子》。

小邊行一百五日同總尹張彥亨赴小邊口相視河流回馬上偶作此詩

北趨小邊相河宮，坐看長堤驚裂壞。中流忽起劉子歎，疏濬神功思禹大。憶當殘金竟河界，兩涯峽束如縈帶。靈鼉萬鼓動地來，洶洶聲聞千步外。隄防不議四十年，河行虛壤任徙遷。乃今去京無一舍，衝波南卧翻鯨鱣。今年築堤捍洊水，明年卷掃防洄淵。濤頭況與酸棗直，南北高下尤相懸。既非經瀆久遠計，徒費民力妨農田。正有避移策上聞，放之曠野從奔衝。不然建議以土湮，大堤縷水横西東，楗以木石束逾鐘，遞河東去過京角。此是永逸無窮功，作詩擬達宣房宫。

夢陳節齋 并序。

至元十六年己卯寒食夜，卧開封後堂，夢節齋陳公。既覺，呼童吹燈，信筆賦此。追憶往事，令人短氣。書示正甫、敬甫二君子。同爲一嘅也。

花枝入簾春夢香，遊絲翻空清晝長。今年寒食客梁苑，追憶往事心彷徨。前年考試登兹堂，陳侯館予羅酒漿。拊牀高詠逸興發，不覺燈前大雨聲淋浪。生平胸臆向予盡，使我肝膽争開張。重來物是人不復，夜夢見之晝微茫。誰期此會乃死别，刻血不滅吴雲蒼。攬衣起行步落月，梅影滿庭空斷腸。

滹沱流澌行 并序。

馮征西傳云：世祖自薊馳至饒陽蕪蔞亭，南渡滹沱入信都。王將軍霸稱冰堅可渡處，今鼓人指縣東北龍華鄉故河道曰全渡者，即其處也。且以饒陽取直趣冀，其經鼓縣東界無疑。但河自收國庚午徙縣南行流，問諸父老云：今七十有一年矣。春秋鼓聚在今縣西五里，廢城尚在，今曰下曲陽者是也。至元庚辰夏，予按部是州，士子張春卿者請予紀其事，因爲賦此。

王郎何人著柘黄，欲與赤伏争翱翔。漢炎中斷天復熾，肘後頑石胡爲光。蕭王揮戈指幽薊，戰血滿野風塵蒼。募兵返得市人噱，當時南馳亦蒼皇。蔦褆城東滹水長，北風烈烈天雨霜。前驅候騎兩失色，河雖流澌無可航。兔肩麥飯未下咽，大冰横合堅於梁。古稱王者阨不死，淮陵一言殆天使。赤龍已渡凌四開，白魚躍舟未逾此。壇亭王氣如水清，妖彗邯鄲死灰耳。彼蒼有意開真主，固令若輩先驅處。君看隴蜀最健者，一旦等蛙終漢虜，王郎區區安足數。蒼茫此日龍華渡，漠漠野煙生緑樹。留在長河閲世人，萬古朝宗浩東騖。

義俠行　并序。

予爲王著作《劍歌行》，繼更曰《義俠》。或詢其所以，因爲之解曰：彼惡貫盈，禍及天下，大臣當言天吏，得以顯戮。而著處心積慮，一旦以計殺之，快則快矣，終非正理。夫以匹夫之微，竊殺生之柄，豈非暴豪邪，不謂之俠可乎？然大姦大惡，凡民罔不憝。又以春秋法論，亂臣賊子，人人得而誅之，不以義與之可乎？又且以遊俠言，古今若是者不數人，如讓之止報己私，軻之劘軀無成。較以此舉，出於尋常萬萬也。凡人臨小利害，尚且顧父母、念妻子。慮一發不當，且致後患。著之心，孰謂不及此哉？然所以略不顧藉者，正以義激於衷，而奮捐一身爲輕，爲天下除害爲重。足見天之降衷，仁人義士，有不得自私而已者，此著之心也，何以明之？事既露，著不去，自縛詣司敗，以至臨命，氣不少挫。而視死如歸，誠殺身成名。季路仇牧，死而不悔者也。故以《劍歌》易而爲《義俠》云。著字子明，益都人。少沈毅，有膽氣，輕財重義，不屑小節。嘗爲吏不樂，去而從軍。後與妖僧高比行假千夫長，歸有此舉，死年二十九。時至元十九年壬午歲三月十七日丁丑夜也。

君不見悲風蕭蕭易水寒，荆軻西去不復還。狂圖衹與螯蛛靡，至今恨骨埋秦關。又不見豫讓義所激，漆身吞炭人不識。劘軀止酬一己恩，三刜襄衣竟何益。超今冠古無與儔，堂堂義烈王青州。午年辰月丁丑夜，漢允策秘通神謀。春坊代作魯兩觀，卯魄已褫曾夷猶。袖中金鎚斬馬劍，談笑馘取姦臣頭。九重天子爲動色，萬命拔出顛崖幽。陂陀燕血濟時雨，一洗六合妖氛收。丈夫百年等一死，死得其所鴻毛輶。我知精誠耿不滅，白虹貫日霜横秋。潮頭不作子胥怒，地下當與龍逢遊。長歌落筆增慨慷，覺我髪豎寒颼颼。燈前山鬼忽悲歔，鐵面御史君其羞。是月受南臺侍御史，故云。

入奏行美聖政而重民急也 一作《免租謡》，贈崔中丞。

君不見燕南飢民行且泣，膏澤屯來三百日。蠶沙齧盡木皮空，剉末草根充糗食。追胥星火縣帖嚴，官不汝憐需税石。人生鄉土孰不戀，一殍迫臨那得惜。扶羸載瘠總南逋，鵠面鳥形猶努力。比之坐斃不相保，趁熟庶幾延旦夕。刑司府解兩虚文，道路無言空歎息。吾皇德並唐虞聖，軫慮斯民期日靖。傳聞一介或可相，不問草茅分政柄。因思治道責有歸，未洽鴻熙臣下病。纔豐禄秩即患失，又以材疏難仰稱。蹲而不去噤無聲，老鳳飢烏同一證。西臺入奏沃淵衷，蹴踏羣疑開善政。盡蠲秋賦出御女，百色支供皆省併。若稽黄屋帝堯心，一語乂安無不聽。萬方歡喜聲一概，遠過漢家寬大令。三錢斗米説開元，二税户除聞大定。限田固是平世法，未免區區與民競。況今江淮歲入數不貲，經畫有方財恐賸。人和天地氣自舒，一雨行隨明詔應。老癃扶杖願少留，又賴鴻恩拯縣罄。兩河千里麥青青，預賀有年天子慶。是年三月廿七日，燕迤南至河南皆大雨，有三二尺處。

紫藤花歌 并序。

癸未歲三月二十八日，宋賓客乘澤車過道宫訪予。時庭中紫藤花盛，爛若錦摛，道師蕭公邀宋與予坐藤陰下。尋友人張明之亦至，酒數行，開口笑粲，殊適然也。宋因出名紙屬予作字，一春天氣不佳，此日頗清潤可愛。既援毫，覺幽香馥郁時集筆端。放手喜書，初不計其工拙也。遂話及樂天夢元九故事，予曰：「二公雖神交如此，恐未若今日之樂衎也。若取紫桐詩例賦長句歌之，以爲他年林下一段奇事，可乎？」宋曰：「吾子便可承當。」遂率爾而作歌曰：

竹宫瑣窗雲霧垂，紫藤花發何葳蕤。仙家駐景出異供，横掩桃李無晶輝。羣蛟奮蟄力猶困，鱗鬣不耐淒風吹。天孫夜擲紫霞帔，滿意下覆須春曦。幽禽縮喙不敢啄，囚鎖恐泄蒼精機。又如王愷紫絲障，誇雄鬬侈光陸離。倒冠落佩衆賓醉，臨風零亂千纓緌。蚪柯扶疏散蒼翠，季倫擊碎珊瑚枝。青宫賓客今園綺，杖藜來扣仙人扉。遥驚紫豔翻半空，造物乃爾争新奇。君不見香山老居士，夢與元九神交馳。覺來清吟增悵望，紫桐花下空懷思。何如吾儕時燕集，對牀話久藤陰移。與餘屬我掃牋素，爛柯不著山間棋。刺簷入户要學騰蛟螭，鳥歸花落香下來，時集毫彩霑人衣。一杯春露助香潤，清氣貯滿詩人脾。依依青梟廚煙起，好命庖人辦新美，炷香供具禱羣龍。莫學癡藤蟠未已，燕南飢民飢欲死。時普旱無雨二載矣。

滹沱秋漲行 七月十日前次范家渡。

君不聞蒙莊説秋水，兩涘猶見馬與牛。今年滹沱水大漲，墟落濈濈生魚頭。雲蒸老雨注萬壑，上不少止下可憂。馮夷不受土所制，黑浪怒蹴黿鼉遊。望洋東視誇海若，似憤蛙比跳躍井坎湫。金行氣肅坎宜縮，狂瀾不逐西風收。東行我濟小范口，水勢淼漭方淫流。秋禾盡爲魚鼈餌，廬舍漂蕩迷田疇。二年旱嘆例乏食，彼稷幸得逢今秋。嗟哉一飯到口角，淪没無望將誰尤。河防久廢不復古，惟預揵治爲良籌。翻隄決岸勢不已，雖有人力誰能謀。近年遇災幸無事，其或成患徒嗟諏。兩河農民被災者，逃避無所棲林丘。夜深投宿聞聚哭，悲聲暗與蟲聲啾。

平原行 至元甲申歲正月作。

羯奴驕兵傷濫恩，天寶之禍將自焚。三郎宫中略不省，履霜有戒知何人。平原蹇蹇真王臣，沈慮久識幽瞀氛。泛舟從酒運奇略，一日樓櫓驚雲屯。鐵輿南來從獵火，河朔風靡煙塵昏。孤城平地獨與抗，勇鼓義旅争鯨吞。西開土門掎蛇陣，南激睢守遮厓垠。滔天腥穢思一掃，誓與此羯不兩存。書生信能立大事，竟擊賊肘西南奔。事雖曠代有足感，魯公之義世所尊。我來弔古增永慨，蒼煙草樹連荒闉。欲尋遺廟不復見，寶刻留在東方珉。棲蓋亭前野日曛，平原城下酹忠魂。朝廷何嘗容直道，志士蹈難甘捐身。此心自視無愧已，一時知否非所論。嗟予何者敢跂慕，屢書不厭梟鸞分。當年紀載兩鬼域，九泉奄奄隨埃塵。先生一死固不朽，雅操何翅同松筠。故應烈日秋霜氣，千古堂堂凜若神。

華不注歌

齊州山水天下無，濼源之峻華峯孤。秦鞭有力驅不去，天遣一柱標齊墟。初疑太素女媧氏，補天斷手兹遺餘。又如翠鳳翥郊藪，來應世瑞開昌圖。南山連絡雖可愛，未免阿附相承趍。孤撐直上夾右碣，猛視又似天門貙。慶封齊豹兩元惡，哆齶猶露雄牙須。不然齊太史，寃血凝碧老不渝。化成直筆插天外，堂堂使表春秋誅。乾坤乃有此雄跨，未許鵲藥争頭顱。江山勝概儘軒豁，遠客吟眺增躊躇。李白上天不可呼，雲煙變化何須臾。後人摹寫覷天巧，百匝空繞青芙蕖。文章李杜光燄在，有詩無詩將何如。我思齊晉迭雄長，山靈枉被兵埃污。桓公九合猶霸事，三周其下真誇諛。會須扶策凌絶頂，望入蒼梧叫帝虞。

椒蘭怨

昭皇迫東遷，望絶忠臣援。堂堂雁門兵，秖足速禍變。帝酣長星杯，醉魄迷椒殿。神龍失水几上肉，惡梟啄門夜漏半。龍輿赤霧天爲紅，一竄三百皆皇宗。唐家大業至此盡，自古亡國未有若此之哀恫。梁王歸罪將誰紿？奴輩雖誅天有在。金祥殿空殺氣高，賊珪白刃專相待。

汜水行

五季權在兵，逆順繫財賄。同光當宁能幾朝，牝鷄司晨傾内外。添都買宴物山積，盡入掖庭充内費。君王政荒優宦狎，將相無辜恣誅殺。蜀賫百萬賊所徼，縱有其能供近渴。一夫夜呼汜水東，絳霄樓頭兵反攻。雍陵竟墮所好死，英武杳逐仙音空。先皇有識如相問，三矢雖還未克終。

通漕引

漢家鼎定天西北，萬乘千官必供億。近年職貢仰江淮，海道轉輸多覆溺。東阿距泉清泉縣。二百八，淪〔濟〕西來與清合。安流取直民力省，積水浮綱纔兩閘。自昔河防争横議，秖辦薪芻不勝計。宜防瓠子至今悲，以彼方茲功極細。役徒三萬期可畢，一動雖勞終古利。裹糧荷鍤去莫遲，行看連檣東過薊。休説春潭得寶歌，長笑韋郎空侈麗。從今粒米斗三錢，狼藉都城樂豐歲。

李夫人畫蘭歌 為郎中孫榮甫賦。

清閟堂深不知暑，瑶草佳期夢玄圃。孫郎笑折紫蘭來，素影盈盈映修渚。李夫人，澹丰容，天然與蘭相始終。剡藤一筆作九畹，落墨不減江南工。芳姿元與凡卉異，曄曄況是湘纍蘂。離騷不復作，遺恨千古沈幽宮。君看此花有深意，似寫靈均幽思悲回風。君家大雅堂，文彩東野翁，併入慘澹經營中。秋風拂簾秋日長，芳霏霏兮汜崇光。淡妝相對有餘韻，畫欄桂子空秋香。淡軒託物明孤潔，五十年來抱霜節。固知色相皆空寂，妙得於心聊自適。仿像湘娥倚暮花，黃陵廟前江水碧。生平佩服真賞音，升聞紫庭非素心。喚起謫仙揺醉筆，為翻新曲瀉瑶琴。曲一作操。

右夫人名至規，號澹軒，亡宋狀元黄朴之女，長適尚書李珏子，早寡。今年七十有二，善畫蘭撫琴。近為郎中孫榮父作《九畹圖》，若與蘭爲知聞也。且自叙其後云：予家雙井公以蘭比君子，父東野翁甚愛之，子亦愛之，每女紅之暇，嘗寫其真，聊以備閨房之玩，初非以此而求聞於人也。郎中以蘭省之彦，一日來徵予筆，遂誦「點污亦何忍，但覺難爲辭」之詩以應之，孫求歌詩於予，因樂爲賦此者，正取其節而不以其藝故也。秋七月初吉，秋澗老人題。

清霜怨 贈吴省參君璋。

日落偶過吴郎家，入門兩闌姚魏花。金盤洗妝都幾日，已覺鬟亂釵横斜。韓卿秉燭惜佳麗，便恐翠袖倚竹空春華。鶴翎紅慘玉蝶粉，墮髻睡美吴宫娃。我欲問花不解語，何故忽爾令人嗟。東皇醉著初不問，青女潛妬飛銀沙。花神斂袂避陰慘，駐顔何有仙人砂。京師各圃花不少，今歲閒殺遊春車。客懷豈獨被花惱，俗事擾擾驚無涯。西風巷陌塵障面，酒樓寂寂空簫笳。我因未事得閒在，盡日飲客前溪芽。天教世務不挂口，遮眼幸有詩書葩。時時弄筆散幽滯，錢裹忘計東坡叉。爲花作譜見衰盛，自笑思濫頤空呀。因聲寄謝紫山老，落落高擧凌青霞。

湘中後怨至元十八年歲辛巳冬十月按事順德晨起燈下讀沈下賢文集偶賦此或云鄭卽子春也

洛橋曉月光朦朧，彼姝嬌啼橋水東。鄭生早發與之遇，挈去媵御甘長終。霧綃煙縠已戃怳，《九歌》《招魂》皆楚風。一朝謫滿與鄭訣，云是蛟娣非凡庸。岳陽樓高花映紅，滿筵歌舞鮫人宫。海風吹散歘不見，倚雲望入湘江空。

春夜宴史右相宅

勳閥汾陽業，金貂漢相家。陽春元有脚，玉度瑩無瑕。神駿推宛馬，跳梁笑井蛙。相逢成夜集，暢飲厭流霞。綺席圍聲妓，銀筝合鳳琶。晚妝添粉黛，雜舞見渝巴。鑪暖融螺甲，盤香供露芽。透空敲雨杖，促節摻漁撾。侑食增陽盛，紓懷發興賒。舊聲今漸遠，新體此無加。樓轉三更月，燈垂半夜花。歌長縈曲調，獅猛奮須牙。辭謝寧容退，留連暫樂佳。直須窮薄〔伎〕，尤異是雄齇。登踏寒林判，軒呈迓古丫。侍筵更紀僕，歸燭黯籠紗。下客陪簪玉，清吟擁鼻瓜。嗣侯非自樂，先業念無涯。待士無疏密，籌邊靜譟譁。有時陳樂籥，張宴爲賓嘉。此夕真儀鳳，明朝等散鴉。寵光需北闕，時有進拜隆興省平章之耗。又以二月七日先相忌辰，約往汴京故第享祀。故云。春禴動南衙。豈特調銀字，重看拜白麻。轉頭雖契闊，後話足雄誇。碧草傷淹賦，清江弔屈沙。別懷增惓惓，獨雁謾啞啞。霄漢嗟垂翼，庭階愧倚葭。情悠天共遠，心在地無遐。會作登樓客，聊停泛斗槎。朱門三十載，未分鬢空華。

謁武惠魯公林墓四十韻

金馭成陰朽，山東自古强。限田標鎮戍，積憤致搶攘。武惠當年傑，天心霸業匡。雲龍時際會，風虎日翺翔。五十連城重，三千戰士良。一朝歸版籍，遺愛在耕桑。甫定先文治，來威戒伐張。儉恭希大帛，號令肅秋霜。氣革耰鋤擾，風還禮義鄉。頌方歌魯盛，人駭隕星鎗。雲出青崖頂，烏瞻泰岱傍。驅車經鵠里，故宅似汾陽。山倚祁連冢，祠荒綠野堂。門旌虛將幄，燕寢尚清香。有客追疇昔，懷人動慨慊。王師初破汴，河朔久淪綱。文物隨雲散，招徠不一亡。盡收周禮樂，重闢漢科場。清秩銓華省，羣英萃郡庠。有金皆冶器，無玉不追章。蓄德需明主，流波及四方。星躔從落落，奎彩獨煌煌。嗣相圖光紹，先猷在益彰。雪山宜久重，世業浸丕昌。帝道開中統，皇風煽八荒。重推黄閣相，輕是尚書郎。兩署分荷槖，千官列雁行。至今稱濟濟，所在見蹌蹌。原治無多術，推賢用叵量。措材真得所，收效儘非常。侯國能如此，朝家化更皇。闡明雖實理，勉勵乏明揚。一代徐通議，中流號巨防。試圖援手助，潛有跋胡妨。薄宦新過魯，諸生懼面牆。泮田饒樂育，師授奈無望。可惜絃歌地，虚成笱在梁。力扶雖切切，事迫去遑遑。量分功名薄，傷時涕泗滂。野煙知客恨，先自柏城蒼。

靈巖寺二十六韻

中土論名刹，兹山第一巖。地靈連海岱，境勝隔仙凡。紺殿通虚閣，丹崖問翠嵐。天低神寶嶺，佛出證明龕。鷄警陰魔暴，僧馴怒虎眈。定師興寺始，党刻不辭慚。石狀殷公怪，眉龎老衲毵。鍾聲盤絶壑，幡影走枯柟。法護雙欏樹，經嚴七寶函。巢棲松鶴赭，茗淪露泉甘。花雨濛沙界，巖團抱碧潭。布金仍趙魏，仰食不耕蠶。富覽山無盡，幽尋力不堪。微官嗟縛律，小隱欲投簪。吟就籃輿往，禪思玉版參。静緣天或假，世味苦相諳。城市蛙居坎，功名蟻戰酣。有來求福利，誰復滅嗔貪？風化吾儒在，慈恩釋氏覃。教崇緣世主，風靡過周南。以此山林勝，皆爲佛老探。兹遊聊適意，他日儘横談。翠琰詩如此，清吟口詎緘。顧瞻因咄咄，前後至三三。山主留昏宿，官程畏衆碞。夕陽人影淡，猶惜動歸驂。

送李郎中德昌北還情見乎辭

一自新河別，經今已十年。爲尋江表傳，重會嶺南天。鴻鵠乘風健，驊騮得路先。鷄香芬省署，襟誼動星躔。洒落生平契，留連祖送筵。自嗟衰病客，愁卧瘴江煙。歲月鄰期耄，鄉關近五千。依依枝遶鵲，跕跕水飛鳶。外望何其切，中堅未易鐫。崇高疇弗戀，筋力若爲前。落日鄉音杳，秋空望眼穿。委心歌已矣，適意俟終焉。行止雖存數，周旋正賴賢。省臺公道在，萬一故人憐。

番禺杖

異種來番國，知名自老坡。杖才任操倚，節目喜摩挲。尺度天然足，柑黄氣色和。奇姿含海霧，孤植映江沱。物眇離鄉貴，材稀審實訛。聲音鏗爪甲，鱗介訝鮫鼉。鞭馭真雷策，批亢格魯戈。重輕欣得所，長短稱閑拖。扶老攜行便，持危得力多。金蛇僵自勁，鮐背痒忘苛。不自浮槎使，來從老伏波。見歸情鄭重，未許老婆娑。人手嗟神物，傳看駭玉柯。支頤看月出，横膝伴詩哦。選勝尋泉石，窮幽入薜蘿。有時兒女觸，却恐鬼神呵。蓋節空笻竹，神鋒黯太阿。笑揮堪解虎，静倚可降魔。靈壽輕無賴，梅條皺可挼。花藤昏玳暈，斑點慘湘娥。桃竹那能比，桄榔未足歌。望塵甘却立，斂跡總無過。用舍時當審，敲撞責果何？更防雷雨夜，衝屋學陶梭。

題常仁卿運使西覲紀行二首

九萬鵬摶翼，孤忠駕使軺。功名元有數，風雪不知遥。抵北踰鰲極，維南望斗杓。胡生摇健筆，且莫詫東遼。出《五代史·突厥附録》。同州郃陽縣令胡嶠，亡歸中國，作《陷虜記》。

三策條民便，逾年致節旄。夢驚羊胛日，嶮歷幻人刀。碧盌昆堅異，黄金甲第高。白頭書卷裏，留滯敢辭勞。

秋夜

卧榻鋪筠簟，風簷遞晚涼。雲枯涵旱氣，星爛射寒芒。鐘鼓寒更永，乾坤夜色蒼。時危關百慮，低首拊空牀。

星子鎮道中

北下星關道，川開百里寬。夢殘傾錦帢，吟細緩征鞍。土峽深回洞，山田疊醮壇。一杯亭傳酒，來爲敵霜寒。

田間

斜日秋瓜圃，雲間雨過初。平疇交晚吹，涼意滿輕裾。草木浮元氣，河山擁草廬。拊心欣有得，重展故人書。

午憩陽城北龍泉寺

倦客鞭催急，龍泉一解鞍。在家貧亦好，行路古來難。寺古松杉老，山空水石寒。萬松亭廢久，重拂短碑看。碑，大定間澤州刺史楊庭秀撰，真奇作也。

清苑道中

野店春風裏，行人避繡衣。劍華寒有暈，山日慘無輝。孤隼梢雲下，羣鴉結陣飛。鷺鷗無遠泛，事外本忘機。又作「澄清吾有志，天意肯從違。」

辭長樂先壠并序。

己丑歲秋九月二十六日，將赴任福唐。拜辭長樂先壠，歸宿野竹趙氏田舍，且喜聞村之故名，因有是作。謂野竹訛爲野猪。

展墓過農里，銜恩使遠方。氣隨天北轉，人與雁南翔。肝膽孤忠在，江湖去路長。此回當自信，不必泥行藏。

望舍弟消息

憶弟居穰縣，嗟予宦建陽。三書曾未報，一別謾相望。喜信占晨鵲，清吟夢夜牀。殘年能幾許，長與汝參商。

高郵道中

築甬餘三百，灣環護漕溝。重橋穿寶應，一岸入高郵。水陸開亭轉，烽煙靜塞愁。腰纏無十萬，官遣上揚州。

望嶺

谿嶺無千里，崎嶇半月間。事機須勇退，天意許生還。順處從多厄，趨時免強顏。越禽忻我往，長路語關關。

首夏家居卽事二首

懶幘從鬅鬙，披衣任曳裾。都忘身外事，貪讀意中書。比老心能爾，雖貧樂有餘。繞園欣細履，樹影綠扶疏。

竹茂資泉潤，花榮藉圃沙。鈎簾來舞燕，鎖樹護棲鴉。客至留酤酒，吟長待煮茶。幾時容却掃，一向似仙家。

和仲常牡丹詩 三月廿三日飲中作。

漢殿承恩早，金盤薦露新。色酣中省樂，香重錦窠春。儘殿羣芳後，誰辭載酒頻。清如司馬相，也作插花人。

大行皇帝挽詞八首 并序。録四。

至元二十一年歲次甲午，正月廿二日癸酉夜亥刻，帝崩於大内紫檀殿。既殮，殯於蕭牆之帳殿，從國禮也。越三日乙亥寅刻，靈駕發引，由建德門出次近郊北苑。有頃，祖奠畢，百官長號而退。臣忓職在詞館，追思不已，作挽詞八章。庶幾鼎湖攀髯之意。其詞曰：

灤水龍飛日，長楊羽獵時。天顔凡五見，雨淚遽雙垂。化日中天赫，陰靈萬國馳。何由知帝力，耕鑿樂雍熙。

威破羣雄膽，恩藏四海心。聲明三五盛，垂拱九重深。國論多儒斷，天機入睿臨。小臣勞面血，無路洒松林。

去歲回鑾輅，旌麾擁萬靈。今春辭畫翣，弓劍閟泉扃。黼扆虚瓊島，雲龍慘帝庭。是夜殿庭間有光，焕爛若燈燭然，良久方散。詞臣思補報，淚涇簡編青。

帝系三宗上，麟經一統尊。火盤承正據，虎落入雄吞。窮蹙南交獸，奔騰北海鯤。不教擒一索，遺恨付皇孫。

望淮

朝日慘無色，昏昏水氣間。到淮猶數里，隔岸見尖山。

夏夜

庭竹影扶疏，清風晚騷屑。夜涼人未眠，卧看窗間月。

夢中得

持酒濯利劍，青蛇光黯然。金鞭鞭駿馬，汗血沾錦韉。

披襟

涼風東北來，蕩盡中夜熱。起視河漢星，微雲淡明滅。

送王嘉父

新知雖樂道彌親，樽酒燈前便故人。時宦儘從閒處著，浩歌還愛醉時真。紅蓮幕府名兼隱，春草池塘句有神。悵煞百門山下水，錦波流不到東秦。

清明日錦隄行樂

浪説蘭亭禊事修，年年春好錦隄遊。花翻舞袖驚歌板，柳隔高城暗酒樓。緑樹恐應春事老，金鞭重爲使君留。竹西路晚歸時醉，何處珠簾半上鈎。

南城納涼晚歸

書院歸休日已曛，南城風細晚相親。坐來近市喧初息，歸到衡門夜向分。矮榻趁涼欣稚子，疏燈留影伴厨人。一杯粥了從高卧，須信閒身等策勳。

送蕭四祖北上

丹鳳銜書下紫庭，秋宵光動少微星。蒲輪再起秦遺逸，天意將新漢典刑。長策正勞黄屋夢，故山從使白雲扃。中原有幸經綸了，天外高鴻本自冥。

雨中與諸公會飲市樓

每恨人生會合難，興來一醉盡君歡。雨沾翠佩簾花細，酒凸金杯飲興寬。《胡旋》舞低翻翠袖，串珠喉穩怯春寒。朝來酒醒蓬窗下，依舊春風苜蓿盤。

自適

旋收柏實炷爐薰，紙帳低垂自有春。竹几隱眠無俗夢，蒲團容膝勝華裀。窗間白日驚濤迅，門外黄塵萬事新。幸與聖賢相晤語，未辭藜藿此生貧。

哀故宫

掖庭依約粉垣丹，行入荒宫重黯然。華表忽驚人世换，昆明重見劫灰寒。石龍委地埋秋草，湖玉臨池倚暮煙。滿目悲風吹酒醒，東華門外淚闌干。

登凌雲閣

布衣塵滿戴儒冠，風袂來登上將壇。棟藻雲飛朱栱溼，簷牙霜重玉梯寒。風煙遠勝籌邊迥，氣勢雄吞汴水乾。經略江淮有成算，不須重展地圖看。

銅臺懷古

都邑盤盤據四衝，登臨形勢覺天雄。歌樓暖響春風細，綺陌香銷寶氣空。笑著孱王承宋弊，至今姦孽擅唐終。憑高誰識神州恨，付與衡漳日夜東。

鎮州懷古

趙武雄圖不可尋，風煙東接九門深。炎涼到此分南北，戰伐無情自古今。彈躧流風猶戰國，椎埋遺俗帶燕音。劍歌不遇平原客，落日滹沱動旅吟。

燕城書事

都會盤盤控北垂，當年宮闕五雲飛。峥嵘寶氣沈箕尾，慘淡陰風貯朔威。審勢有人觀督亢，封章無地論王畿。荒寒照破龍山月，依舊中原半落暉。

夏日南堂卽事

一雨清涼恰四朝，霧絲縈户見蠨蛸。病因戒酒成真止，辭免書門絶妄交。道拙尚憂兒墜筒，家貧且喜稼盈郊。間庭緑蘚泥融徧，燕子飛來補舊巢。

送王子初總管奉詔北上

聖代崇儒意匪輕，徵車相望半諸生。九天雨露思賢相，十載經綸見老成。更化有方先定制，救時無驗是虚名。煙霄未遂攀鱗志，葵藿空懷向日誠。

開平晚歸 七月一日授翰職。

龍首岡邊野草深，秋風欒水動歸心。百年蓬巷開圭竇，一日恩光照士林。吟鬢有光浮鏡玉，家書封喜認泥金。料應曉月簾櫳底，乾鵲飛來報好音。

賦西域鸚鵡螺杯

老月淪精射海波，珠繩分秀貫神螺。鵰斑漬粉垂金薤，鸚喙嫌寒縮翠窠。樽出瘦藤紋浪異，瓢成椰子腹空皤。飲餘疑與溪娘遇，一笑相看發浩歌。

宛葉道中

六合雲蒸一氣霾，漫漫長路渴生埃。詩從白雨明邊得，人自青山盡處來。世路有機難預料，劇談供笑不時開。濟時賴有諸君在，漢苑秋風愧不才。

次宿汝樓韻

微雲河漢半晴陰，夜景蕭森夢化城。山色不隨喬木老，月華偏對故人明。鶴緣露警清無寐，蛙屬官居重有聲。廊廟只今紛治具，正容堅坐看昇平。

臨武堂讌醉後有懷省臺諸公

桂月流光雪滿臺，月明人影兩徘徊。行雲不逐歌塵散，往事還隨去雁哀。雙鬢入秋無可白，寸心於世未全灰。遥憐紅藥階前客，玉樹相依一笑開。

夏縣道中

溼雲壓樹際崗平，溽暑還因小雨增。官事困人如縛虎，秋風吹野夢翻鷹。趨時未必儒冠誤，並隱端爲野鶴憎。遥憶筠溪亭下水，萬竿蒼雪照吟燈。

餞陳簽省行臺西夏

漢家威德際髦蠻，牙纛其中慮阻艱。金節遠開丞相府，春光先渡玉門關。正煩煙火通青海，未用梯航致白環。銀字詔還知不遠，好來彈壓紫宸班。

題趙宣撫樊川山中雜詠

蒼崖如削靜煙霏，中有高人住翠微。夜鶴聽琴依蕙帳，曉泉和月落山扉。一龕靜體炎涼理，兩眼深明倚伏機。畢竟名高難久卧，野猿偷褫芰荷衣。

至元七年庚午奉陪憲臺諸公闕下賀正口號

盤盤帳殿敞彤庭，天仗宵嚴擁萬靈。玉笋東班分列辟，龍墀首拜認前星。煙蟠鼇柱霑吟袖，樂泛仙音近御屏。歲歲大酺恩例溥，自慚虚薄仰皇扃。

同馬才卿暇日登昊天寺寶嚴塔有懷

高標直上跨蒼穹，物外方知象教雄。九陌市聲開曉色，兩都喬木動秋風。遥憐漢馬屯湘渚，安得長書附塞鴻。寂歷村墟野煙外，誰家簾幕夕陽紅。

追挽元遺山先生

文奎騰彩憶光臨，孺子何知喜嗣音。子年廿許，以時文贄於先生，公喜甚。親爲删誨，且有文筆重於相權泰山微塵之說。即欲挈之西行，以所傳畀予，以事不克，至今有遺恨云。党趙正傳公固在，陽秋當筆我奚任。天機翻錦餘宫樣，月户量工更苦心。野史亭空遺事墜，荒煙埋恨九原深。

西苑懷古和劉懷州景融韻

彩鳳簫聲徹曉聞，宫牆煙柳接龍津。月邊横吹非清夜，鏡裏瓊華總好春。行殿基存焦作土，《踏錐》舞歇草留裀。野花豈解興亡恨，猶學宫妝一色匀。踏錐，舞名。見景元所録金人遺事。

糟魚

霜刀截斷玉腴芳，暖貯銀罌釀粉漿。錦尾帶頳傳内品，金盤堆雪喜初嘗。解酲未減黄柑美，雋味能欺紫蟹香。一筋饜餘乘醉卧，夢横滄海聽鳴榔。

過沙溝店

高柳長塗送客吟，暗驚時序變鳴禽。清風破暑連三日，好雨依時抵萬金。遠嶺抱枝圍野色，行雲隨馬弄輕陰。摇鞭喜入肥城界，桑柘陰濃麥浪深。

山陽偶與大繼長相遇自辛亥年相别至今廿八年矣追念疇昔作詩爲贈

解鞍林下振清埃，懷抱樽前得好開。白髪滿頭心事在，青山當眼故人來。風流自有高賢識，感慨還深漂母哀。讀盡深香轉蕭爽，清吟不到伯倫臺。深香係繼長父宜之文集。號曰深香閒適。予此行本擬遊百巖，不果，故云。

種玉亭 徐子方宣慰有詩，因擬作。

靈沼雲深寶氣存，素鷰一夕發芳根。煙中髣髴溪娘語，波面輕盈越女魂。江月借妝增皓彩，露華和屑貯芳温。夜深更待瑶環供，細挹秋香共一樽。

桃花菊 一名胭脂紅。

淚洒明妃寄露葩，換根非爲貯丹砂，黃輕白碎窐多種。碧爛紅鮮自一家。騷客賦詩憐晚節，野人修譜是頭花。九秋霜露無情甚，時約行雲護彩霞。

秋懷

醉頭扶起日三竿，掃罷幽軒到藥闌。傍架整齊書帙亂，繞籬料理菊枝殘。日融虛閣留餘暖，雨積高空促早寒。處置身心閒裏過，不將勳業鏡中看。

丁亥歲十月十日夜夢乘船渡一大河既濟望南岸一閣高數百尺窗户北向自簷至地上下以琉璃大簾垂蔽翠色半天甚奇麗也

雲間高閣翠爲簾，疑是仙居擁衛嚴。虹影蕩摇青帝闕，海風吹墮寶陀嵐。半空倒景驚奇絶，千丈摇光入顧瞻。我自平生多異夢，似憐方朔詫雄談。

清明後一日雨中招林韓李三君子小酌且爲梨花洗妝 時新植梨花一株，盛開。

花滿金罍酒滿樽，一杯歡飲得佳賓。近年樂事無今歲，此際閒身有幾人。禄美勝於三品料，臘香清徹六根塵。風簷數點催妝雨，辨與梨花作好春。

海棠

桃李無光分落英，海棠姿色占春榮。雲鬟綠擁妝初罷，醉臉紅勻睡未醒。任使無香真可意，放教千葉更多情。光風流轉都能幾，莫惜沙頭倒玉瓶。

小園即事

小園清潤稍堪觀，翠有庭筠馥有蘭。未放薔花金作蕾，已開梨蘂雪爲團。鳥欣有託扶疏樹，客喜來憑詰曲闌。深院日長須細履，也勝愁坐兩眉攢。

儀封道中

驛館殘釭曙色分，馬馱殘夢走踆踆。去家已遠誰爲侶？到處相逢有故人。健羨鵰盤慚始擊，靜便蠖蟄返求伸。一杯拜酹睢陽廟，激懦扶衰尚有神。

西湖

西湖三面簇青山，淨拭菱花照翠鬟。蒼海月寒龍穴露，彩雲仙去鳳簫閒。無多樓觀猶圖畫，最好風煙近市闤。鄭重繡衣周漕使，畫船春酒待予還。

三山元日

臺蘸天香簇絳紗，三山簫鼓樂年華。竹枝歌後多淫祀，燕子歸來識故家。荷鬢闊妝餘翠貝，蔬盤勻飣雜魚鰕。殊方風物雖堪賞，爭遣衰年客海涯。

近讀夜永不寐等作覺清而頗寒吾恐傷中和而病吾子也因復繼前韻假辭而薰炙之亦晁補之擬騷之遺意也

燭影紅搖夜色侵，香添菱葉鬱重衾。鳳琶調軟歌能合，竹葉杯深醉易沈。綠鬢追歡燕市樂，翠屏歸夢越江吟。平明剩買扶頭酒，不向諸兒計槖金。

佛狸祠 在瓜洲城。

江山照眼舒清眺，千古興亡墮眼前。瓜步市長連野戍，佛狸祠古慘荒煙。柁樓看取平吳日，父老空傳飲馬年。此日不須開濁浪，好風都屬往來船。

琉璃肺

擘鮮爲具樂朋簪，辣品流馨漲綠沈。犀箸喜辛忘海味，霜刀爭割快牛心。四筵談屑霏餘烈，一縷冰漿濯□襟。勝過屠門矜大嚼，夢雲飛繞蹕林深。一作陰。

題香山寺畫卷

送客當年過玉泉，醉中遊賞得奇觀。一泓湛碧浮僧鉢，幾葉秋黄打石闌。山色空濛金界淫，松聲清泛海波寒。吟鞭回首都門道，斜日歸時翠滿鞍。

送舍弟南歸穰下　壬辰十月廿日，彰德相別。

相思渭北常年事，遠送漳南恨別心。沙暖暫聯鴻雁序，霜寒凄斷鶺鴒音。兩鄉健在都能幾，千里含情老更深。慰浣此懷知懇切，不教消息到浮沈。

德壽殿玉方池硯　理宗所御。德壽殿爲太上皇後所居殿。緝熙，講經殿也。硯即碧絲歙。

玉斵坤形滙四溟，丹書猶認壽宫名。紛紛落墨騰蛟霧，淅淅秋風拉瑟聲。神物不知崑火烈，碧絲今對玉堂卿。眼中多少興亡事，白髮孤臣最愴情。當時同僚承旨留中齋，學士劉東崖、侍讀趙方溏，皆宋人也。

送總統佛智師南還　師姓積寧氏，名沙囉巴。華言爲吉祥慧也。西番人。

白足毗耶不易逢，鬓絲禪榻偶相同。經來震旦三千界，人在天龍八部中。滿送酒船浮北海，細薰香霧供南豐。江東父老催飛錫，要沸潮音與海通。

謝徐容齋贈梅

燕釵宫額蠟妝匀，夢繞羅浮雪裏村。持贈一枝遮老眼，淡依疎影度黄昏。風流燈下佳人面，瀟洒吟邊竹葉樽。我老忘情被花惱，曲屏深鎖惜芳温。

夢昇天詩 并序。

庚子春正月壬午日夜，夢天風吹來，星漢未曙，梯雲上征，極天宇而止。予倚雲下視，倒景四垂。滉漾滅没，有不可望焉者。既而覺清寒逼人，神思飄揚，毛髮爲森竪也。遂躡空而下道宫，與張仙翁遇，良久出翠拂紫端相遺而悟，聞夜漏下廿刻矣。予平日異夢甚多，皆莫之比，因作詩以記其祥。

沈沈玉漏三更後，鵬背扶摇九萬摶。彤管夢傳江令筆，紫袍歸抱上巖端。蒼溟赤日瞻天近，碧落銀河照眼寬。欲躡帝關誰汝畫？九霄風露不勝寒。

西池幸遇詩 並序。

壬午歲十月十二日，某以承華事略求見，引見者工部尚書張九思。巳刻，拜太子于宫西射圃内，比前，命近侍趣入者再。既見，問秦始皇何如主？某以所行過暴爲對。太子首讀明分篇，問漢成帝不敢絶馳道事，喜甚，至輟射繙閲，悉問其各篇主意。張九思、朮忽乃略爲應對。讀畢，以書付董八哥，會静時細聽。未刻賜酒，霑醉而出。

射殿風清巳午間，曳裾挾策拜隆顔。首詢帝子龍樓召，喜輟犀弓偃月彎。葵藿儘酬承日志，簡編不負半生閒。滿樽春露霑恩處，光動西池玉筍班。

洛中吟 并序。

近讀邵氏所書洛中雜事，撫卷三歎，令人有不能已者。嗚呼！五代間亂離相繼，其否極矣。生逢茲辰，一何幸哉！故孫樵有生恨不得爲太平人，良有以也。因效康節謝温公買園詩格，綴集所見，賦《洛中吟》一篇。其辭曰：

萬方文物洽堯雍，若論聲明極洛中。地自水南連洛北，治從真廟到神宗。總將六合清明氣，散作三川禮讓風。道統有傳程邵在，勳名無比富文崇。棚車載酒都人賞，名教傳家習俗同。花木四時春不老，耕桑彌野歲長豐。三千步障家雖侈，十二行窩樂最融。春酒泛香沾翠幕，夜花和露買筠籠。小車高閣期真侶，魏紫姚黃擅化工。愛育總歸君父聖，論思不出廟堂公。荆舒變法無期月，社稷垂亡到一空。讀罷適然清興遠，一簾花影曉光紅。一作「讀罷窈然還復感，斯民何幸此何窮。」

遊瓊華島四首 中統元年作。

蓬萊雲氣海中央，薰徹瓊華露影香。一炬忽收天上去，謾從焦土説阿房。

躡盡寒雲最上層，土花春碧夢觚稜。江山如畫人空老，更倚殘陽望道陵。

玉樹歌聲繞北虛，朔風吹恨入南都。六龍不戴三山去，留與都人泣鼎湖。

光泰門東日月躔，五雲仙仗記當年。不煩細讀江南賦，老樹遺臺倍黯然。

梁園對月

兒時曾住汴梁城，二十年來重此行。一片鳳凰池上月，向人還似舊時明。

夏夜

野雲明處電飛光，海牽青浮落日黃。想得近山多雨過，滿庭風竹月波涼。

春夜獨坐

讀書聲歇燭華殘，潤入琴絃覺夜寒。寂寞小窗雲影薄，隔簾梧葉雨聲乾。

仙遊曲五絶 録二。

庭竹無人緑滿窗，幽香和露溼霓幢。日長孤絶壇邊鶴，啄徧晴苔影一雙。

金簡朝元擁玉華，碧壺香滿謫仙家。石壇冷挂銀潢水，會待秋風送客槎。

同劉勸農彦和葛縣令祐之遊蒼谷口四首

四山遮盡外來風，山崦人家不覺冬。獨立蒼崖重回首，山形渾似入居庸。

九龍分部中天雨，何處癡蟠睡不開。一勺鳳凰臺下水，有時風雨洗天來。

方山忽斷兩崖開，中有蒼河自北來。行出山門俱不見，玉龍翻作地中雷。

地爐火在壁燈昏，睡覺山堂笑語溫。豆粥一盂官事了，緩搖吟轡出山門。

遊霖落山雜詩二首

東山削出翠芙蓉，西壑砐砑貯雪風。人說魏王曾避暑，殿基猶是舊離宮。

滴乳巖前挂瀑流，青林飛灑動高秋。玉龍躍入青冥去，堆疊蒼煙萬壑愁。

遊棲嵓寺三首

翠嵓回抱鬱蒼官，絕境軒橫杳靄間。老矣瑞峯寺僧名。應健在，護持長伴八龍間。宇文周末年，大禁釋教。有曇延師者，遯隱北山。久之，有樵叟日來聽經。後師道成，復有七人者來。師問故，曰：「子八人皆龍也，其一已傳師教，故子等亦來受戒。」

一徑縈紆入杳冥，望川亭迥夕陽明。欲知眼界寬多少，放出秦川似掌平。

層巖重倚尚斜陽，山下風煙一漫蒼。恨煞愛山王老子，不來同宿贊公房。

清明后一日作

懊惱春悰困宿酲，偶隨遊子到溪亭。多情幾行城南柳，三度春風見汝青。

關山秋霽圖

望京樓上晚凭闌，長記居庸八月還。一段紫煙吟不盡，枉分秋色與南山。

題張夢卿雙清圖

淡妝疏影兩依依，點綴横斜畫總宜。恰似孤山籬落畔，小溪如練月如眉。

禹廟

大地河山繡錯明，野煙孤廟枕荒城。杜鵑饒舌知何事？血灑東風怨未平。

澤潞即事雜詩三首

自古徒兵澤潞雄，選齊尤見四州公。堂堂氣與鼙聲壯，閃閃旗翻日脚紅。
角聲催日上牙城，白羽風清坐閲兵。盾鼻恐煩磨檄墨，莫教華髮等閒生。
一檄風馳萬有降，天兵開國古無雙。寄聲璧月瓊枝客，鐵鎖休誇一葦江。

遊青蓮寺

上方層閣倚晴煙，回合諸峯聳碧蓮。午枕不容詩夢就，天風吹雨下危巔。

顯宗墨竹

離離香粉淡争妍，莫作荒寒景趣看。絶似承華宫檻畔，春風和露溼闌干。

聞方響 時過一第宅。

丁東鏗戛碎璆琳，掩盡朱絃窈眇音。花外粉牆遮不斷，珮環清徹洞房深。

春江獨釣圖 前金平陽人孫子安筆，十三科皆工。

渺渺春江碧若空，一絲斜裊釣壇風。富春莫擬幽棲穩，已在君王物色中。

題煙江疊嶂圖

楚水吴山萬里秋，風帆吹飽北來舟。應憐滿眼新亭客，空對江山雙淚流。

山行雜詩二首

太行元氣老洪濛，草樹風前帶潤容。山色只宜差遠看，近移空翠上高峯。

西來遊宦半忙閒，六日迢遥道路間。回轉羊腸三百里，天教馬上飽看山。

毳幕卓歇圖

牙旗風軟馬蕭蕭，渭水歸來氣更豪。想得龍沙西北道，際天秋草黑山高。

韓幹畫照夜白圖

纓紱驕衣一色紅，玉華光照苑門空。昭陵六駿秋風裏，辛苦文皇百戰功。

滕王蝶蟻圖二首 劉侍御家藏。

槐壤紛紛事暫歡，枕中栩栩伴周閒。丹青欲識滕王意，須著人間比夢間。

粉香金翠夢能甜，細寫春悰入筆尖。却恐尋香飛便去，六宮争下水晶簾。王建宮詞有「傳得滕王蛺蝶圖」之句。

萬壽節同宋太常弘道出左掖門口號五首

禁漏穿花夜已央，宮槐籠曉色蒼蒼。殷勤一點東華日，先到紅鸞扇影光。

隔夜端門分板位，平明簪笏列鵷行。紫雲低覆千官拜，潤入金爐百和香。

羯鼓聲高吹管清，九天合作鳳鸞鳴。侍儀贊喝三成後，磬折齊呼萬壽聲。

花映巖廊近紫宸，宮官行酒過三巡。共攜滿袖香煙出，散作都城十日春。

對品班分玉筍行，一時望拜殿西廂。百官燕出宮闈靜，疏雨濛濛溼建章。

題樂天不能忘情圖二首

病來心事轉蹉跎，身外猶嫌長物多。況是春歸留不得，侍兒無用還雙蛾。

青衫憔悴老江州，放逐歸來萬事休。止有醉吟情未減，又翻新樣柳枝愁。

汴梁清明

連日風沙此日晴，東君有意作清明。垂鞭醉入宮城去，一片傷心畫不成。

寒食日過隆德宮

當年陸海駭珍藏，此日繁華墮渺茫。春草不隨人事換，依然分翠入宮牆。

宮井

清時瑶殿引瓶金，百尺還聞墜水音。想得日長宮閣静，玉盤珍果看浮沈。

武元直雪霽早行圖　□謝宣慰。

雪擁天山六月寒，冷雲西北是長安。行人馬上揚鞭喜，猶勝南荒作熱官。

庚辰歲人日前一日書夢中所見

碧樹翻香滿洞春，一聲長笛隔花聞。似嫌燕語鶯吟碎，暖噴宮音遏夢雲。

小桃

梅粉飄零柳未煙，一枝春色獨當軒。今年盼得紅苞折，風雪禁持第幾番。

周文矩勘書圖

宮槐陰合玉堂清，書葉翻香入細聽。内苑近來遊宴少，太平天子要傳經。

樓居春望圖

翠斂雙娥底事愁，不緣春去落花稠。歸鞍未得朝天信，望斷東風燕子樓。

遊百家巖雜詩

月池懸溜落蒼崖，巖竇分居可百家。不羨碧瀾秋色好，倚天驚絶赤城霞。

太一宫

庭樹瀟瀟緑滿廊，日長深鎖碧窗涼。隔簾遥見秋來處，一葉輕黄墮井牀。

玉堂閑適圖

醉岸烏紗殿影東，宫花低映酒波紅。興來草罷《長楊賦》，獨占高槐灑晚風。

莊宗横吹圖

郭相西征奏凱還，阿嬌歡寵鏡交鸞。却嫌暖殿春風燠，玉管横翻曉吹寒。

細君崔氏哀辭二首

去年扶病上新塋，歌管杯盤水曲亭。今日重來人不見，杏花零落柳條青。

蘭枯蕙槁不禁風，一夕吹香入殯宫。把酒試澆橋下水，不容將恨到湘東。

潤州　甘露寺近爲火焚掃地。

望空北顧無雙寺，行入西津第一州。江影隔山揺素練，行雲和夢鎖朱樓。

白峯嶺

儀曹苦厭爲山囚，霧障煙屏看未休。行過白峯三十里，桐廬江上重回頭。

蘭溪縣女步道中

豫樟蔽日無黄落，竹筍經霜更碧鮮。記取江南光景異，暖煙晴日是冬天。

全氏小樓與南山相對殆几案間物也暇日觴予其上索賦鄙作因口占三絶句　録二。

閶闔撲地不容閒，疊起重棚翠靄間。樓下市聲喧午枕，藥爐頭上看青山。

東籬遥見喜悠然，況在風煙咫尺間。滿勸銀杯留客醉，夕陽佳處鳥飛還。

予自閩中北還舟行過常秀間卧聽櫂歌殊有愜予心者每一句發端以聲和之者三扣其辭語敷淺而鄙俚曾不若和聲之歡亮也因變而作十二闋且道其傳送艱苦之狀亦劉連州竹枝之意云　録五。

今秋湖濼兩相通，差遣雖頻力易攻。度險却防連夜發，泝流還怕打頭風。
兩浙人稠不易安，少罹凶慊卽流遷。今年苦惱蘇常地，易子營生不計錢。
朝來回棹喜空船，坐唱吴歌踏兩舷。淘米墩頭風浪起，最防吹入太湖煙。
岊江灘石苦經過，音節聽來燥未和。不似吴儂音韻美，遺聲全是竹枝歌。
幹當江南有許多，往還冠蓋似攛梭。因玆力役無朝暮，欸乃翻成懊惱歌。

題劉總管宅御愛峯

太湖清潤岱宗雄，金字宣和第一峯。絶似水晶宫裏看，一堆寒碧玉玲瓏。

龍虎臺二首

翠華行殿拂明開，北狩南巡此往回。長憶先皇重詞翰，玉堂今歲幾人來。
山靈拱護走風雷，萬馬雲屯駐漢臺。今日鼎成弓劍在，西風吹淚不勝哀。

甘不刺川在上都西北七百里外董侯承旨扈從北回遇于榆林酒間因及今秋大獮之盛書六絶以紀其事 録三。

千里陰山騎四周，休誇西伯渭濱遊。今年較獵饒常歲，一色天狼四十頭。
今年大獮蹛林秋，青兕黄羊以萬籌。摇吻戍兒欣有語，好雲從此到南樓。

今秋天餉住冬糧，萬穴空來殺氣蒼。渴飲馬酮飢食肉，西風低草看牛羊。

題錢舜舉畫梨花

掖西千樹鬧春華，莫把芳容帶雨誇。看取一枝橫絶處，洗妝還是漢宫娃。

疏梅寒雀圖

長記扁舟過武夷，仙家梅竹滿清溪。山禽盡日憐幽致，争揀寒枝趁晚棲。

枯木寒鴉

枯樹寒梢凍欲冰，野鴉翻影若爲情。錦鳩呼雨煙林外，紅杏香中過一生。

農里歎 并序。　録四。

至元廿八年秋九月，檢視水災趙之東偏，自平丘至劉村渡，凡一十一處。因老農問答集爲十絶句，庶以見農家有終歲作苦，卒至于無成者，可哀也哉！作《農里歎》，其辭曰：

今歲馮夷勢蹇驕，漫流西岸不知遥。枯槎聚沫猶然在，時見田間擁樹腰。

浚水南來接北漳，兩河會合泛田廬。官來檢驗承尊重，所望申圓得早除。

每年秋漲賴橫堤，水縱漫堤害尚微。近爲鹿城偷堰破，放交流潦到柴扉。

穀穗虚穰草色熏，滿前堆積漫如囷。一餐到口還無濟，辛苦田間力稼人。

程承旨鉅夫

鉅夫，名文海，避武宗諱，以字行。其先自徽州徙郢京山，宋末，季父飛卿攝建昌守，家焉。元兵南下，從飛卿入覲燕京，遂留宿衛，授管軍千户，世祖召見香殿，奇之。命給筆札書二十餘幅以進，改應奉翰林文字，累遷翰林集賢直學士。尚書省初立，詔爲參知政事，固辭。又命爲御史中丞。臺臣言文海南人，且年少，世祖怒曰：「汝未用南人，何以知南人不可用。」遂拜侍御史，行御史臺事。奉詔求賢于江南，薦趙孟頫等二十餘人，皆擢置清要。大德八年，召爲翰林學士，商議中書省事。武宗朝，進翰林學士承旨。延祐初，議行貢舉法。三年，以病求去，加光禄大夫。命廷臣飲餞齊化門外。給驛南還，勅行省時加存問。居三年卒，年七十。贈大司徒柱國，追封楚國公，謚文憲。鉅夫儀狀峻偉，音吐如鐘。少與吴文正公同門，遭時革命，寵遇優渥，歷事中外者踰四十年。郢州有白雪樓，嘗以名所寓，故世稱雪樓先生，又號遠齋。所著有《雪樓集》三十卷。虞文靖公謂宋季士習卑陋，以時文相尚。病其陳腐，則以奇險相高，江西尤甚。公之在朝，以平易正大之學，振文風，作士氣。今代古文之盛，實自公倡之。公之致仕也，趙文敏公孟頫代爲承旨。先往拜其門而後入院，時人以爲衣冠盛事焉。

送人赴浙東木綿提舉

曾歷金華三洞天，風流歷歷記山川。柏林白綻梅花小，柿實紅垂橘彈圓。訪古但聞羊化石，因君又喜木生綿。霜風渾似當時峭，愁絶雙溪八韻篇。

天門山

萬里瀰漫地，天門據要衝。乾坤大開闢，江漢此朝宗。往事空多壘，千年只二峯。舟人亦凝絶，遥認兩眉濃。

至洪王肯堂治書見示芙蓉詩次韻

春風歇桃李，秋雨深莓苔。蕭然公館間，得此奇種栽。九天清露零，一道紅雲開。句牽緑衣隊，酣宴瑶池杯。穠妝月鑑懸，麗服霜刀裁。瑞蓮湧平地，妙色分五臺。暫陪飛仙游，偏稱幽人懷。終疑閬苑去，嘉會何時諧。此日眼雙明，臨風首低回。長當歌楚騷，招得花神來。

家園見梅有懷疇昔同僚諸君子因成廿六韻奉寄徐容齋王肯堂（俞）正父趙元讓（黄）文瑞諸公

往時姑射仙，夜墮江南村。江南富喜植，梅花衆中尊。九地閟玄凝，先天占春暄。的皪冰雪姿，不受風塵昏。孤清愜幽意，臘馥醒吟魂。愛之玩不斁，冥契終無言。羅浮本幻境，前夢覺已諼。蹇蹄滯京華，倦翼棲淮垣。後先青雲士，表裏白玉温。我形自覺穢，交道久逾敦。貞節保松柏，芳心共蘭蓀。信知歲寒友，何異連枝昆。獨賢天所矜，家山問鷄豚。歸來適仲冬，平旦窺荒園。依依故人面，竟日對傾罇。清池疏蕊影，淡月新梢痕。冷然絶埃壒，恍若遊崑崙。忽憶如花人，高談霏露繁。眼中不可見，思蠹風翩翻。頗慚標致似，遠近殊託根。洪鈞轉嚴令，青皇畀新恩。坐看佳實長，適口塞衆喧。偏遺實中仁，生意彌乾坤。平生識賞心，皎潔明朝暾。凌寒折一枝，殷勤寄王孫。又恐遠莫致，作詩當重論。

次韻肯堂學士冬日紅梨花

黃菊卧階雨，六花舞天風。壁凍室生白，手僵肉作紅。秀句忽墮前，光怪侵簾櫳。至人宴坐處，元氣含沖融。無情及枯株，嫣然爲修容。坐令玉華君，來從蕊珠宮。麗妝凝祥雲，明眸轉驚鴻。豈非散花手，試君情所鍾。老我嗜好淡，空詩亦雷同。祗願酌花時，毋忘比鄰翁。

送胡適齋先生教授瑞州

大冶平生鑄金手，干莫鼎彝隨質就。蕭騷霜鬢海陵風，兩眼眵昏數科斗。陋邦文采貍豹變，潮永他年説韓柳。天官銓材定銖寸，還我耆儒善江右。高安道院士素淳，近來與化移易否？安定傳家教條在，培植嘉生待薪槱。莫言冷官只文字，錢穀簿書更紛糾。幾何出入漫不省，詭對未宜師户牖。韋編一束當韋佩，大耐規模當大受。此日沙頭一杯酒，先生東下僕南首。坐看安定門人多，四海同風軼嘉祐。

和王寅夫郎中元日立春

馬蹄塵裏度芳辰，帶得陽和到七閩。山翠倚天迎好客，風光滿地屬吟身。高情古柳仍青眼，時態夭桃自絳唇。從此不憂江海遠，春官袖有十分春。

寅夫惠教遊鼓山四詩細讀如在岃崱杖屨間想像追和用堅重遊之約四首

城市林泉隔幾闗，半生幽興欠閩山。久聞岃崱高寒處，一望蓬萊縹緲間。有約同看紅日上，無端獨占白雲閒。錦囊收拾奇觀了，物色分留肯破慳。

足力猶堪敵瘦笻，擬乘寺頂最高峯。杯吞東海一勺水，鞭起南湫久卧龍。佛界須臾三萬劫，神山杳靄幾千重。煩公更泚如椽筆，摹寫雲天不盡容。

炎方春淺未如焚，花木迷人意欲曛。福地同游勝獨往，中天一覽破千聞。于今難擬《高唐賦》，何日重開衡岳雲。眼底流求彈丸耳，樓船曾見漢家軍。

去天萬里此相遭，攬轡無功敢告勞。臘貯冰霜消瘴癘，尚疑風雨隔清高。一年花事成佳蔭，二月春江息怒濤。細嚼公詩如橄欖，挽回塵俗入風騷。

次韻寄謝盱江學院諸先輩

半生事業竟何成，冷笑猶然愧宋榮。日逐黄塵雙袂暗，夢回緑幕一燈明。交情款款知君厚，佳句翩翩使我驚。皓首相期崇令德，殷勤遠寄白絲行。

忽刺木御史還臺索詩二絶爲别

曾此觀風慣土風，老榕能識舊花驄。如何又踏秦淮月，不待炎州荔子紅。

耆碩堂堂集柏端，定應問俗及閩山。爲言部使無功狀，減却吟詩一半閒。

寅夫示再登鼓山四詩僕雖不獲同游然來詩不可虚辱次韻奉謝且致歸班之餞 録二。

勝處心知只耳聞，却因君句得奇芬。海天昏黑龍行雨，樓閣青紅蜃吐雲。仙境煙霞從痼疾，詩家風月要平分。悠然佳興誰能敗？俗吏當前自糾紛。

眼前培塿足縈纏，去去瀛洲大洞天。一息南溟能幾月，再行東海定何年？江淮巨浪千堆雪，楡柳中原萬里煙。解視歸裝還不俗，有詩曾酌瘴鄉泉。

次韻寅夫晚涼感事

初夏微風作嫩涼，傷春一夜鬢毛蒼。紅芳寂歷午陰緑，白晝須臾晚照黄。濺淚露葵空滴滴，鎖愁煙柳自行行。絶憐熠燿倉庚羽，曾帶千門麗日光。

題採蓮舟杯

攀翻葉上露，釀作杯中酒。可能君不醉，負此摻摻手。

題仲經家江貫道瀟湘八景圖　録三。

僧定鐘聲緩，依稀聽不真。渡頭風正忽，喚醒未歸人。煙寺晚鐘。

萬頃玻璃上，輝輝玉一環。望中青似粟，約莫是君山。洞庭秋月。

昏昏風浪裏，瑟瑟打篷聲。騷客千年恨，靈妃萬古情。瀟湘夜雨。

十一日浯畲登舟十絶　録二。

瀨頭流水緑如油，急取春芽試一甌。揚子江心堪伯仲，茶經從此合重修。

江清照見石粼粼，貌得游魚態度真。説與長年輕蕩槳，放他深處著潛鱗。

板橋午食

縣郭二十里，板橋三五家。西風熟禾黍，陸地富桑麻。去歲遭洪水，高林帶舊槎。他鄉豈不好，無奈此生涯。

爲曹仲堅題漁父圖

風煙浩渺浪拍天，百帆齊開争一先。輕舠蕩漾自來去，詩人曾賞古漁父。山圍別浦樹參差，水淨沙明人迹稀。大罾小罟較得失，魴鱮暗作枯魚泣。直針爲鉤餌亦無，煙波不見真釣徒。林中茅屋是誰子？袖手無言方隱几。

送余宰翁職滿謁選并寄容齋承旨肯堂學士

江南四月梅子黄，衣袖已試荷風香。出門有客欲萬里，使我憶得西山蒼。西山何處雲半髮？夜深斗極回寒芒。磴泉自紅澗自碧，樓倚白雪歌滄浪。容齋遂慵兩相好，劍氣耿耿龍騰驤。我曾握手極千古，逢之滿腹生琳琅。曉天一笑江水長，燕鳴岸雨催牙檣。

奉餞學舟老先生之武陵

疾風吹雲雲不裂，南紀酣酣三日雪。辰陽冷掾故不冷，破帽椶鞋來作別。先生自是我輩人，錦袍丹紱曾青春。黄金築臺不肯上，水晶宫中一角麟。一朝忽著儒冠起，泛宅浮家五千里。繫船花岸茹蒸霞，爲展臯比説詩禮。宣尼未始三年淹，我亦嗚榔下湘水。蕭雲曹志上所知，銓量當遣教五溪。先生行止無不可，瓜期況爾來遲遲。問君此行何所之，武陵思我還當歸。是間少長致足樂，采花食實薪桃枝。落日天低洞庭野，木葉蕭蕭風上下。留君小住君掉頭，前有十漿先饋者。蒼蒼煙水解迷人，莫倚川原物色新。漢家會有蒲輪使，珍重修程穩致身。

寄閻子静唐静卿二翰長

故人天上近何如？白玉堂中足寶書。燭徹宫蓮三鼓後，露溥仙掌九秋初。江湖政共丹心老，魚雁全如緑鬢疏。西北闌干天咫尺，欲乘黄鶴却躊躇。

次韻盧疎齋就以贈别二首

百川晝夜流，萬折不能止。羣山勢崩奔，終古乃在此。人生費推輓，三歎中夜起。瀟湘有佳人，朗月鑑秋水。思之不可見，曠若隔千祀。相逢在歲晏，使我寢食美。又言當遠别，東去數千里。何由小躊躇，招招彼舟子。

芥拾琥珀針，不言自相得。留君我無辭，送君我無力。願君加餐飯，努力崇明德。江空餘深寒，出入慎扶翼。梅花照清潁，夢寐耿玉色。矯首東南雲，金門幸回憶。

舜舉畫棠梨練雀

霜暈棠梨臉，風梳練雀翎。含毫心欲醉，開卷眼還醒。

送尹生歸江西

江漢秋深雁過稀，悠悠歸思夢先知。輸君去住無多事，顧我留行待幾時。野岸曉光千棹急，平湖寒影數峯攲。拍肩試向洪崖說，儻有黄花覓一枝。

喬達之畫江山秋晚圖二首

遮日西來正暮秋，買魚沽酒醉船頭。如今見畫渾疑夢，知是南湖第幾洲。

別來事事可名家，獨我空添兩鬢華。天際有山歸未得，遠峯休著淡雲遮。

漁翁圖

漁翁牽纑漁婦紡，膝上兒看掉車響。溪南溪北趁冬晴，水急船多欠新網。祝兒休啼手正忙，網成得魚如汝長。

送完顔總管赴平陽

汾水西南古晉州，雙旌五馬漢諸侯。庭無坐吏官班重，地有遺民帝化留。荆樹春風誇列士，甘棠清蔭羨高秋。征騑莫歎長安遠，回首朝陽是薊丘。

盧學士詩卷

渺渺蒲江遠，年年桂樹秋。空餘詩卷在，天地與長留。

七真山洞雲觀

七真之山白雲裏，絳闕神宫半空起。祁君有志于君成，更賜雄材自天子。東臨滄海西崑崙，森森翠節排天門。三更日射芙蓉色，六月石挂冰霜痕。山頭髣髴清虚府，洞底陰岑太行路。青苔能識六龍車，明月長懸萬年樹。峯盤澗複氣絪緼，瑶草金芝日日新。君王自有長生藥，端拱無爲萬國春。

寄鄭信卿參政

闕下相看未忍分，過門誰料不逢君。竟參華省江南去，定有新聲天上聞。夜静每勞瞻紫氣，春深幾欲和停雲。豫章臺下南歸路，何日論心到夕曛？

上賜潘司農龍眠拂菻婦女圖

拂菻迢迢四萬里，拂菻美人瑩秋水。五代王商畫作圖，龍眠後出尤精緻。手持玉鍾玉爲顔，前身應住補陀山。長眉翠髪四維列，白氎覆頂黄金環。女伴駢肩擁孤樹，背把閒花調兒女。一兒在膝嬌欲飛，石榴可憐故不與。涼州舞徹來西風，琵琶檀板移商宫。娱尊奉長各有意，風俗雖異君臣同。百年承平四海一，此圖還從秘府出。司農潘卿拜賜歸，點染猶須玉堂筆。天門蕩蕩萬國臣，騶騎横行西海濱。聞道海中西女種，女生長嫁拂菻人。

趙一德季潤忠孝詩

南昌趙氏子，早歲遭艱虞。骨肉不相保，萬國爲囚俘。釋縛燕趙間，遂爲鄭家奴。蕩蕩天宇闊，亹亹日月徂。轉瞬四十年，朝夕勞且劬。主翁豈無恩，不得齊民俱。主翁父子没，悉力持且扶。有客南昌來，解后談厥初。問知家中事，五内猶摧刳。父兄死未葬，有母八十餘。再拜主母前，涕泗下漣如。委曲陳其情，願母哀其愚。主母爲之悲，暫許奉康娱。星言整去裝，策馬登長途。山川日以異，旬朔奄相踰。日暮不留行，忽已臻其廬。升堂拜慈母，再世得相於。慟哭父兄前，鄰里皆欷歔。生者幸少慰，死者歸黄壚。主恩不可忘，母養不可虚。黽勉與母辭，復返鄭氏居。主母驚且喜，左右咸歡呼。趙子令至前，授以咫尺書。汝孝通神明，汝義薄天衢。永爲故鄉民，汝去初躊躇。趙子再拜謝。洒血滿襟裾。主恩一未報，何用早歸歟。主翁積忠勞，封謚焉可無。穹碑表墓畢，逝將還故墟。主翁有遺嗣，無罪倏見誅。奮身伏王庭，誓死訴寃誣。白日回其光，天道劃昭蘇。豈獨全鄭門，高風動皇都。滔滔天下者，回首成榛蕪。安知磊落人，淪此氓隸徒。飛檄下九天，大字旌其閭。郁郁文獻邦，盛事映梅徐。母壽涉千齡，聞有駟馬車。吾聞善必報，此理天不渝。我作忠孝詩，永激頑懦夫。

和陶詩

秋風吹庭樹，密葉潛銷落。玄燕寧久翔，白雁紛南泊。清晨得樽酒，冥然還獨酌。年運倏徂謝，春秋焉能託。依依仰先哲，緬邈空述作。江漢日東流，寒花繞叢薄。開卷撫休運，振衣望丘壑。

早行圖

萬山回合路紆縈，獨策羸驂款款行。却憶麻源三谷裏，畫橋攜酒聽溪聲。

建昌城西十有五里曰麻源第三谷，晉謝靈運遺跡在焉。公作山房藏書，間則攜賓客燕游其間。或幅巾藜杖，獨行田野，與樵夫野叟相問答。縣小吏馳馬值公城門，怒詬公，守城卒擒吏送公府，公命釋之。人服公之容德云。

壽李秋谷

薇省星辰近，鑾坡日月遲。上公開瑞旦，舊學蔚明時。玉琯微陽動，宮壺喜氣隨。已應蕭應昂，復説傅騎箕。琥珀蒼松液，珊瑚碧樹枝。茂生豪傑士，來作太平基。憶昔公初起，方時事已隳。艱虞身保障，謀議國蓍龜。赤手除蛟虎，丹心見藿葵。一朝周典禮，萬世漢官儀。宗廟重鐘簴，乾坤再柱維。秦階寒耿耿，遐壤日熙熙。大小陳綱紀，神姦鑄鼎彝。桂枝增秀發，蔓草極芟夷。鄉校惟聞頌，朝廷總得宜。端由天子聖，亦在哲人推。昭代才何盛，斯文柄獨持。立言成準範，析理貫書詩。餘事歸青史，新篇藹素期。朝趨雙闕内，夕夢北山陲。顧問常前席，論思每執規。力援寒畯溺，已視庶民飢。姓字喧童稚，仁恩被等衰。功高門似水，心静爵空縻。報主期堯舜，爲臣志吕伊。山河分陝地，勳業太常旂。早達謙盈理，居多寵禄辭。戰兢存夙夜，贔屭負安危。卽此觀天道，宜能永福綏。直爲天下祝，不是老夫私。

孤雲

渺渺從何起，亭亭只自飛。朝隨風鶴去，暮逐雨龍歸。幾度超滄海，多應點翠微。何時能借我？裁作羽人衣。

送武當張真人赴召祈雨南歸

聖主憂凶歲，真人下碧岑。雲辭武當黑，雨入薊門深。獨抱回天力，常存濟物心。兩宫宜賜罷，歸鶴杳沈沈。

長江歸櫂圖

藹藹天始晴，蒼蒼景將晚。江波日東流，游子何時返？

秋江釣月

荷蓑非避世，持竿不求賞。夙抱江海心，寧爲利名鞅。天明紫煙裏，日暮清波上。四顧無人知，孤舟自來往。

題許仲仁墨跡 一作詩卷。

殘雪詞林退食時，小窗開卷鬢如絲。音傳正始誰同調？氣逼元和稍自持。文字不隨前輩盡，風流却許後人知。霜清日冷梅花瘦，獨對爐熏看欲癡。

汪忠卿御史梅菴

家住新安生虎林，繡衣風節老梅心。客來若問封侯事，笑指菴前月色深。

送札法經歷赴山西幕

我昔居南臺，與君日相從。回首三十年，謂君已飛翀。及兹復相見，微名不償功。雖蒙聖主知，進退何從容。好爵誰不縻，君視如飄風。寧爲正直窮，不爲壬巧通。欻起佐西幕，激烈孝與忠。别我升車行，念我雙鬢蓬。君行展高材，一罄平生胸。我志在丘壑，睠焉息微躬。冥冥朝陽鳳，夏雨生梧桐。寂寂澗底松，蒼然歲寒中。勗哉君子心，庶用存始終。

鄧教授致仕還江東

積學今成老，遺榮不待年。歸心彭蠡外，客思薊門前。孤棹隨飛鳥，長河合暮蟬。知幾誠可尚，忽别獨悽然。

次韻解安卿石假山

夜瞻光怪晝生輝，數尺嵌巖舊見稀。欲獻楚王憂刖足，怕逢織女誤支機。斜當明月偏宜照，近逼紅塵不敢飛。中慶堂中蓬島客，相看不覺戀柴扉。

春江小景

翠柳紅桃春滿天，鴛鴦鸂鶒亂平川。東風閱徧閒花草，惟有人無再少年。

送戴道士住天台

君承恩命住天台，萬壑千峯繞絳臺。門外霞川浮溟涬，杯中雲海接蓬萊。時同野鶴看桃去，或領山猿採藥回。三十年前吾亦到，舊題應入白雲堆。

重送戴道士 并序。

予既作霞川詩送戴君提點，其所稱述翰林從事邵生，爲予言如此。後數日，太常博士虞伯生來言，君所適者越也，非天台。所謂霞川，乃在桃源，蓋用以自號者。請更賦。

被命將居越，扁舟指會稽。海雲迎棹起，江月照人低。有道蟠龍虎，無生混鶩鷄。霞川隨處是，何必武陵溪。

李伯時馬

龍眠畫馬真是馬，一匹猶當萬金價。參差粉墨見龍媒，渴飲長江柳陰下。我今老病無所求，但願早賜歸林丘。肩輿飽飯百不憂，閒看稚子騎犂牛。

趙大年小景

匹馬衝寒踏落花，杏園深處曲江涯。何如相對風軒坐，喚得漁船傍酒家。

吴文正公澄 亦作澂。

澄字幼清，晚稱伯清，撫州崇仁人。生三歲，授詩成誦。五歲，日記千餘言。弱冠領鄉薦，避地布水谷，纂次諸經，修正大、小《戴記》。至元二十三年，侍御史程鉅夫奉詔求賢江南，徵至京師，以母老辭歸。大德初，起應奉翰林文字，除江西儒學副提舉，三月移疾去。至大初，召爲國子監丞。皇慶改元，進司業，謝歸。諸生有不謁告而從之南者。英宗卽位，拜翰林學士，同修國史。泰定初，爲講官，《英宗實録》成，亟命小車出都，遣官驛追不及，加授資善大夫。卒年八十五，贈江西行省左丞臨川郡公，謚文正。有《草廬集》詩四卷。先生雅好邵子書，故其詩多近之。其句法超逸處，如「喬木嘯清風，寒花醉香露」。「窗紅開曉沴，草碧驗春温」。「人定籟聲寂，天旋斗柄移」。又《述懷》云：「懸知海上三山客，塵視人間萬户侯。」《題大乾廟壁》云：「身合沈江甘殉楚，心知蹈海勝歸秦。」《芍藥》云：「淺潮半醉流霞暈，清印初昏淡月痕。」俱清婉可誦也。先生嘗作草屋數間，題其牖曰：「抱膝梁父吟，浩歌出師表。」程文憲知其意，題之曰「草廬」。故學者稱草廬先生。初自京師歸，廷中老成及宋之遺士在者，皆感激賦詩餞之。趙文敏公孟頫獨書朱子與劉屏山所和詩三章以贈，識者歎之。先是許文正公倡教于北，而先生崛起于南。道統淵源，互相提唱。又不繫乎詞章之工拙也。

題諸葛武侯畫像

含嘯沔陽春，孫曹不敢臣。若無三顧主，何地著斯人。

題漁舟風雨圖

蓑笠寒飀飀，一篙背拳曲。有人方醉眠，酒醒失茅屋。

題張尹書巢

醯雞瓮裏天，露蟬殼外身。此巢何處著？六合一微塵。

題呂公干謁不遇手卷

持鉢空歸雪滿天，地罏幾日斷炊煙。妻兒不作啼號態，剛信罏灰冷復然。

題伯時馬

驍壯雲連力氣粗，慣看馳突暗中都。如何得此真龍種，消得千金買畫圖。

跋牧樵子蒲萄

芸香樓上汗成珠，起趁清風爲掃除。見此西涼甘露乳，泠然齒頰出寒酥。

題雪洲圖

向來洲上雪漫漫，偃倒詩人一屋寒。洲上雪消人亦徙，畫圖猶作雪中看。

寄題無波亭

長江遠壑幾颸回，雪屋銀山巨浪摧。最喜此中澄一鏡，微風不動月常來。

題皮如心行囊中畫竹圖

疇昔江鄉識此君，清風凜凜動霜筠。被誰點染移將去。也受京華半面塵。

題山水圖

遠樹疏林映晚霞，江心雁影度平沙。誰人寫我村居樂？付與巖前處士家。

題和靖觀梅圖

一枝春信到孤山，冰雪〔肌〕（飢）膚不覺寒。月下水邊看未足，折來更向手中看。

彭澤遇成之之京都 并序。

予有集賢之命，與修撰虞伯生俱乘驛而北。於彭澤邂逅曹成之訓導，將觀上國，爲賦此。

人海茫茫名利場，盛年快意一觀光。顧予白髮歸來晚，羞過淵明五柳莊。

建康西江避暑用滕玉霄韻

石頭城下看淮山，羨殺白雲終日閒。寄語醉中彭澤令，如何飛倦始知還。

送富州尹劉秉彝如京

六載心如一，今朝船欲東。我來期數數，公去忽忽忽。别意萬里外，交情片語中。自憐棲病鶴，不得逐長風。

送唐教導往見鄉先達

謂余將有適，暫此輟絃歌。城市囂塵遠，山林遺逸多。樹膏蘇隰稻，涼意到庭柯。爲問躬耕者，憂饑思若何？

豫章貢院卽事奉和雲林提舉晚春閒居舊韻

客裏秋光好，歸心不厭遲。牆低孤塔見，院静一簾垂。隔紙聞風怒，臨階看日移。宛然似三逕，未負菊花期。

與張仲美别仍用前韻二首

鄉鄰應怪我，何以獨歸遲？木末芙蓉發，簾前果贏垂。夜寒知露重，秋老驗星移。南浦今番別，重來儻可期。

已了公家事，歸尋小洞天。友吟留別句，官辦送歸船。夜月各千里，秋風又一年，但當頻寄字，悃悃問安眠。

歌風臺

黄屋巍巍萬乘尊，千秋游子故鄉魂。韓彭自取夷三族，平勃那堪託後昆。湛露迄今王迹熄，大風終古霸心存。當時儘自規模遠，誰起河汾與細論。

燕城

燕絡中原東北去，吴通上國古今奇。五千里外只如此，數百年來幸見之。弔望諸墳吾有淚，擊漸離筑世無知。西山緜亘三關險，日日氈車鐵馬馳。

立春日寓北方賦雪詩

臘轉洪鈞歲已殘，東風剪水下天壇。賸添吴楚千江水，壓倒秦淮萬里山。風竹婆娑銀鳳舞，雲松偃蹇玉龍寒。不知天上誰横笛，吹落瓊花滿世間。

疊葉梅

羅浮夢斷杳無蹤，冰雪仙姿兩兩逢。縞袂怯單寒後襲，粉妝嫌薄曉來濃。迎風一笑知顔厚，臨水相看見影重。道眼只將平等視，玉環飛燕總天容。

送國子伴讀倪行簡赴京

瀲灩離杯泛九霞，還家未久便辭家。出門惻惻重闈遠，前路漫漫萬里賒。不怕狂風妨去鷁，偏愁寒月照棲鴉。諸生凝望須君至，共賦新詩賞雪花。

夜坐次韻

物情自適更誰禁，草際螢飛鳥宿林。魯叟爾來無夢寐，蜀莊此去只冥沈。客中又見秋風起，夜半初聞木葉吟。涼意逼人眠不得，坐看孤月到天心。

晝坐次韻

静中不覺暑難禁，況復身居七寶林。槐國避焚封蟻出，石盆趨冷戲魚沈。蚊將伺暮深深聚，蟬未知秋懇懇吟。只有道人方燕坐，清香一縷起鑪心。

客中即事次韻元復初郊行

客中又過二分春，闖道千紅百紫新。雨到庭隅長芳草，日窺窗隙弄游塵。懸知萬里只如此，孤坐一堂還可人。不信却須凌倒景，九天樓閣倚長身。

題倒騎驢觀梅圖

玉妃一笑本無猜，拗性驢兒去不回。見面可憐交臂失，留情聊復轉身來。月凝絶豔夐夐遠，風送清香欵欵陪。雪裏吟翁吟弗就，過時却與惱癡獃。

次韻楊司業牡丹

誰是舊時姚魏家，喜從官舍得奇葩。風前月下妖嬈態，天上人間富貴花。化魄他年鎖子骨，點脣何處箭頭砂？後庭玉樹閑歌曲，羞殺陳宮説麗華。

題簡齋陳參政奏稿後

君臣密勿紹興中，文物依稀貞觀風。三幅奏篇存雅製，諸家題字總名公。已聞玉匣人間見，空想銀鉤天上工。百八十年如一夢，摩挲遺墨視夢夢。紹興參政簡齋陳公奏稿三幅，其一謝御賜臨王羲之玉潤帖，其二爲奉旨辨歐陽詢書真僞。淳熙、紹熙葛、周、洪、尤、謝、楊、章、樓，以至慶元、嘉泰、開禧諸名公題跋者，凡十八人。蓋百八十年于兹矣。澄得肅讀，感慨繫之。臨川吴澄謹書。

次韻息窩道人遠寄

飲罷金盤玉露杯，和陽消息到寒梅。月華夜照崑崙頂，雪浪春融灩澦堆。此事一行嗟便廢，迷途未遠幸歸來。高齋久久高人跡，砌面重重封緑苔。

題閣皁山

漢吴仙跡兩峰齊，欲拾瑶華路恐迷。寶殿青紅疑地湧，林巒蒼翠接天低。九重香案分雲篆，八景琅函記玉題。仙鶴翔空清似水，步虚聲在朶雲西。

送人遊武昌

丈夫落落志四海，俗士拘拘守一途。羡子春秋當壯日，結交豪俊必通都。孤舟驚浪千堆雪，片紙長江萬里圖。歷覽山川俱遍了，歸來我欲問今吾。

貢院校文用張仲美韻二首

棘闈校藝日如年，生怕談經説用燕。執筆敢矜修月手，稱心得似順風船。鑒衡遇物元無意，竹帛書名固有天。裁決至公還自樂，賡詩何惜費長牋。

文弊東都六百年，初唐猶似説張燕。障川亦有回瀾手，航海應無到岸船。韓祖蘇孫星北斗，周情孔思日中天。與君共此談生事，敝帚千金一幅牋。

雪巖詩

木長柔枝草長藤，鳳凰岡下老雲仍。清名寂寂無名叟，白髮蕭蕭有髮僧。晴靄撒珠泉噴薄，暮煙凝翠石崚嶒。寒山生怕人饒舌，喚作雪巖渠不膺。

次韻靈興避暑

書窗候曙色，紙白朝復朝。自聞雨聲斷，不厭日氣歊。一襟夏簾爽，萬慮春冰消。空中九畹香，飄下襲桂椒。夜堂月影清，劇談神境超。曉巒露蹄溼，前瞻天宇昭。靈峰存舊迹，方士構新寮。共尋幽棲勝，未計歸程遥。忽悟種植理，嘉禾生柔苗。回眸睇仙娥，示以髧髧髫。叩頭禮阿母，賜以婉婉嬌。黍炊邯鄲枕，樹響箕山瓢。食已問前路，征人趁良宵。此時別緒惡，風鬟寸心摇。明晨喜機動，霞暈雙臉潮。夢云蘭茁芽，驚見梓附橋。先期合桐君，爲子歌椒聊。登閣望芙蓉，麻煙起蒸窯。懸知及問子，笑語谷口囂。親歡怡怡奉，客話欵欵邀。廣厦足清美，高田尚枯焦。萃翁納溝愧，長願陰陽調。彼哉隔幻膜，豢養衹自驕。誰憐作苦者，塵甑午腹枵。道眼洞一視，仁聲徹層霄。脱除小窠臼，蜕殼非蟬蜩。

餞王講師分韻得波字

夫君鸞鵠姿，早蔭青青柯。天風忽摇落，匿影逃虞羅。堂堂少微翁，闊視海一蠡。閩山初識君，有如歐得坡。違離十年餘，契義矢靡他。堨來漳江濆，千里重經過。青眼兩熠燿，白髮各挪抄。朝飲共談諧，夜燈對吟哦。交情政爾歡，別意今如何？謂有神官招，道妙相縷覶。去去不可留，船頭漾春波。寅軒窗外月，清夜照薜蘿。頽然一翁老，顧影獨婆娑。我欲丐膹馥，亦復成蹉跎。目極象山雲，仙巖岌嵯峨。幸君勿我遺，頻寄別後歌。

談經次韻夏編修

六經在天下，浩瀚若河漢。東流竟日夜，萬世資溉灌。逴哉去聖久，原遠末益散。競持郢書説，孰別魯鼎贋。雞鶡物之微，猶自了晨旦。云胡有目人，莫覩星宿爛。新安巨子出，毫縷密分辨。嗟予童而習，弱質少勇悍。纘綆鉤其深，事倍功未半。吾鄉有奇彦，京國逞縱觀。顧予蘁夢中，快甚湯液汗。妙句發心聲，巖巖氣魁岸。相期五色瓜，剖實得犀瓣。

送楊志行赴閩海照磨效其體

負痾出京華，息擔憩江介。解后玉雪姿，乘陵塵囂外。嘉名昔屢聞，良覿今一快。談諧每欣豫，晨夕數期會。藉此慰羈孤。胡然倏離背。天書下司臬，海嶠備寮寀。陽烏方赫曦，驛騎促徂邁。去矣君弗留，懷哉我奚賴。

送涂君歸淛

昨歲抱琴來，今茲抱琴去。委質隨長風，斷蓬與飛絮。一家螽湖南，一住西湖東。兩地各繾綣，寸心漫怔忡。浮雲豈無依，倦鳥亦有棲。迎門穉婦笑，索果嬌兒啼。歸裝春袖薄，荒徑春華落。理曲到求凰，何人悲別鶴。

贈人求賻

德甫死數月，家貧不能葬。其子泣告予，聽之爲惆悵。予謂其子曰，今日汝宜往。汝父在世時，滿眼知識廣。高閎慣奔走，所事盡豪爽。資財既饒裕，意氣亦倜儻。故人之子至，寧不動念想。生死見情誼，真實非勉强。應有郭元振，錢送幾萬鏹。應有柳仲塗，金餽幾千兩。堯夫清廉吏，麥且五百鑛。子瞻酸寒儒，絹且四十丈。彼但抽氈毛，此已歸泉壤。汝其試扣門，佇看賻盈帑。予助嗟薄少，忝作汝父黨。蘇詩贈季明，鄙語謾相倣。

江西秋闈分韻 并序。

延祐四年秋，江西府中書省欽奉天詔第二舉進士。典校文者七人，或居千里外，或居千里内，一時麕至，來集于兹。晨夕相親，亦云樂矣。其將別也，能無情乎。乃九月九日，開尊暢飲。登樓遠眺，秋意滿目，悠然興懷。酒闌，以「日月依辰至，舉俗愛其名」爲韻，各賦古詩一首。爰記良辰會聚之樂，且抒異日離索之思焉。

一天秋意滿，淡泊散微霧。羈棲滯公館，朓朒忽已再。佳辰遘九日，節物兩冥昧。東籬黃花吐，應笑我安在。天網罩羣髦，驅使及我輩。白袍蟻蜂聚，黑字蛇蚓態。居然三千牘，負以幾牛背。妍媸屬鏡鑑，躋駁混鉛黛。披條索其華，掇擷紛瑣碎。臨文費三思，撫几時一嘅。皇心天廣遠，鴻澤海汪濊。猗歟際休明，光垢勇礪淬。誰能日鋤耨，沃衍有荒穢。繼今獲小成，力學期大耐。異時國君臣，彪炳麗昭代。此中斷金侶，清氣浮沆瀣。繾綣膠漆情，頡頏瑤瑤珮。忽謂歲華徂，共希賢哲配。道崇極所躋，厚德重彌載。臨别無媚言，努力各自愛。

雪谷早行爲張允中作

路絶人蹤失關隘，槎枒老樹森矛介。兩間寥廓淨無塵，誰剪天花遍飛灑。風絮當頭零亂舞，兹遊浪説平生快。蹇驚瘦骨真耐寒。踏破鴻蒙新色界。應不是奇謨李常侍，夜發文城薄淮蔡。又不是直諫韓侍郎，遠謫潮陽出秦塞。面梨凍帖髭綴銀，何事催君早行邁。君不見古昔閉門僵卧人，高似灞橋驢背償詩債。

次韻楊司業

春夏華榮變衰歇，穨飈刮肌山露骨。騷人望秋悲泬寥，忽見小春梅蘂發。頓然喜氣排寒冬，不管天令嚴鈇鉞。古來蹈道如蹈水，與汨與齊偕出没。坐中白晝對羲皇，門外黄埃自城闕。只憐郭璞注蟲魚，或誤蔡謨啖蟛蜞。争似冥冥雲翼遠，静看滑滑霜蹄蹶。公桑十畝邇洙泗。我菊一區連楚越。懸知真樂在曲肱，到處扁舟堪散髮。我能振袂從公遊，分我南溪半風月。

湖口阻風登江磯山觀濤

狂風吹人渾欲倒，瑟瑟寒聲動秋草。捫蘿徑上磯頭山，萬頃江湖波浩渺。怒鱗雲鬣奔騰來，眩目快心千樣好。向曾觀海難爲觀，回首匡廬青未了。玄雲作帽深蒙頭，五老藏昂元不老。何時月夜水鏡淨，漭蕩澄虚納蒼昊。著我峰尖伴老人，坐看海東紅日杲。

次韻玉清避暑

廛西水北有佳處，五月六月泠泠風。移將上界清淨下，豈與塵世熱惱同。若人睡厭黄琉璃，曉夢驚走紅守宫。起來忽忽動逸興，倒指疇昔閑過從。相邀采真無何境，嗒然熟視誰長雄。談邊了悟蟬蛻殼，區中局促鳥在籠。杯行笑語各忘倦，西景徐射寶藏東。歸來賸帶煙霞馥，一眉初月浮高空。新詩追紀昨遊勝，泉思湧出清無窮。善觀慚我非季子，世業早已荒壽夢。況加白雪不易和，欲待他日不忽忽。坐間政爾揮白羽，門外又報來青童。和篇兩地一時至，燦燦星斗羅璇穹。旋温鏤湯抽繭緒，陡覺平陸生奇峰。擬代移文謝幕府，且卷片玉還冰翁。

玉霄詩贈王成教諭

玉霄山人通身酒，淋漓醉墨龍蛇走。偶然山邊行一匝，攬取雲煙十之九。如何止分山半截，不謂此山可全有。歸來小立象山巔，俯視羣山俱培塿。

八駿圖

陰山鐵騎千千匹，雨鬣霜蹄神鬼出。風馳雲合暗中州，蹂盡東賓西餞日。豈皆騄褭與蜚黃，拓土開基功第一。忽於紙上見八駿，穆滿所乘最超逸。如今已死骨亦朽，漫向毫端趁毛質。當時造御天上藝，僅到瑶池王母室。暮雪霏霏《黄竹》歌，日行三萬竟如何？逢時莫問才高下，只與論功孰少多。

過枯河

高堂出郭二舍近，午憩東陽安樂鎮。雙堤對峙似城牆，中坳一道如壕圳。驅車下坂抵坳行，低平盡處還復登。半坳一門字斗大，濱鹽滄鹽兩分界。不知此是古黄河，且行且顧心疑怪。前詢父老爲予言，河北山東此處分。濱隸河南滄隸北，河流已改界仍存。古河來自白馬渡，東過開州城下去。遂入滄河越魯河，入海當年猶此處。自從六七十年來，南趨梁汴會于淮。河患古來兖州極，今日兖州河道塞。憶昔初通禹貢時，道元漁仲遍參稽。萬語千言俱紙上，親見親聞今指掌。振古黄河北道流，漸漸南移天地秋。今逕與淮同入海，北行無用濟河舟。世事古今大奇變，豈但蓬萊更清淺。他年欲續《山海經》，聊述此詩紀聞見。圳、甽同，子浚切。

題牧牛圖

樹葉醉霜秋草萎，童驅觳觳涉淺溪。一牛先登舐犢背，犢毛溼溼猶未晞。一牛四蹄俱在水，引脰前望喜近隄。一牛兩脚初下水，尻高未舉後兩蹄。前牛已濟伺同隊，回身向後立不移。一牛將濟一未濟，直須並濟同時歸。此牛如人有恩義，人不如牛多有之。人不如牛多有之，笑問二童知不知？

和桃源行效何判縣鍾作 丙子十二月。

冀州以北健蹄馬，一旦羣嘶廬霍下。雎陽不遇雙貂公，總是開關迎拜者。燎原談談春復春，不惟捧水惟益薪。海門浪沸會稽坼，血淚交流草莽臣。舉手日邊遠與近，不知官守何人問？仲連未即蹈東海，元亮至今尚東晉。桃源深處無腥塵，依然平日舊衣巾。擬學漁郎棹舟人，韓良寧忍終忘秦。

懷黃縣丞 申。時避亂寓華蓋山 丁丑四月。

丞君丞君天一所，十日不共牀頭語。粤從天紀渙散來，大半英雄化兒女。舉世張頤啖糞壤，君獨吐之不肯茹。舉世眯目蒙埃塵，君獨去之不肯處。大鵬垂翅何人憐，神龍失水獱獺侮。當道林林立虎豺，深山處處多蛇鼠。不堪嘯聚没復出，近來眠食聞幾阻。奔逃無間天陰晴，腹背浴汗頭沐雨。心如清水到底潔，身寄白雲深處住。伯夷叔齊上追蹤，浮丘王喬與爲侶。洞巖殷殷生風雷，仙館沈沈鎖煙霧。山蔬可羹買米炊，何須更學農與圃。有兒讀書紹家風，有客清談忘世務。我自遠來亦云樂，尋又別去徒延佇。二親定省不可曠，安得終歲矻矻萬仞岡頭論今古。

書李伯時九歌圖後

李家畫手入神品，楚賢流風清凜凜。誰遣巫陽叫帝閽，爲招江上歸來魂。音紛紛，音紛紛，柱高辰遠聽不聞，扶桑初暾海横雲。司命播物泥在鈞，洪纖厚薄無齊雲。公無渡，公無渡，衝風起，蛟鼉怒，夜猿啾啾天欲雨。天欲雨，迷歸路，歲晏山中採蘭杜。靈修顧，顧復去，莫怨瑶臺神女妬。坎坎鼓，進芳醑，恥作蠻巫小腰舞。千年往事今如新，摩挲舊畫空愴神。騰身輕舉一回首，楚天萬里江湖春。

采石渡

流波萬斛忠臣淚，遺跡千年采石磯。南北于今失天限，江山如昨愴人非。新潮寂寞陰風怒，舊冢荒涼落月輝。一去不來虞雍國，當時渡馬更秋肥。

泗河

泗堤四望盡平原，叢葦荒茅十室煙。淮北更無生草地，江南已是落花天。陰風洶洶浮孤艇，春雨濛濛冥一川。只有漁翁猶世業，長蓑短笠淺灘前。

吴參政當

當字伯尚，幼清之孫也。少侍其祖至京師，補國子生，至正初。以蔭入仕，薦爲國子助教。預編纂宋、遼、金三史，除翰林修撰，累遷直學士。江南兵起，拜江西肅政廉訪使。爲忌者所搆，左遷撫州〔路〕（絡）總管，尋罷之。已而知其功狀，擢行省參知政事。時陳友諒已陷江西矣，遣人辟之，堅卧以死誓。乃舁牀載送江州，終不屈，隱于吉水之谷坪，逾年卒。所著有《周禮纂言》及《學言稿》。

潯陽舟中三首

百年頭上著烏紗，一日江邊踏釣槎。病似相如空有賦，貧于杜甫更無家。漁歌楚楚蒹葭月，樵笛村村躑躅花。事業已隨兵燹盡，青門惟守邵平瓜。

天地無情淚眼枯，故園松菊久荒蕪。秋風屋破從誰葺？春酒家貧秖自沽。萬里關山勞夢寐，孤舟煙雨落江湖。渥洼龍種空相憶，雲漢迢迢不易呼。

伏枕移牀向小舟，江頭漁父問何由？風波接棹魚龍冷，煙草迷津雁鶩秋。往事幾年懷内顧，狂瀾百折任東流。草玄不守揚雄宅，垂白空添宋玉愁。

贈樊秀才

憶昨承恩乞鑑湖，幾回清夢謁神都。葡萄天馬來邊徼，秔稻雲帆出越吴。暘谷吠晨驚蜀犬，神祠乘夜託城狐。龍鍾卧病空籌策，萬里雲霄羽翮孤。

元總管淮

淮字國泉，別號水鏡，臨川人。徙于邵武。至元初，以軍功顯閩中，官至溧陽路總管。嘗有詩云：「截髮搓繩聯斷鎧，搘旗作帶繫金創。卧薪嘗膽經營了，更理毛錐治溧陽。」溧陽爲金陵上邑，至元丙子，陞爲溧州，繼改溧陽府，又陞爲路。水鏡以丁亥秋之任，庚寅春，因公到省，乞改作孤州，少蘇民力。作詩云：「此來爲遠客，歸去作閒人。」又云：「問歸行李輕如羽，沿路吟詩有一船。」其廉退之風可想也。所著《金囦吟》一卷。

石硯行

溧陽渺渺紅塵沓，訟牒簿書何日了？日斜猶自未休衙，欲寢樓頭已催曉。政出多門空擾擾，休誇金印大如斗。君不見古人惜硯如惜珪，端溪姸醜紛不齊。此來囊中無一錐，但攜石硯作親隨。官罷奚奴背歸去，濃磨香墨賦樵溪。

小滿

子規聲裏雨如煙，潤逼紅綃透客氈。映水黄梅多半老，鄰家蠶熟麥秋天。

訪屏風山

獨出南關訪翠微。鐘樓佛閣靄霏霏。草根縛筆題牆了，更與山僧伴話歸。

人日書懷

麗日池塘凍水消，嫩紅嬌白見芳苗。郊原雪霽東風軟，籬落梅殘碧玉彫。便好踏青穿細草，不妨攜酒驟鳴鑣。遥憐九曲沙堤畔，多少鵝黄上柳條。

春詞

繡被春寒掩翠屏，家常只繫石榴裙。鮫綃誤落花磚上，旋向沉香火上薰。

午寢

鶯來踏碎亂紅翻，盡日簾垂晝永閒。午睡覺來香味遠，金猊猶有鷓鴣斑。

鳳凰臺

此地可消憂，長江不斷流。橋邊朱雀市，城外白鷗洲。鳳去名猶在，潮回浪倒收。六朝春夢散，遺跡在荒丘。

南園新柳

萬縷依依帶嫩黄，斜穿紅杏弄疏狂。晝長舞得東風困，半倚鞦韆半拂牆。

春遊憶武陽

繞郭煙嵐溪上來，千峰碧玉一環開。紅雲島上熙春路，簾幕重重鬬楚臺。

春閨

杏花零落燕泥香，閒立東風看夕陽。倒把鳳翹搔鬢影，一雙蝴蝶過東牆。

賞春樓書懷

醉盡春風興未闌，飲豪惟恐玉杯乾。狂風横雨春能幾，臥酒吞花意自寬。役役奔名腰似沈，區區競利鬢如潘。人生最是閒爲貴，不待三年即挂冠。

郊行

城東一簇野人家，門枕清流淺帶沙。籬角欲晴喧燕雀，門前過雨溼桑麻。橋因春水三番斷，柳礙東風一向斜。景物似知寒食近，村村開徧野棠花。

寒食

城西爛熳拆桐花，珠翠郊原散綺霞。試問溧陽新燕子，今年寒食又無家。

南圃杏花

燕脂萬點怯輕寒，蓓蕾枝頭絳雪乾。昨夜南園春雨過，玉人曉起揭簾看。

文婦詞

掠起雲鬟賦小詩，文窗晝永筍初肥。木香架畔薔薇落，簾幕無風燕子飛。

北望

公餘信步上譙樓，雲淡天低萬里秋。遥望神州煙靄裏，夕陽紅處是瓜州。

秋閨

團扇初隨碧簟收，畫簾歸燕尚遲留。閒階弄影穿明月，笑捻流螢説早秋。

石頭城二首

石頭據險昔人城，斷壑連山接杳冥。豪傑盡隨流水去，年年江上草青青。

霸業回頭一笑空，山河千古送英雄。眼前幾許興亡事，盡在秦淮落照中。

望淮樓

向晚登樓望遠山，浮雲密處是長安。無詩可説淮頭事，獨倚西風十二闌。

秋江遠興

移舟買酒近菰蒲，北望揚州有若無。雁字欲書興廢字，長天無語接平蕪。

天水鑑對月　戊子小春。

昨夜新霜釀曉晴，晚霞入海耀南閩。可憐天際鄉關月，也到金囦照旅人。

立春日賞紅梅　己丑。

昨夜東風轉斗杓，陌頭楊柳雪纔消。曉來一樹如繁杏，開向孤村隔小橋。應是化工嫌粉瘦，故將顏色助花嬌。青枝緑葉何須辨，萬卉叢中奪錦標。

南樓

向晚西風入翠微，樓西一隙透斜暉。寒蟬底事聲凄切，催得飛鴉打陣歸。

蘇堤秋宴

南北高峯鎖翠雲，山藏樓閣帶煙輕。欲彫楊柳猶貪舞，半破芙蓉未老成。波底畫橋天上動，湖邊珠翠鏡中行。水晶萬頃浮波面，照出孤山分外清。

端陽新月

五月初三後，天衢夜不扃。遥看一痕月，掐破楚天青。

水竹軒乃余退居之所，政與熙春樵嵐相鄰，朝暮之間，雲煙變態，四時之景氣象萬千，其畫工吟筆之所不能盡者，皆致吾書窗几席之間，因賦樵嵐閒居水竹軒十字韻，邀好事者和之 録二。

水鏡得閒居，修竹蔭軒廡。樵嵐城市外，迥有山林趣。幽窗宜習静，孤坐忘百慮。風枝正韻秋，寒葉更飛雨。兹來息奔走，卽此成燕處。道勝物自輕，權勢皆糞土。

容膝坐小軒，野興厭廊廡。潺潺水竹幽，寓此得佳趣。憂道輕黄金，身外何足慮。水鏡瑩無塵，竹圃自煙雨。幽棲雖寡徒，筆硯可同處。更喜芋區旁，尚有種瓜土。

元詩選丙集目録

元詩選丙集

趙承旨孟頫

孟頫，字子昂，宋秦王德芳之後。五世祖秀王子偁實生孝宗。賜第于湖州，故孟頫爲湖州人。年十四，以父蔭補官。宋亡家居，益自力于學，侍御史程鉅夫奉詔搜訪遺逸，以孟頫入見。神彩煥發，如神仙中人，世祖顧之喜，欲大用之。議者不可，授兵部郎中，遷集賢直學士，出同知濟南總管府，歷江浙等處儒學提舉。延祐中，累拜翰林學士承旨，得請歸，至治初卒，年六十九。追封魏國公，謚文敏。子昂以書法稱雄一世，畫入神品，四方萬里重購其詩文者，所至車馬填咽。自號松雪道人，有《松雪齋集》。史稱其清邃奇逸，讀之使人有飄飄出塵之想。戴帥初謂其古詩沈涵鮑謝，自餘諸作，猶傲睨高適、李翱間。仁宗與侍臣論文學之士，以子昂比唐李太白、宋蘇子瞻云。虞雍公伯生嘗以詩詒子昂，有「山連閣道晨留輦，野散周廬夜屬櫜」之句。子昂曰：「若改山爲天，野爲星，則尤美矣。」伯生心服之。故有元之盛，稱虞、趙、楊、范、揭焉。子昂以宋王孫仕元爲顯官，其從兄子固恥之，閉門不肯與見。子昂之没也，宋逸士子虛題其詩卷曰：「文在玉堂多煥爛，淚經銅狄一滂沱。原陵不忝悲豐鎬，人物風流繼永和。」亦深惜之詞也。子雍、奕，並以書畫知名。

有所思

思與君別來，幾見芙蓉花。盈盈隔秋水，若在天一涯。欲涉不得去，茫茫足煙霧。汀洲多芳草，何心采蘅杜。青鳥翺雲間，錦書何時還？君心雖匪石，祗恐彫朱顏。朱顏不可仗，一作復。那能不惆悵。何如雙翡翠，飛去蘭苕上。

和子俊感秋二首

明月照北林，翩翩棲鳥翻。虛室當靜夜，幸絕人事喧。念子已獨寐，無人相語言。吾生性坦率，與世無競奔。空懷丘壑志，耿耿固常存。何由持此意，往與嚴鄭論。

白露泫然墜，草木日以彫。閒居無塵雜，日薄風翛翛。登高寫我心，葵扇欲罷搖。感時俯逝水，回睇仰層霄。松喬在何許？高蹈不可招。願言從之遊，懷古一何遙。

歲暮和剛父雜詩二首

驚飇吹白日，流光忽蹉跎。登山采衆芳，荆蓁一何多。迷途幸未遠，回車且委蛇。黄鵠志四海，雀鷃將如何？

肥馬黄金鞍，輕裘華且鮮。揭來從横馳，意氣何翩翩。朝爲人所慕，夕已爲世憐。此道固應爾，禍福非虛言。生當稱善人，死當謚爲賢。勿羨夸毗子，狂馳終百年。

東郊

晨興理孤榜，薄言東郊遊。清風吹我衣，入袂寒颼颼。幽花媚時節，弱蔣依寒流。山開碧雲斂，日出白煙收。曠望得所懷，欣然消我憂。中流望城郭，葱葱佳氣稠。人生亦已繁，惠養要須周。約身不願餘，尚恐乏所求。且當置勿念，乘化終歸休。

寄題右之此静軒

卜居無喧寂，尚論心所宗。山林苟不静，亦與朝市同。聞君南窗下，寄傲樂無窮。曲肱有餘趣，戰勝紛華中。好風從何來？吹子庭前松。清琴時一彈，濁酒尊不空。頗恨道里賒，不得往相從。人事矧好乖，我心何時降。

趙村道中

朝出南郭門，遥指西山陰。馬蹄與石鬬，宛轉愁我心。溪谷莽回互，寒風振穹林。黄葉灑我衣，巖泉走哀音。淒淒霜露降，窮思浩難任。人生亦何爲，百年成古今。華堂昔燕處，零落歸丘岑。况復不得保，悲來淚沾襟。

奉酬戴帥初架閣見贈

仙人海上來，遺我珊瑚鈎。晶光奪凡目，奇采燿九州。自吾得此寶，晝玩夜不休。生世勿恨晚，及與斯人儔。惜哉無瓊玖，可以結綢繆。世德日下衰，古風向誰求？蛾眉亦何有，空受衆女仇。適俗固所願，違己良足憂。感子贈言意，再拜涕泣流。安得騎麒麟，從子以遠遊。

桐廬道中

歷歷山水郡，行行襟抱清。兩崖束滄江，扁舟此宵征。臥聞灘聲壯，起見渚煙横。西風林木淨，落日沙水明。高旻衆星出，東嶺素月生。舟子櫂歌發，含詞感人情。人情苦不遠，東山有遺聲。豈不懷燕居，簡書趣期程。優游恐不免，驅馳竟何成。我生悠悠者，何日遂歸耕。

張詹事遂初亭

青山繚神京，佳氣溢芳甸。林亭去天咫，萬狀争自獻。年多嘉木合，春晚餘花殿。雕闌留戲蝶，藻井語嬌燕。退食鳴玉珂，友于此終宴。鍾鼓樂清時，衣冠集羣彦。朝市塵得侵，圖書味芳遠。紛華雖在限，道勝安用戰。初心良已遂，雅志由此見。何事江海人，山林未如願。

罪出

在山爲遠志，出山爲小草。古語已云然，見事苦不早。平生獨往願，丘壑寄懷抱。圖書時自娱，野性期自保。誰令墮塵網，宛轉受纏繞。昔爲水上鷗，今如籠中鳥。哀鳴誰復顧，毛羽日摧槁。向非親友贈，蔬食常不飽。病妻抱弱子，遠去萬里道。骨肉生別離，丘壟誰爲一作缺拜。掃。愁深無一語，目斷南雲杳。慟哭悲風來，如何訴穹昊。子昂作《詠逸民》詩十一首，而出處之義有乖，宜此詩之深自悔也。

禱雨龍洞山

蒼山如犬牙，細路入深谷。絶壁千餘仞，上有凌雲木。陰崖不受日，洞穴自成屋。蕭森人跡少，薈蔚獸攸伏。雲林互隱映，澗道相回復。翔禽薄穹霄，鳴鳥響巖曲。臨橋濯清飈，汲井漱寒玉。神物此淵潛，徑陽有祈祝。風漓慚善教，吏儒恥厚禄。暫懷塵外想，獨往疑有梏。過幽難久居，濟勝乏高躅。策馬尋故蹊，歸樵相追逐。

題歸去來圖

生世各有時，出處非偶然。淵明賦歸來，佳處未易言。後人多慕之，效顰惑蚩妍。終然不能去，俯仰塵埃間。斯人真有道，名與日月懸。青松卓然操，黄華霜中鮮。棄官亦易耳，忍窮北窗眠。撫卷常三歎，世久無此賢。

題耕織圖二十四首奉懿旨撰

田家重元日，置酒會鄰里。小大易新衣，相戒未明起。老翁年已邁，含笑弄孫子。老嫗惠且慈，白髮被兩耳。杯盤且羅列，飲食致甘旨。相呼團欒坐，聊慰衰暮齒。田硗藉人力，糞壤要鋤理。新歲不敢閒，農事自兹始。正月。

東風吹原野，地凍亦已消。早覺農事動，荷鋤過相招。遲遲朝日上，炊煙出林梢。土膏脈既起，良耜利若刀。高低徧翻墾，宿草不待燒。幼婦頗能家，井臼常自操。散灰緣舊俗，門逕環周遭。所冀歲有成，殷勤在今朝。二月。

良農知土性，肥瘠有不同。時至萬物生，芽蘗由地中。秉耒向畎畝，忽徧西與東。舉家往于田，勞瘁在爾農。春雨及時降，被野何濛濛。乘兹各布種，庶望西成功。培根利秋實，仰天望年豐。但使陰陽和，自然倉廩充。三月。

孟夏土加潤，苗生無近遠。漫漫冒淺陂，芃芃被長阪。嘉穀雖已殖，惡草亦滋蔓。君子與小人，並處必爲患。朝朝荷鋤往，薅耨忘疲倦。旦隨鳥雀起，歸與牛羊晚。有婦念將飢，過午可無飯。一飽不易得，念此獨長歎。四月。

仲夏苦雨乾，二麥先後熟。南風吹隴畝，惠氣散清淑。是爲農夫慶，所望實其腹。酤酒醉比鄰，語笑聲滿屋。紛然收穫罷，高廩起相屬。有周成王業，后稷播百穀。皇天貽來牟，長世自兹卜。願言仍歲稔，四海盡蒙福。五月。

當晝耘水田，農夫亦良苦。赤日背欲裂，白汗灑如雨。匍匐行水中，泥淖及腰膂。新苗抽利劍，割膚何痛楚。夫耘婦當饁，奔走及亭午。無時暫休息，不得避炎暑。誰憐萬民食，粒粒非易取。願陳知稼穡，無逸傳自古。六月。

大火既西流，涼風日淒厲。古人重稼穡，力田在匪懈。郊行省農事，禾黍何旆旆。碾以他山石，玉粒使人愛。大祀須粢盛，一一稽古制。是爲五穀長，異彼稊與稗。炊之香且美，可用享上帝。豈惟足食人，一飽有所待。七月。

白露下百草，莖葉日紛委。是時禾黍登，充積徧都鄙。在郊既千庾，入邑復萬軌。人言田家樂，此樂誰可比？租賦以輸官，所餘足儲峙。不然風雪至，凍餒及妻子。優游茅簷下，庶可以卒歲。太平元有象，治世乃如此。八月。

大家饒米麪，何啻百室盈。縱復人力多，舂磨常不停。激水轉大輪，磑碾亦易成。古人有機智，用之可厚生。朝出連百車，暮入還滿庭。勾稽數多寡，必假布算精。小人好爭利，晝夜心營營。君子貴知足，知足萬慮輕。九月。

孟冬農事畢，穀粟既已藏。彌望四野空，稿秸亦在場。朝廷政方理，庶事和陰陽。所以頻歲登，不憂旱與蝗。置酒燕鄉里，尊老列上行。肴羞不厭多，炰羔復烹羊。縱飲窮日夕，爲樂殊未央。禱天祝聖人，萬年長壽昌。十月。

農家值豐年，樂事日熙熙。黑黍可釀酒，在牢羊豕肥。東鄰有一女，西鄰有一兒。兒年十五六，女大亦可笄。財禮不求備，多少取隨宜。冬前與冬後，昏嫁利此時。但願子孫多，門户可扶持。女當力蠶桑，男當力耘耔。十一月。

一日不力作，一日食不足。慘淡歲云莫，風雪入破屋。老農氣力衰，傴僂腰背曲。索綯民事急，晝夜互相續。飯牛欲牛肥，茭稿亦預蓄。蹇驢雖劣弱，挽車致百斛。農家極勞苦，歲豈恆稔熟。能知稼穡艱，天下自蒙福。十二月。

右耕

正月新獻歲，最先理農器。女工並時興，蠶室臨期治。初陽力未勝，早春尚寒氣。窗户當奥密，勿使風雨至。田疇耕耨動，敢不脩耒耜。經冬牛力弱，相戒勤飯飼。萬事非預備，倉卒恐不易。田家亦良苦，舍此復何計。正月。

仲春凍初解，陽氣方滿盈。旭日照原野，萬物皆欣榮。是時可種桑，插地易抽萌。列樹徧阡陌，東西各縱橫。豈惟籬落間，採葉憚遠行。大哉皇元化，四海無交兵。種桑日已廣，彌望緑雲平。匪惟錦綺謀，祇以厚民生。二月。

三月蠶始生，纖細如牛毛。婉孌閨中女，素手握金刀。切葉以飼之，擁紙散周遭。庭樹鳴黄鳥，發聲和且嬌。蠶飢當採桑，何暇事遊遨。田時人力少，丈夫方種苗。相將挽長條，盈筐不終朝。數口望無寒，敢辭終歲勞。三月。

四月夏氣清，蠶大已屬眠。高首何昂昂，蛾眉復娟娟。不憂桑葉少，徧野如緑煙。相呼攜筐去，迢遞立遠阡。梯空伐條枚，葉上露未乾。蠶飢當早歸，秉心静以專。飭躬修婦事，僶勉當盛年。救忙多女伴，笑語方喧然。四月。

五月夏以半，谷鶯先弄晨。老蠶成雪繭，吐絲亂紛紜。伐葦作薄曲，束縛齊榛榛。黄者黄如金，白者白如銀。爛然滿筐筥，愛此顏色新。欣欣舉家喜，稍慰經時勤。有客過相問，笑聲聞四鄰。論功何所歸，再拜謝蠶神。五月。

釜下燒桑柴，取繭投釜中。纖纖女兒手，抽絲疾如風。田家五六月，綠樹陰相蒙。但聞繅車響，遠接村西東。旬日可經絹，弗憂杼軸空。婦人能蠶桑，家道當不窮。更望時雨足，二麥亦稍豐。酤酒田家一作及時。飲，醉倒嫗一作姑。與翁。六月。

七月暑尚熾，長日弄機杼。頭蓬不暇梳，揮手汗如雨。嚶嚶時鳥鳴，灼灼紅榴吐。何心娛耳目，往來忘傴僂。織爲機中素，老幼要紉補。青燈照夜梭，蟋蟀窗外語。辛勤亦何有？身體衣幾縷。嫁爲田家婦，終歲服勞苦。七月。

池水何洋洋，漚麻水中央。數日庶可取，引過兩手長。織絹能幾時，織布已復忙。依依小兒女，歲晚歎無裳。布襦不掩脛，念之熱中腸。朝緝滿一籃，暮緝滿一筐。行看機中布，計日漸可量。我衣苟已成，不憂天早霜。八月。

季秋霜露降，凜凜寒氣生。是月當授衣，有布織未成。天寒催刀尺，機杼可無營。教女學紡纑，舉足疾且輕。舍南與舍北，嘒嘒聞車聲。通都富豪家，華屋貯娉婷。被服雜羅綺，五色相間明。聽說貧家女，惻然當動情。九月。

豐年禾黍登，農心稍逸樂。小兒漸長大，終歲荷鋤钁。目不識一字，每念心作惡。東鄰方迎師，收拾令上學。後月日南至，相賀因舊俗。爲女裁新衣，修短巧量度。龜手事塞向，庶禦北風虐。人生真可歎，至老長力作。十月。

冬至陽來復，草木潛滋萌。君子重其然，吾道自此亨。父母坐堂上，子孫列前榮。再拜稱上壽，所願百福并。人生屬明時，四海方太平。民無札瘥者，厚澤敷羣情。衣食苟給足，禮義自此生。願言興學校，庶幾教化成。十一月。

忽忽歲將盡，人事可稍休。寒風吹桑林，日夕聲颼颼。牆南地不凍，墾掘爲坑溝。斫桑埋其中，明年芽早抽。是月浴蠶種，自古相傳流。蠶出易脱殼，絲纊亦倍收。及時不努力，知有來歲不。手凍不足惜，冀免號寒憂。十二月。

右織

次韻周公謹見贈

池魚思故淵，檻獸念舊藪。官曹困窘束，卯入常盡酉。簡書督期會，何用傳不朽。十年從世故，塵土滿衣袖。歸來忽相見，忘此離别久。緬想德翁隱，坐羡沮溺耦。新詩使我和，矉里忘己醜。平生知我者，頗亦似公否？山林期晚歲，雞黍共尊酒。却笑桓公言，凄然漢南柳。

哀鮮于伯幾

生别有再逢，死别終古隔。君死已五年，追痛猶一日。我生大江南，君長淮水北。憶昨聞令名，官舍始相識。我方二十餘，君髮黑如漆。契合無問言，一見同宿昔。春遊每挐舟，夜坐常促席。氣豪聲若鍾，意憤髯屢戟。談諧雜叫嘯，議論造精覈。巍煌商鼎制，駔駿漢馬式。奇文既同賞，疑義或共析。錦囊裝玉軸，妙絶晉唐跡。粲然極炫曜，觀者咸辟易。非君有精鑒，疇能萃奇物。最後得玉鉤，瑚琢螭盤屈。握手傳玩餘，歡喜見顔色。刻意學古書，池水欲盡黑。書記往來間，彼此各有得。我時學鍾法，寫君先墓石。江南君所樂，地氣苦下溼。安知從事衫，竟卒奉常職。至今屏障間，不忍覩遺墨。凄涼方井路，松竹蔭真宅。乾坤清氣少，人物世罕覿。緋袍儼畫像，對之淚沾臆。宇宙一何悠，悲酸豈終極。

新秋

夜久不能寐，坐來秋意濃。露涼催蟋蟀，月白澹芙蓉。漸覺練衣薄，欲將紈扇慵。

慶壽僧舍即事

白雨映青松，蕭颯灑朱閣。稍覺暑氣銷，微涼度疏箔。客居秋寺古，心跡俱寂寞。夕蟲鳴階砌，孤螢炯叢薄。展轉懷故鄉，時聞風鳴鐸。

遊幻住菴

雨後溪水溢，黃流行地中。輕舟何迅邁，沿波兼順風。碧蘆幹始長，柔桑葉已空。瞬息抵山曲，窈窕微逕通。青林夾道周，流泉響幽叢。多慚衆衲子，前路相迎逢。禪居新結構，斧斤未輟工。雙閣出塵囂，六窗自玲瓏。久矣厭城市，飄如脱樊籠。妙香清鼻觀，新鶯驚耳聾。汲水插山花，開牖納風松。經聲出廊廡，寂然聞鼓鍾。蔬食飲一飽，亦與膏粱同。緬懷老尊宿，燕坐毗盧峰。塵緣苦未斷，無由往相從。一宿返歸棹，回望但青葱。

清河道中

揚舲清河流，開篷素秋曉。斕斑被厓花，委蛇順流藻。天清去雁高，野闊行人小。故園歸有期，客愁浮如掃。

七月六日承貞居先生遠寄周鍾銑間有文象鳧之形則考工記所謂鳧氏爲鍾者也擊之與夷則合而是日又適立秋古物之來豈偶然哉輒成小詩拜貺之辱

故人賞我趣，遺我鳧氏鍾。制與周禮合，試叩聲春容。是日新秋節，夷則還爲宫。懸之西楣下，浮磬儼在東。金石互相應，間以絲與桐。八音雖未備，古樂將無同。鼎尊斝觶卣，羅列見古風。揖讓於其間，令我懷周公。作詩報嘉貺，庶以開聾聾。

題錢舜舉著色梨花

東風吹日花冥冥，繁枝壓雪凌風塵。素羅衣裳照青春，眼中若有梨園人。攀條弄芳畏日夕，只今紙上空顏色。顏色好，愁轉多，與君酤酒花前歌。

題西谿圖贈鮮于伯幾

山林忽然在我眼，攬袂欲遊嗟已遠。長松謖謖含蒼煙，平川茫茫際曾巘。大梁繁華天下稀，走馬鬭雞夜忘歸。君獨胡爲甘寂寞，坐對山水娱清暉。西谿先生奇崛士，正可著之巖石裏。數間茅屋破不修，中有神光發奇字。緑蘋齊葉白芷生，送君江南空復情。相思萬里不可見，時對此圖雙眼明。

戲題出洗馬

騕褭要駕誰能御？駑蹇紛紛何足顧。青絲絡首錦障泥，鞭箠空勞怨長路。明窗戲寫乘黄姿，洗刷歸來氣如怒。不須對此苦歎嗟。男兒自昔多徒步。

送孟仲則遊荆湖兼往襄漢

行路方難子何往，瀟湘洞庭天一方。長江風來浪如雪，荆門木落天雨霜。千金養客不復見，萬里訪舊庸何傷。子才有用未得試，牛刀愛惜藏鋒鋩。似聞遠遊未渠央，更欲攬轡趨襄陽。昔年戰鬭且休息，白骨已瘞愁雲黄。伏龍鳳雛在何處？鹿門山色還蒼蒼。登高弔古一長嘯，萬事慘淡悲中腸。人生聚散安可常，爲君起舞君舉觴。明朝帆影拂浮玉，寄言客居思故鄉。

烈婦行 并序。

至元七年冬，濱州軍士劉平之戍棗陽，與其妻胡俱道宿車下。平爲虎所得，胡起追及之，殺虎脱其夫。吾聞之中原賢士大夫如此，乃爲感激慷慨，作《烈婦行》以歌之。

客車何焞焞，夫挽婦爲推。問君將安去？言往棗陽戍。官事有程宿車下，夜半可憐逢猛虎。夫命懸虎口，婦怒髮指天。十步之内血相濺，夫難再得虎可前。寧與夫死，毋與虎生。呼兒取刃力與争，虎死夫活心始平。男兒節義有如許，萬歲千秋可以事明主，馮婦卞莊安足數。嗚呼猛虎逢尚可，甯成甯成奈何汝！

送高仁卿還湖州

昔年東吴望幽燕，長路北走如登天。捉來官府竟何補，還望故鄉心惘然。江南冬暖花亂發，朔方苦寒氣又偏。木皮三寸冰六尺，面頰欲裂凍折弦。盧溝强弩射不過，騎馬徑度不用船。宦遊遠客非所習，狐貉不具綈袍穿。京師宜富不宜薄，青衫駿馬争騰騫。南鄰吹笙厭粱肉，北里鼓瑟羅姝妍。淒涼朝士有何意，瘦童羸騎雞鳴前。太倉粟陳未易糴，中都俸薄難裹纏。爾來方士頗向用，讀書不若燒丹鉛。故人聞之應見笑，如此不歸殊可憐。長林豐草我所愛，羈靮未脱無由緣。高侯遠來肯顧我，裹茗抱被來同眠。青燈耿耿照土屋，白酒薄薄無葷羶。破愁爲笑出軟語，寄書妻孥無一錢。江湖浩渺足春水，鳧雁滅没横秋煙。何當乞身歸故里，圖書堆裏消殘年。

謝鮮于伯幾惠震餘琴云是許旌陽手植桐所斵

仙人已歸白雲中，空餘手植青枝桐，根柯盤鬱如蛟龍。一朝霹靂驅雷公，烈火半爇隨狂風。箕子之裔多髯翁，才氣邁俗驚愚蒙。抱持來一作東。歸尋國工，斲爲二琴含商宫。我來自北欣相逢，持一贈我爲我容。自吾得此不敢寐，一作慵。終一作中。夜起坐彈孤一作秋。鴻。下絃清冷上黄鐘，轉絃更張涕滿胸。黄虞已遠將無同，恨君不識牙與鍾。恨我不識簪與曚，《周南》《大雅》當誰從？

贈相者

吾聞伯樂善相馬，一顧千金長高價。何人倜儻買權奇，滿眼駑駘居櫪下。張君年少目有神，走半江湖多閲人。我生瘦悷乏駿骨，浪許騰驤防失真。連朝春雨今始晴，花枝點眼生春情。樓前山色横翠靄，湖上柳黄飛亂鶯。便須酤酒與君飲，醉倒花前猶滿引。懶從唐舉問流年，欲向德翁謀小隱。

題商德符學士桃源春曉圖

宿雲初散青山溼，落紅繽紛溪水急。桃花源裏得春多，洞口春煙摇緑蘿。緑蘿摇煙挂絶壁，飛流淙一作直。下三千尺。瑶草離離滿澗阿，長松落落凌空碧。雞鳴犬吠自成村，居人至老不相識。瀛洲仙客知仙路，點染丹青寄輕素。何處有山如此圖，移家欲向山中住。

秋夜曲二首

雨聲滴夜清漏長，朱簾金幕浮新涼。閨中美人動裁剪，故羅衣袂生秋香。東鄰剥棗西鄰穫，旅館無人念飄泊。餘不潦盡涵清輝。芙蓉壓堤怨不歸，牆根草緑陰蛾飛。蒲萄架空墮殷玉，遥夜露寒生體粟。暗蛩棲草鳴不平，無絲絡緯空勞促。夢魂苦短道苦長，萬山深處非吾鄉。玉蟲摇缸螢入屋，去雁來魚應可卜，醒眼熒熒愁萬斛。

孔道輔擊蛇笏

以笏擊蛇有孔公，義與段公擊賊同。事之鉅細雖有異，正氣憤激生于中。偉哉孔公聖人裔，豈聽妖邪亂民志。卽今槐木一尺强，氣象凜凜含風霜。子孫守之慎寶藏，絶勝象牙堆滿牀。

燕脂駿圖歌

騏驎腰褭世常有，伯樂不生淹棧豆。欻見此圖神自王，權奇磊落龍爲友。隅目晶熒生紫光，錦毛錯落蒙清霜。霜蹄蹩踏寒玉響，霧鬣振動秋風涼。朝浴扶桑騰浩蕩，暮秣崑崙超象罔。雄姿似隘六合小，盛氣欲籥浮雲上。嗅塵一歎驚肉飛，奮迅不受人間羈。豈惟萬馬羞欲死，直與八駿争先馳。只今相者多舉肥，歎息此圖誰復知！君不見王處冲，半生隱德真成癡。魏公自幼好畫馬，友人郭祐之贈詩云：「世上但解比龍眠，那知已出曹韓上。」

賦張秋泉真人所藏研山

泰山亦一拳石多，勢雄齊魯青巍峩。此石却是小岱岳，峰巒無數生陂陀。千巖萬壑來几上，中有絶澗横天河。粤從混沌元氣判，自然凝結非鐫磨。人間奇物不易得，一見大叫争摩挲。米公平生好奇者，大書深刻無差譌。傍有小研天所造，仰受筆墨如圓荷。我欲爲君書道德，但願此石不用鵝。巧偷豪奪古來有，問君此意當如何？

兔

少年馳逐燕齊郊，身騎駿馬如騰蛟。耳後生風鼻出火，大呼討來飛鳴髇。如今老大百憂集，拄杖徐行防喘急。卷中見畫眼爲明，驥聞秋風雙耳立。討來，國朝語，謂兔也。

春寒

夜雨鳴高枕，春寒入敝袍。時光自花柳，吾意豈蓬蒿。失色黄金盡，知音白雪高。山林隱未得，空覺此生勞。

雪後同子俊遊何山次韻二首

兵革時猶動，山林日就荒。子真思隱遯，詹尹問一作卜。行藏。有意隨三飯，無人饋五漿。遠山湖外白，立馬見微茫。

湍駛波翻雪，風生地出雷。薄醪隨意盡，寒氣逼人來。更欲明朝去，何妨迫暮回。自憐非李廣，醉尉莫一作勿。相猜。

早春

谿上春無賴，清晨坐水亭。草牙隨意緑，柳眼向人青。初日收濃霧，微波亂小星。誰歌采蘋曲？愁絶不堪聽。

重遊弁山

竹色迷行逕，松聲洶座隅。水清花自照，風暖鳥相呼。飲罷思棊局，歌長缺唾壺。重來瀟灑地，聊足慰須臾。

魚樂樓

樓下南來水，清泠百尺深。菰蒲終夜響，楊柳半谿陰。日月驅人世，江湖動客心。向來歌舞宴，達曉看槽參。

次韻陳無逸中秋月食風雨不見

谿月當圓夜，看雲起莫愁。層陰連積水，伏雨暗清秋。白璧難容玷，明珠不可求。每因觀節物，轉覺此生浮。

次韻子山登樓有感二首

西北高樓好，登臨望眼空。弁山横雨外，笠澤浸天東。計乏千金藥，羞看百鍊銅。只應將順一作世。事，都付酒杯中。

懷古情何極，登危氣尚雄。江山一時勝，宇宙百年中。翠袖愁空谷，綈袍受朔風。超然高舉意，決皆送孤一作飛。鴻。

次韻馮伯田秋興二首

風緊草木變，露寒沙水清。蕭蘭嗟共悴，鶗鴂忍先鳴。黄閣非吾事，青山不世情。浩歌聊感激，裘馬任肥輕。

興逐秋風發，愁隨秋夜長。繫書陽鳥遠，促織候蟲忙。世已無劉表，家徒有孟光。故衣寒未補，發篋動幽香。

奉和帥初兄將歸見簡二首

戴子文章伯，不爲時所知。朱絃非衆聽，白璧易群疑。海樹生秋早，江船度越遲。莫愁千里别，要作百年期。

我坐幽憂疾，非君誰與娱。清談忘日夜，高論到唐虞。天地無青眼，江湖有白須。客居寧鬱鬱，歸興託蓴鱸。

和周景遠見寄

四海多兄弟，交情子獨親。方將尋舴艋，何意畫麒麟。簿領淹豪士，江湖著散人。相看俱老大，喜見二毛新。

大都遇平江龍興寺僧閒上座話唐綦毋潛宿龍興寺詩因次其韻

聞説龍興寺，多年未欵扉。風林發松籟，雨砌長苔衣。殿古燈光定，房深磬韻微。秋風動歸興，一錫向空飛。

送翟伯玉雲南省都事

萬里雲南路，青山落照邊。省郎新紫綬，幕府舊紅蓮。見面嗟吾晚，觀文覺子賢。只應清淑氣，不受瘴溪煙。

雨

摵摵衆葉響，滋滋生意新。知誰實揮灑，解使盡圓匀。蛛網懸珠絡，荷盤瀉汞銀。喜涼生枕簟，愁潤逼衣巾。

次韻觀復表兄見簡

載酒無人到，山扃晝掩門。泥深妨步屧，雨暗只空村。每憶文園渴，難忘北海尊。何當來就飲，聽我撫桐孫。

送董參政赴召

丹極飛明詔，鋒車召老臣。仲舒經術邃，賈誼讜言陳。偃草懷殊俗，安田慰遠人。公心如皦日，江國自熙春。散亂堆牀帙，蕭颼滿案塵。詭隨吾不忍，高卧理還伸。入奏能回主，當言莫愛身。衮衣瞻望重，丈席侍趨頻。鉛槧工無益，樵漁意已親。白鷗波萬里，浩蕩未能馴。

投贈刑部尚書不忽木公

胄子何多士，明公特妙年。詩書師法在，簪紱相門傳。曳履星辰上，分光日月邊。帝心知俊彦，羣望屬英賢。大木明堂器，朱絲清廟絃。吉人詞自寡，君子德爲先。斷獄陰功厚，優儒禮數偏。我非天下士，人謂地行仙。山好雙遊屐，溪清一釣船。賦詩時遣興，好客恨無錢。政爾韋編絶，俄聞束帛戔。風塵驅驛騎，霜雪灑鞍韉。别婦經春夏，離鄉整四千。家書愁展讀，旅食困憂煎。郎位蒙超擢，官曹幸接聯。屢聞哦鄙句，信或有前緣。知己誠難遇，捫心益自憐。樊中淹澤雉，春晚怨啼鵑。驥病思豐草，鴻冥羡遠天。仁言如借便，白首向林泉。

送夾谷公分省陝西

憶從長楊獵，于時始識公。堂堂九尺幹，落落萬夫雄。補衮彌縫密，能書點畫工。勞謙延士類，豈弟到兒童。黄閣歸人望，青雲有父風。驅馳常扈從，奏對每留中。暫輟尚書履，榮分陜右弓。秦山依畫錦，燕雪感秋蓬。粉署趨承舊，瀛洲忝竊同。因公動鄉思，飛夢過江東。

題楊司農宅劉伯熙畫山水圖

移得山川勝，坐來煙霧空。窗中列遠岫，堂上見青楓。巖樹參差緑，林花掩冉紅。鳥飛天路迥，人去野橋通。村晚留遲日，樓高納快風。琴尊會仙侣，几杖從兒童。疑聽孫登嘯，將無顧愷同。微茫看不足，瀟灑興難窮。碧瓦開蓮宇，丹樓聳竹宫。亂泉鳴石上，孤嶼出江中。藉甚丹青譽，益知書畫功。煩渠添釣艇，著我一漁翁。

和姚子敬秋懷五首

銅爵春深漢苑空，邯鄲月冷照秦宫。煙花樓閣西風裏，錦繡湖山落照中。河水南來非禹迹，冀方北去有唐風。溪城秋色催遲暮，愁對黄雲没斷鴻。

落日孤城動鼓鼙，愁中畫角不勝吹。山川蕭瑟秋雲淨，草木彫傷暮雨悲。多病馬卿聊假日，數奇李廣不逢時。卷簾白水青山裏，隱几無言有所思。

搔首風塵雙短鬢，側身天地一儒冠。中原人物思王猛，江左功名愧一作憶。謝安。苜蓿秋高戎馬健，江湖日短白鷗寒。金尊緑酒無錢共，安得愁中却暫一作盡。歡。

吴宫煙冷水空流，慘澹風雲暗九一作黯素。秋。禾黍故基曾駐輦，芙蓉高閣迥添愁。繡楹錦柱蛟龍泣，金沓瑶階鹿豕遊。宋玉平生最蕭索，欲將《九辯》賦離憂。

野曠天高一作低。木葉疏，水清沙白鳥相呼。胡笳處處軍麾滿，鬼哭村村漢月孤。新亭舉目山河異，故國傷神夢寐俱。黄菊欲開人卧病，可憐三逕已荒蕪。子昂云：作詩用虚字殊不佳，中兩聯填滿方好。殆以此力矯時弊邪。

聞擣衣

露下碧梧秋滿天，砧聲不斷思綿綿。北來風俗猶存古，南渡衣冠不及前。苜蓿總肥宛腰褭，琵琶曾泣漢嬋娟。人間俯仰成今古，一作昔。何待他一作當。年始惘然。

登飛英塔

梯飆直上幾百尺，俯視層空鳥背過。千里湖山秋色淨，萬家煙火夕陽多。魚龍衮衮危舟檝，鴻雁冥冥避網羅。誰種山中千樹橘，側身東望洞庭波。

岳鄂王墓

鄂王墓一作墳。上草離離，秋日荒涼石獸危。南渡君臣輕社稷，中原父老望旌旗。一作麾。英雄已死嗟何一作何嗟。及，天下中分遂不支。莫向西湖歌此曲，水光山色不勝悲。陶南村云：岳王墓詩不下數十百篇，其膾炙人口者，莫如趙魏公作。

溪上

溪上東一作春。風吹柳花，溪頭春水淨無沙。白鷗自信無機事，玄鳥猶知有歲華。錦纜牙檣非昨夢，鳳笙龍管是誰家？令人苦憶東陵子，擬問一作向。田園學種瓜。

次韻剛父無逸遊南山作

絶頂清秋凌翠一作紫。煙，登臨應費酒如川。平生能著幾兩屐，負郭何須二頃田。初日出雲光射地，雙溪入湖波接天。升高望遠我所愛，青壁有路何當緣。

次韻信仲晚興

蕭蕭殘照晚當樓，寒葉疏雲亂客愁。歲月蹉跎星北指，乾坤浩蕩水東流。古來人物俱黄土，少日心情在一丘。獨立無言風滿袖，青山相對共悠悠。

次韻王時觀

相思吴越動經年，一見情深重惘然。草木變衰人易老，江湖牢落雁難前。秦山半出青天上，禹穴遥臨古道邊。欲説舊遊渾似夢，何時重上剡溪船？

錢唐懷古

東南都會帝王州，三月鶯一作煙。花非舊遊。故國金人泣辭漢，當年玉馬去朝周。湖山靡靡今猶在，江水悠悠只自流。千古興亡盡如此，春風麥秀使人愁。

次韻舜舉春日感興

沙頭春日已暄妍，細柳新蒲色共鮮。世事底須求分外，人生何物勝尊前。飛花冉冉催華髮，宿草青青失古阡。回首舊歡如夢過，不知今日是何年！

紀舊遊

二月江南鶯亂飛，百一作雜。花滿樹柳依依。落紅無數迷歌扇，嫩緑多情妒舞衣。金鴨焚香川上暝，畫船撾鼓月中歸。如今寂寞東風裏，把酒無言對夕暉。

次韻章得一同原父姪遊蘭澤

緑樹闇闇草接天，已愁春盡更聞鵑。落花飛絮都成恨，痛飲狂歌渾欲顛。起舞有人如謝尚，著書無意似伶玄。繡筵寶瑟何時會，割錦纏頭不計錢。

見章得一詩因次其韻二首

水色清漣日色黄，梨花淡白柳花香。卽看時節催人事，更覺春愁惱客腸。無酒難供陶令飲，從人皆笑酈生狂。城南風暖遊人少，自在晴絲百尺長。

片片一作「點點」。飛花欲送春，萋萋碧草正一作又。愁人。黄蜂釀蜜經營急，紫燕銜泥來去頻。才似茂陵非晚遇，美如曲逆不長貧。久知求富都無益，但喜論詩若有神。

奉和帥初雨中見贈二首

陰雨凄凄生夏寒，故人望望惜清歡。停雲底事能相阻，后土何時可得乾。無事甘爲犀首飲，切雲聊著屈平冠。閉門客散且高卧，户外泥深没馬鞍。

正坐清談與世違，交情如子定應一作依。稀。圖書跌宕心猶在，裘馬清狂意已非。黄鶴未知何日返，飢烏故作傍人飛。谿南流水清如玉，終擬歸休理釣磯。

多景樓

層顛官閣幾時修，遶檻長江萬古流。白露已零秋草緑，斜陽雖好暮雲稠。平南籌策張華得，治内人才葛亮優。景物未窮登覽興，角聲孤起甕城秋。

東陽八詠樓

山城秋色淨朝暉，極目登臨未擬歸。羽士曾聞遼鶴語，樓在寶婺觀，觀中老道士能言諸父出處。征人又見塞鴻飛。西流二水玻瓈合，南去千峰紫翠圍。如此山川良不惡，休文何事不勝衣。

金陵雨花臺遂至故人劉叔亮墓

雨花臺上看晴空，萬里風煙入望中。人物車書南北混，山川襟帶古今同。昆蟲一作「魚龍」。未蟄霜先隕，鳳鳥不鳴江自東。緑髮劉伶緣醉死，往尋荒塚酹西風。

蛾眉亭

天門日湧大江來，牛渚風生萬壑哀。青眼故人攜酒共，兩眉今日爲君開。蒼崖直下蛟龍吼，白浪横空鵝鸛回。南眺一作望。青山懷李白，沙頭官渡苦相催。時與劉伯宣尚書同登。

大都紅門外海子上卽事

白水青林一作山。引興多，紅裙翠黛一作袖。奈愁何。底一作祗。從暮醉兼朝醉，聊復長歌更短歌。輕燕受風迎落絮，老一作游。魚吹浪動新荷。餘不一作杭。溪上扁舟好，何日歸休理釣蓑？

贈周景遠田師孟

與子同客帝王州，一日不見如三秋。風高氣肅雁聲急，天青一作晴。日暖蛛絲遊。籬下黄花爲誰好，水邊紅樹令人愁。世間萬事可撥遣，日日痛飲醉即休。

送繆秀才教授真州

髯生别我將安適，言向真州作教官。但使清風生絳帳，何妨朝日照空槃。東園草木因人勝，北固江山隔岸看。才近中年已傷别，可堪南望送歸鞍。

次韻左轄相公

昔年閭里自浮沈，郎省那知遂有今。老去馮唐堪底用，愁來莊舄向誰吟？上林柳色春猶淺，西塞桃花水正深。知己如公居鼎鼐，不應長此泣南音。

次韻左轄相公奉寄行臺中丞徐公

盡日沈迷簿領書，何時重得賦閒居。已無夢想懸金印，豈有文章到石渠。白髮故人霜柏在，黄塵遊子斷蓬如。舊遊憶在吴興日，自採谿毛膾白魚。

送吴思可總管汀州

七閩南去路崎嶇，五馬承恩出帝都。地氣喜聞今有雪，民生寧似昔無襦。山城酒美傾鸚鵡，雨館春深聽鷓鴣。他日相思應悵悵，離筵不忍賦驪駒。

至元庚辰繇集賢出知濟南暫還吴興賦詩書懷二首

五年京國誤蒙恩，乍到江南似夢魂。雲影時移半山黑，水痕新漲一溪渾。宦途久有曼容志，婚娶終尋尚子言。政爲疏慵無補報，非干高尚慕丘園。

多病相如已倦遊，思歸張翰況逢秋。鱸魚蓴菜俱無恙，鴻雁稻粱非所求。空有丹心依魏闕，又攜十口過齊州。閒身却羡沙頭鷺，飛去飛來百自由。

劉端父御史見和初到濟南詩次韻答之

少日居多隱遯情，微官猶喜得山城。腹中洞視渾無物，身外何因更有名。忽憶放船苕水去，終朝背郭草堂成。故鄉一别三千里，看見池塘草又生。

次韻端父和鮮于伯幾所寄詩

畫舸西湖到處遊，别來飛夢到杭州。百年底用憂千歲，一日相思似幾秋？苦憶東南多勝事，空吟西北有高樓。只今賴有劉公幹，時寫新詩解客愁。

趵突泉

濼水發源天下無，平地湧出白玉壺。谷虛久一作只。恐元氣泄，歲旱不愁東海枯。雲霧潤蒸華不注，波濤聲震大明湖。時來泉上濯塵土，冰雪滿懷清興孤。

繼鄭鵬南書懷

豈不懷歸苦未閒，宦情羈思不成歡。可能治郡如龔遂，只合臨流似幼安。棋局懶從先處著，醫方留取用時看。夜來夢到苕溪上，一枕清風五月寒。

德清閒居

已無新夢到清都，空有高情學隱居。貧尚典衣貪購畫，病思棄研厭求書。園人焚積夜防虎，谿女叩扉朝賣魚。困即枕書飢即飯，謀生自笑一何疏。

題山堂

手種青松一萬栽，山堂留得一作在。翠屏隈。推窗綠樹排簷入，臨水紅桃對鏡開。山雉雊雊迎朝日去，野禽啼傍夕陽來。老妻亦一作也。有幽棲意，數日遲留不肯回。

海子上卽事與李子構同賦

小姬勸客倒金壺，家近荷花似鏡湖。遊騎等閒來洗馬，舞靴輕妙迅飛鳧。油雲判污纏頭錦，粉汗生憐絡臂珠。只有道人塵境静，一襟涼思詠風雩。

重用韻

更從何處訪蓬壺，花滿平堤水滿湖。韓嫣金丸落飛鳥，王喬仙履下雙鳧。姬姜自愛千金貌，遊俠輕量一斛珠。我老不知年少事，水邊行散似春雩。

送杜伯玉四川行省都事

浣花溪上草堂存，今見能詩幾代孫。橘刺藤梢隱叢竹，椒漿桂酒薦芳蓀。日長畫省文書静，春近岷江雪浪奔。我向東吴君向蜀，别離從古解銷魂。

次韻李秀才見贈

曾是先皇侍從班，龍髯飛去竟難攀。重來赤日黄塵裏，夢到清泉白石間。豈有文章供世用，久判漁釣與雲閒。何當便理南歸棹，呼酒登樓看弁山。

人日立春

今年人日與春并，人得春來喜氣迎。宫柳風微金縷重，御溝冰泮玉鱗生。陰消已覺餘寒散，陽長争看曉日明。霜鬢綵幡渾不稱，强題新句慰羈情。

送岳德敬提舉甘肅儒學

苦欲留君君不留，奮髯跨一作躍。馬走甘州。功名到手不可避，富貴逼人那得休。春酒蒲萄歌窈窕，秋沙苜蓿飽驊騮。儒冠也有封侯相，萬里歸來尚黑頭。

贈放煙火者

人間巧藝奪天工，鍊藥燃燈清晝同。柳絮飛殘鋪地白，桃花落盡滿階紅。紛紛燦爛如星隕，燿燿喧豗似火攻。後夜再翻花上錦，不愁零亂向東風。

題温雪峰詩蹟

出擁旌麾一俊臣，歸尋松竹作閒人。龍蛇留遺人間世，泉石逍遥物外身。自古神仙皆曠達，由來豪傑豈埃塵。山川良是諸孫老，華表歸來又幾春。

勝概樓

樓下寒泉雪浪驚，樓前山色翠屏横。登臨何必須吾土，嘯傲聊因得此生。簷外白雲來託宿，梁間紫燕語關情。濟南勝概天下少，試倚闌干眼自明。

老態

老態年來日日添，黑花飛眼雪生髯。扶衰每藉齊一作過。眉杖，食肉先尋剔齒纖。右臂拘攣巾不裹，中腸慘戚淚常淹。移牀獨就南榮坐，畏冷思親愛日簷。

弁山佑聖宫次孟君復韻

意行騎馬到林間，晴霧都沈遠近山。瓊樹著花春自早，翠禽雙語意相關。一杯到手先成醉，萬事無心觸處閒。猶欠抱琴來託宿，静中規寫水潺潺。

醉後同張剛父清風樓聯句

碧樹未黄風露秋，晚雲蕭瑟亂山愁。趙。千家疏雨催砧杵，兩岸殘陽入釣舟。張。畫角吹殘人罷市，清尊飲散客登樓。趙。古今回首俱陳迹，唯有谿聲日夜流。張。

題秋山行旅圖

老樹葉似一作先。雨，浮嵐翠欲流。西風驢背客，吟斷野橋秋。

題萱草蛺蝶圖

叢竹無端緑，幽花特地妍。飛來雙蛺蝶，相對意悠然。

黄葵詞

仙掌鬱金衣，朝陽風露晞。可憐蜂與蝶，祇解弄春暉。

題太白酒船圖

蕭灑稽山道，風流賀季真。相思不相見，愁殺謫仙人。

寄題真定明遠亭

未到新亭上，先題明遠詩。雲間歸雁小，山外夕陽遲。

獨夜

秋風動林葉，夜雨滴池荷。孤客睡不著，亂蛩鳴更多。

題李仲賓野竹圖 并序。

吾友李仲賓爲此君寫真，冥搜極討，蓋欲盡得竹之情狀。二百年來，以畫竹稱者，皆未必能用意精深如仲賓也。此野竹圖，尤詭怪奇崛，窮竹之變，枝葉繁而不亂，可謂毫髮無遺恨矣。然觀其所題語，則若悲此竹之託根不得其地，故有屈抑盤蹙之歎。夫羲尊青黄，木之災也。擁腫拳曲，乃不夭於斧斤。由是觀之，安知其非福邪？因賦小詩以寄意云。

偃蹇高人意，蕭疏曠士風。無心上霄漢，混迹向蒿蓬。

天冠山題詠 録六。

龍口巖

峭石立四壁，寒泉飛兩龍。人間苦炎熱，仙境已秋風。

長廊巖

脩巖如長廊，下有流泉注。山中古仙人，步月自來去。

金沙嶺

攀蘿緣石磴，步上金沙嶺。露下色熒熒，月生光炯炯。

寒月泉

我嘗遊惠山，泉味勝牛乳。夢想寒月泉，擕茶就泉煮。

玉簾泉

飛泉如玉簾，直下數千尺。新月横簾鉤，遥遥掛空碧。

一線天

醯雞舞甕中，井蛙居坎底。莫作一線看，開眼九萬里。

題周秀才此山堂

青青雲外山，炯炯松下石。顧此山中人，風神照松色。

曉起聞鶯

暑氣曉來清，時時聞遠鶯。還思故園路，松下緑苔生。

牧廢苑

一片中原地，紛紛幾戰争。至今將不去，留與後人耕。

黄清夫秋江釣月圖

塵土染人衣袂，煙波著我船窗。爲問行歌都市，何如釣月秋江。

題王子慶所藏大年墨雁

鴇雁棲棲遵渚，黄蘆索索鳴秋。羨殺承平公子，筆端萬里滄洲。

初至都下即事

盡日車塵馬足間，偶來臨水照愁顔。故鄉兄弟應相憶，同看溪南柳外山。

送王月友歸杭州

雲本無心漫出山，與來依舊與雲閒。何當從子東南去，掃地焚香晝掩關。

清勝軒絶句

小草幽香動碧池，暖風晴日長新荑。南窗晝倚緑陰静，聽盡行人過馬蹄。

題東野平陵圖 事見《笠澤叢書》。

騎驢渺渺入荒城，積水空林坐自清。政使不容投劾去，也勝塵土負平生。

次韻剛父卽事絶句四首

玉樹彫傷衆草黄，夜蟲時語怨流光。美人望望隔秋水，不寄相思書一行。

凄涼鼓角北風傳，嘈雜琵琶思遠天。白雪有誰知幼眇，翠蛾空自惜聯娟。

摇落山川樹影稀，隴雲時逐雁南飛。苦無緑酒酬佳節，猶有黄花媚夕暉。

溪頭月色白如沙，近水樓臺一萬家。誰向夜深吹玉笛，傷心莫聽《後庭花》。

戲題僧惟堯墨梅

蕭灑孤山半樹春，素衣誰遣化緇塵。何如澹月微雲夜，照影西湖自寫真。

題范蠡五湖杜陵浣花二首

功名自古是危機，誰似先生早拂衣。好向五湖尋一舸，霜黄木葉雁初飛。
春色醺人苦不禁，蹇驢馱醉晚駸駸。江花江草詩千首，老盡平生用世心。

梅花

蕭灑江梅似玉人，倚風無語澹生春。曲中桃葉元非侣，夢裏梨花恐未真。

送王子慶詔檄浙東收郡縣圖籍

木落江南天地秋，西風吹子過東州。試開圖籍尋佳處，便命舟車作勝遊。

題龔聖予山水圖二首

澤雉樊中神不王，白鷗波上夢相親。黄塵没馬歸來晚，只有西山小慰人。
當年我亦畫雲山，雲白山清咫尺間。今日看山還自笑，白頭輸與楚龔閑。

杭州雨中

江南十日九陰雨，花柳欲開無好春。却憶京城二三月，秋千風暖漲香塵。

題舜舉折枝桃

醉裏春歸尋不得，眼明忽見折枝花。向來飛蓋西園夜，萬燭高燒照爛霞。

懷德清別業

陽林堂下百株梅，傲雪凌寒次第開。枝上山禽曉啁哳，定應喚我早歸來。

部中暮歸寄周公謹二首

日暮空街生白煙，歸來羸馬不勝鞭。明朝又逐雞聲起，孤負日高花影眠。

三年謾仕尚書郎，夢寐無時不故鄉。輸與錢唐周老子，浩然齋裏坐焚香。

絶句

春寒惻惻掩重門，金鴨香殘火尚温。燕子不來花又落，一庭風雨自黄昏。

都南張氏園寓居

尺五城南跡似幽，鄉心空折大刀頭。杏花飛盡燕脂雪，日日東風未肯休。

和黄景杜雪中郎事四首

雪寒淒切透書帷，極目南雲入望低。欲報平安無過雁，忽驚殘夢有鳴雞。

君説江南苦未歸，香橙新酒蟹螯肥。何當與子扁舟去，共挽清溪浣客衣。

客裏相從意最親，高秋快飲見天真。明年去學潘懷縣，滿縣栽花做好春。
當年臨水照春衫，浮玉山前水似藍。歸計未成羈思惡，爲君飛夢到城南。

東城

野店桃花紅粉姿，陌頭楊柳緑一作翠。煙絲。不因送客東城去，過却春光總不知。

湖上暮歸

春陰柳絮不能飛，雨足蒲芽緑更肥。政恐前呵驚白鷺，獨騎款段遶湖歸。

卽事二首

湘簾疏一作細。織浪紋稀，白苧新裁暑氣微。庭院日長賓客退，繞一作滿。池芳草燕交飛。
古墨輕磨滿几香，硯池新浴照人光。北窗時有涼風至，閒寫《黄庭》一兩章。

詠逸民九首

驅車秣駑馬，吾將適齊國。聞有魯連子，倜儻好奇畫。一談秦師走，再説聊城拔。功成不受賞，高舉振六翮。布衣終其身，豈復爲世役。茫茫千載遠，安往訪遺跡。躊躇東海上，向風長太息。
四時相代謝，榮耀何一作安。足恃。瓜田引新蔓，不見桃與李。知士解其會，遇坎當復止。邵生故秦吏，乃亦睹兹理。賢哉感我懷，三歎不能已。

子真初亦仕，歲晚乃逃之。區區南昌尉，上疏忘其卑。忠言不見用，耿耿當告誰。飄然棄妻子，終身與世辭。抱關甘貧賤，所貴莫我知。至今九江濆，清風激羣黎。神仙信茫昧，此士獨不疑。孤雲無定在，逝水何時歸。遐思一矯首，悵望無由期。

悠悠空山雲，泱泱長江流。廓廓意不屑，山澤聊淹留。故人在天位，高步追巢由。豈曰子無衣，辛苦被羊裘。東京多節義，之子乃其尤。窮居雖獨善，輔世豈不優。

汪汪千頃陂，不爲人濁清。道周言行表，蕩然無得名。誰言牛醫兒，乃是人中英。當時無閒言，後世流德聲。思之不可見，使我鄙吝萌。淳風久已漓，此意豈復明。時無君子者，雖賢寧見稱。

南州有高士，食力事耕稼。優游聊卒歲，不矯亦不隘。大木行欲顛，紼纚豈足賴。何爲諸老翁，棲棲不遑舍。斯言一作其。非無見，明哲自高邁。誰能懸一榻，待子來税駕。

鹿門何亭亭，下有辟世賢。鳳雛隱中林，卧龍蟠其淵。一朝起高翔，斯人獨深潛。功名不可爲，我志久已安。一聞耆舊傳，使我心悠然。

黄鵠羽翼長，一舉思千里。幼安本中原，乘桴走東海。舉世方尚同，遠引存吾志。流風漸異俗，敦禮化鄒鄙。子魚平生友，胡乃不相委。

塵事非所便，田園久見招。歸來三逕中，蔚蔚長蓬蒿。雖有一作「維不」。荷鉏倦，濁酒且自陶。茫茫大化中，委運將焉逃。唐虞去已遠，由來非一朝。粲粲霜中菊，采采忘其勞。

次袁學士上都詩韻

曉日夾雲樹，春風吹雪山。飛鷹玄兔磧，飲馬白狼灣。寶帶吴鉤迴，金矛漢節閒。將軍萬里外，不怕二毛斑。

送陳都事雲南銓選兼簡李廉訪

送君銓選使滇池，部落諸夷自品題。明月夢回夔子北，長風吹度夜郎西。山連塞雨驊騮滑，花落蠻雲杜宇啼。爲問霜臺李學士，白頭官滿尚羈棲。此詩見《元音選》本，《風雅》作薛玄卿。

杭州拱北樓

城上高樓接太霞，令嚴鐘鼓静無譁。提封内向三千里，比屋同封百萬家。心在江湖存魏闕，身隨牛斗泛仙槎。舉頭便覺長安近，時倚闌干望日華。

贈脱帖木兒總管

將軍鐵馬擁琱弓，壯歲分符鎮越中。山水多情留賀監，兒童拍手愛山公。紫髯似戟君猶壯，白髮如絲我已翁。悦禮敦詩殊不忝，看君真有古人風。

和姚子敬韻

同學故人今已稀，重嗟出處寸心違。自知世事都無補，其奈君恩未許歸。滄洲白鳥時時夢，玉帶金魚念念非。準擬明年乞身去，一竿同理舊苔磯。子昂仕元，極被寵遇。世祖與論留夢炎、葉李優劣，曰：「夢炎宋狀元，位宰相，當賈似道誤國，依阿取容。葉李一布衣，乃能上書請斬似道，賢于夢炎遠矣！」子昂因賦詩云：「往事已非那可説，且將忠直報皇元。」及桑哥柄國，子昂首發其奸。仁宗在位，字而不名，嘗論子昂人所不及者數事：帝王苗裔，一也。狀貌昳麗，二也。博學多聞知，三也。操履純正，四也。文詞高古，五也。書畫絶倫，六也。旁通釋老之旨，造詣玄微，七也。此詩頷聯云云，雖悔出處之違心，而無及矣。

題孫登長嘯圖

在澗幽人樂考槃，南山白石夜漫漫。空林無風萬籟寂，長嘯一聲山月寒。

詠史

酒酣斫劍氣如雲，屠狗吹簫盡策勳。漢室功臣誰第一？黄金合鑄紀將軍。

宮中口號

日照黄金寶殿開，雕闌玉砌擁層臺。一時侍衛回身立，天步將臨玉斧來。

四皓

白髮商巖四老翁，紫芝歌罷聽松風。半生不與人間事，亦墮留侯計術中。

偶成

竹林深處小亭開，白鶴徐行啄紫苔。羽扇不摇紗帽側，晚涼青鳥忽飛來。

即事

庭槐風静緑一作午。陰多，睡起茶餘一作西窗。日影過，自笑老來一作夫。無復夢，閒看行蟻上南柯。

趙待制雍

雍字仲穆，孟頫之子。夙慧，有父風。以蔭守昌國海寧二州，歷官翰林院待制。

春夜曲

去年美人未還家，緑窗青春桃始花。桃花今年只依舊，美人別後長咨嗟。芳心欲傳向誰愬，卷却羅袖彈琵琶。琵琶聲哀思欲絶，衣上啼痕幾時滅。共君别久胡不來，菱花寶鏡生塵埃。君隔揚子江，妾居黄金臺。臺雖高，望無極，人萬里兮天咫尺。春水緑波春草碧，來魚去雁無消息。日既暮兮月色寒，相思如夢彫朱顔。青燈炯炯照不寐，攬衣起坐空愁歎。

早春

高卷珠簾日漸長，梅花庭院雪飄香。閑倚闌干看新柳，不知誰爲染鵝黄。

暮春

綠陰庭院碧窗紗，半卷珠簾映晚霞。芳草萋萋春寂寂，東風吹墮落殘花。

結羊腸

孟春之月春始和，陌頭柳色黄如鵝。落梅紛紛稍覺多，白日炯炯曜綺羅。曜綺羅，日漸長，春風庭院花草香。十六初過上元節，家家女兒結羊腸。含情暗卜心自語，何時得似雙鴛鴦。結成羊腸腸反斷，惆悵春閨坐長歎。强持薄怒嬌且羞，折花倒插金釵頭。

美人曲

美人如花花不如，翠滑難勝碧玉梳。道修且阻無音書，蛾眉長顰未曾舒。春風吹衣裳，黯然淚沾襟。鶯啼出無心，轉添愁海深。窗前紅梅花，落盡不可簪。玉臺明鏡如秋水，疑有人間兩西子。美人未可彫朱顏，朱顏但願長如此。

千里思

顔如花，膚如雪，秋水雙眸面如月。千里相思不相見，當時却恨輕離别。美人美人顰蛾眉，綠窗寂寂春風微。巫山夢斷君何處？化作朝雲縹緲飛。

有所思

紛紛落花飄，美人在何許？相思杳如夢，寂莫春已暮。一别久不見，一往久不還。相望雖咫尺，如隔千萬山。

七夕二首

初月纖纖照露臺，枉將瓜果鬧嬰孩。今宵自有經年約，何暇閒情送巧來。

牽牛河東織女西，相望千古幾時期。夜深只恐天輪轉，地底相逢未可知。

古詩

我居水精宫，遠遊來朔方。離家近十載，兄弟遥相望。始見世情薄，紛紛名利場。富貴不可期，人生難忖量。乾坤本無私，江山歎興亡。蟬聲噪落日，露草啼寒螿。明月如有情，照我肝與腸。西風動林東，蕭然秋意凉。回首歲云暮，信美非吾鄉。展轉復展轉，愁多知夜長。

思歸

嫋嫋秋風動客懷，啾啾猿鶴苦相催。魯侯不遇關天意，臧氏焉能沮我才。萬里驅馳離舊國，十年奔走在塵埃。吴興山水何清遠，一棹扁舟歸去來。

初秋夜坐二首

夜深庭院寂無聲，明月流空萬影横。坐對荷花兩三朵，紅衣落盡秋風生。

月明如水侵衣溼，臺樹沈沈秋夜長。坐久高僧禪語罷，澹然相對玉鑪香。

秋聲

邕邕鳴鴈復南征，十載棲遲在帝京。黄葉未零寒未應，秋聲偏動故鄉情。

卽事

獨坐對明月，遥遥千古情。西風兩三日，庭樹已秋聲。

文徵仲跋仲穆詩詞卷云：趙待制風流習尚，不減魏公。而詩文不傳。間見於卷軸間，不過單詞數言而止，未有若此卷之富者。楷行間作，轉益姸美，後云奮寄德璉姊丈，蓋魏公長倩王國器也。國器長於今樂府，楊鐵崖亟稱之。故此卷所書，樂府爲多。豈亦因其所好邪！余從烏程王天雨借觀，遂題其後。是歲正德己卯五月既望，徵明題。

趙茂才奕

奕字仲光，孟頫季子。舉茂才，不樂仕進，玉山稱仲光天資秀雅，如芝蘭玉樹，王謝佳子弟也。

玉山佳處分得解字 并序。

至正辛卯冬十月，余從苕溪來訪玉山隱君，艤船百花洲下，適友人吕伯起御史自閩來，邂逅於官驛，話舊盡日，賦詩爲别。明日，攜詩偕沈自誠同過玉山中，時省郎楊伯震、龍門山釋良琦亦至焉，隱君佳客也。至乃置酒於草堂，復邀山陰王德輔、匡廬于彦成、汝陽袁子英同飲。時霜風初寒，松菊具秀，酒半，匡廬于山人舉杯屬余曰：「今日之會，誠不易得，子過賓，且文雅，能無言乎！」余遂以「何以解憂，惟有杜康」分韻賦詩，余得解字，復爲序首云。

我從姑蘇來，高臺逢吕豸。共坐話當年，日昃不能罷。回瞻玉山青，百里風帆挂。維舟草堂前，梧竹自瀟灑。一别逾三秋，相見各驚駭。開筵出紅妝，持杯擘紫蟹。黄花照白髮，流光豈能買。兹辰且盡樂，一醉百憂解。

春日書懷

忙裏過韶華，東風日易斜。黄粱應未熟，白酒尚堪賒。蝶魄迷幽夢，一作草。蛛絲絆落花。百年能有幾，隨分度生涯。

玉山與郯九成自姑蘇來吴興僧可傳邀余陪遊弁山之黄龍洞時有紫霞同席遂分韻得花字

盤屈度碕礒，嶔崟復谽谺。龍居潛石洞，花暖護蜂衙。峭壁生蒼蘚，清泉長赤砂。松濤響雲壑，竹翠滴桃花。杖屨丹梯險，籃輿緑磴遮。攀藤嘯猿狖，並草卧麕麚。絶頂望笠澤，傾溟想女媧。遥天連島嶼，遠水接蒹葭。道士來邀坐，仙童爲煮茶。林深多虎跡，地僻少人家。對景詩情逸，尋芝道氣遐。窗幽塵不到，境勝興無涯。堪種茅山术，宜栽邵圃瓜。寶書傳正法，靈劍挂青蛇。徑滑崎尤峻，苔荒突又窪。淙淙流暗澗，聒聒叫鳴蛙。下嶺日欲落，登舟路更賒。平田飛白鷺，别墅宿歸鴉。犬吠柴門近，鵑啼野樹斜。菜畦黄撲簌，麥壠碧交加。老態倦跋涉，衰形獨歎嗟！山翁荷鋤鍤，村婦倚籬笆。駐舫攜紅袖，停杯挾紫霞。金罏薰篤耨，玉手弄琵琶。錯落傾香釀，玻瓈插豔葩。歌姬聲縹緲，醉客笑喧譁。擊柝城將閉，吹笳鼓尚撾。卷簾風滅燭，溼幔雨垂麻。今日雖云樂，他年還共誇。更闌歸去速，燈影照籠紗。

雨窗寫懷 一作「春日雨窗寄玉山徵君」。

幽窗談笑話平生，三十年間幾度更。白髮滿頭今已老，青山排闥故多情。桃花灼灼應無語，春雨蕭蕭尚未晴。明日扁舟攜好酒，南村筍蕨正堪烹。此詩見《雲林集》、《玉山草堂雅集寄贈》，並作仲光。

送聞梅澗住弁山祥應宫

石磴懸崖人迹稀，林深地僻絶塵機。井邊丹竈千年冷，窗外山雲盡日飛。老虎每來廊下走，黄龍常向洞中歸。先生有道開門坐，松響瑶笙月滿衣。

遊玉山佳處寫贈仲瑛

我愛玉山奇絕處，碧梧翠竹映闌干。軒窗傍水琴書静，樓閣連雲宇宙寬。山色溟濛還淡淡，湖光瀲灧自漫漫。登臨縱目無窮處，落日西風作暮寒。仲光與玉山友善，雖相去數百里，必一月一致書。

西湖竹枝詞

湖頭日日水光波，兩兩吴娃打槳過。笑隔芙蓉不相識，向人猶自唱吴歌。

袁學士桷

桷字伯長，慶元人，宋同知樞密院事韶之曾孫也。童子時有能文名，部使者舉茂才異等，授麗澤書院山長。大德初，閻復、程文海、王構交薦之，改翰林國史院檢閲官。時初建南郊，疏十議以進。禮官推其博，多采用者。擢應奉翰林文字、同知制誥兼國史院編修官。累進翰林待制、集賢直學士，同修國史。至治元年，遷侍講學士。泰定初辭歸，卒年六十有一。贈江浙行省參知政事，追封陳留郡公，謚文清。伯長初師事剡源戴帥初。稍長，在王深寧之門，復從舒岳祥遊。家固多藏書，又親見中原文獻，其學最爲有本。及在詞林，朝廷制册、勳臣碑銘，多出其手。家居以後，修闢南園故址，結小亭，讀書其中。翰墨所傳，極于海内。所著有《易説》、《春秋説》及《清容居士集》五十卷。元興，承金宋之季，遺山元裕之以鴻朗高華之作振起于中州，而郝伯常、劉夢吉之徒繼之。故北方之學，至中統、至元而大盛。趙子昂以宋王孫入仕，風流儒雅，冠絶一時。鄧善之、袁伯長輩從而和之，而詩學又爲之一變。于是虞、楊、范、揭，一時並起，至治、天曆之盛，實開于大德、延祐之間。伯長没後二十餘年，會修宋、遼、金三史。遣使者求郡國遺文故事，惟袁氏所傳爲最多。故家文物，萃于東南，百年以來，流風未墜，論者以伯長實有功焉，良不誣也。

再從姪瑛幼孤學道龍虎山自傷不能鞠擕述祖德以勉之

煌煌玄冑，家越徙鄞。隱道闕躬，三世養真。是生祥符，觀光績文。占籍浚儀，佐邑孔勤。粤有光禄，亦奉于越。聿魁開封，老守于括。少保恂恂，卑退静閲。太保靈承，逃難乘筏。大耋韜明，閭里胥洽。篤生衛公，喬柯茂豊。敦讓詒則，攝獄自公。絶蔓秉仁，千人著功。冥報氤氲，維垣錫崇。於赫少傅，受學族祖。諱覺，有書解行于世，正獻亦師之。習繹典謨，正獻同宇。正獻首科，少傅踵舉。正獻，淳熙辛丑登第。少傅次舉于鄉。衛公夜夢神告曰：汝子宜遲上南省。甲辰，闔郡被黜，淳熙丁未中丙科。三歲學于正獻公。復師以研，緊我族父。昭穆會稽，非宗疇譜。同源迢迢，宴堂是敘。少傅挽正獻詩曰：「宴堂聯族子，講説後諸生。」相臣嫉忠，同黨錮。韓侂冑擅權，正獻以太學正罷。入僞學，少傅以論蘇師旦亦廢。正學勃興，象山武夷。相繼登朝，奉常羽儀。維我少傅，抱其魁奇。曰：經武有本，日用不疲。絶幣罷書，感勵孜孜。乃登東觀，乃佐宰司。歲爲閹茂，正肅冠廷。嘉定甲戌，正肅進士第一，正獻秘監兼祭酒。當是時，越公爲秘丞兼樞密院檢詳。越公登第已二十八年。正獻休休，少傅繩繩。載史纂謨，致事以行。少傅作程，均贏紀經。翼翼京邑，十載敉寧。憬彼介狄，回戈指淮。鐵駟愿喧，爲厲之階。公在宥密，展誠弼諧。悉卒宵征，拉其妖霾。總戎輔京，秉纛受齊。李全叛，以同知樞密院，浙西制置使。奸沈於淵，公歸在里。徽彼壽俊，懸車告止。于時徽公及東陽葛公、參政宣公皆不至，三公年皆近八十矣。三啓公府，永楚賜履。復荒于齊，終越以祀。冢子廬陵，克謹其承。曰惟瑞安，儉不近名。生我俊兄，志學蜚英。上試銓曹，計偕薦膺。余年尚孩，企焉戰兢。女紀既蒙，訖籙更符。匪曰愚智，阸窮同途。火焚高閎，戚戚告瘏。不斂其芸，莫植其居。泯奄長夜，盡然永徂。念子之稚，孔嶷孔朗。不寧以餬，俾遊沉荒。我雖異途，與汝同情。無爲夸淫，無溺燕朋。壹爾氣神，履冰奉盈。我宗匪微，德芬匪沫。來者之榮，逝者之戒。沾沾懷新，不究其敗。鑒彼太素，曷其有壞。述我祖德，送爾言邁。匪窮咏歌，申以用誡。

舟中雜咏十首

好花避車塵，飛入黄河洗。河流政茫茫，一去不得底。納汙有至道，胡爲愛清泚。念兹物理深，玄籥從此啟。

飛雁翔南雲，辟就端有得。舊年春風歸，雪花大如席。陰陽眇難窺，造物司其職。慎勿事炎涼，來往任行役。

道逢射生船，有鶴馴且臞。青絲閉其目，病翼寒蕭疎。皋禽九天來，此豈真吾徒。獨憐羽毛似，盤桓爲長吁。

家奴拾枯草，走兔來相親。生來不識兔，却立驚其神。行人笑彼拙，歸來始嚬呻。乃知特幸脱，未信吾奴仁。

白葦生寒沙，殘花揺敝帚。燕都百萬家，借爾作薪槱。物微生最下，功用乃堪取。大勝桃李花，矜矜鬬妍醜。

清夜視北斗，正色揺我前。乃知中州殊，譊譊浪談天。召公化南國，美教來自燕。乾坤儻一致，地氣何由偏。

紙鳶帖晴空，飛輪走盤線。東風恣昂藏，得意隨手轉。攀雲政相喜，墮地忽復怨。兒童豈知此，得失終戀戀。

惡馬少駕車，駑馬多駕船。駕船勿戚戚，駕車何翩翩。渠命有通塞，誰能別媸妍？君看鹽車下，淚隕如奔泉。

春菘種北土，三年變蔓菁。一爲居養移，自覺顔無情。南山植松苗，深根定生苓。千年化瑿魄，豈比春菘榮。

鷵鵴漾晴空，意態極楚楚。翻風蒼雪回，轉日爛銀舞。盤旋傲孤鴻，清遠敵凡羽。須臾下魚陂，愧我覺疾去。

車行二十八韻

乘車古云貴，此意昔空羨。河流露枯沙，桑本接晴甸。大車蓬蓬前，小車轔轔殿。高原縮先登，却立駭所見。隆如龜戴殼，縛如蠶裹繭。效駕何昂昂，帖耳復戀戀。高岡互回伏，遠樹時隱見。襌趺恣掀簸，尸寢作瞑眩。初疑肝膽傾，漸覺手足顫。兩耳傳鳴雷，雙眸瞥飛電。縈回蟻旋磨，局促蟲負版。氣奔鶩七還，心嘔復三咽。地軸從此翻，日輪肯同轉。軒輖怒交撞，戚速急欲戰。馬悲望雲嘶，牛走見月喘。惡箠恣調伏，詈語極鄙賤。中宵不知勞，亭午輒告倦。揩摩髀消肉，舍棄足成趼。蕭慚朝飧薄，重勝春醒湎。土霧散游絲，沙塵起飛麪。咫尺方欲離，頃刻已莫辨。素衣緇漸化，玄髮白新變。人言道途苦，我意舟檝便。雍容漸追昔，麗縟時想緬。軟輪貴尊賢，下足表置傳。曳柴清時羞，高蓋羣收選。況茲軌轍同，及此寰宇徧。詩成記勞勤，旅次時慰唁。

鞭馬圖 為狄誠父作。

生駒萬里意，所向知無前。圉人忌其德，未試先加鞭。要令俯首馴，使我嘗相憐。伯樂死已久，此道不復傳。駕車困泥途，伏櫪老歲年。所用非所養，誰能別蚩妍？畫師逐時好，謂爾誠當然。披圖重歎嗟，我意何由宣。

遊長春宮分韻得萊字

珠宮敞殊界，積構中天臺。神清歷倒景，青紅隱蓬萊。羣山助其雄，袞袞從西來。八荒昔禹甸，爲此增崔嵬。舊邑環蟻垤，清泉覆流杯。雲低落日淨，莽蒼同飛埃。緬懷古仙伯，采芝雪毰毸。長春豈酒國，殺氣爲之回。天風起高寒，玉珮聲徘徊。空餘水中輪，歷録環春雷。之人去已久，松聲有餘哀。

蔣商卿敍其先人客金陵與先子事契末章復以見屬次韻

堂堂金陵州，草草石臺路。羽書急星馳，鋒車却金錯。飛雪古戍基，積雪寒沙步。我舟欲輕行，我馬何踽顧。乃翁入門初，此夕傾蓋故。寒暄謝浮語，信宿陳薄具。茲年心尚孩，維時歲云暮。艱虞脱九死，邂逅欣再遇。貞姿固青松，雅曲廢朱鷺。二老古先民，百歲等童孺。微疴隔音容，鉅痛割心腑。孤根擢遺肆，淳轂悲弱羽。緬懷青氈舊，力守韋編素。伊優笑侏儒，呫嗶陋章句。珥貂匪七葉，插架同四庫。談空齊諧虚，守樸燕説固。芳林極薈蔚，溟海窮混濩。乃知山中雲，政異巖下趣。心聲要成律，易象那可註。羣賢凜無幾，餘子兢自數。愛君思如泉，愛君美如瓠。願爲汪汪深，勿作翕翕附。巨構千礎承，珍裘百狐聚。混世同餔糟，勞生已嘗醋。整冠儼初服，拂衣謝紛務。溝斷寧繪犧，户樞詎爲蠹。情深盡傾倒，醉劇多謬誤。忘機絶矜絜，落筆化塵腐。水深嘉魚潛，雲重樛木怒。翩翩林間鶴，棲棲井中鮒。飄零記疇昔，慷慨合和煦。辱贈難與酬，臨風復成賦。

集廉園

芳菲廉家園，换我塵中春。古樹不受采，白雲爲之賓。中列萬寶枝，夭娜瑶池神。背立飲清露，耿耿猩紅新。幽蜂集佳吹，炯鷺摇精銀。層臺團松蓋，其下疑有人。奕罷忽仙去，飛花點枰茵。高藤水蒼佩，再摘誰爲紉？濯纓及吾足，照映鬚眉真。暝色起孤鳥，寒光蕩青蘋。信美非故居，整馬來城闉。

次韻雜詩二首

少年觀滄海，天濤碧因依。下有珊瑚株，紅光射雲輝。玩之不忍舍，欻吸雙龍飛。遠爲塵中遊，坐覺顔色違。哀哉西山士，飢食周原薇。

朝遊東門曲，壞道荆棘存。纍纍者誰家？舉觴酹其魂。死無落魄名，生有呫喋言。所以荷蓧翁，臨流潄潺湲。遺簪隱世德，忍垢躬灌園。豈忘輕肥念，苟得誠少恩。采采松上花，飢來助吾餐。

懷伯生

春雨消路塵，春風散林纈。蕩蕩長安門，客子千萬轍。城陰有一士，淡食虀不啜。采彼松上露，煮石化晴雪。沈冥護真性，觴至那復説。向來舌本淡，今作耳根熱。維南有樛枝，巖溜滋百結。在德良自防，居屯詎爲折。念此長夜深，寒光吐殘月。

夕佳亭

赤雲下平田，層巒紫光凝。疏鐘息萬籟，晴湖淨奩冰。倦翮戢已棲，游雲澹相承。吹簫者誰子？空林起孤燈。感彼金谷人，怪石樛寒藤。壯意恥未没，水涌風憑陵。亭亭玉浮圖，百幻隨廢興。振衣視天末，黯澹銀河升。朝曛詎異境，氣寂念始澄。

潘孟陽上書不報歸里作五詠

此題《元音》選四首。題作「送邵元道」，潘訒叔、曹能始俱刻入廼賢，誤。

賈生蘊奇略，徒步西上書。昊天有正命，傷哉杞人愚。鵬翼垂雲來，魂氣與之俱。黿氏竟寂寂，主父復何如。

襄陽孟處士，一作浩然。拂衣歸故山。放浪巖壑深，流詠遺人間。舉袖巖一作林。花落，擊楫江鷗還。羊公何墮淚，水聲日潺潺。

梅生一尉卑，一作微。喋喋正天紀。洗心洞玄化，削跡棄一作無。妻子。龍變孰能一作爲。馴，蟬蜕乃真止。

松回風泠泠，水落石齒齒。

虞卿舌轉丸，揣事精微茫。艱危見交態，窮愁名益光。黄金散逝水，白璧凝飛霜。丈夫有定志，得失非預防。

仲連匡世姿，揮手却秦軍。捲袂停白日，登車抗浮雲。射書誠草草，孤城生死分。辭榮敦薄一作厚。俗，矯抗離其羣。

送馬伯庸御史奉使河西八首

青瑣倦迂散，執轡踰關河。黄流何奔傾，積石何嵯峩。承詔撫疲甿，鷙鳥在林柯。沙場有凍骨，野畝無遺禾。日夕寒雲聚，宿燐明巖阿。訪俗感素心，因之聆詠歌。

詠歌者誰子？被髮號天明。婦死不復悲，失兒誰與耕！承平五十載，不識戰與争。殘雪流銀液，我淚同其傾。古云百二險，夸誕生甲兵。孰能轉夷途，歷劫永清寧。

清寧闡文運，覽彼古帝都。秦聲激豪宕，洛詠夸敷腴。邙山何纍纍，下有白玉趺。感彼秉筆人，百金盡其諛。死者已寂歷，兹文亦模糊。偉哉龍門生，悲憤有遺書。

遺書紀河源，荒忽不可識。君行河之西，春雪深五尺。茫茫賀蘭山，抽矢石爲鏑。坐閱三姓王，聖代始斂色。沙羊護氈房，名駝候士驛。觀風慘無儔，雲端羨飛翼。飛翼西北來，遺我書赫蹄。中有陳情詞，復憐雙雛啼。野曠川無梁，積荒氣候凄。雞鳴葡萄根，虎嘯苜蓿畦。清霜集素裘，斗戴天益低。頓轡不得上，雪山在其西。其西何寥寥，云有古先生。巖居時一食，委形澹無營。朝日炫丹碧，匪以斤斧成。如何驕衆子，騰拏列層城。驅力超北海，逐影徙南溟。誰能佐玄化，泯默有遺情。遺情在相思，舉酒不得起。永念編簡功，篤志刊綺靡。傾蓋已云舊，知我實知己。送君河之湄，凉柳光蕤蕤。修途馬飛翻，少立盡瞻俟。植德綏令名，眠食慎道里。道里吾何能，託身承明廬。峩冠養深拙，清塵辟修途。驅馬李陵臺，望鄉問長鬚。長鬚不能對，吾行益次且。羨君萬里道，晴霞起襜褕。天山諒非遠，椎牛植枌榆。

大名劉節婦吟

孤鶴不累巢，離鸞不飲溪。溪明難爲影，巢成誰與棲。飄飄無根雲，流麗如虹蜺。下有貞松臺，白日晝且凄。我思徹霄漢，冥邈不可梯。青青東園柳，子規當樹啼。來者何用歎，去者日以迷。擊石端出火，擣辛能作虀。妾心倘未明，請看井中泥。

育王珙禪師示寂二紀嶼上人回山中因寄塔主

石塔累荒土，月落冰稜稜。永懷踟跌叟，松風吹不膺。山房舊淨供，素壁一枝藤。語寂絶禪觀，機深超祖乘。擊石迸新火，諸天化爲燈。上有白玉峰，丹梯杳難登。黄流鉅野漲，虎嘯懸崖崩。斯道儻未泯，微言足搜徵。

善之僉事兄南歸述懷百韻

並轡承明廬，荏苒十七禩。陽林集總翠，奥室麗文綺。寶函龍鳳章，玉佩鵷鵠峙。泰帝興鴻文，奎壁憲天紀。梗楠購羣才，弓帛徵四起。番番古遺直，正色論道理。深幾虎生風，神契魚在水。三光密轇轕，一札見萬里。雍容丹地近，經緯審國是。霜封賚黄柑，冰盤錫朱李。蒲萄與法酒，承燕時漱齒。俯陳天人際，齰舌衆披靡。始言官高卑，予奪慎其軌。終言瓊林資，海宇極鞭箠。愉情曲如鉤，讜論直如矢。或以首鼠窺，或以妖狐伺。奏終慶雲開，再拜玉色喜。天青回海雁，萬柳色蕤蕤。屬車度居庸，整隊行過蟻。老臣汝居守，清霜慎顛俟。秋風龍虎臺，帳殿紅旖旎。前驅列鵝鸛，後御肅犀兕。分行獻瓜果，傳醴復長跪。念昔詞臣功，咫尺寫天旨。大令追風雷，小言媲蘭芷。約制如竟寧，渾噩回正始。告廷趣揚休，建社追賜璽。摛文具明訓，援筆謝填委。飛濤卷天吴，歷塊超騄駬。咿嚘恩澤侯，過手直三褫。圜丘導景化，祕祝陋五時。漢皇禮鄒枚，食粟倡優比。遺恨存至今，文俳等方伎。緬思周廷彦，勢若鹿角掎。懷忠牖納約，凝命鼎出否。追琢羅寶尊，刻鏤羞玉簋。朽索馭匪輕，深淵涉無涘。煌煌金匱書，世守司馬氏。春秋尊爲經，不復繼魯史。朝光鳩鵲明，千花爛朱蕊。松風轉回廊，蒼玉振徙倚。龍荒起神武，九域極芟薙。羣公儼侍御，挾矢佩象弭。臨河誓剖符，披圖開賜履。永言卑退全，罔以强力恃。獻功上王所，百一存寶庋。龜趺負穹石，浮語極褒侈。墨兵勦衆妄，筆獄破積毀。載筆非無能，終歲不滿紙。坐曹心靡寧，愒日頗有泚。清談雜諧語，陟覺兩曜駛。自取木雁中，俯首供諾唯。交章日輪囷，涉署絶臧否。或云以彙升，拾級上堂戺。或云選清望，後至實奇士。迎塵馬交趨，候門足争累。冥鴻天機深，却立賦三已。總角勇志道，奇服曳芳茝。澄觀竹素園，讎勘徹昏晷。儒宗丈人行，聞欬輒倒屣。深湛皇王學，揮手謝青紫。辭卑相如賦，操擬靖節誄。淒凉五公裔，澳溷羞筮仕。孤音歎寡和，激石轉商徵。浮雲蒼狗來，黽勉渡江汜。湯湯黄河道，桑棗日淪圮。耕童戲殘鏃，一一古戰壘。霜叢射新兔，春蒲貫王鮪。荒州静無事，拍手歌于蔿。枯灘鐵槎牙，積溜玉迤邐。太史非好游，所歷廣聽視。振衣入閶闔，姻契論不鄙。相期在霄漢，薄禄慎礪砥。趨朝曉同班，退宿昏共止。填膺雙髯張，快意並手抵。談經陋荄兹，證字窮亥豕。斷絃搜麟膠，滅跡問獺髓。愛兄静以絜，振鷺立水沚。霧深沐玄豹，日坰粲文雉。鏞鐘倡鴻聲，衆樂奏立伎。向來論交意，瞑目謝諸子。出處今不同，評議實相似。維吴稻蟹區，民俗久瘠痏。貧檐蒲稗齊，富廩丘嶽庤。傾金恣聯絡，所至各闤市。令儀養叨憤，軟語包詐詭。郭解都中夷，景氏關内徙。坐令襏襫徒，終歲力耒耜。興文植清邵，省罰厲廉恥。重華政垂衣，化俾風俗美。行行度東魯，野水足荷芰。微吟數魚網，薄睡倚烏几。漁歌起微茫，逸興舟戒檥。人言居移深，嘉橘化成枳。不見千金泉，一畝夷齊擬。離羣增幽憂，溽暑積澔濃。登坡帽低昂，跋馬益遠企。管鮑非利交，金石誓生死。著鞭訝先之，稅駕亦逝矣。共享黄髮年，斯文永綏祉。

送趙虚一道士降香南海諸名山 往從虞伯生降香成都。

振策峨眉巔，身輕瞥飛鳥。懸厓飲崩流，側石穿暗篠。高騫蕩心目，每恨所歷少。捧香南溟使，絶足騰驂褭。龍淵明玕秀，恍惚百靈皦。乘飆訊八公，挂席招五老。巖光候陰晴，水氣變昏曉。神君層巒倚，商祭通杳眇。念昔結空寂，厓广絶登眺。希彼巢居子，寢作止林杪。鐘鳴驛吏動，危坐萬籟愀。餘水赴壑，歷塊跡電掃。韜精習澄觀，俯矚八紘小。

飲酒雜詩 録四。

京師二十載，酒中有深歡。大雨即閉户，朔風嘗解鞍。客至輒笑之，是豈宜居官。振容箠神蓍，鴻飛漸于磐。百歲苦世短，萬鍾非我干。所以東方生，吏隱神益完。

陽鳥乘南雲，飄飄振奇翮。迫此粱稻謀，居移遂成客。愧我食京塵，晉墓志未獲。雙峯十丈松，下有千載魄。當年侍蓬瀛，香芸森寶册。高齋集遺編，朱墨猶手澤。戰兢愧匪承，永念在行役。

弱冠不飲酒，篝燈横玉繩。或云酒中趣，湛湛浮雲蒸。棄書試其言，杲若烏輪升。天根轉晴雷，堅城爲之崩。妙言粲瓊屑，逸興追飛鷹。醉鄉儻可居，無功乃真朋。

江梅生空林，歲晏美無度。挈身踰朔易，塊獨此室處。氈房望朝陽，耿耿不得語。雕籠粲珍禽，悵望秦鄉樹。爰居東門止，盛饗非素茹。臨風嗅其英，雅志懷故土。

觀真文忠公畫像

羣賢輔絶學，嵯峨武夷峰。熒熒方瞳光，汲汲汗簡中。緬懷文明初，蒼珮極匪躬。執筆侍玉署，妙語工彌縫。飛塵變蒼狗，潛淵閟游龍。空餘經濟心，勞徠飢飛鴻。濁水投神膠，揚清乃奇功。喬松不並世，寒飈轉秋蓬。生世我已後，正緒遺顓蒙。惕然拜公像，斯道非終窮。

曾大父樞密越公，嘉定辛未與先生同官奉常。寶慶初，同爲侍從。先生被黜，先公亦以論邊事去國。獲拜遺像，並識于后。王忠簡公嘉定入朝，曾大父越公獲隨班著。暨端明公嘉熙間以西山先生門人歠歷麾節，先公則已捐館。桷向遊學婺女。得拜端明公之次子令尹，道家世遺事，纚纚不絶口。今復見其孫申伯于鄞，喬木摧落，桷深爲此懼。瞻仰西山先生遺像，因叙事契。並以自勵，亦以勉夫申伯。

次韻元復初春思三首　此三詩潘訒叔、曹能始俱誤作迺賢。

凍樹回青陽，羈禽競新哢。喧喧人語浮，稍稍春事動。澄心絶芳華，小睡足幽夢。夢覺天宇新，朝光集飛棟。

遊塵逐平皋，秀色翳榛莽。油雲互東西，鬱抑不能雨。昭蘇在玄功，竟夕復延佇。何當抉其巔，振翮窮委羽。

遠客芳草思，湛湛天外舟。坐令親知疏，低徊此淹留。古樹擢奇石，清流匯芳洲。素心諒有在，胡不爲兹遊。

送薛玄卿歸吴予時有上京之行

飄飄江海遊，渺渺關河役。燕鴻有相避，客子無定跡。南山火雲高，北山雪新白。想此六月時，相顧各動色。堠傍青松樹，上有雙鵠翼。愛君慎舟楫，戒我專寢食。擾擾行路難，風花亂如棘。

有感

皎皎白面生，長鋏學短長。箕坐激楚聲，大言響高堂。有客將止之，反脣臂欲攘。客退不敢言，彼怒庸何傷。盈盈百花露，擬作終歲糧。露晞百花隕，掩袂翻徬徨。

三月十二日自殿廬歸舍梨花盛開薄暮與陳汝海花下小飲

兩人一百歲，共飲三十杯。雙花夾蒼檜，夭桃倚晴臺。白團燕山雪，紅注天台醅。振鷺擬高下，遊蜂謝徘徊。昂首冠接䍦，捧心舞毰毸。殘日凝餘霞，廻風起輕雷。不念影寂寂，但惜光皚皚。珠衣點綴滅，粟尺彌縫裁。團團妝奩巧，宛轉寒紋廻。香深妒紫檀，色靚羞蒼苔。幸茲豔陽盛，不以塵土摧。凡卉工後先，孤根静栽培。玩芳悟觀象，擷英審掄材。輘轢青紫場，躝藉錦繡堆。高羞折腰柳，逸亞横枝梅。殷勤識花意，浩蕩爲我開。殿廬龍光動，瑣窗駒影催。相迎復相恨，欲去還相陪。停雲儼若思，落月寒如灰。當歌願秉燭，渴吻驚恥罍。

次韻瑾子過梁山濼三十韻

大野豬東原，狂瀾陋左里。交流千尋峰，會合百谷水。量深恣包藏，神靜莫比擬。碧瀾渺無津，緑樹失其涘。揚帆鳥東西，擊楫鷗沒起。長橋簫師歌，短渡販客止。天平雲覆幕，灣廻路成砥。鷹坊嚴聚屯，漁舍映渚沚。柳絲翠如織，荇帶組交薿。出日浮鉦金，明霞紆綬紫。一歃澆腸廻，三頮慰顙泚。高桅列魚貫，遠吹生鳳觜。前奔何無休，後進復不已。遶如林烏旋，疾若坂馬駛。飄飄愧陳人，歷歷見遺趾。流移散空洲，崛强尋故壘。波清鼉聚陣，日落魚會市。土屋危可緣，草广突如峙。蓮根漲新圩，蒲芽護荒坻。水花碧團團，雲葉白迤迤。濬修出飛泉，闢闔搜故址。緬思重華帝，允屬夏后氏。彝倫著箕疇，偉功傳遷史。目力渺無窮，行跡端可紀。前村捋柔桑，沃壤接良耜。餘芳錦堆爛，宿麥翠園侈。乃知東魯儒，終作中朝士。養源匯滉瀁，包荒納遐邇。驅馳屢經過，感歎復慰喜！南還幸遂願，永雪洗耳恥。

憶昔三首

憶昔白雲阡，有松如車輪。初日炫五采，湛湛珠露勻。是時十四五，恍不知其因。有客笑指之，慈蔭在汝身。猛志親六籍，百川渺無津。懷刺慎所從，一一先朝臣。文昌古遺直，談經鬱紛綸。授以漆簡書，經緯通天人。碧波掣鯨魚，瑞錦翻麒麟。昌歜世所鄙，食之乃奇珍。厠身金鑾中，僶俛二十春。懼貽先師羞，執筆常逡巡。卽今已六十，誓墓廬松筠。厚德靡有報，淚與寒泉淪。

外家甘盤宅，門閎誠煒煌。高懸金碧榜，中有衮繡堂。珠璣左右侍，絲竹儼成行。幼不識慈顏，到彼心徬徨。每歲兩過之，嚴訓具有方。膏粱病居養，久爾生惰荒。七歲誦詩書，十齡學詞章。駸尋志學歲，折節師老蒼。紀事法班馬，冥心契羲皇。謬與時彥交，實書閱琳琅。今茲乞南歸，往事增慨慷。興懷陶與蘇，秉筆追耿光。凱風有遺思，願言繼餘芳。

寥寥帝王州，我翁佐其治。有亭名朝陽，青溪清且駛。旁有籌邊閣，羣公集裾翠。翹翹萬芰荷，雨過争旖旎。飛觴羽書來，翕霍江上燧。峩冠極遊談，戎弁生縱恣。予時侍其旁，側耳聽論議。翁言不見取，投劾乃謝事。坐令百萬家，解甲豎降幟。徘徊夕陽亭，晉宋政相似。

芳思亭　并序。

大父尚書公治圃南郊，有堂亭凡十五。方池修廊，屈折便宜，雨甚亦無礙遊事。逮今荒廢踰四十年，故基陳迹，不復可考。近築一亭，雜植花木。廣不踰畝，髣其萬一，名之曰「芳思」。玩其英華，將以紬繹志與，翰墨有紹，是則先公之志。作詩示瓘、瑾，並求親友同賦。

侃侃尚書公，投紱理泉石。五堂適寒暑，十亭送昕夕。瓊英玄圃秀，美蔭嘉樹碧。修廊不受雨，來往隨履舄。紅雲漲方塘，丹霞耀翠席。嘉魚黄金掌，瞥見眇莫測。辛勤三十年，深逝晦朝蹟。遺訓示子孫，樹藝比其德。浮雲變須臾，百幻倏消蝕。空餘鄭公莊，耕稼給衣食。緬彼行樂時，種植各有職。以茲一畝園，髣像見疇昔。幽葩與羣卉，生意日不息。朝陽漱靈根，三咽妙紬繹。曠懷事幽賞，逝矣躬六籍。

題高彦敬桑落洲望廬山圖 爲秋泉作。

長江亭亭桑落洲，一塔獨傲蘋花秋。邊聲已逐鼙鼓盡，水氣欲挾漁榔浮。謫仙騎鯨五柳老，真景變滅隨沙鷗。空餘秦箏與羌管，斷續不洗琵琶愁。玉堂小窗解蒼佩，宴坐得意毫端收。空青點雲碧痕溼，方諸取月寒光流。匡廬老人在何許？似覺頷首相遲留。佳峰稜稜鐵鉤鎖，寸樹點點銅浮漚。要知翰墨灑清氣，俗子政爾勞雕鎪。秋泉山人息機事，青眼不與王公酬。高張素壁凜太古，擬跨獨鶴還磯頭。人生江湖在適意，底用絶俗埋林丘。披圖覽古重歎息，天際杳靄疑歸舟。

秋泉德生仲章梅叔章周儀之皆次余韻題廬山圖再次韻以謝

海郡列戍連沙洲，楡柳插戟摇清秋。擬從京國洗氛瘴，黄塵復作煙花浮。西山紫翠不可望，但訝積雪如明鷗。愛君寒齋之畫幅，瀟灑不寫人間愁。胸中丘壑我豈少，奈此磊嵬難爲收。宣城詩法挺二妙，炯若玉瓚盛黄流。永與天機愛神俊，碧眼一顧羣無留。千年周子古風月，衮衮亦散空中漚。乾坤無言混沌鑿，頗怪我輩勞鐫搜。沈冥天台老仙伯，清坐自與廬山酬。天青無人月色古，縹緲五老疑駢頭。功名督身旋蟻磨，芻豢得意崇糟丘。何當相從老其下，釀酒一醉黄金舟。

謝王參議送練春紅二枝

玉堂老仙玩幽獨，閉户無人似初溽。倚闌岸幘領孤芳，蔌蔌輕紅冠羣緑。化工有意卑凡卉，積李崇桃空眩目。争先鬬巧等堪憐，已向東風盡驅逐。此花清妍浄如洗，收拾餘春傲榮辱。何郎湯餅徒試妝，太真温泉空賜浴。天然生色鑄真態，亭午低頭睡初足。誰言花后最奇絶？我怪酪奴能汙觸。嫣然一笑奉清歡，莫把金尊歌别鵠。幷刀妙翦駢頭來，珠露淋漓袖新蹙。似嫌凡子多京塵，却恨高人付流俗。微風澹蕩新雨生，强拭愁容吐殘馥。擬將色筆寫清意，綺語非工那忍瀆。徘徊中庭月過半，翠袖娟娟泣寒玉。

絡馬圖

秋原苜蓿肥雲屯，帖帖此馬和且馴。屬車效駕豈在力，愧汗絶足追奔塵。良哀不生造父往，公子毫端意悽愴。虞淵逐日終飲河，出門加鞭奈爾何。

寄南劍李士弘使君

水雲離離千疊峰，海日如鏡行天紅。使君新沐坐清樾，筆底丘壑生陰風。玉蘭之花不受觸，日給飛泉三百斛。高春打衙人不來，鶴立蒼苔動新緑。

濼陽張節婦瓶中杏枝著花因賦

陶人妙合陰陽機，凍壺頃刻回芳菲。盈盈緑房綴冰蕊，玉蝶婀娜穿帷飛。佳人蓬鬢不下堂，手繡孤鳳横匡牀。寶刀翦繒試春色，翠袖慘澹顔無光。烏頭可白珠九曲，造物深知憐不足。故應試此一枝春，點綴扶疏驚衆目。君不聞天上瓢，髯龍平陸成波濤。又不聞壁間壺，兩曜瞬息如跳珠。《齊諧》茫昧不可詰，炯目看朱動成碧。張氏之壺如截肪，真火鍊質千年剛。枯根借潤表貞志，慎勿語怪，歸荒唐。

同子唯賦水車

挈缾之智誠有餘，抱甕之勞亦良苦。何人嘗巧抉天機，河伯逡巡魚鼈舞。昂昂長身卧塍岸，卷地翻濤敵驕暑。誰云龍骨化梅梁，未信魚身作橋柱。縈紆香輪過流水，突兀雲梯卷清雨。橫陳歌板促紛綸，倒流谷簾聲齟齬。東家饁婦顏色惡，步步生蓮空媚嫵。陽烏流爍汗成漿，平陸須臾涌銀乳。推移燥溼意本同，竊奪陰陽天所怒。人言無踵能自至，跬步周旋路修阻。不辭滿眼看黄雲，歲晚論功付粱梠。君不見田舍翁，年年苦辛與我同。天寒破褐厭糠覈，仰視屋壁知誰窮？

善之攜酒招遊西湖值雷雨分韻得杯字

南山樹影糊輕煤，北山雲花玉崔嵬。絶憐我輩少姿媚，幻此異景窮奇瑰。湖光山色兩愁絶，更挾新雨除飛埃。千年龍公睡忽醒，頃刻駕浪鞭春雷。我生倦遊端有意，陳跡黯澹漫蒼苔。擬將鐵笛寫清怨，復恐翠袖含餘哀。主人似怪不解樂，故結勝侣攜尊罍。翩翩六鶴舞晴翮，華表清唳雲光開。絶憐山雞强聯翼，照水寒影空徘徊。謝公屐齒殊濟勝，傴仄蓬宇徒低摧。娟娟新青故隄柳，片片輕白孤山梅。春風佳遊詎易得，相與一笑同銜杯。

賦金華方君雙魚研

海上鰜魚雙鬣紅，振鬣直上嫦娥宮。似嫌嫦娥太孤絶，耿耿冰雪難爲容。須臾海枯不可下，駢頭躍入空巖罅。翠藤交絡石谼深，太古風雷催變化。得意相忘睡酣熟，開眼重光弄蛾緑。跳銀破練何足奇，共飽雲腴作寒玉。良工感此同死生，冥搜巧琢存其形。世人翕霍漫刎頸，對此三挹顔爲頳。玄英聞孫古俠士，脱粟論交傾意氣。揭來風雨泊江干，拂拭雙魚落清淚。平生謝子金石交，詩魂寂歷飄黄茆。此中濡毫作新誌，免與俗子同譏嘲。

寄張伯雨道士兼簡鄧慶長

越羅作衫花纂纂，今年身長覺衣短。垂虹大隄迎櫂船，綵袖翩躚酒巵暖。還家閉門百不知，桐葉題詩緑陰滿。鄰坊爲約張隱居，細雨湖橋乘欵段。

煮茶圖　并序。

《煮茶圖》一卷，仿石窗史處州燕居故事所作也。石窗諱文卿，字景賢，外高祖忠定王曾孫。儀觀清朗，超然綺紈之習。聚四方奇石，築〔堂〕曰「山澤居」，而自號曰「石窗山樵」。此圖左列圖卷，比束如玉筍，錦繡間錯。旁有一童，出囊琴拂塵以俟命。右横重屏，石窗手執烏絲闌書展玩，疑有所構思。屏後一几，設茶器數十。一童傴背運碾，緑塵滿巾。一童篝火俟湯，蹙脣望鼎口，若懼主人將索者。

如意、麈尾、巾壺、研紙，皆纖悉整具。羽衣烏巾，玉色絇起，望之真飛仙人。予意永和諸賢，放浪泉石，當不過是。而其泊然宦意，翰墨清灑，誠足以方駕而無愧。甲午冬十月，其孫公疇出以相示，因記而賦之，以發千古之遠想云。

石窗山樵晉公子，獨鶴蕭蕭煙竹裏。月湖一頃碧琉璃，高築虛堂水中沚。堂深六月生涼秋，萬柄風摇紅旖旎。遵南更有山澤居，四面晴峰插天倚。憶昔王門豪盛時，甲族丁黄總朱紫。曉趍黄閣袖香塵，俯首脂韋希雋美。一官遠去長安門，德色欣欣對妻子。豈如高懷脱榮辱，妙出清言洗紈綺。郡符一試不挂意，岸幘看雲卧林墅。平生嗜茗茗有癖，古井汲泉和石髓。風回翠碾落晴花，湯響雲鐺衮珠蕊。齒寒意冷復三咽，萬事無言歸坎止。何人丹青悟天巧，落筆毫芒研妙理。黄粱初炊夢未古，舊事淒零誰復紀？展圖縹眇憶遺蹤，玉珮珊珊響秋水。

贈張玉田 循王五世孫。來鄞設卜肆。

將軍金甲明如日，勒馬橋邊清警蹕。淮壖徹衛羽書沈，置酒行宫功第一。彈冠熊軾填高門，英英玉照稱聞孫。張鎡號約齋，堂名玉照。百年文物意未盡，玉田公子尤超羣。紫簫吹殘江水立，野雉驚塵暗原隰。夜攀雪柳踏河冰，竟上燕臺論得失。丈夫未遇空遠遊，秋風淅瀝銷征裘。翩然騎鶴歸海上，一笑相問誇綢繆。兩曜奔飛互朝夕，璇府森芒蠡莫測。要須畫紙爲君聽，落筆雌黄期破的。壺中白日常高懸，道逢落筆呼醉眠。清歌停雲意慘澹，倚聲更度飛龍篇。

次韻張伯雨梅花島

雲屏油幕低覆垂，晴日倒映黄琉璃。孤根自有巖壑趣，屈曲緹室情依依。巍峩青女來蕊珠，赤脚獨立層冰渠。燧人當陽朝寶鑑，金胥簇漏催銅壺。何人胸中藏九島？内火回環不知曉。咄嗟已辦天機深，頃刻能成化工少。陰陽在手司帝春，坐窗更試明窗塵。江湖遠涉汝良苦，門外萬竅笙竽吟。

李士弘枯木風竹圖 爲玉隆陳又新作。

狂蛟舞空蒼髯拏，雙鐵蒙頂雲交加。亭亭霜標不受侮，慘澹天籟扶槎牙。西山古淵人莫測，一柱承天萬牛力。會須截玉化陂龍，拂拭苔光遺劍跡。

過高郵湖

七十二湖春浪濃，風力翦霰跳玲瓏。參差湅柳阜蠹重，傴首俟命朝珠宫。淮南田父身龍鍾，灼龜瀝酒占年豐。舊秋積水挾豐隆，長魚揚鬐蒲蕩中。桑顛高下淒冥鴻，黑禾生耳隨飛蓬。瓢囊扶攜出城東，至治天子達四聰。詔書寬大蠲民農，秀麥莑莑翠織茸。赫日出海扶桑紅，歲熟於酉年相逢。擊壤鼓腹歌時雍，展牲美報湖神功。

趙昌荷花

我家東湖三百頃，瑞錦縱横緑雲凝。森森曉氣天香飛，星斗光沈水花浄。遠如嬰兒脱文褓，近若胎仙臨玉鏡。瓊杯欲側雨絲垂，金掌初調露珠定。盡將機心付鷗鷺，小雨輕煙穿短艇。京塵烏帽二十年，夢入滄洲寄清興。趙生畫意不畫格，淺粉輕砂養真性。韜精斂容羞自陳，三沐無言月華靚。邇來馮於號能事，老嫩風晴毫髮證。玄黄已辨神俊枯，遂影之人道中病。高堂視此青琉璃，香色俱忘保清靜。

句曲山迎真送真詞二章 并序。

往歲在翰苑，嘗草三茅君制書。近張伯雨道士寄示陸魯望《句曲山朝真辭》二章，蓋每歲大茅君十二月二日相傳由天台歸茅山，春三月十八日復歸。魯望所製乃十二月，而三月獨缺。予不揆，用韻以補。後章「繂繂」，字書卽「綷」字，古率字作繂。呂道士過三茅，因書以寄，且爲異日朝真之資。伯雨詞氣清簡，必以予言爲陋也。

參差窈窕行雲急，翠旌飄飄露華溼。神君夷猶疑未來，矯首精思各山立。瑶臺章徹星斗冷，碧扉丹透紅流影。春雷迸蟄人不知，獨鶴眠松已先醒。迎真。

妙顏朝回寶衣解，乘龍高駝賦遄邁。山中老人年送迎，一酌寒泉過玉瀣。翠氣紛霏森孔蓋，挾以流鈴光繂繂。帝子高歌歸去來，白月追雲送飛珮。送真。

附魯望詩云：「九華磬荅寒泉急，十絶幡摇翠微溼。司命旂旌未下來，焚香抱簡凝神立。殘星下照霓裳冷，缺月纔分鶴輪影。空洞靈章發一聲，春來萬蟄煙花醒。」「紫雲鳳髻飄然解，玉鉞玄竿儼先邁。朝真弟子悄無言，再拜碧杯添沆盞。火鈴跳躍龍毛蓋，腦髮青青緞綷綷。萬象消沈一瞬間，空餘月外聞殘珮。」

越船行

越船十丈青如螺，小船一丈如飛梭。平生不識漂泊苦，旬日此地還經過。三江潮來日初晚，九堰雨慳河未滿。當時却解傍朱門，醉眼看天話長短。年來官府催發綱，經月辛苦鬢已霜。布裘漫作解貂具，入門意氣猶猖狂。自古魚鮭厭明越，明日今朝莫論說。買魚沽酒不計錢，被髮江頭傲明月。勸君莫作越船婦，一去家中有門户。沙上攤錢輸不歸，却向鄰船盪雙櫓。

新安芍藥歌　送胡伯恭之婺源。

洛陽花枝如美人，點點不受塵土嗔。輕朱深白鑄顔色。高亞緑樹争精神。那如新安紅芍藥，透日千層光閃爍。碧雲迸出紫琉璃，風動霓裳凝綽約。我聞種花如種玉，盡日陰晴看不足。微雲澹蕩增寵光，細雨輕濛賜湯沐。何人看花不解理，香雪紛綸手中毁。酒酣跌踢空低昂，得意須臾竟如此。翩翩驪駛雲中君，愛花直欲留青春。青春如流欲歸去，明年看花君合住。

哀牢夷　送張子元僉事雲南。

哀牢夷，蒼山疊翠雲無梯。洱河西傾去無底，晴日倒射紅琉璃。相傳沈木兒，背坐曾遨嬉。築城蜿蜒似龍尾，千古髯君乃其始。縛繩駕長橋，皮船中蕩摇。危巔石樓高百尺，子孫生長今漁樵。空林明月手可拾，仰飲飛流鬅髮溼。寒藤罥徑側足行，飢猿兒啼鼠人立。慘澹虛無間，鳥道開人寰。峨眉東望止一髮，參旗玉井閃閃上下隨躋攀。君不聞木皮岡前九折坂，客行胡爲車欲返。又不聞青溪關上三碉城，纍纍戰骨耕未平。輕家許國要有道，矍鑠是翁誇不老。張公子，當有行。繡衣青春照瓊英，笑誇紫燕辭天京。朝餐五粒之松子，暮食側生紅入齒。從來蠻客尊漢官，但飲亡何端有理。南飛雁足何憧憧，不能與日隨西東。相思望君日西下，去天一握疑有雲氣時相通。

安南行 送李景山侍郎出使。

輶軒使者安南來，紫泥封詔行風雷。溼雲翻空海波立，鐵網山裂狂蛟摧。神京煌煌鎮無極，火鼠燭龍窮髮北。彈丸之地何足論，蚯蚓爲城霧爲域。瘴江如墨黃茅昏，羣蠻渡江江水渾。千年白雪不到地，十月青梅猶滿村。赤脚搖脣矜捷鬬，竹箭藏蛇雜猿狖。蝹强曾誇井底蛙，低徊自比泥中獸。龍飛天子元年春，萬邦執璧修臣鄰。朱干玉戚廣庭舞，笑問銅柱今何人？君不聞重譯之人越裳氏，有道周王輸白雉。又不聞防風之骨能專車，神禹震怒行天誅。李侯桓桓水蒼珮，舌本懸河四方對。後車並載朝未央，稽顙九拜乞取金印歸炎荒。

李宮人琵琶行

先皇金輿時駐蹕，李氏琵琶稱第一。素指推却春風深，行雲停空駐晴日。居庸舊流水，浩浩湯湯亂人耳。龍岡在上都。古松聲，寂寂歷歷不足聽。天鵝夜度孤雁響，露鶴月唳哀猿驚。鵾絃水晶絲，龍柱珊瑚枝。願上千萬壽，復言長相思。廣寒殿冷芙蕖秋，簇金雕袍香不留。望瀛風翻浪波急，輿聖宮前斂容立。花枝羞啼蝶旋舞，別調分明如欲語。憶昔從駕三十年，宮壺法錦紅茸氈。駝峰馬湩不知數，前部聲催檀板傳。長樂晝濃雲五色，侍宴那嫌頭漸白。禁柳慈烏飛復翾，爲言反哺明當還。朝進霞觴辭輦道，母子相對猶朱顏。君不聞出塞明妃恨難贖，請君換譜回鄉曲。

月海歌

水國紅葉下，萬山白嵯峨。扶胥無根接天際，望舒力挽沈金波。人言老蟾那有光，爲借三足之烏起熒煌。烏已入地蟾在天，此説詎得然。或言大塊蓬蓬氣爲主，浮空五色神后輔。顧菟在腹不得吐，下入八瀛金碧聚。貝宮樓臺珠結户，穹龜前驅老蛟舞。千人之目皆在水，各持一月得歡喜。夜闌斗轉銀河傾，變滅消沉去無趾。

秋江釣月圖歌

南山舞空趨翔鸞，北山人立如啼猿。長流東來貫其腹，謂是浙水屈曲萬丈之上源。大魚奔騰鰭鬣焦，小魚委靡隨江潮。中有白玉蟾，落落五采凝不消。人言此蟾在天主陰魄，淪没何爲水中宅。籊籊千尺綸，蟾永不受吞。廣寒高居凌紫清，日逐烏御不得停。愛此江水碧，倒空浴影潛金精。感君纏緜如有素，瞬息還須上天去。君不聞任公子，東海投竿非小智。又不聞嚴先生，羊裘古瀨成高名。君家慈母占畢逋，百尺樓觀端可居。黄金之鈎不復理，明月年年在秋水。

三馬歌 東坡三馬贊本。

羌水渾，蜂解屯。瑞至人，率獸尊。參以陳，仰天門。龍爲鱗，炳虎文。髯悍獰，效伏馴。鑾鏘鏘，馳道遵。帝乘虬，相攀雲。逝無留，返崑崙。

盧陵劉老人百一歌

昔聞寧王嘉定時，平淮如掌糧如坻。襄陽高屯十萬卒，武昌金埒饒軍資。西蜀環山堆錦繡，滔滔南紀喉襟首。峨眉積雪不動塵，玉壘浮雲古今守。當年行都號全盛，翠箔珠簾争鬬勝。西湖不識烽臺愁，北闕已絶強鄰聘。寶慶天子來自外邸朝諸侯，土疆日窄邊庭憂。大帥偃蹇藩鎮倅，小壘椎剥租瘢稠。春城絃管暗煙雨，四十一年變滅同浮漚。咸淳太阿已倒持，銅山之賊專宫帷。樓危金谷山鬼泣，舸走白浪江神悲。老人年周一甲子，至元大帝車書合文軌。每話承平如夢中，萬事東風過馬耳。只今行歲一百一，坐閲天地同昨日。秭歸聲苦紅葉翻，邯鄲睡熟黄粱失。門前手種青桐百尺長，笑指截取諧宫商。少君荒唐方朔誕，不如老人親見深谷爲高岸。我孫之孫爲玄孫，翔鸞峙鵠高下飛集騈清門。憑公欲補先朝事，濡毫更作長生記。

東門行

神皇揮戈度黑河，四廂擎日肩相摩。金袍珠縈帽七寶，剖符帶礪功難磨。年年舞馬魚麗列，宴罷玉帳經南坡。嚴更傳警夜氣肅，貔貅千列環象駝。華蓋西傾星散雪，殿前蘭膏猶未滅。千金匕首肘腋生，拉脅摧胸慘凝血。平明羣兇坐周廬，傳旨東西騎交迭。棄馬之邦身被縶，執笏以朝筆猶舌。煌煌厚恩浹肌髓，悲淚填胸痛天裂。金繒盈車内府竭，虎視眈眈終一咥。

次韻善之雜興三首

習隱漸成癖，苔光緑映扉。避名常好好，絶俗任非非。日落長鑱柄，天寒白苧衣。南鵬五月息，戢翼笑羣飛。

昔日登臨地，狂歌祇自求。漢宫空有恨，吴女不知愁。雲葉寒沙霽，江花古岸秋。何人持鐵板，擊徹舊邊樓。

鄧子清如竹，蕭蕭澹世情。下帷憐草色，倚杖愛松聲。嗜癖成書賈，身窮付筆耕。乘槎空有約，何日海邊城。

月黑

月黑斗杓轉，昏昏古柳壕。千掫寒戍響，窣堵亂烏號。風定歸潮急，門深落葉高。向來江上意，無語獨蕭騷。

舟中雜書五首

野色連雲白，春聲引樹清。遊魚新浪急，歸鳥片帆輕。曉夢三千里，風餐第幾程。萍蓬元未穩，徙倚問天明。

挂席疏星外，停舟獨柳邊。團團風始陣，㶀㶀月初弦。隴曲沙成雪，吴歌水拍天。行藏有如此，把卷獨悠然。

春睡元無著，鄉心比酒醲。飛花空有意，小雨不成容。獨樹疑新堠，羣鴉似亂峰。艱難憐浩蕩，散髮遂初慵。

河落渾無底，飄零總客塵。春洲蘆雁少，曉户柘蠶勻。京洛饒豐稔，江湖樂賤貧。低徊吾不恨，應有故山筠。

桑柘斜陽道，天然錦繡機。雲容催溽暑，花片憶春霏。水落新魚瘦，風清宿麥肥。歸程時屈指，重午試生衣。

立春日宿大清口舟中見新月二鼓雪作

春月如佳士，翩翩欲上船。相逢疑昨日，一别又新年。水鏡心胸朗，空輪體質全。更深飛雪急，直與鬬清妍。

次韻陳剛中待制初秋

岸幘倚書楹，寒砧徹四城。馬歸人獨語，雁過月初生。寂寂候蟲急，凄凄落葉清。客懷誰與共？搔首見參横。

次韻馬伯庸春思兼簡繼學二首

洛花千萬朵，一一爲君開。粟暈排金縷，酥凝爛玉杯。美人乘馬至，仙子抱琴來。莫學飛紅侶，隨風喚不回。

行窩春匝匝，下榻望君來。雙玉矜嬌思，聯鑣騁逸才。題詩紅袖擁，傳詔錦袍回。羞殺高眠者，楊花滿緑苔。

贈瑛上人住洞林

托鉢千巖裏，松花凍未開。哀猿依講席，飢鳥下生臺。潭影留雲定，鐘聲送月回。山中太古雪，爲寄一瓢來。

送蘇子寧和林郎中韻

貂帽護寒沙，冰天閱歲華。斷溪駝聽水，密雪犬行車。雲盡難尋雁，春深未識花。昔人奇絶處，八月解乘槎。

寄開元奎律師二首

開元古壇主，老至律精嚴。洗鉢魚遊水，開門鶴入簾。拾薪供茗具，滴露寫經籤。已悟如來意，看花不用拈。開元古壇主，身世兩相忘。客至嘗扃户，僧來不下牀。神光千里鶴，玄辨九秋霜。白業渾消盡，蓮池任意香。

髫齔侍諸父拜雙峯祠堂未嘗敢有題咏二十年來接武於玉堂瀛洲霜露之思缺然有覸近開平石長老興廢補仆光紹前聞遂述舊懷爲六詩且伸歎仰 録三。

慚愧雙峰老，光明兩足尊。新裝釋迦佛像。午窗鉤竹影，凍筆點梅魂。齋近烏啼樹，禪廻虎伏門。春來有新雁，勸我趣歸轅。

經院辛勤日，千金記始興。創寺時以賜金千兩經始。今八十有四年。雨荒蟲蝕栱，壁壞鼠緣藤。舊觀丹青復，諸天錦繡承。短簷增突兀，會見出盧能。書來修還僧堂，舊有術士言太高，俾沙門減其柱。然清班亦不聞有顯者，故未及之。

寒徹清泉底，山童上水華。定金非在井，羅堠羅尊者語，傳昔有一女子墜釵，其水遂定。煮米却成沙。洗目能生電，搜腸可當茶。人持一月去，此月落誰家？

次韻張希孟凝雲石四首

我愛凝雲好，朝昏境不同。金芽養靈谷，鐵網起晴空。月色古今正，潮痕子午中。點頭那有意，吾欲問生公。

我愛凝雲好，神清湛欲留。岷峨千古雪，泰華一天秋。獨鶴離羣皎，層冰出澗幽。無言有深抱，山立正揚休。

我愛凝雲好，模糊老墨仙。癡蟆端食月，渴驥欲奔泉。守黑壺中日，談玄洞裏天。煙霞元自足，塵世未爲賢。

我愛凝雲好，能歸萬古春。遺簪三島客，椎髻八蠻臣。栢子添清供，梅花寫舊真。天心元不動，東海任揚塵。

次韻仲章過陳氏城南書隱十韻

矮屋參差倚，平蕪黯澹看。夢回榆塞遠，愁絶翠峰寒。白髮游絲罣，丹心古鏡蟠。槐明金瑣碎，菊鑄玉巑岏。憶月時看劍，臨風復整冠。鄉音憐過雁，古調拂離鸞。去矣歌《招隱》，終焉樂《考槃》。晚知交態薄，老識宦途難。口腹非真累，毋煩饋一簞。

入南城遇老醫言山陽舊事因成十六韻

邂逅山陽老，相傳事已訛。奸雄歸草莽，天地入悲歌。太守籌謀誤，將軍禮數苛。韃虜同下吏，驕御失前呵。洟泗顔如此，憑陵事若何。比肩身肯辱，却立齒争摩。水卷寒雲甲，風揮白日戈。耳聞人作膾，眼見血成河。翕霍同么子，倉皇類小皤。官車奔及馬，婦女走乘騾。自古儒冠忤，難將杯酒和。功成真草草，先公在宥府。論山陽事去國。後維揚論功，咸謂偶幸。時至復峩峩。漂母恩徒快，中郎咏未磨。荀羨爲中郎將，有北征詩。遺屯迷鼈石，鄧艾築。舊浴暗龍渦。土沃村村麥，湖深處處荷。人生貴行樂，何必問銅駝。

壽李承旨四十韻

寶曆開三禩，瓊章集萬神。蒼龍回插子，玉兔候交辰。潞水丹騰渚，壺關氣接旻。道傳莘野正，學比傅巖醇。帝運昌文統，師臣秉國鈞。清宮高贊畫，潛邸舊經綸。意得超今古，才雄異等倫。春浮霞錯落，秋映玉嶙峋。三執中書柄，重開大國畇。黄鐘陽脈脈，瑶圃霧氤氤。仙鼎神膏祕，宫壺掌露真。恩醲錫麟脯，味薄謝猩脣。瞳碧光流漆，顔紅色耀銀。垂紳凝泰岳，設席陋平津。手挈重華古，心追貞觀新。至人專上壽，八表樂同仁。非虎耆年並，猶龍祖譜親。息深忘蝶化，機静狎鷗馴。蕩蕩心無競，肫肫俗易淳。極知調鼎餗，不惜汙車茵。竹帛千年事，桑麻萬里春。管商謀可鄙，房杜跡嘗遵。斟酌扶元氣，彌縫護國珍。倚風憐竹弱，聽雪喜松皴。玉署親裁詔，青蒲獨奉宸。蜀江移戍罷，浙土減租勻。榻淨唯烏几，堂虚且角巾。手揮廷下吏，目送幕中賓。習隱時思許，題詩尚憶秦。黍田溪溜溜，花隖澗粼粼。問俗停車緩，貪賢倒屣頻。藥囊儲赤箭，水鑑徹青蘋。滄海收毫末，空林絶隱淪。籍功文館定，約法論堂詢。出處關吾道，安危佩一身。政須陳蹇蹇，直與紀麟麟。績藝慚班馬，抽才頌甫申。占天徒有管，望治眇無垠。閲歲桃成實，知年海拂塵。扶疏慚小草，葱蒨託靈椿。

送文子方著作受文趾使于武昌二十韻

萬里蠻陬貢，清秋督使馳。乘車專述命，受幣聽陳辭。紫舌音聲狡，雕題聚俗滋。玉門心愈邇，銅柱約難移。江漢尊南服，星辰拱太儀。趨庭輪齒革，授館列膏脂。私覿情鈎隱，公言理折疵。彈丸空有險，束矢定無疑。桂蠹消煩溽，蓍龜審事宜。要荒工跌宕，保障慎羈縻。鸂鶒寒汀遠，蒹葭晚岸欹。壯遊詩句豁，古戍角聲悲。月蠹珠簾正，山低翠浪欹。班超空耿耿，陸賈政怡怡。楚水愁腸結，衡峰望眼眵。過門王事急，去魯驛程遲。緬想垂衣治，深求補衮資。大夫謀可利，小客禮須持。諭蜀徒煩檄，平南漫擬碑。佇看王會傳，端假使臣爲。

魯子翬御史分按遼陽作長律五十韻愛其精密予今歲亦扈蹕開平因次其韻

象御天街正，爲輪海觀昇。省方秋戒慎，扈蹕歲因仍。石迸根駢拇，山回勢左肱。塵深疑帽重，霧密覺衣蒸。午頓炊難熟，宵征酒易勝。解鞍心惘惘，執轡念兢兢。酪水分罌缶，通薪算斗升。皮毛均製服，脂胖或然燈。統幕迷高下，烽臺閲廢興。度關泉水咽，出口月華澄。狼戾官芻峙，魚麗餫粟徵。千房雲疊疊，萬竈壘層層。列帳排衣甲，行營護棘矜。旆旋環似翼，鼓發去如繩。斗北瞻紅棧，雲西指白登。草肥青穲稏，松聳翠崚嶒。積雪疑忘象，摶風訝徙鵬。屬車攢幄帳，行殿儼茵凴。白氎時逢賈，朱衣定指僧。翠旄逼華蓋，金甕耀觚稜。覲闕天經界，儀臺象緯凭。佽飛拳似虎，鐵杖足如能。竹帛司常煥，丹青職貢增。會朝珠帽簇，錫宴寶卮凝。陛立齊垂橐，師行陋釋掤。廣寒通月窟，高爽寄涼樽。上聖英資異，丁年武德弘。天戈中夜渡，星檄百川承。同軌嚴行夏，明禋恥用鄫。別州端首冀，分器定先滕。德啟無疆服，光傳有道曾。皇威宣絕漠，陽澤散堅冰。表正辰居所，漸仁水集堋。庭開下鳴鳳，苑廢罷飛鷹。舉逸尊加璧，掄材鄙販繒。鄧林搜八柱，瀛海取三淩。曲學慚繩祖，孤聞賴得朋。沈思雲外弋，冥索澤中罾。客議難同鶴，人疑驥聚蠅。濡毫終有思，執簡豈無懲。謂可兼遐邇，胡云立愛憎。清芬蘭佩結，芳薦蕙殽蒸。鴻筆吾誠忝，輶軒子累乘。共知心耿耿，明對髮鬙鬙。馬磨誰憐許，龍門共企膺。枚生詞過實，揚子德徒稱。盛化乾坤闢，王綱日月恒。麟符昭炳蔚，豹霧跂超騰。虛白難爲繪，空青不受矰。欲追千古筆，爲付一枝藤。

次韻伯庸畫松十韻

妙思通靈素，玄陰接帝青。抗顏躬蹇蹇，蒙頂髮星星。颯爽龍羞袞，蕭疏鶴鍊形。壁虛生地籟，斗近界天經。蝶夢春濤湧，蟲疑曉日冥。雲生停罻候，風入倚窗聽。屈曲車連軫，騰挐簴列庭。戀鄉思海岱，封爵鄙雲亭。月落孫生嘯，天寒屈子醒。雄姿輕虎豹，浮跡陋鷗鶄。

送孫道士歸杭

送雁南飛十五年，朔風吹雪上華顛。梨花的的疑蝴蝶，燕子深深似杜鵑。東野先生愁外句，西湖處士夢中緣。抱琴獨去知無奈，一櫂春江水拍天。

次韻王寅甫侍讀菈醮長春宫

蜕骨稜稜似鶴輕，觚壇危處玉爲成。天街正候三能色，雲所疑呼萬歲聲。氣篆通靈歸廓落，心章祈歲報清平。金穰上瑞吾皇意，不用神芝朶朶生。

次韻陳又新

登臺底用惜春菲，平楚微茫落照時。燒後斷碑遺鳥跡，耕餘殘璧隱蠶眉。泉分去路蕭蕭玉，山聳歸雲簇簇旗。駐馬應須更搔首，遠煙回雁不勝詩。

西湖空濛圖

舊隱湖山筆底收，相從京洛意中遊。昏昏車馬飛花雨，寂寂鍾魚落葉秋。千古登臨翻昨夢，百年歌舞漾清愁。何當化鶴看滄海，不用呼猿吸澗流。

張虚靖圜菴扁曰歸鶴次韻

招仙遊館構亭亭，萬疊松寒曉日青。玉局講殘春换劫，石臺丹在草通靈。紅羊赤馬悲滄海，白虎蒼龍儼大庭。爲愛子喬笙鶴美，月涼時許夜深聽。

送虞伯生降香還蜀省墓二首

玉雪祠官貂帽低，笑乘飛雁上天梯。寶幡繡重團金粟，鈿合香嚴印紫泥。官饌每供千歲鹿，驛程深聽五更雞。流沙可是河源地，摇首揚鞭更欲西。

丞相墳前雙闕摧，泉聲隱隱柏崔嵬。金牛已向秦中去，銅馬空傳渭上來。叢竹雨留銀燭淚，落花風颺楮錢灰。百年華表塵千劫，聞道曾孫始一回。

再次韻二首

振衣千仞笑雲低，捫歷星辰履劍梯。度坂正須三尺箠，入關應笑一丸泥。神君祭重祠青馬，墨客才工頌碧雞。萬里遨頭端不負，花開緩醉玉東西。

閣道新平舊石摧，望鄉使客意嵬嵬。犀牛坐見降王去，杜宇聲隨望帝來。三卯録成魂有燐，五丁神泣劫揚灰。推驪欲作鄉鄰會，揮手先催弩矢回。

送王繼學修撰馬伯庸應奉分院上都二首

玉京高處雪流脂，連插雞翹緑鬢垂。蹀躞有泥歌獨漉，琵琶無夢説相思。黑河舊樂催填譜，白海名花擬進詞。羽獵上林俱罷賦，卿雲何以報明時。淺坡平疊磧漫漫，拂嶺青帘罨畫看。氈屋起營羊胛熟，土房催頓馬通乾。挏官走驛傳金椀，冰正分奩貯玉盤。莫上鄉臺望南北，白雲微處是槍竿。

寄王儀伯太守

維揚太守文章伯，故壘荒烟取次題。逆浪風高淮白上，寒沙雲落海青低。極知后土花如雪，不惜平山醉似泥。跋馬使君官驛畔，揚鞭却在夕陽西。

次韻李伯宗苦熱

庭院無眠夜氣深，繁星閃閃漏沈沈。祝融煽火翻初劫，姑射凝冰易舊心。角枕雲蒸紋欲斷，蠟燈煙暖淚難禁。蕭騷忽作還家夢，翠木扶疏萬竹森。

次韻陳海陰

三月雪花飛作氈，春風似欲駐新年。夢當好處成烏有，歌到狂時近自然。村樹緑齊黄鳥界，海山青盡白鷗天。何人會得龐公意，布領長披不上船。

馬伯庸擬李商隱無題次韻四首

金縷歌殘月墮江，玉顔曾憶侍油幢。象牀雲重恩專壹，鯨錦波翻賜疊雙。春淺正宜氈作幕，夜涼深恨魫爲窗。浣紗可是無靈匹，側足寒溪濺石淙。

翠簾匝匝護朱光，千葉宫桃滿院香。閬苑有鸞通尺素，靈橋無鵲寄流黄。《上林》賦罷歸巴蜀，與慶詞工謫夜郎。不是月中親度曲，世人那解聽《霓裳》。

相期來似石城潮，日望晴虹結彩橋。却月眉愁歌漸遠，凌波步近意非遥。抽琴有恨回清角，疊袖無塵轉《緑腰》。弄玉最憐隨鳳去，秋來誰與伴吹簫？

白髮詞臣兩耳垂，華胦堆吻陋牛醫。宫娥引燭催麻日，院吏傳更寫制時。蠟撚化生秋夕賜，翠標疊勝歲華移。低頭欲説唐朝舊，願侍虚皇進玉巵。

送浦如淵辭官南歸

厭聽朝雞擁被吟，吴船水滑碧千尋。平洲種橘清霜重，小墅栽花緑霧深。瞿鵲真能談孟浪，鴟夷端自愛浮湛。因君摇蕩還家思，燭影秋房恨不禁。

送巨德新四川省郎中

退食公庭日未西，浣谿清雨換障泥。籌邊舊式傳銅馬，弔古新詩問石犀。荔子緑陰鸚鵡過，杏花紅影秭歸啼。遨頭雅集須頻領，不惜郫筒取次攜。

送樂德敬甘肅儒學提舉

磅礴坤輿總帝圖，手提文印化沮渠。旋宫更問《涼州》譜，尚右時通梵國書。枸杞夜號端入驛，蒲萄秋落易盈車。飛沙斜日頻回首，歸雁相迎亦惘如。

過揚州憶昔四首

漢東之國古隨州，一老昂藏死即休。黑髮虎頭真骨相，青春麈尾鬭風流。人言謝傅爲朝鎮，誰信鍾儀作楚囚。浩蕩乾坤納今古，好將汗簡寫千秋。

空遺蒸壤白如銀，不見當年指畫因。高視漢庭無出右，清談洛學竟成真。極知羽扇爲癡具，更恨烏衣是偶人。六合車書端有意，百年荆棘已生春。

蕭蕭涷雨溼旌旄，猶著殷紅舊戰袍。金盤昔聞歸馬埒，牙牌誰肯信龍韜？樓頭换箭鼓聲急，堂上傳杯歌韻高。到底奸雄有真態，木綿菴畔鬼車號。

四城賦擬張衡麗，十鑑書同賈誼哀。公有《四城賦》、《江東十鑒》。腹裏春秋納雲夢，案頭今古起風雷。青山不受折腰辱，舊尉慈溪，爲郡守厲文翁劾去。白眼豈知徒步回。乙亥間道歸里。舟泊城南更回首，寒風吹淚下天台。此詩屬胡懷寧三省。

觀物

黄河不信從天下，濟水那知有伏流。自古乾坤合神化，空將簡牘費冥搜。張華博物身終死，鄒衍談天舌竟休。我亦從今銷綺語，春風碧眼玩沙鷗。

玉堂合歡花初開鄭潛昭率同院賦詩次韻

一樹高花冠玉堂，知時舒卷欲雲翔。馬嘶不動游纓聳，雉尾初開翠扇張。舊渴未須餐玉屑，嘉名端合紀青裳。雲窗霧冷文書静，留取餘清散遠香。崔豹《古今注》：青裳一名合歡。今但名合歡，而青裳之名不著。

觀閒閒齋紅梅次蘇公姿字韻二首

臘底飛雯瑞已遲，天將絳雪報清時。施朱可是良工手，補衮端歸大雅姿。溜溜温泉傳賜浴，斑斑辱井愧淪肌。閉門已覺寒如許，回首江南竹外枝。

雲閤香温睡覺遲，不堪殘角曉鐘時。玉妃瓊屑難爲從，青女鉛華敢弄姿。可怪鮫綃能幻色，誰將猩血解填肌。團團似就回文錦，薄暮凝愁下翠枝。

次韻仲章舟中思南湖

緑陰濃處彩毫揮，忽憶春殘理櫂歸。約略晚花團錦幄，招邀稚筍試斑衣。長年客影如雲度，五月湖光似雪飛。從此清林供笑傲，莫看回雁損天機。

仲章詩律大進數日道中論詩亦頗相合復次前韻以勉之

氣劘屈賈欲平揮，格律論詩要有歸。石髓定成千歲乳，藕絲空綴五銖衣。寒原草盡蒼鷹攫，涼月松陰白鶴飛。從此窮河天已近，還家何用詫支機。此下尚有次韻詩三首，題云：仲章詩律，已入唐人風調，而下語猶未馴妥，殆類唐人過橋斷橋之意。近世學者，類有此失。仲章德業遠大，當不若是，此殆其弄翰也？其詩中警句，如「苦心欲寄千年簡，妙語誰傳半夜衣」。「麒麟瑞世非關走。鵰鶚呈空不爲飛。」俱見古人相勉之意。

清明

水落渾黃風晦冥，不知節物是清明。道旁新塚悲歡盡，柳下長亭聚散輕。門靜鞦韆歸燕逐，沙寒笭箵過魚驚。河南禁酒河陽飲，醉醒相看總有情。

宜遠樓

紫翠光中擁翠鬟，分明倒影落西山。遊塵自逐鐘聲去，過雨能將月色還。萬里關河新勝概，一天星斗舊躋攀。絶憐想像空題咏，後會應須共倚闌。

遊城南次韻陳玉峰

市橋水斷緑交加，簇騎隃尋處士家。坐聽蟲聲行木葉，卧看雲影落簷花。清晨采露筠籠重，薄暮沽春烏帽斜。一徑寒英端手種，好烹晴緑代煎茶。

次韻正旦會朝

閶闔春回旭日鮮，花光揺曳珮僊僊。金蓮漏下催初刻，玉筍班齊祝萬年。香擁袞龍開黼座，風回笙鶴舞鈞天。朝元法曲誰傳得，歸醉蓬萊話日邊。

昌上人遊京師欲言禪林弊事甫入國門若使之去者昌余里人幼歲留吴東郡遺老及穎秀自異者多處其地以予所識聞若承天了天平恩穹窿林開元茂皆可依止遂各一詩以問訊虎丘永從遊尤久聞其謝世末爲一章以悼六首

人説江湖少舊僧，懸崖高挂一枝藤。采苓欲取千年魄，擊石曾烹六月冰。天上星辰端歷歷，胸中樓閣自層層。相逢止説前朝事，知是松源第四燈。

青鞋高挂天平壁，指點雲門三兩峯。禪榻已容黄葉覆，詩瓢從把碧苔封。曉風殘月千村櫓，細雨疏煙隔水春。我向京城疑老盡，吴山清淺越山濃。

獨木山寮不出門，一缾一鉢送朝昏。巖迷鳥跡千崖泣，松吼龍吟萬壑奔。掩息端如雞抱子，愛閒屢見竹生孫。海門月落寒潮急，准擬乘槎與共論。

玉几峰頭第一枝，老禪吃吃我深知。曾將鐵杵敲冰骨，似怪鉛刀割蜜脾。法外無心猶涉解，句中有眼卽成疑。袈裟不展蒲團穩，此是開元妙總持。我識虎丘三十年，精神霄漢鶻張拳。機當危處卽燒印，語到盡時難續絃。路涉兩岐空有泣，谿流一滴竟無傳。雙峰古樹蒼藤罥，時有子規啼徹天。山人歸去意何如？八尺方牀自卷舒。側岸采茶敲石火，隔峰𬨎竹溜清渠。碧潭印月菱花鏡，白雁横空貝葉書。後日相尋定何處？不于吴下卽康廬。

元日朝回

萬國梯航滿禁衢，卉裳象譯語音殊。鳳簫聲送纖腰舞，雉扇行分兩翼趨。花氣欲浮金鑿落，雲光疑下錦流蘇。詞臣不識金泥祕，點指薇垣頌六符。

次韻周南翁退朝二首

蹕道聲回覲后皇，霞旌雙引拂朱光。龜臺新按《霓裳》曲，獸鼎重然甲煎香。歌板遏雲穿泱漭，酒車流水度汪洋。重輪瑞世思齊聖，傳信應須屬子長。

雉尾高張擁玉皇，彤庭金榜粲明光。舞階飛絮呈一作宣。滕六，執衛一作銃。傳臚轉阿香。珠帽簫聲雙窈窕，翠旌雲影亙方洋。侍臣誰近前螭立，願紀堯年化日長。

早朝興聖宫次韻

萬馬東西甬路斜，銀河初曙起宮鴉。天香隨輦凝三素，風絮沾袍點六花。銅史漏浮催卓午，玉奴聲轉進流霞。詞臣點綴瑶池事，底用秋風海上槎。

用早朝韻酬伯生試院見懷

玉署松深月半斜，研朱和露勘塗鴉。射熊心苦穿楊葉，吐鳳聲清飽竹花。過眼似迷三里霧，騰身誰上九層霞。故人掉首南山去，應釣秋風漢水槎。

寄城南友人

三入承明願已酬，蓬瀛又復接清流。碧牋時寫飛花恨，寶瑟曾傳細雨愁。夢遶故園追過雁，眼穿鄉樹認歸舟。荼蘼落盡啼鵑急，慚愧羣公得縱遊。

寄史允叟 一作「公升」。

故國王孫佩碧一作楚。蘭，春雲凉月倚朱闌。玉簫曲趁鶯聲轉，金鼎香隨蝶夢殘。碧沚一作泚。波清一作深。堪把釣，黄塵風急倦彈冠。外家文一作丰。采唯君在，笑我冰髭跨曉鞍。

寄開元恩禪師

恩公遯跡閶門寺，欲下繩牀謝不能。露滴花光珠五采，月涵江影塔千層。石榴紅帽明如火，海艾青氈冷似冰。俯首西山人物論，獨聽孤雁對殘燈。

題郝伯常雁足詩

深羈孤館鬢毛斑，猛虎摇鬚障海寰。玉樹已歌歸逝水，羽書難射隔平山。不須羝乳終回漢，肯學雞鳴詐度關。一寸蠟丸憑雁寄，明年春盡竟生還。帛書稱中統十五年九月一日放雁，中統十五年乃至元十一年也。明年乙亥四月奉使還。

小院四月十二日牡丹始開乃單臺花也余將上開平作詩示瑾

暖風吹雨佐花開，送我灤陽第四回。內院賜曾傳側帶，舊賞花宴，有大側帶、小側帶。江南畫不數重臺。徐熙牡丹無重瓣者，至崇嗣始有之。重臺，婢之下者，見常談云耳。回黃抱紫傳真訣，媲白抽青陋小才。自是妖紅居第一，他年折桂莫驚猜。韓魏公牡丹詩：「自慚折桂輸先手，羞殺妖紅作狀元。」魏公第三，王堯臣第一。

寄開元奎律師

雙塔亭亭透夕陽，芭蕉深處碧窗涼。江神夜聽光明偈，天女朝分解脱香。齋鉢午空烏守樹，經臺雲冷鶴歸房。平生欲結西方社，似怪淵明作吏忙。

伯庸開平書事次韻四首

沉沉椶殿內門西，曲宴名王舞馬低。桂蠹除煩來五嶺，冰蠶却暑貢三齊。金罌醅重凝花露，翠釜膏浮透杏泥。最愛禁城千樹柳，歸鴉揀盡不曾棲。

身如病鶴倦梳翎，往事猶存舊汗青。伏日賜冰來上苑，晚風傳竹度疏櫺。承恩裁詔心抽繭，落筆誅奸眼拔釘。惆悵當今人物論，披衣危坐望晨星。

的的新愁漲碧波，可堪跋馬上危坡。明知風伯秋當路，更候天孫夜渡河。沙磧共傳歌《敕勒》，陰山那復見延陀。周廷王會須椽筆，慚愧陳人奈老何。

馬足曾窮五色河，更將舌本品浮槎。新聲促軫傳三疊，寶構懸鈴鎮四阿。短榻雁來愁不奈，小窗人去酌毋多。白頭慵作東封頌，願效諸生賦止戈。

十一月十四日駕至京城楊仲禮有詩次韻

金輿清蹕發龍城，乾雪坡陀甬道晴。師起晉陽戈盡倒，令傳代邸轡徐行。鸞皇合奏雲光遏，龍虎交章曙色明。欲認雞翹新法從，駝車深處聽鈴聲。

安山曉泊

兩袖飛仙舞玉龍，曉來朝嶽日華東。門當楊柳灣灣碧，水貼芙蕖岸岸紅。隔艇茶香知楚客，連罾魚熟總吴儂。白頭已忘干戈事，不用乘軒問土風。

發御河

一櫂黄流去復回，飛沙積岸雪皚皚。梨花亂逐沙鷗起，燕子深隨野馬來。晚歲宦情初岸幘，暮雲鄉思獨停杯。荼蘼滿架留春住，知我將歸爲緩開。

憶雙谿

清谿明處水交流，萬井鱗鱗冠蓋稠。杯凝玉光明月入，幕遮翠影落花留。雲生古洞千山雨，風送層樓萬壑秋。麗澤祠前最佳絶，藕花零亂勝滄洲。

信州招真觀二十八咏 録五。

鬼谷巖

縱横太古石，短長千歲藤。感彼巖居子，獨飲古澗冰。

寒月泉

曉汲寒泉清，明月各在缶。缶空不見月，引水復在手。

玉簾泉

截玉作明簾，不知簾外事。應有碧眼仙，隔簾見人至。

月巖

顧兔樂嬉遨，入地不得騁。化爲白玉泉，彷徨返東井。

丹井

金鼎閟寒泉，真火彌不壞。年深定飛騰，子夜吐光怪。

朱窩楊柳青地近滄洲余愛其名雅作古調三首

朱窩楊柳青，明日是清明。地下不識醉，悲歡總人情。

朱窩楊柳青，黄河瀉如注。還俟飛絮時，相同入海去。

朱窩楊柳青，自愛青青好。亦如送行客，相逢不知老。

題應德茂遊吴紀事二絶

澗凍冰泉咽，松懸月露清。何人會真趣，細坐與君評。

聽鶴鴛湖曉，呼猿鷲嶺昏。十年南北恨，無語獨銷魂。

六月二十四日夜夢剡源師同遊山寺主僧延入丈室出梅花畫卷賦詩旁有胡用章先生坐主僧下時剡源對席僕居其次案上緑竹一枝青翠可愛剡源賦詩桷卽援筆

一白不受采，重玄今罷論。窗前有緑竹，密雪打黄昏。

題湖曲小景　穆陵御題詩句。

流水無言寂寂，落花有意毿毿。往事空餘華屋，倚闌愁絶江南。

送鄧師禹歸龍虎山

小帽飛花一寸，輕舟流水三分。落日獨歸洞口，隔溪短笛猶聞。

題美人圖　録四。

昭君

鬢影愁添塞雪，花枝羞殺宫春。誰道佳人傾國，解從絶域和親。

班姬

望幸眸凝秋水，倚愁眉簇春山。已悟篋中紈扇，須看鏡裏朱顔。

緑珠

金谷煙迷清曉，玉簫春怯餘寒。可恨花鈿委地，當時莫倚危闌。

張麗華

結綺塵空樓暗，景陽春斷鐘遲。紅葉無言在手，同成井上臙脂。

潛昭九日贈龍團次韻

月碾舊裁玉胯，雲罏温浴銀芽。九日殷勤相贈，淡羅猶記金花。

夜讀唐將遺事二首

合江雨暗裂珠旗，鞞鼓鼕鼕怒促圍。不是帝羓車上去，元戎那得衮衣歸。

雉尾雲深漢殿開，將軍鐵馬響春雷。太平未睹怱怱去，空憶君王白玉杯。

童時侍先人泊京口旅樓一月正對江山樓繁麗特甚江津流民散處不可悉數今皆不復有追憶舊事因成絶句十首

碧瓦參差第一樓，風旗獵獵唤行舟。兵廚有酒真堪飲，不學弓刀也白頭。

紅袖娟娟舞旋齊，鑾江一曲唱尤奇。西湖院落曾翻得，未識君王知不知。

燈火闌珊月色低，少年乘醉馬東西。樓頭畫角聲悲壯，又聽歌聲促曉雞。

白葦蕭疏野火焚，流民草舍各星分。沙田土瘦新耕得，寧死江頭不作軍。

朱門高插相風旗，千里船行總得知。稻米流脂江上去，健軍何處是男兒？

日日樓頭算酒錢，峩冠太守號籌邊。鳴騶傳入丹陽館，爲是行都過客船。

淮馬低如果下騮，春風小隊打紅毬。日斜臺上人争看，銀盌分明第一籌。

明月曾隨多景樓，幅巾長袖是清流。金焦山勢元相望，不擠諸公富貴羞。劉改之舊有「山掩諸公富貴〔羞〕（愁）」之句。

硯山園下將軍宅，脱却兜鍪強學儒。聞説高堂擁紅粉，醉翻筆陣墨模糊。

白雲一片愁千疊，此地重來百不如。空憶當年覓梨棗，小樓燈火了殘書。先人課子最嚴，時在旅樓，不廢講誦。

支家口

蕩底天鵞雜櫓聲，南鄉今有幾長亭。錢湖未盡滄洲興，卧看荷花十二汀。

古黄河口

温温河水似湯泉，送我南歸意萬千。入海定從天上去，不知重會是何年？

甓社湖

甓社湖中新水清，風牽荇帶引帆行。靈妃夜度霓裳冷，輕折菱花玩月明。

舟中得功遠瓊花露戲成三絶

瓊花瑞露十分清，客裏相看眼倍明。自是江南春色好，錯教騎馬到京城。

平生嗜酒不殢飲，最憶停杯微醉時。花下盈盈似相待，莫教春倒最濃枝。

繁禧觀裏花如雪，留取清陰待我來。應有真真花底坐，生香一曲舞三臺。

送危功遠

居庸關外雪模糊，簇騎分明似畫圖。猶有深春後歸雁，見君曾宿洞庭湖。

晚訪仲章不遇

小院春濃落照間，碧篁相對乳禽還。晚風陣歇遊絲盡，留得歸雲在屋山。

静芳亭

簾外羣山當畫屏，白雲如水度中庭。松花落徑無人掃，失却莓苔一半青。

大年宿雁圖

寒夜沙汀睡已成，雁奴翹首獨深驚。朝陵閒説燕王事，恨殺人間兄弟情。

次韻馬伯庸應奉絶句八首

玄都觀裏桃花句，沈香亭前芍藥詞。今年春風似憐我，明年春風更相思。

肥紅盈盈錦步障，淺黄深深緑油幕。絶憐舊嫁小娉婷，一曲生香淚雙落。

垂髫雙雙白馬郎，看花不語愁晝長。堂前有婦不肯守，遍看吴姬與趙娼。

小樓昨夜聽琵琶，推手却手怨王家。不辭遠嫁盧龍道，可憐長城骨如沙。
紅衣夜唱娑羅樹，云是西天好兒孫。吹螺日飲官法酒，笑渠騎馬傍人門。
誰家弄玉矜少年，采蓮艇子歌娟娟。轉首那知顏色老，猶抹横雲啼鏡前。
向曾六月桓州住，雪歇前巖散冰樹。王郎馬郎太愁生，兩騎雙雙辭我去。
烏靴窄窄稱宮袍，雙鬢風翻見二毛。聞道中山止十驛，急須乘馬釀松醪。

次韻繼學伯庸上都見寄二首

陰陰椶殿水雲蒼，鳷鵲風微夏日長。渾似醴泉宫畔境，千官齊立從文皇。
紗縠單衣珮水蒼，碧牋裁詔繭絲長。日斜雙入通明殿，雲母屏前對玉皇。

錢舜舉折枝菊

醉别南山十五秋，雁聲深恨夕陽樓。寒香似寫歸來夢，背立西風替蝶愁。

葛仙翁移居圖

翁媪相攜入翠微，轉頭猶有可憐兒。丹砂不是神仙藥，勾漏歸來鬢已絲。

離宫圖

龍首渠開王氣埋，淺沙殘草認天街。當年金屋寒鴉聚，時有耕人拾寶釵。

子昂逸馬圖

神駿飄飄得自閒，天池飛躍下塵寰。青絲絡首誰收得，留與春風十二閑。

通叟狀元以秘書滿職言歸，泊然若無營者。桷舊與殿廬詳定，得通叟卷，氣完以充，議者争緘口。今其南歸，以子昂畫馬求言，愴然以别。吾徒之責深缺然矣。至治元年八月二十九日桷書。

薛濤牋二首

蜀王宫樹雪初消，銀管填青點點描。可是春山留不住，子規聲斷促歸朝。

十樣蠻牋起薛濤，黄荃禽鳥趙昌桃。浣花舊事何人記？萬劫春風燐火高。

宫女度曲圖

望瀛法曲紫霞觴，更按《伊州》奉玉皇。翠竹涼深宫院密，新聲那得過宫牆。

簡馬伯庸

象榻香濃翠幌春，美人倦繡態横陳。平明欲進朝天襪，小立蘭燈熨貼頻。

開平第一集 并序，甲寅。

延祐改元五月三日分院，十五日始達開平。得詩數篇，録示兒曹。

居庸關

太行領羣山，萬馬高下拜。平巒轉城隍，隱隱南北界。危坡互交牙，寒溜瀉泙湃。陰風玄虬湧，巨石忽崩壞。周遭青松根，下有古木砦。石皮散青銅，云是舊戰鎧。天險不足憑，歷劫有成敗。驅車上林杪，出日浴光怪。肅肅空巖秋，天風迅行邁。

雨中度南口

山寒絶禽鳥，獨聞子規啼。石壁飛雨驟，衆木摇淒淒。瘦馬蹴亂石，高下齧其蹄。陟巘沮洳深，漸覺所歷低。暝色起亭午，土屋流寒泥。須臾過雷聲，倏忽生晴霓。水清亦可度，戒僕踰前溪。

度懷來沙磧

沙清圓石瘦，千里聞風聲。驅此轂轆車，索索莎雞鳴。遠山列翠席，近坡環碧城。高下各有險，轍跡那由平。驚兔導我前，歷録爲之驚。天低雲揺蕩，土曠塵縱横。謬膺翰墨選，遠行有期程。回頭望南坂，初月隨風生。

龍門

瀚海雙龍鐵鱗甲，卷蹙挐雲蹲冀闕。千泉百道湊東南，急雨翻空迸晴雪。古言神禹功最多，導山鑿石疏九河。幽都之地不復顧，乃使雙龍下地成盤渦。陰風何飀飀，磅礴太古秋。崩崖落車礮，怪木森戈矛。碎沙晴日鋪金麩，云是昔日當關挽勁之僕姑。寒泉組練結九曲，亭午赫日光模糊。車聲何轔轔，昨宵急水迷無津。垂堂之言猶在耳，遊子商人行不已。子規徹天呼我歸，翠華北幸那得辭。龍門之石高不磨，泚筆書我龍門歌。

彈琴峽 在居庸。

寒泉飛玉峽，誰彈使成聲。下有戰士骨，嗚咽水中鳴。絲石本異調，摩戛生虧成。鑿跡匪神禹，佳兵搆秦嬴。駐馬爲聽之，逝者何不平。虛牝納新雨，急促濁復清。重華初省方，百神静相迎。爲作薰風絃，散彼巖下情。

雲州

天闊雲中郡，剛風起泬寥。氈房聯澗曲，土屋覆山椒。橦布朝朝市，通薪户户燒。遥看塵起處，深羡霍嫖姚。

金主畫孟浩然騎驢圖

生前明主已遭嗔，身後君王爲寫真。家國總緣詩句廢，灞陵猶勝蔡州塵。

李陵臺

雪袞寒沙風袞灰，眼穿猶上望鄉臺。隴西可是無回雁？不寄平安一字來。

開平第二集 己未。

登候臺

蜿蜒西龍岡，緑草摇晴波。旁有雙玉井，石角增崆峨。明良佐神運，目力窮坡陁。層垣睥睨雄，寶構通羲娥。昂昂鐵竿聳，飛鳥光盪摩。土屋粘蜜房，文氈圍錦窠。緬思皇猷遠，默止松林戈。匪以清暑游，跋履勞鳴珂。陰森晚色晦，寒沙聚羣駝。悲笳月初上，戴斗瞻天河。

上京雜咏十首

雲護中街日，風開北户天。千溝凝白雪，萬竈起青煙。午溽曾持扇，朝寒却衣綿。松林空有界，翦伐不知年。

土屋層層緑，沙坡簇簇黄。馬鳴知雹急，雁過識天涼。壘菊清秋色，金蓮細雨香。内園通閬苑，千樹壓羣芳。

天闕虚無裏，城低納遠山。白榆迷雁塞，青草補龍灣。市簇家家近，官清日日閒。重遊深問俗，漸恨鬢毛斑。

舊歲寒冬惡，霏霏土雨迷。門荒懸馬革，草淨絶牛蹄。列帳煙光慘，空營月色低。縣官捐粟帛，歲晚得扶攜。

上國饒爲客，天涼眼倍青。白魚沙際網，黄鼠草間翎。芍藥園紅斗，摩姑綴玉釘。漸知塵骨换，振佩接青冥。

天錫清涼國，晴霞綻雪峰。月低疑墮兔，雲近得攀龍。寶鑑頒水徹，筠籠賜果封。白頭貂帽客，爲我話深冬。

駝鼓村村應，傳更趣進程。草肥涼露白，樹薄曉風清。帳殿横金屋，氈房簇錦城。屬車流水度，細點侍臣名。

伏日瓊林宴，名王總内朝。帽尖花壓翠，衣角錦圍貂。炙熟牛酥芼，醅深馬乳澆。《柘枝》旋舞急，宛轉稱纖腰。

市狹難馳馬，泥深易没車。凍蠅争日聚，新燕掠風斜。晚汲喧沙井，晨炊斷木槎。闤闠通茗酪，俗簡未全奢。

長夏崇真籙，疎簾灑静便。支頤推萬古，止息契重玄。月窟窗如雪，天瓢酒似泉。主人憐老客，下榻不曾懸。

再次韻十首

帝京環陸海，平野接冰天。龍吐青林火，狼沈紫塞煙。風花秋黯澹，雲葉雨連綿。昔日君臣意，深符卜洛年。

寶閣凌空湧，金壺映日黃。梵音通朔漠，法曲廣伊涼。御榻惟經帙，宮罏獨篆香。吾皇清淨德，銀管顧垂芳。

高下雲中樹，疏明雪外山。坡凹茅結屋，嶺轉水回灣。禁路分馳道，沙場當內閑。通明風露冷，時許侍清班。

晨起儀臺立，煙青望眼迷。草低鷹側目，車逼馬回蹄。風勁弓弦直，泥融柱礎低。蚊蠅深斂跡，麈尾不須攜。

紫極中天正，森森接帝青。雁歸傳帛信，雉落舞紅翎。寶所金千頃，朱門帶萬釘。瀛洲清淺處，高坐納空冥。

昔年曾扈蹕，宿直對鼇峰。錦掣蘭苕翠，波翻墨沼龍。起居青簡注，除拜紫泥封。共說先皇日，千官總住冬。

土驛高低置，蒼茫七日程。馬通分熠燿，牛酪注深清。殘雪明珠闕，繁星列火城。前山黃白處，草藥不知名。

千堞蜂腰凸，羣山馬首朝。沙場調俊鶻，草窟射豐貂。鬧舞花頻簇，狂歌酒恣澆。今年春事減，土舍雪齊腰。

箭落驚遊騎，鈴傳督運車。土風殊楚越，驛道彷褒斜。細雨三更枕，清秋八月槎。夜聽繁管急，漸習五陵奢。

長齋孤館静，捧腹睡便便。酒斷眸凝碧，塵深鬢返玄。凍蜂粘暖草，乳燕啄冰泉。過翼時頻數，鄉心日夜懸。

松林行

陰陰松林八百里，昔日相傳爲界址。玄雲卷甲天馬來，雪兔霜狐先委靡。山前犬牙十六州，石郎屈膝輕相投。淺沙圓石古轍跡，草青草枯無盡愁。□□拂天鎮南北，萬井燃松煙似墨。大車□□龍角全，小車輪囷束矛戟。松花落子□復抽，不如昔日當道稠。采薪之人不辭□，出郭十里争相酬。君不聞雪山之西銅柱南，混同鴨緑成東漸。金山橐駝争貢寶，翦取平林作馳道。

開平第三集 并序。辛酉。

至治元年二月庚戌至京城，壬子，入禮闈考進士。三月甲戌朔，入集賢院供職。四月甲子，扈蹕開平。與東平王繼學待制、陳景仁都事同行。不任鞍馬，八日始達。留開平百有五日，繼學同邸。八月甲寅，還大都。得詩凡六十二首。道塗良勞，心思彫落，姑録以記出處耳。是歲八月袁桷序。

次韻繼學途中竹枝詞四首

紅袍旋風漾金泥，車前把酒長跪齊。忽聽琵琶相思曲，迎郎北來背面啼。

氈房錦幄花簇匀，酥凝疊餅生玉塵。晚傳宫壺檀板急，酒轉一巡先吐茵。

土屋苫草成廜䕯，前牀翁媪後小姑。我郎南來得小婦，蘆笛聲聲吹鷓鴣。閶闔雲低接紫宫，水晶涼殿起薰風。侍臣一曲無懷操，能使八方歌會同。

戲題樺皮

褐裳新脱玉層層，紅葉朱蕉謝不能。擬製小冠韜短髮，意行雲水一枝藤。

龍虎臺

羣山朝宸居，層臺納靈秀。百泉暗東西，千嶂明左右。沙磧水多伏流。先皇雄略深，省方歲巡狩。翠華懸中天，問俗首耕耨。沈沈貔貅壘，濯濯鷹犬藪。前行節駝鼓，執御各在手。侍臣仰天威，長跪四方奏。往聞父老言，羅拜上萬壽。山桃與黍酒，啓齒時一嗅。乘雲去無蹤，過者必稽首。登坡望儲胥，紫氣徹牛斗。

桑乾嶺

兹山西北來，旋轉十二雷。昔人望鄉處，生别何崔嵬。我來坐絶頂，雲漢森昭回。出日騰金鉦，積露流銀臺。長空不受暑，雪花散皚皚。氈車引繩過，屈曲腸九回。微踪愧三至，南望心低回。長風馬耳迅，何當賦歸來。

龍門

蒼厓出雙闕，羣山俯首尊。陰風起晴雷，摩盪晝日昏。鐵峽擁偪仄，百川爲之奔。疑下有龍湫，逞怪蹲天門。渰兮出膚寸，頃刻黄流渾。側徑出石壁，巨浸存遺痕。緬昔設天險，事久難窮論。征衣襲輕雨，神君儼雲根。

曉發

蓐食慎王事，曉星當前户。跨馬官道行，細草泣寒露。亂石鳴琮琤，啼鳥守荒樹。行行未十里，問堠坐當路。年衰歷力拘，望遠彌窘步。天風卷飛蓬，白日互吞吐。深知非世才，歸耕誓先墓。

合門嶺

寒沙高岡聚，積溜開土門。地媪神功奇，茲焉奉帝尊。先皇歲巡幸，屬車爛華軒。令嚴植前茅，高下相攀援。魚貫别後殿，蟻行定前屯。飛丸落千尺，瞥裂驚危轅。履險深自持，人情戒居安。寒雲蔽出日，去去踰前村。

灤河

近山馬昂鬉，遠山鳳騰羽。百谷奔亂流，屈曲長蛇赴。維時雨新過，急溜糟牀注。居人匯爲井，千屨集沙步。寒光澄玉膏，甘冽過牛乳。茲泉成白溝，巨浸合沮洳。蓮芡充餱糧，魚蝦足租賦。塞翁話疇昔，陋彼成險固。往事不復論，沄沄日東去。

楊花曲

上都楊柳瘦且堅，葉葉不展圓如錢。年年飛花作端午，遠客乍見心茫然。上都飄雪不知數，此花與雪相旋舞。黄鸝聲絶孤雁鳴，萬騎千車互來去。手攀短條心欲絶，宛轉成毬恨初結。寒風飛蓬卷車輪，點點相亞隨明滅。南鄰蕩子衣夜單，曉望出日如黄綿。辛勤掇拾不敢棄，願刮龜毛同作氈。

裝馬曲

綵絲絡頭百寶裝，猩血入纓火齊光。錫鈴交驅入風轉，東西夾翼雙龍岡。伏日翠裘不知重，珠帽齊肩顫金鳳。絳闕葱曨旭日初，逐電回飈斗光動。寶刀羽箭鳴玲瓏，雁翅却立朝重瞳。沈沈椶殿雲五色，法曲初奏歌薰風。酮官庭前列千斛，萬甕蒲萄凝紫玉。駝峰熊掌翠釜珍，碧實冰盤行陸續。須臾玉卮黄帕覆。寶訓傳宣争俯首，黑河夜渡辛苦多。畫戟雕闌總動舊，龍媒嘶風日將暮。宛轉琵琶前起舞，鳴鞭静蹕宫門閉。長跪齊聲呼萬歲。

次韻繼學竹枝宛轉詞二首

聞郎腰瘦寄當歸，望盡天邊破鏡飛。昨夜燈花圓似粟，倚門不肯一作停去。送郎衣。

年年河鼓度天津，郎在灤陽見得真。今夕定知郎到日，桂花浮魄滿香輪。約八月十五日抵京。

開平第四集 并序。壬戌。

至治二年三月甲戌，改除翰林直學士。四月乙丑，出健德門，買小車卧行，八日至開平，舍於崇真宫。有旨：道士免扈從，宫中闃無人聲。車駕五月中旬始至，書詔簡絶，僅爲祝文十三道。已入内制。悲愉感發，一寓于詩。而同院亦寡倡和，率意爲題，得一百篇。閏五月，上幸五臺山，以實録未畢，趣史院官屬咸還京。是月丁巳發，癸亥還寓舍。五月，灤陽大寒。閏月，道中大暑。觀是詩者，亦足知夫馳驅之爲勞，隱逸之爲可慕也。六月丁卯朔，桷敍。

端午日由車中抵開平客中三度端陽愴然有懷

居庸昔日逢端午，子規聲聲勸歸去。舊歲灤陽萬壽宫，九節菖蒲泛瓊酺。今年車中飽掀簸，盲風北來雨如注。沙坡馬鬛高下迎，土屋魚鱗先後附。舊家松篁百尋碧，薝蔔花前石榴樹。停車俯首不得語，鄰牆簫聲雜駝鼓。勞生得意同蝸牛，舊曆却行等蠅虎。

天鵞曲

天鵞頸瘦身重肥，夜宿官蕩羣成圍。蘆根啑啑水蒲滑，翅足蹩曳難輕飛。參差旋地數百尺，宛轉培風借雙翮。翻身入雲高帖天，下陋蓬蒿去無跡。五坊手擎海東青，側眼光透瑶臺層。解絛脱帽窮碧落，以掌疾摑東西傾。離披交旋百尋衮，蒼鷹助擊隨勢遠。初如風輪舞長竿，末若銀毬下平坂。蓬頭喘息來獻官，天顔一笑催傳餐。不如家雞栅中生死守，免使羽林春秋水邊走。

客舍書事五首

客景真愁絶，淒涼倍舊年。草穿沙嘴縮，雲住屋頭偏。竈冷厨煙澀，窗低簷溜懸。畏寒難出户，盡日得高眠。

愁極吟肩聳，塵深望眼迷。屋隨冰上下，山趁雪高低。乾酪瓶争挈，生鹽斗可提。日斜看不足，蹋舞共扶攜。

蟾影穿窗蠹，龍光拂席流。淒清三伏暑，淅瀝九天秋。水惡停泥井，冰堅宿瓦溝。年年遊上國，那識望鄉愁。

禁堞防危石，官衢漾淺沙。犬能搜兔窟，馬解避駝車。童翦青蔬甲，僧分墨菊芽。飄零堪慰藉，小雨墊烏紗。

宿霧成疎雨，寒蓬卷細塵。雲飛疑到地，草長不知春。香几蜂喧密，花房燕語真。白頭關塞外，猶作未歸人。

華嚴寺

寶構熒煌接帝青，行營列峙火晶熒。運斤巧鬬攢千柱，相杵歌長築萬釘。殿基水泉湧沸，以木釘萬枚築之。其費鉅萬。雲擁殿心團寶蓋，風翻簷角響金鈴。除知帝力超前古，側布端能動地靈。

行路難二首

桑乾嶺上十八盤，赫日東出紅團團。回首平田樹如髮，北去沙石何彌漫。青簾高低知客倦，勸汝一杯下前坂。馬蹄護鐵聲琮琤，帖石朱闌列危棧。度嶺林昏泊官驛，冰湧虛泥蹄五尺。馬行猶知泥淺深，重車没踝路莫尋。

敝裘蒙茸蘇季子，兩足重趼行不已。一朝佩印何纍纍，列鼎腥羶夸國士。班生遠出玉門關，被甲夜度隨黄間。飛沙擊面燕頷失，晚望落日思生還。書生守株燈火勤，終歲不通南北鄰。一朝安車入關内，老不能言願求退。

視草堂歲久傾圮述懷

視草堂前草木青，微臣三入鬢星星。壞牆雨透蝸生角，舊竈泥深菌露釘。深恐雨鐘催曉箭，獨聽寒殿響風鈴。堂堂諸老冰澌盡，病叟應歸種茯苓。

翰林故事莫盛於唐宋聊述舊聞擬宫詞十首

禁鐘初動趣傳宣，衣袖薰香到御前。漸近宫前扶下馬，内官分引導金蓮。

御筆圓封草相麻，龍牋香透擁金花。儀鸞敕設庭前候，賜酒方終更賜茶。

制草塗鴉未敢删，内璫宣引侍龍顔。已分筆格金蟾滴，更賜端溪紫硯山。

春帖分裁閤分多，宮娥争餽纈綃羅。青絲菜并銀盤送，幡勝新題墨旋磨。

文思如泉涌墨林，屏風院吏不須尋。舊時内相諸孫在，猶有當年掃閤金。

入院聽宣席未温，賜金已向案頭存。故事：入院傳旨畢，賜葉金十兩，始草制。清晨上馬還家去，内出黄麻付閤門。

清馥香温酒玉脂，祝文已撰報都知。夜來奉旨傳丞相，五朵雲濃押省咨。

天孫夜度玉潢清，内托銀盤涌化生。秋思未多團扇在，擬題宫怨月分明。

盤雕暈錦是冬衣，鴿炭初生酒力微。聞道邊臣風雪苦，口宣臘藥布皇威。

贊書謄副節樓前，筐篚盈庭邸吏傳。深恨葫蘆陶學士，受渠犀玉索金錢。

五月廿六日大寒二十二韻

地界幽都正，風傳委羽來。陰機堅積沍，空竅起荒埃。炎帝辭施設，玄神擅展裁。氣疑翻溟涬，勢欲壓恢台。北户嚴雲結，中街宿霧霾。睫流驚炙轂，吻咽訝銜枚。野曠狐歸穴，林荒雀下臺。趁虚人瑟縮，走驛吏徘徊。舊篋裘頻索，殘鑪火易灰。當陽紈扇棄，薄暮酒尊催。牛喘猶瞻月，龍藏敢挾雷。曉吟肩峭直，午睡髮毰毸。絺綌聊增襲，簾帷莫浪開。鼎温延上客，竈煬集羣孩。烏認南枝宿，駝鳴北路回。泬寥河漢接，慘澹雪霜堆。重甲身僵仆，銖衣説詭該。已知鄒子的，更覺杜生哀。澤國朝曦赫，畬田溽雨催。鴻鈞陶石爍，金鑑煮冰摧。舊俗慚卑窘，新聞騁博該。廣寒今已到，姑射不須陪。

皇城曲

堂堂瞿曇生王宮，幼年夙悟它心通。梵書未睹口已誦，底用城闕窮西東。淨居老人幻境異，故作恐怖生愁容。世間習妄了莫喻，要以神化開盲聾。歲時相仍作遊事，皇城集隊喧憧憧。吹螺擊鼓雜部伎，千優百戲羣追從。寶車瑰奇耀晴日，舞馬裝轡摇玲瓏。紅衣飄裾火山聳，白傘撐空雲葉叢。王官跪酒頭叩地，朱輪獨坐顔酡烘。耑氓聚觀汗揮雨，士女簇坐層摇風。人生有身要有患，百歲會盡顔誰童。西方之國道里通，至今生老病死與世同。

龍門

君恩八度過龍門，眼見蜿蜒守黑雲。漠漠沙田荒礫滿，空將霖雨一溪分。

清容居士《戲題開平四集》云：「開平四集詩百首，不是故歌行路難。竹簟暑風茅屋下，它年擬作畫圖看。」又王士熙《奉題開平百首詩後》云：「玉海雲生貝闕高，騎鯨人去采芝遨。灤江一夕秋風到，瑟瑟珊瑚涌翠濤。」

青閨怨 此首從《體要》録入。

妾家住在湘江曲，門枕湘江春水緑。年年長是暮春時，兩岸人家啼布穀。自君話别湘江頭，獨上層樓彈箜篌。蛾眉不掃遠山碧，滿隄芳草春正愁。擧頭不見君，但見湘江雲。江雲聚復散，妾心空如薰。擧頭不見君，但見湘江水。江水去不回，妾顔爲誰美？湘江雲，湘江水，雲水悠悠何日已？擧頭望君君不囘，門前楊柳空依依。

至治癸亥八月望日同虞伯生馬伯庸過槍竿嶺馬上聯句

有嶺名槍竿，其上若棧閣。白雲亂石齒，青峰轉帘脚。積冰太古陰，出礦無底壑。馬飲沆瀣泉，鷹盪扶搖幕。轍迹委垂紳，人聲發虛橐。舄飛接鳥背，羽没疑虎鄂。一作膊。霧松秋髮長，霜果春頰一作「紅腊」。薄。升樵不知疲，獨往端有愕。兢兢矛頭淅，扤扤井口索。凝睇見日觀，引手探月廓。南下眇塵海，北廣終沙漠。金橋羣一作迎。仙迎，一作游。玉幢一作「寶塔」。百神鑿。禽鳴蜀帝魂，鐵鑄石郎錯。鈎鈐挂闌干，一作「闌干挂鈎衙」。攙搶斂鋒鍔。屬車建前旄，馳道徇嚴柝。載道三人行，弭節半途却。

送曾編修同王繼學聯句

奇鶴慕南雲，俊鶻欣北雪。行藏龜左顧，去住坂九折。纂書墨兵從，擬制銅史挈。佩委松籟囘，冠峩星光徹。甎花窺日輪，井藻旋風鐵。歸思紅葉高，家憂紫荆裂。晨裝發五兩，夕祖謝駟驖。沙明石痕瘦，川遠桅影列。吳歌導鷗舞，楚製慘鶉結。汀葭青女臨，岸橘黄人揭。組練危瀑懸，簫磬古灘咽。詩籛江神幻，目送山君别。炯炯雁集洲，挺挺鶴鳴垤。賈颿魚貫直，僧屐鷺飛滅。前坡指迎帽，舊墓拜表碣。明知紹世譜，詎肯逐宦轍。兒孤文襁昏，女乳粉鈿涅。深思振鴒原，後胤超鳳穴。過都塊非歷，去魯淅豈接。歌驪念暌違，瞻蟾數盈缺。

袁處士裒

裒字德平，與伯長爲族兄弟。善書法，隱居沙家山。常作求志賦以敍次先世遺業，詩多失傳，并附聯句諸作。

東湖聯句

舊學蕪三史，新居隘一廛。煎熬魚煦轍，奔竄鳥驚弦。擬整登山屐，伯長。須乘破浪船。出關塵已遠，德平。過埭意争先。歸舶攢桅聚，伯長。浮梁斷鎖懸。潮渾江葑没，德平。塍破岸藤纏。戍栅依樟密，伯長。官隄砌石平。機閒鼃喚織，德平。砧響雁傳箋。乍静喧煩耳，伯長。猶欣輾轉眠。鵲橋華屋廢，德平。鵝匯曲河連。稛實閒農具，伯長。艖嚴絶竈煙。急裝紅蔽膝，德平。辮髮黑垂肩。估客編文貝，伯長。村家緯木棉。生涯疲剥割，德平。世路窘迍邅。龕室休行客，伯長。郵亭歎逝川。韛鷹圍獵罷，德平。聯騎縱游旋。路轉分支港，伯長。川明幻别天。鄮城花已暗，德平。甬水恨空傳。數堠搜唐刻，伯長。題詩紀宋編。會堂夫子像，德平。汲井隱居泉。海眼藏龍窟，伯長。山心射鹿田。水鳴知櫂急，德平。岸走訝途還。隱見岡巒近，伯長。低昂橘柚鮮。青山猶五里，德平。緑樹已千年。歸犢如雲擁，伯長。閒花似火然。苧裳遊女淨，德平。蘆管野伶妍。繫纜披團氅，伯長。循溪舍竹箯。徑香幽菊傲，德平。土薄假山偏。燈火精廬古，伯長。衣冠故物全。登門論子姓，德平。對坐敍姻聯。金魄篩窗影，伯長。丹砂養井淵。螢飛光熠熠，德平。鶴唳翼涓涓。斗室橫烏几，伯長。方牀藉素氈。魂清時入夢，德平。意得竟忘筌。過墓成扃户，伯長。像寂遵湖復扣舷。滄洲迷秀麥，德平。真隱拱朱椽。碧洞諸天杳，伯長。蒼珉帝畫鐫。梯危頻縮武，德平。像寂且擎拳。紫府商霖歇，伯長。丹書漢澤宣。銅鋪苔暗蝕，德平。經庋燕新穿。倦鳥辭枯柳，伯長。游龜戴旱蓮。古奩開瀲灩，德平。斜轂緺漪漣。淤塞芰排劍，伯長。洲乾蓼糝鈿。官徵都尉粟，德平。漁納水衡錢。王絶山靈泣，伯長。祠荒野老憐。紙旗鄰社鬧，德平。草廣曲河填。此去真聊爾，伯長。斯行信偶然。柏幽藏魍魎，德平。潭黑袞蜿蜒。雅興呦呦鹿，伯長。勞生跕跕鳶。攬芳真啗蔗，德平。寫絶擬和鉛。轍跡蕪菁翳，伯長。麻蓁枲耳緣。貞娥鬱龍虎，德平。肯相紹貂蟬。宰木分神隧，伯長。思亭列石筵。風霜翁仲老，德平。香火釋迦專。楚些招歸魄，伯長。王官慨昔賢。拜峰誰控勒，德平。篆水自書玄。屈曲東西路，伯長。縱橫南北阡。繁華眸轉電，德平。得失口垂涎。絮酒悲宗老，伯長。囊經想地仙。房温連梵唄，德平。市近接腥膻。破露生衣溼，伯長。登坡弱足胼。卧牛遺扁暗，德平。眠鹿繪容虔。金刹從兹訪，伯長。塵纓合少蠲。伐山靈運躁，德平。銜雪子猷顛。檜煖蜂偷蜜，伯長。蘆寒烏啄綿。蟹稀螯數百，德平。樵夥斧論千。淡日收人影，伯長。空嵐漲土埏。蒲葵遮望眼，德平。繭紙論吟篇。除道家僮懶，伯長。偷程地主偎。蟻封徒曲折，德平。駒隙漫拘攣。碎石行行直，伯長。修篁个个圓。深叢驚雉翠，德平。夾徑聳楠楩。濯錦芙蓉豔，伯長。飄香桂子駢。雕楹回複道，德平。斜閣布陶甎。刻畫功難盡，伯長。翬飛勢欲翩。奉常陳劍履，德平。尚服錫紘綖。幰織鮫人網，伯長。帷凝罽國旃。妖姝汙粉頰，德平。土偶聳高顴。祛石當時力，伯長。臨淵昔日權。只今留舊業，德平。何處覓幽禪。燕頷風雲會，伯長。龜趺日月躔。蛛窠緣袞服，德平。

鼠跡上朱籩。累僕供朝沃，伯長。因僧進午餐。佳城蹲五鳳，德平。素業廢三饘。勝已窮蘭若，伯長。名猶慕偓佺。臺空霞珮冷，德平。殿寂羽幢蔫。觀主何年住，伯長。真官永世鍵。畫梁誰復葺？德平。美蔭久頻朘。木已非真李，伯長。僧宜賤壽錢。悲來雲羃羃，德平。恨極水潺潺。重嶺藏椒屋，伯長。斜暉指蕙櫋。暫歸心未穩，德平。欲去眼空眩。憶昔窮誅闞，伯長。如今猛棄捐。慈山名轉赫，德平。困塊恥誰湔。積翠林霏悄，伯長。流波海月娟。遠鐘催宿鳥，德平。橫笛挂烏犍。拄笏風騷复，伯長。攜壺主僕牽。情懷同黍醴，德平。臭味比香荃。圓澤休論舊，伯長。華胥復記前。乳彪號澗側，德平。哀狖嘯雲巔。惇族盤餐盛，伯長。通家笑語闐。鴉鵲歸槩熟，德平。舴艋逆風沿。濟勝應難促，伯長。臨流且賦遄。鴟夷歌逝矣，德平。漁父卜終焉。紫槿遮籬角，伯長。丹楓壓廟堧。鍊形金骨化，德平。圜礎土砂堅。破屋啼山鬼，伯長。荒碑立老鸇。歲時羞野賽，德平。水旱禱靈篿。西帝澄金宇，伯長。東湖鑄玉璿。涼颸舟泛泛，德平。晴日草芊芊。射鴨縈長弋，伯長。叉魚擊短鋋。酒壚橫矮甕，德平。屠几斫肥牷。衒市僧袍麗，伯長。招虛販鼓鼘。登臨難婉戀，德平。想像費平銓。更欲南窺海，伯長。誰能北跨燕？同心雙繭緒，德平。狥俗走珠蠙。朗鑒詞聯寫，伯長。玄談茗更煎。翺翔誠放浪，德平。匍匐類狂孱。已乏凌雲句，伯長。時思縮項鯿。還家如夢寐，德平。共點曉霞邊。伯長。

九月望日，送姊歸余氏先塋之廬。登其高祖少師墓，相傳爲外高祖忠定王所相。余氏之興兆于此。支𪐴爲尚書公墓，亦爲佳兆。十六日早發，遵山行一二里，拜外舅之考待制公。守墓僧畏袛迎閉闗，叩之終無人聲。山勢左行，清興未已。借余菴舟過東湖，上外曾祖忠宣公滄洲堂故基，悽惋久之。舟上埭，余與德平行至月波，忠定王所建寺。後有洞，像補陀示相。舍舟，登葉夫人八行太師墓，又上五祖堂，觀招魂辭。暮抵鹿野，拜正肅公祠，奠永州几筵。行久殊爲疲勞。是夕，德平抱兒相示，眉宇修廣，予許以永大。十七日平明，過種德，拜正獻公墓。讀楊文元公碑。菴僧洒然，非鄭氏菴比。是日，德平擕壺，同菴僧指領游大慈七山。有僧年七十餘，能道嘉定、紹定間事。示忠宣公所製滄洲堂上梁文，益重遠想。拜忠獻王墓。歸，復宿鹿野。嚴君命以十八日歸。歸游鮑王祠。日已昃，余親翁病瘧，復留宿。詩成，凡一百二十韻。繁華感慨，悉紀于詩。詞雖不工，然二人綴緝之勤，有不可不示于好游者，用識于後云。

己丑十月某日，桷書。

遠遊　壬寅冬，與伯長同留姑蘇，時伯長將赴都。

海鵬跨南雲，一去抉浩蕩。宛駒踏北雪，絶足追罔象。宵征車載脂，伯長。明發燈在幌。行邁念悄悄，離愁懷養養。違吴始接浙，德平。過越類一作猶。指掌。蛛網結遐一作長。思，羯鼓促新響。觴至不復辭，伯長。駕逸誰能仿？明堂仝棟梁，武庫輸一作須。篠簜。氣合芝蘭芬，一作材同瑚璉英。德平。學愧蓬麻長。大施朱弦清，小薦金莖沆。雲間鶴孤唳，伯長。天外鴻横上。曉舲斵層一作輕。冰，午店憩平壤。追攀甌煙濤，德平。涉歷走塵鞅。長淮橋蝃蝀，薄霧裘驌驦。風臺牛一鳴，伯長。日觀雞三唱。團桑沃如蓋，宿草亂若繈。青帘客沽酒，德平。素髯漁收網。心觀洙泗流，眼豁恒岱爽。追程騎侵星，一作雲。伯長。勸耕農植杖。俗厚喜豐登，氣俠存慨慷。伊河既東流，德平。維斗復北仰。誰云風土殊？始覺宇宙廣。骨聳終超騰，神清何惝怳。鈞天夢非真，伯長。廣寒步空想。銖衣入閶闔，芥粒視北坱。千官紫府榮，九奏形庭袒。摛文翦金炬，德平。展采簇天仗。清都跼咫尺，弱水漫方丈。絳旂雲霧開，寶扇日月晃。仁聲被八表，伯長。德意蘇一作昭。羣枉。泥檢極封崇，芬苾嚴肹蠁。瑞氣藹重重，泰階瞻兩兩。駝峰出天廚，德平。褭蹄錫中帑。鳴珂接俊彥，正笏嫉一作遠。偏黨。德人笑采芝，逋客棄拾橡。茅拔要有方，伯長。矢來本無嚮。湘纍但瑰詞，越相僅金像。遭讒氣徒憤，得計身何往。豈如及承平，相與窮昭朗。君行步飄飄，我滯心悒怏。輕霜著衣一作裘。帽，德平。微霰點一作「雪留」。草莽。離歌起蒹葭，古製出一作却。盆盎。先登匪十獲，後至激孤獎。城南燈火深，伯長。塞北音書陮。東一作春。風漸披拂，臘水初一作將。滉瀁。詩成愈加險，酒盡未爲彊。雙眸秋水炯，德平。累語春波盪。經行度崎危，交友希倜儻。羇遊棄楚荒，遠客憐齊傖。光陰尺璧重，伯長。事業千金賞。行還雁塔題，復睹鴻都榜。時來戒步窘，事至勿技癢。脂韋本凡近，德平。鐵石乃忠讜。詞林納疵美，書田課荒穰。列仙會儒癯，羣仕趨吏駔。陸生强咿嚘，陶令終骯髒。貞心百壬辟，正色上帝享。徒爲捧心施，莫學畫眉敞。功名要無心，之物端有相。行行遂初志，作事記疇曩。伯長。

秋雪聯句 九月十五日同伯長繼學。

金神縮兑澤，水妃表玄英。西郊散冰粟，北户垂珠栟。三登發重瑞，六莖淩孤清。白藏縞衣舞，顥氣霓裳呈。楚客迷望眼，羌戎候軍聲。桂粉靈杵飛，榖精露囊盛。降霜鄒子憤，停日陽侯争。澄霄鶴失頂，空江鷺摇睛。菊貞返素朴，木落超空明。鏗鏘商籟諧，大小藍璞成。蕎花膩壟畝，梅蕊光檐楹。初疑蚊蚋集，漸覺鵷鸛迎。漢盤結夜瀣，韓堂滅宵縈。陽和趨報社，嚴凝儼書正。掩袂青女辟，沾巾素靈驚。擊鷹眩莽蒼，樹羽登崢嶸。長楊散旃屋，五纛增門閎。絮團柳殘葉，鹽裹荷留莖。鉛飄孀娥匣，旄落少昊旌。井梧炫銀牀，庭櫻轉珠纓。萬入西帝遊，六變坤母寧。初驚遽然至，忽訝乃爾輕。單衣亟擣素，黃裳倏飄瓊。陶姬却帳暖，唐皇咽簫橫。昊天有正命，殺氣何橫行。沈沈宸居肅，兩兩台階平。朔吹偶先集，澤雷久藏鳴。碩果理固在，飛葭澹無營。

送仇仁父分教溧陽兼寄張仲寔

往讀大曆才子詩，常恨諸人不公卿。當時將相漫豪舉，誰如千年麗句留佳名。破帽飢吟孟貞曜，一尉辛勤晚初調。至今山水餘妖妍，尚有當年賦詩料。廣文清絶非鰲曹，況君意氣凌雲高。黌宮寬閒衿佩集，底用如彼雕鐫勞。丹陽湖西足煙樹，想像昭關遁逃路。六朝舊迹徧蒿萊，盡是諸賢醉游處。人生自古并合難，詩人今日盟未寒。聯珠粲比百里聚，會見卜史昂頭看。西秦公子眸炯炯，陽羨三年官舍冷。憑君爲我致相思，行矣追尋嘯煙艇。

送屠存博分教溧水

海内文名三十年，青衫初映綵衣鮮。積薪未許論工拙，拾級那能較後先。鱣舍談經周禮樂，鷁舟臨賦晉山川。春風無限分攜意，目斷楊花緑水邊。

馬中丞祖常

祖常，字伯庸，世爲雍古部，居靖州之天山。其高祖錫里吉思，當金季爲鳳翔兵馬判官，子孫因號馬氏。曾祖月合，乃從元南伐留汴，後徙光州。祖常七歲知學。延祐初，貢舉法行，鄉貢會試皆第一，廷試爲第二人。授應奉翰林文字，擢監察御史。劾奏柄臣鐵木迭兒十罪，罷之。柄臣復相，左遷開平縣尹，因欲中傷之，退居光州。鐵木迭兒死，乃除翰林待制。累遷禮部尚書，兩知貢舉，一爲讀卷官，尋參議中書省事，參定親郊禮儀。元統初，拜御史中丞，轉樞密副使，辭歸。起爲江南行臺中丞，又改陝西，皆不赴。至正四年卒，年六十。贈河南行省右丞魏郡公，謚文貞。伯庸文章宏贍而精核，刮除近代南北文士習氣，而專以先秦、兩漢爲法。與姚文公燧、元文敏公明善，實相繼後先。尤致力于詩，大篇短章，多可傳者。所著曰《石田集》，以所居有石田山房也。浙東廉訪蘇天爵請于朝，刻以行世。序之曰：「公詩接武隋、唐，上追漢、魏。後生爭效慕之，文章爲之一變。與會稽袁公、蜀郡虞公、東平王公更唱迭和。金石相宣，而文益奇。」史官陳旅亦曰：「公古詩似漢、魏，而律句入盛唐，散語得西漢之體。」文宗嘗駐蹕龍虎臺，祖常應制賦詩，尤被歎賞，曰：「孰謂中原無碩儒乎！」

都門一百韻用韓文公會合聯句詩韻

返躬操耒耜，奉身寡帷幕。田居水舂碓，城宿霜鳴柝。凝塵尚沈冥，幽賞任飄泊。行歌鮮同歡，起舞真獨作。嘯詠氣頗雄，攀躋力或弱。樛木植幢陰，醜石掀獸惡。心恥婦女仁，志薄遊俠諾。校書揚雄官，入粟卜式爵。娛情愜禽弄，失意被蜂蠚。佩履侍殿陛，觚牘宴館閣。傭童飼棧駒，賤婢占屋鵲。上書願封禪，監祠議嘗礿。紅瓔綴花房，碧刺罥叢薄。春旗天仗浮，秋駕星河涸。補袞子何能，懷祿我所怍。英名襲蓮炬，貴籍謝魚鑰。造謁每赧然，循默嘗沃若。壁蝸涎篆欹，穴蟻戰壘却。組繡紅縷連，罨畫翠色著。卿雲羃邑屋，瑞雪塗郛郭。羣儒修麟經，諸將宣豹略。請劍斬樓蘭，傳檄喻邛筰。賈區紫貝粲，酒鑪銀甕鑠。潑剌鱠翻砧，郭索蟹就縛。水戲鬭魚龍，山蒐獻熊貜。奇服燕姬姹，獠語滇童愕。東郊買鬭雞，西市賣馴鶴。宛宛綠項鳳，濯濯紅頭雀。豪僧佛宗開，大巫鬼物託。迎祥有時和，驅厲無旱虐。漕粟大庾盈，賦桔崇廥錯。圈虎割肉喂，韝鷹搏禽嚼。荔丹貢甌閩，橘顆苞沔鄂。能賦皆鄒枚，飛翰盡盧駱。未央曲罘罳，長楊市羽繳。閒棋遇笑仙，雜劇坐忘瘧。佽飛頭髡毛，刑官面瓜削。朝儀徵魯生，廟獻賓商恪。天池漾文波，海島通潛壑。婦功春蠶溢，穡事秋田穫。器美鏤桐梓，治良鑄錢鎛。街樾布虛陰，觀闕翔寥廓。治廷播訓敕，清邊禁剽掠。窮髮炙駝蹄，句麗醢熊脚。詰姦鉏大猾，恤隱發深瘼。靈囿白獸游，禁籞黃鵠落。時方追古治，事乃繼疇昨。巢橧尚羊裘，蓽門仍葦箔。周封表鎮望，禹畫首河洛。聲名惜馬纓，音律辨牛鐸。郎署紆銀艾，王邸施丹䨼。轍淺千車馳，塵坌萬馬躍。碣石入渤澥，太行分嶺㟙。士女工鞶絲，王孫帶河橐。清明日月懸，統正宇宙拓。分行下觀風，立聽上宣噩。服官綺纚屬，虞衡鞹旁魄。腒騙販澤國，乳湩給沙漠。木禾神所食，石蜜刀乃斫。天樞夾杓垣，日畿絡雄幕。鼎豈以金鑄，山豈以銅鑿。戴憑席重重，周舍言諤諤。錫宴屬在鎬，咸秩亟祠霍。造邦象郃室，立法簡漢約。吾生類鳧鷖，賤跡雜兔狢。囊書爛星芒，匣劍瑩霜鍔。雨耕稗頻耨，月斸石或搏。尋真養三芝，求方問五藥。傳奇存山經，輿地指井絡。悠悠秋蒻菘，晏晏春食藿。親歡戲假面，客至樂吹籥。恃才頗優游，使酒漸諧謔。山深木敷榮，野迥鶴寂寞。擔簦踏槐黃，疊袂聯棣蕚。移官居旂常，職領專錞鑮。遮塵帽頂席，隨俗屋蓋蒻。俸錢具菹醢，飲餕嘗膋臄。孤危衆易傾，獨立古難卓。徒跣防毒蛇，空拳困狂猘。出弊季子裘，入舍居士屩。海運知化鵾，泥蟠見屈蠖。門高謷荀龍，才逸薦禰鶚。逍遥投壺歌，慷慨擲骰噱。有興卽騎行，無疑豈龜灼。俎豆觀揖讓，賓介謂獻酢。風檽李涵冰，日幌櫻裹酪。鄰饑馬通爨，市醉羊屠醵。耘德鈔礪刃，稱藝弩引彍。任情受世疵，肆志探古博。奏賦始中程，諫獵終失度。不念嫠恤緯，已謂童舞勺。寢興避彈射，周折準規矱。襆被丘中琴，揚舲池上酌。桐孫迸空枝，竹稈穿石籜。南翁日種漆，北地日産柞。蓄厚用不躓，材衆工豈格。甘泉祠猶清，西河居乃索。菁莪採衢謡，湛露與徒咢。帝仁載大輿，臣詩埒微爝。史官詳纂記，儲以掩甕粕。自注：詩中有三字非元韻。蓋祖常荒學，不能用古韻故也。延祐五年八月作。

壯遊八十韻

十五讀古文，二十舞劍器。馳獵溱洧間，已有丈夫氣。裹糧上嵩高，靈奇發天祕。燁燁三秀芝，爲我擢粲翠。空青丹銀品，伏龜鏤文貝。駢羅星辰精，附麗日月會。紫鳳友朱鸞，翩翩劇翔戲。飛閣舒鳥翼，懸泉瀉珠琲。磨崖見古刻，應是列仙記。捫蘿欲登觀，苔滑阻凌厲。煙霞薈蔚隮，霧雨蕭颯至。余時戴籜冠，緑壁照縞袂。檀欒有磐石，真人每同憩。北臨黄河水，濁流觸天沸。蛟龍逐黿鼉，鱗介滿水裔。銜波崩金隄，萬夫廢穡事。官家憂其勞，玉馬歲沉祭。江淮畫鷁船，夜上歌嘒嘒。魚鹽不直錢，寡婦豈拾穗。釀酒相呼飲，顛倒再拜跪。中心忘嗔訶，縱談詆漢魏。三十能歌詩，鄙薄雕蟲技。不肯學仕宦，慷慨負高義。持錢送酒家，觴至卽一醉。羹芼蠏谷筍，飯煮山陽穄。峩冠擬魯儒，短衣真楚製。遠行探禹穴，六月剖丹荔。巫峽與洞庭，彷彿蒼梧帝。三吴震澤區，幼婦蛾眉細。唱歌攪人心，不可久留滯。沿淮達汶泗，摩挲泰山礪。聖鄉有亡書，求道亦容易。童子操觚牘，價重麒麟罽。京國天下雄，豪英盡一世。舞羽肅文教，橐甲飾武備。馬跡見騰塵，車轍聞戛轊。翬翥天觀起，鱗雜井屋綴。千畝開靈潢，馴象浴其汭。我皇拓文場，羣髦咸戰藝。汨予黔婁生，言辭罔絺繪。但幸晁董死，收拾在等第。臚傳下閶闔，恩澤承滂沛。春雲覆林塘，雜花懸火齊。詞垣正舒華，吹竽獨無喙。執筆御史府，羞縮如牡蠣。彈評則春秋，齟齬失剞劂。問俗西夏國，驛過流沙地。馬嚙苜蓿根，人衣駱駞毳。雞鳴麥酒熟，木柈薦乾薺。浮圖天竺學，焚尸取舍利。安定昆戎居，貪鄙何足貴。返途歷邠岐，原田表古畷。

宛宛陶穴民，艱難謀樹藝。驪山葬秦魄，茂陵迷漢寰。《黍離》悲故宫，《脩竹》編清渭。日入狐狸驕，天陰蝃蝀翳。温泉山津陽，古瓦識唐字。關河隔山東，華岳秋更霽。首陽餓夫薇，霜露已憔悴。鑄牛挽浮梁，恍惚水所噬。晉俗棗齒黄，冀馬雹蛇駛。井陘阨坤維，太行逼象緯。煌煌日圍近，赫赫天人瑞。田舍植汶篁，郵亭擷吴桂。優游逢化國，俯仰詠樂歲。豈用百二險，自乃十一稅。北都上時巡，扈蹕浮雲騎。宴鎬帳殿移，拜洛周廬衛。巖空山櫻繁，川曲紅藥膩。列障敕勒塞，萬里静烽燧。九節菖蒲良，貢篚充藥餌。疇昔閉户居，耽讀未見試。三年不窺園，自謂五經笥。四十得俸禄，僅可給美饍。誰能薄淮陽，不作鴻臚寺。簡書畏懷歸，弧矢示初志。振鷺方擢質，冥鴻忽垂翅。感歎對囊螢，興言友荷蕢。諒非廊廟具，頗異市井輩。當曳鄒陽裾，願擁文侯篲。

贈客

疊巘擢蒼蔚，繁英粲紛葩。銀繭霞已積，翠幢栢方遮。劇飲肆豪縱，清談宴賓嘉。叫嘯虎當巖，趁蹌鶴行沙。聯蛾聘趙女，貫珠唱吴娃。露庭汎蘭叢，風闥透窗紗。魚泳文波圓，禽翔喬雲斜。逸樂諧金石，清真況煙霞。洗藥秋汲澗，種秫春燒畬。寓言託莊列，潛心著羲媧。所貴丘園賁，終然心匪遐。

送袁伯長歸浙東二首

龍角不如犀，常不生馬厩。麟趾不如牛，終當在君囿。我行泰山阿，日觀望朝候。見子被雲服，家居夾靈鷲。揖之不得近，跂慕塵光後。

雞鳴戒僕御，具食起就塗。僅取資給周，豈謂車騎都。行過青齊野，忽見人逃逋。翁姑纍帶索，跟脛無完膚。卽欲與盤餐，但可飽一夫。遲遲去國旌，能得不疾驅。

西方濼

魯郊秋已深，西濼多蒲魚。日暮積靄重，維舟月生初。露涼水禽宿，雨晴豔芙蕖。擷花結楚佩，宛若湘南居。

春雲

高雲起城闕，流離度庭樹。依風拂回塘，波瀾光影注。荒林帶疏煙，照日亂縈縷。婉孌連浮陽，空明映凄霧。嵐翠含玉暉，景采滿巖嶼。逍遥幽賞諧，緬邈世娛阻。

賦海月送彭君教授九江

江月照人近，海月涵太清。大地積微塵，何能翳其明。遡光儷陽耀，陰魄獨含精。況爾朝夕馳，呼吸成虛盈。持茲燭玄造，萬類無遁情。彭君忽起揖，子以知言名。

飲酒五首

進士當盛明，自謂非時才。狂斐學文字，無聖爲我裁。二者俱寡合，終令智士咍。斯旦已陽春，對我聊持杯。祖母在堂上，小孫方稚孩。俯仰見五世，居生豈悠哉。

宛宛陶穴民，艱難謀樹藝。驪山葬秦魄，茂陵迷漢窆。《黍離》悲故宫，《脩竹》编清渭。日入狐狸驕，天陰蝳蝀翳。温泉山津陽，古瓦識唐字。關河隔山東，華岳秋更霽。首陽餓夫薇，霜露已憔悴。鑄牛挽浮梁，恍惚水所噬。晉俗棗齒黄，冀馬黿蛇駛。井陘阸坤維，太行逼象緯。煌煌日圍近，赫赫天人瑞。田舍植汶篁，郵亭擷吴桂。優游逢化國，俯仰詠樂歲。豈用百二險，自乃十一税。北都上時巡，扈蹕浮雲騎。宴鎬帳殿移，拜洛周廬衞。巖空山櫻繁，川曲紅藥膩。列障敕勒塞，萬里静烽燧。九節菖蒲良，貢篚充藥餌。疇昔閉户居，耽讀未見試。三年不窺園，自謂五經笥。四十得俸禄，僅可給美饍。誰能薄淮陽，不作鴻臚寺。簡書畏懷歸，弧矢示初志。振鷺方擢質，冥鴻忽垂翅。感歎對囊螢，興言友荷蕢。諒非廊廟具，頗異市井輩。當曳鄒陽裾，願擁文侯篲。

贈客

疊巘擢蒼蔚，繁英粲紛葩。銀繭霞已積，翠幢栢方遮。劇飲肆豪縱，清談宴賓嘉。叫嘯虎當巖，趁蹌鶴行沙。聯蛾聘趙女，貫珠唱吴娃。露庭汎蘭叢，風闥透窗紗。魚泳文波圓，禽翔喬雲斜。逸樂諧金石，清真況煙霞。洗藥秋汲澗，種秫春燒畬。寓言託莊列，潛心著羲媧。所貴丘園賁，終然心匪遐。

送袁伯長歸浙東二首

龍角不如犀，常不生馬廐。麟趾不如牛，終當在君囿。我行泰山阿，日觀望朝候。見子被雲服，家居夾靈鷲。揖之不得近，跂慕塵光後。

雞鳴戒僕御，具食起就塗。僅取資給周，豈謂車騎都。行過青齊野，忍見人逃逋。翁姑㬥帶索，踉蹌無完膚。卽欲與盤餐，但可飽一夫。遲遲去國旌，能得不疾驅。

西方濼

魯郊秋已深，西濼多蒲魚。日暮積靄重，維舟月生初。露凉水禽宿，雨晴豔芙蕖。擷花結楚佩，宛若湘南居。

春雲

高雲起城闕，流離度庭樹。依風拂回塘，波纈光影注。荒林帶疏煙，照日亂縈縷。婉孌連浮陽，空明映淒霧。嵐翠含玉暉，景采滿巖嶼。逍遥幽賞諧，緬邈世娱阻。

賦海月送彭君教授九江

江月照人近，海月涵太清。大地積微塵，何能翳其明。遡光儷陽耀，陰魄獨含精。況爾朝夕馳，呼吸成虛盈。持兹燭玄造，萬類無遁情。彭君忽起揖，子以知言名。

飲酒五首

進士當盛明，自謂非時才。狂斐學文字，無聖爲我裁。二者俱寡合，終令智士咍。斯旦已陽春，對我聊持杯。祖母在堂上，小孫方稚孩。俯仰見五世，居生豈悠哉。

簡編有重諷，折衷無權衡。黎庶有重困，救藥無持平。昔者賢聖出，屯蹇躓其身。躓身不躓道，龍蛇果能伸。棄置姑飲酒，陶然會天真。萬物各遂性，雜沓向我陳。

考妣早棄我，得祿不逮親。幸兹有祖母，九十康强身。我情終不樂，日思我親仁。襁抱免水火，少長俾知倫。出入鄒魯俗，用變宿習因。植松在淮山，稼田爲齊民。興念輒涕泣，有酒亦逡巡。

昔我七世上，養馬洮河西。六世徙天山，日日聞鼓鼙。金室狩河表，我祖先羣黎。詩書百年澤，濡翼豈梁鵜。嘗觀漢建國，再世有日磾。後來興唐臣，胤裔多羌氐。春秋聖人法，諸侯亂冠笄。夷禮卽夷之，毫髮各有稽。吾生賴陶化，孔階力攀躋。敷文佐時運，爛爛應璧奎。

嗟哉寡諧合，蒼髮禿不齊。觴至卽飲嚼，猶恐逢訶詆。衆人以儒進，我不限吏資。入官養交譽，惟恐不合時。含笑作雅詠，遭罵亦詭隨。出入踐華要，誣諉成其私。積階漸崇貴，剽獵章句辭。鼓頰說古今，證據稱云爲。斯世豈可誣，小夫甘自欺。興言發喟歎，飲者終不知。

留別沂州張君仲

揚舲下彭城，分飄上沂水。與子作別離，眷言重徙倚。曩在京華居，連室同井里。出則馬轡一作「鑣御」。聯，入則衣袂比。今也一作「兹辰」。各散去，相顧意未已。我操田器歸，子執州符仕。愼勿輕此身，期以善自止。

觀耕者有言

庶矣新田殖，疲民得無飢。先輸公家賦，又足食其私。老父揖我語，歲功實由兹。勸農古有官，助給牛種施。今官亦勸農，行田吏奔馳。爾去告爾長，我自安無爲。

禮部合化堂前後栽小松

買松栽兩階，綠髮已可梳。恐是女元君，截鬟生地腴。遲爾千尺長，下産黄琥珀。服以安心神，飛身作仙客。

寄六弟元德辛東鹿

我有六兄弟，我長汝最幼。我長守田廬，汝幼侍親右。跋涉萬里途，隨牒越閩岫。親復當官清，晝坐寘宴豆。教汝讀詩書，夙夜獵文囿。不幸親棄予，萬里汝扶柩。汝兄元禮賢，斬服攜汝走。我自河淮南，迎喪匍匐救。號哭天不膺，崩裂屢顛踣。歸安桐鄉阡，銘文手自鏤。買石礱古儀，樹栢夾漢獸。俯仰歎存没，今兹霜露又。汝今出作縣，我偶尚書篋。戒汝憶親教，公田代耕耨。汝素謹禮法，口未見嗔訴。更宜歌我詩，無視我老謬。憔悴傷民恫，恚忿兩莫鬭。縣政書考功，同去聽山溜。

端午效六朝體

修篁發秀林，新荷疊芳池。采絲擷霧縷，紗縠含風漪。蕤賓應樂律，端陽正歲時。馥馥蘭湯浴，灩灩蒲簡編有重譌，折衷無權衡。黎庶有重困，救藥無持平。昔者賢聖出，屯蹇躓其身。躓身不躓道，龍蛇果能伸。棄置姑飲酒，陶然會天真。萬物各遂性，雜沓向我陳。

考妣早棄我，得禄不逮親。幸兹有祖母，九十康强身。我情終不樂，日思我親仁。襁抱免水火，少長俾知倫。出入鄒魯俗，用變宿習因。植松在淮山，稼田爲齊民。興念輒涕泣，有酒亦逡巡。

昔我七世上，養馬洮河西。六世徙天山，日日聞鼓鼙。金室狩河表，我祖先羣黎。詩書百年澤，濡翼豈梁鵜。嘗觀漢建國，再世有日磾。後來興唐臣，胤裔多羌氐。春秋聖人法，諸侯亂冠笄。夷禮卽夷之，毫髮各有稽。吾生賴陶化，孔階力攀躋。敷文佐時運，爛爛應璧奎。

嗟哉寡諧合，蒼髮禿不齊。觴至卽飲嚼，猶恐逢訶詆。衆人以儒進，我不限吏資。入官養交譽，惟恐不合時。含笑作雅詠，遭罵亦詭隨。出入踐華要，諈諉成其私。積階漸崇貴，剽獵章句辭。鼓頰説古今，證據稱云爲。斯世豈可誣，小夫甘自欺。興言發喟歎，飲者終不知。

留别沂州張君仲

揚舲下彭城，分驅上沂水。與子作别離，眷言重徙倚。曩在京華居，連室同井里。出則馬轡一作「鑣銜」。聯，入則衣袂比。今也一作「兹辰」。各散去，相顧意未已。我操田器歸，子執州符仕。慎勿輕此身，期以善自止。

觀耕者有言

庶矣新田殖，疲民得無飢。先輸公家賦，又足食其私。老父揖我語，歲功實由兹。勸農古有官，助給牛種施。今官亦勸農，行田吏奔馳。爾去告爾長，我自安無爲。

禮部合化堂前後栽小松

買松栽兩階，緑髮已可梳。恐是女元君，截鬢生地腴。遲爾千尺長，下産黄琥珀。服以安心神，飛身作仙客。

寄六弟元德宰東鹿

我有六兄弟，我長汝最幼。我長守田廬，汝幼侍親右。跋涉萬里途，隨牒越閩岫。親復當官清，晝坐賓宴豆。教汝讀詩書，夙夜獵文囿。不幸親棄予，萬里汝扶柩。汝兄元禮賢，斬服擕汝走。我自河淮南，迎喪匍匐救。號哭天不膺，崩裂屢顛踣。歸安桐鄉阡，銘文手自鏤。買石礱古儀，樹栢夾漢獸。俯仰歎存没，今兹霜露又。汝今出作縣，我偶尚書箎。戒汝憶親教，公田代耕耨。汝素謹禮法，口未見嗔詬。更宜歌我詩，無視我老謬。憔悴傷民恫，恚忿兩莫鬬。縣政書考功，同去聽山溜。

端午效六朝體

修篁發秀林，新荷疊芳池。采絲擷霧縷，紗縠含風漪。蕤賓應樂律，端陽正歲時。馥馥蘭湯浴，灩灩蒲酒持。漢宫鬬草戲，楚船張水嬉。江心鑄龍鏡，好用照湘纍。

移梅四首

幽屏逐魚鳥，沈跡儔隱淪。所欣在林藪，嘉植日以親。眷言江介品，紛葩號南珍。遇我好奇服，移根得良因。井井十畝園，菁茆蔭凋濱。縞裳擢玉質，宜此空山春。

始逃爨下厄，復脱燎原焚。結根園畝間，炯炯臨水濆。疏華照歲暮，緑萼栖寶熏。春陽桃杏繁，鼎實獨已先。退情愜真賞，來置我石田。北枝散餘霞，苔光生碧鮮。

玄冬陽已復，仙葩綴疏星。隔浦映碧竹，隨風墮寒燈。我來刈薪蒸，弛檐南山陘。攀莖嗅清馥，擷英嚼芳馨。樛結灌木叢，顔色無光熒。彷徨未忍棄，洗濯歸林亭。

植爾當庭隅，豈復資鼎味。遷爾自谷中，豈復相嫵媚。列列玄冥候，衆植各浮脆。高標自凌寒，孤尚獨冠歲。么禽何處來？飛下雙羽翠。

初日二首

初日照我樹，我樹日華滋。檀欒緑陰合，四顧無曲枝。盛暑熾煩歊，其中有涼颸。成林蔭千畝，棲息任所宜。

初日照我書，我書在東牖。赫矣先聖言，天地相永久。秦火雖燎原，其灰爲世壽。人文待兹成，老死學敢後。

史館閒題二首

騎馬到畫省，冠佩趨几筵。豈但文字美，所樂長官賢。京國足府寺，金穀相百千。飛書日雜遝，奔命懼不先。肅肅館閣嚴，操瓢續簡編。上有日月光，下有草木妍。森羅大象列，俟此言語宣。蹇予昧儒學，羣髦辱官聯。遭逢賴明世，益喜身悠然。

畫省真仙居，華屋映丹樹。青石倚闌干，松髮沐雲霧。綺疏刻連錢，承塵畫翔鷺。中有河漢文，夜深室光聚。玉函黄金鑰，太史自侍御。河上一豎儒，伊吾誦章句。偶趨彤庭詔，詞林邇天路。雖樂文雅懿，終慚紬繹誤。

擬古

長安青雲士，任俠日娱遊。千金爲人壽，萬金買名謳。小舅拜郎官，女壻恩澤侯。出入意氣盛，歡樂不知憂。銀柈薦海品，羊酪乞蒼頭。生逢承平世，死葬崑崙丘。

登都北神山醉中題壁

過溪踏瑶瓊，入山采蒼翠。仙宫名神山，下負六鼇背。我來訪丹藥，羽人已千歲。清嘯響山谷，幽姿媚松檜。白水從北來，南與衆川會。開窗目沃野，千峰儼相對。自是山林樂，何但官爵貴。買田釀清泉，里社日相慰。詩成悵如失，天風逼衣袂。東望鄒衍廟，杯酒可遠酹。談天劇當時，古屋尚粉繪。騎驢獨歸去，人世空一喟。

種桃

種桃南山麓，三歲不得實。種瓜東郊園，擷之在百日。豈不思遲暮，終焉有常食。如何種一作植。瑶草，千歲始一獲。

擬古

驅車上疾坡，六馬汗滿溝。解航下急瀧，百夫不能留。微機有逆順，無用卜筮謀。車遲或可安，航速或覆流。

度居庸關次繼學韻

飛軨陟雲巘，決眥盡圖畫。天氣吹高寒，山雨灑長夏。冥冥白鳥去，寂寂松子下。陸行石當途，水春泉繞舍。高與蜀道齊，深乃盤谷亞。筍輿約重來，羸馬苦常跨。朋從詠連疊，酬應給閒暇。得見王子喬，吾將驂鶴駕。

題惠崇畫

龍門千尺梧桐樹，多在石崖懸絶處。上有古巢生鳳凰，鳳凰臺高山水長。吴蠶入繭白雲絲，畫史落筆光陸離。江天萬里莫射雁，春草年年出湖岸。

淮安路池山

淮浦蒲花秋渺渺，淮岸楊花春裊裊。白魚初下酒船來，十里風煙隔飛鳥。吾生欲向淮安居，更聞池山好田廬。濯足滄浪箕踞坐，不問朝家求聘車。

贈陳衆仲秀才纈雲辭

纈雲織波射金水，郎君水西著皮履。南陌紫塵十丈高，捋鬚買酒意氣豪。萬里將書憑好鳥，荔枝千顆團團小。天津不隔少微星，閶闔門開夜光曉。

湖北驛中偶成

江田稻花露始零，浦中蓮子青復青。楚船祠龍來買酒，十幅蒲帆上洞庭。羅衣熏香錢滿篋，身是揚州販鹽客。明年載米入長安，妻封縣君身有官。

李後主圖

澤國中寒歲年宴，沙嶼潮痕明石棧。風吹半樹野梅發，天上書來問春雁。江南後主丹鉛手，畫盡冰絲世無有。宫中長晝諫囊稀，媚嫵吴娃雙進酒。

寄鄉友

河邊老父念我出，遠寄京華書一行。謂言白髮今多少，又報南園竹樹荒。門前石田耕秫熟，犢子新生走如鹿。莫戀官家有俸錢，長年作客身如束。

題明皇端箭圖

寧王玉笛吹鳳凰，桐花秋露宮晝長。開元天子忽思武，手中金箭照眼光。何物孼婢出後房？羽林孤兒射殺將，坐中凜凜無漁陽。

上京書懷

燕子泥融蘭葉短，疊疊荷錢水初滿。人家時節近端陽，繡袂羅衫雙佩光。共笑江南五雜組，畫鷁浮波供角黍。沙苑射柳追風駒，古來北地爲名區。

室婦歎

南陌日長春已半，天風猶寒室婦歎。咄哉室婦爾何爲？卉衣糜粟充凍饑。飽煖無憂樂以嬉，乃此屢歎將有私。室婦涕泗言復咽，食鮮袂良焉足說。近聞官家賑貧民，雄保諸州已捐瘠。翁姑帶索行纍纍，弱兒失爺夫失妻。哀號村空野樹槁，蔀屋見斗餓鼠啼。縣令具名報大府，星火符來應期聚。索錢買餠飼公卒，書劵質田問鄰主。艱難憔悴不易狀，誰實爲之俾無養。嗚呼吾人痛切膚，忍死莫作盜賊徒。君不見蒼鷹乳虎有司龐，何但歲凶人化鬼。

息齋風竹圖道士華山隱得之命予賦之

往年家住篔簹谷，丹鸞之實美如粟。玄雲翻空下深靚，昆吾寶刀削秋玉。石衣漬錦侵書光，風微粉墮生細香。琳館瑤臺九天近，夜寒笙磬聲鏘鏘。萬斛蒼煙鬱江雨，二妃彈瑟瀟湘浦。郫筒蜀酒亦堪沽，蟠石雙杖令誰取。河朔歲晏冰爲梁，羣木鱗皴臨雪霜。遲汝狂飇莫吹裂，截管他年侑帝觴。

上京效李長吉

龍沙秋淺雲光薄，畫羅宮衣侵曉著。吴娃楚娘侍團扇，象輿鳳輦明珠絡。椒花染紫風雨香，三十六盤天路長。南都北都望行幸，千秋萬歲迎君王。

李夫人

未央天子香熏骨，夫人不貯黄金屋。水銅無光澀秋月，留得當年舊蛾緑。瑶臺夜佩聲闌珊，沈雲叫雁沙泉寒。二十五絃彈鳳凰，玉釵小燕飛春山。

蔡州妓趙氏墜崖以死自誓作詩諷俗

鱗鱗汝水冰碧光，汝之左右百草芳。紅蘭紫桂媚長晝，鉤輈鳥子回銀塘。茭蒲無數菱葉小，西家鞦韆屬年少。燕泥霽雨風景酣，簾箔依稀有歌笑。趙氏女子邯鄲娼，綵絲繡履踏春陽。心思宛轉縈雲縷，羞對兒郎唱鳳凰。欒山嵯峨石生雨，鄉人迎神奏歌舞。婆婆起向神祠前，祝願生身事針組。野風吹目雙淚零，泉聲松韻相泠泠。誰言女子情愛癖，誓死命輕如鳥翎。鳥翎飛上合歡樹，開花夜夜無愁苦。秋香不斷相思浦，玉釵斷股埋黄土。

秋意

銀牀墜露下高桐，竹練含冰留麝籠。蒲萄酒作碼碯紅，湘娥江邊采芙蓉。月華流影天漢東，素商淒清颸微風，草根知秋有鳴蛩。

寄家書

春雲閣雨花泥少，池上波平飛白鳥。薊中河外盡天涯，蓮葉圓時身到家。

送文著作往鄂州諭南使

大化均天施，黄圖象岳寧。宣風依日月，發號布雷霆。貔虎嚴分鎮，鵷鸞蔚在廷。芝莖聯孔廟，蓂葉茂堯庭。珠米圓圓白，樓桑箇箇青。謳吟興隴畝，游衍及郊坰。楚俗那三户，滇童信六經。已知含煦育，復此仰儀刑。使得皇華美，歌應湛露聽。賜衣裁錦段，官醖應瑶瓶。上國崇懷服，熙朝尚德馨。魚書開粉蠹，雞卜枉軺星。鄂渚翔鸚鵡，燕臺念鶺鴒。歸途回四牡，楓樹失江汀。

送王眉叟真人

秋暉上寒竹，白鶴立蒼苔。石洞松花落，雲房澗水來。彈琴翻道曲，擣藥應猿哀。别浦回船急，孤山看早梅。

伯長内翰與繼學内翰聯句賦畫松詩清壯偉麗備體諸家祖常實不能及後塵也仍作詩美之焉

吳絹冰絲白，秦封石髮青。沐華浮鶴露，耽景蔽鶵星。刻畫風雲狀，雕鎪鳥獸形。哦詩鏗玉署，集句燦珠經。燁燁舒光氣，沈沈逐杳冥。離歌三疊唱，凱奏萬鐃聽。肅穆官師位，雍容樂舞庭。江花春豔豔，山竹雪亭亭。自笑如塵俗，懷慚似酒醒。無因題琥珀，有去對鵁鶄。

春寒

春寒犢子瘦，誰與念農耕。地底多生暖，天邊正要晴。落梅栖雪暈，裂竹見風聲。爲問催花鳥，如何得使名？

謁告書懷

先子桐鄉地，年來憶舊遊。山春花競發，沙晚水閒流。石屋青霞夜，藤牀碧樹秋。防身龍具在，强欲問吳鈎。

送董仁甫之西臺幕

西南萬里地，詔屬大行臺。秦樹浮天去，巴江帶雪來。山河無用險，邦國正須才。臺幕風流美，書籤想盡一作耋。開。

靈州

乍入西河地，歸心見夢餘。蒲萄憐酒美，苜蓿趁田居。少婦能騎馬，高年未識書。清明重農穀，稍稍把犂鉏。

宿遷縣

河伯朝宗日，黄昏一作塵。出岸高。蛟龍分窟穴，舟楫用波濤。使者修隄急，田甿棄屋逃。無錢誰貰汝，歲晚更嗷嗷。

吕梁

天府河流北，徐方禹跡難。青山開石峽，白日看風湍。星宿光芒合，坤維脈絡蟠。吴船牽百丈，釃酒酹陰官。

海子橋

朝馬秋塵急，天潢晚鏡舒。影圓雲度鳥，波静藻依魚。石棧通星漢，銀河落水渠。無人洗寒露，爲我媚芙蕖。

秋谷平章生日

上宰儒宗重，中台位望隆。承天施块圠，捧日照曈曨。汾洛精靈合，文章運會通。酇侯初亦一作生兆。昴，周翰降維嵩。姬正逢陽復，羲車舍斗中。眉毫齊紺髮，仙骨炯方瞳。鸞鳳翔千仞，貂蟬侍兩宫。天池浮畫鷁，公衮焕華蟲。造命毗元化，書思沃帝聰。山河尊社稷，禮樂賴臣工。韓國蕃宣永，高皇報施崇。從來黄閣貴，只屬紫芝翁。檻竹沈沈翠，庭花灼灼紅。道山藏畫象，詞館轉詩筒。洛下耆英盛，人間壽域同。君王自養老，何羨菊潭東。

泉南孫氏園亭

鑿石通歸汐，浮梁看浴暾。鴨闌萍上甃，鹿柵蘚生垣。薝蔔垂梔子，篔簹長竹孫。書香芸辟蠹，席暖錦裁鴛。交客登仙籍，承家荷帝恩。冰甌蜂蜜溜，酒榼荔漿翻。吹籥花園屋，彈琴鶴舞園。海雲春有態，閩雪夜無痕。誰謂衣裳懶，予今杖屨煩。捋鬚歌月地，翹首望天門。

次韻繼學三首

金爵層霄外，銀猊曲檻邊。含香俱國士，持橐半神仙。豈有遮塵手，應無見麴涎。池清天似水，席暖罽如綿。客送蒲萄酒，人分苜蓿田。書思趨豹省，掞藻賦龍船。時上京自大都移舟至。誰念馮唐老，爲郎白首年。

雞塞西寧外，龍沙北極邊。有天皆入貢，無地不生仙。鵠玉光含水，驪珠溼帶涎。香清堪閉閤，衣薄豈
勝綿。珥筆遊鼇禁，扶犂占鶴田。酒來揚子宅，人上剡溪船。自信篇章貴，能歌擊壤年。
丞相晨趨漏，元戎夜拓邊。碧雞崇漢畤，丹藥監秦仙。敢謂鼇頭選，初逃虎口涎。柳詞方濯錦，雪賦已
抽綿。豔豔金爲屋，輝輝玉滿田。客衣隨楚製，鄉夢逐吴船。所賴三階正，螭坳記有年。

陪可用中議祠星於天寶宫

教命司諸席，元辰集醮筵。星君符介壽，歲紀輯安躔。炬焰天無夜，熏焚樹有煙。音如緱嶺上，拜似竹
宫前。蕊笈祥延世，飈輪儼御仙。日餘青煒接，宿耀闕壇連。象緯昭重潤，齋明祝大年。步虛垂珮響，
奠幣織文鮮。誠感將馨祀，神娱樂鼓淵。蕃釐歸帝胄，孚祐播農田。

崇真宫西梨花

春日梨花下，相逢把臂行。香痕憐粉白，酒暈惜紅輕。影動簾穿燕，聲來樹度鶯。共當拚一醉，莫待鬢
華生。

明日在羅中官園池次韻

帝里春光媚，花前可獨行。額黄團帶小，眉緑畫痕輕。蕩槳波浮鷁，裁衣粉妒鶯。却愁風信惡，明日樹
陰生。

盧師山下過郝景文參政墓

故相聲名遠，荒阡松栢長。地能終不夜，天暮借飛光。舊客驅車過，新詩灑淚傷。千年此山下，樵牧禁牛羊。

送史正翁經歷之嘉興

京華春滿眼，楚客榜船歸。花送行衣舞，鶯從上苑飛。尊鑪隨俸入，桑苧接田肥。鈴閣文書少，還知小吏稀。

姚左司墨竹爲賈仲章尚書賦十韻

江渚春生雨，山楹夜宿雲。籜鱗穿石錦，節粉帶書芸。玄玉昆刀削，素絲并翦分。魚竿方問野，鳳管已招君。莫作宣房楗，還歌華澤文。露零忻鶴警，星度恐螢焚。影似風檣見，聲如雪幌聞。裁冠終有製，作屋更無氛。移植驚燕叟，盤根識楚妘。中郎揮墨汁，宗伯侑鑪熏。

送宋誠夫〔大〕（太）監祠海上諸神

上聖崇明祀，元臣屬有文。内香開寶炷，制幣出玄纁。授節臨前殿，傳臚聽後軍。酒清黄木廟，魚祭武夷君。颶母應囘雨，天妃却下雲。不勞風有隧，猶願楚無氛。漕粟瑯琊見，還珠合浦聞。穹蒼天坱漭，溟渤氣絪緼。龍户編魚賦，鮫人織霧紋。時祠光炯炯，宣室語欣欣。鵬運連番舶，軺歸顧冀羣。觀書曾拜洛，歌賦不横汾。越水琉璃静，閩花茉利熏。伏波封莫請，宵旰念華勛。

求趙伯顯畫家山圖用唐李中韻

春雁南來後，家書一紙無。山花應向日，陂水計通湖。羸牸衣資絮，生蠶薄藉蘆。久宜拂白石，强此伏青蒲。琴客分抄譜，仙翁許借壺。園紅榴火鍊，沼緑芡盤鋪。嵐氣飄簷隙，烟光鬱座隅。呼雲横蝃蝀，問月看蟾蜍。倚杖心何逸，觀魚興不辜。新開竹林逕，并乞寫成圖。

猗緑園

殖産吾何取，開林我獨能。縛船嘗取竹，擣紙每移藤。池曲波濤小，花繁霧雨蒸。春雲同礎潤，秋月共江澄。鳳下非因食，魚來不可罾。寫經還道士，裹飯乞行僧。筍屨新青折，荷衣舊翠凝。浮甌茶有乳，溢甕酒無冰。香灺留文篆，書囊剩繚綾。清晨餐玉罷，東坐日初升。

出都

長城懷古處，身在日華東。水出盧龍塞，山連碣石宫。沙鷗終自白，霜樹忽然紅。雲海鴻濛氣，歸飄杳靄中。

登雨花臺

積翠生層巘，凝光浴巨濤。吴城花覆井，楚舸竹栽篙。地近魚龍逼，天空鶴鸛高。野橋皆蝃蝀，溪水盡蒲萄。雨石逢芝箭，風林得鳳毛。臙脂兒女小，罨畫鬼神饕。六代都銜璧，三山尚戴鼇。故宮猶荏苒，古樹漫周遭。仙洞歌瑶草，人家宴碧桃。飯香非接淅，酒好不篘糟。緑霧春連閣，丹霞曉映袍。攀躋忻境勝，跋涉憚人勞。老我才還劣，清資愧重叨。採詩今有使，問俗似無曹。佳麗千年最，聲名一世豪。歲時休澣日，攜手可遊遨。

贈楊洞天道人

我自不入俗，君今又欲仙。鳥啼百花裏，屋住萬山邊。密樹雲難過，空潭月易圓。題詩秋卷了，爲説小行年。

五言六首

太行東北去，形勢自天分。一葦航吴越，千車輓朔雲。衣冠今復盛，豪傑古猶聞。欲獻三都賦，茫然愧不文。

不作還山夢，因吟李杜詩。平生無飽飯，抵死只憂時。事實兼唐史，風流揖楚詞。山川舊遊處，千載有餘悲。

好去春山路，騎驢罨畫中。徜徉紫芝客，憔悴鹿皮翁。得酒寧辭醉，逢人莫語窮。乾坤皆古意，人自不相同。

御史青驄馬，詞臣白玉堂。有才皆展驥，此老尚亡羊。雲海迷舟路，天風失雁行。不須愁白髮，正欲媚幽光。

聞道光山縣，城南十里賒。人家依翠竹，野水亂梅花。應有仙燒藥，寧無客艤槎。行當問田畝，結屋貯煙霞。

栽竹復栽花，居然處士家。有田供白飯，無句咏青霞。春雨浮鄰甕，秋船繫樹槎。漁樵相見熟，來聽讀《南華》。

北行

山轉疑無路，溪深似有雲。衣裳沾沆瀣，鞍馬入氤氲。巖樹花凝晝，崖藤蔓駐曛。佛宫金帀帀，帳屋錦文文。塵坌車争出，霞舒騎亂分。煙中聽犬吠，天畔見人耘。草檄期誅泚，歌詩擬弔賁。家家收棗栗，處處種榆枌。枕有仙人記，琴無山鬼聞。時巡勞聖主，靈會召神君。泉脈流釵股，松身鏤纈紋。團團留象迹，矗矗立駝羣。龍虎盤南石，貔貅鎮北軍。井鹽仍皛皛，馬酒亦醺醺。越貢珠璣錯，夷琛翠羽紛。弓旌徵隱逸，斧鉞賜功勳。俗已多羊酪，民還賤豕豶。雨餘雷菌長，秋入地椒芬。井邑聯山海，倉箱溢隴汾。白鷹隨雪雁，黄鼠掘田鼢。太祖初飛御，中原正溺焚。劍光明塞道，箭影落冥氛。聖嗣開元極，天聲震大釁。轅門方納禹，國鏡又收員。降主來銜璧，奔君自束緼。只今修栒簴，何但去輓轒。公子衣縫掖，王妃曳練裙。期縣堯曆祚，物阜舜風薰。學士工謨訓，成均載典墳。小臣難頌德，祇合採書芸。

送同年趙繼清尹安陸

席帽文場裏，于今十七年。白鬚俱滿鏡，墨綬獨行田。鵜罣知吾刺，鸞棲覺汝賢。高才多晚達，未可歎迍邅。

寄舒真人

金闕來華蓋，琳壇集羽衣。石因鍾乳膩，松爲茯苓肥。劑墨香翻杵，修琴玉布徽。天低臨象緯，日近逼光輝。竹裏開長逕，池邊蔽小扉。紅迷霞綺錯，緑漲水環圍。仙杏葩凝赤，蟠桃蕚翦緋。龍來還獨宿，鶴去更知歸。割蜜蜂先避，銜書鳳自飛。祠雷陳古磬，符鬼掣靈旂。丹井泉偏冽，銅盤露未晞。俗人那得識，詩客盡相依。伊我逢休澣，從兹詠浴沂。憑師消鄙吝，猶可採山薇。

送華山隱之宗陽宫

江閣魚龍近，山房霧雨多。地清天不暑，池曲水無波。筍籜迎書帶，櫻桃送錦窠。呦呦呼伴鹿，喔喔换經鵝。養素行緉屐，乘閒坐織蓑。幾篇餐玉法，一帙醮星科。香炧沈銀葉，衣裾佩紫荷。丹光留海月，絳景出松蘿。醉憶泉浮乳，幽憐石爛柯。神君攀緑桂，天女踏青莎。邀客登山頂，尋真入澗阿。洞簫吹道曲，雲紙寫魚歌。予髮今如此，君心可奈何！高談見明月，爲我問娑羅。

石田山居八首

甲子人愁雨，河田麥已丹。歲凶捐瘠衆，天遠禱祠難。賈客還沽酒，王孫自飽餐。更憐鵞面黑，征戍出桑乾。

積雨衣裳溼，愁人是麥田。泥將深没馬，霧欲墮飛鳶。爨火勞薪盡，家居老屋穿。牆根雜蛙蚓，擬買繫籬船。

光山楓製錦，潢浦菼飛緜。秋熟何論酒，魚來不計錢。卜鄰多野老，求藥有神仙。爲客留虀筍，清晨步石田。

四月淮天雨，清林蔭碧池。筍香鄰甕酒，禽響一作聽。客窗棋。田鼓春迎社，鄉巫夜賽祠。漸知飄泊久，自覺是農師。

無麥夫何極，吾憂隴畝空。豈能驅盜賊，得忍鬻兒童。荼蓼充腸熟，樵蘇救口窮。無端縣小吏，召役到疲癃。

作客何多意，淮南即是家。自牽蘿屋小，不正葛巾斜。書懶眠尤熟，詩來酒更賒。春天雲嫵媚，相對坐鷗沙。

竟日無賓主，山房一秃翁。竹光浮晝碧，花蕊颭春紅。田父分雞桀，一作栅。鄰僧乞一作與。鶴籠。時行親杖屨，未覺坐書空。

淮南窮僻地，先世有林廬。花曙鳴山鳥，芹春躍岸魚。鼓琴仙度曲，種杏客傳書。朋舊如相見，休嗔禮法疏。

用樂天韻因效其題詠閒意

繅絲車響雨來稀，罨畫圖中住翠微。村北村南桑扈叫，家前家後竹雞飛。青憐藤蔓春牽屋，緑愛荷盤夏翦衣。更憶江天家萬里，行逢僧子借船歸。

壽郝大參

退傅歸來髮尚青，角巾閒對老人星。鳳凰池上辭松閣，鸚鵡洲邊買竹亭。留客只談三里霧，見人不問五侯鯖。慚無剛卯爲公壽，他日淮南種茯苓。

寄隱士

林下蕭然一病身，可憐家計若爲親。葛花藤蔓供山貢，菰米蓮房給水珍。鶴子見貧能代僕，犬兒知主會憎人。清朝日日弓旌出，誰説巢由不肯臣？

奉和奧屯都事秋懷

靈河七夕巧雲稠，墜露聲清夜得秋。月冷桂花飄左界，山寒一作空。又作深。荔子落東甌。人憐紈縞裁衣袂，誰借蒲葵翦扇頭？竹影近窗砧杵急，夢隨南客問行舟。

雙頭菊

金屈卮邊醉袖垂，秋雲如幄貯仙姿。寒生小曆回鸞動，香入流蘇睡鴨移。結綬巧承西顥曲，落鈿羞帶月支眉。青霜爲我催憔悴，銀屋何人怨别離？

送忽都達兒著作祠岳瀆 戊午狀元。

日長東觀著書清，絳薦龍香爲帝擎。山□發靈銀甕出，河宮迎節馬圖明。行觀謡俗期星使，歸奏蕃釐拜月卿。千里楚鄉乘傳去，鬬人應識棄繻生。

和繼學郎中送友歸越中

薊門東望海無波，誰許山人問薜蘿。雀舫春聲留水燕，鵠袍秋影動天鵝。鑑湖草滿芙蓉少，鄞縣一作水。潮來牡蠣多。羞見京塵遮帽頂，羊裘亦欲换漁蓑。

輓何得之先生

手織烏紗日賣錢，全家閒一作移。住五雲邊。伏生有女書空在，伯道無兒世共憐。北市行歌花爛熳，西亭坐嘯月嬋娟。少微光氣一作星彩。今年闇，知是詩隨過海船。

錢塘潮

石橋西畔竹棚斜，閒日浮舟閲歲華。金鑿懸崖開佛國，玉分飛瀑過人家。風杉鸛下春鳴垤，雨樹猿啼暝蹋花。欲賃茭田來此住，東南更望赤城霞。

追和許渾遊溪夜回韻

溪水連雲過竹間，溪聲雲影半潺潺。鶴來近屋童看熟，鷺下長松客對閒。直待月痕侵石隝，還期煙色認柴關。人生豈獨官爲貴，好向君王乞越山。

賦王叔能宅芍藥

鶯粉分奩豔有光，天工巧製殿春陽。霞繒襞積雲千疊，寶盉凝脂蜜半香。並蔕當階盤綬帶，金苞向日剖珠囊。詩人莫詠揚州紫，便與花王可頡頏。

上京翰苑書懷三首

沙草山低叫白翎，松林春雨樹青青。土房通火爲長炕，氈屋疏涼啓小欞。六月椒香駝貢乳，九秋雷隱菌收釘。誰知重見鼇峰客，颯颯臨風鬢已星。

門外春橋漾綠波，因尋紅藥過南坡。已知積水皆爲海，不信疏星又隔河。酒市杯陳金錯落，人家冠簇翠盤陀。薰風到面無蒸暑，去鳥長雲奈客何。

萬里雲沙碣石西，高樓一望夕陽低。谷量一作深。牛馬煙霞錯，天險山河海岱齊。貢篚銀貂金作藉，官窑磁盞玉爲泥。未央殿下長生樹，還許尋巢彩鳳棲。

次韻王參議寄上京胡安常諸公二首

石甃冰澌古不消，廣寒張樂喜聞《韶》。五防戲馬春旗合，百隊回龍曉仗朝。閶闔門高承藻井，番禺縣遠貢鮫綃。年年載筆陪京道，題柱相如又過橋。

省中温樹晝陰陰，郎署熏衣盡麝沈。星近紫垣明上界，日行黄道對天心。和鸞秋駕車塵静，佩玉朝鳴漏水深。好乞龍門灘上石，種桐千尺斵爲琴。

貢院憶繼學治書

棘闈粉署隔重牆，校藝分官屬正郎。五夜風簾燒蠟燭，九天冰樹剤龍香。周旋接武尚書履，供帳留茵御史牀。臚唱閶門春色曙，侍臣應奏慶雲章。

治書寵和誤用光字仍再次韻

金吾魚鑰限南牆，襆被淹旬借直郎。燈轉九枝回晝景，筆題雙榜奪春光。番禺珠琲寧無樹，勾漏丹砂信有牀。明日大廷親策試，昭回雲漢見天章。

治書再和復次韻

西南春巷杏花牆，索米長安漢戟郎。市裏忽聞雞吐綬，海邊還報鳥含香。月移桂樹通階石，芝發銅池謝井牀。儤直閤門休沐夕，新詩刻燭賦千章。

貢仲章待制寵和次韻

宮雲光影度椒牆，待制官高不是郎。夕拜日升龍尾道，朝回天賜馬人一作牙。香。戴憑久負談經席，阮籍唯知近酒牀。春巷杏花開未遍，門前欣得碧霞章。

畫古木

桑空河上生賢相，楓老山中化羽人。未借九關當地軸，還曾八月上天津。雷燒桐尾琴材古，玉刻龍形劍具新。雨蝕蒼皮苔護石，泉舂玉乳月翻輪。東隄楊柳春煙暖，西浦芙蓉曉露勻。偃蹇孤根巖壑氣，我知棫樸不爲薪。

鄢陵別南客

稜層林表白浮圖，古鄢城高旅望孤。秋雨喜沾粱土麥，暝煙愁合楚田蕪。行人北上隨沙雁，歸客南還對渚鳧。溱洧波清多草樹，百年生聚尚繩樞。

寄弘長老雲山

曙雨初生螮蝀橋，梵山吟唄不移朝。曾分禪榻春盤礴，更想雲山夜寂寥。繭紙題詩尋伴少，郫筒沽酒入城遥。佛龕千丈金銀界，照世酥燈弟子燒。

龍虎臺應制

龍虎臺高秋意多，翠華來日似鸞坡。天將山海爲城塹，人倚雲霞作綺羅。周穆故誇《黄竹賦》，漢高空奏《大風歌》。兩京巡省非行幸，要使蒼生樂至和。

徽政院公退

早春天氣半晴陰，坐隔宫牆望上林。御水有波皆浴鳳，官橋無柳不拖金。相風竿直青雲近，井榦樓高緑霧深。朝路暮歸塵更合，五方調馬出駸駸。

奉陪薦食英宗神御殿用繼學韻

垂石松陰偃翠虬，先皇曾此駐龍輈。茂陵弓劍隨天御，原廟衣冠奉月遊。藉玉已行周制度，酎金不罰漢諸侯。百馨水陸修菹醢，望拜孤臣涕莫收。

送王參政上京奏選二首

滇池細馬踏龍沙，宰一作參。相朝天路不賒。峽裏琴泉春作乳，月中珠樹夜成花。三千禮樂尊儒術，百二山河壯帝家。魚上禹門無點額，直郎宣奏日當衙。

千官吉日聽宣麻，白髮文一作詞。臣帝汝嘉。池鳳有毛皆五色，蕊珠無樹不三花。緑綈詔底書分兩，紅錦囊中字翦霞。天路北盤三十六，歸時秋月滿京華。

贈内

幾年不到鹿門山，妻子相看亦强顔。桂樹有枝曾獨折，女蘿無蔓不同攀。仙人樓上騎黄鶴，野客籠中放白鷴。莫恨五湖波浪闊，鬢毛歸去未全斑。

畫海棠圖

石家五尺珊瑚樹，海國千房火齊珠。風雨春寒圍錦護，豔陽天暖倚闌扶。浣時應貯芙蓉水，香處重熏翡翠鑪。紅膩不隨蜂觜蝕，粉匀終爲蝶身敷。葳蕤綵纈盤仙綬，襞積雲羅落舞襦。青帝化成非幻有，杜陵吟老却知無。催開每賴尌鸚鵡，吹落還因唱鷓鴣。曾見赤城花亞蕊，丹鉛此去不須圖。

送毛真人還山

朱提仙印碧霞裳，賜履承恩自尚方。雨灑石壇苔錦滑，日穿油幌竹書光。葉鳧此日還滄海，漢鵠當年下建章。琪樹萬叢芝萬本，江南歸路水雲鄉。

奏對興聖殿後

萬花簇錦寶簾垂，化日舒舒漏下遲。馬酒金盤流沆瀣，凌人玉井出琉璃。侍臣橐筆皆鵷鳳，御士櫜弓盡虎羆。他日滄洲應夢想，紫宸端御放朝時。

雜詠二首

百丈牽船泝上流，清淮從古有三洲。浮山堰逐降王去，淝水波因小謝收。紅樹有霜還可騎，白蘋無雨更宜舟。平生自是多行役，莫信吾家馬少游。

濠梁無客更觀魚，遊子行過莫問書。潮落沙痕鷗泛少，風回雲影雁行疏。歸帆夜宿山前寺，從橐秋辭仗外車。俯仰此身天地内，滄洲重去帶經鉏。

西山

鳳城西去玉泉頭，楊柳隄長馬上遊。六月薰風吹別殿，半天飛雨灑重樓。山浮樹蓋連雲動，露滴荷盤並水流。艤岸龍舟能北望，翠華來日正清秋。

試院雜題五首

小雨霏微不作泥，棘闈魚鑰待晨雞。銀袍影近花燈立，綵户光連粉署題。霡霂已霑文運慶，絪緼猶覺化鈞齊。端門三月黄金榜，應有商霖應上奎。

蓮炬銀臺墮蠟泥，氍毹重席織文雞。計偕萬里人交趾，骨買千金馬月題。省樹春回珠蕊亞，御溝冰泮纈波齊。臚傳名上多龍虎，昨夕官占已報奎。

春闈新雨透花泥，學士聯詩擬鬬雞。騕褭龍媒來大宛，狻猊獅子出雕題。宫花壓帽牌金小，宫錦裁袍綏綵齊。奏牘三千方朔健，天章爛熳象西奎。

歌詩且莫到青泥，好倩王褒頌碧雞。人去淮南愁米價，雁來江北問書題。催花曉樹飄簾密，滋麥春膏覆隴齊。最喜泰階平在位，衆星分次繞明奎。

遊客春來醉若泥，攝官一月伏雌雞。連茵夜聽同年語，寫紙朝分舉子題。畫閣薰香金篆鬱，銀臺燒燭玉蟲齊。太官已具恩榮宴，列宿重輝想次奎。

光山縣尹孔凝道作縣有聲鄉人爲圖 一作「題光山縣孔宰豳風亭」。

光山近在故山西，樹滿江頭稻滿畦。鄰屋讀書相教授，社祠醉酒共提攜。水牛礪角嫌耕淺，野繭抽絲喜價低。春雨行田無從吏，獨騎齋馬畏青泥。

無題四首

瓦溝銀竹曙翻江，閬苑涼風滿石幢。葛令寄來丹臼一，陶公歸去酒瓢雙。梧桐寂寞陳公井，薜荔扶疏玉女窗。天畔帝車呼小鳳，桂花流水夜淙淙。

鶴城十二疊瑤光，琪樹懸秋四面香。蛺蝶染花生粉白，玻璃著酒暖金黃。熏鑪舊夢憑荀令，燭釦閒吟屬沈郎。南國雁來書不至，江樓誰爲製荷裳。

三湘瀟灑恨無潮，烏鵲填河願有橋。丹穴鳳來龍樹遠，海門魚去蜃樓遥。已知京兆誇高髻，不信章華鬬細腰。船尾横江春水急，長年無事醉吹簫。

愛酒書生白髮垂，鸞膠獺髓豈能醫。漢宮鬭草端陽節，唐殿穿針七夕時。竹上蠣房真可買，石間芝箭似難移。揚雄擬奏河東賦，但乞君王酒一卮。

次前韻四首

岷峨山下錦成江，好買玄都翡翠幢。竹種篔簹千萬个，鳥飛鸂鶒兩三雙。銅龍漏下春生水，金馬神來霧入一作斂。窗。花落天台招小隱，胡麻飯熟石淙淙。

切玉龍刀寶氣光，袷羅半臂麝臍香。荔枝囊密嫣嫣紫，盧橘團金顆顆黃。秦氏故侯更漢主，石家小婦嫁孫郎。江心誰鑄芙蓉鏡，照見嫦一作姮。娥織翠裳。

錢塘八月水生潮，邛筰千年竹架一作作。橋。簟織龍鬚天路近，衣裁蟬翼渚宮遥。府中丞相魚垂帶，閫外將軍箭插腰。無奈黄金閒買賦，雲間學得鳳凰簫。

樂部韋娘舞小垂，病來能召一作識。翰林醫。嗔人書奏三千牘，勸客歌詩十二時。金谷花枝隨雨盡，石城江水逐潮移。世間若有神仙術，西去瑶池醉酒卮。

龍門

萬壑奔流一峽開，君王歲歲御龍來。人間塵土常相隔，天上星辰到此回。草木四時承午日，風雲半夜束春雷。自慚曾奏《長門賦》，跋馬傍徨念暴鰓。

還過龍門

紫塞秋高鳳輦回，龍門有客去還來。盪摩日月崑崙坼，吐納風雲混沌開。天帝有神司主宰，地靈無力戴崔嵬。誰吹石瀨成飛雨，不使時人污酒杯。

駕發上京

蒼龍對闕夾天閶，秋駕淩晨出國門。十里貔貅騎驂裹，一雙日月繡旗旛。講蒐獵較黃羊圈，賜宴恩沾白獸尊。赫奕漢家人物盛，馬卿有賦在文園。

和袁伯長待制送虞伯生博士祠祭嶽鎮江河后土

房闥歌兒翠黛攢，不禁夫壻陟崔嵬。一春花好人相别，四月梅黄雨又來。酒酌玉缸酣臉暈，香消銀葉燼鑪灰。祠官好致君王意，早奉神休馬首回。此題《清容集》本是兩韻。《石田集》亦載二首，而前一首低字韻見《薩天錫集》，各本皆然。及《元音》、《體要》諸選，亦俱作薩詩。豈伯庸、天錫各存一詩耶？抑其中必有一誤也。姑仍其舊以俟考。

琉璃簾

吳儂巧製玉玲瓏，翡翠蝦鬚迥不同。萬縷横陳銀色界，一塵不入水晶宮。月華遠射離離白，燈影斜穿細細紅。相隔神仙纔咫尺，靈犀一點若爲通。

菊枕

東籬采采數枝霜，包裹西風入夢涼。半夜歸心三逕遠，一囊秋色四屏香。牀頭未覺黄金盡，鏡底難教白髮長。幾度醉來消不得，卧收清氣入詩腸。

野興

滄洲梅發月生波，屋角寒藤半挂蘿。孤石隱林真似馬，亂雲渡水却如鵝。步隨野老逢人少，閒過鄰家有酒多。轉憶淮南粳稻熟，夜歸衝雨借田蓑。

開平事

金馬門東畫省西，千官花覆曙光低。九莖芝蓋雲衣合，百石銅盤露顆齊。鹿栅已營修竹隝，燕巢還補落花泥。上林伏日金桃熟，鸚鵡來時不敢棲。

次韻進士宋顯夫海岸春行

靈沼春波殿影高，行人苑外望蟠桃。街塵曙雨沈紅霧，宫瓦晴霏動翠濤。鳥度鏡中還避彈，魚跳船尾不因篙。曲江别有新承宴，笑我官曹似馬曹。

駕發

紫繡鸞旗不受風，北都駕發日曈曨。九秋宮殿明天外，十部簫韶起仗中。白海水波浮曉緑，赤城花蕊帶春紅。神皋不用清塵雨，輦路龍沙草藉重。

送宋顯夫南歸

琵琶溝北識君初，藉甚才華二十餘。欲賦兔園干孝邸，不同狗監薦相如。瀟湘路熟逢知己，韋杜天低望故居。攜幼歸來拜丘隴，南遊莫戀武昌魚。

寄淡淵提點

仙客吹簫踏月輪，因遊淮海誤尋真。松花擣藥分貧士，柿葉題詩寄遠人。秋浦有潮留載酒，春雲不雨取裁巾。江都千樹隋宫柳，曾見先生緑髮新。

送客西歸

陸機初入洛，王粲却歸秦。春草無愁思，楊花送遠人。

雪中登郡城西亭二首

石路屐齒滑，天風吹高寒。花明喜珠綴，竹瘦愁露溥。

楚甸無層冰，霢霂土膏溼。更憐三角湖，澄徹瑩寒碧。

弔節婦

白日松臺閟，青山石椁沈。空餘哭夫淚，下入九泉深。

題四皓圖

不聽高皇召，還來太子宮。阿嬰人禍，吾恨紫芝翁。

僧院蜀葵

紫暈成丹景，黃敷綴綠幢。何因女冠子，却近老僧窗。

閒題樹葉上

秋意鳳城多，涼颸奈夜何？題詩滿霜葉，不見洞庭波。

山水圖

石壁雲生樹，濤江雨闇船。居人屬仙籍，長負免丁錢。

李陵臺二首

故國關河遠，高臺日月荒。頗聞蘇屬國，海上牧羝羊。

蹛林聞野祭，漢室議門誅。辛苦樓蘭將，淒涼太史書。

畫鷹

側視窺霄漢，低飛近草萊。金韝時一脱，肉飽更須回。

題猿圖

江渚無來雁，山樊有宿猿。秋高盧橘熟，巴月樹連村。

黄河

塵海東南下，雲山西北高。黄流蕩中濡，萬里費波濤。

獨石

秋瀨喧石梁，臨流不肯渡。與客坐忘歸，山寒日將暮。

六言三首

南塘雨晴草滿，西林春早花疏。道士燒丹借竈，山翁種樹求書。

白鳥飛來何許，青山閒對誰家？日暮一尊濁酒，不知風帽欹斜。

絶澗花迎暮竹，回塘水媚春雲。欲賦淮南招隱，山中桂樹留人。

楊妃墓

漢廟衣冠照碧燐，唐陵翁仲作黄塵。馬嵬坡上棠梨樹，猶占秦原幾日春。

南城二首《元文類》作《竹枝歌》。

城南牡丹一百本，翰林學士走馬來。渡水楊花逐飛燕，薊中芳草送春回。一作「翦衣雪影覆春臺」。

栗侯亭前一作「宅中」。花一園，客來日日一作「飲酒」。費金錢。明朝碧樹春城令，恨不江東問酒船。京城南栗侯玩芳亭，仲淵子於同賞牡丹。

驪山二首

繡嶺春來緑樹圓，東風吹影入温泉。華清夢斷飛塵起，玉雁銜香墮野田。

玉女泉邊翠藻多，石池涵影媚宫娥。可憐繡嶺啼春鳥，猶似梨園弟子歌。

河湟書事二首

陰山鐵騎角弓長，閒日原頭射白狼。青海無波春雁下，草生磧裏見牛羊。

波斯老賈度流沙，夜聽駝鈴識路賒。採玉河邊青石子，收來東國易桑麻。

七夕舟中苦熱

嘗憶銀牀桐泣露，更思玉椀蔗流漿。天孫初嫁龍綃薄，却恐秋河入夜涼。

戲馬臺

將軍一叱靡一作廢。千人，未可掀髯便笑秦。枉築高臺閑戲馬，漢王將地擬功臣。

春日卽事

梨花白罷海棠紅，誰爲韶光次第工。小閤卷簾春事晚，竚看蝴蝶過庭東。

送胡古愚還越二首

越江秋水得霜清，夜夜天南婺女明。客子布衣風又急，世間無用是才名。

送客歸山天正霜，吳江蟹美橘初黃。上林千樹櫻桃熟，莫戀金華是故鄉。

過故相宅

瓦墜當簷燕不來，白頭老妾賣花栽。舊時小吏今身貴，羞近門西上馬臺。

閩浙之交三首

閩嶠人居罨畫圖，客行只欲望京都。筍輿軋軋相思嶺，秋雨空濛叫鷓鴣。

路入閩中盡翠微，家家蕉葛作秋衣。石牆遮竹松園屋，時有丹禽哺子歸。

山溪秋瀨急飛淙，萬斛跳珠濺石矼。閩女唱歌來漂苧，素馨花插髻丫雙。

誚燕

風雨池塘鬬頡頏，春來秋去一生忙。世間多少寬閒境，辛苦營巢傍屋梁。

五月芍藥

紅芍花開端午時，江南遊客苦相疑。上京不是春光晚，自是天家日景遲。

潘居士施飯

飯飽千僧洗鉢歸，生臺飢鳥拂簷飛。山中丈室維摩病，獨向長松挂衲衣。

駿馬圖

天馬西來入帝閑，風鬉霧鬣駁文班。房星一夜光如水，却怨龍媒萬里還。

貢院次曹子真尚書韻二首

杏園三月换銀袍，燕子西飛背伯勞。賦罷長楊傳唱急，天門金榜日華高。

紅綾餅餤出宫闈，賜宴恩榮玉殿西。白髪詞臣曾射策，榜名欣見武都泥。

和史參政韻　一作「殿試和李參政韻」。

五雲天近晝香殘，紅白花枝滿藥闌。一夜東風吹小雨，殿頭持卷隔簾看。

丁卯上京四絶

山雨晴時已是秋，苑中行殿日華浮。長楊十里旌旗宿，不使飛霜入畫樓。
離宫秋草仗頻移，天子長楊羽獵時。白雁水寒霜露滿，騎奴猶唱蹋歌詞。
海國名鷹豈鶻胎，渥洼天馬是龍媒。明時不惜黄金賜，只欲番王萬里來。
持橐詞垣已賜金，對衣侍拜更恩深。何如坐索長安米，只有詩歌滿翰林。

御溝春日偶成二首

御溝流水曉潺潺，直似長虹曲似環。流入宫牆才一尺，便分天上與人間。
水南沙路雨清塵，桃李花開蛺蝶春。三月京華寒食近，東風十里酒旗新。

趙中丞折枝圖

洛陽春雨溼芳菲，萬斛臙脂染舞衣。帳底金盤承蜜露，東家蝴蝶不須飛。牡丹。
乘槎使者海西來，移得珊瑚漢苑栽。只待緑陰芳樹合，蕊珠如火一時開。石榴。
館娃宫裏醉西施，不覺秋生水殿時。酒病却嫌丹粉惡，洗妝天上影娥池。芙蓉。

火齊珠紅拂翠翹，石家步障曉寒消。千枝蠟炬燒春夜，羯鼓催花打六么。山茶。

代悼亡爲陳云嶠作

燕子樓空花不開，繡簾天晚月初來。手痕留在紅牙板，猶有餘香妒落梅。

次王參政延福宫韻二首

蕊珠宫闕畫雲扉，么鳳桐花白日飛。冰水藕絲清暑宴，偷桃方朔醉忘歸。

唐家漲水望雲亭，三月千花隔障屏。不似仙人華緑洞，雙笙吹鳳五芝庭。

題吴娃圖二首

金蓮燭下看蛾眉，應是吴王半醉時。一自館娃宫壞後，仙魂都上落花枝。

千兩金盤浴小兒，玉釵雙墮燕差池。繡窗白日無針線，却笑羅敷不畫眉。

吴宗師送牡丹

十五年前花發時，仙翁邀賞醉瑶池。如今頭白無情思，只見瑶池花滿枝。

楊村

霜明野水曉粼粼，蘆葉黄時少白蘋。船上忽逢吴客子，牽衣雙手拂征塵。

絶句

一春不得見花開，何況飛紅墮酒杯。今日城南花萬樹，看花不肯放春回。

絶句七首

吴王蓮宫夜張樂，急管哀絲翠簾幕。可憐西子眉少顰，坐使長洲百花落。

天上冰蠶白雪絲，裁成紈扇好題詩。南風恰住西風起，莫道班娘有怨詞。

初嫁郎時正盛年，畫眉塗頰鬬嬋娟。只知百歲專房寵，誰料君恩不似前。

江南女兒年十五，兩髻丫丫面粉光。小紅船上採蓮葉，北客初來應斷腸。

盈盈小客抱琵琶，歌舞王孫帝子家。彈得開元教坊曲，金錢還只當泥沙。

翡翠明珠載畫船，黄金腰帶耳環穿。自言家住波斯國，只種珊瑚不種田。

甬東賈客錦花袍，海上新收翡翠毛。買得吴船載吴女，都門日日醉春醪。

寄示男武子

爛熳天孫織錦機，春風吹雨洗芳菲。香泥滿地臙脂溼，只許新來燕子飛。

桃花馬

白毛紅點巧安排，勾引春風上背來。莫解雕鞍橋下浴，一作洗。恐隨流水泛天台。

南方賈客詞

江岸琅玕悲帝婦，雲光漏日波含霧。瀧船春下鷓鴣林，青幘蠻郎占龍户。千尋高杉生翠微，北人去買椒葛衣。雞骨卜神銅鑄鼓，却意冰紈將北歸。

踏水車行

松槽長長櫟木軸，龍骨翻翻聲陸續。父老踏車足生繭，日中無飯倚車哭。乾田犖确稺禾槁，高天有雨不肯下。富家操金射民田，但喜市頭添米價。人生莫作耕田夫，好去公門爲小胥。日日得錢歌飲酒，朝朝買絹與豪奴。識字農夫年四十，脚欲踏車脚失力。宛轉長謡卧隴一作「隴畝」。間，誰能聽此無悽惻。

繅絲行

繅車軋伊繭抽絲，桑薪煮水急莫遲。黄絲白絲光縰縰，老蠶成蛹啖兒飢。田家婦姑喜滿眉，賣絲得錢買罦羅。翁叟慣事駡婦姑，只今長男戍葭蘆。秋寒無衣霜冽膚，鳴機織素將何須。翁叟喃喃駡未竟，當門叫呼迎縣令。騶奴横索馬鞭絲，婦姑房中拆纑經。

拾麥女歌

鵻飛，桑扈鳴，老蠶入簇繭欲成。原頭腰鎌者誰子？刈麥歸家作餅餌。心知棲畝有滯穗，惻惻忍收寡婦利。寡婦持筐衣藍褸，終朝拾麥滿筐筥。兒啼婦悲竈無火，寒漿麥飯晡時取。豈不見貴家妾，豈不知娼家婦，繡絲繫襦蓮曳步。銀刀鱠魚佐酒杯，狎坐酣歌愁日暮。拾麥女，拾麥女。爾莫嗟，爾莫憂，人生賦命各有由。前年貴家妾，籍入爲官婢。今日娼家婦，年老爲人棄。貧賤艱難且莫辭，畢竟榮華成底事？

古樂府

天上雲片誰翦裁，空中雨絲誰織來？蒺藜秋沙田鼠肥，貧家女婦寒無衣。女婦無衣何足道，征夫戍邊更枯槁。朔雪埋山鐵甲澀，頭髮離離短如草。

河西歌效長吉體

賀蘭山下河西地，女郎十八梳高髻。茜根染衣光如霞，却召瞿曇作夫壻。紫駝載錦涼州西，換得黃金鑄馬蹄。沙羊冰脂蜜脾白，箇中飲酒聲澌澌。

淮南田歌三首

東塘水初滿，西塘泉又生。春風兩塘側，多少路人行。

蒲生亦有筍，菰生亦有米。可憐芙蓉花，照影秋塘裏。

借錢買鹽茶，倩人蒔早秧。日望秋田熟，仍防野鴨傷。

淮南魚歌三首

棹船淮水上，曬網赤岸南。船中捕來魚，賣錢買魚籃。

小艇如鳧鷖，湘東柴杉木。載家復捕魚，夜夜繫江竹。

渡江問魚價，人來索酒錢。婦姑亦不惡，便煮縮項鯿。

和王左司柳枝詞二首

郎君巧歌《楊柳枝》，柳眉初出學月支。隋隄千樹煙光暮，不如柳眉初出時。

鳳城三月草色青，池塘飛絮相飄零。風吹宛轉低撲人，長空一作天。白日流榆一作疏。星。

和王左司竹枝詞二首

日邊寶書開紫泥，内臣珠帽輩步齊。君王視朝天未旦，銅龍漏轉雞人一作「金雞」。啼。

金鑪寶熏留篆雲，花間百舌鳴一作啼。早春。五坊戲馬賽争道，傳聲一作宣。催賜十流銀。《西湖竹枝詞序》

云：中丞詩名敵虞王。西夏氏之詩，振始于《石田集》也。竹枝，蓋和繼學之作。其音格矯健，類山谷老人。

北歌行

君不見李陵臺、白龍堆，自古戰士不敢來。黄雲千里雁影暗，北風裂旗馬首回。漢家衛霍今何用，見説軍還如裹痛。不思百口仰食恩，豈念一身推轂送。如今天子皇威遠，大積金山烽燧鮮。却將此地建陪京，灤水回環抱山轉。萬井喧闐車戞輪，翠華歲歲修時巡。親王覲圭荆玉畫，侍臣朝紱蠙珠新。高昌句麗子入學，交趾蠻官貢麟角。斗米三錢金如土，國人謳歌將軍樂。將軍樂，四海清，吾皇省方豈田獵，觀風察俗知太平。

車簇簇行

李陵臺西車簇簇，行人夜向灤河宿。灤河美酒斗十千，下馬飲者不計錢。青旗遥遥出華表，滿堂醉客俱年少。侑杯小女歌《竹枝》，衣上翠金光陸離。細肋沙羊成體薦，共訝高門食三縣。白髮從官珥筆行，毳袍衝雨桓州城。

前宛轉曲

紫檀出海南，削成琵琶槽。上有鴛鴦弦，彈曲聲嘈嘈。客問此何聲，新聲名絳桃。一奏桃始華，再奏花枝斜。笑靨頰暈粉，仙源飯蒸霞。度作新聲曲，春樹雙鶯逐。雙鶯擲金梭，魚藻蕩圓波。陌上行車帶結羅，絳桃年少光陰多。

蕭姓淵善鼓琴予嘗爲之作我思操今自和林歸再任巡徼之職于江南比行又求予詩遂爲賦漢銅馬式歌以送之

漢家金銅鑄馬式，求馬相比不失一。塞上將軍得一匹，驌驦如龍高八尺。日斜騎出陰山道，獵獵霜風鳴淺草。鞍後並懸雙白狼，歸來穹廬月弓好。江南緑蕪春接天，只須一抹蹴雲煙。摩訶舊是將軍種，酒涴青衫學控弦。

楊花宛轉曲

空中游絲已無賴，宛轉楊花猶百態。隨風撲帳拂香奩，度水點衣縈錦帶。輕薄顛狂風上下，燕子鶯兒各新嫁。釵頭燼墜玉蟲初，盆裏絲繅銀繭乍。欲落不落春沼平，無根無蔕作浮萍。纈波繡苔總成媚，人間最好是清明。清明艷陽三月天，帝里煙花市酒船。石橋橫直人家好，小海白魚跳碧藻。榆莢荷錢怨别離，不似楊花宛轉飛。楊花飛盡緑陰合，更看明年春雨時。

公子行

緑香繡帳乘流蘇，牀頭三尺紅珊瑚。十八窈窕秦羅敷，曲房小步璫鳴襦。高臺公子吹笙竽，百斛明珠買氍毹。蘭燈桂漿炙文魚，但苦不駐羲和車。

擬唐宫詞十首

華清水殿繡芙蓉，金鴨香消寶帳重。竹葉羊車來别院，何人空聽景陽鐘。

銀牀井冷露溥溥，半臂熏衣釧辟寒。不恨長門冬夜永，小奴休報襪羅單。

長門月轉漏聲催，自熨寒衣減帶圍。休怕官家嫌體弱，細腰曾是楚王妃。

合宫舟泛躍龍池，端午争懸百綵絲。新賜承恩脂粉磑，上陽不敢妒蛾眉。
繭館繅絲溼翠翹，夫人纖指織龍綃。羅襦雙佩清晨響，只恐君王有晏朝。
八姨粉翠錫千緡，脂盝新妝百寶匀。白髮上陽宫女老，補衣重拆繡麒麟。
卯酒微微解宿酲，催花羯鼓變新聲。君王好賜承恩宴，辛苦邊頭百將營。
露蘭研粉壽陽妝，簾内新燒百刻香。圓舌教成鸚鵡語，偷將玉笛送寧王。
銀河七夕度雙星，桐樹逢秋葉未零。萬歲君王當宁立，妾身不怨一作願。命如萍。
花氣蒸霞淑景明，望仙樓上看彈鶯。李謩吹笛宫牆外，學得梨園第幾聲。

書上都學宫齋壁

齋居芹宫旁，永日少人跡。清心慕古躅，簡編頗紬繹。徒自傷迷民，位卑力莫及。苟禄亦可羞，吾將反蓬蓽。

集袁王二學士詩爲首二句祖常足成之

石城月落鴉棲堞，秋浦天清雁拂簷。春送亂紅浮酒面，山飄空翠溼書籤。

鸚鵡聯句同王繼學賦

雕籠居啄桃，袨服儀采緑。南荒孕靈質，西顥發麗曲。頸綬紅縈絲，喙棘赬屈玉。蓄慧婉含章，褫彩粲成縟。能言貫珠舌，善舞凌雲蹻。金眸肖鞲隼，珍畜異巢鵠。層塔寶舍利，深杯注醽醁。流丹曙林度，墮翠春洲浴。石鏡影毰毸，銅梁步陸續。題賦吾豈能，入貢爾應録。

都城南有道者居名松鶴堂暇日同東平王繼學爲避暑之遊因作松鶴聯句

偃雲聳層霄，驚露落古雪。虬枝喜垂澗，鷺羽陋鳴垤。蟠石千歲苓，頂朱百齡血。胎禽哺春巢，乳脂凝沍節。舞蓋竽籟喧，啄粒苔蘚齧。玄玉熏麝煤，碧脛隘雞桀。陟岳秦爵崇，授甲衛軒劣。沐髮豹霧深，引吭鳳竹裂。風馭八極小，河舟三翼拙。魯縞曳褵褷，夏社挺巀嶭。任重明堂材，言歸華表別。拳縮包胥立，堅剛伯夷烈。延世餌方液，顯步炫高潔。作室擅茲美，觀物入獨閲。晢將束囊書，從爾解珮玦。

天慶寺納涼聯句

槐屋夏陰繁，石池暑氣清。高堂瞰福田，邃宇依王城。午磬梵唄集，夜廊酥燈明。龕經鬱金字，璧礎承丹楹。寂寂鴿棲罘，宛宛燕穿榮。露葵炫晝豔，霞藥敷陽英。境閴便靜室，心古樂高情。逍遥祇園賞，迤邐廬社盟。山枕藉雲潤，水簟凝冰輕。飯盂給香積，袈衲褫華纓。共忻朋簪合，敢謂詞鋒并。睥睨荒草棘，横縱按林坰。幽尋振塵鞅，雅談忘飛觥。鄙哉河朔飲，投憤得世名。

貢集賢奎

奎字仲章，寧國路宣城人。自少以文學名，檄爲池州路齊山書院山長。秩滿，授太常奉禮郎，擢應奉翰林文字，兼國史編修。延祐初，遷江西等處儒學提舉，入爲翰林待制。至治初，以母年垂九十，謁告歸。益治園池，蒔花木，築亭曰「愛日」。兄弟奉母游宴其間，鄉人榮之。泰定中，母憂服闋，拜集賢直學士。天曆改元，命代祠北岳、濟淮、南鎮。其明年春，還自會稽，以疾歸故里之南湖，至秋疾愈。十月朔旦早作，謂猶子師文曰：「吾夜夢作詩，有『竹樹蕭蕭夾泉石』之句。其末云『九轉丹成生羽翼』，是何祥也？」語已，泊然而逝，年六十一。贈翰林直學士，追封廣陵郡侯，謚文靖。仲章爲文，閎放儁傀，不狃卑近。大德中，朝廷方議行郊祀禮，諸大臣以仲章識鑒清遠，引置禮屬，多所討論。其在詞林，與元復初、袁伯長、鄧善之、馬伯庸、王繼學、虞伯生輩相唱和，皆一時豪俊聲名之士。晚年萃擷諸禮書，欲定爲一家言而未竟。所著詩文有《雲林小稿》、《聽雪齋紀》、《青山謾吟》、《倦游集》、《豫章稿》、《上元新録》、《南州紀行》，凡百二十卷，悉藏在秘府。明弘治間，曾孫吏部郎元禮編其所存者曰《雲林詩集》，刊行于世。

避暑

避暑北山下，修篁夾林陰。客來澹忘言，稍覺清我心。酷暑尚可避，酷吏不可禁。迹絶畏途轍，涼颸散塵襟。却嗟避名者，猶恨山未深。爲言暑與吏，縱酷何能侵。

敬亭山

名山鎮宣郡，古祠崇敬亭。傑構靚深巖，飛廊引重扃。陟彼百仞高，始覺萬類形。樓殿勢益弘，兵衛森幽靈。增秩覲隆典，綸音播明廷。豐穰走祈報，煙燎浮芳馨。竹樹蔽險壑，虛闌俯南坰。麻姑湖上碧，華陽天際青。神飈颯然起，新涼濯微醒。疏雨映白石，垂虹截蒼冥。永言李謝游，豈惜歲月零。悠悠孤雲去，渺渺從雙軿。招之殊未來，莊思展函經。

荅陳華仲二首

海上三神山，上有學仙侶。泠泠紫簫聲，吹作飛鳳語。回飈蕩溟海，散落成煙雨。豈無知音者，一振九苞羽。持之獻天庭，上以奉明主。

貧賤交有道，富貴多異途。所以古君子，擇交嚴所趨。霜劍閟寶室，烈士發長吁。隔世或相慕，同居分越吳。寥寥千載間，羨彼管鮑徒。

夢故人

千里萬里道，三年二年别。鴻雁去復來，我友音書絶。夢中忽一見，款語情更切。覺來失處所，殘釭半明滅。相思各天涯，長夜寒慄冽。風霜草木變，貧賤不易節。中心諒誰知，素月當空潔。

題董簡卿所藏瀟湘圖

瀟湘在何處？展卷心悠然。是中有雲飛，上與蒼梧連。憶昔弄扁舟，載雪清江天。湘君招不來，明月隨我前。微鐘破征夢，落雁棲寒煙。回首行萬里，攬衣羡孤搴。可憐楚人辭，憔悴窮歲年。圖畫豈不好，此意誰復傳？已矣三歎嗟，臨風叩商絃。

夜坐二首

京國雨初霽，虛堂夜氣涼。新月上團團，坐久流清光。露葉閃明晦，河雲互飛揚。機籟發天秘，起弄琴與觴。千里同今夕，幽愁結中腸。溼螢低復舉，栖鳥亦驚翔。適時物乃貴，人生何慨慷。

夜久境逾靜，居然庭樹秋。氣機發羣動，時節無淹留。涼露浴蟾彩，浮雲澹河流。微生競如髮，瀰思志常周。精爽一以竭，榛煙蔽前丘。道貴善持養，日入當偃休。寄言學仙子，文字徒冥搜。

雪晴

今晨持我書，燕坐雪照屋。閉門謝塵鞅，展卷自朗讀。衆説初若攻，冥思意纔復。旭日上團團，清泉渙春緑。涓涓晴櫩溜，洗眼濺飛瀑。豈不事游觀，驅車泥及腹。永懷同袍士，歲晚在空谷。好風忽東來，起玩庭前竹。

送夾谷伯敬之官單父

燕州連日雨，六月寒裝綿。閉户斷車轍，修途溢如川。朝晴悦物性，槐陰起初蟬。衣篝曝餘潤，照眼階葵鮮。聞君去儀曹，五馬行翩翩。緬懷古單父，高堂坐鳴絃。政理日以媮，寶此千載賢。矧此薦歲饑，夏潦仍相緣。嗷嗷東南州，流移踵車船。死者相枕藉，羸瘠甘棄捐。民命懸守令，瘝瘝誰當憐？君懷策世才，往哉寄承宣。譬彼善牧者，鞭撃非所先。戴星亦有人，何乃任力專。凄凉二子遠，故老應相傳。我昔嘗經游，土風尚熙然。回河抱阡陌，桑麻緑浮煙。豈無稌稻區，草木紛華妍。維兹重責任，慎彼澆俗遷。會徵太史書，家聲振當年。

和袁伯長冬至燕集韻

黄鐘起葭琯，王樹華寶宴。清交寡常流，鏗辭表時彦。盈盈勸浮蛆，裊裊簪綵燕。雅服稱儀新，嘉蔬列鄉薦。香銷神用舒，棋覆心罷戰。培花候奇識，煮茗遂清咽。虚幌雲度英，空簷冰落線。永言悦書玩，亦豈慕盤饌。塵踪合浮萍，芳歲惜流箭。念此遠道逢，□人久懷羡。

題陳氏所藏著色山水圖

獨卧曉慵起，夢中千萬山。推窗煙雲滿，一笑咫尺間。嫋嫋美人妝，金碧粲笄鬟。素波淨如鏡，緑蘋點溪灣。美哉筆墨工，貌此意度閒。孤禽立圓沙，漁舟遠來還。我方厭闤市，坐對忘朝餐。安得林下扉，深居長掩關。

秋日陪大學士趙公憩龍山玄真宫

巖巖居庸關，左挾飛仙居。蒼茫四山合，石徑穿盤紆。人家稍相接，林木何森敷。觚稜生曉煙，玄風凌紫虚。念彼羽流集，豈與世俗俱。溪流轉雲磑，餘潤分園蔬。鐘磬答空谷，齋供薦芳腴。穹碑紀宗傳，道一教乃殊。素餐貴崇本，卒歲事耕鋤。漁父在何許？空有桃花株。坐慚秉文幹，尸禄常曠迂。日暮陟層巔，丹霞成長裾。遥睇空中雲，超然能卷舒。

登齊山

出郭行五里，落日衆山赤。中環翠凝巒，秀色起千尺。風流杜牧守，壯語鐫妙畫。我來嚴冬初，俯仰一今昔。人煙久變故，鬼怪據幽僻。披叢得小徑，往來遭折屐。亂石排犬牙，荒洞泯龍迹。空餘巖前碑，雨日自淋炙。黄花既非時，何以供太白。但須歷層巔，一笑天地窄。

荼蘼架

西園檢春事，積雨斷餘紅。荼蘼壓高架，皎皎晚日烘。翠蔓點殘雪，清香度微風。幽人對之坐，瑩然此心同。徘徊不忍去，片月來高空。宛如萬玉娥，素袖舞雲中。珠璣露顆綴，翠珮煙光籠。愛花不受折，枝柔刺盈叢。擕酒醉其下，慰此良夜終。

宿鳳口會九萬兄

扁舟下滄溟，日暮浮雲散。青山袞袞隨，十里行不斷。古廛集人煙，巉巖臨絶岸。誰知兄弟情，邂逅忽相見。篙師輕波瀾，呼嘯驚夜半。貪程慮涉險，欲往還自算。推篷視天宇，白露下凌亂。衆星亦已没，落月破微暗。念此局促身，倏然重三歎。

登虎丘山

古士雅巾屨，具舟約芳遊。朝晴出西郭，午凉登虎丘。松徑度遥嶺，歷此層級修。當時吴王劍，硎光裂巖幽。平甸眺萬頃，閒瞻煙樹稠。頗聞山僧賢，飛錫下林陬。獨遺方丈室，於焉集清流。一簞可平生，豈惜半日留。煮茗試泉冽，焚香延宿籌。疏雨催晚歸，溪波散浮漚。

河上阻風次韻袁伯長

奔河逆牽舟，北風忽中阻。篙師勇支撑，騰躍勢如舞。塵沙晦高旻，泥水汙后土。雹飛起潛蛟，樹拔亂驚羽。須臾西日霽，雲端散紅縷。維此造化工，而我獲窺覩。故人適同懷，破險出奇語。明朝穩張帆，萬里端自許。

貫州

扁舟放河流，驟暑消雨餘。既忻歸計諧，矧與佳士俱。雲霧重回首，葱蘢鬱瑶居。微波散碧縠，簸蕩明月珠。風急帆滿張，獵獵病股舒。亞樹花換葉，離巢燕將雛。眷彼别時語，不知今何如？簡書豈足畏，青山念吾廬。勿謂道路遥，坐覺山川驅。華樽方自持，相思少歡娱。緘情何以寫，攬情起踟躕。

送九萬兄之樂清主簿

宿雲澹朝暾，春風散輕寒。振衣既行邁，慘别情所難。王事勞蹇蹇，征車戒桓桓。孰云枳棘微，蔚此五采翰。海縣還靡俗，濤江激回瀾。道路豈不遥，懷居誠匪安。勗哉西都秩，願言繼彈冠。

送俞元明之官仙居縣

赤城離東南，蒼巖間石扉。靈槎截塵界，曉日明煙霏。古稱神仙居，欲往事已非。林樹藏野縣，空街行迹稀。之子萬里役，黄塵手頻揮。辛苦事科舉，一笑辭布衣。我公得兹地，扁舟愜南歸。訟簡民俗淳，官清吏仍飢。荒庭齧瘦馬，鉤簾燕交飛。健筆凌青雲，江梅素英蜚。性靜恒自安，謗辭速羣譏。士生亦樂樂，矧以友道微。持觴贈遠别，矢心諒無違。

送張謙仲南臺御史

仲夏炎氣盛，江河沸焦熬。層雲張虚傘，電光掣金鼇。旱魃奮爲虐，九土民嗷嗷。矧兹東南區，颶風挾驚潮。漂流孰可禦，弊積成瘵凋。側聞峩豸冠，遠策神驄驕。冰檗期素守，風霜厲嚴操。譬若激清泠，慰彼方渴消。憂私隱田里，吏牘上下膠。要當得其情，察察窮秋毫。金陵古佳麗，地控荆楚遥。翠柏集飛鳥，蒼鷹擊秋郊。臺端咫尺天，明月手可招。勗哉重名德，山岳非云高。

雜言四首

舉世稱伯樂，顧馬價倍增。價增馬何益，夙負千里能。飢飽燕山雪，渴飲瀚海冰。但令遂真性，超逸非所矜。

楚岡産至寶，草木爲華滋。一朝獻君門，借問識者誰？居然刖其足，九死終不移。枯榮秖自辱，造物真有知。

孤桐挾風雨，麓此龍鬬争。棄置百年後，斲琴發清聲。昔爲溝中斷，今作膝上横。寵榮亦既美，曷若能全生。

鳳飢啄琅玕，飛鳴以其時。儀羽人罕識，寄迹蒼梧枝。城梟飽腐鼠，自得謂過之。貴賤詎不分，已矣隨所宜。

送史高士謁吴閒閒

春水武昌船，帆飛敬亭雨。孤城厭喧囂，聽此檣燕語。揮手謝時人，開胸散煩暑。煌煌闕下書，曳曳雲間侶。真人紫霞佩，執簡授璇宇。攬衣欲從之，神交諒傾許。霽雨沐霄容，風微鵠初舉。游心愜高明，脱屣邁行旅。懷哉會何時？酌彼盈尊醑。

度呂梁洪

朝發下邳山，黄流泝迢遥。吕梁開險關，懸河傾奔號。南通廣越疆，琛貢來千艘。連檣駐其下，祈賽聲啁嘈。岡環岸勢側，廟奠巖陰高。横灘絶東注，亂石不可篙。嶙峋布戈戟，屈曲蟠虯蛟。湍飛稍旁激，盤渦散驚濤。修纜危一綫，千鈞泛鴻毛。凌虚獨凝睇，屹若登雲霄。寒雲暗腥蟄，落日摇金鼇。我老才氣薄，搜吟愧前豪。神京望何極，輕帆競羣飄。

沙河

沙河冬欲涸，流淺日以急。膠舟不可行，念此勞苦劇。巨艦魚貫尾，小艇纔轉折。褰裳力推挽，進寸還退尺。呼嘯苔林谷，蕩摩激沙石。前瞻兖泗源，高堰限通塞。啓牐暴漂浮，絶岸駭平溢。篙檣起紛拏，跳躍如奮敵。安流心稍舒，十里慰行役。舟人忽相告，上牐晚仍隔。官程急方貢，陸輦空委積。永念平水功，豈遂一朝適。壯游俟時來，欲速非我力。郊連秋草黄，日閃霜樹赤。孤村隱溪曲，聊以供散策。白雲山嵯峨，矯首三歎息。

河流

十月寒氣盛，長河流冰澌。征艎泝浩浩，鉤曲苦逶遲。滉漾圭角露，稍沍還參差。恍疑戈戟森，出没相傾攲。或員如墮礟，或利如銛鎚。須臾驟風激，瓊瑶積山危。檣檝一衝擊，縻爛不可支。竆陰生極底，乃見造化奇。履霜固知堅，物序𠜾及期。行役何未已，君子宜愼思。豈無冠蓋華，揮霍遵大逵。千鈞載車轂，絡繹駟馬馳。覆前罔戒險，隕身悔何追。我昔居南州，感此日未窺。揭來二十年，戰兢常自持。終當挂高帆，春洲揚緑漪。

讀馬伯庸學士止酒詩

今晨不可出，大風吹我帷。陋巷泥沮洳，空牆雨淋漓。研朱課兒書，冥思解羣疑。敲門童子來，袖有止酒詩。讀之至再三，擊節喜且悲。若飲此玄酒，揖讓陶唐時。峩峩古冠裳，執彼璋與圭。短褐纔掩脛，藜藿空忘飢。風雅久已衰，作者微君誰？嗟我重景仰，老大將何爲？

訪渭口葛秀才因題其壁

山盡江勢急，江回護平林。中有隱者居，樹木敷清陰。推窗萬里適，快我三年心。摘蔬薦濁酒，拂石題新吟。醉來縱言笑，起坐臨淵深。魚鳥亦遂性，向人自升沈。斜陽忽滿地，引杖窮幽尋。主人樂未足，明朝期抱琴。

次韻牟成甫

我屋青山下，江淨餘霞赤。三年卧憂患，迹絶城府入。扁舟乘興來，獵獵風滿席。豈無知心人，邂逅談燕集。撫物空自嗟，白鷗亦閒適。虛名苦勞生，于事竟何益。

雨中

驟熱變風雨，氣候一日殊。緑樹擁如蓋，殘花落無餘。閒居日偏永，手把種藝書。幽幽魚鳥適，寂寂車馬疏。田父二三輩，濁酒時來俱。愁陰每思霽，微涼意稍舒。攜筇獨延佇，層雲起遥墟。

漢劍歌　爲吴閒閒作。

古劍粼粼一泓水，高堂脱鞘神光起。何年失勢竟飛來，風雨靈雌泣淵底。自從掌握歸山人，句連鐵鎖羈煙塵。山石裂開鳴碧玉，土華蝕盡浮蒼鱗。天官下勅百靈守，呼吸雲雷任驅走。或云其來由漢始，留侯佩從赤松子。千載相傳有定名，造物忘令書太史。君不見干將莫邪離復合，氣衝牛斗森滅没，長鯨掉尾滄海闊。

贈送蒙古字周教授

周宣石鼓久剥落，浮雲變化字迹訛。八分小篆亦已廢，紛紛行草何其多。洪惟盛世自作古，制書勒石傳不磨。知君達時尚所學，落筆星斗光森羅。蒙恩千里領教職，養育多士培菁莪。諧音正譯妙簡絶，窮究根本芟繁柯。牙籤玉軸點畫整，照耀後世推名科。愧予鄙俚事章句，儒冠多誤將如何？

將過池陽留别諸叔兄弟諸友人二首

拍手唱歌莫放狂，舉觴飲酒莫令醉。歌聲出口難爲情，酒味入腸化爲淚。男兒書劍從此始，歲晚煙江片帆起。相如題柱過長安，靖節辭官歸栗里。人生窮達固有時，我輩行藏得其理。沙頭執別意如何，莫對酒，莫聽歌，我折梅花君折柳。明日天涯愧奔走，世路茫茫重廻首。有耳不聽陽關詞，有口不飲長沙酒。丈夫肯作兒女情，對酒悲歌惜分手。天荒地久歲云暮，飛霜急霰勢欲走。丘巒奔摧山月墮，鯨鯢翻波江水破。江水萬里從天來，長風日夜千帆過。皇英二女今邈絶，太白千年古離别。往者不可追，浮生何足悲。君不見延平風雷起一夕，神劍會合當有時。

贈任丹碧錬師

火雲壓峯斜日明，下照百尺清溪横。丹葩碧樹光炯爍，妙筆可作詩無聲。買田築屋者誰子，江海欲歸吾老矣。袖中豈無干世書，當年曾説黄冠師。

贈張姓

張家女兒八歲餘，手把椽筆誇能書。翠眉玉貌畫不如，一朝獻藝承明廬。風雲會合冠佩集，當面濡毫翻墨汁。弱身窈窕纔過膝，步腕回旋萬鈞力。怒鯨横海枯樹立，震空忽墮顛崖石。功成直與造化俱，歘見聲名起京邑。紫裘蒙茸年少兒，寶刀瓊帶羊角觽。平生一字不到眼，對此悄然顔色赧。君不見蔡文姬，班婕妤，風流文采絶代無。吁嗟陶家五男子，總令紙筆爲荒蕪。

無題

空房獨卧風夜號，孤燈垂燼光影摇。舊語已逐香塵消，玉琴瑶珥應自玩，巧計却愛蛛絲嬌。

高侯畫桑落洲望廬山

楚江浩浩山礅礅，澹然粉墨凝冰綃。直峯横嶺藏曲折，筆力巧處疑鐫雕。高堂浄如拭，坐覺風蕭騷。暮雲春樹隱復見，人家半落滄洲遥。中有隱者居，平生不受東林招。日夜千帆萬柁過未已，誰肯拂袖同寂寥？我愛高侯得天趣，所見歷歷窮秋毫。米家父子稱好手，率意尚復遭譏嘲。靈機直恐神鬼設，變態叵測魚龍驕。玉峽飛孤泉，香爐障層霄。自憐失脚行萬里，微官羈縶何由逃。焚香沽酒静相對，長日令人愁恨消。

袁伯長虞伯生約重賦次其韻

長江西來生遠洲，極目凝作人間秋。奇峯列筍拔地起，晴嵐積翠凌空浮。當時懷抱真快事，笑撥短棹隨鳧鷗。乘清弄影歌窈窕，洗浄萬斛黄塵愁。風濤擊岸石欲裂，日月出海雲還收。别來閒身墮羈束，撫手歎惜年光流。高侯胸中蟠景概，落筆肯爲仙翁留。神工超出八極表，下視海岳如浮漚。至人不遣魂作夢，咫尺已足窮追搜。我愛題詩招靖節，况有二子鳴相酬。便當開罇醉其下，髣髴領□爲鼇頭。蒼煙歷歷辨廬屋，丹樹燁燁明林丘。安得高侯數相見，添寫一葉南歸舟。

牽舟行

河水沄沄流不已，泝流牽船魚貫尾。怒風卷地漲黄塵，白日茫迷霧雲起。前船纜影百丈微，號呼併力行如飛。後船纜斷勢一失，汗身滿足不相及。須臾十里廻天風，舉檣撇柁懸高篷。誰知日暮泊處所，成功却與前船同。篙師接語告勞苦，僕從亦復譏途窮。持樽傲坐且引醉，悲喜豈足闕吾躬。君不見何獨人生行與止，請君萬事推此理。

度閘行

新河十里分三閘，閘束水奔河勢狹。萬里昂昂擁不前，我愁度閘如度峽。下閘已開上閘閉，牽舟稍前復留滯。兩髯咆哮氣敵虎，擊鼓鳴鑼竟何計。低廻却坐同歎嗟，咫尺攀躋未能至。憶昔枝江南賦歸，手招五老風生衣。挂帆一日走千里，錦鯨拔尾開煙霏。爾來閉身落羈縶，安得化作孤鴻飛。人生百年復何有，羡殺津頭老漁叟。野祠日暮烏鳥啄，得魚唯知换村酒。故山花木春事深，回首漂零不知久。明朝度閘舟已東，歸來歸來乎山中，高陽舊徒吾爾從。

除日登大巖山

大巖顒顒昂衆峯，長年秀色摩蒼穹。中峯獨高勢最雄，支牽脈貫相附庸。朝賓大明滄海東，岫雲㶿鬱凝青紅。懸崖萬仞寒潭空，下有晴雪生喬松。形勞膽怯望莫窮，但覺一氣浮洪濛。松摧雪凍藏蟄龍，峯顛鎮以龍王宮。擁潭出雲如白虹，妖魃却走年穰豐。南村北崦簞樹叢，喧招巫覡撾鼓〔鐘〕（鏡）。苔荒怪石低復崇，嵌空欲墮疑神功。直者覆釜横列墉，森布兵戟羅羣童。盤廻絶頂路杳通，扳藤舉膝撐心胸。嗟予北游覽岱宗，太行西來連華崧。浮生萬里隨飛蓬，夢寐豈與當時同。虎行草偃吹烈風，苦寒側翅號冥鴻。麻姑敬亭知幾重？李謝空復遺塵蹤。悲來狂呼赤鯶公，五湖煙波駕孤篷。

贈楊生 生能琢硯。

余聞江東之山出新安，千峯萬嶺龍屈蟠。黄山崔嵬九華對，雄雌時作風雨會。中藏龍尾氣清淑，山骨崚嶒石如玉。六丁呵護雲氣漫，不知何年鑿深谷。南唐緑硯膚起鱗，手摩潤澤疑新浴。羅紋刷絲名漸殊，谷深水淺真難復。舊石既無新石出，貴介視之輕瓦礫。楊生磨琢獨非常，手持一二來豫章。百金酬價猶自惜，故家云有千歲藏。或聞山崩泉脈湧，翻□當時遺石動。至今散落樵牧家，敲火磨刀隨日用。銜煙踏雨忽驚逢，席裹氈包不辭重。我嗟拙書好蓄收，松煙禿兔非其儔。嗚呼人生抱才坎壈勿輕許，時來相遭亦如此。

題商侯畫山水圖

秦隴諸山天下美，相君愛山心獨喜。商侯落筆圖畫裏，盤廻咫尺藏千里。遠山天際抹修眉，近山淡黛連雲起。下有百尺清溪水，石闌木盾懸崖底。時見行人去如螘，危橋吹斷横沙尾。村落林園接邐迤，雲中世家重釋流。東剎凌虛構華侈，撾鐘擊鼓兩巖閒。西剎輝煌賀蘭氏，商周遺俗亦在耳。豈無當時隱君子，我欲追游躡雙趾。却愛孤舟岸旁艤，商倈商倈巧能擬。安得從之慰我思，呼酒盡掃溪藤紙。

濟州

兖泗支流魯山麓，會濟分河向南北。扁舟高枕卧看山，青入齊雲雨新沐。六年歸老敬亭閒，忘却塵埃道路間。松聲入夢山巖裏，驚散風帆去千里。

題趙虛一山水圖

我愛青山欲歸去，偶見生綃喜還住。層巒疊嶂遠冥濛，旭日東生光采注。簾陰微閃數枝丹，疑是巖前半開樹。晴嵐曉翠千萬重，一覽底須攜杖屨。郭生十年不相見，筆意從容入天趣。青田道人如瘦鶴，能跨生駒窮海岳。何如挂此素壁間，終日焚香相對閒。政爾胸中有丘壑，烏帽黃塵漫飄泊。向來山中我醉眠，白雲孤飛與悠然。清幽到處畫不出，自遣數語人間傳。

送郭教授歸鎮江

長江日夜東南來，千巖萬壑雲屏開。樓船挾櫓行若飛，白晝擊鼓轟晴雷。屹然中流浮兩峯，飈風撞瀾勢欲回。珠宫貝闕掩靈怪，滉瀁百尺瓊瑶堆。扶桑之西接巨島，日月出没荒城隈。英雄遺迹尚可識，人物往往鍾奇才。嵯峨黃鶴起煙霧，杜鵑花落蒼莓苔。當時我馬曾駐息，浩歌散策爲徘徊。霜髯古色猶在眼，恍若薄夢墮飛埃。六年買屋住京洛，鳳毛忽來光璨璀。論交問舊喜復歎，詩酒邂逅常開懷。如何掉頭不肯住，笑張短席懸歸桅。故山早晚我亦往，莫遣猿鶴相驚猜。

送劉道夫

西罨松篁路，雪消沙水清。天寒行役倦，酒醒别愁生。落日横車影，長雲送雁聲。梅花應未發，留待照春晴。

秋日陪集賢學士趙公敬夫憩龍山玄真宫

山轉疑無地，人家近隔村。野田秋穫鬧，岡路晚行喧。川淨雲生石，溪平水到門。偶尋高士隱，相見遂忘言。

和鄭義山韻

自笑謀身拙，相逢客歲寒。江湖猶泛梗，日月奈飛丸。凍雪封階合，微燈照影單。鄉愁千萬斛，消得酒杯寬。

陽墅道中

馬上千峯列，溪行不盡源。野船高似屋，山縣小如村。路繞田間曲，池漫雨後渾。静來應最樂，緑樹擁柴門。

燈花

今夕離家遠，燈花儘意開。緑煙浮小暈，紅焰落輕煤。影照頻占喜，心挑莫見猜。遥知兒女坐，歡笑對銀臺。

和戴剡源同史憲使游三天洞二首

洞底天無隔，多應禹鑿開。海聲通屈曲，石汗洗塵埃。欲探巖崖去，空令杖屨回。無端僧占住，多少後人來。

古寺何年建，□低屋亂巢。老松擎雨蓋，修竹拂雲梢。石壓泉聲伏，山回隴勢包。追隨記今日，照影俯池坳。

同朱克齊蔣教授游大梵寺二首

遠客閒無計，微官欲賦歸。偶尋幽寺去，頗覺俗情非。涸澤飢鷹戀，高空獨雁飛。西風如有意，向晚襲人衣。

梅竹野人家，横塘跨古槎。日斜鳴遠犢，風急亂棲鴉。細路妨行轍，高樓促怨笳。感懷無盡景，流恨到天涯。

再和前韻二首

喬木蒼煙合，清江旅雁歸。功名遺史在，城郭昔人非。家遠書猶隔，春陰絮欲飛。緇塵空滿眼，終日到征衣。

清溪盤百曲，虹影駕横槎。春事怨行客，夕陽啼亂鴉。山明分衆木，天闊散悲笳。却羨僧家勝，推窗瞰水涯。

居庸關早行

茅屋聞鷄起，羸驂並轡行。澗深孤碓響，山暗數燈明。細憶昔題處，空慚不棄名。客愁偏切耳，斜月候蟲鳴。

槍竿嶺

薄宦辭家遠，經秋未得歸。直隨山北去，却背雁南飛。川淨白雲起，郊平紅樹微。憶曾留宿處，立馬認還非。

次韻袁伯長舟中雜書三首

百里長堤上，蘢葱夏木清。山雲含雨重，溟浪挾風輕。弱質辭官責，歸心數驛程。江湖眼前闊，點點白鷗明。

憶昔相逢日，維舟夕樹邊。岸花飛別酒，江雁落鳴絃。夢斷三年客，雲分萬里天。因君共行役，撫卷重悽然。

漸老慚何益，扁舟稍涴塵。貼雲鷹翅闊，浮日草光勻。坐側民風歉，行甘客計貧。遥知故園竹，新緑半成筠。

宿三閘

小市人家簇，扁舟晚色清。山迴傾地勢，閘險著溝聲。岸石篙存迹，溪風樹引情。明朝順流去，萬里眼初明。

濟州

舊濟知何處，新城久作州。危橋通去驛，高堰裹行舟。市雜荆吴客，河分兖泗流。人煙多似簇，聒耳厭喧啾。

清河

溪碧石生處，山青雲起時。藕花紅映岸，藤蔓翠牽籬。落日漁家網，微風酒市旗。順流船漸急，翻覺去心遲。

彭城夜泊

今夜彭城月，樓頭又許高。故鄉千里別，浮世百年勞。酒力消殘夢，詩懷起舊豪。西風稻粱雁，江海去嗷嗷。

真州

一雨淮南霽，新城喜暫登。江平流浩浩，山遠路層層。大舶連檣發，高樓列檻凭。北居殊覺久，眼畏火雲蒸。

郊行

樹末炊煙緑，人家住澗西。風輕鶯語滑，泥重燕飛低。病渴憐新釀，閒吟憶舊題。小莊蠶最熟，喜欲報山妻。

無題

馳道塵香逐玉珂，彤樓花暖弄雲和。春風漸緑瀛州草，細雨微生太液波。月樹管弦鳴曙早，水亭簾幕受寒多。少年易動傷春感，唤取佳人對酒歌。

立秋日留陽墅菴

林陰敧枕午鷄啼，薄夢驚回盡已迷。漠漠蒼煙杉一徑，粼粼碧浪稻千畦。龍湫臘救年來旱，虎跡新行雨後蹄。自表瀧岡何日事？傷心淚洒夕陽西。

久留翰院思歸

日日思歸未有期，夢魂幾度繞園池。白雲滿地山深處，紅日當簷雪霽時。竹外板輿春步小，花間銀燭夜筵遲。好將烏鵲頻占喜，便買歸舟泛碧漪。

寄張芳洲

客裏秋風厭道途，歸來決策侶樵漁。知心白石煙霞在，滿眼青山故舊疏。畏熱還思親枕簟，愛閒應愧負琴書。麻姑池上花如錦，何日相過駕短車。

舟過湖州

樓臺金碧照嵯峨，故國諸公奈樂何。遼鶴歸來城郭在，海鷗飛處水雲多。春回廢苑花新發，愁滿空船客自過。回首蒹葭三十里，天風落日斷漁歌。

得家書

睡起相思勞寸心，捲簾無語立簷陰。故人千里碧雲合，斜日半川紅樹深。江雁忽傳秋後信，隴梅應待雪中尋。天涯奔走成何事？輸與寒窗抱膝吟。

通州道中

萬雉參差雲霧開，四千里外客重來。平岡日出車牛喘，古道塵飛驛騎回。白玉至今傳楚璞，黄金自古説燕臺。高樓紅旆應如昨，莫遣新愁到酒杯。

褒胡則大

疏林日暮雨潸潸，睡起秋聲滿樹間。高閣卷簾人北望，短帆隨雁客南還。棲遲自覺身全懶，憂患潛驚鬢欲斑。應有山靈迴俗駕，不妨長日掩雲關。

餞王敬叔

十年湖海一尊同，醉裏那知鬢欲翁。投轄不緣今日雨，論文未減昔人風。春隨流水三分盡，酒重交情百罰空。莫道雙溪堪舉棹，片雲來往敬亭東。

寺丞公索賦鶴雛

楚楚玄裳映縞衣，長身漸見頂丹微。夫乘遼海秋風去，應待緱山夜月歸。珠箔小開頻飲啄，玉琴閒弄學鳴飛。主人馴養情方狎，莫似鷗盟海上機。

五月三日出城南書所見

短衣出郭暑風清，袞袞西山晚日明。密樹藏村疑斷徑，小橋分市識荒城。碧涵波暈隨魚没，白隱沙痕逐馬生。到眼天機無解處，亂鴉欲息更縱横。

邳州

荒城十載路重經，暫艤扁舟坐驛亭。春到梅花何處白？雪晴山色向人青。驚心家遠書難寄，迎面風寒酒易醒。莫憶牽衣兒女態，曉猿夜鶴笑林扃。

采石磯

斷磯江上碧嶙峋，漠漠蘆花轉岸頻。舟小風微猶勝馬，山高石立宛如人。羨渠釣艇滄波闊，老我征途白髮新。寂寞蛾眉在天際，遠煙青處晚雙顰。

惠安橋

涔陽山水壯南州，千尺飛梁連去郵。蛟鼉翻濤聲吼夜，虹霓分雨氣横秋。險疑雲棧通車馬，高比銀河挾女牛。鉅萬功成書大史，絶勝舟楫濟中流。

送馬伯庸學士赴上都

人間六月沸炎波，上國清涼樂事多。視草舊傳真學士，散花新起病維摩。千年結友心相似，萬里辭家意若何？料想勝游偏得句，秋風先寄雁南過。

過河西務

兩年衣袂撲京塵，出郭青山照眼新。食禄無功酬聖主，棄官歸隱奉慈親。交游此別三千里，衰病今逾五十春。自笑虚名成底事，閉門何恨著書貧。

送師道姪赴太常奉禮并寄勉師泰二首

江浦風帆拂翠微，官程日日去如飛。容臺晝静花明珮，玉禁春深柳染衣。隨直定知車北上，思親莫忘雁南歸。青雲故友應相問，爲説煙蓑老釣磯。

四月含桃喜薦新，紫衣贊禮屬芳辰。官稱猶是青氈物，老大潛驚白髮人。客久虀鹽憐汝弟，病多藥石愧吾身。小窗風雨連牀夜，記取挑燈莫厭頻。

司業李公哀輓

山立庭紳聳衆觀，名高真不愧儒冠。文章清廟藏琛玉，勛業烏臺振羽翰。譽重朝端知有子，貧憐身後似無官。百年耆舊凋零盡，展卷哀辭忍淚看。

賦牡丹 得千字。

曲檻春如錦，晴開曉日妍。樹摇風影亂，枝滴露光圓。玉佩停湘女，金盤拱漢仙。翠填宫鬢巧，黄染御袍鮮。力費青工造，名隨綺語傳。細翎層擁鶴，弱翅獨迎蟬。倚竹成雙立，留華任衆先。久看心已倦，欲折意還憐。洛譜今存幾，吴園路憶千。可應頻載酒，相與醉華年。

次王士容經歷賦廣東二十韻

巨鎮雄江表，炎州介嶺巔。通津波險涉，接驛路高緣。土貢來遐遠，輿圖按末顛。獷民疲鬬蟻，狡吏攫飢鳶。蠱念山多瘴，蒙知地出泉。黄浮烏影淡，紅暈蜃光連。石老苔成蘚，崖陰筍作鞭。翠屏開近嶂，素練杳迴川。禽弄千般巧，花分四序妍。九重嚴政治，六轡選時賢。喜際風雲會，同沾雨露天。勝談蓮幕内，妙句藥階前。苦味檳榔好，清香荔子懸。罕逢苑北馬，富聚海南船。古跡荒城碣，晴炊野墅煙。行經韓子竄，蠻恥越王偏。賈客財常萬，僧尼寺或千。整絺冬亦爾，乘驫俗依然。人物生唐相，儒風盛孔編。快心時小憩，過眼境頻遷。發興超言外，銷愁向酒邊。入朝應報最，何得賦歸田。

題虞少監小像

嚴壑高堂上，煙霞眼底清。向來曾寄迹，老去未忘情。茅屋蒼林掩，藤崖白道縈。遠峯雲際直，孤嶂水邊横。宿雨分濃澹，斜陽閃晦明。折梅驚雪墜，倚竹待風生。嶺斷炊煙補，沙回甃岸傾。雜花浮野意，飛瀑送溪聲。婦饁忻鳩唤，兒耕感犢鳴。攬衣隨處坐，曳杖有時行。拄笏曾招爽，投簪每懼盈。他年著書樂，應不愧虞卿。

舟宿荻港

冉冉秋雲暮，銜寒買去船。長江瀉吴、楚，故國澹風煙。日黯蘆翻雪，磯危浪拍天。蛟鼉潛暗壑，雁鶩起平川。虎飲沙遺迹，龍歸窟濩涎。岸崩懸老樹，山暗失層顛。靈廟森長戟，奔灘抱古廛。漁家罾網集，商舶鼓鉦闐。登覽誰無恐，漂零客有篇。浮生行役苦，卽合卧林泉。

槍竿嶺

百折廻岡勢欲迷，舉頭山市與雲齊。經行絶似江南路，落日青林杜宇啼。

李陵臺次韻楊學士

青山繞驛客重來，十里羸驂首重廻。今古李陵悲絶處，夕陽野牧下荒臺。

上藍寺　在洪城内，乃馬祖道場。

古寺廻廊雪滿階，官閒因訪老僧來。一方晴日簷聲響，絶愛小窗臨竹開。

舟中偶成

稻花水落正魚肥，湖上孤雲帶雨歸。林影倒涵波鏡動，白鷗低傍釣船飛。

過廣德

黄塵鞍馬夕陽邊，不到桐川十二年。萬事只多新白髮，虛名何日賦歸田。

偶成

瀲瀲横塘柳四圍，雨餘來看緑陰肥。燕翎拂處波如縠，半幅深紅漾落暉。

池州郡齋除夜寄呈家君

郡齋寥落夜無眠，紙帳青燈思悄然。不是今生惜今夕，却緣明日是明年。

望池州山

少年江上一官閒，老去重來似夢間。欲覓故人行樂處，白雲遮盡九華山。

慈湖磯

碧蘿交蔓絡崖陰，潭底潛蛟萬仞深。今古江流推不去，溼雲長護最高岑。

題扇

花禁春游玉輦遲，君恩同載妾深辭。娉婷團扇秋風底，猶似增成寵幸時。

寄報國寺訢笑隱

江海無端客路長，扁舟明日棹滄浪。遥知風雨溪窗夜，夢逐潮聲到上方。

張中丞養浩

養浩，字希孟，濟南人。自幼以才行名，薦爲東平學正。遊京師，獻書于平章不忽木，大奇之。累辟御史臺丞相掾，選授堂邑縣尹，擢監察御史。疏時政萬餘言，爲當國者所忌，除翰林待制，尋罷之。恐禍及，乃變姓名遁去。尚書省罷，召爲右司都事，遷翰林直學士，改祕書少監。延祐設科，以禮部侍郎知貢舉，累拜禮部尚書。英宗即位，命參議中書省事。以父老棄官歸。召爲吏部尚書，不拜。泰定間，屢召不起。天曆二年，關中旱，饑民相食，特拜陝西行臺中丞，慨然就道。禱華山嶽祠，泣拜不能起，天忽陰翳，一雨二日。到官四月，傾囊槖以賑饑民。日不勝給，每撫膺痛哭，遂得疾不起。贈行中書省平章政事，追封濱國公，謚文忠。別號雲莊，有《雲莊類稿》行世。江浙行省參政孛朮魯翀爲之序曰：「本朝牧菴姚文公以古文雄天下，天下英才振奮而宗之，卓然有成。如雲莊張公，其魁傑也。」又曰：「其文淵奥昭朗，豪宕妥帖，辭必己出，凜有生氣。」今觀其句法，如「江空孤月白，天闊片雲高」，「月色蟲邊苦，秋容雁外深」，「斷嶺雲通氣，顛崖樹倒根」，又「鶴嫌客俗穿雲去，燕喜春陰掠地飛」，「華髮半簪天與老，丹楓兩岸水分秋」，「半窗春夢子規月，滿院客愁楊柳花」，「勘破宦途盤谷序，蹴開天網漆園書」，其風致瀟灑，亦在元和、長慶間也。

維日之良　祀祖宗于家廟也。

維日之良，嘉薦令芳。于豆于俎，是登是將。于祖考之堂。燭輝其前，鍾韻其傍。神具億止，風帷褰揚。儼承其容光，儼覿其冠裳。儼聆其謦欬，儼被其文章。維靈歆止，我侑我侍。胥悅胥怡，載鼓載吹。工祝有嚴，儀物孔備。將何以祈，躬躬惟畏。匪位秩欲隆，匪貨利欲充。匪居第欲侈，匪禎瑞欲豐。子祈其賢；婦祈其從。兄祈其友，弟祈其恭。德祈其厚，業祈其崇。族祈其睦，時祈其雍。維神人攸同。

有田 野人遂其閒也。弱冠出仕，知命而歸。爰處于郊，有琴書以自樂也。

有田負郭，伊邇匪遼。我倦而歸，於焉逍遥。爰力于書，且勤于苗。朝斯夕斯，以詠以謡。式結今好，言報夙勞。山既我狎，川亦余媚。維禽維魚，亦莫余畏。林則有風，洞則有雲。釀則有秫，饌則有芹。樵則有柯，釣則有綸。維人至樂，曰丘曰壑。得而顓之，何有人爵。彼爵與名，豈不我榮。其或舍旃，允有未任。允有未任，且以鼓琴。

壽子 示引也。

於維我祖，肇基青陽。揮爲弓正，爰氏以張。厥族孔殷，奕葉振芳。周仲孝顯，漢良智彰。釋之平決，博望遠揚。折輈有湛，埋輪有綱。吴憚昭直，蜀賢飛剛。五龍佐宋，九齡輔唐。睢陽之節，山斗與昂。燕公之文，江漢叵量。玄素遺直，志和真藏。下逌五季，全義循良。天水之興，齊賢慨慷。乖崖崛起，西土是康。横渠道學，于聖有光。南軒繼之，益熾益昌。天開皇元，有公有卿，凡吾之胄，皆時之望。

繄我王父，更世多故。服戎前茅，艱險伊屢。其周人急，空橐弗顧。垂百其齡，可灼平素。父年十八，獨任家務。于江于淮，是亂是遡。以隱于賈，以晦其著。以儉其出，以阜其聚。以開我人，以篤我祐。余時昉冠，儒雅是慕。維詩維書，靡旦靡暮。其業未竟，乃仕乃鶩。親實命之，弗荷恒懼。幸無失墜，以永終譽。豈曰能官，菽水攸助。甫出五旬，遂引而去。　二子喪一，今惟汝獨。汝兄使存，吾豈汝督。兹因誕辰，略汝之告。彼聖與賢，非四耳目。第性湛然，不汩於欲。夫道非遠，在志之篤。維志之篤，無堅不窟，無遠不躅。無高不升，無深不矚。其弱可强，其暗可煜。鐵焉可金，石焉可玉。毋小成是梏，毋細娱是逐。毋師友是拂，毋祖宗是辱。　維人之心，匪惡伊善。由弗修養，道乃違叛。處彼下流，只將孰怨。粤天地分，歲月無算。此身始有，胡忍塗炭。古人遺訓，方册具見。吾指其南，汝進毋憚。

得子强也書詩以答之

有客附書至，封識墨尚新。展讀笑良久，勸我歸及辰。我豈不汝懷，愛此泉石鄰。官事亦既簡，又多素心人。劉生書滿家，揚叟酒味醇。而况俱好客，有假眉不顰。緬思霄壤間，實與逆旅均。焉往非寄寓，奚必家園親。置書桃笙底，且復樂我真。

夜雨寄吕叔泰

隆隆暑威歇，稍稍秋意深。豐草漸改色，穹林亦蕭森。况兹風雨夕，微燈翳寒陰。潛蛩洩幽語，徂雁遺哀音。以我耿耿懷，知子難爲心。含情睇層昊，咫尺猶商參。裹飯孰子遺，載酒孰子斟。豈不欲一往，畏彼泥潦侵。古人道義交，非惟讓分金。斯事久索莫，念之恨彌襟。願言軌前躅，尚期勗來今。

擬四季歸田樂

春

日月底天廟，陽癉土脈生。習習協風來，顒顒衆蟄驚。農人服厥畝，薄言事春耕。缺堤流瀌瀌，灌木鳴嚶嚶。白扉颭青帘，緑野明丹英。蠶婦喜形色，牧豎歌傳聲。天隨野色遥，山與吟懷清。向來悭一際，今者幸四并。徜徉子真谷，萬事秋毫輕。

夏

北陸展修晷，薰風薦微涼。麥波浩無津，細路如橋梁。溪光林樾潤，雨氣桑麻香。春聲破幽寂，人影來微茫。缺垣誰所居？紅碧相低昂。翁媪老瓦盆，兒女前捧觴。我行適見之，亦覺心樂康。昔聞太古俗，今歷華胥鄉。向令早知此，詎使田園荒。迷途諒非遠，淑景良未央。於焉遂平昔，孤陋庸何傷。

秋

黄雲亘郊野，農力今有功。兹乃民之天，治理根其中。我雖未及粒，已覺飢腸充。田頭父老過，擊壤今歲豐。自愧無寸積，坐享雍熙風。秋成既如彼，况對菊與楓。氣澄天宇高，心寂塵累空。木落山獻體，波縮沙留蹤。遐興何悠悠，迅景何忽忽。俯仰田舍底，或能保初終。

冬

歲晏日南至，場圃靡所勞。告成三務功，盈耳康衢謡。鴉飛嶺外陂，虹斷林邊橋。將期養疏拙，詎厭居寂寥。負暄坐晴簷，煦煦春滿袍。對山閱吾書，懷古酌彼醪。此樂天所靳，何幸及草茅。雖非鹿門龐，或庶彭澤陶。爲詩寫幽尚，刊落華與豪。集以貽知音，悵望心摇摇。

登司天臺同李景山元復初分韻得色字

湫居厭紛厖，升高百憂失。河流耿微明，野燒還故碧。太行望中低，斷處仍雪色。翠華天尺五，金城年萬億。美哉山河固，兩有險與德。區區遼與金，銅駝幾荆棘。開闔看煙雲，興廢感今昔。所恨難久留，悲風晚來急。

趵突泉

物平莫如水，陻阻乃有聲。云胡在坦夷，起立若紛争。無乃滄溟穴，漏洩元氣精。不然定鬼物，摶激風濤驚。奇觀天下無，每過煩襟清。茫茫彼區域，載物良不輕。微水坤焉浮，非天水奚生。孰知一脈許，而與天地拜。因之有真悟，日晏忘濯纓。

郊行

遠山如遁藏，近山如見逼。老夫緩策行，超遥歷阡陌。清風動林木，浮嵐上巾幘。雲霧自遠來，忽覺川陸黑。霏微數點雨，顧視衣不溼。野色含蒼茫，如游化人國。平生喜清景，攬之欲杯吸。詎惟可樂飢，亦足已沈疾。幽閒自能年，直恐人未識。千載桃源春，莫謂訪無跡。

郊居許敬臣廉使見過

野處欲忘世，況乃平昔友。寥寥數畝園，甘此養衰朽。玆晨君見過，童稚駭而走。牙纛明郊原，騎從隘巖藪。輝光生泉石，意氣排戶牖。握手論夙心，相看各白首。亹亹及經術，眷眷接杯酒。嘉我高尚懷，一卧七年久。自言微親老，亦欲謝紛糾。從仕非不佳，其奈多掣肘。所以明哲人，往往去之陡。此言公近諛，彼節余何有？本期野老俱，孰敢達者偶。渺渺煙林合，浩浩風隧吼。涓涓水穿竹，忽忽日低柳。出門俱黯然，人影亂田畝。

長安孝子賈海詩

天曆元二載，西土罹薦饑。愚時拜中丞，帝曰汝往釐。嗷嗷三輔間，十室九困疲。行者總溝瘠，居者恒餒而。親戚自魚肉，遑恤父子離。鄠縣民有賈，竭力奉母慈。闔門爲口四，一妻仍一兒。操瓢日行丐，有得歸母貽。不幸值虛往，見母顏忸怩。退省百無有，滿屋風淒其。以湯和糠籺，進母母不怡。曰我幼汝飼，非珍卽甘飴。而汝今我哺，以我犬豕爲。況我老且病，累汝無幾時。子懼白其妻，無言第頭垂。妻曰攜此子，從鬻無問誰。市呼不見售，復歸泣漣洏。子心救火急，兒命累卵危。陰攜至他所，恩愛從此辭。解衣縊不殊，反爲子禁持。取盆拔佩刀，手足隨紛披。紿云黃犬炙，雅於補衰宜。母知口腹美，不悟骨肉虧。子幸母解顏，不計妻攢眉。余聞驚此言，怒詰官失治。使民至如此，賑貸猶遲疑。即引造行省，使細陳毫釐。且命出兒肉，闔府徧示之。飣諸相坐前，余爲失聲悲。促掾狀其故，聞上星夜馳。或將復徭役，或將表門楣。或斥兼金賜，或選好爵縻。上以勸臣子，下以安期頤。廷議必不爽，命下會有時。昔人有埋子，天憐以金遺。復有貨視者，哀鳴走通逵。亦有棄半途，完姪與相隨。未聞刃所愛，萬古猶絶奇。嗟哉賈生心，世俗彼烏知。毋以賈爲忍，毋以賈爲癡。子失或再有，母失庸可追。孰能庭桂惜，使我堂萱萎。惟其持是心，屠子如屠狸。粤從王政圮，風靡俗亦漓。子囊錢貫朽，母篋無針錐。子妾曳綺羅，母裙露膚肌。不慮親猶天，以利爲根基。不究身何來，以貨爲宗枝。於物尚爾靳，矧乃襁褓私。嗟哉賈生心，堪爲世俗規。嘗聞前哲言，一孝蓋萬疵。孝可包衆善，孝可動兩儀。孝可神鬼格，孝可賢聖期。能孝斯能忠，厥心自親移。願彼爲人子，終身誦吾詞。史稱希孟爲行臺中丞，聞民間有殺子以奉母者。爲之大慟，出私錢以濟之。即此事也。

毛良卿送牡丹　并序。

同閈毛良卿家牡丹盛開，意余一過，而未敢顯言，日者以折枝數花見貺。余愧老懶，不能副其意，故作是詩以釋之。

三年野處雲水俱，逢春未始襟顏舒。故人持贈木芍藥，慰我意重明月珠。入門神彩射人倒，荒村争看傾城姝。急呼瓶水浴紅翠，明窗淨几相依於。自言私第惟此本，每開蹄轂窮朝晡。樹高丈許花數十，紫雲滿院春扶疏。栽培直訝天上種，熏染不類人間株。有時風蕩香四出，舉國皆若蘭爲裾。貧家蔀屋僅數椽，照耀無異華堂居。天葩如此忍輕負，轉首夢斷巫山孤。明當灑掃遲鳧舄，未審肯踵荒寒無。余聞感德良勤劬，久習懶散倦世途。深藏非是德公傲，索居莫哂儀曹愚。禁廚一臠味已得，類推固可知其餘。君持詩去爲花誦，蜂蝶應亦相懽娛。

遊香山

山行彌日山益奇，亂峰挾翠如吾隨。遊人聯蟻度林杪，細路一線雲間垂。茫然四顧動心魄，嵐光蕩秀浮雙眉。路回寶刹忽風墮，大鵬九萬離天池。林煙媚景翳復吐，欲見不見神護持。松藏雷雨太陰黑，泉迸巖藪銀虹馳。我來青帝已迴馭，太古殘雪猶離離。一聲啼鴂百花落，兩崖紅雨春淋漓。笑驅虎豹坐盤礴，悠悠萬古歸支頤。須臾興盡下寥廓，長風又送雲邊詩。蓬萊兜率杳何處，無乃造物移於斯。往年夢裏記曾到，先聲已爲猿鶴知。惜無奇語勒丹壁，坐令清賞成絶癡。斜陽忽將暝色至，山靈應怪歸鞍遲。人間勝事忌多取，毋使樂極還生悲。

贈劉仲憲 并序。

仲憲，衛州人。以儒掾臺省者十餘年，清苦如一日，人饋遺皆不受。能詩，喜談政治。嘗謂爲天下不自農桑始，三代之盛，終不能致。閒嘗叩之，其言激切，或至涙下。余器其人類古君子，故以詩贈之。

廟堂鼎食窮水陸，風紀惠文寒聳玉。而君名位不省臺，常見私憂結眉目。揭來我過白所懷，如枉末伸功未録。諄諄三代治安本，修水火金并土木。烝民既粒教乃敷，和氣春風生比屋。自從秦鞅廢井田，王政絲棼民溼束。利歸兼并富嚙貧，萬世禍基從此築。漢興文帝殊有爲，瓦礫黃金金玉粟。蠹農一切悉禁絶，千耦如雲四郊緑。下及魏晉隋若唐，或耀武功或貨黷。盡刳民力供上需，何異養身還餌毒。間時偶爾值小登，悔禍元出天公獨。勸農使者徒上功，虛麗祇堪文案牘。繹騷後迨五季間，競投錢鎛懸刀鐲。民間十室九呰窳，父子幾何不溝瀆。吾元有國天所資，世祖躬歷艱難熟。未遑禮樂刑政頒，首闢司農惟穡督。至今在在著作林，枝幹排雲葉猶沃。當時治效概可知，行不齎糧居露宿。兹非前聖後聖規，豈特千年萬年福。統元欲復今何難，政坐因仍弗加勗。駿奔期會誇獨賢，深竟根株衒能獄。毁方求媚爲通融，滌垢搜瘢稱幹局。嗚呼是豈經遠圖，刑劚誰虞覆公餗。孟氏古稱王佐才，照世格言星日煜。論治略無奇異聞，唯説耕桑與雞畜。使當此日出此言，可必諸公盡顰顣。聖賢於彼非不知，但恐違天拂民欲。竊嘗窺管得一斑，端本澄源在當軸。仍擇師帥專撫綏，且論臬司精考鞫。的行黜陟表惰勤，重立賞罰旌慝淑。如斯上下不裕寧，伏鑕市朝甘顯戮。我聞其語汗雨如，始也解頤終項縮。半生醉夢鄭衛音，一旦醒心韶濩曲。劉君劉君策固佳，俯仰悠悠知者孰？傳存拾瀋示永箴，書著輿戎昭往躅。君不見東家求官交近侍，西家豪富相徵逐。奈何温飽不自謀，日爲黎黔欲長哭！我知君心如古人，我知君才非世俗。子牟身遠志在廷，梁父調高音振谷。賈生流涕叫虎闈，屈叟甘心葬魚腹。舊聞造物輔善良，比歲看來亦翻覆。紛紛已往姑莫論，目擊試將吾友卜。承家千里止一男，半夜麒麟去何速。淚巾又燥女又殤，蘭玉埋香見無復。士夫固以貧爲常，門户那堪禍相屬。我嘗送米猶見却，一芥他人肯輕觸。處勤節義愈凜然，風雪倒山松柏矗。邇來蹤跡尤可嗟，十倍戒途與脱輻。勞勞簿領頭斑白，承務酬官在昏夙。否極或者泰運還，有詔吏止七品服。君由弱冠冠儒冠，一概誰分鷽與鵬？世間屯難表裏攻，阮籍途窮未爲促。昨朝跋馬過所居，圭蓽荒涼雀堪撲。座無裀褥甑生塵，庋有詩書盤苜蓿。歸來歎羡原憲貧，却顧輕肥還自恧。蹇余亦本山野民，仕路强趨終躇躅。向非親命須官爲，定買煙霞事耕斸。書生所見然頗同，欲奮不能寧韞櫝。因知世事如意少，詎止君家爲不足。子孫筍列多冥頑，玉帛山堆足憂辱。國忠貴顯奴隸憎，黄憲清貧古今伏。人生果在官有無，可與智言難衆告。今晨霽色雨洗新，羣木疏明麗朝旭。一杯陶寫千古情，我起踏筵君擊筑。天開羅幌雲千疊，地展錦屏山四簇。不須華俎飣薧鮮，政要露杯羞杞菊。須臾酩酊彼此忘，哀玉滿庭風動竹。

過長春宫

往年嘗夢蓬萊宫，三山鼇背謡虚空。滄溟俯視一衣帶，銀河鼓浪來天風。兹遊良不異疇昔，半日惝怳迷西東。平生頗似有仙分，足跡未到神先通。層樓複觀此誰構，只疑天巧非人工。繞簷松影黑於海，步驚棲鶴翔雲中。西山亦喜得佳客，巍峩相向如争功。遼金興廢渺何許？今人一笑憐雞蟲。須臾遍歷至方丈，壺酒盤果羅青紅。心清已覺破煩暑，左右況復扇兩童。道人見我樂幽勝，故爲留戀談無窮。鼎鐺百沸失膏火，風水萬里忘萍蓬。默求詩句爲相答，半醉揮出毫端虹。煙雲滿室動鬼神，不但爲彼開盲聾。笑談人境兩相稱，此會詎與尋常同。却愁歸去到塵世，又隨俗迹墮樊籠。

西巖醉筆

興來放步白雲嶺，海闊天高異人境。亂山萬馬東南馳，只恐郊原碎俄頃。乾坤誰管白鳥閒，今古空餘野煙冷。何當結屋最上頭，擺脱塵紛事幽屏。

我愛雲莊好四首

我愛雲莊好，溪流轉玉虹。鷺飈荷背白，殘照鳥身紅。遠意微茫外，真歡放浪中。終身能若此，甘作灌園翁。

我愛雲莊好，柴門俗客稀。行田蟲撲帽，坐樹蟻緣衣。雲水一銅鏡，霜林萬錦機。東岡陂故在，辭聘未全非。

我愛雲莊好，衡門晝寂然。苔香花覆砌，石潤竹通泉。獨處蓬爲室，閒遊杖挂錢。白頭鄉社裏，未覺愧前賢。

我愛雲莊好，民風太古淳。婦勤絲滿籰，兒懶硯凝塵。秦系唐高士，張融齊逸人。只因疏散久，每每忘冠巾。

惜鶴十首 并序。録四。

鶴，仙禽也。由凡翼非其比，恆不爲世人所愛。而愛之者，往往皆山林中人。蓋物以氣合，理勢然也。予嘗得其尤者一，豢之既久，翩蹮與人相習。日者爲田媪傷其脛丸，病兩月斃，惜哉！因取其始末作十詩，將以慰其不幸云爾。尚有友鶴、醫鶴、招鶴、瘞鶴、夢鶴、圖鶴六題。孫存吾《風雅》本中全載。

購鶴

野處幽獨甚，千金得令威。挾雲出塵網，領月到柴扉。縻足妨飈去，遮亭使學飛。至今湖上路，樹石亦光輝。

病鶴

渠本仙家物，胡爲久不安？强行時搨翼，攲立欲遺丹。誰藥相如渴，獨憐范叔寒。一鳴雖确确，猶自徹雲端。

挽鶴

共處人煙外，誰期禍乃身。九皋空有恨，四野欲無春。華表雲應淚，瑶臺月亦塵。當年林處士，泉下定相覩。

憶鶴

玉立昂藏態，山中我與君。幾年游賞共，一夕死生分。徐步閒窺沼，高飛遠帶雲。爲誰重起舞？倚杖立斜曛。

山行

一懶將成性，春游尚爾勤。花攲知雨力，水皺見風文。碧落一明月，青山半白雲。却愁從此去，塵冗又紛紛。

晚霽

老懶便幽靜，空庭步翠行。牽牛上籬落，鬬雀下簷楹。斜照慳窗影，停雲足野情。田園無限樂，夫豈爲逃名。

晨起

戀枕嫌多夢，開簾曙色迷。鶴寒依户立，猨餧近廚啼。蹴石泉鳴屋，吞煙樹隱堤。村居真可喜，觸處是詩題。

冬夜早起

推枕人初起，出門星尚存。歲寒郊野闊，天早樹林昏。窗影猶殘月，雞聲已遠村。孜孜何所事？時取故書温。

登泰山

風雲一舉到天關，快意平生有此觀。萬古齊州煙九點，五更滄海日三竿。向來井處方知隘，今後巢居亦覺寬。笑拍洪崖詠新作，滿空笙鶴下高寒。

遊香山

常恐塵紛汩寸心，好山時復一登臨。長風將月出滄海，老柏與雲藏太陰。寶刹千間窮土木，殘碑一片失遼金。丹崖不用題名姓，俯仰人間又古今。

同元復初飲許仲文别墅

曉日樓臺海市仙，春風歌吹酒家天。五雲分彩來瓊島，兩鶴聯飛下玉田。流水故將塵隔斷，好花都被雨開全。人生佳處無何國，鍾鼎山林恐未然。

過顔魯公廟

李唐失紀相非夫，竟遺忠良與禍俱。抗虜一身皆是膽，留名千古不因書。極知老境桑榆近，争忍清朝社稷孤。下馬荒祠訪遺躅，北風吹樹眇愁余。

上都察院

柏臺人散坐堆壓，默記灤江四往回。髮爲廌冠容易雪，心因蝸角等閒灰。慚無元素回天策，空負坡仙酹月杯。兩處飄零家萬里，亂山遮斷白雲堆。

秋日梨花

雪香吹盡樹頭春，誰遣西風爲返魂。月影已非前日夢，雨容獨帶舊時痕。只知秋色千林老，爭信陽和一脈存。莫訝殷韓太多事，仙家元不計寒暄。

九日

一行作吏廢歡遊，九日登臨擬盡酬。詩有少陵難著語，菊無元亮不成秋。雲山自笑頭將鶴，人海誰知我亦鷗。幸遇佳辰莫辭醉，浮雲今古劇悠悠。

大雨　不用風、雪、雷霆、江海等字。

六合乾坤一太陰，仰觀毛髮爲蕭森。排空疑有鬼爭戰，對面不聞人語音。元氣只愁今日竭，桑田更比向來深。須臾林杪標新霽，一抹斜陽溼欲沉。

寒食遊廉園

湖天過雨澹春容，輦路迢迢失軟紅。花柳巧爲鶯燕地，管絃遥遞綺羅風。羣仙出没空明裏，千古銷沉感慨中。免俗未能君莫笑，賞心吾亦與人同。

留別元復初

臺閣聯飛二十年，臨岐欲别重悽然。人言廉藺才相軋，誰信陳雷志愈堅。古井不妨風浩蕩，浮雲何損月嬋娟。江湖秋净多來雁，莫惜平安到瘴煙。

中都道中

細草和煙展翠茵，雜花匀簇道傍春。鳴禽曠野棲無樹，破屋荒山住有人。露溼弊袍寒襯月，風餐行鉢暗凝塵。去年閩海今沙漠，赢得霜華鏡裏新。

客中除夕

野性嶢嶢不耐官，强顔塵土步邯鄲。移文久爲雲山笑，捧檄聊供菽水歡。香返梅魂春一脈，愁叢燈影夜千端。古人事業余何有，羞見茅齋歲又闌。

直省

微風吹雨溼層陰，寂寂長廊静足音。怒虎九關天日遠，冥鴻一線海雲深。求田素有陳登志，作吏初非叔夜心。説與飢鳶休嚇我，掉頭巢父正長吟。

留别鄉里諸友

粉署銜香十許年，故鄉重到重留連。子牟戀闕心空赤，江總還家鬢尚玄。金縷歌殘華鵲月，蘭舟摇碎濼湖煙。一襟離恨東州路，莫訝羸驂不肯前。

興和道中

底事勞勞形與神，道途鞍馬動經旬。煙横絶澗疑無地，風響深林似有人。早發舉鞭揮霧露，夜行翹首認星辰。何時却逐桑榆晚？愛殺坡仙此語真。

建寧道中

行盡溪山得市廛，橋樓深入路緜延。商帆腥帶諸蕃雨，天宇昏連百粤煙。言語不通剛作字，道途良苦且停鞭。老兵來報肩輿穩，使我愀然愧昔賢。不敢以人代畜，半山事。

泉州

萬里飄零兩鬢華，瘴煙爲屋海爲家。山無高下皆行水，樹不秋冬盡放花。得句珠還合浦月，亂懷杯吸赤城霞。蓬萊咫尺無由到，慚愧當年犯斗槎。

寄李道復平章

文武才全每許君，逢時談笑建奇勳。世稱李道爲賢相，帝重嚴陵是故人。滄海兩扶新日月，青天一掃舊煙雲。盛名自古多難處，好及明時乞此身。

黄州道中

濯足常思萬里流，幾年塵迹意悠悠。閒雲一片不成雨，黄葉滿城都是秋。落日斷鴻天外路，西風長笛水邊樓。夢廻已悟人間世，猶向邯鄲話舊游。

飲城東劉氏園亭

昨日餘酲尚未醒，玉溪絲竹又尋盟。爛遊償我從前債，沈醉由他已後名。雨點殘紅花意動，風敲疏翠竹陰清。閒來吟嘯無虚日，未覺歸田負此生。

哭張澹菴平章

平生許國膽囷輪，諤諤危言不顧身。人道龍逢非俊物，我知汲黯是忠臣。轅駒仗馬寧無愧，縛虎擒蛟似有神。故劍年來漸零落，訃聞不覺淚沾巾。

翠陰亭獨坐寄莫俊德經歷

抗俗支塵力不任，故園歸卧遂初心。近山障霧還疑遠，淺水涵天却訝深。有幸鷗盟君與我，無情鶴髮古猶今。年來酷愛香山老，都把悠悠付醉吟。

寄省參議王繼學諸友自和四首

曩昔塵奔爲悦親，而今雲卧復天真。山林充隱當容我，館閣求賢豈乏人。噩夢久隨風散曙，衰容難與物争春。綽然煙景無窮在，莫怪沙鷗不易馴。

身與功名果孰親，萬鍾何似一瓢真。若教宇宙無難事，未必山林有退人。遺語五千方外教，行窩十二洛中春。老懷久矣忘機巧，猿鶴欣欣燕雀馴。木密垂枝手可親，娵隅羅勒味尤真。詩情滄海騎鯨客，世故青樓擲鼠人。列子。庭樹有陰僧結夏，野花無語女懷春。清風一榻茅簷底，六賊三尸犬許馴。「娵隅」，見郝隆與桓温詩語。鹿豕同遊木石親，家山歸臥僞邪真。情知五袠縣輿客，肯作千金鬻帚人。往事回頭皆噩夢，故園投足總陽春。麒麟掣斷黄金鎖，爲問羣仙孰可馴。

山中拜除自和二首

窗下孔賓歸去來，春隨三十六宫開。虚言徒使燕人淚，列子。實用休爭楚國才。左氏。世外此心無芥蔕，海中何物是蓬萊。漫郎耳順宜知止，誰敢重塵視草臺。文季休歌子夜來，淵明自拆瓮醅開。舉觴月與春挑戰，得句人驚天假才。尚友誰能追北海，尋真吾欲候東萊。見漢武求仙事。何時晤對安心竟，拂落菱花不用臺。

雲莊遣興自和二首

中年才過卽歸閒，好在河汾屋數間。病裏檢書多爲藥，老來忘世不因山。翠翻平野禾揺穎，錦委深林筍脱斑。莫恨韶光太相促，若非衰暮詎能還。

人云五十未宜閒，我道彭籛亦夢間。五斗折腰慚作縣，一生開口愛談山。荒村未暮門先掩，老樹才秋葉已斑。只恐溪翁厭喧聒，隔林遥唤野猿還。

綽然亭落成自和二首

地僻門無長者車，身閒不遺子公書。羣山侑坐人堪醉，萬事忘懷世自疏。碧玉蠹池新雨後，緑雲滃徑落花餘。憑誰唤起濂溪老，聽説窗前草不除。

僮挾琴尊子御車，丹崖到處總堪書。白雲有志尋華表，黄閣無心戀綺疏。鼓舌爲名憐季子，舍身逐利笑陳餘。自從投紱歸來後，荆棘胸中有翦除。

田居自和二首

萍蓬一世百無功，轉首俄成六十翁。往事鍥舟求墜劍，虚名影畢悟懸弓。展開明月清溪闊，吹斷香風錦樹空。託意蓴鱸歸故里，始知張翰是英雄。

稼穡無非雨露功，農家分喜到詩翁。勞心漫刻七年楮，貽戚空成九載弓。山展野屏隨地遠，風揮天帚掃雲空。綽然到處皆佳景，安得毫端句不雄。「七年刻楮」見《列子》。「九載修弓」見《淮南子》。

讀史有感自和二首

不信忠良信詭隨，於兹可灼亂亡機。東京黨錮迷臧否，西晉玄談混是非。被禍枉投冠在地，復仇空拔劍揮衣。因知高蹈丘園者，不是區區愛翠微。

政有經綸孰汝隨，疏迂況復動違機。久知好瑟吹竽拙，每笑還珠買櫝非。幕府高談人側目，田園長往子牽衣。分明二者安危在，不信君其問子微。唐赤城居士司馬承禎也。

和魯子翬學士見寄詩韻二首

佳句人傳自雪堂，萬人如海一身藏。騎鯨有志尋仙李，刺虎無心效卞莊。高枕拂雲眠薤谷，直鈎和月釣林塘。寄聲沙鳥休飛去，老子年來物我忘。

青春回首去堂堂，衰白侵尋底處藏。老我癡蠅鑽故紙，何人肥馬耀康莊。翠光挾日山排闥，練影翻秋水滿塘。自笑此心猶有著，幾時喧寂兩俱忘。

書半仙亭壁自和二首

丘園投老謝麾招，相與無非莫逆交。破屋帶花紅掩陋，矮牆圍柳翠添高。日明窗户蠨蛸網，風動蘭苕翡翠巢。人境清幽塵事少，詩成元不費甄陶。

可人密邇若難招，俗士紛然每易交。流水樹園三面闊，遠山雲放一頭高。坐呼赤脚澆新圃，卧看烏衣葺舊巢。衰白太平當自賀，試聽工部詠陳陶。

翠陰亭落成自和三首

一退愁城萬里降，從今按堵樂吾邦。睡殘蕙月猿推枕，吟斷松風鶴啄窗。槁木不春從换歲，虚舟無物任飄江。撫尊笑向兒童道，安得佳肴錦鯉雙。

無奈詩魔未易降，頓兵堅壁鵲華邦。古今不卷江山畫，日月長開宇宙窗。我愛園公并用里，誰誇陸海與潘江。寄聲農父須勤力，已辦良田四十雙。

錦里歸來萬慮降，戴逵何必適他邦。晉戴逵爲避徵君，遠依王珣。幼思弓劍驅千騎，老愛琴書占一窗。分芋帶煙寒斲玉，尋梅和月夜臨江。漫郎雖是扁舟客，政恐漁樵不敢雙。

遂閒堂獨坐自和三首

擊鮮釃酒有餘甘，種竹移花不是貪。世事灰殘心上火，年光絲盡鬢邊藍。地環赤縣神州九，中國外，又加赤縣神州者九，見《史記》。人共山猿野鶴三。六載丘園凡六召，小臣何德聖恩堪。

世味寧同酒味甘，野情不似宦情貪。乘舟遠遁誰如范？拍板高歌每羨藍。追狗僅能功第二，臥龍竟使國分三。英雄事業無涯苦，舉似高人一笑堪。

至味何嘗有苦甘，大觀初不校廉貪。苔垣蝸篆斜行玉，柳岸鶯梭巧織藍。飲輿平吞雲夢九，吟魂高繞華峰三。青編黃髮林泉下，此樂惟應我輩堪。

張文忠自和凡十題，每題皆十首。今擇其警練者録之，其外有秀句可摘者，如「斷岸樹連衣帶水，好山天展畫圖春」，「無事舉杯澆邃古，對花和露折香春」，「亂撥浮萍嫌蓋水，稀栽垂柳恐遮山」，「淡無情緒煙中柳，暴有精神雨後山」，「園花撥亂嫌春冗，窗竹芟繁愛月疏」，「擣殘斜照春聲急，摇碎浮雲水影空」，「溪流隔斷塵千丈，雲氣遮殘樹半空」，

「任使貨盈元載屋，莫教塵化士衡衣」，「林果簇金低薜徑，山泉分玉注蓮塘」，「謀身安用營三窟，容膝惟堪占一巢」，「地寬飛鳥如爭遠，天闊行雲欲鬬高」，「日展樹陰濃壓地，雲縈嵐氣溼穿窗」，「鴉株影鬧斜陽屋，蠶葉聲乾暮雨窗」，「尊中竹葉能忘世，枕上楊花不渡江」。

秋日村居

衰年卜宅喜山村，俗事經年不到門。疏雨與秋添索莫，遠煙因晦學黄昏。倚松野叟清於鶴，偷果溪童捷似猿。莫笑吾廬太孤癖，塵囂終勝市朝喧。

郊飲醉歸

昨朝醉田間，欲借山爲枕。青山不肯前，却枕白雲寢。

堂邑宣化堂退食

縣齋公退炷鑪熏，聊爲塵煩一解紛。開户不教香遠去，篹紋浮動半窗雲。

行水災郊外

雲駁疎陰漏日華，曨曨晨色散林鴉。馬前怪底猶明月，路轉滿川蕎麥花。

綽然亭口號

十年堅卧玉溪東，多謝山靈肯我容。爲問賞心誰是伴？抱雲挂月兩奇峰。

過李漑之天心亭

放眼乾坤獨倚闌，古今如夢水雲閒。南山也解留連客，直送嵐光到坐間。

咏史 録四。

蘇武

爲臣惟命敢辭難，脱遇艱難亦自安。試看子卿持節處，雪花如席不知寒。

龔勝

解印歸來老分甘，素衣不受一塵沾。忽驚有詔從天下，頓覺衰癃十倍添。

朱震 陳蕃友也。蕃誅，爲匿其子。事覺考掠，終不肯言。

交道衰微數百年，死亡誰肯與周全。如何當日陳蕃榻，止爲南州孺子懸。

龐德公

鹿門佳處恣遊遨，誰識沈冥一世豪。莫把功名論出處，卧龍終讓德公高。

贈李祕監　至治間曾畫御容。

封章曾拜殿廷間，凜凜丰儀肅九關。回首橋山淚成血，逢君不忍問龍顏。

哀流民操

哀哉流民！爲鬼非鬼，爲人非人。哀哉流民！男子無緼袍，婦女無完裙。哀哉流民！剝樹食其皮，掘草食其根。哀哉流民！晝行絶煙火，夜宿依星辰。哀哉流民！父不子厥子，子不親厥親。哀哉流民！言辭不忍聽，號哭不忍聞。哀哉流民！朝不敢保夕，暮不敢保晨。哀哉流民！死者已滿路，生者與鬼鄰。哀哉流民！一女易斗粟，一兒錢數文。哀哉流民！甚至不得將，割愛委路塵。哀哉流民！何時天雨粟，使女俱生存。哀哉流民！

上都道中

窮沍惟沙漠，昔聞今信然。行人鬢有雪，野店竈無煙。白草牛羊地，黄雲鵰鶚天。故鄉何處是？愁絶晚風前。

久雨初霽書所寓壁

癡雨歇簷滴，頑雲開日華。穴垣驚暗筍，搶地惜幽花。市隱静於野，客居閒似家。故園亦皆寓，心定自無譁。

休日郊外

久厭官居苦，幽尋到澗阿。鶴知松歲月，鷗狎海風波。野迥塔孤立，嶺高雲半過。菟裘良未暇，聊此慰蹉跎。

廉園會飲

倥偬常終歲，從容偶此閒。霧松遮老醜，雪石護蒼頑。池小能容月，牆低不礙山。殷勤問沙鳥，肯與厠其間。

晨興用俞立之韻

寒碧洲痕淺，深青地勢平。嵒姿呈雅淡，樹影碎空明。窗納一天曉，人懷千古榮。移牀高處坐，遥看日東生。

曹中丞伯啓

伯啓，字士開，濟寧碭山人。至元中，薦除冀州教授，改江陰路經歷，累遷集賢侍讀學士，進御史臺侍御史，出廉訪浙西，遂引年歸。鄉人賢之，表所居爲曹公里。天曆初，起使淮東，拜陝西諸道行臺御史中丞。喟然曰：「吾年且八十，尚忘知止之戒乎！」辭疾不起，天下之士高之。至順三年，子震亨殁于常州，伯啓往拊之。其明年卒，年七十九。贈河南行省左丞，追封魯郡公，謚文貞。所著詩文有《漢泉漫稿》十卷，子復亨所編。士開弱冠，從學于李文正公謙。其筮仕幕僚，江南初定，里居鄉寓，大夫士殷集，公餘每與陸憲使垕、史總管孝祥、陸文圭輩講磨義理，詩詠酬答，未嘗廢滯府事也。遭遇承平，揚歷清望，宦轍所至，多寄寓紀述之辭。如《村居》云：「露坐分藜榻，郊行解葛衣。」《宿呂梁》云：「澹煙新店舍，斜月舊河山。」《贈周可山》云：「立談千古意，坐占一生閒。」《嘉祥道中》云：「積水不勝流水碧，遠山翻比近山青。」《鄉飲禮罷次諸公韻》云：「十年人事成今古，數老天留載典刑。」《除夜》云：「去歲關心如昨日，平明回首又東風。」《江陰詠懷》云：「山色欲冥知雨信，岸痕齊剥記潮生。」歐陽文公以爲思致斂贍，襟韻朗夷。臨文抒志，造次天成。斯足以稱其爲人矣。

寄謝陸義齋廉使諸公

峥嵘古暨陽，事簡風俗淳。僕也一何有，忝爲幕中賓。齊瓜六見熟，於今作閒身。東皐事游息，聯鑣出城闉。時當仲夏初，萬木繁陰新。眺覽悉幽勝，主賓若同寅。雲間陸公子，丰姿邁羣倫。妙齡心老大，富貴不驕人。石居狀元後，累葉俱搢紳。海翁文章伯，子弟盡麒麟。何有兩夫子，家聲德相鄰。行樂興非淺，杯盤夜及晨。名園開錦繡，品饌羅奇珍。晚入清涼界，諸公禮極臻。於莬亦無懼，酒力乃爾神。處士葉其姓，緑綺隨烏巾。時聞操一曲，天地還絪緼。歌調間南北，手談棄疏親。黄雲徧四野，遐邇不憂貧。凝睇即成趣，滿懷俱是春。主人捧觴勸，厭飫難爲嗔。斜日覓歸路，瞢騰入囂塵。夢覺思梗概，擁鼻如酸辛。惓惓無以報，作詩記天真。

和傅茌山九日秋闈

宦遊何所得，歲歲客殊方。馳騖不自已，別離是尋常。資身素無策，返愧工與商。光景一何速，瞥然度飛黄。瀛洲良不惡，復到澄清堂。借問堂中人，生平果何長？夢想枌榆社，披襟坐蔾牀。晦息存夜氣，晨興玩天光。云胡不歸去，老大徒悲傷。秋雨忽開霽，乾坤變清涼。偶於職守外，沿檄監文場。諸生競葩藻，寸晷何倉皇。藩臣喜揚激，賓筵秩觥觴。秋陽暖慈闈，春風遊帝鄉。瓶中有紅腐，穩博太官羊。

澣衣圖

静女思歸寧，澣衣拜高堂。隱士履貞固，濯纓視滄浪。苟有涓潔心，顛頷猶姬姜。常懷濟時策，進退皆康莊。

濟州登太白樓懷鄭從之御史二首

高城蘸雲根，聊可慰心跡。長風萬里來，如對騎鯨客。監州好事者，樹此樓與石。隆鼻號金仙，更長謾嗟惜。

堂堂鄭使君，美譽粲星文。不羨草頭露，願棲山上雲。磬躬事女冠，無乃承異聞。賤子抱負淺，仙凡未能分。鄭棄官，師女士號「髮冠」者。

蕭縣道中早行

行行古天塹，冪冪桑與梓。樹枝防刺人，天明僅十里。功名果何物？白髮仍早起。賴聞瀑水聲，清徹畸人耳。

休日陪漢陽諸名勝登秋興亭觴詠移時塵慮頓息但以不得會仲通爲慊因綴長句呈欽夫僉司士元太守君平察推仲通宰公暨座中諸友

散材生世元無堪，強持陋質偕楩楠。年餘耳順雪垂領，誤承任使來江南。公庭日午了官事，西州散步成奇探。歲寒亭樹發秋興，名公齒序相朝參。鴛鴦梅梢欲蓓蕾，鳳凰山頂飛晴嵐。江水朝宗淨拖練，湖光照影清揉藍。旅雁書空度荊楚，浮雲護日橫湘潭。蒼茫宇宙一俯仰，形役道路何癡憨。移尊偉觀排小酌，紫霞瀲灩堆紅柑。人生擾擾有今日，座客云云無俗談。長安富兒不識字，但能几案羅肥甘。眼中梵刹如比櫛。焉知曉事無瞿曇。知音更有驄馬客，威稜坐可懲奸貪。山邊聖人惡旨酒，禹廟在側，故云。望之不敢成醺酣。一襟清興豈終極，催歸黄帽牽羸驂。漁歌悠揚風色暝，人影散亂波光涵。船開棹進一回顧，忽忽欠到王公菴。

陪諸公杖屨登梁王吹臺悠悠悼古之情不能自已呈孟子周子文二友

天宇廓然秋已暮，幽人欲作登高賦。聯鑣沽酒上繁臺，千古興亡一回顧。百鳥喧啾塔半摧，荆榛掩映臺前路。黄花采采未成歡，目斷荒城起煙霧。

夜宿太湖岸

太湖西望如滄溟，木落霜寒波更清。聞道是中多巧石，明朝豈用勞生靈。晚風作惡蛟鼉走，摇蕩乾坤洗星斗。大隱乘舟不見人，而今盜賊爲淵藪。

寄胡教諭

風雨愁城楚江暮，前人豈盡非常遇。懷材抱藝儲琅玕，擊柝守閽司庾庫。襄王抵死負靈均，子敬無心事公路。我曹奔走謾趦趄，鑽紙篆科蠅友蠹。

乙卯清明沅州郊行

信馬沅江江上路，歷覽芳菲忘故步。因逢古廟説前朝，忽見孤舟横野渡。二難恨識十年遲，四美豈期今日具。人生能得幾清明，莫對殘陽怨遲暮。

陪翟沈二文學歲暮登宴嬉臺

一雨開新霽，長空絶點埃。眼明初出郭，心遠乍登臺。矮塔培黄壤，摧碑漬緑苔。幾人遮日去，雙燕受風回。稚柳沿新塹，神祠映古堆。翠峯依舊好，金菊爲誰開？日夕牛羊下，天寒鳥雀哀。黄流隨去住，元氣接周回。風箒誰操執？雲衣自翦裁。松杉誠異質，樗櫟謾多材。傚北衣冠變，平南士卒來。功名殊未已，伏臘迭相催。弔古情何益，哦詩愧不才。歸歟風景暮，攜友且銜杯。因飲張氏席上故云。

秋夜西齋有感

旅況隨秋變，凄凄百感生。白雲凝望眼，黄鵠計歸程。襤褸臨卬服，齏鹽漂母羹。舊痾雖少痊，新業竟何成！財匱交情淡，門卑禮意誠。淹留諳世態，出入論家聲。眉鎖將詩解，心田仗筆耕。蓴鱸張翰興，燈火退之檠。雨積堪輿暝，霜欺枕簟清。天風篩竹響，簷溜瀉階鳴。伏翼生憐暗，飛蛾死趁明。雁鳴如有訴，蟲語不知名。兀兀心猶醉，栖栖夢亦驚。鄰砧催薄暮，樓鼓辨深更。目斷家何在？年衰志未平。自憐飄泊久，坐起若爲情。

和陳愛山

拉友尋佳致，迢迢遠市喧。度山寧惜馬，傍水得覩猿。淨盡覊人恨，招回遠客魂。樹頭參漢表，石齒漱雲根。植柳人如在，吟梅墓亦存。風杉蒼晚節，雨徑緑秋痕。數畝栖霞洞，千年落照村。誰憐丞相宅，我愛故人樽。叱道僧歸寺，還家僕候門。賈留真有意，誰可代晨昏？

再和

酷愛西山景，經年可避喧。一聲何處鳥，百樣此中猨。地雅僧成趣，峯高客斷魂。長藤梯藉力，茂樹石黏根。賤子心君駭，賢人手澤存。水亭寒有素，雲洞秀無痕。古篆紆清澗，新圖挂遠村。乾坤雙斷梗，身世一芳樽。戍角催歸路，吟鞭懶入門。五年中浦住，卜宅愧吾昏。

初到江陰寄徐路教仲祥三首

自古江南地，澄江小翠微。訟清衙散早，路僻客來稀。季子高風在，春申故宅非。晚涼無一事，攜酒坐苔磯。

自古江南地，林泉勝概多。扁舟波瀲灩，羸馬路陂陀。戎服人浄笑，吴鄉語漸訛。兹游諒奇絶，奈得倚門何。

自古江南地，民安樂最深。稻畦雲漠漠，松畹霧森森。鵝鴨喧池水，鷄豚熄竹林。小舟維古岸，銷我利名心。

蘭溪郊行

千里飄零客，雙親喜懼年。馬嘶青嶂外，人望白雲邊。要領知誰授，舒徐頗自便。此行羞伏櫪，何必較夔蚿。

夏夜露坐

露坐夜如何，村居即澗阿。蒼煙噴素月，碧落轉銀河。病抑詩情減，愁添睡思多。秋風庭樹響，勳業愧蹉跎。

辛亥三月陪馬克修治書謁天游孫真人方丈階前牡丹盛開卮酒同玩座中范提點索詩

拉友尋佳致，琳宫引興長。服膺思酒聖，拭目待花王。逝水年華急，行雲世態忙。無因駐清景，春色又斜陽。

詠鴈

塞色波光秋影涵，數行天字到江南。銜蘆有爲防矰繳，擇地無心入瘴嵐。寒暑相催猶可避，稻粱雖好不宜貪。哀鳴欲動何人意，獵騎彎弧酒正酣。

夜雨

老屋淙淙榻屢移，披衣起坐候晨鷄。四簷急溜三江瀉，一道寒聲萬弩齊。飛雪過窗聞寶鎰，震雷鼓物揭征鼙。平明點檢人間事，流水溶溶漲小溪。

暮春用唐壽卿韻二首

一天晴碧日遲遲，暑氣蒸人力自微。幽徑雨餘芳草合，小園風急亂花飛。卧思沂上歌詩去，夢到山陰祓禊歸。還憶去年乘小駿，西湖遊罷北山圍。

流水年華去不窮，眼看濃緑换芳叢。半溪淺碧春前雨，滿地殘紅午後風。客舍蕭條唯感物，壯心寂寞謾書空。吟詩羨殺唐公子，與在三山碧海東。

就學東平嘉祥道中書事

行潦縈紆會古溪，一行白鳥自高低。敝裘恐惹途邊棘，瘦馬愁顛雨後泥。思入石林風浩浩，吟成沙草日淒淒。相逢莫問經行地，萬壑千崖總是迷。

夏夜露坐

露下晴空釀薄寒，坤輿厚德載人寰。星光遥月明珠碎，雲氣停風白練閒。水鳥自搏空闊際，煙蚊常在有無間。兒童爲數秋期近，書劍無成益厚顏。

夢酒詩會

身世年來憶蕕糟，華胥此夕賴薰陶。半窗涼雨青綾薄，一片春風翠旆高。烏蟻混遊槐國市，綠醅初潑漢江濤。流鶯喚覺西軒底，箕踞分明指二豪。

涇陽述懷　八月分司到縣，呈王仲瑗御史。

晚境難期博望侯，微官且學子長遊。涇清渭濁源何異，物换星移志未酬。朧月照人征雁曉，金天飛露候蟲秋。塵緣袞袞今猶古，唯有書生易白頭。

子規

蜀魄曾爲古帝王，千聲萬血送年芳。貪夫倦聽空低首，遠客初聞已斷腸。錦水春殘花似雨，楚天夢覺月如霜。催歸催得誰歸去？唯有東郊農事忙。

送翟慶之

書劍飄零二十年，風流誰識玉堂仙。柳營一顧膺新命，蘭室三生賦薄緣。以道自居元有地，若人空老是無天。功名遲速皆前定，莫使蘇生坐馬韉。

詠懷寄趙君

鉛槧生涯二十秋，無依如鵲拙如鳩。胸蟠子美千間廈，氣壓元龍百尺樓。知命豈爭蕉底鹿，興宗要遠夢中牛。壯懷磊落憑誰語？時問東陵謁故侯。

謝朱鶴皋招飲

里巷浮沈適自由，江城久住似菟裘。廣文活計貧無那，好客情懷挽不留。滿院竹風吹酒面，兩株榴火發詩愁。料應此外無佳致，人物相看總上游。

舟至常德出陸由辰抵沅書事三首

盤礡崎嶇力不任，遐方風景變鳴禽。舟浮湖面波瀾闊，馬憩山腰澗壑深。千里曉煙炊紫葛，一春寒霧鎖青林。紛紛寇盜何時靜，襲遂登車是好音。

蘭澧分岐望芷沅，渡頭楊柳欲飛綿。囊無薏苡防私論，茶有茱萸敵瘴煙。心定漸忘行役苦，愁濃不覺歲時遷。從今暴殄爲明誡，曾見山頭火種田。

武陵回首望巴陵，擯退舟師就馬程。滀滀青溝穿路過，峨峨蒼嶺送人行。廟堂任使誰能避？箐蘢猖狂只自驚。欲爲伏波尋勝跡，草間聞有鷓鴣聲。延祐中，湖廣諸猺以前帥失馭，西南多擾，伯啓爲刑部侍郎，承命偕兩臺御史本省參政賈馴莅鞫之。行次沅州，道且梗，伯啓曰：進非兵衞不可。彼諸番酋長萬一驚疑狙候，爲患不細，若馳一介與之議，廓不有濟，衆然之。乃遣監察御史楊鵬單騎詣之，果得要領以歸。此三詩即是時所作。

南塘戲贈立齋主人

南塘幽閴似山林，是是非非總不侵。詩有静功聯句好，坐無俗客話情深。花枝徙倚閒居樂，柳絮顛狂薄宦心。聞説主人村酒熟，幾時攜杖一相尋。

華亭道中連前詩寄盧知州王仲通朱文炳

茫茫廣斥望中迷，地盡東吴土自泥。寒氣襲人滄海近，溼雲當眼昊天低。蕭條古樹旌茅屋，詰曲清溝護稻畦。莫託鱸魚風味好，月明聞鶴更悽悽。

中丞敬公九日登真州南城以詩見示愛其閒逸邁往之氣惜不得侍行想像和呈

四事難并舉世聞，登高今喜夾河濆。美哉陶令杯中物，老矣長安陌上人。江限華夷晴浩渺，山磨今古莫嶙峋。醉歸應被兒童笑，猶有黄花在角巾。

題伏波將軍廟　辰州。

佐漢功臣矍鑠翁，擇君不受子陽封。椒房偶累雲臺像，薏苡還傷銅柱功。幸自生前識朱勃，不妨牀下拜梁松。五溪未服星先隕，文叔端難比沛公。

冬至日白霫道中偶成録呈朱叔茂郎中段惟德魯子翬二都司仍希于張伯高參議郭幹卿治書與兩司幕長及按郭郎中邢孟直諸公處以區區薄況達之

槲葉蕭蕭朔吹寒，山行病瘦怯衣單。馳驅一帶灤江險，彷彿重經蜀道難。旅邸攲牀雖自愧，繡衣持斧要同看。窮途恰值書雲節，秫酒糠燈語夜闌。

河從封丘北尋故道所過廬里蕩然無遺壯木連抱披蔽中流者強半泰定乙丑秋予自開封歸碭山買舟神馬渡載書倒前領石而東湍瀑衝激神魄駭動有不可形于言者因念年老親違歷此艱險幸出坦途思警諸子遂述所懷寄衆友

桑顛榆蹶大河傾，舟過陶波浪始平。篷影學遮冠蓋道，櫓聲如斥子孫名。塞鴻已厭趨南北，沙鳥誰知樂性情。想像故園松菊在，爲誰漂泊尚勞生。

長安早發

夜氣溟濛塞兩儀，客懷牢落動清悲。月明宿鳥啼煙樹，風勁寒蟬泣露枝。西北鄉關除夢到，東南民力謾心思。路難無奈篙師促，八月長安早發時。

過長橋書所見

柳如青幟導姑蘇，橋若垂虹飲太湖。渺渺天光接波浪，淒淒秋色上菰蒲。行囊只贉新詩稿，身世端如古畫圖。獨倚危闌追往事，雁銜霜信下平蕪。

遊西湖

鬱鬱羈愁暑不堪，畫船西出事奇探。柳邊和氣蘇公路，梅底清風處士菴。已覺湖山入胸臆，更容絲竹薦肥甘。錦雲一段三千頃，記取平生作盛談。

遊靈隱

岧嶢鷲嶺梵王城，秋氣平分寶界清。火宅久居心獨苦，雲林初識眼增明。禪關已被猨參透，仙洞誰教鬼鑿成。慚負半生泉石約，暫來偷暇洗塵纓。

過白溝河

久聽人間說白溝，兩朝曾此界中州。而今六合無關禁，依舊潺湲碧水流。

九日省舅氏郭西獨行因書所見五首

田家桑梓碧幢幢，過客鞭聲引吠尨。終歲耕耘竟何有？桑樞茅屋短篷窗。
霏微林霧慘秋容，撩亂山禽起晚舂。嘗馬欲來糧已盡，二三癃老訴年凶。
浩浩陰風釀宿霾，道邊佛剎記曾來。蕎花不識秋光老，猶向桑陰密處開。
遥空無礙日淒淒，過雨平田尚有泥。極目斷鴻明滅處，淡煙衰草一時低。
豪家此日醉金樽，驢背愁詩睡正昏。野雉一聲驚夢散，蒼煙起處是前村。

謝朱鶴皋招飲

石火能留幾許紅，人生南北馬牛風。春光倒指無多日，相遇休辭酒盞空。

送張潤夫之遼陽簿尉

客途相顧足情歡，幾度青燈語夜闌。明日遽成離別去，因風毋吝報平安。

九日月下小酌詠懷

賓雁來時燕又東，三年薄宦竟何功。晴窗偶讀登樓賦，昨夜家山入夢中。

題宋成之畫馬卷

奚官珍重玉花驄，縱意清漣碧草中。幸際四庭烽火靜，不須騰踏待秋風。

許左丞有壬

有壬，字可用，彰德路湯陰人。年二十，畼師文薦入翰林，不報。授開寧路學正，登延祐二年進士第，累官參議中書省事。元統二年九月，拜參知政事。至正初，轉中書左丞。六年，召爲翰林學士承旨，改御史中丞，以病歸。起河南行省左丞。十五年，遷集賢大學士，復拜中書左丞，尋兼太子左諭德。十七年，致仕，給俸賜終其身，越七年卒，年七十八，謚曰文忠。可用歷事七朝，垂五十年。有元詞人由科舉而登政府者，可用一人而已。當權臣恣睢，稍忤意則誅竄隨之，可用絕不爲巧避計。善筆札，工辭章，歐陽元功序其文，以爲雄渾閎雋，湧如層瀾。迫而求之，則淵靚深實。其深許之如此。揭曼碩云：「相下許公文章譽望，矯然爲當世名臣。而扈從上京，凡志有所不得施，言有所不得行，憂愁感憤，一寓之於酬倡。」晚年得康氏舊圃，出所賜金買之，名曰圭塘別墅。昆弟翁季賓客，留連觴詠其間，酒酣賦詩，頃刻成什，傳於四方，所著《至正集》百卷。其弟有孚，别輯其詩爲《圭塘小稿》。序之曰：《至正集》卷軸浩繁，以猶子楨起遣南行，倉卒不及收拾，有孚爲輯小稿，并平生倡酬紀行諸作，爲別集以傳於世。

神山避暑晚行田間用陶淵明平疇交遠風良苗亦懷新爲韻十首

田塍晚獨策，及此時雨晴。東畦與西疃，決決流水聲。豐年已足歡，清風復多情。歸來藉草坐，濁酒還自傾。不用澆磈磊，我懷無不平。

寢迹非絶世，雅志便林丘。青山足一至，勝處靡不游。意適輒忘返，玆焉夏已秋。遥遥目力窮，青青盡田疇。迷復幸不遠，歸歟無異謀。

脱身豪俠窟，里氓締新交。愛其心無穽，不較醉語譊。生兒更有教，治地盡肥墝。禾黍已在眼，瓜蔬早登庖。愧子良已多，況敢希由巢。

浮生若無悰，道近人自遠。重外樂徇身，遺世幾赫烜。老農初不知，遑遑歲年晚。清晨負耒出，日夕行歌返。悠悠千載心，他人莫予忖。

落日照我影，頎然溪水中。涼飈動絺衣，勢欲凌虚空。顧之一大笑，與爾將無同。昔也爾何達，玆焉爾何窮。莫道山林陋，乃有黄虞風。

昔人植松柏，映蔚彌崇岡。不爲朝夕利，千載當自長。植槿非不榮，我圃因之荒。白髮走畏途，途修馬非良。桑榆賴未晚，此樂且無央。

静念少日事，躁中劇揠苗。欲令千載淳，反之在一朝。斥鷃不自量，上欲摶扶摇。世態任盲俗，林譏愧清謡。傲骨日已長，及辰事逍遥。

淵明昔歸休，開歲纔五十。我雖年近似，我道慚什百。兼金與尺璧，敢取儕瓦礫。緬焉動真想，迅往孰誘掖。庶幾歸田園，千載可同迹。

我聞昔桃源，民風近無懷。茲山亦深窈，中有讀書齋。但絕車馬迹，不惜雲煙埋。旁圍靡靡山，上蔭高高槐。聊以永今朝，得酒從無厭。我髮日以變，山色日已新。舉杯試問山，古今閱幾人。我非山主人，聊爲山之賓。杖可入幽險，詩能寫清淳。但恐我他適，山乎爾誰鄰？

應制天馬歌

臣聞聖元水德正色在朔方，物産雄偉馬最良。川原飲齕幾萬萬，不以數計以谷量。承平雲布十二閑，華山百草春風香。又聞有駿在西極，權奇俶儻鍾乾剛。茂陵千金不能致，直以兵戈勞廣利。當時紀述雖有歌，侈心一啓何由制。吾皇慎德邁前古，不寶遠物物自至。佛郎國在月窟西，八尺真龍入維縶。七逾大海四閱年，灤京今日才朝天。不煩翦拂光奪目，正色呈瑞符吾玄。鳳臆龍鬐渴烏首，四蹄玉後礐其前。九重喜見遠人格，一時便勅良工傳。玉鞭錦韉黃金勒，瞬息殊恩備華飾。天成異質難自藏，志在君知不在物。方今天下有道時，絕塵詎敢稱其力。臣才罷駑亦自知，共服安輿無覂軼。

題友人所藏明妃圖

臂香骨沁守宮虛，金鎖重門怨銀鑰。深宮有眼不識春，晝長時聽雲間樂。平生所見惟監宮，今朝豈期見畫工。君王知畫不知妾，薄命已分如秋蓬。黃沙漫漫天無窮，驚飈吹老紅芙蓉。穹廬明日又何處，此生遂負南歸鴻。和親納侮號上策，建議詒謀婁敬責。妾身雖苦免主憂，猶勝專寵亡人國。關山寥落夢亦迷，嫁鷄正爾隨鷄飛。人間生女莫望貴，只可近作田家妻。琵琶聲斷霜天月，青塚至今青不歇。後來却有蔡文姬，千古胡笳辱哀拍。

喜逢口 并序。

灤陽驛東北四十里有雙塚，世傳昔有久戍不歸者，其父求之，適相遇此山下，相抱大笑，喜極而死，遂葬於是，俗因謂之喜逢口，亦猶望夫之有石也。雖莫究其世代姓氏，而其言有足感人者。故作是以紀之。

兒寒解衣重撫摩，兒飢推食孰忍訶？長成與國遠負戈，一去不返當如何。去時云戍東北鄙，直出榆關度遼水。白頭郎罷與影俱，豈憚山川千萬里。天教此地適相逢，父曰從天墜吾子。笑疲樂極俱殞身，誰謂情鍾遽如此。官家開邊方未已，同生又別寧同死。山雲漠漠風颸颸，山頭雙塚知幾秋。當時不忍一朝喜，今日翻飛千載愁。猶勝貞女化爲石，終古孤身雙不得。清江寒影日悠悠，行人一去無消息。

哀棄兒

雪霜載途風裂肌，有兒鶵結行且啼。問兒何事乃爾悲，父母棄之前欲追。木皮食盡歲又饑，夫婦行乞甘流離。負兒遠道力已疲，勢難俱生灼可推。與其蠆尾莫我隨，不如忍割從所之。今夕曠野兒安歸，明朝道殣非兒誰。父兮母兮豈不慈，天倫遽絶天實爲。十年執政雖咸腓，發廩有議常堅持。昔聞而知今見之，倉皇援手無所施。兒行不顧寒日西，哭聲已遠猶依稀。

李惟中學士自西臺侍御召入以未央宮瓦硯爲貺作此謝之

漢家作宮法紫微，金鋪玉户明華榱。甄官陶瓦極能事，鉛丹細擣咸陽泥。一朝神雀去不返，秋風禾黍驚離離。谷陵且變此宜盡，一二時出農夫犂。人間購求作珍玩，洗刷篆籀分毫釐。西臺執法好事者，礱磨爲硯尤瑰奇。體呈全璧徑尺許，沼開新月才一眉。堅如鐵石潤如玉，墨聲瑟瑟松風吹。惠然匣送感高義，但惜所與非所宜。公才真是謫仙裔，善事利器方相資。嗟予蕪學忝詞館，雖有此器無能爲。世傳銅雀亦佳品，搜刔黄壤今無遺。高皇垂統四百載，老瞞何物敢等夷。愛人屋上烏亦好，況兹適用逾端溪。楮生毛穎賀得友，坐令几案增光輝。代言揮制固多愧，玉堂風月猶能詩。

沙湖道中

城居如坐井，出郭始知春。草色纔翻燒，禽聲便可人。遠山來邐迤，羸馬去逡巡。喚醒三年夢，東華足軟塵。

夜至魯港

桴鼓遠銅籠，前驅列炬紅。星芒寒拂地，江影静浮空。聽語漁村近，連航水驛不才慚傳食，鮭菜足爲供。

荻港早行

水國宜秋晚，羈愁感歲華。清霜醉楓葉，淡月隱蘆花。漲落高低路，川平遠近沙。炊煙青不斷，山崦有人家。

上京十詠 并序。

元統甲戌，分臺上京，飲馬酒而甘，嘗爲作詩，丁丑分省，日長多暇，因數土産可紀者尚多，又賦九題，并舊作爲上京十詠云。

馬酒

味似融甘露，香疑釀醴泉。新醅撞重白，絶品挹清玄。騾子飢無乳，將軍醉卧氈。挏官聞漢史，鯨吸有今年。

秋羊

塞上寒風起，庖人急尚供。戎鹽春玉碎，肥羜壓花重。肉淨燕支透，膏凝琥珀濃。年年神御殿，須餕每霑儂。

黄羊

草美秋先腯，沙平夜不藏。解條文豹健，臠炙宰夫忙。有肉須供世，無魂亦似麞。少年非好殺，假爾試穿楊。

黄鼠

北産推珍味，南來怯陋容。瓠肥宜不武，人拱若爲恭。發掘憐禽獮，招來或水攻。君毋急盤饌，幸自不穿墉。

籸麵

坡遠花全白，霜輕實便黄。杵頭麩退墨，磑齒雪流香。玉葉翻盤薄，銀絲出漏長。元宵貯膏火，燕墨笑南香。南鄉蕎麵黑甚，熟則堅實若瓦石，可代陶盞貯膏火。

蘆菔

性質宜沙地，栽培屬夏畦。熟登甘似芋，生薦脆如梨。老病消凝滯，奇功直品題。故園長尺許，青葉更堪虀。

白菜

土羔新且嫩，筐筥薦紛披。可作青菁飯，仍攜玉版師。清風牙頰響，真味士夫知。南土稱秋末，投簪要及時。

沙菌

牛羊膏潤足，物産借英華。帳脚駢遮地，此物喜生車帳卓歇之地，夏秋則環繞其迹而出。釘頭怒戴沙。齋厨供玉食，毳索出氈車。莫作垂涎想，家園有莫邪。

地椒

凍雨催花紫，輕風散野香。刺沙尖葉細，敷地亂條長。楚客收成襄，奚童擷滿筐。行厨供草具，調鼎爾非良。

韭花

西風吹野韭，花發滿沙陀。氣校葷蔬媚，功於肉食多。濃香跨薑桂，餘味及瓜茄。我欲收其實，歸山種澗阿。

尋梅

何以慰吾衰，梅花秀發時。晚香傳遠樹，春雪避南枝。林静來差早，溪深行獨遲。與君謀一醉，及此未離披。

水木清華亭宴集十四韻 并序。

水木清華亭，侍御史王公公儼别墅也。位都城巽隅，出文明門餘里許，園池構築，甲諸邸第。予客京有年，識公儼亦久，而未嘗迹其地。至正乙未春，自汴召入。俄公儼由遼省拜中臺，握手傾倒。屢約宴集，蹇冗不果。致期宿具，復有意外之撓，乃七月二十又三日，始遂盍簪。左轄吕仲實、中執法杜德常、右司王本中、左司尚彦文實同尊俎。酒旨樂備，物腆意勤。適雨霽秋清，塵空地迥。庭木湧翠，渚蓮散紅。北瞻闉闍，五雲杳靄。極目西望，舳艫汎汎於煙波浩渺雲樹參差之間，蕭然有江鄉之趣，不知其爲轂擊肩摩之境也。煩襟滯慮，滌濯淨盡。兹游奇絶，宜造物之不輕畀也。公儼請曰：「人生四美，百年幾遇，不可不紀也。」乃即水木清華亭爲韻賦詩，有壬分華字，其詩曰：

世禄推門閥，天墀幾拜嘉。高情忘勢利，大隱謝紛譁。朝市塵無染，蓬瀛路豈賒。眷言營別墅，初不遠東華。畫舸堂前過，青帘柳外斜。晴紅迷菡萏，寒翠接蒹葭。揮麈風生座，扶筇雨壓沙。萍開輕泛鴨，荷側重擎蛙。只訝神仙府，誰知宰相家？賓朋玄圃王，文采赤城霞。麗曲凝雲表，鮮妝炫水涯。添栽三徑竹，遞賞四時花。心事尊中物，人生海上槎。相逢須盡興，明日各趨衙。

送馬明初教授南歸二十韻 并序。

後至元戊寅，予得請歸江夏別業。明年冬遊長沙，又明年二月，安仁馬君明初來見於琅瓅山。其人温醇，其文粹精，傾蓋如平生。同遊南岳，更唱迭和，遂同歸江夏。甫七日，復參知政事命下，以小兒累之，又同北焉。至任城，明初舟覆，幾不免，間關跋涉，不忍予棄，用中臺翰林薦堂除緱山書院山長，及格，擢右衛率府教授，始釋褐。衛官若胥卒皆國人，明初請收書教其子弟爲華學，官屬韙之。鳩俸檄明初買書江南，因得歸省其家焉。過予相下，將別請言，吁！世俗之交，翻覆雲雨，況延之館塾者，其爲交不又密乎！饔飧之不精不時也，供侍之不慎不及也，脯修之不腆也，汲引之不酬也，爲主人者，有能不犯於是者乎！人情久則狎，狎則慢，慢則隙生焉。賓主至是不□歡者鮮矣！而明初與予，十年如一日，始終無間言，有德君子哉！述其概，爲詩以餞之。其詩曰：

吾子昔傾蓋，琅璆古渡頭。袖文驚蜀錦，懷寶重天球。心既同金斷，膠因向漆投。有邀須共往，無倡不爲酬。南岳朝聯轡，湘江暮艤舟。展窮峯頂寺，詩滿水邊樓。訪古由來喜，尋芳到處留。遂移衡浦隱，便作武昌遊。坐席何曾暖，招旌遽見求。高情安旅次，遐躅又神州。道路多嘗險，山川只薦愁。掃雲髠兔穎，麈雪弊貂裘。善誘兒何幸，深藏價未收。忽看鴻鵠舉，甘效蹶蛩休。洹水寒偏瑩，林慮晚更幽。誰知三仕已，相累十春秋。公道先揚善，真才自拔尤。恩袍明翡翠，教鐸振貔貅。行役仍清淡，言歸藐阻修。臨岐惟一語，音信莫悠悠。

送黄文復歸長沙

半生湖海夢依稀，但誦湘南遠寄詩。先友凋殘公獨健，故園荒盡我方歸。百年未滿常憂畏，千里相逢又别離。他日璆江松下路，西州難似此沾衣。

和謝敬德學士見寄韻

淡靄輕風弄野姿，江天寥廓鳥飛遲。從知宇宙多閒地，誰信襟懷勝舊時。夜雨不驚逋客夢，暮雲猶入故人詩。山中亦有陽春曲，拂拭朱絃待子期。

登岳陽樓

半空輪奐壯巴丘，消得騷人一繫舟。雲氣遠攜湘雨至，湖光寒入蜀江流。山川信美非吾土，天地無窮有此樓。三十四年如夢過，可憐華髮賦重遊。

閒居雜詩四首

鬢髮蒼浪齒動摇，自知宜退待誰招。茶餘引鶴消春晝，酒醒聞鷄記早朝。肥截玉肪羹縮項，香翻雲子飯長腰。尚嫌門有徵詩客，時與山人破寂寥。

半山雲樹接修篁，鎮日無塵到草堂。甕牖風來書葉亂，膽瓶花落硯池香。壺觴自酌教微醉，松菊猶存及未荒。護果灌園常不暇，誰知閒裏更多忙。

鵠山東北接郊墟，郭影嵐光晝不如。九十日春朝暮雨，兩三間屋古今書。庭花紅礙經行處，園竹青回翦伐餘。滿地蒼苔愁踏破，年來深喜故人疏。

竊禄多慚號具臣，歸田何幸作閒人。登山臨水今非客，病酒愁花又過春。夢斷紫霄黄閣遠，眼明青鏡白頭新。芥薹竹筍來相饋，不道茅柴味更真。

徹里帖木兒爲江浙平章。會科舉，驛請試官，供帳甚盛，心頗不平。及還朝，首議罷科舉。時有壬爲參知政事，力争之。丞相伯顏議已定，乃温言慰諭。翌日宣詔，特令有壬爲班首以折辱之。治書侍御史溥化誚有壬曰：「參政可謂過橋拆橋者矣。」有壬以爲大耻，移疾不出。有壬三人中書，皆以病免。觀此等詩，亦可以知其不得意之概矣。

和傅汝礪寄來韻二首

江水舟航日夜東，故人音問得常通。君才能挽千鈞重，我老惟懷一畝宫。自古山林容小隱，只今臺省有諸公。欲知别後詩成處，都在花香竹影中。

春紅園圃眩西東，花下縈紆一徑通。不向雷門操布鼓，要從人海見珠宫。多言浪負三千牘，老夢都忘十八公。珍重吾宗有成訓，人間何似在山中。

琳宫詞次安南王韻二首

涼入簾幃夜色輕，瑶臺添月更虚明。一壺天地渾無迹，只有清風動竹聲。

山中活計只餐霞，世事茫茫日自斜。謫到玉堂無好況，夜深猶草侍中麻。

和康里子山韻

洞深春早透蘭芽，窗曉雲香亂海霞。萬丈紅塵飛不到，紫簫吹綻碧桃花。

李陵臺

李陵臺下駐分臺，紅藥金蓮徧地開。斜日一鞭三十里，北山飛雨逐人來。

令狐學士金蓮圖

九天光彩動金閨，輦路風香樹影齊。却笑漢家恩數薄，只教天禄待青藜。

都門柳

都門四十里青青，幾度迎人幾送行。老子有言來致柳，只煩相送莫相迎。

夜次館陶

三老趨程不憚勞，船頭坐看月輪高。煙村漁火微茫外，一簇人家是館陶。

即事二首

幾家門繫釣魚船，一陣風香燎麥煙。畫出太平村落景，酒旗多在緑楊邊。

遠浦客帆明冉冉，前村牧笛響嗚嗚。園桑葉盡蠶成繭，庭樹陰濃燕引雛。

送張困亮鍊師　以下別集。

杏園陳迹夢暄妍，馬上相逢豈偶然。每憶可人如隔世，不聞新句又經年。花迎驛路飛紅雨，香到朝山散紫煙。王事遊方歸有日，遲君洹水白鷗前。

和可行展省歸過圭塘即席韻

墟里煙塵外，巾車日日來。疏竹呈半塔，初日見三臺。酒每從鄰貰，詩寧待雨催。衰年懷易感，爲我少遲回。

四月二十七日莊之淵昆季治具至圭塘醉中賦奉寄一笑

拂水垂楊貼水荷，圭塘風景正清和。豈能奇字□人問，深愧羣賢載酒過。花露墜紅沾杖屨，松雲凝翠遏絃歌。也知節飲宜衰病，其奈鄉情醉更多。

秋露白酒熟卧聞槽聲喜而得句可行當同賦也

治麴辛勤夏竟秋，奇功今日遂全收。日華煎露成真液，泉脈穿巖咽細流。不忍潑醅斞甕面，且教留響在牀頭。老懷磈磊行澆盡，三徑黃花兩玉舟。

至正改元四月十三日戊子皇帝御龍舟幸護聖寺中書右丞臣帖木爾達實參知政事臣阿魯臣有壬扈行樂三奏命右丞前特授平章政事參政進右丞臣有壬進左丞懇辭不允惶汗就列平章右丞曰今日游騁之盛恩遇之隆不可不紀也悚懼之餘爲二十韻以獻

宇宙承平日，邦畿壯麗鄉。宮中無暇逸，湖上暫翱翔。鳳輦重雲降，龍舟萬斛驤。風霆隨桂楫，日月運牙檣。五衞分翬羽，千官列雁行。長年花壓帽，仙妓錦連航。絨綷初徐引，鑾旂漸遠揚。蘆軒呈曼衍，僸佅遞鏗鏘。玉食傳麟脯，冰壺出蔗漿。魚鳶知永躍，鶯燕逐餘香。夾岸金戈翊，彌空繡幕張。汀回開瀚海，天近勝錢塘。翠閣峨雙島，珠簾護兩廂。九霄披瑞靄，四表覩朝陽。補助資遊豫，登崇貴俊良。不圖推朽質，亦復被清光。左轄綱維地，中書政事堂。出謀慚不武，好學願無荒。喻水民堪畏，從橋策最長。濟川非所任，歌詠獻巖廊。

和虞伯生學士壁間韻

在公抱隱憂，出塞得奇觀。青山萬馬奔，龍門忽中斷。地平豁四維，天闊張一幔。寄語鳴笳兒，休驚暮鴻散。

張禮部溪山真樂圖

悠悠春天雲，想見平時閒。獨遊溪橋上，暮宿山堂間。澹然不知愁，亦復忘□歎。出山初無心，既出還思山。蒼生待霖雨，欲歸良獨難。山堂悵何許，蕭蕭松桂寒。

寄趙秉彝

從軍苦樂不難明，肯使毛錐負此生。鐵騎蹴雲秋校獵，油幢敲雨夜論兵。髮應瘴癘催全白，詩爲江山助益清。詔下凱還今有日，阿縣聞已候門迎。

七夕露坐感牛女事因成駁雜無實之言

別況經年慣，佳期此夕逢。終天爲伉儷，一水任西東。人世非無鵲，羈窗漸有蛩。鄜州共明月，應是憶衰翁。

題趙幹江樓風雨圖

人間蕞爾東南陬，金陵李家無遠謀。詞華欲繼後庭曲，不見東風空上樓。當時百事尚纖麗，況在畫工專末技。洪河喬岳昧平生，曲闌幽檻窮清致。石頭城下無重關，甲馬營中有佳氣。九天飛墜曹將軍，盡卷版圖充上計。小兒造化吁可憐，乾坤又到宣和年。君王搖毫自塗抹，片紙落世人爭傳。坐看南北又分裂，遂使兩家同一天。偶從斷縑閱小景，慨念興亡豈天定。而今蕩蕩混一圖，但少儂歸理釣艇。

次賈伯堅左司寄來韻二首

酒來宛國注紅香，魚出涼亭薦雪肪。多病浪仙都□此，空哦清句嚼冰霜。

賜露𤋮鳳玉脂香，大笑輕身服雁肪。華髮侍臣歸有日，駕鵝先報一天霜。

代書寄可行弟二首

漢川雲夢有租田，今歲應逢大有年。約束諸僮公出納，羨餘留糴杖頭錢。

文竹移栽只五根，來時無數長兒孫。不因繁冗休輕翦，要使清陰過酒尊。

出郭

萬慮攻催雪滿頭，還鄉纔得縱遨遊。太行雲盡青浮曉，洹水霜餘碧染秋。漸老始知閒有味，此回真與世無求。溪山好處鵶夷滿，况有風流老郡侯。

黄華山中雜詩二首

道人邂逅一開顔，爲借邛枝策我孱。鳥語留人還小住，晚風吹破水中山。

挂鏡臺西挂玉龍，半山飛雪舞天風。寒雲直上三千尺，人道高歡避暑宫。

墨竈寺追和緱山先生韻

丹霞圓鎖翠潭潭，仰面青天鏡出函。解組已能辭好爵，判山還欲署新銜。冷傳霜信風生谷，清透雲根月滿巖。却憶璨江舊林壑，幾多煙霧護松杉。

九日登鳳寧山

亭亭鳳寧山，形勢若飛動。胡爲不飛去，仙真此摶控。靈跡既不閟，煙霞遂增重。城居見其圖，清賞時入夢。本朝事幽尋，霜風肅飛鞚。適與佳節會，更與佳人共。危亭搆兩翼，飛雲連畫棟。翠柏瀉秋聲，紅樹列清供。遐觀千里近，長歌百杯送。洹流嗽其根，俯瞰清可弄。陟降自忘疲，酬酢益豪縱。牛山何用悲，兹方待鳴鳳。

次和可行圭塘雜詠 録三。以下《圭塘欸乃集》。

與客泛舟

欸乃聲中動畫橈，不煩舟子更相招。而今赤壁荒寒裏，試問何人有洞簫。

日夕觀山

林慮千仞翠巖巖，罨畫工夫在暮嵐。徙倚崇臺觀未足，紅輪西北月東南。

雨中移竹

山人聚景作池臺，移得龍孫帶雨栽。頃刻雲間晴日上，便教陰過酒尊來。

圭塘獨坐

我屋來西圃，輪蹄二里遥。晚風收菡萏，秋雨長芭蕉。有酒容開口，無官免折腰。柴門莫堅閉，恐負野人招。

新秋即事

莫蹋蒼苔破，茨門晝亦關。林風秋入樹，波日晚摇山。原野蒼茫外，煙霏指顧間。更須安一榻，月夜不須還。

次和可行鄉友具宴謾成

相望不隔一牛鳴，尊俎過從見至情。荷露清涵芳酒氣，松雲寒遏豔歌聲。高車駟馬初無意，白酒黄雞舊有盟。醉脱烏紗從露頂，絶勝前日縛塵纓。

次和可行赴圭塘

卜築何如履道坊，千紅萬緑浸銀塘。要回衰境爲全盛，却使閒人號最忙。活水清園容膝屋，新篁高出及肩牆。煙霞遮斷塵埃路，才覺山林白晝長。

許太常有孚

有孚，字可行，有壬之弟也。登進士第，歷官南行臺御史，同僉太常禮儀院事。鄱陽周伯琦圭塘欸乃序曰：中丞安陽公謝事歸相州，于其第之西二里得康氏廢園，薙灌莽，剗菑翳，鑿池其中，袤廣以步計者千餘，深八尺，形如桓圭。雙洲右枕，孤島左峙。夷隄繚垣，崇臺在肘。夫蕖、楊柳、棗、栗、桑、榆、梅、榴、桃、杏、蒼松、翠竹之屬，周于池之中外，蓋培植踰年而後成。惟二古檜巋然，乃康氏故物。公時杖屨，擕弟若子，會賓友觴詠其間。以池之占勝居多，故以圭塘名。此倡彼和，宫商遞宜，少長同歡，主賓相忘，遂名其篇曰「欸乃」，若漁歌互答然。公季弟都司君自爲之引，裒成巨帙，凡得詩古律五七言總若干首。亦以見安陽一門文物之盛云。欸乃，櫂船相應聲也。元次山有《湖南欸乃曲》，舊誤作款乃，並誤音襖靄，今改正。

圭塘雜詠 并序。録三。

圭塘亭臺浚築之役，經始及落成，有孚實皆與聞。吾兄時一來遊，雖乘興忘返，而芳春長夏，秋晴冬燠，有孚獨得賞玩竟日。不敢孤兄之賜，謹取日所爲事，各成小詩，題曰《圭塘雜詠》。用發長者一笑，塘之可詠者不止此，又當别撰拜呈。

柳下聽鶯

陰陰煙翠足潛身，其奈嬌喉百囀新。却憶當年閶闔曉，恩袍光照上林春。登第日唱名西宫，密邇上林，嘗聞鶯也。

日夕觀山

晚晴臺上看巉巖，萬壑千峰起翠嵐。恰似雲間招五老，今宵有夢定江南。

遶隄種菊

酒熟同招隱士看，飢來忍把落英餐。春風無限閑桃李，不似黄花耐歲寒。

雙洲

吾聞東海之上有十洲，羣仙出入洲上頭。瑶花琪樹聚麟鳳，不與塵世同春秋。吾池不啻涔蹄水，孰謂蓬瀛敢相擬。獨憐亦復橢雙洲，雲霞菐岌煙波裏。飛橋子午凌空虛，朱闌緑柳陰扶疏。亭臺倒影山色好，四顧瀰望皆芙蕖。清風爲賓月爲友，但恨不將池變酒。恍如乘槎泛天河，又疑身在無何有。從知雲海空復空，仙凡一笑將無同。浪游不必訪弱水，人間亦有蓬萊宫。吾儕小人可惜無仙骨，由來二洲不是池中物。以下三詩見《圭塘小稿》，以其專詠圭塘之勝，故類附于雜詠之後。

柳巷

種柳圭塘路，行行便向榮。雨晴羞眼澁，煙暖細眉横。色比金猶嫩，枝看翠易盈。林疏無繫馬，葉接有啼鶯。綫亂柔條裊，氊鋪落絮平。尋詩常獨往，送客或同行。歸院塵難到，還家月每明。上通陶令宅，不接亞夫營。京兆時非昔，平康夢自驚。陽關休疊曲，司馬易傷情。但恐春回馭，何將酒解酲。託根因勝境，由徑得嘉名。莫訝公休吏，詩成句未精。

蔬圃

有池可汲園可斸，拂袖歸來心願足。自甘學圃爲小人，愛此菜茹晝苜蓿。元修雨後脆且腴，諸葛敷榮□濃緑。蘿蔔生兒芥有孫，芋魁出水頻澆沃。罷鋤時或釣池魚，隱几何曾夢蕉鹿。既無抱甕老翁勞，亦免趨炎脅肩辱。吾嘗寓甲第，紛紛厭粱肉。吾今且烹葵，食鬱雜野蔌。彼紫駝峯出翠釜，争如菘韭侑炊粟。五侯之鯖世所貴，五辛之盤吾亦欲。庸人皆被富貴熏，或羡吾饕是清福。但令此色貫駐顔，雋味醤根充我腹。三年不窺惭仲舒，吾儕何可輕樊須。九月築場十月滌，連年藉此輸官租。

侍飲圭塘和楨韻 并序。録一。

至正己丑歲，相城春夏不雨，旱既盛，六月廿九日始雨，入夜沾足。吾兄乘樓輿，挈壻姪，來圭塘縱觀，樂甚。猶子楨具饌，且有詩。兄謂有孚曰：「詩雖不高，其意可取。」遂走筆答之。有孚亦技癢弗禁，依韻得四首，兄載賡之。楨亦自和，共八章。觴詠間作於荷聲樹色中，不謂此身之在塵世也。時東平孟彦超來尹安陽，方走神祠致懇禱。甘澍適應，尤可喜也。故並及之。

買得園亭位面陽，百年心事一時償。風吹楊柳回鸞舞，雨浥芙蕖墮馬妝。相下未成真率會，洛中空記姓名香。當時太液池邊宴，不信人間六月涼。辛巳之夏，吾兄以左轄被命留京師，遵故事率留守臣登廣寒殿視鋪漏。適御酒至，恭宴池上，有長句。故及之。

次和可翁新秋即事

池亭殘暑去，樂事日相關。徑列霜前菊，窗招雨後山。好詩來枕上，爽氣滿人間。極目崇臺晚，遥天一鶴還。

睡起偶成

清風枕簟水雲鄉，夢覺槐根百慮忘。起課山僮笑多事，飼魚跟藕摘蓮房。

嘉蓮亭宴罷奉陪泛舟夜分始歸賦詩三十韻是日之宴渤海縣尹吴安之以使來具也 閏七月二十一日。

池亭秩芳筵，落日船始放。晴空散餘霞，秋水浄氛坱。高荷雖離披，尚爾緑彌望。搴黔成壁池，不礙雙槳盪。縈紆湛澄碧，天宇益虚曠。石竇來驚湍，松隄俯新漲。鼎立洲嶼連，沿洄時一傍。飣餖羅珍羞，傾倒出奇釀。侑以二名姬，朱絃倚清唱。凝雲響空翠，幽禽或頡頏。所愧杯行遲，負此百川量。須臾羣動息，露氣白沆碭。灑然毛骨輕，不獨情緒暢。燈火空濛中，仿像江湖上。陋彼西園游，飛蓋何冗長。云胡渼陂行，亦復怯風浪。而我方扣舷，憑虚恣摇蕩。吾兄嚴鄭流，高節張邴亢。少飲如醉翁，浮此齋畫舫。頗恨交游稀，每每折輩行。遂令子弟閒，日侍屨與杖。樓船憶當年，樂事炊一餉。望洋失所操，伏櫪今在鞅。静言校疇昔，所得多所喪。與從天上人，何似山中相。但恐時易失，俯仰異欣悵。銀漢淺且清，神槎喜無恙。人生貴適意，前修語非妄。榜人報更闌，列宿光蕩漾。故舊東海頭，何當剡溪訪。

十二月廿又二日觀雪泠然臺城郭山川四顧清爽小兒誦東坡先生聚星堂詩甚習殊可樂也因憶馬明初云往歲德常杜左司嘗與諸公和之成巨軸然皆不及一見僕則不敢言和但對景乘興謹用其韻爾僭越之罪觀者恕之

花飛六出亂無葉，泠然臺上偏宜雪。茫茫大地迥無塵，渺渺予懷正奇絶。山容喜從天際改，竹聲時聽池邊折。相知更有灞陵翁，長途不信人蹤滅。平原飢兔巧跧藏，空闊蒼鵰飽飛掣。小兒忍冷從吾觀，楚楚毳裘蒙采纈。坡詩誦得聚星堂，字字珠璣飛玉屑。懷賢撫景慷慨生，歲月堪憐去如瞥。豐年但願太史書，故事須從汝南説。歸來舉似宋廣平，却笑梅花心似鐵。時梅皆凍損。

許太祝楨

楨字元幹，有壬之子，以門功補太祝應奉。翰林金臺王翰稱許氏昆季之賢，羣從之才俊，有非他人之所能及者。并見于《圭塘欸乃集》中。

次和圭塘雜詠　録二。

日夕觀山

亭西咫尺聳千巖，清氣侵淩湧碧嵐。紅日欲沈山更好，從他捷徑在終南。

月下觀梅

老樹清溪映白沙，可人竹外一枝斜。黄昏信步前村去，香到松林賣酒家。

瑞蓮歌次可行叔韻

太行山下溪名洹，洹溪主人今得賢。石渠分溜入方沼，種出萬柄紅白蓮。就中一茄發挺特，豔妝雙出雲髻鬟。有如二女降嬀汭，翠裙紅袖相牽連。岐分駭目未信宿，里□傳耳何喧闐。波神有爲獻嘉瑞，要並太史書豐年。主人謙德不敢有，福善自是天行權。亭亭植立萬花表，可人適在亭之前。日酣欲語轉嬌婉，風動似舞尤輕便。一時圖寫溢紈素，十日車馬空市廛。昔聞蓂莢曾表異，乃因土階與采椽。景星鳳鳥豈常有，考信前史真宜傳。醴湖蕪塞不復見，而今乃濯圭塘泉。禎祥奕葉定不斷，藕絲萬縷相纏緜。幽人到此自怡悦，膏肓泉石尤難痊。要須紀録入郡乘，千年增重吾山川。

睡起偶成次韻二首

乞得西園作醉鄉，浮生俗務總相忘。水雲清徹荷香裏，小艇虛明似洞房。

賦詩舒嘯杖藜行，水色山光不世情。醉卧午窗誰喚醒，柳陰啼鳥兩三聲。

馬教授熙

熙字明初，衡州安仁人也。歷官至右衛率府教授。嘗作《摸魚子》樂府十闋，並圭塘補和詩附記于後。其原序云：「欸乃既歌之明年，熙如京師，可行洎楨日侍安陽公觴詠圭塘，更唱迭和，詩辭凡二百四十有九。又明年，楨來京師，熙始得伏讀全集。大篇雲行，短章泉流，無非樂日用之常，而憂國憂民之實，亦未嘗不默寓其間也。楨聞詩趨庭，日有新益，而熙乃以抗塵走俗，不得與于斯文，愧可勝言邪！然可行序引有張本同聲之説，固欲援之入社，今雖未至，未必峻拒之也。于是忘其蕪陋，勉强補和，得詩七十八，詞八，録次左方，惟二先生進而教之。」

和可行圭塘雜詠 録二。

攜妓落成

省事山翁許鶴隨，燕鶯奔命爲誰疲？情知欸乃多幽事，不付樵青付雪兒。

開窗看雨

洞房編葯屋編荷，八面玲瓏得月多。誰遣天飄簷雲過，嫩涼扶我入無何。

和可行即事

載書逾十乘，儲醬乏千缸。竹影明窺户，荷香暗度窗。對山方目擊，見客又心降。落日層臺表，蒼煙白鳥雙。

和可行鄉友具宴

石溜穿渠濺濺鳴，眼中幽事總關情。故人載酒不盡醉，好鳥隔花空有聲。但使軒扉常款客，不妨松菊屢尋盟。西風瘦馬長安路，説與山靈笑絶纓。

蒲提學道源

道源，字得之，别號順齋，世居眉州之青神，徙家興元。道源强記過人，究心濂洛諸儒之學，嘗爲郡學正，罷歸，絶口不言仕進。晚以遺逸徵入翰林，改國子博士，歲餘引去。起提舉陝西儒學，不就，優游林泉。病，弗肯御醫藥，飲酒賦詩而逝。以仲子機貴，贈祕書少監，裒輯其遺文曰《閒居叢稿》，二十六卷。黄文獻公溍爲之序曰：國家統一宇内，士俗醇美。一時鴻生碩儒所爲文，皆雄深渾厚，而無靡麗之習。承平滋久，風流未墜。皇慶延祐間，公以性理之學施于臺閣之文，譬如良金美玉，不俟鍛鍊琱琢而光輝自不可掩。蓋當時之風尚如此，可以徵世運焉。

閒居紀事二首

客從長安回，敍闊訪鄰里。貌悴於去時，因而問所以。客悲向我言，此行幸脱死。長安遭飢荒，食盡到糠粃。升合貴不貲，珠金何足恃。凌晨出求糴，于于如櫛比。暮歸持空囊，菜色皆相似。老弱困且羸，行隨牆壁倚。村墟向昏黑，剽掠羣兇起。咸云田中麥，苗枯無雨水。今年如弗收，炊爨當易子。予聞重歎嗟，禍及乃至此。八政食爲先，周書本微旨。天下苟有飢，稷思若由己。梁惠戰國時，民粟知移徙。一夫不獲所，古人心愧恥。如何填溝壑，遽忍立而視。此邦粗偷生，脣亡寒及齒。嗷嗷食口衆，身不親耒耜。今朝聽此言，徒增驚悸耳。

古人制昏禮，所貴在人倫。冠笄年既邁，受幣方交親。後世雖偷薄，十中五猶遵。如何至今日？彝典俱湮淪。男癡已合配，女幼皆成姻。安知慮夭壽，奚暇占吉辰。媒妁走市井，鼓吹喧城闉。百年祇倉卒，大事爲因循。問之何遽然，詔云選佳人。傳聞至太甚，意失非本真。正道難化俗，謠言易惑民。於初苟不慎，其末弊將臻。寄聲秉鈞者，風俗何時淳。

送府史竇彦立遷調奉元

藹藹府中英，夫誰可屈指。竇君長安人，衆論共推美。氣和更敏才，志鋭方壯齒。留胸無芥蔕，出語有綱紀。一朝過我辭，試問其所以。廟堂新立法，爲吏互遷徙。簡書迫程期，信宿不容止。門當道途旁，所幸還鄉里。聞之心惘然，別緒紛莫理。一杯送歸轍，一言贈吾子。人生重名節，不義深可恥。青雲路雖高，欲致由踐履。去去宜勉旃，好音行洗耳。

次德衡弟韻

古道不可作，轉覺澆風長。人心所去就，但與時炎凉。燕石藏什襲，連城遺路傍。汝賢乃迂闊，汝直成狂佯。世味鼎一臠，人争染指嘗。伊我澹無慮，簞瓢身世忘。處污奚害潔，視變皆爲常。彼哉舉利徒，末路空皇皇。

春晚山茶始開示德衡弟

山茶本冬花，憔悴遂開晚。儕輩鬭芬芳，己獨尚息偃。及兹春事深，渥丹始赫烜。參列姚魏前，正色無婉娩。因之觀我生，平昔匪驕蹇。衡門自棲遲，臨老遇推挽。朱紫皆少年，跡親心自遠。華顛豈懷榮，田里幸得返。功名船上灘，歲月輪下坂。撫樹三歎息，歲寒同繾綣。

仲春十三日大風雪

兩日東風何作惡，橫將桃李花吹落。陽和欻忽變寒威，曉來陡覺春衫薄。紛紛撲面飛蟲亂，細看六花驚雪作。須臾眼界失舊觀，玉殿瓊林起沙漠。細思節物恐差謬，始信化工難測度。初遷喬木悔新鶯，久屈重泉愁尺蠖。仰天致詰不我酬，運候果誰司橐籥。便當努力戰客陰，一掃晴空開六幕。

贈龍巖上人草書

韓云浮屠多技能，祇今復見龍巖僧。高閒懷素去已久，肯向死灰求續燈。手追心慕忽有得，筆底涣然無滯凝。雲煙結暝鬼神泣，雷電索怪蛟龍騰。懸崖百尋瀉瀑布，老樹千歲垂寒藤。鐵爲門限自兹始，但恐紙價相仍增。我聞雪菴亦工此，好事往往輸縑繒。都城顔扁妙天下，驟得榮寵非階升。龍巖更須追三昧，無俾斯人專美稱。

送吴閒閒真人

天風吹衣雨浥塵，盧溝曉别詩境新。石梁雄據天下津，羣峰迤邐西北垠。草木點綴生精神，驕馬駐足車停輪。紛紛追逐皆朝紳，相與祖餞爲何人？閒閒嗣師方外臣，貌雖老氏心儒珍。恩許還家壽乃親，翁媪年皆八十春。饒國啓封降絲綸，上尊分賜光禄醇。道傍見者咨嗟頻，此行豈爲思鱸蓴。觚稜遠瞻戀嚴宸，青雲我亦忝致身。先世贈典蒙深仁，但恨不及生存辰。因君此圖淚沾巾。

贈傳神李肖巖

人生天地洪鑪中，形色散殊俱不同。畫師筆底要真似，妙想乃與天機通。肖巖後出獨超詣，睥睨衆史如兒童。京師摹寫富箱篋，奇厖福艾多王公。神情所賦各臻極，千變萬化無終窮。遂爲當代顧陸手，足配向來褒鄂雄。明窗副本得寓目，起敬毛髮森寒風。祇今聲價愈增重，姓字已徹明光宫。塵容俗狀亦何者，年齒未及先成翁。既無開朗謫仙韻，又無圖畫凌煙功。君胡惠然肯相過，坐對熟視心神融。煤黳紙上略點畫，稍類雲月猶矇朧。須臾壁間出幻影，恍若面映新磨銅。人能肖吾不自肖，内發感愧顔生紅。聖賢體貌等人爾，所貴踐履惟能充。作詩答謝肖巖貺，但恨意遠辭難工。

題錢舜舉畫煙江疊嶂圖

江山奇絶吴楚鄉，畫史又與生錢郎。錢郎下筆得天趣，意象髣髴開衡湘。浮空水光接巨浸，隔岸嵐翠摩穹蒼。幽巖梵宮半隱見，老樹樵舍相迷藏。中流一葉泛小艇，遠澗千尺横修梁。山居熙熙自太古，下視擾擾徒奔忙。我來京國行九軌，塵土眯目鬚眉黄。困餘偶作林壑夢，歸計未遂驚彷徨。明窗豁然看此畫，便覺胸次生清涼。何時挐舟徑成往，長嘯振衣千仞岡。

新麯米酒歌 梅隱先生命作，就爲壽。

驕陽行空勢方烈，刈麥農夫寧憚熱。天旋雷動飛玉塵，霧渤雲蒸成麯蘖。麥秋方罷還插秧，穲稏西風千頃黄。腰鐮肩擔行相逐，共趁晴色催登場。碓舂糠粃光如雪，汲泉淅米令清潔。炊糜糝麯同揉和，元氣絪緼未分裂。甕中小沸微有聲，魚沫吐盡秋江清。脱巾且漉仍且飲，陶然自覺春風生。君不見淵明有田惟種秫，醉裏作詩聊自述。又不見豳風十月穫稻忙，春酒介壽俱徜徉。但願年年遇豐稔，更須三萬六千場。

將至中山

中山何處是，隱隱望孤城。遠靄青林暗，斜陽白塔明。韓蘇名不朽，遼宋恨應平。策馬長途晚，風沙老客情。

偶書

入樹秋風早，驚心節序遷。晚雲兼去鶴，涼雨静鳴蟬。得句因新意，耽書是宿緣。平生愛冲澹，何事亦華顛。

九月十八日黄菊始開時且禁釀謾成示德衡弟

苒苒秋事杪，幽叢花始黄。直須彫衆卉，纔許見孤芳。重露洗金質，嚴風吹緑裳。陶翁如有酒，何日不重陽。

偶記少時小年能綴文詩

彼美誰歟子，嶄然早見稱。綴文當世有，惟汝小年能。稚齒爲星鳳，清姿秀玉冰。聯章成脈絡，緝句合規繩。穎悟過長吉，推揚自少陵。可憐東魯客，頭白短檠燈。

覺和尚菴賞白蓮

冰雪肌膚出淤泥，伶俜寒影照漣漪。曉風浮冷夢初醒，夜月嬋娟清更宜。未要露濃垂別淚，先看水滑洗凝脂。陶詩近體驚兒女，大笑廬山遠法師。

郭某席間賦

喔喔晨雞唤夢醒，窗銜好月壁銜燈。宦情嚼蠟淡無味，世路登天吁可憎。十載飄零都是客，一廛寂寞静於僧。調羹事業無勞説，深謝諸公愧不能。

餞楊同知任滿西歸

道傍笳鼓記迎新，又作長亭惜别人。千里畏途成雅俗，一言寒谷變陽春。朝廷有意歸楊震，父老無從借寇恂。金印此行如斗大，西還遥望使車塵。

九月八日賦二種芙蓉二首

紅芙蓉

豐肌弱骨與秋宜，宿酒酣來不自持。豈爲嚴霜成槁質，要憑初日發妍姿。燕姬入畫猶嫌陋，蜀錦團窠未足奇。獨對芳叢寄幽興，子高真是遇仙時。

轉觀芙蓉

露涼風冷見温柔，誰挽春還九月秋。午醉未醒全帶豔，晨妝初罷尚含羞。未甘白紵居寒素，也著緋衣入品流。若信牡丹南面貴，此花應是合封侯。

次耶律奉使鎮南樓詩韻

雄視坤維有此樓，恍疑八表繼神遊。山連秦蜀相鄰際，水接襄樊不盡頭。陰闔陽開增偉觀，月明風冷怯清秋。百年豪傑登臨處，詩興飄飄隘九州。

九月同李子文羅壽甫行城南溪上

溪水泠泠玉佩聲，沿溪路轉忽川平。襟懷鬱滯得開豁，腰足痺頑時散行。幾樹霜紅明夕照，數峰煙碧倚寒晴。兹遊勝友相酬和，殆與秋光欲鬭清。

次韻王仲禮上巳約出郊，雨不果往。

朋友惟君氣味投，相尋一笑果何由。暇中值雨唯思睡，貧裏逢春只辦愁。行樂忍令佳節負，光陰不爲少年留。且看明日開晴霽，拄杖從公到處游。

初至京城寓居言懷

道途奔走四千餘，憔悴京城僦屋居。曉逐時英登館閣，夜因羇夢到鄉閭。將衰敢望功名顯，臨用應慚學術疏。落日孤雲天一角，眼穿誰爲附來書。

題答失帖木兒大夫所藏王維畫寒林曉行圖

野景荒寒霜意邊，疏林僵立勢參天。定應畫妙王摩詰，故著詩清孟浩然。驢怯小橋鞭不動，風掀危帽整還偏。官閒老我叨君賜，紅日三竿尚晝眠。

和霍思齊接駕

六軍嚴衛抱珠旛，曉發衡門宿霧寒。象輦塵清千里至，龍顏喜動萬人看。踐禾屢戒收秋騎，獻果争迎住夏官。自愧涓埃無以報，敢辭奔走候儀鑾。

辭陝西儒學提舉閒居言志

布穀聲中雨散絲，曉窗濃睡正忺時。春來暖透黄紬被，老去甜歸白粲糜。仕及引年何況病，官雖閒局亦當辭。爲予多謝門前客，莫怪慵夫應接遲。

金釵翦燭 幼作。

歌舞蘭堂夜色深，燭花輕翦試釵金。分開小鳳雙飛翼，撥盡寒灰一寸心。玉淚亂隨紅袖落，蠟香留得碧雲簪。短檠二尺挑寒雨，頭白書生正苦吟。

漫題

花下提壺勸酒，桑間布穀催耕。甚欲晴天行樂，却因春雨關情。

和趙君錫題王仲禮壁韻

迅速光陰一旅亭，功名不貸鬢毛青。此身未入雲臺畫，半夜披衣望列星。

題王羲之鳳墅續帖 一作「題蕭寺」。

吴山佳處梵王宫，樓閣峥嶸出斷峰。不見子雲當日字，瞑煙殘照但聞鐘。

次德衡弟九日以萸酒來貺

萸如蠅子攢頭赤，酒似鵝兒破殼黄。饋我真成兩奇絶，爲君大醉作重陽。

次仇教授西鄉道中言懷二首

荆榛莽莽暗前村，問有花枝弄好春。誰料山禽解生事，一聲腸斷未歸人。

花枝不管人爲客，笑向春風滿意開。忽憶尋芳年少事，夢魂曾繞故鄉來。

題洋州土神祠海棠

一點芳心肯破慳，恨無紅錦護朝寒。花如解語應須道，多謝詩人著眼看。

題蒼玉亭卷

冷光翠色入疏欞，歲晚相看眼共青。静聽蕭蕭有餘韻，似能和我讀《黄庭》。

題墨梅圖

春風不解惜瓊英，可是招魂有客卿。記得小橋曾度處，數枝和月浸溪明。

題瘦馬圖

誰寫驊騮草野間，身行萬里骨如山。絶勝秣飼無他技，枉占君王十二閑。

題江皋雪霽卷

山川玉潔映朝暉，人世鴻濛果是非。只許詩家占清景，漁蓑偷載一船歸。

題白汝明秋江晚渡卷 白號横舟。

岡巒迤邐水悠悠，雁落沙洲古木秋。隔岸有人愁日暮，急須濟我勿横舟。

己巳上元

太平節物自欣欣，燈火鼇山鬧徹晨。今夜月華依舊好，可憐只解照愁人。

賦柳

枯樹生荑色已嬌，低垂江岸映溪橋。東君不惜黄金縷，散作春風十萬條。

賦石竹

短籬新見出梢梢，葱蒨都無尺許高。茜色芳葩工點綴，莫教容易混蓬蒿。

安處士熙

熙字敬仲，真定藁城人。先世以貲雄離石，藏書萬餘卷，金亡徙家。熙少承祖父之學，聞容城劉靜修名，將往從之游，未行而劉卒，走往拜其墓，録其遺書而還。憲司數以其行薦於朝，無所就。至大四年卒，年四十二。學者稱默菴先生，門人蘇天爵輯其遺文爲《默菴集》。謂其文章以理爲主，皆有爲而作。詩學淵明晦翁，第以吟詠性情、陶寫造化而已。自金源氏與宋分疆，以詞章辨博相雄長。元初姚公茂得趙江漢之書而北，許魯齋力起而昌明之，而理學始傳。靜修能以所學羽翼魯齋，而推源於周、程、邵、朱者也。敬仲私淑靜修而尊朱子之説以爲教，遊其門者，望而知爲安氏弟子。北方之學，於是乎益振。敬仲固劉氏之功臣，然其詩去靜修遠矣。

擬古次韻六首

鬱鬱㟁下柏，青青水中蒲。㟁前有幽人，壯歲常獨居。獨居亦何爲，不羨春華敷。十年掩關卧，門庭盡荒蕪。美人殊不來，日夕聽軒車。

零零白露下，㟁谷悴芳蘭。蘭悴不復辭，誰與念時艱？堅冰行復至，雪深路漫漫。愁絶將奈何，撫几一長歎。

中州有寒士，塊然守空堂。清貧久有信，壯懷殊未央。豈不願馳騁，冒雪凌風霜。振策萬里途，超忽追鵬翔。永念同懷人，渺在天一方。悵望不可見，慷慨發清商。獨處誰晤語？百感摧中腸。人生諒難必，且莫徒悲傷。

採柏空岛下，倚竹荒庭前。人生非金石，君心詎能堅。君心或有渝，賤妾終不疏。天地一瞬息，今古一長途。借問離别苦，君心竟焉如。不見園中樹，日日争華敷。秋風一夕至，已逐嚴霜枯。歲晚□得去，山空難久居。

崑崙一何高，出此無窮河。遥遥何所往，不啻萬里多。一意在朝東，日夕無停波。遠遊計不早，壯志成蹉跎。夫君不我顧，鬱鬱將如何？覽物悟物變，端居閲年華。興來展遐眺，緩步空山阿。四顧渺塵世，杉柏紛森羅。吾樂誠何極，憂子獨長嗟。眷焉誰晤語，一笑空煙蘿。人生有定分，所貴能樂天。自輕失所乎，欲進安敢前。思君重思君，此情誰與宣？舉頭見明月，顧影徒自憐。終當謝塵世，洗心聞潤泉。

酬王治書仲安

少年不解事，妄意欲聞道。力小任匪輕，今兹半摧倒。生平寡師友，恨不識君早。所期親杖履，函丈供汛掃。盡出胸中疑，爲我細分剖。奇章忽見示，踧踖警中抱。過許君豈然，無乃習稱好。摳衣或有幸，同遊萬物表。他年重盍簪，會觀《太玄》草。

病卧窮廬時詠静修仙翁和陶詩以自適輒效其體和詠貧士七篇非敢追述前賢聊以遣興云爾　録二。

士生三季後，倀倀渺何依？空餘身後名，炯炯留清暉。自古有商顔，冥鴻快高飛。白雲在空谷，哀歌歎安歸。雖無首陽薇，紫芝足療飢。九原不可作，撫己良可悲。

静中有真趣，非絃亦非琴。耿耿方寸間，千年有遺音。手植庭下蘭，奇香愜幽尋。獨處誰晤語？有酒還自斟。西山蕨薇多，長往夙所欽。塵迹尚淹留，低回愧初心。

封龍十詠　録四。

熊耳峯　高五百丈，摩雲插漢，峭出羣峯，山之極高峯也。

窮探不憚遠，行登最高峯。頓覺天宇近，一洗羣山空。奇哉此絶境，造化天無功。神襟一以曠，寫我浩蕩胸。遠意殊未極，更思脱樊籠。何當著神鞭，駕此慵飛龍。翩翩上箕尾，再見開鴻濛。長嘯暮雲合，輕衣振天風。

白雲洞　在獅子峯後、華蓋峯西，天欲雨則雲從洞出，霽則如歸焉。

峩峩兩峯間，崔嵬聳雙闕。中有仙人洞，恍若仇池穴。朝開白雲生，暮掩白雲滅。朝昏有奇變，宛與人世隔。我來搴緑蘿，深尋得幽絶。平生棲遁志，兹焉益超越。未成長往計，復愧固窮節。永懷静修銘，淒其仰前哲。會當結茅屋，來此寄疏拙。沈思畢舊聞，長歌抱明月。白雲應更深，老眼益清徹。未敢獻吾君，聊爾自怡悦。

修真道館

在獅峯下。中央平坦，泉石甚盛。宋政和中賜敕額，迄今殿宇猶爲山中之冠。

龍山古靈境，連峯鬱蒼蒼。林谷四環合，修真據其陽。怪石通流泉，洞府餘清凉。傑閣聳奇觀，煙霏恣微茫。眷予平生心，丘壑真膏肓。今朝定何朝？遂愜棲雲房。晴嵐染衣襟，頓覺塵慮忘。矧爾羸疾拘，快若脱縶韁。月高風露清，空明渺銀潢。蓬萊信非遠，何處求仙鄉？

吟臺

在中谿書院。宋初李文正公昉於此受業。

步上吟臺荒，極目但平楚。四顧渺無人，持杯欲誰語。心期友招隱，自笑非梁父。抱膝一長歌，商聲振林莽。

次韻書事

野性元孤潔，無朋儘自皤。業荒聞道淺，静久閲人多。靈鳳寧棲枳，冥鴻本避羅。南遊有高興，何處是滄波？

病中齋居雜詩次和仲韻五首 録二。

時事今如此，幽居獨慨然。心期鐘鼎外，身世水雲邊。病骨便清晝，高懷惜壯年。前修渺何在，目斷夕陽天。

多病交遊少，相看動浹辰。賦詩聊遣興，觀化足怡神。問字有知己，過門無俗人。伊誰同此樂，願許卜東鄰。

冬日有懷憶故人

病鶴孤鳴在九皐，虚名多累恐難逃。殘陽入谷隱猶見，新月穿雲出未高。江上尊爐君自適，山中泉石我徒勞。興來欲駕扁舟去，何處滄波有巨鼇？

仲冬初吉歸途即事

霧慘雲愁結暮陰，遊方客子正悲吟。霜風有恨號平楚，寒日無光下遠岑。滄海齊州半摇落，乾坤今昔幾消沉。意長世短知誰會，一曲商歌萬古心。

錢雲溪宮人圖

露冷月華白，悠悠方寸心。夫君渺何許，悵望碧雲深。

中秋不見月

蕭颯西風起暮愁，無端陰翳掩晴秋。何當放出中天月，重照山河十二州。

故縣道中

塵事年來亦屢更，此身與世澹無情。弊裘羸馬嘉陽道，只有雲山管送迎。

杏花始開連日大風不獲一賞晨起攜筇往觀之歸而小酌得三絶句 録二。

生紅和露滴臙脂，又到芳春寂寞時。便擬提壺花下醉，卻愁羞殺背陰枝。

杖藜吟繞去還來，收拾春光入酒杯。自是風花要題品，等閒蜂蝶莫相猜。

陳鄉貢櫟

櫟字壽翁，徽之休寧人。七歲通舉子業，宋亡，科舉廢。慨然發憤，以爲有功聖門莫若朱氏之學。乃著《四書發明》、《書傳纂疏》、《禮記集義》等書數千萬言。延祐開科，櫟雅不欲就試，有司强之，中選。竟不復赴禮部，教授于家，不出門户者數十年。臨川吴澄亟稱之，凡江東之士就學於澄者，悉遣而歸櫟。學者稱爲定宇先生。卒年八十三，有詩一卷。其句法如：「笑渠柱笏看山色，容我扶筇聽水聲。」「柳枝水灑一溪月，豆子雨開千嶂煙。」「先苦半生真食蓼，回甘晚景異嘗茶。」亦殊不多見也。

送汪希道入都　希道嘗爲廉訪司照磨，鞫洞蠻獄，以失出，阻仕進者十年。

行行觸秋暑，勇往覲國光。修途或濡滯，一瞬北風涼。不仕餘十年，養親竈罕煬。將謁吏部選，寸禄願少償。庶略助甘旨，贖其不遑將。不仕果何因，憲幕嘗翱翔。驅馳海南北，訊獄主慈祥。詿誤陷賊黨，詰問加精詳。活千七百人，解縱還善良。幾以失出譴，究竟靡濫戕。久之天日開，歲月坐荒荒。濂溪范參父，議獄俱慨慷。殺人求媚人，毋乃欺穹蒼。活千人有封，君後必當昌。安得當吾世，而不蒙薦揚。當路顧鑒之，萱草癯北堂。俾得早言歸，爲養及壽康。臨期重丁寧，白雲遥在望。

寄鄭耕巖

古來隱士多躬耕，身將隱矣焉用名。巢由以降名著稱，皆違本志非真情。真隱充隱分僞誠，終南捷徑招譏評。隱而無名妙不勝，詩之衆聵將驚霆。君家子真當河平，五侯霧塞黄冥冥。此何如時可軒騰，宜哉掉頭呼不應。遂使谷口聞西京，名挂法言聲鏗鍧。君其裔邪良錚錚，幾載龍舒以道鳴。巖居高尚追芳馨，時哉不同逢文明。胡忍被褐韜連城，鄭公鄉想多豪英。仲容方奮青雲程，曷不彈冠濯塵纓。天風再秋鶚孤横，春浪紅暖翻飛輕。皤然堯舜君與甿，他年身退當功成。法疏廣受辭恩榮，明農巖下相攜行。世有工畫傳丹青，與令手卷雙合并。

次光姪詩韻

誤子窮途計已疏，擇棲所恨匪岡梧。酉申乞舍傳書雁，庚癸呼馳汗血駒。儒術謀身慚杜甫，老農請學合樊須。細思金亦何勞躍，陶鑄從諸天地鑪。

再用易巾韻

隨處聊憑製漆紗，豈其官樣必京華。竹皮最古今苴履，椰子稱奇亦貯茶。椰子可爲冠，亦可爲茶瓶。見山谷詩。秃髮已知頭似筆，笑顔底用面如靴。小冠子夏時方尚，岌業青雲難自誇。

子静和易巾韻五用韻答之

月移梅影上窗紗，恰讀新篇對月華。和似鶯黄盈盎酒，清於兔褐半甌茶。金身丈六蓮生座，汗脚尺三霜滿靴。選佛選官俱是幻，詩名不朽後人誇。

圍獵

昆蟲已是蟄藏時，獵騎紛紜繞翠微。勿謂火攻爲下策，略同兵戰寓危機。仁心誰去網三面，殺氣似環城四圍。乾豆元來因報本，充庖豈但愛鮮肥。

晚蟬

秋早梧桐颭晚風，鳴蟬無數樹陰中。斜陽似假渠聲勢，只是斜陽不久紅。

秋後蠅

夏日營營遶案飛，轉多秋後亦何爲？從教引類集瓜上，落蔕秋瓜能幾時。

胡學正炳文

炳文，字仲虎，徽之婺源人。父孝善先生斗元，從朱晦菴從孫小翁得《書》、《易》之傳。炳文尤潛心朱子之學，作《四書通》、《易本義通釋》諸書。吴文正公嘗薦諸朝，不就。辟信州道一書院山長，再調蘭溪學正，未赴。至大間，其族子淀爲建明經書院，以處四方來學者。儒風之盛，甲于東南。面山而居，碧峰聳秀。嘗作詩云：「舉頭山蒼然，一峰立雲表。」因自號曰雲峰，元統初卒，年八十四，集賢院劄謚文通先生。有文集二十卷，薦經兵火，所存者六十餘篇。

星源八景 録四。

龍井曉雲

華光殿東泉有靈，下穴空洞神功冥。當時忽見蒼虬精，年年簫鼓來相迎。五風十雨今年好，靈物不要人祈禱。非煙非霧騰清晨，五色祥光焕晴昊。

仙巖夜月

誰鑿太陰開四洞，蟾光照破人間夢。靈源千層石髓香，金雞一唱巖花動。白玉柱邊眠蒼虬，絳花橋下行青牛。我來絶愛讀書室，石圓水冷天風秋。

北寺昏鐘

日斜一路紅闌干，日落四山蒼翠寒。雲深不見招提處，一聲兩聲起林端。遥度前溪聲欲絶，溪上漁舟撐未歇。衆鳥棲定樹頭雲，一僧歸踏松間月。

西湖水榭

蚋城誰築溪之涯，層樓簇簇排人家。兩岸春風好楊柳，一池霽月芙蓉花。香與清風遠方覺，污泥不染塵不著。小亭紅瞰碧波心，著我中間看飛躍。

拜岳鄂王墓

有公無此日，再拜淚交頤。大義君臣重，孤忠天地知。鴆毛何太毒，龍渡只如斯。墳畔休留檜，行人欲斧之。明休寧汪循後序云：先生所學之大概，行己之大節，平生不可以告人者，偶于此洩焉而不自覺。

題治平寺

一十年前到治平，青山歷歷記吾曾。花因百五有孤注，寺過十三無一僧。雲影長昏天外日，榆煙誰換佛前燈。新安山水依然在，不爲空門管廢興。

濠觀亭

魚不知子樂，何必濠上觀。子樂子自知，月白秋江寒。

内樂室

我有安樂窩，春風方寸地。收拾早歸來，此中有深味。

送董深山 并序。

山深之號，蓋有取於艮止而求深於斯道者也。一日訪予明經，敢發此意，題于諸吟卷之尾。

洞口桃花易見，源頭活水難尋。欲知雲盡不盡，須到山深更深。

題祁門鄭氏墓

參天獨秀幾經春，拜墓曾玄數百人。隔隴不知誰氏塚？斷煙荒草卧麒麟。

桃花馬

望夷宫裏失天真，走入桃源避虐秦。背上落紅吹不起，至今猶帶武陵春。

濠觀亭

魚不知子樂，何必濠上觀。子樂子自知，月白秋江寒。

内樂室

我有安樂窩，春風方寸地。收拾早歸來，此中有深味。

送董深山 并序。

山深之號，蓋有取於艮止而求深於斯道者也。一日訪予明經，敢發此意，題于諸吟卷之尾。

洞口桃花易見，源頭活水難尋。欲知雲盡不盡，須到山深更深。

題祁門鄭氏墓

參天獨秀幾經春，拜墓曾玄數百人。隔隴不知誰氏塚？斷煙荒草卧麒麟。

桃花馬

望夷宫裏失天真，走入桃源避虐秦。背上落紅吹不起，至今猶帶武陵春。